T0243826

# Aviadora

Virginia Llera

# Aviadora

Papel certificado por el Forest Stewardship Council®

Primera edición: abril de 2024

© 2024, Virginia Llera Rivera
© 2024, Penguin Random House Grupo Editorial, S. A. U.
Travessera de Gràcia, 47-49. 08021 Barcelona

Los fragmentos de las canciones citadas en este libro pertenecen a © John Lennon y Paul McCartney
(*Yesterday*, p. 130), © Raimon (*Al vent*, pp. 308-310, y *Cançó del remordiment*, p. 312),
© L. Breedlove (*Dame felicidad - Free me*, p. 328), © Luis Eduardo Aute (*El alma no venderé*, p. 329),
© Manolo Díaz (*La moto*, pp. 451-452), © A. Poop y P. Cour (*L'amour est bleu*, p. 485),
© Bill Martin y Phil Coulter (*Puppet on a String*, p. 486), © Manuel Alejandro (*Hablemos del amor*,
pp. 487-488) y © A. Alcalde y Mª. José de Ceratto (*Vivo cantando*, p. 490)

En todos los casos, la editorial ha intentado ponerse en contacto con los propietarios de dichas
canciones y les reconoce su titularidad de los derechos de reproducción.

Penguin Random House Grupo Editorial apoya la protección del *copyright*.
El *copyright* estimula la creatividad, defiende la diversidad en el ámbito de las ideas y el conocimiento,
promueve la libre expresión y favorece una cultura viva. Gracias por comprar una edición autorizada
de este libro y por respetar las leyes del *copyright* al no reproducir, escanear ni distribuir ninguna
parte de esta obra por ningún medio sin permiso. Al hacerlo está respaldando a los autores
y permitiendo que PRHGE continúe publicando libros para todos los lectores.
Diríjase a CEDRO (Centro Español de Derechos Reprográficos, http://www.cedro.org)
si necesita fotocopiar o escanear algún fragmento de esta obra.

*Printed in Spain* – Impreso en España

ISBN: 978-84-19835-71-0
Depósito legal: B-1.878-2024

Compuesto en Mirakel Studio, S. L. U.

Impreso en Rodesa
Villatuerta (Navarra)

SL35710

*A mi madre, que me dio alas para volar.*
*A mi hija, para que nunca las pierda.*
*A Miguel, por enseñarme tanto.*

*A las mujeres que pelearon por su sueño.*
*A las que lo consiguieron, a las que no*
*y a las que no las dejaron ni soñar.*

# Nota de la autora

*Aviadora* es una novela inspirada en la historia pero no es una novela histórica. Algunos de los usos y costumbres sociales, algunas ideas, algunos acontecimientos pueden despertar sorpresa, a pesar de ser bien conocidos, y otros pueden parecer inventados. Lo cierto es que algunos personajes de esta novela existieron y fueron verdad muchos de los hechos relatados, aunque se haya alterado levemente su cronología en favor de la narración.

Aun así, tanto las acciones que construyen esta gesta cotidiana como los personajes que la habitan sólo tienen entidad dentro del universo construido en estas páginas. Fuera de ellas cualquier parecido con la realidad es pura ficción.

# 1

## La mujer ideal

Lo último que espera Amelia Torres es que su vida vaya a cambiar por completo en menos de veinticuatro horas, pero lo que menos se imagina es que ese cambio lo provocará ella misma. Simplemente, está muy concentrada maquillándose lo mejor posible antes de que lleguen las cámaras y el equipo de Televisión Española.

Siente el jaleo detrás de la puerta del dormitorio y contesta aleatoriamente a las preguntas que le hace su familia mientras trata de no fastidiarse la raya del ojo. Sí, la corbata azul mejor, la lisa, ¡la de rayas no, que nos han dicho los del programa que nada de rayas! No, hija, mejor el vestido de flores. ¿Y yo qué voy a saber dónde están ahora tus tareas, hijo? ¿Has mirado en tu cartera? Y ponte corbata, Antonio, ¡que te va a ver toda España!

Parece que su familia se haya olvidado por completo de que la que participa esta noche en el concurso *La mujer ideal 1966* es ella y de que necesita tiempo para prepararse. El equipo de grabación está a punto de llegar a su casa para rodar las famosas piezas que presentan a las concursantes, y nadie está listo, como de costumbre. Amelia tiene que deslumbrar, está decidida a ganar, por todos ellos. Convertirse en el ama de casa del año no es un reto baladí, grandes mujeres han ganado en ediciones anteriores y de forma reñida. Intentar tener todo listo antes de que lleguen los de la tele ya es una de las grandes pruebas del día de hoy. Y debería puntuar.

Suena el timbre.

El equipo de TVE se instala rápidamente por su casa, saben lo que hacen. Un operador de cámara, unos técnicos de sonido y una redactora les indican enseguida a Amelia y a su familia qué deben hacer y dónde colocarse para realizar la pieza que emitirán esta noche, justo antes del programa que se retransmite en riguroso directo. Todos obedecen con los nervios propios del momento.

—Amelia, mire a cámara y sonría.

Arranca la presentación.

«Amelia Torres, natural de Madrid, treinta y seis años, casada y con dos hijos, vecina del barrio de Chamberí, es una de nuestras participantes de este año en *La mujer ideal* en su edición de 1966. Díganos, Amelia, ¿cuáles son sus dotes para alzarse con el galardón de este año?».

*Amelia, sentada en un sillón, responde diligentemente.* «Pues disfruto mucho del hogar, de estar con los chicos. La verdad es que se me dan muy bien las cosas de la casa. *Amelia va realizando las tareas que enumera.* Me gusta cocinar, planchar, me gusta mucho coser y me gusta estar disponible para mi familia. *Amelia frente a la máquina de escribir saca graciosamente una hoja mecanografiada y la muestra a cámara.* Me divierte mucho también escribir a máquina. A veces mi marido necesita que le ayude con los papeles y lo hago con gusto. Fui muy buena estudiante y así puedo ayudar a mis hijos con las tareas del colegio. *Amelia repasa con sus hijos los deberes y todos sonríen a cámara.* Me ocupo de que no les falte de nada, adelantarme a lo que necesitan, y en esta disposición encuentro yo la alegría de vivir, la verdad».

«Qué maravilla, Amelia, cuéntenos un poco más acerca de su familia».

*Amelia se gira hacia Armando.* «Pues mire, mi marido, Armando, es un excelente contable, estudió Económicas y tiene un muy buen puesto de trabajo en una empresa mediana de maderas como jefe de contabilidad. *Armando, colocado estratégicamente detrás de Amelia, sonríe a cámara.* También disfruta mucho de su ocio. Le encanta escuchar música, tiene hasta un tocadiscos y un montón de discos, siempre está comprando alguno nuevo. *Armando muestra a cámara su tocadiscos y su colección de vinilos.* Y le gusta mucho el tenis, como dice la canción, es muy deportista. *Armando muestra a cámara sus raquetas y le pega al aire como un profesional.* Hace un gazpacho estupendo y si hace falta me ayuda con algunas tareas de la casa, aunque no sean cosa suya».

«¡Vaya! Tiene usted un marido diez».

*Amelia y Armando sonríen a cámara.* «Sí, sí, no lo dude, un hombre como pocos».

*La familia sentada alrededor de Amelia en el sofá.* «Don Armando, ¿qué cualidades resaltaría de su mujer? ¿Por qué debería ganar su esposa esta edición del concurso *La mujer ideal*?».

«Bueno, mire, Amelia es alguien muy especial, ella hace siempre todo con alegría, hace que llegar a casa sea una auténtica delicia. Respeta mucho el espacio de cada uno, y la casa siempre está perfecta. Ella se da cuenta de todo lo que necesitamos incluso antes de que nosotros lo sepamos. Es una mujer inquieta, leída, se puede hablar de cualquier cosa con ella. Es la mejor esposa que uno pudiera tener».

«¡Qué bárbaro! ¿Y los chicos? Acercaos, poneos frente a la cámara».

«Pues yo soy Carmen, tengo dieciséis años y estoy terminando el bachillerato».

«¿Y sabes ya qué quieres ser de mayor?».

«Pues no, no lo tengo claro, la verdad. *Carmen se encoge recogiendo las manos en su regazo.* Porque me gusta mucho estudiar, y a lo mejor podría ir a la universidad, pero también me gusta mucho estar en casa como mi madre, me gustaría tener una familia, niños...».

«Y usted, Amelia, ¿qué opina al respecto?».

«Pues nosotros siempre la estamos animando a estudiar, que vaya a la universidad, ahora que cada vez se ven más chicas allí, y que ya tendrá tiempo de formar una familia. Ya no hay que correr tanto como antes, que nos casábamos muy jóvenes».

«¿Y tú, chaval, cómo te llamas? ¿Cuántos años tienes?».

«Yo me llamo Antonio y tengo trece años». *Antonio se coloca frente a la cámara sosteniendo un balón bajo el brazo.*

«¿Y qué te gustaría ser de mayor?».

«Pues futbolista del Real Madrid, claro». *Risas.*

«¡Qué maravilla! Una familia deliciosa. Y cuéntenos, ¿cómo se ha preparado para el concurso?».

*Armando se adelanta y cobra presencia frente a la cámara.* «Amelia es muy trabajadora y lleva semanas, desde que supo que la habían seleccionado, preparándose para la prueba de cultura general, estudiando mucho y cocinando los mejores platos para perfeccionarlos cada día. Estamos seguros de que va a ganar».

«¿Y saben ya qué harían con el dinero del premio? ¿Un coche nuevo, un apartamento, quizá?».

«Uy, pues muchas cosas, pero son secreto. *Risas. Amelia se inclina tímidamente hacia el micrófono para hablar.* Desde aquí quería desearles mucha suerte a las demás concursantes. Ya es muy emocionante que nos hayan seleccionado, y estoy convencida de que todas las candidatas son estupendas amas de casa, todas y cada una de las mujeres que están en sus hogares se merecen todo este cariño que estamos recibiendo desde hace semanas. Simplemente concursar está siendo un sueño cumplido. Muchas gracias a todos».

—Maravilloso, estupendo, ha quedado fantástico. —La redactora se levanta de un respingo.

—¿Y cuándo sale? —Carmen pregunta apurada.

—Esta misma noche, claro, un poquito antes del concurso.

—¿Qué tal lo he hecho? —Amelia pregunta inquieta.

—No se preocupe, es usted estupenda.

—Estoy muy nerviosa.

—Normal, pero verá que luego lo pasa muy bien. —La redactora inspira mucha calma.

—Me dan mucho respeto las cámaras, lo de la televisión, no me imagino cómo debe ser.

La redactora esboza una tierna sonrisa cómplice.

—Eso es sólo al principio, luego se olvidará de todo, de las cámaras, del público. —Le entrega una tarjeta de visita—. Aquí tienen la dirección de los nuevos estudios de Televisión Española, en Prado del Rey. Está en las afueras, así que vayan con tiempo, los esperamos a las siete de la tarde.

El equipo de grabación recoge y va saliendo cuando, justo antes de salir, la redactora se detiene frente a unos pequeños aviones en miniatura que hay sobre una estantería.

—Qué bonita colección —le comenta a Amelia—. Mi padre solía coleccionar aviones también, ¿son de su marido?

—Qué va, son míos. —Amelia sonríe y acaricia uno de ellos—. Mi padre me regaló algunos y he seguido su afición.

—Podría haberlo comentado en la grabación.

—Bueno, tampoco le doy mucha importancia, es sólo una afición.

—También es verdad —concluye cariñosa la redactora.

La puerta se cierra por fin. Amelia se gira apresurada.

—¡Son casi las nueve, vais a llegar tarde! —Su grito resuena por toda la casa.

—Ay, mamá, ¡qué ilusión! —Carmen agarra a su madre de las manos nerviosa—. Si ganas me comprarás la Vespa, ¿verdad? ¿Qué hago, pelo recogido o pelo suelto?

—¡Te van a poner falta! Déjate de motos ahora. Suelto.

—¡Es que sería la envidia del colegio!

—Anda, calla, envidia. Corre y cámbiate el vestido.

Carmen se va corriendo a su cuarto y se cruza con Armando.

—Cariño, ¿dónde están los informes que me pasaste ayer a limpio? —Armando camina despistado. Amelia los tiene a buen recaudo.

—Aquí, toma.

—Amelia, mi amor, si ganases… compraremos el apartamento de Torremolinos, ¿a que sí? —Armando aprovecha para acercarse sensualmente a su esposa—. Imagínate, tú y yo, con nuestra sombrilla en primera línea de playa…

—Ay, Armando, que nos van a ver los chicos.

—Yo aprendiendo a hacer arroz, tú preparándome el vermut. —Armando le besa el cuello con deseo y desliza una mano por detrás.

—Oye, que el concurso es muy difícil, ¿y si no gano?

—O un coche nuevo, mi amor, que el nuestro se cae a pedazos.

—Tenemos que ahorrar —sentencia Amelia.

—Hija, un capricho en esta vida.

Armando está besándole el cuello cuando llega Antonio preparado para salir.

—Mamá —casi los pilla—, he calculado que si ganas el concurso me puedo comprar unos balones como los del Real Madrid y alquilarlos por horas a los amigos, con lo que recuperaríamos la inversión inicial en unas quince semanas, a cinco horas al día el alquiler, a tres pesetas la hora…

Amelia y Armando miran con estupefacción a su hijo mientras ella le susurra al oído:

—Armando, ¿no crees que quizá hablas mucho de trabajo en casa? Este niño está muy raro.

—Lo que no entiendo es que no saque mejores notas en matemáticas.

Armando niega con la cabeza y vuelve a lo que le interesa.

—Torremolinos, mi amor, piensa en Torremolinos —dice Armando mientras entorna la puerta.

—¡Que sí! ¡¡Pero que llegáis tarde!!

Carmen llega corriendo y los tres salen apresuradamente por la puerta, que se cierra por fin. Amelia se queda sola y entonces cae en la cuenta.

—Ni un beso me han dado.

# 2

# El premio

La familia de Amelia sale disparada de casa, pero ya nada es como antes, casi todos los vecinos del edificio saben que Amelia participará en el concurso de esta noche, como Tito y Sofía, los del 4.º B, con los que se cruzan en el portal.

—Qué emocionante lo de vuestra madre esta noche en la tele —comenta Sofía—. ¿Y está muy nerviosa?

—Pues lo normal. —Armando trata de esquivarles—. Perdone, Sofía, es que llegamos tarde al colegio.

Armando corre hacia el portal intentando evitar lo que sabe que va a ocurrir: que Tito le agarre por el brazo con firmeza y le mire serio sin que los demás se den cuenta. Y es que Armando aún no ha terminado de pagarle las reformas de la cocina que le hizo hace unos meses.

—Sí, sí, don Tito. Le prometo que lo suyo es lo primero —y lo dice de corazón, pero es que como buen padre de familia intenta contentar a todo el mundo.

—¿Y qué me dices de la tele que os habéis comprado? —Tito no suena muy amigable.

—Bueno, eso… tenemos muchas letras que pagar todavía, se lo debía a Amelia, es tan buena, para que nuestras familias puedan ver el concurso de esta noche. Yo, si gana, le diré a Amelia que tenemos que cerrar cuentas pendientes y que el pago de la cocina es lo primero. Lo primerito. Disculpe, don Tito, nos tenemos que ir, que no llegamos.

Armando sale pitando y deja a Tito con la palabra en la boca. En el fondo, Tito le tiene cariño, sabe que Armando es un buen tipo y que acabará pagando. Cuando Sofía le pregunta sobre lo que hablaban, él le contesta como siempre, que de nada, Sofía, cosas de hombres, como si Sofía no tuviese la capacidad para entenderlo, como si fuera un ser inferior. Pero ya son muchos años a su lado, y Sofía aguanta estos comentarios sin acritud. Piensa ilusionada que si su vecina gana el concurso vendrán las cámaras a hacerle algún reportaje y quizá ella también pueda salir por televisión. ¿Te imaginas, Tito, que nos entrevistan y salimos en la tele? Podrían verla sus familiares de Chiclana. Pero esto a Tito no se lo dice, claro, sólo lo piensa. Se lo guarda porque ya sabe qué le contestaría, que si pamplinas, que si sueña despierta. Esta noche verán el concurso en su salón e invitarán a otros muchos vecinos que aún no tienen un televisor a disfrutar de la velada. Tendrá que preparar algo de merienda, ¿como qué? Unas cortezas, unas aceitunas. Tal vez unas medianoches. A todo el mundo le gustan las medianoches, piensa. Y Sofía sale a la calle sonriente. Qué buena vecina es.

Carmen camina a buen ritmo junto a su hermano; debería estar cansada de tener que acompañarle todos los días a su colegio, pero no le importa porque seguramente allí estará Lucas fumándose un cigarrillo a escondidas con sus amigos. De hecho, le viene bien que Antonio sea un forofo del fútbol porque así le pone al día de los partidos y puede entender de temas que no sean «de chicas». Sin embargo, hoy a Antonio le inquieta saber si su hermana le llevará de paquete en la Vespa si su madre gana y se la regala.

—Carmen, prométemelo. Sería la envidia de toda mi clase.

Pero Carmen no le promete nada, sólo quiere volver a hablar con Lucas cuanto antes.

—Venga, tira para clase, que no llegas —le apremia.

—¿Y algún día me dejarás conducirla? Dime que soy tu hermano favorito.

—Eres mi hermano más pesado.

—Pues por meterte conmigo Dios te ha castigado y te acaba de salir un grano.

No puede ser verdad, piensa Carmen con terror. Hoy no, por favor, hoy no.

—¿Qué dices, Antonio? No es verdad.

—En la nariz.

Carmen se toca nerviosa con los dedos toda la superficie de la nariz, el resto de la cara, y no. Es mentira. Todo está bien, no le ha salido nada nuevo, no le duele la piel por ningún sitio. Hoy no. HOY NO.

—Eres idiota, no me des esos sustos.

—Dime que me llevarás en la moto.

—¡Que sí, pesado!

Antonio por fin sale disparado hacia su colegio, y disparado está el corazón de Carmen también, no sabe si por ver a Lucas o por la posibilidad de que le salga un nuevo grano. Por si acaso, se coloca el pelo cubriéndole parte del rostro mientras se acerca a la pandilla para confirmar que esta noche no faltarán a la cita en casa de Julia.

—¿Y estás segura de que tu madre va a ganar? —Lucas pregunta sonriendo de medio lado porque sabe que ese gesto resulta atractivo.

—Pues claro —responde Carmen tajante—, mi madre es la mejor, ¿qué te crees, que cogen a cualquiera?

Y le trata con ese desparpajo que no logra ocultar que se gustan, aunque nadie diga nada abiertamente. Julia, la mejor amiga de Carmen, se incorpora al grupo para recordar los datos precisos de la cita: en su casa a las ocho. Todos confirman su asistencia y, sólo cuando Carmen y Julia se van en dirección a su colegio, Simón aprovecha para darle una colleja a Lucas con un «¡Anda, espabilao!, intenta que se te note un poco menos», y Lucas responde con un «¡Calla, imbécil!» y zanja el asunto de faldas.

Julia ha sido pieza clave para este encuentro, llevan meses encontrándose con la pandilla del colegio de enfrente y es la única que sabe que Carmen está colada por Lucas. Le divierte hacer de celestina porque así nadie se entera de que a ella le gusta Simón, algo incomprensible porque es bastante feíllo el pobre, pero Julia se ríe mucho con él y sabe que no viene de mala familia.

Carmen llega a clase con un nudo en el estómago, ese que se siente cuando imaginas un futuro al lado de alguien que te gusta de verdad. Un futuro que no quiere construir del todo por miedo a que no suceda, pero que no puede evitar imaginar porque es lo que siempre ha soñado.

¿Y si no es tan buena? ¿Y si las otras amas de casa cocinan mejor o cosen más rápido que ella? ¿Qué habrán contado en sus piezas, serán sus casas más bonitas, más grandes quizá? ¿Habrá salido guapa, tenía bien la ropa, el maquillaje? Amelia está hecha un mar de dudas.

Decide poner la radio, eso la distraerá. Aún quedan muchas horas para el concurso. Tiene plancha por hacer y en el último momento han dejado todo manga por hombro. ¿Por qué la casa se desordena tan rápido? Y encima nadie se da cuenta. Se pasa el día recogiendo para que otros vengan a desordenarlo y cambiar las cosas de sitio. Al menos ahora no es como cuando eran pequeños, que los chicos dejaban todo tirado. Si no pisaba un juguete de Antonio, entonces casi resbalaba con las ceras de colores desperdigadas por el suelo. No, ciertamente, ahora con los chicos las cosas eran más fáciles.

Carmen ya es toda una mujercita, si quiere ser madre será bonito, la haría abuela, pero es que aún es pronto. Ahora las chicas se casan un pelín más tarde que en su época. Con Armando se casó con veinte años. Ahora con veinticuatro, veintiséis no está mal visto. Así puede ir a la universidad, debería tener algo más que el bachiller, una formación, una profesión. Ahora las mujeres trabajan. En casa se aprende poco por muy inquieta que se sea. Como ella, que siempre ha sido muy curiosa y, alentada por su padre, siempre ha leído todo lo que ha caído en sus manos. Incluso leyó en su día algunos libros en inglés, idioma que nunca había tenido la ocasión de utilizar hasta hace un par de años cuando su hermana Marga empezó a salir con Peter, un médico militar estadounidense que trabaja en el hospital de la base norteamericana de Torrejón de Ardoz. Para eso le ha venido bien. Nunca se sabe. Estudiar es bueno. Carmen debería estudiar. Tiene que convencerla de eso. Lo de formar una familia ya llegará más adelante.

Dentro de nada Antonio acabará el colegio y él seguro que irá a la universidad. Entonces ninguno la necesitará demasiado, no como antes, que tenía que estar pendiente de sus tareas, de prepararles la merienda... Ahora sus asignaturas se han vuelto más complejas de lo que ella estudió y, salvo preparar comidas para todo el mundo, tener la casa lista y perfecta, la ropa limpia y planchada, ya no hay mucho más que ella pueda hacer por ellos.

Y luego está Armando, que muchas veces llega muy tarde, trabaja mucho y, además, echa un cable con la contabilidad del hotel Tirol, que a fin de mes se nota, pero son muchas las noches que se queda sola en el salón leyendo u hojeando la *Diez Minutos*, el *¡Hola!* o la *Flaps*, la revista de aviación que comparte con su padre, o alguna serie de televisión. Lo cierto es que tiene más tiempo que hace unos años. Si sus hijos fueran a la universidad, quizá podría estudiar una carrera ella también. Lo piensa por un instante. ¿Y qué carrera? ¿Pero quién demonios ha visto a un ama de casa en la universidad? Está tonta. Desecha la idea de inmediato. Tampoco lo necesita, ya lo ha dicho ante las cámaras, no se puede estar mejor a los treinta y seis. Se nota bien físicamente, sigue estando bastante delgada y esbelta. Se cuida, debe hacerlo. No sería la primera vez que algún marido se va con otra más jovencita. Pero Armando es distinto, Armando no es de esos. Es el mejor hombre que ha conocido en su vida. Además, como se ha criado con su madre, es muy comprensivo y sensible, la entiende, la ayuda incluso a recoger la mesa, a cosas de la casa que otros maridos nunca harían, porque cuando se lo cuenta a sus amigas todas se sorprenden. Sabe que le sigue gustando físicamente y puede charlar con él de casi cualquier cosa. Y tampoco bebe, que eso también es un problema gordo de muchos hombres. Una copita de vino en las comidas y poco más. Y es un padre diez, el padre que él nunca tuvo: habla abiertamente con los chicos de todo, les toma la lección y les leía cuentos por la noche. ¿Qué más puede pedir?

Quizá sí que sea buena idea comprar un apartamento en Torremolinos, si gana. Al final, tarde o temprano, los chicos se irán de casa y ellos podrían ir a la playa durante las vacaciones, o en los puentes. También podría dejárselo a sus padres o a Marga y a Peter. Un piso siempre es una buena inversión. Aunque Armando tiene razón con el coche; está fatal, hace ruidos raros últimamente. No convendría gastárselo todo de golpe. Deberían ahorrar, acabar de pagar las letras del televisor. Tampoco tiene claro que la reforma de la cocina se haya terminado de pagar. Bueno, pase lo que pase en el concurso de esta noche, no están mal, tienen salud y forman una bonita familia. Pero estaría muy bien ganar. Por ellos. Los haría muy felices.

El timbre saca a Amelia de sus pensamientos. No se da ni cuenta de que la radionovela que estaba escuchando ha tocado a su fin, se ha quedado sin saber quién era el asesino. Insisten.

—¡Que ya voy!

Abre. Es Marga, su hermana pequeña. Ni se ha quitado las gafas de sol. Aunque no vea sus ojos a través de los grandes cristales, sabe que la mira con desaprobación.

—¿Seguro que sigues queriendo ir a ese terrible concurso? —Ahora sí se quita las gafas.

—¡Que sí!

—¿Nadie te obliga? —Agarra la cara de Amelia para que confiese.

—¡Que me apetece mucho de verdad!

—¡Ah, por favor! Creía que todavía me quedaba una última oportunidad. —Marga cruza el umbral de la puerta con aire derrotado.

Amelia sonríe a su hermana pequeña, la quiere como a nadie en esta vida, pero Marga va a otro ritmo que el suyo.

—Me hace ilusión, en serio.

—Vale, pero no voy a permitir que mi hermana mayor pase por el concurso más famoso de la tele y no gane. —Marga se gira y la mira con determinación.

—Haré todo lo que pueda, te lo prometo.

—¿Y qué te vas a poner? —Marga suena desafiante.

Amelia mira hacia abajo, agarra con una mano la falda que lleva y le devuelve la mirada a su hermana con los ojos abiertos y una sonrisa de medio lado.

—¿Algo así?


Amelia y Marga entran en una boutique de la calle San Bernardo. Amelia se agarra del brazo de su hermana con pudor y le susurra para que no las oigan:

—Es todo carísimo.

—Yo te invito —sentencia Marga—. Cuando ganes ya te comprarás cientos de vestidos.

Marga no está casada, no tiene hijos, no gana mucho, pero trabaja en una editorial que publica a nuevos escritores que consiguen labrarse un camino esquivando elegantemente la censura por la comisura de sus textos. Se ha especializado en mujeres escritoras liberales, lo que llaman ahora feminismo, que tan mal les suena a algunos, y que tienen que publicar casi clandestinamente. Jóvenes poetas y autoras que, entre demandas, peticiones y necesidades de sus familias, encuentran algunos momentos por las mañanas para escribir en la mesa camilla del salón. También hay alguna escritora que, como Marga, ha visto que eso del matrimonio no es para ellas. Que están muy bien como están. Así que Marga, que tampoco se gasta el sueldo en caprichos, puede invitar a su hermana a un bonito vestido para el concurso de esta noche.

La dependienta se acerca a ellas con cierta suspicacia, ya que ambas no aparentan el tipo de clientela que suele frecuentar el lugar.

—¿Las puedo ayudar en algo?

—Estamos mirando… —Marga adivina las reticencias de la dependienta—. A ver si aquí hay algo de nuestro gusto, gracias.

La dependienta se repliega ante la contestación, responde con un «pues avísenme si necesitan algo» y se oculta detrás del mostrador.

—Son preciosos, pero de verdad, Marga, no tienes que hacer esto. —Amelia se siente pequeña en una tienda de ese calibre.

—Yo no sé si ganarás, pero ya estoy orgullosa de ti, enfrentarte a eso es digno de admirar. ¿Y qué vas a hacer con el premio?

—Uf, tienen tantas cosas en la cabeza…

Amelia recorre la tienda y agarra un vestido de flores, se lo coloca por encima para recibir la aprobación de su hermana, pero esta niega en redondo.

—¿Cómo que tienen? ¿Quiénes «tienen»?

—Todos, que todos quieren millones de cosas, Armando que si un piso en Torremolinos, Carmen la Vespa, que sé que ha sido un poco idea tuya —Marga levanta los hombros entonando un *mea culpa*—, Antonio no sé cuántos balones… Pero luego Armando tiene razón, necesitamos un coche nuevo…

—Pero, a ver, ¿y tú? ¿Qué te vas a pedir con el premio?

—Si gano me llevo todos los electrodomésticos.

—Pero, Amelia, un momento. —Marga agarra a su hermana de los hombros y la mira a los ojos—. ¿Qué quieres hacer *tú* con el premio?

*TÚ.*

*ELLA.*

El tiempo, de pronto, se detiene para Amelia Torres. En su cabeza resuenan a cámara lenta las palabras de su hermana: *¿Qué quieres hacer tú con el premio?*

*Tú...* Como un eco en su cabeza.

*TÚ.*

*Túúúúúúúú.*

O sea, *ella misma.*

*¿YO?*

Su hermana la mira fijamente, ¿cuántos segundos lleva sin contestar? Marga la sacude.

—Que qué has pensado.

¿Pensado? ¿Ella? Amelia despierta.

—Pues... no lo sé. No lo había pensado. Sólo pensaba en participar y... ganar... salir por la tele. Como les hace tanta ilusión —Amelia musita las palabras como si acabasen de formularle una pregunta de química y no supiera qué contestar.

—Ya, pero es un premio muy gordo, ¿no has pensado qué harías con tanto dinero? ¡Algo habrás pensado, mujer! Si tú siempre has dicho que te encantaría volar en avión, por ejemplo, ir a las islas Canarias.

—Sí —ahora recuerda que lo ha pensado y verbalizado alguna vez—, es verdad que lo dije, se me había olvidado.

Amelia es consciente, por primera vez, de ser la última en su lista. Y sí, Marga tiene razón, siempre ha querido volar en avión.

# 3

# Una vida normal

Armando está distraído; entregadas las cuentas de la semana, no puede dejar de pensar en el Seat 1500. Martínez, el de laboral, se ha comprado uno nuevo, y, aunque él no es envidioso, debería llevar a sus cuarenta años un coche mejor. En cualquier momento el Fiat los puede dejar tirados, que ya viene haciendo ruidos raros.

Al fondo de la oficina las secretarias se entretienen tomando un café y cuchicheando y mirándole de refilón. ¿Estarán hablando del concurso?

Todos lo saben, no hay por qué ocultarlo, es un orgullo. Muchas de esas muchachas encontrarán marido, quizá en estas oficinas, y dejarán pronto de trabajar; tal vez entonces puedan concursar también.

En el fondo le da algo de pena, son jóvenes muy válidas, no deberían dejar de trabajar. De hecho, piensa, si Amelia trabajase tendrían más ingresos. Porque podría no ganar el concurso, eso podría suceder, habría que valorarlo como posibilidad. A lo mejor alguna concursante tiene enchufe, tal vez alguna cocine mejor. Pero le pueden las ganas de un vermut mirando el mar desde la terraza de *su* apartamento en Torremolinos, no uno de alquiler con colchones blandos y muelles que se clavan en los riñones.

Fernando viene a sacarle de su ensoñación, con su aire de superioridad constante, y se sienta sin permiso encima de su mesa como si fueran amigos desde siempre. Armando no le aguanta, pero disimula muy bien.

—Hombre, Fernando —le saluda mientras levanta media sonrisa y el bigote le sigue.

—Me he apostado con mi mujer que si la tuya gana esta noche se presenta el año que viene al concurso. ¿Qué te parece?

—Pues una estupenda noticia, ¿qué me va a parecer?

—Que en casa se aburre, me dice. Que eso le daría una motivación. Mo-ti-va-ción, yo no sé en qué revista habrá leído eso —suelta riéndose socarrón—. Ay, señor, como me despiste me pide trabajar un día de estos.

—Sería una muy buena idea —le contradice Armando, que no piensa como él.

—¿Estás loco? Que como gane dinero se me sube a la chepa, mira estas lo sueltas que están —critica señalando a las secretarias que toman café.

—Fernando, los tiempos están cambiando, que tu mujer haga lo que le parezca.

—Joder, Armando, es que eres un moderno, no hay quien te entienda. —Fernando se inclina hacia él para soltar alguna de sus guarradas—. A las mujeres lo que les gusta de verdad…

En ese momento suena el teléfono y Armando lo levanta con rapidez zanjando la conversación.

—¿Sí? Don Alonso, claro, ahora mismo me acerco. —Cuelga—. Perdona, Fernando, tengo que irme.

—Uy, el jefe, vale, vale. —Y por fin levanta el culo de su mesa.

Armando llama con los nudillos al despacho de don Alonso Arriero, un tipo ya entrado en los sesenta que ha levantado su empresa a base de trabajo serio y algún que otro favorcillo al Régimen. Aquí ningún empresario importante se libra de tener «buenos contactos» y haber pertenecido al bando que interesaba. Pero Armando deja su pasado tras la puerta del despacho y entra sabiendo que callarse siempre ha sido su mejor defensa. Lleva diez años en la empresa y siempre ha sido un tío discreto, trabajador incansable. Por eso recibe con agrado el afectuoso abrazo por parte de don Alonso cuando le felicita por la participación de su mujer en el concurso. Tanto su mujer como él son espectadores habituales del programa y le desea mucha suerte. Y en ese momento sucede lo que lleva tiempo deseando, pero que no terminaba de llegar. Textualmente le dice que un firme candidato a director financiero de la empresa necesita una gran mujer en el hogar que atienda sus necesidades y comprenda sus horarios.

*Un firme candidato a director financiero.*

*Firme.*

*Director.*

Su jornada se alargaría, pero el ascenso —no sólo social, sino también de salario— se vería reflejado claramente en su día a día. Un paso más en la vida, y hace un gesto de ascenso que Armando interpreta perfectamente. Necesita una mujer responsable en casa que sepa manejar los presupuestos del hogar y elegir las mejores ropas para su marido. Parecen cosas banales, pero Armando empezaría a codearse con «otro tipo de gente», y aunque no concreta qué tipo de gente, Armando se lo imagina. Eso le agrada y le disgusta a partes iguales, pero como don Alonso no sabe nada de su pasado disimula a la perfección.

Director financiero. A Armando se le hace un pequeño nudo en la garganta. De contable raso a director financiero en diez años. Claro que sí, se lo ha ganado a pulso, cada santo día metiendo datos y dándole a la calculadora sin descanso. Cuadrando balances y picando datos.

—Será un honor optar a ese puesto, don Alonso. Estoy perfectamente capacitado —afirma con rotundidad.

—No está decidido todavía, pero sabe que le tengo en muy alta estima.

—Lo sé, don Alonso. Le transmitiré a Amelia sus mejores deseos para esta noche.

—Les estaremos acompañando desde casa.

—Qué ilusión. Muchas gracias —sonríe Armando mientras se agarra fuertemente las manos sin que se le note.

—Sea discreto con este tema —le advierte cándido, entrecerrando un poco los ojos.

—Desde luego. No lo dude. No se lo diré ni siquiera a Amelia. Por cierto, ¿tendría algún problema si hoy marcho un poco antes? Tenemos que estar a las siete en Televisión Española.

—Ningún problema. Deje a Fernando lo que tenga pendiente —sentencia con unas palmaditas en el hombro.

Y Armando, secretamente, se alegra de imponerle algo a su compañero sin que este pueda rechistar. Director financiero. Definitivamente necesita un Seat 1500.

Amelia y Marga regresan de sus compras. Amelia se ríe porque no olvida la cara de sorpresa de la dependienta cuando su hermana pagó sin rechistar las mil pesetas que ha costado el vestido con el que esta noche piensa deslumbrar a todo el país.

—A veces, lo que más me sorprende —le dice Marga— es que sean las propias mujeres las que piensen mal de otras, como si no fuéramos capaces de ganar nuestro propio dinero sin ir acompañadas del brazo de un señor.

Pero es que la mayoría de las señoras que compran en esa boutique no son como Marga. Marga es la debilidad de su hermana, la pequeña, la rebelde, la soñadora, «la yeyé», que llaman ahora. Siempre ha pensado que era como tener un hermano pequeño, pero con el encanto de una mujer. Siempre queriendo vestir pantalones y sacando de quicio a su madre, menos mal que su padre siempre ha sido muy tolerante con sus hijas y nunca les dijo que no a nada. Así que Amelia, esta noche, sentirá que su hermana la acompaña cada vez que dude de sí misma, porque llevará el precioso vestido que ella le ha regalado.

No han llegado todavía al rellano cuando Agripina, la del 2.º A, asoma la nariz por la puerta. Es de esas vecinas que se parapetan tras la mirilla para espiar al vecindario. Desde que falleció su marido, que en gloria esté y en la gloria seguro que está, no tiene gran cosa que hacer.

—Amelia, querida. —Agripina aparece con su luto permanente.

—Doña Agripina, qué casualidad —comenta irónicamente—. ¿Cómo tiene hoy la pierna?

—Mal, hija, mal. Muy mal. Tengo un dolor que me baja desde aquí —y se inclina para indicar con la mano un recorrido que va desde la cadera hasta casi el pie en un gesto que inquieta a las hermanas, temiendo que se quede clavada en la última posición— y que luego me sube por la tarde a eso de las cinco y cuarto hasta acá —y recupera milagrosamente para su edad la posición vertical, y ellas, la tranquilidad— que no me deja vivir.

—Vaya, cuánto lo siento, de verdad, que dolor más… movido —analiza Amelia mordiéndose el labio inferior para aguantarse la risa.

—Pero no quería yo hoy hablar de mí, hoy no.

—Hoy no —repite Marga.

—Quería decirte que ya le he puesto una vela a san Antonio para que esta noche ganes el concurso.

Efectivamente, no queda nadie en el bloque que no sepa lo de Amelia.

—¿Pero a san Antonio no se le reza para recuperar los objetos perdidos? —Marga se consuela pensando que al final la educación religiosa ha servido para algo—. ¡A lo mejor no se te ha perdido nada yendo a ese concurso!

Marga recibe una mirada fulminante de doña Agripina, que siempre ha pensado que es una pelandusca y una causa perdida que ni san Antonio podría encauzar, pero sólo lo ha comentado con Pilarín, la vecina del 5.º D.

—Gracias, doña Agripina, no debería haberse molestado. —Amelia trata de apaciguar la situación mientras mira a su hermana con los ojos como platos.

—No es molestia, hija, ¿qué otra cosa me queda? Si desde que mi Eusebio se fue al cielo, no tengo nada más que hacer que velar por el bien de los demás.

—Y estoy segura de que don Eusebio la acompaña —Marga junta las manos como rezando—, donde quiera que esté, a la vera del Señor, por ejemplo, para que se cumplan sus deseos. ¡Que Dios la oiga! —Marga levanta la mirada y las palmas hacia el cielo elevando la voz—. ¡Que Dios la oiga! Que Dios acompañe a Amelia en la travesía de esta noche y que san Antonio encuentre…

Amelia corta a su hermana en un acto reflejo.

—Gracias, doña Agripina, le prometo que lo haré lo mejor que pueda. —Y tira de Marga antes de que siga invocando al cielo y empiecen a salir vecinos escandalizados.

Amelia abre la puerta de casa como puede entre la bolsa, el bolso y las llaves, y pega un portazo para evitar estallar de risa y de vergüenza en medio del rellano junto a su hermana, que siempre ha sido un poco atea.

—No puedo con la gente tan beata, Amelia, ya me conoces.

—No me hagas esto otra vez —le suplica Amelia.

Marga la mira en silencio y junta las manos pidiendo perdón. Pero las dos se miran como dos chiquillas tras una trastada y empiezan a reír.

—Tengo que volver a la editorial. Esta noche quiero verte brillar. Prométeme que vas a ganar.

Amelia sonríe y cruza los dedos como cuando eran pequeñas. De pronto, cae en la cuenta.

—Oye, ¿has quedado ya con mamá?


Victorina camina de un lado a otro como un pavo. No sabe qué hacer, si preparar la comida, si comer, ¿desayunó? ¿A qué hora tiene que estar en casa de Amelia? Pero venía Marga a buscarla, ¿verdad? Ay, Marga, no, ahora no va a pensar en ella. Bastante tiene.

Ayer colocó tres vestidos sobre la cama. Como Luis está de viaje, los ha dejado en su lado y, como tampoco se mueve al dormir, no se han arrugado. Pero está tonta, si ella no sale en la tele, es su hija. ¡Su hija! En el concurso más famoso de la tele, por Dios. Si lo sabe todo el edificio. En todo el vecindario, qué dice vecindario, en todo el barrio y pronto Madrid entero sabrá quién es ella. Bueno, si gana, que quizá no gane, que son cinco las concursantes, y que por mucho que sea su ojito derecho, su primogénita, no es infalible. Que en ese concurso a veces van a pillar. O puede que alguna tenga enchufe. El mundo es así, hay que tener contactos, mira que se lo ha dicho siempre a sus hijas, pero vamos, que no ha habido manera. Al final Amelia casada con el hijo de una republicana y Marga, encima sin casarse, conviviendo en pecado con un médico estadounidense. Qué cruz. ¿Pero por qué no podría ella llevar una vida normal? ¿Y por qué ha de cruzarse medio Madrid para ver a su hija en la tele? ¿No podrían comprarse de una vez por todas un televisor? Es que qué vergüenza, si es que en su planta ya tienen tele tres vecinos de seis puertas que hay. Bien podría Luis comprar uno, pero este la engaña con el dinero, seguro. Cuando vuelva la va a oír, que ya está bien, si está a punto de jubilarse, se podrían dar algún capricho. Regalarle algo, al menos, como hacen otros hombres a sus mujeres, que bastante ha sacrificado ella por su familia. Menos mal que en el pueblo no tienen ni idea, que siempre piensan que los de la capital son ricos, pues oye, que lo sigan pensando. Además, pensándolo bien, si Amelia gana el concurso seguro que le regala una, ¡es su madre! ¿Cómo no le va a regalar un televisor?

Eso, esta noche, que la recoja Marga, y mañana, cuando Amelia haya ganado, dejará caer algún comentario así, sin mucha intención, y en un par de semanas, o menos incluso, tendrá un nuevo televisor Werner, con UHF incorporado, perfectamente colocado en el salón. Si es que, además, ya tiene el hueco pensado, ahí, al ladito del poto, que qué buena planta, por cierto, qué poca agua necesita. Muy bien, lo de la tele está resuelto, pero ¿y el vestido? ¿Cuál se pone al final?


Tendría que haberse lavado el pelo, claramente no lo tiene limpio. Si se pone un poco más de polvos de talco a lo mejor no parece tan gra-siento. Ha calculado mal el día, pero Lucas no se va a dar cuenta, jura y perjura que no permitirá que Lucas lo note; una cinta en la cabeza bastará. Perfecto. Carmen está casi tan nerviosa o más que su madre.

Julia le ha asegurado que Simón le había dicho que Lucas tenía pensado pedirle ir al cine esta misma noche, durante el concurso. Demasiadas cosas. Su madre en la tele, ella y toda la pandilla juntos viendo el programa, la posibilidad de que le compren la moto y una cita. Sólo tiene dieciséis años y nadie le ha enseñado a manejar tan-tas emociones a la vez. Tiene que salir pitando para ayudar a Julia a preparar la merienda. Un último vistazo. Vestido bien, ¿altura de la falda? Correcta. ¿Un poco de colorete? Suave. Granos a raya. Nada puede fallar.

Carmen llama a la puerta de su madre. Es tan bonita, la quiere tanto, la admira tanto. Para ella, Amelia es su ejemplo a seguir. Pero su madre ahora mismo se está volviendo loca, no encuentra los gemelos de Armando, se ha puesto cuatro rulos porque se le ha bajado el cardado, y ya van a salir tarde, lo está viendo venir, ¿por qué en esta familia van siempre con la hora pegada? Menos mal que eso no lo ha dicho en la entrevista de la tele.

—Mamá, me voy. —Carmen le habla con cariño desde la puer-ta—. Te deseo mucha suerte, vas a ganar seguro, ya lo verás.

Amelia se acerca a la puerta a admirar a su hija.

—Bueno, no me importa no ganar. —Amelia mira a Carmen y la ve de pronto tan mayor, qué rápido ha pasado todo, apenas hace unos años era una canija que jugaba a pintarse a escondidas, y ahí está tan formalita con su cinta en el pelo, tan preciosa—. Ya os tengo a vosotros, que sois mi mayor premio.

—Pero tienes que ganar, mamá, que me has prometido la moto.

—Sí, sí, descuida, hija, lo haré lo mejor posible. No dejaré de pensar en vosotros.

—¿Voy bien?

—Estás estupenda. Ya me contarás... qué te traes entre manos...

Y Carmen se lleva un dedo a los labios en señal de silencio, no quiere que su padre sospeche, pero sabe que a su madre no la puede engañar. Sonríe de medio lado y ambas se entienden.

—Pues suerte a ti también, entonces —le dice Amelia guiñando un ojo—. Pasadlo muy bien en casa de Julia. Estarán sus padres, ¿no?

—Claro que sí —miente Carmen y luego mira su reloj—. Mamá, son las seis y media, ¿no teníais que estar a las siete en la tele?

—¿¡Qué!? —grita Amelia.


Marga acompaña a su madre escaleras arriba mientras sigue escuchando la cantinela de siempre, la que viene repitiendo desde hace diez años y a la que sigue recurriendo en cada encuentro. Que cuál es su empeño en publicar a mujeres escritoras desconocidas, que por qué no publica a escritoras más tipo Corín Tellado, de éxito, novelitas, fáciles, de amor, para todas. Marga ya ni contesta porque es inútil hablar con Victorina, nada de lo que hace le parece bien. Y porque Peter está delante, que, si no, también aprovecharía para sacar el tema de que no se haya casado a sus treinta y tres años y que no soporta que todo el edificio lo sepa y que, seguramente, cuchicheen a sus espaldas al respecto. Marga procura que ni le afecten sus comentarios.

Justo en el momento que llegan a la puerta de Amelia y van a llamar al timbre, Carmen sale disparada escaleras abajo.

—¡Esta juventud van como locos! —estalla Victorina gritando a su nieta que ya corre escaleras abajo—. ¡Casi me tiras!

—Perdona, abuela, me voy pitando, que llego tarde.

—Un día me atropellan, ¿me oyes? Me atropellan. —Victorina levanta el índice y mira fijamente a Marga y Peter—. ¿No os he contado que hoy me ha pasado un motocarro a un centímetro, que se ha saltado un semáforo?

—Sí, Victorina —Peter toma el relevo y le habla con su gracioso acento estadounidense—, nos lo ha contadou en el coche.

—¡A un centímetro! Ahora podrías ser huérfana de madre. —Y sin bajar el índice le sigue hablando a Marga—: ¿Me oyes? Pues eso, que, ay, que me fatigo. —Y al entrar en casa de Amelia sospechosamente no hay nadie a la vista y debe alzar la voz—. ¿Es que nadie va a venir a darme un beso?

—Estamos buscando los gemelos de papá. —Antonio cruza corriendo por delante sin mirarlos apenas.

—Oye, ven a darle un beso a tu abuela. —Pero Antonio ya se ha ido y Victorina toma aire para alzar aún más la voz—. ¡¡Que ya estoy aquí!!

—¡Ya voy, mamá! —Amelia contesta gritando desde el fondo de la casa—. ¡Que llegamos tarde!

—¡Como siempre! ¡Si es que has salido a tu padre!

Armando aparece acelerado y se coloca frente a los recién llegados.

—Doña Victorina, ¿qué tal la cadera? —Procura desviar la conversación hacia su suegra para que se sienta importante—. Es que no encontrábamos los gemelos. Marga, Peter, nos vamos, que llegamos tarde ya. Sabéis cómo funciona la tele, ¿verdad?

—Mi cadera, ya que preguntas, mal, como siempre, si hoy casi me atropellan, imagínate —Victorina va a su propio ritmo—, he tenido que dar un giro brusco, además.

Pero ya nadie presta atención a Victorina; su hija mayor ha hecho acto de presencia.

—¿Qué tal voy?

Amelia aparece bellísima con el vestido nuevo que le ha regalado su hermana, que sonríe de oreja a oreja.

—Estás perfecta. —Marga se siente profundamente orgullosa de su hermana y de su pequeña colaboración; en cambio, a su madre no le convence el asunto.

—Vas un poco ceñida, ¿no?

Victorina acompaña sus suspicacias con una inclinación de cabeza que todos ignoran mientras Marga le recoloca el vestido y realza su pecho.

—Que es un concurso de amas de casa, ¡no Miss España! —A Victorina lo del escote claramente no le ha gustado.

—Sí, mamá, pero parte del jurado son hombres, ¿a que sí? —Las hermanas ríen cómplices y hacen caso omiso de su madre.

Marga se acerca a Amelia y le habla al oído.

—Prométeme que no te olvidarás de lo que hablamos.

—Prometido.


Y ese «prometido» resuena en la mente de Amelia camino de Prado del Rey. Armando no hace más que recordarle las pruebas a las que se enfrentará y cómo afrontar cada una de ellas, paso a paso. El apartamento los espera, el Seat 1500, la moto, los balones, lo que sea, pero que eso no la desconcentre, no queremos hacernos el cuento de la lechera, si no gana, no pasa nada, pero si gana, mejor.

Amelia habla menos de lo habitual, tiene la mirada algo perdida. Es por una idea que se le ha metido en la cabeza y a la que lleva dándole vueltas toda la tarde. Quizá por eso estén llegando tarde, porque andaba un poco atolondrada, revisando unas revistas, maquillándose tranquilamente, pensando en *eso*. Pero es que sería un poco raro para todos, así que es mejor que se olvide de la idea cuanto antes.

Un ruido la despierta de su ensoñación.

—¿Qué ha sido eso? —pregunta Amelia inquieta.

—Es el motor, ya te he dicho que el coche está para cambiarlo.

—¿Pero cuánto nos queda hasta Prado del Rey, Armando? Llegamos tarde, son las siete y cuarto, ¡somos un desastre, siempre igual! ¿Pero dónde estamos?

—Y yo qué sé, Amelia, yo lo he mirado en el callejero y esto está fuera de Madrid, no viene ni en el mapa, estoy siguiendo las indicaciones que nos dio la chica.

Armando vuelve la vista al frente y en su cara se dibuja el terror.

—¿Qué demonios es ese humo blanco que sale del motor?

# 4

# El concurso

Son las ocho y media en el Palacio del Pardo. El reloj anuncia la media hora con su trino particular. Francisco Franco se acomoda en el sofá, su señora Carmen Polo ocupa el asiento contiguo junto a su hija Nenuca y su yerno Cristóbal, que se han quedado —milagrosamente— a ver el programa (no han encontrado a nadie con quien hacer planes). Los siete nietos del Caudillo acompañan a su abuelo en un día como hoy. Los mayores, y algo más tranquilos, tienen la mirada ya fija en el televisor. Los pequeños, Jaime y Arancha, corretean de un lado para otro mientras la niñera británica, miss Hibbs, trata de calmarlos increpando algo en inglés que sólo ella entiende, pero todos se cuadran, incluido el Caudillo.

El programa favorito del abuelo está a punto de comenzar. Suena la introducción del programa, esos violines tan característicos, y a Franco se le dibuja una sonrisa de oreja a oreja; si es que sólo escuchar la melodía ya le llena de orgullo. Si tuviera sentimientos hasta podría llorar.

—Ay, Carmen, si en tu época hubiera habido televisión habrías ganado este concurso seguro.

—Qué cosas tienes, Paco. Si yo, además, coso fatal.

—Bueno, habríamos quitado esa prueba, claro. —El dictador repara en su collar—. Oye, qué collar tan bonito llevas hoy, ¿es nuevo?

—Sí, me lo han regalado esta mañana en Grassy.

—Qué majos. Te queda muy bien. Oye, pásame la mantita, que parece que refresca, y tú, Francis, vente aquí con el yayo.

Francis, su nieto favorito, obedece y se sienta al lado de su abuelo. Y el resto se acomoda alrededor del televisor, como cualquier otra familia normal que disfruta unida de un programa de televisión.

Menchu sostiene una bandeja con medianoches mientras se mira en el espejo la minifalda que se ha puesto. Tiene una seguridad que ya quisiera Carmen, que lleva una por primera vez y no sabe ni cómo colocar las piernas.

—Tus padres no volverán de pronto del viaje, ¿no? —pregunta Carmen.

—Están en Barcelona, tranquila —contesta Julia.

Carmen agradece tener una amiga con dinero cuyos padres viajan y pasan de sus hijas y una hermana con un armario infinito a la que le han robado toda la ropa. Trinca una medianoche presa de los nervios y se la come en dos bocados.

—¿Les diste bien la dirección? Julia, dime que les diste bien la dirección.

—Que sí, pesada, y no te comas la merienda.

—¿De verdad que parece que tengo el pelo limpio? —Carmen se atusa inquieta—. ¿Tienes polvos de talco? ¿No estoy muy rara? ¿Muy distinta?

Julia vuelve a mirar a Carmen y Menchu, a Julia. Acostumbradas a verse las unas a las otras con la falda del uniforme por debajo de la rodilla no tienen aún una opinión formada del asunto.

—Estáis guapísimas, ¿vale? —Menchu les aporta esa seguridad que les falta—. No podemos seguir vistiendo como las monjas.

—¿No son muy cortas? —Carmen entra en pánico—. A lo mejor estamos haciendo el ridículo.

El timbre, son ellos.

—Debería cambiarme. —Carmen hace el amago de salir pitando, pero Julia lo impide.

—¡Menchu, abre tú! —Julia agarra a Carmen del rostro—. No tengas miedo. Le vas a gustar con falda y minifalda.

Carmen asiente temblando y recobra un poco de seguridad. Pellizco en las mejillas y mordisco en el labio. Menchu abre la puerta —el corazón de Carmen se acelera—, entra Simón —y ahora se acelera el de Julia—, Juan… —un segundo eterno, dos— y Lucas. Ha venido. Todo va a ir bien. Lucas saluda a Menchu y busca a Carmen con la mirada. La encuentra. Levanta una mano y sonríe caminando hacia ella. Cruce discreto de piernas de Carmen.

—Hola, Carmen.

La mirada de Lucas desciende hacia la minifalda, no dice nada, pero una ceja levantada lo dice todo. Porque en el fondo tampoco está preparado para esta sensualidad, no tiene ni barba todavía —cuatro pelos mal contados que rasura con ahínco a ver si consigue algunos más— y el chiquillo trata de aparentar que no está igual de nervioso.

—Lucas… —¿Algo ingenioso que decir?—. Al final has venido.
—Un pelín evidente pero correcto.

—Estás muy guapa. —No le ha salido un gallo de puro milagro.

—¡Que va a empezar ya! —Una voz viene a salvarlos.

—¿Vamos? Hemos preparado merienda, ¿quieres picar algo?
—Esto ha sonado muy de madre, mal, Carmen, mal.

Pero es que es la primera vez que Carmen lidia con estos sentimientos, no sabe muy bien qué más decir sin sonar estúpida. Lucas levanta una botella sospechosa.

—Si lo acompañamos de esto… ¿quieres un poco?

Carmen duda, pero tiene que parecer valiente y sonríe aceptando el reto. Entonces un grito, no un aviso, llega desde el salón.

—¡Carmen, que tu madre no está!

Y la sonrisa de Carmen se torna en palidez mientras llega corriendo hasta el televisor.

Un plano general muestra a todas las concursantes y, efectivamente, Amelia no está. El pánico se apodera de todos.


Amelia y Armando llevan más de una hora parados en el arcén. Del Fiat ya no sale humo blanco y Armando sigue empecinado en buscar qué ha podido fallar mientras Amelia trata de salir de allí haciendo autoestop. Para ser primeros de octubre no hace mucho frío y Amelia aguanta estoicamente con el dedo en alto esperando la buena voluntad de algún conductor que los quiera socorrer.

—Si es que lo sabía, ¡lo sabía! Te lo colocan todo para que no puedas arreglarlo tú. Si es que de los italianos no te puedes fiar, con ese movimiento de manos… —Armando gesticula a la italiana juntando los dedos—. A saber cómo han colocado las piezas, ¡joder! Pues donde se les han ido cayendo, esto no hay quien lo entienda. —Está al borde del llanto—. Un día, sólo un día. Te podrías haber roto mañana. ¡Joder!

Amelia intenta no ponerse más nerviosa, no escuchar a Armando, de qué sirve ya. Necesitan llegar a Prado del Rey como sea. Amelia continúa haciendo aspavientos a cada vehículo que pasa, pero ninguno se ha detenido hasta el momento. Qué falta de caridad, de verdad. Un día como hoy. Pero es que tampoco pasa tanta gente por ahí.

De pronto, unos faros iluminan a Amelia, parece que alguien por fin los va a socorrer.


En casa de Amelia, Victorina se abanica frente al televisor, ella no contaba con esto. Ya están presentando a las demás concursantes, ¿y dónde demonios está su hija? ¿Dónde se han metido? Adiós a su televisor. Ella ya lo sabía, ¡sabía que pasaría algo! En la tele prosiguen con la presentación de las concursantes y sus piezas audiovisuales.

—Mercedes, natural de Segovia, tiene cinco hijos, habla francés perfectamente y es voluntaria en el Hospital San Juan de Dios —describe el locutor con su peculiar narrativa.

—Vaya pinta de pájara tiene esta —suelta Victorina con total tranquilidad, ella siempre ha tenido mucho ojo para calibrar al personal.

Marga, angustiada, se pregunta si habrán llegado ya, qué habrá pasado. Peter trata de consolarla, y ella sólo espera que no hayan tenido un accidente con el coche.

Suena el timbre de la puerta. Debe ser Emilia, la madre de Armando. La republicana, respira hondo Victorina. Abre la puerta Peter, y Emilia lo saluda con un seco *jelou*. Ella no ve con buenos ojos eso de que Franco haya firmado con Estados Unidos una conquista silenciosa. *Yankees, go home*, piensa para sus adentros, pero se calla porque Emilia lleva más de veinticinco años callándose para sobrevivir, qué más da un día más o menos. Le fastidia porque en el fondo Peter le cae bien, siempre le pregunta por su salud, es guapo, listo, y le habla en castellano, es más bien por ser fiel a sus principios.

—¡Abuela! —Antonio despega los ojos del televisor y sale corriendo a besar a Emilia.

—¿Lo ves? ¿Lo ves? —Victorina se dirige a Marga—. Es su favorita, y a mí ni dos besos cuando llego.

Emilia recibe los besos de Antonio y le entrega un billetito de cinco pesetas. Ella se lleva un dedo a los labios en señal de silencio y el niño le guiña un ojo cómplice y vuelve corriendo a su sitio.

—¿Alguien me puede explicar qué pasa en esta ciudad? ¡Va todo el mundo como loco! Ni que hubiera fútbol, casi me atropella una moto —comenta Emilia alzando la voz.

—¿Verdad? —Victorina se gira sorprendida—. Pienso igual que tú. Qué raro. —Y esto se lo dice para ella misma más bajito para no darle el gusto.

—Además, era una moto comunista. —Emilia abre los ojos mirando fijamente a su consuegra y levantando los brazos, amenazante—. ¡Comunista!

—¡Calla, calla! —Victorina se santigua y espera que los vecinos no la hayan escuchado.

Emilia se echa a reír, este pique entre las abuelas sucede a menudo.

—Hola, Marga, hija, ¿qué ha pasado? ¿Qué me he perdido?

Emilia se coloca en el sofá junto al resto, en el televisor acaban las piezas de presentación de las concursantes y Amelia sigue faltando sobre el escenario. Marga mira preocupada hacia el televisor.

—Pues que no están, Emilia. Que no han llegado. —Y se muerde el labio inferior temiéndose lo peor.

—¿Cómo puede ser? —Y como si lo hubiera sabido, Emilia saca de su bolso una botella de anís y se la entrega a Antonio—. Hijo, ponnos un par de copitas a las abuelas, que las vamos a necesitar.

En ese mismo instante una moto con sidecar llega derrapando a los estudios de Televisión Española. Amelia sale grácilmente del cubículo y Armando se baja tembloroso del asiento de la moto que, aún para su sorpresa desde que los rescató, conduce una joven mujer. La motorista les desea muchísima suerte con un vigoroso «¡A por ellas!» acompañado de un puño cerrado. Amelia se despide con una sonrisa de complicidad que sabe que no va a encontrar en sus competidoras.

Amelia y Armando entran como un torbellino en el plató y una azafata se encarga de subirla corriendo (y prácticamente de un salto) al escenario. Armando, en cambio, es relegado al lado de un cámara de televisión.

—¡Amelia Torres! Nuestra última candidata, ¡por fin! —pregona el presentador ante el público presente que aplaude rabiosamente—. ¡Ya creíamos que no iba a venir!

—Es que hemos tenido un percance con el coche —se excusa cándidamente al micrófono.

—¡Pues que empiece el concurso!

Millones de españoles desde sus casas, desde los bares, en casa de los vecinos y en las calles frente a los escaparates que venden televisores aplauden entusiasmados.

—¡Ahora sí, por fin, arranca el concurso más importante del año!

Aparte de Eurovisión —le ha faltado aclarar—, o *La unión hace la fuerza* —otro concurso que levanta pasiones—, o *Reina por un día* —que concede deseos a las señoras, pobrecitas ellas, que no pueden cumplir sus sueños—, y que también gozan de grandes audiencias, pero no es día hoy para ponerse a puntualizar en este tema, claro, hay que darle tensión al asunto.

El presentador mira al público y directamente a las cámaras de televisión y a todos los telespectadores:

—¡Arranca la prueba de cocina!

El público aplaude entusiasmado y Amelia resopla mientras mira de refilón a Armando. Lo han conseguido. Pero esto no ha hecho más que empezar. Amelia corre a su puesto. Tiene veinticinco minutos.

Tiempo.

En casa de Julia, Carmen respira aliviada al ver a su madre sobre el escenario; el sueño de la moto, que se había desvanecido durante unos minutos, vuelve a ser una realidad, momento que Lucas aprovecha para acercarse a tranquilizarla y ofrecerle algo de beber. Sabe que no debería hacerlo, que nunca ha probado el alcohol, pero no le importa demasiado porque esta es *la* noche. Su sabor le repele un poco al principio, pero disimula. Tiene que parecer valiente.

Victorina da un sorbito a su copa de anís.

—Me queréis matar de un susto, de verdad.

Las cámaras de televisión enfocan a las concursantes, que rápidamente pelan y trocean sus ingredientes. El presentador tiene una gran destreza para describir el momento y crear tensión mientras la prueba se desarrolla. Aprovecha, además, para hacer algunas preguntas a las concursantes sobre su vida, su cocina favorita, la familia o los santos a los que han rezado. Esto inquieta más a las participantes, que procuran no distraerse, pero tampoco pueden perder la sonrisa. Se juegan el papel del año.

Emilia, que en el fondo aborrece el concurso, no le quita ojo a su consuegra, sabe que es un día importante para ella también, así que le acerca otra copita de anís para atemperar sus nervios y formula una pregunta que sabe que la va a desquiciar.

—¿Y Luis, no ha llegado a tiempo?

Victorina respira hondo y pone los ojos en blanco mientras finiquita la copa de anís de un trago.

Luis está atrincherado, literalmente, junto al aparato de radio que tienen en la cocina del coche-restaurante. El tren de la compañía Wagons-Lits para la que trabaja salió ayer de París dirección Madrid y tenía prevista su llegada a las nueve de la noche, pero encima hoy lleva retraso, maldita sea. Por mucho que Luis intentó cambiar los turnos para no faltar a la cita (incluido el soborno) no ha podido estar frente al televisor viendo a su hija en riguroso directo.

Menos mal que también lo retransmiten en RNE, y tendrá que echar mano de su imaginación. Así que le ha dicho a López que le dé una tregua, que él se va a meter en la cocina al lado de la radio y que ni le moleste, que su hija concursa esta noche en la tele, y eso sólo pasa una vez en la vida.

Pero es la hora de cenar y los compañeros no hacen más que entrar en la cocina con la comanda, y aquello es un escándalo, un estruendo de platos y cubiertos, sopas en equilibrio, y un pollo para la mesa tres que le despista, aunque tenga la oreja pegada al aparato. Pero Luis es un tío afable, así que cuando les pide a los compañeros un poco de compasión, que no oye nada, todos tratan de ser más sigilosos. Algunos se interesan. Explica que la primera es la prueba de cocina y que Amelia está haciendo —consensuado entre todos— su tortilla de patata con bechamel, que es una auténtica perdición. Una voz le saca de sus casillas.

—Luis. ¡Luis!

—¿Qué pasa? No ves que estoy ocupao —responde a García sin mirarlo.

—La señora Valdés, que quiere un café.

—Venga, ¿no hablarás en serio? Llévaselo tú.

—Me ha dicho que quiere que vayas tú. —Y García le pone ojitos antes de darse a la fuga.

—¡Pero que está en el otro extremo del tren!

—Ya conoces a la vieja… tendrá ganas de cháchara.

—Me cago en diez. ¡López, ven aquí! —López interrumpe su actividad—. No despegues la oreja del aparato. Quedan diez minutos de prueba de cocina. Quiero todo lujo de detalles cuando vuelva.

López, que lo aprecia casi como a un hermano —ya son prácticamente veinte años juntos en la compañía—, obedece; sabe que no tiene escapatoria.


Armando fuma apurado un cigarrillo al lado de uno de los cámaras. Intenta meter la cabeza en el visor que tiene encima del aparato para asegurarse de que enfoca a su mujer, pero el operador se lo impide de un codazo. Sobre el escenario las cinco concursantes ejecutan sus platos con maestría, todas han preparado su mejor guiso, pero alguna no consigue templar los nervios, y a la de Jerez se le chamusca el arroz. Poco puede hacer ya, el tiempo corre en su contra y no lo puede repetir, una lágrima le cae por el rostro mientras asume que será eliminada tras su error garrafal.

Mientras, Luis recorre los vagones con el café para la señora Valdés, con una gota de leche y un terrón, no más, de azúcar moreno.

—Vaya, ya pensaba que tendría que ir yo a moler el café. —Ni siquiera levanta la vista del libro que está leyendo.

La señora Valdés habla con esa superioridad que da el dinero, un dinero que se ha ganado por casarse bien y morirse mejor su marido. Tampoco es que ella viniera de mala familia, todo lo contrario, del norte, de los que veraneaban en Biarritz con la alta alcurnia y la burguesía, y sabían que casarían bien a sus hijas con Guerra Civil o sin ella. Son de esas familias que siempre tuvieron los contactos para conseguir buenos matrimonios entre los suyos. El marido de la señora Valdés, un comerciante de telas, sabía negociar, y por eso ella ahora goza tranquila de una holgada pensión de viudedad. Sus dos hijos han continuado con la empresa del padre, y ella viaja como una reina disfrutando de ver muchos lugares que no pudo visitar durante su matrimonio. Cuando se tiene dinero, uno ya no valora ciertos lujos, como viajar (como lo haría el pobre si se hiciera rico de pronto), sino que acaba apreciando cosas que no se pueden comprar: una amistad verdadera, una charla en buena compañía… Eso le pasa a la señora Valdés con Luis, con quien disfruta de hablar de libros, aunque no sean amigos. Sabe que Luis bien podría haber trabajado en otro sector donde hubiera desarrollado mejor sus cualidades, pero a veces a la gente le falta la buena cuna, las oportunidades, los contactos precisos, ¿pero quién es ella para modificar el devenir de la vida de otros? Es una simple viuda con dinero, y eso no es culpa de nadie. Ni siquiera suya.

—Disculpe, señora Valdés, me pilló al otro lado del tren.

—No importa, déjalo en la mesita, Luis.

—Se lo puede pedir a cualquiera de mis compañeros, se lo servirán con gusto.

—Lo dudo, la mediocridad campa a sus anchas por este país, no es fácil encontrar un buen servicio hoy en día.

—¿Quiere algo más?

—¿Has leído este libro? —La señora Valdés por fin levanta la vista y se lo muestra—. *La perla*, de John Steinbeck.

—Sí, un libro fantástico. —Por primera vez Luis no se quiere alargar y zanja rápidamente el café-tertulia—. Buenas noches, señora Valdés.

—¿Qué te pasa, Luis? Te noto contrariado, ¿no quieres charlar del libro?

Luis se toma un instante y pasa a contarle aceleradamente lo del concurso, que cómo puede ser que ella no lo vea, que si su hija mayor está ahora mismo en la tele y que él tiene que escucharlo por la radio, que si la prueba de cocina ha debido terminar y que se tiene que ir, en definitiva. La señora Valdés conoce el programa, pero le importa poco. No hay nada que aborrezca más que el trabajo de casa que, afortunadamente, nunca tuvo que hacer porque siempre dispuso de servicio y niñeras.

No lo retiene mucho más porque entiende que para Luis es importante y le emplaza a encontrarse en su próximo viaje y seguir charlando de libros. Ahora se tomará el café tranquilamente, llegará a Madrid sin sobresaltos y mañana se pasará por Lhardy, que hace tiempo que no se toma un cocido con las amigas. Leer, charlar y comer, ella necesita poco más. Y antes de que haya terminado de repasar en su mente sus planes futuros, Luis ya ha desaparecido y corre por los pasillos del tren.

López sigue en su puesto de mando.

—¿Qué? La vieja quería hablar de libros otra vez, ¿no?

—Calla, López, ¿qué ha pasado?


Ha pasado que Amelia con su tortilla con bechamel ha superado la prueba de cocina y la de Jerez ha sido eliminada definitivamente porque no han apreciado su *socarrat*. También Carmen y Lucas han aprovechado para acercarse un poco más en el sofá mientras picoteaban algo de merienda y, sin que los amigos les quitasen ojo a ellos y al concurso, han hablado del futuro.

Él tiene claro que deberían ir todos a la universidad, pero Carmen sigue con dudas porque no es capaz de formarse una idea clara de lo que quiere. Los tiempos no ayudan, cada vez se ven a más chicas en la universidad, en moto, echándose novio más tarde, pero dejar atrás el peso de la tradición no es fácil, ¿qué debería hacer alguien como Carmen? ¿Debería estudiar para luego trabajar un par de años y tener que dejarlo cuando se case para cuidar de sus hijos? Entonces ¿para qué va a ir a la universidad? ¿Para aparentar? ¿Soñar con un trabajo o una profesión que nunca va a poder desempeñar?

—Pero eso está cambiando —afirma Lucas.

Y como Carmen quiere gustarle y sus creencias (y su propia seguridad) van un poco según sople el viento de los demás, afirma con timidez que seguramente sí, que al acabar el bachillerato irá a la universidad a hacer alguna carrera (fácil) para chicas. ¿Y qué podría estudiar? ¿Qué le gusta? ¿Es buena en algo?

—No deja de ser una experiencia en la vida —comenta, como quien un día monta a caballo.


Amelia ya está sentada frente a su máquina de coser. El presentador explica detalladamente la segunda prueba, tanto para las concursantes como para el público en plató y los telespectadores. Deberán coser un dobladillo y coger unas pinzas a un pantalón. ¡Tiempo!

Pero Victorina no ve nada en el televisor, aunque las cámaras enfocan la acción todo lo cerca que pueden. Amelia ha enhebrado bien sus agujas, su máquina de coser va a toda pastilla, pero su madre, con su negatividad constante como buque insignia, está convencida de que el dobladillo de su hija no va bien.

—Mamá, si a dobladillo no la gana nadie —la tranquiliza Marga—, acuérdate de que tú siempre le traes toda la ropa de papá.

—Ya, hija, pero en la tele todo es distinto. Hasta parece más gordita, ¿no te parece, Marga? No ha podido engordar de aquí a la tele.

—Toma, abuela —Antonio se acerca con un vasito en la mano—, otra copita de anís.

—Pero, Antonio, que se va a achispar. —Marga se gira contrariada.

Pero no ha sido Antonio, ha sido la abuela Emilia, que sonríe desde la cocina como tramando un plan.

En plató, el público guarda silencio, sólo se escucha el sonido vertiginoso de las máquinas de coser. Armando no consigue ver nada claro ni intercambiar miradas con Amelia, que está muy concentrada, ni siquiera el cámara le da cancha para ver a través de su visor, qué antipático el tío.

El jurado se pasea alrededor de las cuatro candidatas y toma nota en sus libretitas.

Amelia cose con maestría, su aguja sube y baja a un ritmo frenético, va recto, la tela no se engancha. Sí, lo ha hecho mil veces. Y esta vez mejor que nunca. Secretamente, Armando le manda mensajes de ánimo y cierra el puño cual entrenador que observa a su discípula. Suena el timbre del tiempo. Las máquinas de coser paran en seco, las mujeres levantan las manos y, a medida que el jurado las llama por su nombre, se acercan a mostrar sus piezas.

El jurado emite un veredicto. Joaquina, natural de Burgo de Osma, Soria, treinta y un años, casada y con cuatro hijos —y una muchacha que la ayuda en casa, todo hay que decirlo—, no ha terminado su pespunte a tiempo y queda eliminada para gran disgusto de los suyos, como comprueban todos en el plató cuando baja del escenario entre lágrimas y se abraza desconsolada a ellos. El disgusto de los que no están en plató no lo podemos corroborar, pero seguramente estarán igual de tristes si es que todos ellos también soñaban con disfrutar del premio de la señora.

Armando y Amelia respiran aliviados y se lanzan una mirada cómplice. Ya sólo quedan tres concursantes. La victoria cada vez está más cerca, pero ahora es el tiempo de… ¡los anuncios!

—¡Volvemos en diez minutos!

Cuando me casé ya tenía todo preparado: las toallas, los manteles, las sábanas… pero luego me sentí abrumada. ¡Es que son muchas cosas! Pagar las facturas, ordenar armarios, atender a los niños… A veces quiero gritar, pero no estaría bien.

Entonces abro la nevera y descubro mi gaseosa favorita,
La Burbujita. Es un sorbo y ya todo me parece maravilloso.
Mi marido dice que es cosa mía, pero yo creo que son las
burbujas, ¡hasta los niños parece que se portan mejor!
La Burbujita. Siempre en su nevera.

Los chicos, entre ellos Lucas, aprovechan para fumar en el balcón.
Carmen no les quita ojo y habla con Julia.

—Pues yo no lo veo muy lanzado, yo no sé qué te habrá dicho
Simón —dice Carmen mordiéndose ya hasta las uñas.

—Que sí, que me lo aseguró, que te iba a pedir ir al cine, que
todavía queda noche. Tú hazte la tonta, que no se te note.

—No, si tonta ya lo parezco. ¿Qué estamos bebiendo?

—Tú bébetelo y calla.

Y eso hace Carmen, obediente.

Medias de seda Eda. Transparentes, resistentes, calidad Eda.
Vista a la última moda. Compre calidad, compre medias Eda.
Todos lo notarán.

Amelia se acerca a Armando, que está casi más nervioso que ella.

—Ya casi lo tienes, Amelia. Ha sido impresionante, qué decisión,
qué ritmo, qué concentración, qué manera de coser.

—Calla, Armando, que aún queda. ¿Has visto a Mercedes? Es
muy buena.

—¿Cuál? ¿La de las perlas? —A lo lejos Mercedes se ha juntado
con su marido, que encima es militar.

—Esa.

—Coño, viene bien entrenada.

—No me quita ojo, Armando, va a por todas. Me da un poco de
miedo.

—Cariño, eso es estrategia, te quiere debilitar. No fijes nunca la
mirada. Esa sabe a lo que viene. Me oyes. Evita su mirada.

—Vale. ¿Qué más?

—Nada, que no te pongas más nerviosa y que contestes con decisión. Tienes una mente y una memoria brillantes, no lo olvides, acertarás todas seguro.

—Necesito ir al baño.

—Claro, claro.

Yo me miraba al espejo y me preguntaba: "¿Qué hago mal? ¿Por qué no gusto?". Y entonces descubrí el método N de Nums. Desde que uso la crema Nums, mi rostro resplandece, está más joven y más atractivo. Con el método N de Nums tengo el cutis más limpio y brillante, y ahora, después de diez días, parece que le gusto a todo el mundo. Método N de Nums. Más atractiva que nunca.

Amelia entra en el baño de señoras.

Lo que no esperaba era encontrarse al resto de las concursantes, ¿pero Mercedes no estaba con su marido militar? ¿Cómo ha llegado tan rápido? Ahí está la tipeja pintándose los labios, le da mala espina.

Las tres mujeres se sonríen con cordialidad y simpatía, pero también con rivalidad. El título lo merece.

Eugenia, de treinta y dos, claramente no tiene nada que perder, lo hace por diversión, y se nota.

—Qué nervios. —Eugenia se atusa el pelo mientras mira a las otras a través del espejo—. No lo pasaba tan mal desde mis exámenes de Enfermería.

—¿Eres enfermera? No sabía... —Amelia siente una simpatía automática hacia ella.

—Claro, como has llegado tarde, no te has enterado —remata Mercedes mientras guarda su barra de labios.

—Sí, es que el coche... —Amelia recuerda las palabras de Armando y no se deja amedrentar por la Generala, apodo que acaba de otorgarle, y vuelve a dirigirse a Eugenia—. Qué valor, a mí me da mucho respeto la sangre, pero claro, cuando los niños se caen, ¿quién los cura?

—Exacto, todas tenemos una pequeña enfermera dentro. —Ambas ríen y Mercedes las mira de reojo, buscando el momento de minar su moral.

—¿Y sigues trabajando como enfermera? —pregunta Amelia.

—Qué va, cuando nacieron los niños lo dejé. Sólo lo echo un poco de menos, bastante tengo con curarlos a ellos todo el día. Dos malas bestias tengo.

—Seguro que están superorgullosos de ti. —Amelia habla con cariño sincero.

Mercedes se gira hacia ellas con altivez.

—Verás cuando te vean perder la prueba, ahí sí que los vas a tener que curar —suelta sin reparo—. No tenéis nada que hacer, seguid echándoos piropos. Ninguna de vosotras dos sabría en qué gastar tanto dinero.

Mercedes sale del baño envuelta en su arrogancia dejando plantadas a Amelia y Eugenia.

—¿Y a esta qué le hemos hecho? —Eugenia frunce el ceño y levanta la nariz imitando a su oponente.

—Esta viene entrenada de casa —Amelia repite las palabras de Armando como si fueran de cosecha propia.

—Pues vamos a devolverle el cumplido en el escenario —sentencia Eugenia ofreciéndole una mano en señal de pacto—. ¿Te parece?

—Me parece. —Y aceptando su mano Amelia siente que, en otro momento de sus vidas, seguramente habrían sido buenas amigas.

—No sé qué hacer con mi marido, siempre está irritado y hay días que casi no me habla.

—¿Has pensado, querida vecina, que llega muy cansado del trabajo y que lo último que necesita es que lo atosigues con tus pequeñas cosas de cada día?

—Me gustaría disfrutar de compartirlas con él.

—Olvídate de ti un segundo y piensa en cómo hacerle feliz. ¿Has probado con el coñac El Rey? Una copita y verás la diferencia.

El Rey, un coñac sólo para ellos.

Armando y el cámara fuman sincronizados mientras miran con atención los anuncios.

—¿Está bueno ese coñac? —pregunta Armando amablemente—. ¿Lo has probado?

—Pues claro —el cámara contesta seco—, pero ya te digo yo que mi señora no me lo prepara al llegar. —El pobre tiene ganas de acabar su jornada. Siempre ha querido ser cámara de deportes, pero una cosa le llevó a la otra y se ha quedado en los platós de TVE grabando concursos, y eso lo tiene amargado.

Se oye el aviso del regidor: «¡Volvemos en un minuto!». El operador de cámara se recoloca frente a su cámara y Amelia vuelve con paso decidido. Armando aprovecha para darle sus últimos consejos.

—Cariño, lo estás haciendo de miedo. Ahora, tranquila, piensa bien en las respuestas, agota el tiempo, no te precipites, pero tampoco dudes de que quizá la primera respuesta sea la buena, eso pasa mucho. Amelia, Amelia, ¿me estás oyendo? ¿Estás bien?

Pero Amelia apenas lo escucha.

—Armando, voy a ganar. —Amelia tiene los ojos fijados en Mercedes, quien claramente la ha subestimado. Se prepara como si fuera un combate de boxeo. La estudia en la distancia.

—Eso... eso, a ganar. Qué segura te veo de pronto. —Armando levanta una ceja suspicaz—. ¡Muy bien!

Las azafatas hacen una señal a Amelia, que, esta vez, sube al escenario a tiempo. Las cámaras se colocan en posición, el jurado toma asiento y el presentador vuelve a agarrar con firmeza el micrófono. Ya nada puede fallar.

# 5

# El discurso

—Buenas noches. Bienvenidos de nuevo a *La mujer ideal 1966*. Afrontamos ya la recta final del concurso con la última de las pruebas. Les recordamos la dinámica: efectuaré preguntas a cada una de ustedes individualmente y después habrá una pregunta común que deberán contestar en sus tarjetas. Por cada acierto se llevarán cinco puntos que quedarán reflejados en nuestro marcador. Tienen diez segundos para responder. Recordemos que Mercedes va en cabeza con treinta y cinco puntos. La sigue Amelia con treinta y Eugenia, con veinticinco. ¿Están preparadas?

Las mujeres levantan sus tarjetas y sus bolígrafos desde sus atriles. Amelia, tocada y desafiante, mira a Mercedes. Ahora ha entendido el juego y va a ir a por todas. Mercedes capta su determinación desviando la mirada.

—Primera pregunta. ¿Mercedes, podría enunciarme los tres tipos de capiteles que encontramos en las columnas griegas antiguas?

—Claro que sí: dórico, jónico y corintio.

—¡Correcto!

El público aplaude.

—Amelia, ¿quién escribió *La vida es sueño*?

—Calderón de la Barca.

—¡Correcto! Cinco puntos más para Amelia Torres.

La retransmisión llega clara a través de la radio, aunque con algo de retardo.

—¡Esa es mi chica! ¿Lo veis? ¿Veis por qué es importante leer libros? Vosotros, panda de iletrados, que no entendéis nada. —Luis aprovecha para echarles un rapapolvo a sus compañeros, que arquean las cejas sin saber a cuento de qué ha venido eso.

—La vida es sueño, dice, un sueño sería estar con la señora Valdés disfrutando de sus millones, ¿eh, Luis? —Las palabras de López caen en saco roto. Estos tipos no tienen solución, siempre con la misma cantinela, piensa Luis para sí mismo, menos mal que les tiene cariño.


Los marcadores suben cinco puntos para cada una. Mercedes tiene ya cuarenta puntos y Amelia la sigue de cerca con treinta y cinco. Ahora es el turno de Eugenia.

—¿Quién pintó *Los girasoles*, Eugenia?

—Van Gogh. Vincent Van Gogh.

—¡Correcto! Cinco puntos más. Nuevo turno de Mercedes. Antes nos ha dicho que es amante de la música clásica, ¿y de la moderna? ¿Qué grupo canta el tema «Monday, Monday»? ¡Tiempo!

—Pues... —a Mercedes le tiembla temporalmente la sonrisa—, si, además, me encanta esa canción... —Amelia y Eugenia se miran cómplices y sonrientes cuando, desgraciadamente, lo recuerda—: The Mamas and the Papas. —Y sus sonrisas se borran en un instante.

—¡Correcto! Justo a tiempo. Cinco puntos más, que hacen cuarenta y cinco en su marcador. Amelia Torres, su turno de nuevo.

Amelia mira a Armando; han perdido una gran oportunidad de empatar.

—¿Cómo se llama la actriz internacional protagonista de la película de Juan Antonio Bardem *Calle Mayor*? ¡Tiempo!

Mercedes sonríe maliciosamente a Amelia, y esta aparta la mirada hacia otro lugar. Lejos de ahí. Porque ha visto la película, pero el nombre no le llega. Y el tiempo corre en su contra.

Marga ha pegado un salto y se ha colocado frente al televisor. Vieron juntas la película en el cine.

¡No se puede olvidar!

Cinco segundos.

—¡Betsy Blair! —se lo chiva Marga a través del televisor—. ¡Betsy Blair! Te tienes que acordar.

—Claro, como tu padre no me lleva al cine, pues no tengo ni idea de estas cosas —Victorina aprovecha para intervenir.

—Porque no dejas de hablar durante las películas, abuela —suelta Antonio, que llevaba un rato callado.

—¡Betsy Blair! —Marga grita agarrando el televisor con ambas manos.

«Dos segundos —apremia el presentador».

«¡Betsy Blair! —Amelia contesta justo a tiempo—. ¡Betsy Blair! Eso es —repite aliviada».

El público aplaude entusiasmado, les gusta Amelia.

«¡Correcto!».

«Fui a verla con mi hermana Marga. —Amelia, simpática, mira a cámara y saluda a su hermana a través del televisor».

Marga, emocionada, la saluda de vuelta con un «Hola, bonita, ¡qué grande eres!», aunque no la oiga.


El presentador encara el final de ronda.

—Eugenia, última pregunta de la ronda individual. ¿Cómo se llama el proceso en el que las hojas de árboles y plantas desprenden oxígeno? ¡Tiempo!

—Foto… —Eugenia se muerde el labio inferior y mira a Amelia. Esta quisiera soplárselo, pero teme la descalificación. Amelia sonríe y su boca se perfila con la forma de pronunciar una «S», pero Eugenia no lo capta.

—Cinco segundos.

—Foto… foto algo. —Eugenia se desespera—. Ay, no me sale.

—¡Tiempo! ¡Fotosíntesis! —contesta el presentador seguido de un gran «¡Oh!» del público—. Lo sentimos, Eugenia. No ha respondido a tiempo. A veces pasa, los nervios. Reciba un fuerte aplauso de nuestro público aquí en Televisión Española.

El público aplaude entristecido pero emocionado con la competición; Eugenia se despide y sonríe a Amelia con complicidad, sólo ella ve cómo ha cerrado el puño y la anima a derrotar a Mercedes. Eugenia se abraza a los suyos y Amelia se queda sola frente a su rival.

—Última ronda final, la pregunta para todas. Ahora necesitaré que apunten sus respuestas en la tarjeta. Si ambas aciertan ganará Mercedes, si sólo acierta Amelia iremos al desempate. ¿Todo claro? —Amelia y Mercedes asienten y sostienen sus tarjetas igual de firmemente que sostienen sus miradas—. Pregunta, ¿sabrían decirnos cuatro tipos de nubes que encontramos en el cielo? ¡Tiempo!

Ambas concursantes se apresuran a escribir vertiginosamente.


Carmen, en ese momento, se lanza hacia el televisor.

—¿Pero qué tipo de pregunta es esa?

—¡Eso está amañado! —sueltan el resto de los amigos.

—¡Silencio! —les pide Carmen preocupada.


Victorina, casi llorando, no le quita ojo a su hija a través del televisor: Amelia ha dejado de escribir por un momento y una de las cámaras lo capta.

—Lo veía venir, esta no se la sabe. ¡Si es que lo que está es en las nubes!

—Se la sabe, mamá, te lo digo yo. —Marga respira aceleradamente y busca la mirada cómplice de Peter, que cruza los dedos.

—¿Otra copita, Victorina? —propone Emilia traviesa—. Ya verás qué cerca de las nubes acabas tú hoy —suelta con una carcajada. ¡TIEMPO!

Y la vida se detiene en todas partes. En el plató, los bolígrafos caen de las manos de las concursantes. Carmen no pestañea, ni siquiera busca la mirada de Lucas por primera vez en toda la noche. Luis tiene agarrado a López de la solapa y Victorina se ha quedado a medio camino de su copa de anís. Incluso la señora Valdés ha levantado la mirada del libro a modo de presentimiento. Y Franco (no nos olvidemos de que está viendo el programa) ha dejado suspendido en el aire el tenedor con el último trozo que le quedaba de tortilla francesa. Incluso los relojes del Pardo han dejado de sonar. Y millones de españoles, repartidos entre sus casas, las de los vecinos y en los bares, se han quedado mudos, casi sin respiración. Y casi sin medianoches, como en casa de Sofía.


—Mercedes, léanos su primera respuesta. —El presentador adopta un tono solemne.

—Cirros —contesta Mercedes acertadamente.

—¿Amelia?

—Estratos —responde Amelia.

—Ambas son correctas —dice el presentador—. Siguiente respuesta, ¿Mercedes?

—Estratos —apunta Mercedes.

—Cirros —contesta Amelia esta vez.

—Bravo. ¡Qué coordinadas han respondido! ¿Tercera respuesta?

—Cúmulos. —Mercedes acaricia la victoria y levanta una ceja con aire de superioridad.

—Cúmulos también —dice Amelia.

—Atención. Última respuesta. Mercedes, si acierta, será la ganadora, la Mujer Ideal 1966. —Amelia y Armando se miran con un nudo en el estómago—. Su último tipo de nube. No puede fallar.

Mercedes sonríe victoriosa.

—Y no pienso fallar: cunilimbus.

El regidor de plató se echa las manos a la cabeza. En el público la gente se mira con los ojos abiertos como platos. Armando le pregunta al cámara: «¿Ha dicho *cunnilingus*?». Pero el cámara no lo escucha porque se está desternillando. Una bocina suena por todo lo alto del plató. El jurado se mira disgustado.

—¡Incorrecto! Lo siento, Mercedes. —El presentador trata de aguantar la risa—. No hay ningún tipo de nube con ese nombre.


Lucas y sus amigos se mueren de la risa.

—¿Pero qué pasa? ¿Por qué os reís? —Carmen mira al grupete sin entender—. ¿Qué ha dicho mal?

—Nada, Carmen, no te preocupes —responde Simón divertido.

López no puede contener las carcajadas y Luis le tapa la boca.

«¿Amelia, su respuesta?».

—Hija, por lo que más quieras, acierta —la anima su padre desde el tren.

«Sí, pues mi última respues…. —La señal se pierde repentinamente».

—¿Qué ha dicho? ¿Qué ha dicho? —Luis cae en la cuenta de pronto—. Me cago en diez. ¡El puto túnel!

Amelia en el plató sonríe segura de sí misma.

«Cumulonimbos. Eso es».

La audiencia del programa vuelve a aguantar la respiración.

«¡Correcto! ¡Esa respuesta es correcta, Amelia!».

Carmen grita de emoción y aprovecha para abrazarse a Lucas.

—¿Pero ha ganado ya? —pregunta Victorina con los ojos desencajados.

—Que no, abuela, que no te enteras —le contesta Antonio.

El marcador de Amelia suma los cinco puntos.

«Señoras y señores, historia de la televisión. —Luis recupera la señal de la radio y la respiración—. Lo nunca visto. ¡Se ha producido un empate! Sólo el jurado tiene la última palabra».

—¡Lo sabía! ¡Lo sabía! ¡Acertó! —Los gritos de Luis salen de la cocina y llegan hasta los distinguidos clientes que en ese momento están cenando en el vagón restaurante.

López, que ya no podía más y se ha puesto a atender las mesas, excusa a su compañero.

—Es que ha vuelto a acertar el menú que quería la señora Valdés —Y como conocen a la distinguida señora, entienden la euforia del pobre Luis, a quien le va a dar algo como pillen un nuevo túnel camino de Madrid.


El jurado sigue deliberando cómo resolver esta situación inaudita. Mercedes se muerde el labio inferior de la rabia. Se veía ganadora, pero ahora es Amelia la que la mira desafiante desde su atril.

—Atención, nuestro jurado hará una pregunta a las candidatas para tomar su decisión final y resolver el empate.

España entera clava los ojos en el televisor. Mercedes avanza hasta el extremo del escenario, el presentador le cede el micrófono. Un miembro del jurado se pone de pie.

—Mercedes, ¿cómo es para usted la mujer ideal?

Mercedes tiene perfectamente ensayado su discurso.

—Bueno, para mí la mujer es el sostén principal de la familia, claro. Siempre dispuesta y atenta a todo lo que puedan necesitar el marido, lo primero, y luego los hijos. Porque nuestros seres queridos necesitan un apoyo, y ese apoyo debe venir de la mujer. Hay que cuidarse, hacer ejercicio, ir a misa, rezarle a Dios, leer, nunca descuidar su aspecto y quejarse sólo un poquito. Yo creo que esa es la mujer ideal de los años sesenta en España.

El público aplaude entusiasmado. El jurado comenta y apunta sus impresiones. Amelia mira a Armando, que le hace un gesto de indiferencia hacia lo que ha dicho la otra concursante.

—Amelia, su turno.

Mercedes vuelve a su sitio y esta vez es Amelia quien se acerca lentamente al micrófono. Una mujer miembro del jurado se levanta y le formula la misma pregunta.

—¿Y para usted, Amelia? ¿Cómo debería ser la mujer ideal de 1966?

Amelia arranca algo dudosa, mira a Mercedes y construye su discurso a medida que lo va pensando. Ella no lo tiene tan preparado; además, ha empezado a dudar de algunas cosas, pero no ha llegado a verbalizarlas. Llevan calando un tiempo en su mente, son pensamientos que están ahí, que aparecen sin avisar, un comentario de su hermana, alguna noticia que oye por la radio, un cambio que sucede por aquí, otro detalle por allá... sentimientos que van decantando hacia un lugar olvidado de la mente hasta que de pronto se piensa en ellos.

—Pues... como decía Mercedes, efectivamente... la mujer ideal es el sostén de la familia. Esto... ayudar en aquellos aspectos a los que los demás no llegan, por falta de tiempo, por exceso de tareas... el marido llega muy cansado del trabajo y los chicos tienen mucho que estudiar hoy en día... Pero...

Amelia guarda silencio, mira al público, al jurado. Todos clavan la vista en ella. Los focos la deslumbran, a veces no sabe ni dónde posar los ojos. Esos pensamientos decantados van tomando forma, empiezan a despertar desde el letargo.

—Pero la mujer ideal… también tendría que hacer aquello que la haga feliz. Y, a veces, estar en casa no aporta mucha felicidad, la verdad. Se está muy sola.

El público en silencio le presta toda su atención. Una señora mayor asiente con cansancio, se reconoce en esas palabras.

—Muchas veces no se dan cuenta de todo lo que hacemos. Es como… si fuera invisible. Todo ese esfuerzo desaparece enseguida y hay que repetirlo cada día. Y casi nadie lo aprecia. Simplemente, alguien lo hace. Ahora, muchas mujeres trabajan, y creo que eso está muy bien, dedicarse a lo que les gusta, porque con eso serán felices, y esa felicidad también recaerá sobre la familia… Pero… la mujer ideal también debería tener su espacio para ser ella misma. Un espacio propio. Aprender de todo, cuidarse, claro, y… ser cada día mejor persona. Algo así, quizá. Gracias.

Amelia se retira del micrófono caminando unos pasitos hacia atrás, y todos valoran en silencio sus palabras. Armando la mira orgulloso, aunque no entiende muy bien alguno de los argumentos que acaba de compartir. Amelia levanta las cejas, sorprendida por sus propias declaraciones.

El público, de pronto, rompe en aplausos. Alguna mujer se pone en pie, algún silbido, algunos vítores, incluso. El jurado toma nota de ello.

Emilia, que apenas ha comentado nada durante el concurso (que no aprueba, salvo como oportunidad para emborrachar a su consuegra y echarse unas risas), suelta un sonoro «¡ole!» y se pone en pie a aplaudir a su nuera. Victorina, en cambio, se gira hacia su otra hija y le pregunta:

—¿Tú has estado hablando mucho con tu hermana últimamente?

A lo que Marga no contesta, pero sonríe y sigue mirando la pantalla. Esto aún no ha terminado. Agarra la mano de Peter con fuerza. Amelia *tiene* que ganar.

Las dos candidatas aguardan la deliberación. Nadie habla, ni en plató, ni en la cocina del tren, ni en casa de Amelia, ni en casa de Julia, ni siquiera en el palacio de El Pardo, sorprendentemente. Todos clavan su mirada sobre el jurado, que cuchichea sin tomar una decisión. Las cámaras recogen el momento en el que, por fin, un miembro del jurado entrega una tarjeta al presentador. En esa tarjeta van los sueños de todos. El apartamento de Torremolinos, la moto de Carmen, la equipación de Antonio, la tele de Victorina, el coche nuevo para la familia, el pago de Tito. Pero también los sueños de los familiares de Mercedes, una nueva habitación para la niña, la contratación de otra señora, un viaje a Baleares y un tocadiscos para el mayor. Porque Mercedes tampoco tiene ganas de ningún capricho, sólo de ganar.

El presentador abre el sobre. Las candidatas aguantan la respiración. El presentador desliza la tarjeta lentamente hacia arriba y una breve pero incontenible sonrisa se dibuja en su rostro.

—Y la ganadora es… ¡¡AMELIA TORRES!!

Y lo que sigue al anuncio de la victoria es un griterío en plató, una mirada atónita entre Amelia y Armando, que se abraza al cámara desviando el plano que estaba enfocando, unos abrazos entre Carmen y Lucas que son de una época más avanzada, un salto de Victorina poco propio para su edad y un beso de película entre Marga y Peter —que su madre se encarga de zanjar a tiempo porque no están casados—, seguido de una reprimenda al respecto por parte de Emilia con un «¡Déjales ya, que son otros tiempos y tu hija acaba de ganar!», un grito de Luis que se oye por todo el vagón que no hay compañero que lo pueda justificar ante los clientes y una sonrisa de medio lado de Franco, que, secretamente, se había puesto de parte de Amelia porque le recordaba un poco a su madre.

El público, puesto en pie por el tremendo espectáculo televisivo —nunca había estado tan reñido—, ve a Amelia recibir su ramo de flores y una banda con letras grandes de ganadora. Mercedes, con su sonrisa ensayada, baja a reunirse con los suyos y ya poco más pintará en esta historia. El presentador le hace entrega a Amelia de un sobre.

—Y aquí tiene su primer premio, un lote de electrodomésticos Cointra, patrocinador del programa, que incluye lavadora, frigorífico y cocina completa con horno. El sueño del ama de casa española. Si es Cointra estará tranquila. Cointra, servicio y calidad. —El público aplaude entusiasmado. ¿Quién no querría una cocina Cointra en los tiempos que corren? Un sueño—. Y aquí, su segundo sobre. El premio gordo. El premio que todos desean. Su cheque por valor de cien mil pesetas.

Y si el público se levantaba por la cocina, no digamos ahora por el cheque. Quién pudiera tener esa cantidad de dinero en 1966, una fortuna.

—¿Y díganos, Amelia, en qué va a gastar el premio? ¿Un apartamento? ¿Un coche? La cocina ya la tiene.

Amelia recoge el sobre con cuidado, como si fuera a perder el dinero si se le cayese el cheque de las manos. No ha tenido tanto dinero en su vida, en un pequeño papel que pone «Páguese al portador». Y quien lo porta es ella. Es un dinero que debería ser *para ella*. Lo ha ganado. Se lo ha ganado. El aplauso del público se va silenciando poco a poco hasta desaparecer. Tiene que responder. En su mente resuenan las voces y peticiones de sus seres queridos. Pero también suena, más clara que todas, la voz de Marga en su mente: «Y tú, ¿qué quieres hacer con el premio?».

*TÚ. Ella.*

Por primera vez, podría pensar en sí misma. Un poco, después de todo este tiempo. Después de una guerra, del hambre, del frío, del servicio social, después de parir y criar a dos hijos. Después de sonreír cada santo día y hacer sus tareas con esmero. Después de mediar desde hace años entre sus padres, de defender a su hermana, de hacer ejercicio para no perder la figura, diseñar el menú de cada semana, salir a comprarlo e intentar ahorrar. Después de limpiar la casa sin ayuda, de planchar las camisas y la ropa de todos, de decorar una casa con buen gusto, por el qué dirán si alguien se planta de visita sin avisar. Quizá ya sea la hora de hacer lo que siempre quiso, pero sin ser consciente de ello hasta ahora. Porque nunca se había permitido desearlo. Porque, a veces, uno sólo sueña con cosas que cree que puede alcanzar. Y ella nunca imaginó que sería posible. Hasta hoy. Y esos deseos, sedimentados en el olvido, de pronto afloran, suben por las tripas, se agolpan en la garganta y se convierten en sonido a través de una voz suave y precisa pero todavía inmadura porque acaba de nacer.

—Pues... voy a gastar el dinero... en...

El nudo en la garganta aprieta un segundo, pero lo sabe, lo ha sabido siempre y por fin rompe su silencio.

—Un curso de aviación. Eso es... Quiero ser piloto de aviones.

Amelia escucha sus propias palabras casi al mismo tiempo que el resto de los espectadores y los presentes. Está casi tan sorprendida por lo que ha dicho como todos los demás. Lo único es que ella sabe de dónde vienen esas ganas, el resto no. Así que, en parte, entiende que el tiempo se detenga de pronto y que no se escuche absolutamente nada cuando termina de hablar. Es que nadie es capaz de procesar tan rápido lo que acaba de decir.

—¿Qué ha dicho? —pregunta el realizador del evento en la sala de control.

—¿Qué ha dicho? —pregunta Victorina.

Amelia, ante el silencio, mira al presentador y recalca.

—Aviadora. Sí. Eso. Es el sueño de mi vida y por fin lo voy a poder cumplir. Gracias a todos.

Y ahora sí, vuelve a su sitio, y España se resquebraja. Entre el público, las casas y los bares, salta gente aplaudiendo, gente que pregunta cómo ha podido ser tan atrevida, que si está loca, algunos creen que es un chiste, otros opinan que muy bien y el control de realización no sabe a quién enfocar con las cámaras. Amelia muestra una sonrisa de oreja a oreja, inocente, no es consciente de la repercusión de sus palabras. Ahora es el cámara el que le sopla un manotazo a Armando tirándole el cigarrillo de la boca porque se ha quedado pasmado, Marga grita de emoción sabiéndose victoriosa, Victorina casi pierde el conocimiento y Emilia la sostiene entre risas. Carmen se ha quedado blanca frente al televisor y Luis vuelve a gritar y se juega el despido. El Caudillo se ríe ante la ocurrencia y Tito ve peligrar los ingresos que le deben.

Desde el control de realización apremian al presentador a despedir la gala urgentemente.

—Ya lo han visto, *La mujer ideal 1966*, una sorpresa hasta el final... La mujer ideal, que esta noche se irá... volando. ¿Quién lo iba a decir? Feliz noche y hasta el año que viene.

Desconexión televisiva.

Armando mira descolocado a Amelia. ¿Cómo no le ha dicho nada? ¿En qué momento? ¿Cuándo? Él conocía su afición a los aviones, ¿pero así? ¿Delante de España y sin avisar? ¿Pero qué sueño? ¿Y su Seat 1500? ¿Y su apartamento? ¿Y su paella? Quiere acercarse a Amelia, que en ese momento lo mira como una chiquilla que ha cometido una fechoría. Ella también quiere hablar con su marido, explicarle, pero una nube de periodistas y fotógrafos se abalanzan sobre ella, le preguntan, saltan los flashes, la acorralan a preguntas. ¿Aviadora, desde cuándo? ¿Y ha volado usted alguna vez? ¿Qué dirá su marido al respecto? Amelia intenta responder mientras Armando se ha quedado solo en medio del plató.

Carmen tiene la mirada clavada en el televisor, y eso que el programa ha dado paso ya a los anuncios. Los amigos también están divididos, pero la voz clara de Lucas con un «pues ahora ya no podremos ir en moto al colegio, habrá que ir en avión» le ha atravesado el corazón.

Julia increpa a Simón cuando este bromea con la idea de que, animada por el atrevimiento de Amelia, su propia madre quiera hacerse taxista, que siempre dice que no la dejan conducir. Y Menchu le contesta que seguro que conduciría mejor que él y le añade un mequetrefe al final de la frase. Juan se ríe pensando en el padre de Carmen, que menuda gracia le habrá hecho, que a ver si le da permiso ahora para hacer el curso.

Nadie se fija en Carmen, que está aguantando las lágrimas como puede y a quien lo que ha bebido le empieza a hacer efecto en el estómago revuelto. No aguanta más y sale corriendo en dirección al baño para vomitarlo todo.

Menchu zanja la discusión con un «¡callaos, imbéciles!, ¿no veis que está afectada?». Y lo remata preguntando que por qué no va a poder volar su madre, a lo que nadie contesta. Pero es que los chavales son así, hacen los típicos comentarios para hacerse gracia entre ellos, sin ser consciente de la dimensión del daño ocasionado. Porque por mucho que vistan con corbata todavía no comprenden ni lo más mínimo cómo sienten las chicas que hoy los acompañan (si es que algún día lo intentan).

—Envidiosos, eso es lo que sois —remata Julia para dejarlos planchados del todo.

Victorina se ha echado los restos del anís en su copa, se la bebe de un trago y recapitula.

—Ha bebido, Amelia claramente ha bebido. Cuando la vi salir iba bien, o eso creo, claro, porque a lo mejor no me di cuenta, una no va buscando ver esas cosas. —Victorina deambula por el salón con poco equilibrio tratando de encontrar una explicación mientras todos la miran preocupados—. Quizá para templar los nervios bebió y, como no suele beber, pues se le fue de las manos. —Ahora apunta con su dedo índice a Antonio y lo mira fijamente, como si estuviera resolviendo un crimen y desenmascararse al asesino—. O de camino, quizá Armando llevaba una petaca, que eso es muy de los maridos, y le dio un traguito. Espera, claro. —Ahora gira sobre sus tacones y se lleva la mano a la barbilla—. Cuando el coche se les paró. Bebió ahí seguro, debió imaginarse que no llegaría a tiempo y le dio por beber… lo que fuera. Gasolina incluso. Eso lo explica todo. O locura transitoria, de la emoción, eso podría ser, ¿no? —Ahora agarra de las solapas a su yerno—. Peter, Peter, tú eres médico, puede ser locura transitoria, ¿verdad? La televisión, las emociones…

Peter toma cálidamente la mano de su suegra, la tumba delicadamente en el sofá y procede a tomarle el pulso. Marga aprovecha para abanicarla mientras mira a Peter preocupada.

—*She's drunk too much. Bring me some water.*

Marga se acerca diligentemente a por un vasito de agua que su madre, en vez de beber, decide tirarse sobre la cara.

—¡Pero mamá! ¿Qué haces?

—Estoy soñando, es una pesadilla, y así me despierto. ¿Ha pasado ya? Me he despertado, lo de tu hermana no ha sucedido.

—Sí que ha sucedido, mamá, y estás sacando las cosas de quicio. Sabes perfectamente que Amelia ama los aviones desde pequeña.

Victorina se levanta del sofá repentinamente como un resorte.

—Ay, tu padre, ¡¿qué va a decir tu padre?!

Pero Luis ya no es Luis, ahora es un ser completamente transformado, desfigurado, casi. Se ha colocado al lado del pobre maquinista, que no puede atender sus demandas.

—Luis, ya te he dicho que no podemos ir más rápido, ¡déjame en paz!

—¡Tengo que llegar a Madrid ya! ¡Dale ahí, hombre!

Luis le apremia señalando la palanca de velocidad, pero como el maquinista hace caso omiso, Luis le esquiva, la agarra con fuerza y empuja la palanca hasta el fondo. El compañero pega un salto, recupera el control de la cabina y se encara con Luis.

—¡¡Pero merluzo!! ¡¡Que podemos descarrilar!!

—¡Pues encárgate de que no suceda!

Y en ese acelerón los camareros, que sostenían sopa de cocido para los comensales, no han podido mantener el equilibrio y la han derramado sobre los viajeros de primera clase. Y la señora Valdés, que se estaba arreglando frente al espejo mientras entraban a Madrid, ha perdido el control del pintalabios y se ha pintado media cara y ahora parece un indio apache. A ver cómo se quita eso sin que se note, que es de los caros y se borra mal. Lo que le faltaba, que pareciera que se ha besado apasionadamente con alguien.

# 6

## Menudo espectáculo

Amelia y Armando guardan silencio en la parte de atrás del taxi, camino de casa. A nadie le importa ya dónde quedó el Fiat, tirado en medio de la carretera, ni tampoco el nuevo Seat 1500 con sus cuatro cilindros, 72 caballos y carburador Bressel. Qué más da ya si tampoco huele a salitre y el arroz de la paella se está pegando. Lejos han quedado Torremolinos y ese vermut fresquito. Armando no tiene nada que decir, Amelia menos, ya lo ha dicho todo en el escenario.

Ninguno de los dos ha encajado todavía lo sucedido, una por osada, el otro por asombro. Quizá sea mejor no pensar ni decir nada por ahora. Abrazar el ramo de flores que los separa y guardar con cuidado en el bolsillo interior del bolso el cheque al portador. A la portadora. Porque de momento no lo porta Armando, y eso le ha extrañado un poco a él. Tantos años dando por sentado que todo lo de Amelia es suyo que, por primera vez, no sabe si el gesto de guardarse el cheque para sí misma le ha sorprendido o le molesta. No quiere que le moleste porque él la adora más que a nada en esta vida. Tal vez el error haya sido suyo, pensando que Amelia compartiría ese premio con todos ellos, especialmente con él, con lo bueno que ha sido siempre con ella. Siempre la ha tratado bien, nunca le ha sido infiel, nunca le ha pegado, nunca ha llegado tarde del trabajo. Nunca les ha faltado de nada a ella y a los chicos. El premio de ella debería ser el de todos, ¿no es así en la familia? Todo se comparte.

Amelia mira fijamente por la ventanilla y no puede reprimir una sonrisa. ¿Qué ha pasado ahí dentro? ¿Y esa voz? Pero es que estaba ahí, no la ha podido contener. Es raro que no hubiese avisado a Armando antes de sus intenciones, pero si no hubiera ganado habría seguido con su vida, cuidando de la casa, de los chicos, cocinando... nunca lo hubiera verbalizado. ¿Pero y la posibilidad de volar? La propuesta de Marga la había ido corroyendo por dentro, como una pequeña oruga que va comiendo todo a su paso sin que se la pueda parar. Volar, los aviones, las revistas *Flaps*, las tardes en Cuatro Vientos... simplemente no lo había podido soñar aún. Pero estaba *ahí*. El deseo, el sueño. Latente. Esperando a ser escuchado. Y como la oruga que luego se convierte en mariposa, su sueño despertó. Eso es, ella era una pequeña oruga que se había dado cuenta de que podía ser mariposa. Qué hermoso, piensa, y sonríe.

¿Pero qué estará pensando Armando? No se atreve ni a mirarlo. Lo tendrá que entender, es un buen hombre. Y su madre siempre trabajó, no le puede parecer mal, la tendrá que apoyar. Pueden seguir comprando el coche y el apartamento a plazos, quizá no sea incompatible. Amelia se gira repentinamente hacia Armando, le sonríe, pero se protege con el ramo que los separa. Él sonríe también, pero desde otro lugar que aún no sabe cuál es.

—Tenemos que hablar de esto. —Armando busca que su tono de voz no sea severo.

—Por supuesto —Amelia responde diligentemente y vuelve a mirar al frente para evitar que esa conversación comience ahora mismo—. Después.


Armando y Amelia entran sigilosamente en el edificio, lejos de la euforia que podría suponer un momento así. El edificio entero podría estar esperándolos, de ahí el cuidado que ponen al cerrar el portal y subir las escaleras, pero es un cuidado inútil para los oídos finos y la agudeza visual de Agripina, que esperaba inquieta tras su mirilla de francotirador.

—Qué bochorno. —Oyen a sus espaldas, pensando que han dejado atrás al enemigo.

Armando, que siempre ha hilado fino, maneja la ironía con gran maestría y disfruta de ponerla en práctica. Se gira grácilmente y contesta a la señora con elegancia.

—¿Lo dice por la subida de las temperaturas? Porque al final no ha llovido —y hace una pausa dramática—, afortunadamente para su reúma.

—Menudo espectáculo, estará contenta. —Agripina mira encendida a Amelia, que se parapeta tras las flores.

—Una maravilla, un hito de la televisión, la pena es que sólo suceda una vez al año. ¿No pensó usted presentarse en su día? Habría sido la candidata perfecta. Espere, un momento —Armando hace una nueva pausa levantando un dedo y creando una gran expectativa—. Porque cuando usted tenía su edad no habían inventado ni la televisión. ¿Puede ser?

—Ha traído usted la desgracia al edificio. Rezaré dos rosarios a ver si recupera la sensatez.

—No sabe cuánto se lo agradecemos —Armando y Amelia van entrando a su casa—, ya de paso rece un par de padres nuestros, a ver si consigue usted recuperar la alegría.

Armando cierra de un portazo, creyéndose a salvo; no sabe que el infierno estaba dentro. Amelia, agarrada aún más fuerte a su ramo, observa petrificada a su madre tumbada en el sofá, con una toalla mojada en la cabeza —adiós al cardado, claro— y Antonio abanicándola mientras Victorina delira.

—Claro, si es que no he sido un buen ejemplo para ella. Como yo soñaba con tener un niño…

—Pero, mamá, ¿qué estás diciendo? —Amelia la increpa, no entiende nada.

Victorina se incorpora al escuchar su voz.

—Que como dabas tantas patadas durante el embarazo, pues yo pensaba que eras un niño, y ahora, claro, mírate, ya no sabes ni quién eres.

—Amelia sabe perfectamente quién es, mamá. —Marga aprovecha—. A lo mejor tu problema es que no nos aceptas tal y como somos.

Victorina intenta infructuosamente levantarse del sofá, la melopea se lo impide.

—Antonio, abanícame, abanícame fuerte, que no puedo respirar.

Mientras, Peter sujeta el teléfono que acaba de sonar, pero no parece entender nada; le tiende el auricular a Marga, que es incapaz de ponérselo en la oreja por el griterío que sale de él. Marga mira a Armando y le ofrece el auricular.

—Creo que es tu prima.

Armando abre los ojos y hace aspavientos, no ha llegado a casa, no está para nadie.

Marga contesta.

—Es que no han llegado todavía, no… claro… ¿Que llame a la Guardia Civil?

Antonio se acerca cariñoso a su madre con un avión de papel.

—Mamá, eres la mejor. ¿Me firmas un autógrafo?

—Claro, mi amor.

Amelia lo abraza fuerte, y justo mientras posa su rúbrica en el avión de papel, se oye un fuerte portazo. Carmen entra como un torbellino y va derecha hacia su madre. Ha vuelto a ponerse las ropas con las que salió.

—¿Cómo has podido hacerme esto? ¡Me has dejado en ridículo delante de todos mis amigos!

Amelia se queda desconcertada por tanta vehemencia y el rostro desencajado de su siempre angelical hija.

Y ahora el timbre de la puerta, ¿alguien más? ¿Pero quién falta?

Son Tito y Sofía. Claro, no podía ser de otra manera. El cobrador del frac, aunque hoy va con chaqueta.

—Veníamos a felicitar a Amelia —se adelanta Sofía inocente.

—Qué bien el premio para el curso de piloto, ¿eh? —Tito sonríe irónicamente a Armando—. ¡Vaya noticia!

—Hemos traído un poco de anís para celebrarlo. —Y antes de que Sofía acabe la frase Emilia se lo arrebata de las manos.

—Qué alegría, porque aquí mi consuegra necesitaba un poquito más.

Marga aprovecha que su sobrino cruza por delante del teléfono para darle el auricular y librarse de la prima enajenada que sigue gritando al otro lado.

—Cuéntale algo del Real Madrid.

Emilia reparte copitas de anís entre los asistentes mientras Tito se acerca sigiloso hacia Armando, quien enseguida se apresura a cubrirse las espaldas.

—No se preocupe, don Tito, hablaré con ella y entrará en razón, al menos me dará un poco del premio para cerrar las cuentas. —Y parece que eso apacigua la tensión del vecino.

Amelia se acerca a Carmen y trata de entender lo que ha sucedido.

—Es que no entiendo, cariño, ¿qué ha pasado?

—Ha pasado que te has vuelto loca, mamá. Eso ha pasado.

—¡A tu madre ni se te ocurra hablarle así! —la defiende Armando, que la ha escuchado perfectamente.

—¡Le hablo como me da la gana! —Carmen nunca se había enfrentado de esta manera.

—¡A tu cuarto! ¡Castigada un mes! —sentencia su padre—. ¡Mejor tres!

—¿Pero qué le pasa? —pregunta Sofía ajena a todo.

—¡Es esta mierda de dictadura! Que ya no sabemos qué está bien y qué está mal —berrea Emilia por todo lo alto callando a todos.

Victorina pega un respingo.

—Pero, Emilia, ¡no hables así, que te van a encerrar!

Emilia mira a los vecinos, que levantan las manos en alto y niegan con la cabeza; no la van a delatar.

—¡Todo es culpa de tu padre! —finiquita Victorina mirando fijamente a Amelia.

—¡Papá! —Marga acaba de abrir la puerta, es la única que ha oído el timbre con todo este barullo—. ¿Pero no estabas de viaje?

Luis entra en casa de su hija con el rostro serio. Todos enmudecen. Victorina se ha quedado helada (dentro de lo que la melopea le permite). Tito y Sofía observan al vaquero que ha entrado en el salón sembrando el terror. Carmen asoma desde su cuarto por el repentino silencio. Armando se acerca a su suegro, se teme lo peor.

—Don Luis, bienvenido, estábamos celebrando la victoria de Amelia, ¿una copita de anís?

Victorina se incorpora como puede en el sofá.

—Luis, tienes que poner fin a esta locura —solloza.

Luis comprueba su estado lamentable y sigue escrutando con la mirada a los allí presentes hasta que encuentra a Amelia rezagada en una esquina.

—¡Amelia! —Su tono es severo.

Todos callan, el silencio es absoluto, sólo se escucha el bisbiseo que sale del auricular del teléfono que ahora sostiene Tito sin entender cómo ha llegado hasta él. Luis camina lentamente hacia su hija, ella abre los ojos y aguanta la respiración.

—¿Qué has hecho, hija? ¡Qué has hecho!

—Papá... yo...

A Luis le tiembla la expresión.

—¡Qué alegría, hija, pero qué alegría! Mi niña, piloto. —Luis se abraza a su hija ante el asombro de todos—. Por fin. Lo sabía, si es que lo sabía, tú lo llevabas dentro. Ya era hora. —Luis la besa y la abraza como si fuera una chiquilla mientras le saltan las lágrimas de la emoción—. Todas aquellas tardes, en Cuatro Vientos, esa luz en tu mirada... Ay, Señor. Me has dado la alegría de mi vida. Mi niña, piloto.

—Aviadora, papá.

A Luis se le aguan los ojos de emoción.

—Eso, lo que tú quieras. ¿Y cuándo empiezas el curso?

—¡Pero Luis! —grita Victorina envidiando esos abrazos y besos—. Que las mujeres no pilotan aviones.

—¡Eso será ahora! —contesta Luis.

—¡Pero si ni siquiera sabe conducir un coche! —Victorina ya no sabe qué argumentar.

Carmen vuelve a encerrarse en su cuarto; la aprobación de su abuelo es lo último que necesitaba esta noche. Tito y Sofía también deciden retirarse a tiempo, esto ya no les incumbe. Emilia aprovecha la salida para soltar alguna de las suyas mientras besa a su nuera.

—Pues yo no sé de qué os escandalizáis tanto, antes las mujeres conducíamos coches, nos divorciábamos, pilotábamos aviones... lo típico. Qué pena que se nos haya olvidado lo que era normal, ¿verdad, Victorina? —Y se despide de ella con un sonoro beso lanzado al aire mientras sale por la puerta.

Luis se gira severo hacia su mujer.

—¡Victorina, nos vamos!

La voz de mando de Luis hace que Victorina trate de levantarse de sopetón del sofá, pero inevitablemente, en su intento de marcharse, cae redonda al suelo, desmayada.

—¡Peter, Peter! —grita Marga asustada.

Y, de pronto, se produce un revuelo de paños fríos y abaniqueos con tal de que la señora recobre la conciencia. El auricular del teléfono ha quedado abandonado sobre la mesita y sólo se oye un hilo de voz al que ya nadie presta atención.

Amelia se desmaquilla frente al espejo; pocos días recuerda tan ajetreados como el de hoy, no está acostumbrada a ser la protagonista, ni que sus actos causen tanto alboroto. Aparte de las fiestas de guardar, nacimiento de hijos y eventos familiares, su vida suele ser bastante normal. A estas horas, casi medianoche, ya estaría metida en la cama con el menú del día de mañana pensado y con la casa organizada.

Ni siquiera sabe cómo ha quedado el salón, ¿acaso lo ha ordenado? Ahora no lo recuerda, pero sí el reportaje a primera hora, las compras, el viaje accidentado hasta la tele, el concurso… Amelia deja su algodón desmaquillante sobre el lavabo y se sienta en el váter a respirar, a procesar todo el día. Todo parece ahora una nebulosa, pero sí resuenan en su cabeza sus propias palabras de la victoria. «Quiero ser piloto de aviones». No de coches, ni siquiera de autobuses, de aviones. Instintivamente se lleva una mano a la boca y se ríe en silencio. Es que vaya atrevimiento. Una felicidad oculta la desborda. Como si una niña pequeña se hubiera salido con la suya. Cierra los ojos un segundo. Sabe que va a tener cosas en contra, pero ahora no quiere pensarlas. Vuelve a reírse al recordar a su madre borracha en el sofá y el apoyo de su padre la reconforta.

—¿No vienes a la cama, cariño? —La voz de Armando la devuelve al presente.

Armando, él y sus sueños. No ha pensado en él, pobrecito. Pero es que lleva pensando en él *todo el día* desde hace diecinueve años.

—Ya termino.

Amelia se apura. Armando sigue hablando.

—Mi amor, lo del curso de aviación… que, por haberlo dicho en la tele, tampoco te compromete a nada, ¿eh? Nadie va a venir a ver si te estás gastando el dinero en *eso*.

Amelia se asoma desde el baño.

—Es que quiero hacerlo.

—Ya, ya, si no digo que no. Pero tampoco tiene que ser ahora, que teníamos pensados otros planes… ¿no?

—¿Entonces cuándo, Armando? ¿Cuando sea abuela?

—No, mujer, claro. Pero el coche digo yo que habrá que arreglarlo.

—Podemos ir tirando con lo que ganas. Seguro que no es una avería gorda.

Ya le está jodiendo el capricho.

—Amelia, necesitamos otro coche.

—Otro coche, otro coche, las cosas se arreglan. Que las hacen para que duren.

—Pero no pensarás invertir todo el dinero del premio en el curso, que tenemos gastos que afrontar.

—¿Qué gastos?

—Pues los que vengan, Amelia, los que vengan.

—Pero si siempre me dices que nos va fenomenal, que todo se puede pagar. Apretados, pero vamos adelante, ¿no? Los cursos de aviación son carísimos. No podría pagarlo de otra manera.

—¿Y eso no se puede pagar a plazos también?

—Ay, Armando, yo qué sé. No tengo ni idea. No he hecho nunca un curso de aviación. Son cosas de ricos y de militares. —Amelia apaga la luz del baño y se dirige a su lado de la cama.

—¿Y estás segura de que es lo que quieres hacer? ¿Meterte ahí tú sola?

—¿Y qué quieres que le haga, ir contigo?

—De verdad que no te entiendo, yo no sé a qué ha venido esto ahora del curso cuando lo teníamos todo planificado. Nunca habías dicho nada al respecto.

—Porque nunca había tenido la posibilidad de hacerlo, Armando. Si ya sabes que me encantan los aviones.

—Ya, claro. Pero yo pensaba que los de miniatura.

Un silencio.

—Armando, ¿tú me quieres?

—Pues claro que te quiero. —Eso no lo duda ni un instante.

—Y si el que hubiera ganado el concurso de la tele y quisiera hacer el curso hubieras sido tú, ¿habría alguna discusión al respecto?

Amelia abre los ojos, preguntando. Armando no puede seguir rebatiendo sus argumentos.

—Estoy muy cansada, me gustaría dormir.

Amelia se da media vuelta, apaga las luces y deja a su marido sumido en la oscuridad. Poco le ha importado que Armando tuviera un libro en las manos. Pero, de pronto, Amelia se da cuenta de algo. Algo que podría truncar su sueño. Pega un respingo y enciende la luz de nuevo. Armando ni se ha movido. Se gira hacia él y lo mira directamente a los ojos.

—Porque… me darás permiso para hacer el curso, ¿verdad?

Armando le sostiene la mirada. Es consciente de su poder, de las circunstancias sociales, de su superioridad. Pero no contesta, se limita a sostener la mirada de su mujer. La mujer de su vida. No dice nada. Un silencio que, en medio de la noche, dura una eternidad.

# 7

# El bautismo de aire

La mera idea de acudir le producía mareos. Tú no haces este tipo de cosas, Victorina, se decía a sí misma. Pero este hombre cada día se sale con la suya, ¿dónde ha quedado tu personalidad? ¿Acaso tenía alguna? ¿Será el amor?

No tenía un buen día, no, pero tampoco sabía muy bien por qué. Era uno de esos bochornosos días de agosto en los que a una no le apetece salir a la calle del calor y prefiere quedarse en casa haciendo sus labores y abanicándose. Cuando lo conoció, cinco años antes, allá por 1925, no se imaginó que le acabaría proponiendo un plan similar. Le pareció un tipo de lo más normal, de esos que crees que si te pide matrimonio te darán una vida tranquila. Pero nada más lejos de la realidad. En aquella época se necesitaba poco más que un par de bailes y un par de piropos para empezar a pasear juntos, un año para ir al cine, dos años para un tímido beso y dos y medio para acabar en el altar con un perfecto desconocido. Y eso que ella se había encomendado a Dios para que le mandase un buen hombre. Y no es que Luis no lo fuera, es que eran muy diferentes.

A Victorina eso de ir de aventura a Getafe se le hacía un poco cuesta arriba. Sus intereses y sus aficiones eran muy extrañas. ¿Estaba loco? Pero si el hombre había empezado a volar, como quien dice, hacía dos días, ¡y él quería subirse ya mismo a una avioneta! Que lo hacía todo el mundo, le había dicho, que no era peligroso, que te daban una vuelta por los alrededores y que vería todo Madrid desde el aire. ¿Y quién te dice a ti que eso no se cae del cielo, Luis? Ella no estaba preparada para morir tan joven, ¡sólo tenía veintitrés años! Y Luis, ¿por qué la ponía en ese aprieto? Pero ese hombre, por alguna extraña razón, la atraía poderosamente y siempre acababa diciendo que sí a todo lo que le proponía. Así que, por mucho que quisiera quedarse en casa, sabía que acabaría surcando los cielos a su lado, aunque estuviera muerta de miedo.

Llegaron al Aero Club de Getafe, y Victorina, que pensaba que irían ellos solos, se encontró con un evento multitudinario. Luis siempre le daba la información a medias. Resulta que se había apuntado a un sorteo en la revista *Motoavión* y le habían agraciado con un bautismo en el aire, que así lo llamaban. El único bautismo que conocía Victorina era el de los bebés llegados a este mundo bajo pecado y hasta le pareció ofensivo usar ese nombre para algo tan profano. Pero pensó que volar por el cielo le daría la oportunidad de estar más cerca del Señor, y esto la animó definitivamente a no darse media vuelta en el último momento. Rezaría algo allá arriba, seguro que Dios la escucharía mejor que nunca, evidentemente.

Todos los asistentes estaban preparados para su jornada en el aire, y Victorina, en cambio, parecía haber ido de polizona. Se sentía una extraña allí, sobre todo con respecto a su atuendo: un vestido largo era poco ortodoxo para la actividad. ¿No podría Luis haberla avisado? ¿La dejarían volar así?

Luego resultó que Luis conocía a alguna de las personas que allí se encontraban, y eso le molestó un poco. Nunca le hablaba de sus amistades, ni tampoco se los presentó. Sintió como si se avergonzase de ella. Ella ya conocía su afición a ver los aviones, pero de ahí a haber trabado amistad con otra gente había un mundo. Pero no le dijo nada al respecto porque era su marido, y los maridos siempre hacían esas cosas, guardarse cosas para sí mismos. Las cosas de Luis. Ya se había acostumbrado a no preguntar más de la cuenta. Ella se quedó en un segundo plano, viéndolo tratar a sus amistades, intentando descifrar de lo que hablaban, pensando que quizá no la presentaba porque ella no tenía capacidad para hablar de esos temas, que por eso no la hacía partícipe, para no hacerla sentir mal. Inferior. Ella no terminó sus estudios, no como él, que sabía tantas cosas y leía tanto. Lo miraba en silencio creyendo que su papel era ese, estar callada, acompañarlo, y por eso aquel día no se enfadó más de la cuenta. Se detuvo a mirar sus profundos ojos azules y esa sonrisa cautivadora que aún le producía mariposas en la tripa, y se sintió feliz por haberse casado con un hombre tan guapo.

El aeródromo se le antojaba un lugar inhóspito, una serie de edificios grises en medio de la nada y una serie de avionetas dispuestas en fila una detrás de otra rodeados por un secarral. Hombres vestidos con unos monos de trabajo sujetados a la cintura con una cuerda cruzaban de un lugar a otro organizando el evento. De pronto, algunas muchachas, que tendrían prácticamente su misma edad, cruzaron por delante de ella; iban con los mismos monos, y su actitud nada tenía que ver con la de Victorina, parecían mucho más decididas, más valientes. Ellas también iban a volar. Luis se encargó de dar sus nombres, sus datos, y comprobaron que efectivamente eran los agraciados del sorteo.

—¡No sabe la demanda que hemos tenido este mes! ¡Vaya suerte han tenido! —les dijeron—. Enhorabuena, señora, puede pasar por esos vestuarios, allí le darán un mono, un gorro y unas gafas, no puede volar con ese vestido.

—Claro que no —contestó Victorina tímidamente y acto seguido fue a cambiarse obediente.

Luis la miró con simpatía mientras se alejaba cabizbaja camino del vestuario. A él le gustaba ponerla a prueba. Victorina era una mujer muy miedosa, y Luis veía en su unión la posibilidad de romper esos recelos y enseñarla a disfrutar de nuevas aventuras. Y esta vez lo iba a conseguir. Estaba seguro de que ella lo pasaría bien.

Victorina agradeció que no hubiera espejos en el vestuario donde se cambió de ropa porque se sentía muy ridícula embutida en ese mono. Ella nunca vestía pantalones. Pero como el resto de las mujeres que habían acudido al bautismo también habían hecho lo mismo, procuró no sentirse menos que ellas. Se las veía más dispuestas, más ilusionadas. ¿Acaso no tenían miedo? Si el avión se caía podían morir. Esto Luis no lo había pensado, claramente, no lo había valorado, su emoción lo cegaba. Aprovechó la entrada de una joven en los vestuarios para lanzar la pregunta que llevaba reprimiendo sin saberlo.

—Disculpe, ¿sabe usted si se estrellan muchos aviones aquí? —La joven abrió los ojos como platos.

—Empieza usted bien la jornada —le comentó risueña—. Pues no, la verdad es que no. Algún accidente ha habido, claro, pero no es lo habitual. Revisamos los aviones minuciosamente antes de salir.

—¿Revisamos? —Victorina no encajó bien la información.

—Sí, revisamos.

—¿Pero es que usted trabaja en esto?

—Sí, claro, señora. Soy piloto. Me llamo Eca, encantada.

La joven extendió una mano y Victorina hizo lo propio un poco extrañada.

—Victorina.

—No tenga miedo, no le pasará nada y, en cambio, si sube a uno de esos aviones, su vida cambiará para siempre.

Victorina acababa de conocer a la primera mujer que obtuvo su licencia de vuelo en España, María Bernaldo de Quirós, a la que llamaban cariñosamente Eca (un derivado de muñeca). Caminaba y hablaba con una elegancia que sorprendió a Victorina, como si fuera una aristócrata. Y es que lo era. Era hija de los marqueses de Altares y nunca siguió el destino que marcó su linaje. Cuando Victorina la conoció ya había perdido a sus dos hijos y a su primer marido, y había encontrado en la aviación su vía de escape. Había obtenido su licencia de vuelo apenas unos meses antes, en septiembre de 1928. Hasta la revista *Motoavión*, en la que Luis había conseguido su vuelo, le había dedicado una portada por su primer vuelo en solitario, y ahora participaba en los eventos del aeródromo de Getafe con su avioneta, a la que había bautizado como Mosquito, una Havilland DH60 que le habían vendido a mitad de precio para que promocionase la marca por el territorio español.

Todavía quedaban unos años para que se convirtiera en la segunda mujer que logró el divorcio en España tras su aprobación durante la II República, en este caso, de su segundo marido. También quedaban unos años para que participase con su aeroplano en algunas de las operaciones de la Guerra Civil, pero sólo quedaba un año para que un centenar de aviadores y compañeros solicitaran al general Kindelain, jefe superior de la aeronáutica, que concediese a María la insignia de piloto militar honorífico como al resto de los varones, pero la propuesta fue rechazada por el simple hecho de ser una mujer.

Eca estaba tan entusiasmada con su nueva condición de piloto que apenas le contó a Victorina quién era, ya que no era muy dada tampoco a alardear de sus virtudes y de su vida de alta alcurnia ante desconocidos. Lo único que deseaba era que Victorina se tranquilizase para que disfrutara de su bautismo. Y lo consiguió explicándole detalladamente en qué consistiría el vuelo y cuáles eran los momentos que daban más susto. La fortaleza y seguridad de esa mujer convencieron a Victorina de que todo iría bien. Era demasiado joven para morir, todavía tenía muchas cosas que hacer. No era ni siquiera madre todavía. Así que dejó sus pertenencias en la taquilla que le habían asignado y salió del vestuario intentando hacerse la valiente.

Luis la vio aparecer por entre los hangares y esbozó una sonrisa que brotó casi automática. Pensó que Victorina estaba muy linda. La vio acercarse, tan joven, tan acobardada, pero tan generosa como para seguirle en esta aventura suya que, cuando llegó a su lado, no lo pudo remediar, la agarró por la cintura y le plantó un beso de película. Victorina hizo aspavientos con una mano —nunca fue de carantoñas en público—, pero en ese momento nadie realmente les prestaba atención. Le encantaban los besos de Luis y se dejó llevar, pero no podía evitar pensar en el qué dirán.

—Estás preciosa.

—Estoy ridícula, me tendrías que haber avisado.

—Nadie te está mirando.

—Estoy un poco mareada.

—Es normal, son los nervios.

—Tengo ganas de vomitar.

—¡Pero si no has subido todavía! Venga, valiente. Todo lo verás diferente desde allí arriba.

Y con su seductora sonrisa, que siempre la derretía, la llevó hasta el avión que les habían asignado.

El ambiente era increíble, un auténtico acontecimiento que los sorprendía por minutos. Había fotógrafos, camarógrafos de cine y periodistas recogiendo el momento para narrarlo profusamente en sus diarios y noticiarios. La aviación era todo un evento. Las tres chicas que Victorina vio antes fueron retratadas por la prensa local mientras sonreían emocionadas frente a su avión. Eso la tranquilizó, había muchas mujeres por ahí, y ver a Eca al fondo preparar su avión le ayudó a templar sus nervios.

Le sorprendió la mano de Luis frente a su cara invitándola a subir al aeroplano. Victorina se ajustó el gorro y las gafas, tal y como le habían indicado, y ascendió por la escalerilla sosteniendo la mano de su marido. Su destino ya quedaba en manos de Dios y del piloto. Luis se había sentado en el cubículo delantero de la avioneta y Victorina quiso ocupar el de atrás, pero ahí iba el piloto.

—¿Y yo dónde voy? —preguntó apurada.

—Tú vas sentada encima de mí, cariño.

—¿Encima?

¿Pero este señor había perdido la cabeza? ¿No había un asiento para ella exclusivo?

—Señora, no caben más asientos en la avioneta, haga el favor de hacerse un hueco. Tenemos que despegar.

Así que, sin poderlo pensar, Victorina se sentó sobre las piernas de Luis, se ató el cinturón como pudo rodeándolos a los dos, se santiguó repetidamente y arrancó un rosario por lo bajini que Luis tuvo que respetar. Bastante que había logrado subirla a bordo.

El aeroplano se dirigió a la pista de despegue ante las atentas miradas de los presentes, los cámaras y aficionados que habían acudido a Getafe. Los aviones salían en línea dispuestos a despegar. Luis notó que Victorina temblaba, así que la abrazó con fuerza y le susurró al oído que todo iría bien, que todavía tenían muchas aventuras que correr juntos, y logró calmarla.

La avioneta aceleró por el pasillo y, antes de que Victorina quisiera darse cuenta, estaba sobrevolando el aeródromo. Quiso taparse los ojos, pero Luis no se lo permitió, era un espectáculo visual indescriptible. El avión puso rumbo al centro de Madrid y desde lo alto pudieron contemplar los edificios y las calles más emblemáticas; trataron incluso de localizar su casa desde el aire. Iban apuntando la una y el otro las calles que reconocían y dónde vivían sus amigos y familiares. La plaza Mayor, la calle Alcalá, el Palacio Real, la catedral de la Almudena, la puerta del Sol. Aunque estuvieran lejos se distinguían con claridad. La sierra de Guadarrama lucía majestuosa a lo lejos a pesar de la calima. El aire era más fresco que en tierra, lo que hizo que fuera una travesía perfecta. La sensación de volar era insuperable.

De pronto, Victorina sintió algo totalmente inesperado. Aguantó la respiración y después tragó saliva con tal de disimular: una erección. La erección de Luis debajo del mono. Concretamente debajo del vestido, debajo del mono. Era colosal. Victorina primero enrojeció, pero también comprendió que nadie más que ellos dos se daría cuenta. Se giró hacia su marido con los ojos como platos mientras este dejaba escapar una carcajada y levantaba los hombros en señal de indefensión. No había podido evitarlo, claro, y Victorina se dejó contagiar por su risa. A pesar del miedo que sentía, había dejado de rezar el rosario inconscientemente y estaba disfrutando del viaje, reconfortada por el abrazo de Luis. En el fondo, muy en el fondo, pensó que, si había de morir, era bonito haber visto el mundo desde el cielo. Trataría de retener esa sensación, aunque con los años tristemente la olvidaría, e incluso llegaría a renegar de aquella actividad tan peligrosa.

Al rato, y ya descendiendo, se dio cuenta de que se había olvidado de hablar con Dios, así que enmendó su despiste y en un resumen rapidito estuvo charlando con Él en silencio, pidiendo por unos y por otros, y sobre todo pidió llegar sanos y salvos a tierra.

Bajando hacia al aeródromo, Victorina se sintió indispuesta, unas náuseas afloraron de pronto y sin avisar. Aterrizaron enseguida en Getafe, maniobra que Victorina sintió físicamente, pero que evitó mirar, ya que se tapó los ojos durante el descenso mientras se santiguaba con ímpetu y rezaba, esta vez ya sí, en alto. Su pensamiento oscilaba entre el miedo a morir, la vergüenza de vomitar en el aire y que Luis siguiera empalmado al bajar del avión y todos se percataran. Pero ninguna de esas tres amenazas ocurrieron. El avión aterrizó correctamente, Victorina contuvo el vómito y Luis descendió del avión sin protuberancias.

Cerca de los hangares los esperaba una pequeña comitiva que les hizo entrega de un diploma con sus nombres, la fecha y el logro: su bautismo en el aire. Luis estaba eufórico, parecía haber conseguido el título de la universidad, estaba casi más feliz que el día de su boda. Ella, en cambio, sólo pudo concentrarse en el revuelo que se le había formado en el estómago y que no podía contener más. Esta vez sí que tenía que vomitar. Salió corriendo con su diploma en la mano hasta el lugar más alejado posible y allí descargó todo el torrente de emociones que había vivido aquella mañana. Al menos eso pensaba ella.

En realidad, estaba embarazada. De Amelia.

# 8

# Lo sucedido

Un golpe bastante sonoro, muy por encima de lo normal y un poco por encima de lo esperado a su edad, sobre todo por el respeto con el que debería hablarles a sus padres. Carmen no ha dudado ni un momento en atizarle un manotazo a la pobre mesa y gritarle a su padre en la cara.

—¡Ni se te ocurra darle permiso! —suelta sin remilgos.

Armando, como buen padre, no sabe si castigarla en ese momento de por vida —lo cual, en el fondo, no tendría mucho sentido porque supondría una carga económica fuerte para el resto de sus días y acabarían todos medio locos—, o bien respirar hondo, mirar a su hija a los ojos, tratar de entenderla y apaciguar su ira. Finalmente, opta por lo segundo.

—Carmen, esas no son maneras. Tranquilízate, por favor.

Acaba de pronunciar la palabra mágica, porque no hay nada más provocador que decirle a alguien en pleno ataque de ira que se tranquilice.

—¿Pero cómo me voy a tranquilizar? ¡Vamos a ser el hazmerreír del barrio, papá! ¿Cómo voy a volver al colegio? ¡¿Tú sabes lo que va a pasar hoy?!

—Pues no, hija, no lo sé. —Armando baja la voz tratando de arrastrar a Carmen con él—. ¿Qué puede pasar? ¿Que te felicite la gente por la victoria de tu madre? Quizá le estás dando demasiada importancia a lo del curso de aviación, ¿no crees? No será para tanto…

—Si ya se rieron anoche, ¿qué harán hoy?

En ese momento Armando entiende perfectamente a Carmen y recuerda su propia experiencia colegial. A veces, parece imposible evitar que otros niños sean crueles con uno mismo o con sus seres queridos. Por un lado, nos gustaría evitar esos momentos a toda costa, y, por otro, sentimos que necesariamente tienen que suceder para hacernos más fuertes. Armando entiende que Carmen tendrá que pasar por eso, todavía no dimensiona lo que supondrá para todos ellos. Tranquiliza a su hija con palabras dulces restando importancia a lo sucedido como algo que caerá pronto en el olvido y le asegura que todo volverá a ser como antes. Armando, evidentemente, desconoce la existencia de Lucas y el pozo sin fondo en el que Carmen siente que se está precipitando por segundos.


Ajena a todo lo que sucede en la cocina, Amelia se maquilla minuciosa y lentamente en el baño. Debería estar en la cocina, preparando como cada mañana los bocadillos, repasando que todo el mundo lleve lo que necesita, pero hoy no. Desde que se ha levantado ha ido meditando cada cosa que hacía, cuestionándose si quiere hacerlo, consciente por primera vez de la rutina de su vida. Tras el sonido del despertador ha tardado un rato en salir de la cama, pero no ha pensado en el concurso hasta pasados unos minutos. Ha caído de pronto, como quien olvida el día de su cumpleaños hasta que otro se lo recuerda. Han desfilado por su mente un torrente de imágenes de la noche anterior que aún no había tenido la capacidad de asimilar. Como si hubiera sido un sueño. «¿Gané?». Sí, ganó. «Y dije que quería hacer un curso de aviación». Sí, lo dijo. Y después, el torbellino en el que prefiere no pensar ahora. Lo deja para después. Tiene toda la mañana para hacerlo.

A lo lejos escucha a Carmen hablar con su padre, pero prefiere no enterarse de lo que dicen. Tiene varios rasguños (emocionales) tras lo sucedido anoche, uno de ellos provocado por la ira de su hija. No lo entiende, la Carmen de ayer está a kilómetros de la hija que solía ser. Se le pasará, quiere pensar. Pero cuando Amelia hace acto de presencia en la cocina, Carmen la mira desafiante y sale pitando hacia el colegio sin decir ni siquiera buenos días. Armando trata de restarle importancia al asunto cuando Amelia le pregunta de qué hablaban.

—De la moto, Amelia, ya sabes que se había hecho ilusiones. Entenderás que no es fácil para nadie lo que pasó ayer, ¿no? Ninguno nos imaginábamos que... bueno, lo de anoche.

Armando quisiera volver a sacar el tema, pero tiene otras preocupaciones. Gestionar el arreglo del coche, ahora que parece que no va a tener uno nuevo —o sí, Amelia siempre está a tiempo de cambiar de opinión—, y llegar a la oficina tras lo sucedido en el programa y que todos le vengan a comentar. Y se detiene a pensar en *lo sucedido* unos instantes. Porque de haber simplemente ganado y haber dispuesto del premio como otras amas de casa lo habrían hecho (al servicio de sus seres queridos, evidentemente), hoy llegaría con aire triunfal a la oficina, los compañeros lo felicitarían por su futuro nuevo Seat y su jefe le colgaría inmediatamente la medalla de director financiero. Pero, después de *lo sucedido*, no sabe qué va a ocurrir. Intentará pasar desapercibido, no hablar de ello. Total, cuando no se habla mucho de algo las cosas se diluyen, se olvidan. Seguramente nadie saque el tema. Es más importante arreglar ahora el Fiat y ver si llega a un acuerdo con Amelia para repartir el premio. Eso será lo mejor. Ella se lo merece todo, no le puede prohibir su sueño, pero es inevitable que algo de dinero recaiga sobre la familia, es lo justo, ¿no?

—¿Qué vas a hacer hoy, querida? —le pregunta tras su reflexión.

—Pues... no sé, la verdad. Lo de siempre, supongo. ¿Vendrás a comer?

—No creo, tengo varias reuniones y, además, me tengo que ir en autobús, ¿recuerdas? Comeré algo rápido por ahí.

—Mamá, ¿me firmas más autógrafos en estos aviones de papel?

—El joven Antonio parece ser el único que ha abrazado de lleno *lo sucedido* anoche.

—Claro, hijo.

—Voy a ser el más famoso del colegio. Gracias, mami. A lo mejor los puedo vender y todo.

Amelia se sorprende por este contraste apreciativo, pero con Antonio ya nada la sorprende. Le tranquiliza saber que se valdrá por sí mismo el día de mañana, ingenio no le falta, claramente. Al terminar la firma, vuelve a dirigirse a Armando.

—Dime la verdad, ¿de qué hablabas con Carmen? ¿De lo de ayer?

—Sí, nada, tranquila, ya se le pasará. Está en esa edad. Nos vemos esta noche.

Armando besa a su mujer en la frente, olvidando en esta ocasión su trasero, que tanto le atraía el día anterior. Antonio le sigue y salen por la puerta camino de sus destinos, mientras que Amelia se queda mascando el silencio y, como siempre, calibrando el desorden que han dejado.

«¿Y ahora qué?».


Armando ya no está acostumbrado a viajar en autobús. A sus cuarenta y dos años está hecho un señor comodón y el roce con otros cuerpos que desconoce mientras se agarra al asidero de seguridad le saca un poco de sus casillas. Y es que en Madrid siempre está todo hasta el palo de la bandera. Siempre lleno. Tú quieres hacer un plan en Madrid, y ya habrá otros cien que hayan pensado en lo mismo. U otros mil. Que quieres merendar en la Dehesa de la Villa tranquilamente, ya vendrá una familia de quince miembros con el balón a dar por saco. ¿Quieres remar en el Retiro? Ponte a la cola. ¿Quieres comprar algo en las rebajas? Ya puedes madrugar. Y así con todo. Con el transporte público pasa igual, nunca hay suficientes autobuses. Y luego está el hecho de que todo el mundo se quede de pie en la parte delantera del autobús, ¿tan difícil es colocarse detrás, Dios santo, y distribuirse?

Armando está a punto de soltar un bufido cuando ve que al fondo dejan un sitio libre y se lanza a por él. Se acomoda sobre el asiento caliente no sin que le dé un poquito de repelús. Se entretiene mirando por la ventanilla cuando se hace consciente de la conversación de las dos señoras que viajan en el asiento de enfrente. No puede ser. Están hablando del concurso. De *lo sucedido*.

La conversación no deja lugar a dudas. A estas señoras no les parece pero que nada bien lo que dijo Amelia. Eso de decir que ahora se va a hacer un curso, ¡a su edad!, que es una señora, se-ño-ra. Que menuda cara habrá puesto el marido, que habrá montado en cólera seguro y que probablemente se quede en un susto que no irá a mayores, que permiso no le debería dar (menos mal que están los señores para asesorar correctamente a sus mujeres). Una le apuesta a la otra que no volverán a tener noticias de este tema. Que habrá sido un calentón por la emoción. A Armando le hierve un poco la sangre. Amelia es maravillosa, atenta, la mujer ideal, está claro. ¿Por qué no va a cumplir su sueño? ¿Pero qué tienen que decir estas señoras al respecto? ¿Y si hubieran sido ellas? ¿Qué pasa? ¿Que nunca han tenido ilusiones, deseos? Eso es.

—Disculpen, señoras, que inevitablemente estaba escuchando su conversación… ¿Ustedes no tienen sueños ya a su edad?

Las mujeres se giran sorprendidas y Armando continúa.

—Es que no me parece tan mal que esa joven de la que hablan, que no conozco para nada, pero que parece que se ha hecho famosa, pueda cumplir su sueño, ¿no? ¿Y si hubiera ganado alguna de ustedes? ¿Qué habrían pedido?

—Pues, hijo, a mi edad ya poca cosa. Algún electrodoméstico que me quite tarea —contesta la señora de gafas.

—Yo ya sueño poco, sobre todo porque duermo fatal. Tengo las rodillas como para irme ahora de aventura —contesta la otra.

Las señoras se ríen y asoma algún hueco en su dentadura.

—Piénselo, señora, si tuviera veinte años menos, seguro que alguna ilusión le quedaría. Está feo criticar.

—Bueno, bueno, no se ponga usted así. —La señora de las gafas toma la voz cantante—. Debe ser cosa de los americanos, que desde que han desembarcado en Madrid la gente hace cosas muy raras. Asunción, muévete, que llega nuestra parada. Buenos días.

—Buenos días, señoritas —Armando se despide vencedor e irónico, tratando de defender algo que aún le causa inquietud.

Las señoras se apuran con cierta cara de disgusto. A esas edades es difícil hacerlas cambiar de opinión, como lo es intentar cambiarles los planes de la semana.

Si alguien tenía claro lo que le iba a suceder es Carmen. La llegada al colegio ha sido bastante sonada, con miradas indiscretas y descaradas, seguidas de cuchicheos y risitas. Nadie como ella para entender el ambiente en el que iba a calar la noticia. No sólo por su aparición en televisión —que estaba guapísima, por cierto, de eso no la podrán criticar—, sino porque hoy en día cuanto menos se destaque, mejor. Carmen no es de las de «que hablen de mí, bien o mal, pero que hablen», sino de las de «si nadie sabe quién soy, mejor». Si ha tenido suerte de no sufrir acné —acaso algún grano suelto— ni pelo graso —lo justo—, lo que le faltaba es que se convirtiese en el centro de atención.

Tiene un trozo de corazón partido, el que le había reservado a Lucas secretamente y que sólo conocían sus amigas. Bueno, y Simón, que se lo olía. Qué vergüenza, ojalá ayer hubiera sido el último día de colegio y le hubiera dado tiempo a pedir el traslado a otro centro. Julia sale a su encuentro e intenta alejar a Carmen de algunos corrillos que se han formado en la entrada del colegio. Para su sorpresa Lucas les corta el paso. Corazón a mil. ¿Qué quiere este ahora? ¿Burlarse de ella delante de todo el mundo?

—Hola, Carmen. Quería pedirte disculpas por lo de anoche. No estuvo bien.

Julia se adelanta a su amiga.

—Mira qué majo, que se ha dado cuenta, ¿tú solito o te han hecho un dibujo?

Lucas traga saliva.

—Estuvo feo —les habla con sorprendente empatía—. Lo he estado pensando y la verdad es que me parece genial lo que dijo tu madre. Siento lo de la moto, si es que al final no te la compran.

Hoy no hay nadie que acierte con Carmen.

—Pues no, Lucas, a mí no me parece bien que ahora mi madre se ponga a pilotar aviones, ¿sabes? ¿Dónde estamos, en el mundo al revés?

—Bueno, chica, no te pongas así.

—Entonces ahora eres un moderno, ¿o qué? ¿El chico yeyé?

—Tampoco es eso, sólo me quería disculpar.

—Pues estás disculpado, y ahora déjame pasar. No quiero seguir hablando de este tema. Adiós.

Carmen lo aparta bruscamente y Julia corre detrás de ella.

—Oye, a lo mejor te has pasado un poco, ¿no crees? Que el pobre encima se ha disculpado.

—Si es que van y la apoyan. Es increíble, ¿pero es que nadie piensa que es una locura?

—Carmen, yo creo que no es para tanto, la verdad. No estamos en la Edad Media. No sé. A lo mejor le estás dando demasiada importancia.

—¿Tú también te pones de su lado? Perfecto. Estoy sola, pues tengo razón. Qué maravilla de amigos tengo.

Y Carmen se va dando esquinazo a su amiga, que no entiende de dónde le ha salido tanta rabia. Ninguna de las dos ha reparado en Mencía, una joven estudiante que ha prestado mucha atención a su conversación.


Amelia sigue atareada con sus labores —como si nada hubiera cambiado— cuando suena el timbre de la puerta. Agradece la interrupción porque lleva toda la mañana haciendo tareas con un poco de desgana. Donde antes había un gran afán en hacerlas bien hoy siente que le están costando más de la cuenta.

Abre la puerta. Qué casualidad, son sus nuevos electrodomésticos Cointra. Los transportistas, tras tres pisos sin ascensor, vienen sudando la gota gorda. Tardan varios viajes en subir todos esos aparatos que Amelia ha ganado honestamente. Porque lo del premio en metálico es otra cosa, pero los electrodomésticos sí o sí son para la señora, que es la que entiende de esas cosas. Menos la instalación, claro, que para eso han venido unos señores.

—Se los dejamos instalados y nos llevamos los viejos, ¿no?

—Sí, claro, claro.

A ver dónde mete Amelia los electrodomésticos duplicados. No le ha dado tiempo ni a pensarlo. No, quizá debería guardarlos para alguien, alguna vecina, algún familiar, a alguien le vendrán bien, no está bien eso de tirar las cosas. No, no se los lleven, corrige. Se los daré a alguien, es sólo que no he pensado aún a quién. ¿Y dónde se los dejamos, señora? En la cocina no van a caber. No, claro, pues en el salón, qué remedio, menuda estampa simpática, verás qué cara ponen los otros cuando lleguen. Uno de los repartidores no puede evitar la pregunta.

—¿Usted no es la que ganó ayer el concurso de *La mujer ideal*?

—Sí, soy yo.

—Ya decía yo que me sonaba su cara. Bueno, bueno, la que se armó anoche. Vimos el concurso en un bar, mi parienta saltó del sitio con lo que dijo usted de hacerse un curso de aviones, que la empezó a aplaudir y todo.

—Anda —Amelia se emociona—, pues qué bien.

—Y ahí en el bar pues… se lio una gorda, ¿eh? Dónde se ha visto una señora conduciendo nada, ¿eh, Tomás? —Y sin venir a cuento los repartidores empiezan a bromear con muy poca consideración—. A ver, ¿si las mujeres no se saben orientar en la tierra, van a saber orientarse en el cielo? Si yo no digo que esté mal, ¿eh? Que me parece muy bien que las mujeres quieran trabajar y todo, que sepan cómo se gana uno el pan, pero es como si ahora mi mujer quiere hacerse transportista, ¿la ve usted subiendo escaleras? ¿Cargando lavadoras? ¿A que no? —Amelia, un poco acongojada, niega con la cabeza—. Pero oiga, que muy bien, que haga usted su curso, mientras la mía no quiera aprender a conducir el coche tengo suficiente, que estaría rozándolo to'l día.

Con una sonora carcajada los transportistas terminan de colocar los electrodomésticos antiguos en medio del salón. Amelia ya va haciéndose a la idea de que su propuesta no es fácil de entender, pero no va a permitir que dos tipos —que no la conocen de nada, aunque haya salido unos minutos en televisión— debiliten su confianza con sendos comentarios como quien deja sendos electrodomésticos en el salón que dificultan el paso. No han pasado ni veinticuatro horas, no se ha apuntado siquiera al curso, pero ya todo el mundo tiene una opinión al respecto.

Qué facilidad, ¿no? Con lo difícil que le parece a Amelia, a veces, tener una opinión acerca de las cosas. Parece que todo el mundo se posicionase enseguida, al poco tiempo de que algo suceda. En política, en deporte, en temas de sociedad. Esto es algo que le fascina —porque ella siempre trata de formarse una opinión con criterio—, que la gente elija un bando en cuestión de segundos. ¿Será porque realmente no se han parado a pensar las cosas? Será por eso. Es más, como a Amelia no le preguntan su opinión normalmente, este es un pensamiento que ella guarda para sí misma, como sus ganas de volar, que estaban guardaditas en un cajón chiquitín de la cómoda de su vida.

Armando se cree que, por entrar de puntillas sin saludar al personal y yendo como una flecha a su mesa, nadie se va a percatar de su llegada. Y no es que no se percaten: es que lo están esperando. ¿Posiciones? De todo un poco y variado. Algunas secretarias felicitan a Armando por la valentía de su mujer por imponerse (otras no), algunos hombres simplemente con no entrar en los halagos muestran su disconformidad (y a otros les parece bien y no dicen nada por no armar follón).

Armando los escucha a todos sonriente, claro, él apoya a Amelia, está feliz. Está feliz, ¿no? Alguna secretaria hasta se ofrece a echarle una mano en cualquier tarea de la oficina, quieren formar parte de esta pequeña revolución que televisaron anoche.

—¿Pero qué revolución? —pregunta Armando intranquilo.

—Esto no hay quien lo pare, la mujer está destinada a llegar a lo más alto, y tu mujer lo está demostrando, será la primera, pero no la última. —Parece que algunas no saben cómo era España antes de la guerra—. Anoche mismo mis compañeras de piso decidieron apuntarse a la autoescuela y nunca habían pensado en conducir, ¡pero es que la tele es así!

—Parece mentira que no lo sepas, Armando, tu mujer es una estrella —comenta otra.

—Bueno, bueno, tampoco os paséis, sólo es un concurso de televisión.

—Es maravillosa —le corrigen—, y por favor tennos al tanto de cómo avanza con su curso.

—Claro, claro, descuidad, yo os mantendré informadas, no os preocupéis, y ahora dejadme, chicas, que tengo que trabajar. —Y se acaba quitando a las secretarias de encima como quien espanta a las palomas, ni que fuera Marlon Brando.

Pero no, decididamente no va a ser una mañana tranquila. Fernando avanza con paso decidido hacia su mesa, Armando lo ve de reojo mientras se enciende un cigarrillo que espera le traiga la paz que no tiene desde anoche.

Una buena bocanada recae directamente sobre el rostro de su compañero menos preciado.

—Hombre, Fernando…, ya estabas tardando. —Es extraño que Fernando no pille la ironía.

—Te he visto muy ocupado con las chavalas.

Fernando vuelve a depositar sus posaderas en la mesa de Armando.

—Ah, sí, me felicitaban por lo de anoche.

—No habrás pegado ojo, amigo mío. —Qué empeño con lo de ser amigos.

—Pues… la verdad es que he dormido bien. Todo bien en casa, si es lo que quieres saber.

Fernando se inclina sobre su mesa susurrando:

—¿Pero, Armando, cómo va a estar bien?

—Mira, Fernando, llevo toda la mañana oyendo cosas de este tema, no me apetece hablar mucho más. —Armando le pega un par de caladas seguidas a su cigarrillo.

—Pero si hasta mi mujer se quedó de piedra.

—Claro, si es que hay mujeres y mujeres, Fernando, como hombres y hombres.

—Dime que tú no estarás de acuerdo —vuelve a bajar la voz—. ¿Estabas al tanto?

—Claro —miente—. ¿Cómo no lo iba a estar? Los aviones siempre han sido una afición de Amelia. La mujer, pues… tenía ese deseo, claro, si no, no lo habría dicho.

—¿Y encima la apoyarás?

—En principio sí, no veo por qué no.

—Joder con los modernos, no me imaginaba que fueras de esos.

—Mira, Fernando, mi madre fue maestra y ha trabajado toda su vida para sacarnos adelante, no me parece mal, sinceramente. Está claro que pensamos muy diferente.

Armando aprovecha para tirar de unos papeles que están debajo de Fernando y consigue así que quite el culo de su mesa.

—Vale, vale, chico, no te pongas así. Si yo solo lo digo porque, si no está tu señora en casa, ¿quién te va a hacer las cosas, eh?

—Pues no lo he pensado, Fernando, ya habrá tiempo para solucionar esos temas, no tiene por qué ser sólo cosa de Amelia.

—Me mondo de risa, deberías hacerte humorista de *La Codorniz*.

—¿Sí, verdad? Yo también he pensado siempre que tú también deberías dedicarte al humor, Fernando, mira cómo me río con tus ocurrencias.

El semblante serio de Armando, ya cansado de su compañero, se interrumpe con una llamada de teléfono que atiende inmediatamente. Sea quien sea le ha salvado una vez más.

—¿Don Alonso? Dile que voy ahora mismo para allá.

—¡Qué casualidad! —observa Fernando—. Siempre te llama cuando estamos de charla.

—Con lo interesante que se estaba poniendo, ¿verdad?

—Oye, vi por la tele que te gusta el tenis, como nunca cuentas nada… Te lo digo porque yo juego con unos amigos de vez en cuando, por si te quieres venir algún día.

—Gracias, Fernando, claro, algún día.

Armando sale con brío, pero se detiene al recordar algo y se gira hacia su compañero.

—Por cierto, eso que me dijiste… que si mi mujer ganaba, la tuya se iba a apuntar al concurso el año que viene…

Armando sonríe sarcásticamente y Fernando se queda sin palabras. Punto para Armando.

Amelia ha bajado al mercado; por mucho que sea la nueva Mujer Ideal 1966 tiene que hacer la comida. Y esta vez no ha salido lo preparada que debería dadas las circunstancias de su fama repentina. Unas gafas y un pañuelo tipo Audrey Hepburn le habrían venido muy bien para bajar a la carnicería porque otra cosa no será, pero a Amelia la conoce casi todo el barrio. Y si suele tardar un par de minutos en llegar a la esquina de la pollería y frutería, pues hoy son unos diez: entre una vecina que la felicita, otra que le pide un autógrafo y otra que Amelia ve por el rabillo del ojo que pasa de largo sin saludar (y eso le extraña, le duele un pelín y la deja pensando). Está viendo que lo sucedido anoche trae polémica.

Y descubre también algo a media mañana: que de todas las consecuencias que podría haber traído el programa, en la única en que no reparó fue en la popularidad. De pronto, Amelia es popular, popular del pueblo, vamos. Del latín *popularis*, que se traduce como lo relativo al pueblo. Como si Amelia y lo suyo perteneciese también a la gente, incluso su propia persona, como del barrio, pero más a lo grande. Y, además, como ha salido por televisión, resulta que tienen el derecho a opinar sobre el asunto y desean que se les escuche.

En el revuelo que se organiza frente a la pollería escucha comentarios tan dispares como: si me hubiera pillado más joven yo habría hecho lo mismo, contento estará tu marido, conociendo a tu madre le habrá dado un ataque, en otra época tendrías que haber nacido, qué valiente eres, menuda lección le diste a la señoritinga esa, eres el orgullo del barrio, yo prefiero no comentar el tema porque estos tiempos ya no los entiendo, a mí es que no me parece bien que las mujeres hagamos cosas de hombres porque las hacemos peor, y un insistente ¿pero tu marido te ha dado permiso? Ay, el permiso. De este tema no han vuelto a hablar, pero seguro que no habrá problema.

Amelia, abrumada por la popularidad, consigue ser atendida, y de todo lo que se iba a llevar coge sólo cuatro filetes y poco más, mejor vuelve otro día sin tanto alboroto. Y entonces, justo cuando está enfilando la esquina, donde nadie la ha visto, lo escucha claramente. Un corrillo en el que todas están de acuerdo: que ha sido una irresponsable, que seguramente no llegan a fin de mes porque el marido debe tener un puesto muy normalito por mucho que alardee constantemente y que necesita hacerse famosa a toda costa. Que seguro que ha sido una treta para que la llamen de las revistas, le hagan entrevistas y cobrar por ello. Que este país está lleno de oportunistas como Amelia, que un día salen en televisión y se creen que ya son importantes sólo por eso. Si ya lo decía una de ellas, que la televisión era un invento del demonio. A ver cómo acaba la osadía de Amelia Torres. Qué manía tienen algunas de desafiar lo que ya está bien. Calladita habría estado mejor. Si lo malo es que es vecina del barrio, para sobresaltos estamos nosotras ahora, a nuestra edad.

Sin creerse todavía que sean las propias mujeres las que le atraviesen el corazón con sus comentarios, Amelia se lleva la mano al rostro tratando de no echarse a llorar en medio de la calle y sale corriendo hacia su edificio. No va a permitir que la hagan llorar. ¿Pero por qué son tan malas con ella?

La suerte quiere que no se cruce con nadie hasta llegar a su puerta, donde, inevitablemente, rompe a llorar, en un llanto ahogado de frustración e injusticia. ¡Si no ha hecho nada todavía! Y mientras solloza, trata de abrir la puerta, sin éxito. Por un momento se acuerda de los electrodomésticos antiguos en medio del salón, tiene que resolver eso aún, demonios. ¿Qué demonios? Joder, eso, ¡joder! ¡Coño, joder! Expresiones que no usa porque le han dicho que son pecado y que, por una vez, pronunciadas en su mente son liberadoras. Normalmente no dice tacos, pero hoy se permite verbalizarlos en su mente y, qué coño, en alto también.

—¡Joder! —Son pecado porque alivian.

—¿Amelia? —Una voz suena a sus espaldas.

—¡Annette! —Amelia se gira para descubrir a su vecina del cuarto bajando las escaleras con el niño en brazos.

—¿Estás bien? No, no estás bien, ¿qué pasó?

—No, Annette, no estoy bien, estaba bien, estaba genial, pero parece que el mundo no quiera que esté bien. El mundo es cruel, ¿sabes? Seguro que en Dinamarca todo es mejor, mucho más fácil, ¿por qué has venido? ¿No eras feliz allí? Allí seguro que no critican tanto.

Annette no entiende nada de lo que dice tan acaloradamente y la invita a sentarse con ella en las escaleras para tratar de calmarla. Amelia le explica lo sucedido anoche porque Annette no tiene tele. Sólo hace un año que ocupa el piso de arriba y dos desde que aterrizó en España definitivamente y por amor, así que Amelia se lo resume como puede. Se siente hundida y empieza a pensar que ha sido un error, que nunca tendría que haberlo verbalizado en público, que fue una inconsciente, que tendría que haber dicho que gastaría todo el dinero en su familia y ahora sería una heroína nacional.

Lo curioso es que Annette la mira con atención y no la juzga, sólo la felicita y se alegra por ello. Le pregunta que cuándo va a hacer su curso y que le parece una idea genial, pero es que Annette viene de otro mundo, de Copenhague, Dinamarca. Eso para Amelia y la media nacional es como hablar de otro planeta. Annette estaba hace unos años en España de gira con el ballet nacional de Copenhague cuando conoció a Eduardo, un músico español del que se enamoró a primera vista, igual que él, y tras unos meses de noviazgo a distancia decidió dejar la ópera por amor y venirse a España. Tan rubia, tan alta y tan elegante, Annette parece un ave del paraíso en esta España gris que empieza a coger algo de color. Lo dejó todo por amor y ahora cuida de un bebé de cinco meses mientras su marido se pasa el día ensayando y tocando por las noches.

—Amelia, yo fui primera bailarina de ópera. Dejado todo para lavar pañales y calzoncillos.

—¿Y qué me quieres decir con eso?

—Estoy feliz como mamá, pero… no abandones sueño, Amelia. No hay día que no eche de menos bailar, el público, los aplausos. ¿Sabes la película *West Side Story*?

—Claro, nos encantó, fuimos a verla al cine Benlliure.

—Yo bailo en película.

—¿¡Qué me dices!?

—Cuando hicimos gira en Europa yo conocí a Eduardo, pensaba que chica tenía que conocer marido o me quedaba sola, ¿entiendes?

—Entiendo.

Y ese «entiendo» entre las mujeres implica un entendimiento mayor que el propio lenguaje y de las palabras, en concreto. Es comprender y compartir una situación que se siente injusta, pero por la que tienen que pasar y de la que no eran tan conscientes hasta que, una vez ya dentro de la situación, no pueden escapar de ella. Y es esa posibilidad de escape lo que las dos mujeres comparten y entienden. Y con ese brote de confianza, Amelia se acuerda de los electrodomésticos en medio del salón y se los ofrece a su vecina, que los acepta de mil amores.

Y como quien puso una piedra en el camino de su confianza, y unos electrodomésticos en medio del salón, Amelia consigue deshacerse, por unas horas, del conflicto interior que supone perseguir su sueño. No le van a poner fácil creer en ella misma, pero ya ha empezado a reclutar aliadas.

# 9

# Un mal sueño

El día no está siendo bueno para ninguno. Que se lo digan a Carmen, que está encerrada en el baño mientras oye comentarios jocosos sobre el tema sin que nadie sepa que está escondida. Que se lo digan a Armando, que tiene delante al jefe y su expresión nada tiene que ver con la del día anterior. No es que sea de pocos amigos, es más bien paternalista, como la que se pondría ante el hijo que ha cometido un error y es perdonado con la advertencia de que sea la última vez.

—Es normal el revuelo, Armando, si yo lo entiendo. Ha ganado uno de los concursos más famosos de la televisión, pero noto mucha excitación esta mañana en la oficina y no me gusta.

—Lo comprendo, don Alonso. Perfectamente, yo soy el primero al que le gusta pasar desapercibido.

—Eso es, esa es la idea. Un director financiero debe ser sigiloso y respetado por todos. Y usted cumple con todos esos requisitos, no permitamos que un programa televisivo frene sus aspiraciones laborales.

—Imagino que en unos días nadie se acordará —asegura Armando.

Don Alonso, que estaba de pie, vuelve a su sitio y masculla una solución. Ya venía pensando en ella toda la mañana.

—Quizá su mujer lo único que necesite sea trabajar. Es normal, si yo lo entiendo. La casa cansa mucho, no aporta, siempre haciendo las mismas tareas. Yo no podría. Es normal que quiera salir un poco. Lo de la aviación suena a ocurrencia del momento, tal vez un puesto de secretaria la tendría distraída por las mañanas. Piénselo. Yo tengo amigos en muchas empresas y siempre necesitan personal, no sería difícil colocarla en alguna. Aquí no estaría bien visto.

—Claro, claro, evidentemente. Se lo diré a Amelia. Es una muy buena idea.

—Y con su futuro sueldo no tendría problema en comprarse un par de billetitos de avión y resolver esa inquietud de su mujer.

—Si es que en el fondo es eso, don Alonso, que lleva mucho tiempo en casa y ella es muy inquieta. Gracias por su consejo, ahora se lo comentaré en la hora de la comida.

Armando abandona el despacho con una propuesta interesante, claramente ganarían todos. Vuelos, un mejor sueldo y… Torremolinos en el Seat.

Ese sueño siempre va a estar ahí.


Como Carmen, que desea que todo hubiera sido un mal sueño. Ya no es que sueñe con la moto, es que sólo sueña con desaparecer. Ha esperado a que se vaciase el baño de chicas para salir y justo se encuentra de bruces con Mencía, otra alumna del centro en la que no había reparado mucho anteriormente. Pero Mencía sí. Ella está al tanto de todo, es el estandarte de la feminidad hecha legión porque es de la Sección Femenina, como su madre. Sonríe a Carmen al verla salir como si de una casualidad se tratase; no puede confesar que la estaba esperando. Pero es que la Sección es así de rápida y eficaz. Allá donde se las necesita, ellas acuden. Y casualidades de la vida, o no, Mencía vio el programa anoche. Qué maravillosa coincidencia que Carmen discrepe de su madre. Quién osa desafiar su modelo de mujer española. Esto conviene atajarlo de raíz, se ha dicho Mencía para sí misma en cuanto ha visto llegar a Carmen al colegio. Es su misión y la va a cumplir como buena falangista que es. Doña Pilar estaría orgullosa de ella.

—No les hagas caso —le dice a Carmen en un intento de consuelo—. Ellas no te entienden.

—No sé de qué hablas —Carmen intenta disimular.

—Tú eres la hija de la señora que anoche ganó el concurso de la tele, ¿verdad?

—¿Cómo lo sabes?

—Porque lo vi, y te vi en la tele. —Carmen baja la mirada, esta pesadilla no se va a acabar nunca—. Yo estaría igual de triste que tú.

—Pues parece que soy la única a la que no le parece bien.

—No es verdad. —Mencía le sonríe amistosamente.

—Tú estás en sexto, ¿no? Lo siento, pero no sé cómo te llamas —se disculpa Carmen.

—Me llamo Mencía, y tú eres Carmen.

Le sorprende que la conozcan fuera de su curso, pero, por un instante, siente que se puede sincerar con alguien.

—Me había prometido una moto, ¿sabes?

—¿Qué me dices? —Mencía se hace la cercana—. Claro, y ahora no tienes ni moto ni madre que te cuide porque va a hacer su vida, ¿es eso?

—A lo mejor estoy exagerando un poco.

—Qué va. Es de locos. Pero quizá estés a tiempo de pararlo.

—No sé cómo.

—Tienes pinta de ser una chica lista, seguro que se te ocurre algo.

—Oye… Tú eres de la Sección Femenina, ¿verdad? —pregunta Carmen con algo de interés.

—¡Claro! Entonces ¿nos conoces?

—Me suena haberte visto por el barrio con el uniforme.

—La gente piensa que nos pasamos el día cosiendo, pero no es verdad. Hacemos gimnasia, atendemos a los pobres, aprendemos a cocinar, diseñamos ropa, tenemos un grupo de teatro, hacemos cosas de mecánica, es muy divertido, de verdad. Te encantaría. En verano vamos de campamento y somos un montón de amigas, es genial.

—Suena bien, sí.

—Si te gusta cantar también tenemos un coro.

—¿En serio? Me encanta cantar… aunque no soy muy buena.

—Allí somos todas igual de buenas ante los ojos de Dios —apunta Mencía con una gran sonrisa—. Nos reunimos un par de días a la semana; si te apetece, otro día, pues me acompañas.

—Claro, ahora… me tengo que ir a casa.

—Mucha suerte. —Mencía la detiene antes de salir—. Una madre es lo más importante que hay en esta vida —asevera con una tierna sonrisa.

Carmen asiente y sale del baño.


Si alguien está a punto de hacer negocio con el tema de Amelia es Antonio, que ya tiene montada una rifa en el patio con los autógrafos de su madre. La mayoría de los chavales no ha reparado ni en el concurso ni en el posible valor que esa rúbrica pueda tener, pero la palabrería de Antonio los convence y apuestan lo poco que tienen, un bocata de salchichón, una perra gorda, otro dos perras chicas y otro un tebeo de Roberto Alcázar. Antonio ha visto claro que tiene que sacarse las castañas del fuego ahora que no le van a comprar los balones de fútbol con los que iba a hacer un negocio redondo, aunque con este plantel de apuestas le va a costar reunir dinero hasta para un solo balón. Y justo antes de que agarre la pasta cual joven rufián, el padre Anselmo lo trinca de una de sus respingonas orejas al descubrir el pastel.

—¿Otra vez con las apuestas, Suárez?

—Disculpe, don Anselmo, se equivoca, sólo les enseñaba a mis amigos este autógrafo de mi madre.

—Qué autógrafo ni qué autógrafo, ¡al despacho del director!

—Que se lo digo en serio, que mi madre ganó ayer el concurso de *La mujer ideal*, que es famosa, no me castigue, por favor.

—¡No me tome el pelo!

Y en ese momento Antonio, haciendo gala de su mejor interpretación, se tira al suelo y en actitud de rezo implora su salvación.

—Se lo ruego, don Anselmo, mire los periódicos, en algún lugar habrá salido.

—¿Sabe lo que pasa con los tunantes como usted, Suárez? Que son tantas las ocasiones de estafa que ya no le puedo creer. Es como el cuento de Pedro y el lobo, ha gastado sus oportunidades.

—¿Pues sabe lo que le digo, padre? Que mi madre va a ser piloto y me va a subir en un avión y me va a llevar a un colegio donde no haya curas que nos castiguen todo el rato, ya se lo digo yo.

Y en ese momento Antonio se lleva un sopapo que recordará mucho, pero que mucho tiempo, porque es la manera que tenían los curas de imponer disciplina. Después de eso calla y es llevado al despacho del director, donde lo espera una larga y rígida regla correctora que usarán violentamente por orden y gracia del Señor.


Amelia tiene la mirada perdida y un recorte de revista en la mano cuando entra Armando y se encuentra con los electrodomésticos en medio del salón. Amelia se guarda el recorte en un bolsillo del vestido y acude a explicarle a su marido que ya tiene dónde recolocar los electrodomésticos antiguos, que no se preocupe, y se extiende en explicaciones sobre Annette y la conveniencia para los vecinos de arriba sin que él se lo pida. Es curioso cómo el uno y el otro se tratan con extrema amabilidad después de las tensiones desatadas durante las últimas horas. Claramente Armando viene en son de paz, y eso a Amelia la tranquiliza, está de su lado. Él se apresura a preguntarle por su día y Amelia evita estratégicamente hablar de los sinsabores de su mañana.

—Todo bien, alguna vecina que me ha felicitado por la calle y poco más —concluye.

Exactamente igual que la mañana de Armando, según él, muchas felicitaciones por parte de todo el mundo en la oficina y poco más. Qué bien, ¿no? Ambos esperaban mañanas mucho más movidas, pero por fortuna han sido muy tranquilas de cara al otro. Y probablemente, por primera vez, se están mintiendo los dos a la vez.

Hoy la tarea de Armando es complicada y compleja: tiene que lograr que Amelia descarte la idea de convertirse en aviadora y acepte un puesto de secretaria en alguna empresa del sector. Debería rodear al contrincante, hacerle parecer que está de su lado —que en parte lo está—, porque hay en juego algo más importante que el sueño de su mujer: su ascenso.

—Amelia, esta mañana he estado dándole algunas vueltas al tema, al tema este, el del, esto… lo de la aviación.

—Qué bien, yo también. Ya sé dónde ir.

—¡No me digas! Qué… ¿rápido? —Armando tira de estrategia—. A ver, ¿tu idea es empezar ya, ya, o esperarnos un poco?

Mirar cursos, precios… esto… digo yo que habrá algunas ofertas, rebajas o algo. No gastaremos todo el premio en el curso, que tenemos algunas necesidades como familia.

—Claro, claro, si tampoco sé cuánto cuesta. La instrucción, luego habrá que pagar las horas de vuelo, imagino… Tengo que ir a preguntar.

—Las horas de vuelo, pero… A ver, Amelia, no vueles tan rápido, que somos una familia y esto hay que hablarlo largo y tendido. ¿No te parece un poquito, un poquitín, digo, disparatado pasar de ser ama de casa a aviadora así en un par de días? A lo mejor tienes que probar con otra cosa antes. No sé, aprender a conducir, por ejemplo… ¿No será que lo que te pesa es la casa?

Amelia levanta una ceja. ¿Dónde quiere ir ahora?

—Si yo lo entiendo, Amelia, si tiene que ser durísimo ocuparse de las tareas y los chicos todo el día. ¿No has pensado que a lo mejor te vendría bien empezar a trabajar en algo, ganarte tú un dinerito, ir pagándote quizá esas horas de vuelo…? Que yo te apoyo y lo sabes. Te apoyo totalmente.

—Claro —responde Amelia irónicamente.

—Hoy, mira, justo lo hablaba con don Alonso, que es inevitable que empecéis a salir de casa. Hacéis falta, lo habéis hecho siempre. Tenéis que trabajar, sentir que ganáis vuestro dinero. Don Alonso tiene un montón de contactos, y ahora que te conoce todo el mundo por la tele, ¿quién no va a querer tener una secretaria famosa? Si ya has demostrado todo lo que vales, ni prueba te tendrán que hacer.

—Tú lo que quieres es comprarte el Seat, ¿no es cierto?

—¡Que no! ¡Olvídate! Si el Fiat todavía nos puede durar. Amelia, yo lo que quiero es que seas feliz.

En ese momento Carmen abre y cierra la puerta de casa con la misma virulencia de la noche anterior. De nada sirven los hola, hija, qué tal tu día, porque la mirada de Carmen contiene el mismo odio que anoche.

—Tal y como me esperaba. Soy la comidilla de todos. Gracias a ti, mamá.

Y ese «ma-má» suena con un desprecio que resquebraja el corazón, porque Carmen ha sido la niña más adorable del mundo, que convenció a Amelia de que su dedicación y el amor a sus hijos merecían la pena. Hasta este momento. Ahora le ha hecho daño de verdad. Pero Carmen, como hija, no entiende de eso todavía, sólo ve su realidad y su propia lucha.

Los ojos de Amelia se humedecen, no sabe si de realidad o de dolor. Su hija se ha hecho mayor. Un segundo portazo la sacude, esta vez de Antonio, que llega para comer. Su hijo aparece en la cocina triste y mustio. No contesta a las preguntas de sus padres, sólo muestra sus manos enrojecidas. Sus padres se asustan, ¿qué ha pasado? Y es que al chaval lo han sacudido con la regla por mentir, según los curas, acerca de lo sucedido con su madre, y en casa, por fin, Antonio rompe a llorar del dolor que ha sentido; él sólo alardeaba de que su madre iba a ser piloto.

—¿Lo ves? ¿Lo ves, mamá? ¡Si es que todo lo malo que nos está pasando es por tu culpa! —le grita Carmen a la cara.

Y en ese momento, con la congoja más grande que haya vivido nunca, Amelia se rompe del todo y sale corriendo de casa. Sin pensar, sin mirar atrás, necesita aire, necesita calle. Necesita huir de allí.

# 10

# A escondidas

Amelia corre tan rápido como las lágrimas que le resbalan por el rostro. Corre sin rumbo, intentando coger aire. ¿Pero qué ha sido eso? ¿Por qué? ¿Qué necesidad de cebarse así con sus hijos? Si no han hecho nada, pobrecitos. ¿Por qué lo pagan con ellos? Qué mala madre es. Si no hubiera tenido sueños esto no habría pasado. ¿No puede ser una mujer y madre normal? ¿Que acepte su condición y no la cuestione?

Las lágrimas siguen brotando. Piensa en las duras palabras de su hija, en las manos enrojecidas de su hijo, en la propuesta de Armando, y trata de llorar sin que la gente la pare a preguntarle qué le pasa, intentando que no se le corra el maquillaje, pero la vida no da tregua y empieza a llover. Y como si se tratase de una nueva prueba a superar, Amelia sigue caminando bajo la lluvia, sin paraguas, evitando chocarse con los que corren a resguardarse, esquivando a los que abren sus paraguas torpemente. Y parece que la única que camina en su dirección es ella, parece que todo el mundo vaya a la contra, como huyendo de un lugar al que ella se encamina sin saber cuál es. Piensa que debe tener todo el rímel corrido y acude a sus bolsillos para tratar de encontrar un pañuelo que la ayude a recomponer su rostro, pero en vez de un pañuelo encuentra el recorte, ese recorte que miraba justo antes de que Armando entrase por la puerta y todo se derrumbase como un castillo de naipes.

Amelia se para en seco, mira a su alrededor y busca un techo bajo el que resguardarse de la lluvia. Se limpia el rostro con la mano y se seca las lágrimas que ya se confunden con la lluvia, y lee. Lee el recorte de la revista *Flaps* donde figura la dirección de las oficinas de la compañía aérea Aviaco en la calle Maudes, cerca de Cuatro Caminos, casualmente no está lejos. El papel palpita en su mano. Podría arrugarlo, convertirlo en una bola, lanzarlo y que fuera engullido por la alcantarilla con la ayuda de la lluvia. Pero decide no hacerlo. ¿Y si sólo va a preguntar? Para saber dónde tiene que ir para aprender a volar, para saber cuánto costaría.

Se gira hacia el escaparate que luce detrás de ella, lleno de televisores nuevos anhelando ser comprados. La televisión y la fama. Qué diferente era todo hace dos días. Se imagina que su rostro salió en todos esos televisores y que los viandantes la vieron, algunos pasarían de largo, otros se quedarían mirándola. Se fija de nuevo en sí misma, reflejada en el cristal del escaparate. El pelo empapado, parece una chiquilla. La misma chiquilla que miraba los aviones en el cielo y disfrutaba simplemente de verlos. Y por primera vez está más cerca de ese cielo que nunca. No tiene nada que perder. Irá a preguntar, a conocer de primera mano la realidad que tantas veces imaginó. Una vez allí tomará una decisión.

A Amelia no le sorprenden en absoluto las caras con que la miran las secretarias de Aviaco detrás del mostrador. Se estarán fijando en el pelo mojado, el maquillaje corrido, algo de barro en los zapatos y el vestido casi echado a perder. Pero juega con una carta que otra en su lugar no tendría: es famosa. La han reconocido porque oye lo que cuchichean. Es la del concurso, ha entendido claramente. Si al final va a tener sus ventajas y todo. Una de las secretarias, muy joven y pizpireta, se acerca a atenderla.

—Usted es la de la tele. La que quiere ser aviadora.

—Sí. Disculpe el aspecto. —Y mira hacia abajo comprobando el estado de sus ropas—. La lluvia me ha pillado desprevenida.

—No se preocupe. ¿En qué la puedo ayudar?

—Venía a informarme, a lo mejor saben ustedes de cursos de aviación. Quería...

—Claro, ahora mismo la informamos, puede sentarse ahí mientras tanto. —La secretaria le señala unos cómodos sillones azules arropados por una planta bastante frondosa y un cartón tamaño natural de un piloto que saluda con la mano apoyada en la sien.

Por un momento Amelia siente que casi debería saludarlo de forma militar, pero se reprime, es sólo una imagen de cartón. Desde su asiento intuye el revuelo, sólo espera que no critiquen su aspecto, ella no deseaba llegar de esa guisa. Menuda mujer ideal está hecha, menos mal que ahora mismo no le importa lo más mínimo. En cualquier otro momento de su vida se habría ido al baño, a retocarse, a acicalarse, pero ha salido corriendo de su casa; de hecho, ni siquiera ha cogido el bolso. Y lo curioso es cómo asoma en la comisura de sus labios una leve sonrisa, juguetona, como rebelde, como quien ha roto algo de un ser querido buscando la venganza y ha encontrado placer en ello sin sentir culpabilidad. Como si Amelia hubiese quebrantado algún tipo de regla no escrita.

Su ensoñación es rota por uno de los delegados de Aviaco, alto y elegante, que se acerca a Amelia.

—Así que es usted la famosa Amelia Torres de la que todo el mundo habla, soy Sergio Eslava, encantado —dice de corrido mientras alarga una mano para saludarla.

—Parece ser que sí, que todo el mundo sabe quién soy. Hace dos días nadie me conocía.

—Bueno, no todos los días se gana un concurso de televisión y la ganadora quiere ser piloto, en nuestro gremio ha sido la comidilla.

—Ya veo, ya. Es que yo pensaba que lo vería menos gente.

—No se preocupe, aquí somos muy discretos. Así que viene a interesarse por los cursos de aviación.

—Bueno, venía a preguntar. Yo, en verdad, no tengo ni idea. No sé ni dónde se estudia esto, ni lo que cuesta, ni lo que dura…

—Entiendo, no tiene que preocuparse por nada, aquí la podemos orientar, pero no formamos pilotos. Los cursos se realizan en Cuatro Vientos y normalmente en un par de años se consigue la licencia.

La secretaria le alarga una carpeta que Amelia coge con respeto.

—Dos años, ¿eh? —Amelia no imaginaba que durase tanto.

—Le hemos preparado la información y la documentación que necesitaría llevar al aeródromo. Entiendo que es usted una mujer casada, ¿correcto?

—Sí, estoy casada.

—Entonces también necesitará el permiso por escrito de su marido, pero imagino que eso no es un problema.

Amelia aguanta la respiración.

—No lo será, claro que no.

—Fantástico, lea la información y, si tiene cualquier pregunta, no dude en llamarnos por teléfono. Tiene mi tarjeta ahí dentro.

—Estupendo, muchas gracias, pues… pues ya me voy.

La secretaria acompaña a Amelia hasta la puerta y le dedica una tierna sonrisa. Amelia aprovecha para hacer una última pregunta.

—Disculpe, quería saber… ¿hay más mujeres dando clases?

—Como azafatas, sí, un montón. De piloto no.

—¿Usted cree que estoy loca?

—En absoluto. Seguro que después de usted vendrán muchas más.

Amelia frunce el ceño por un instante.

—Ya hubo aviadoras en este país, ¿sabía usted?

El dato pilla desprevenida a la secretaria.

—Pues no, no lo sabía.

—Pero ya no sé si vuelan. —Amelia cae en la cuenta.

—Yo creo que no.

Amelia y la secretaria callan de pronto y después se despiden en un silencio compartido que ambas entienden.

Cuando Amelia sale a la calle ha dejado de llover, y camina con su carpeta abierta leyendo los requisitos, la documentación para la matrícula, e imagina que así deben sentirse las chicas que ahora van a la universidad, con mariposas en el estómago. Ya ni piensa en su aspecto ni nada, se cruza con los viandantes en una hermosa armonía. Pasan grupos de gente que ríen, visten de colores, con faldas más cortas, pantalones, parejas abrazadas sin pudor, y durante su caminata hasta casa en el barrio de Chamberí, escucha la música salir de alguna de las tiendas como si todo formase parte de una coreografía musical, con la creencia firme de que en algún momento todo el mundo podría ponerse a bailar, cantar y levantarla por los aires aplaudiendo su próxima nueva vida. Quizá haya visto demasiados musicales.

Amelia llega a su edificio al atardecer, tiene suerte de que la portera haya dejado la puerta abierta, pero es mejor que no deambule por ahí y la vea hecha una piltrafa. Llama al timbre de su propia casa, no se llevó ni las llaves. Armando abre sin hacer apenas preguntas, aliviado de que haya regresado, quiere saber a dónde fue y

Amelia no se lo oculta. Los chicos están estudiando en sus habitaciones y los electrodomésticos han desaparecido del salón. Se encargaron con los vecinos de llevarlos a casa de Annette, aclara Armando, y Amelia lo siente como una señal del destino: ya nada puede entorpecer su camino.

—Llevo mucho rato caminando, Armando. Me ha dado tiempo a pensar.

Amelia le habla con una determinación inusitada.

—Entiendo que a mucha gente le resulta extraño lo que quiero hacer. Pero tengo muy claro que quiero hacerlo.

—Vale —contesta Armando algo desarmado por su fortaleza—. Me parece bien, es sólo que…

—Ya lo sé. Soy la comidilla del barrio, de la ciudad, no sé si incluso del país porque no he salido aún de Madrid, pero tarde o temprano se les olvidará. A Carmen se le tendrá que pasar. Lo tendrá que entender, pero, como eso no va a suceder de un día para otro, tengo una idea.

—No me asustes.

—Traigo buenas noticias. El curso no es tan caro como el premio, nos va a sobrar algo de dinero, así que tendremos para arreglar el coche o pagar la entrada para uno nuevo. —Armando abre los ojos como platos, el Seat 1500 se acaba de materializar frente a él—. Y guardaremos el resto para lo que pueda surgir. ¿No le debías algo de dinero a Tito?

—¿Cómo sabes lo del Tito?

—No soy tonta.

—Solucionemos eso también.

—¿Y la moto de Carmen?

—La moto puede esperar, no me gusta la manera en la que me ha tratado.

—¿Entonces cuál es tu idea?

Amelia se toma un instante, lo mira directamente a los ojos y baja la voz.

—Voy a hacer el curso a escondidas.

—¿¡Cómo!? ¿Y eso cómo se puede hacer?

—No quiero que nadie lo sepa. Sólo lo sabremos tú y yo. Así Carmen se tranquilizará y la gente del barrio se acabará olvidando del tema. No quiero que mi vida se convierta en algo de dominio público.

—Claro, claro, lo entiendo. ¿Pero y la casa? ¿Las comidas? ¿La plancha? ¿Mis informes a limpio?

—Ahí entras tú. Sin ti no lo vamos a poder hacer, eso está claro. Nos organizaremos, por las noches, o por las mañanas cuando los niños no estén. Aprenderás a cocinar y a planchar. Es la única manera para que no nos descubran. Yo haré también tareas por la noche. Las clases son por las mañanas, por la tarde puedo hacer bastante, pero sola no llegaré a todo. Tendremos que repartirnos. ¿Qué te parece?

—Me parece que, desde luego, no quiero que nadie se entere, ni de lo uno ni de lo otro.

—¿No dices siempre que crees en la igualdad? Ha llegado el momento, Armando. Lo podemos hacer. Tú has ayudado a tu madre toda la vida, ¿cuál es la diferencia?

—Ninguna… claro.

—Pues eso. Aunque… hay algo que sí es una mala noticia.

—¿Alguna más?

—¡Armando! —Amelia se toma unos segundos y baja la voz—. El curso son un par de años.

—¿Un par de años? ¿Estás loca? ¿Cómo pretendes ocultar esto durante dos años?

—Si hay gente que lleva una doble vida y no se entera nadie hasta pasados diez años, nosotros podremos hacerlo. Tenemos que confiar. El tiempo pasa volando, Armando. Volando.

Amelia arquea las cejas y sonríe divertida de su propia ocurrencia.

—Volando… —repite.

—Sí, sí, he pillado el chiste, pero no sé si me hace gracia.

Armando se queda pensativo, tratando de esbozar una sonrisa que no termina de formarse en su rostro.

—Sólo necesito una última cosa —añade Amelia.

—¿Qué más? —Armando aguanta la respiración.

Amelia saca de la carpeta el documento del permiso marital.

—Firma aquí.

# 11

# La visita

La cara de Emilia es un poema. No porque haya recibido una visita inesperada, sino porque la última persona que se imaginaba que podría aparecer en el umbral de su puerta era su consuegra, Victorina.

No ha dicho ni hola, simplemente al abrir la puerta ha exclamado: «¡Qué desgracia la mía!». Y ha entrado sin pedir permiso siquiera. Ha estado muchas veces en su casa por comidas familiares, pero esta vez se ha pasado el protocolo por el arco del triunfo. Pero es que Victorina es así, arrasa por donde va.

¿Qué la ha llevado hasta aquí? Sólo ella lo sabe. Ha valorado un buen rato acudir a las vecinas del edificio, pero hace tiempo que ya no puede confiar en ninguna, sabe que la critican a sus espaldas desde que Fe, del 3.º A, enfermó terriblemente tras una comida que le sirvió en su casa. Y tampoco tiene muchas más conocidas en el barrio, a Victorina siempre le ha costado hacer amigas, incluso en la parroquia. Y las amigas de su pueblo viven en otras ciudades o nunca salieron de allí, no va a levantar ahora un teléfono y ponerse a charlar de sus desdichas después de tanto tiempo. Así que ha concluido que la única persona que tiene cerca y con la que puede abrirse es Emilia. A riesgo de que la juzgue y vuelva a tensarla con exabruptos comunistas, tiene a su favor que vive en la otra punta de la ciudad, ha estudiado, lee los periódicos, está al día y sabe callar.

—Una tila, Emilia, ponme una tila, por favor. Llevo varios días sin pegar ojo.

—¿Es por lo de Amelia? —quiere adivinar Emilia.

—Amelia, Luis, la tele, mi nieta, que si la fama, la gente me pregunta, los aviones, que si esto… Yo no comprendo nada, Emilia, ¿tú sí?

—A ver, mujer, lo que entiendo es que tu hija tenía un sueño y ahora quiere convertirlo en realidad.

—¿Pero qué sueño? ¿En qué momento? Si eso eran cosas de su padre. ¿A ti te lo dijo? ¿Te lo contó antes?

—No, mujer, a mí no, pero que le gustan las cosas de aviones lo sabíamos todos.

—Eso, a eso me refiero, una cosa es que te gusten… no sé, que te gusten los dulces, y otra es que te hagas pastelero, ¿no? Digo yo que habrá algún tipo de diferencia. ¿No tendrás algo para mojar? Tengo un poco de hambre.

—¿Luis qué te dice?

—Luis ni me habla, como siempre. Si está en casa se pone la radio, o con sus cosas, con sus cuentas, se va de paseo. Preparo la comida, come, se echa la siesta, y si no, ya sabes, de viaje y trabajando. Y yo siempre sola, cuando está y cuando no está. Me han parado las vecinas y yo no sabía qué decir. Si lo increíble es que les parece bien y todo. A otras no, menos mal. Yo, no sé, será que yo soy de otro tiempo, pero a mí esto me parece muy raro.

—¿Pero qué es lo que no te parece bien? Tómate un anís, verás que te sienta mejor.

Victorina recuerda la otra noche.

—Deja, deja, no me vuelvas a dar anís por nada en esta vida.

—Es verdad. —Emilia ríe al recordar—. Voy a por tu tila. Sigue contándome.

—¡Y algo para mojar!

Emilia marcha hacia la cocina y Victorina alza la voz para ser escuchada.

—Es que no me parece bien todo lo que está pasando, que si ahora las mujeres pueden trabajar, que si están yendo a la universidad, conducen. Algunas hacen carreras de hombres, como si se quisieran equilibrar, ¿equilibrar se dice?

—¡Equiparar! —corrige Emilia desde la cocina.

—Eso, es que ser como los hombres, pues no sé. ¡Que hay hasta alguna taxista! Habrase visto. Si es que somos distintos, no tenemos las mismas capacidades, Emilia. Si Dios hubiera querido…

—¡A Dios no me lo nombres en esta casa! —grita incluso desde lejos.

Victorina se santigua y pide misericordia a Dios para su consuegra.

—Yo sólo digo que tal y como estamos las cosas funcionan. Cada uno tiene su tarea, yo he cuidado de mis hijas y mi marido ha traído dinero a casa, así está bien. A las mujeres se nos da muy bien cuidar. Si a mí lo de ser enfermera o secretaria me parece correcto si una no está casada, pero la familia… Eso tiene que ser una prioridad para la mujer.

Emilia le pone su tila y una rosquilla y se sienta frente a Victorina, sin hablar. Sólo la mira inquisitivamente.

—¿Qué?, ¿qué pasa? —le pregunta intrigada.

—¿Qué voy a hacer contigo, Victorina?

—Pues por eso he venido, no sé, tú has tenido más vida que yo, has sido maestra, has criado a tu hijo sola, si yo no digo que yo lleve razón, es lo que he conocido. Tú has tenido más mundo. Oye, ¿esta rosquilla es de la pastelería de la esquina? ¿Las que trajiste en la merienda que hicimos en la Dehesa aquel domingo? —Emilia asiente—. Están buenas, ¿eh? ¿Y son muy caras?

—Lo normal.

—Es que se está poniendo todo muy caro.

—¿Quieres otra?

—A ver… no debería, yo creo que estoy cogiendo peso, pero mira, otra me como, si total, tampoco tengo mucho apetito con este disgusto. ¿Sabes lo que más me duele? Que no me haya contado nada a mí antes, a mí, que soy su madre. Cuando era pequeña me lo contaba todo, luego se fue haciendo mayor, se lo contaba más a la hermana, y luego como con su padre tenía esa relación tan especial, que iban juntos a ver los aviones, la niña de sus ojos… total, que a mí ya nadie me cuenta nada.

—¿Pero con Marga no tienes buena relación?

Victorina arquea las cejas.

—Más o menos.

—A lo mejor tu problema es que no te parece bien nada de lo que hacen tus hijas, que ya son mayorcitas.

—Emilia, a mí eso de vivir con el novio sin estar casados no me parece bien, yo tengo mis convicciones…

—Y ella, las suyas. Normal que no se quiera atar, Marga es una chica moderna, pero parece que se te olvida cómo eran las cosas antes de la guerra. A mí me parece que las cosas simplemente están yendo en la dirección de la que nunca debieron haberse desviado.

—Yo nunca fui tan moderna como tú.

—¿Tú ves a Marga feliz?

Victorina hace una pausa y moja el resto de la rosquilla tratando de no mancharse los dedos mientras medita su respuesta.

—Sí. Supongo que sí.

—Pues ya está, ¿qué más necesitas?

Victorina habla con la boca llena.

—¿Otra rosquilla podría ser?

# 12

# Aviones de guerra

Aunque todavía era pequeña para entenderlo, a Amelia le empezaban a gustar los rituales. Ya sabía que el primer domingo de cada mes tenía plan con su padre y ciertas cosas se repetían. Y en esa repetición encontraba ella tranquilidad y seguridad. Lavarse el pelo, vestirse elegante y comprar una bolsa de pipas, llegar al aeródromo de Getafe, comprar sus entradas y sentarse en el mejor sitio de las gradas. Con la excusa de que era pequeña, siempre había quien cedía su sitio en primera fila para que la niña lo viera mejor. Amelia agarraba con emoción la mano de su padre y se sentía especial.

Desde que había nacido su hermana todo eran atenciones para la pequeña y Amelia se había convertido en la mayor de un día para otro y con pocos privilegios, sólo escuchaba decir a los adultos eso de ahora eres la hermana mayor, tendrás que ayudar a tu madre, tendrás que cuidar de tu hermana, pórtate bien, que debes ser ejemplo, y ella, inocente, recibía toda esa carga sin cuestionársela. Así que salir los domingos con su padre la convertía en hija única de nuevo. Sentía que para su padre seguiría siendo la favorita porque le gustaban los aviones tanto como a él.

Ella reía y aplaudía cuando los veía hacer acrobacias en el cielo y se ponía en pie imitando a su padre, que, a su vez, la levantaba por lo alto y la besaba muy fuerte en las mejillas. La hacía sentir única también porque allí había pocas niñas. Se sentía mayor y escuchaba con atención, procurando aprender para luego poder hablar después con su padre de cosas de mayores que la bebé no iba a poder entender.

Seguía a su padre a los hangares donde a los espectadores les mostraban los aviones, aprendía palabras técnicas como De Havilland, Dragonfly, envergadura, techo operativo, velocidad de crucero, caza, flaps, acomodo y otros tantos términos que a veces trataba de compartir con sus compañeras del jardín de infancia con escasos resultados. Luis la forzaba a memorizarlas, y eso a ella le hacía mucha gracia. Las preguntas llegaban en cualquier momento del día, desayunando o cenando, y ella sentía que si las respondía correctamente su padre la querría más que a su hermana.

—¿Te acuerdas de qué velocidad nos dijeron que alcanzaba el Fokker C-X?

—Triscientos cincuenta y veinte metros por hora.

Y Luis se echaba a reír porque la niña sólo sabía contar con sus cinco añitos hasta el veinte, pero hacía un esfuerzo inmenso por recordar grandes cifras. Estaba bien que lo hiciera, así aprendía.

—¿Y cuántas plazas tenía?

—Para dos.

—¿Y cuál es tu avión favorito?

—El Taifun, porque suena como la canción 25 de diciembre, fun, fun, fun.

Padre e hija reían juntos por ocurrencias como esta, mientras Marga, en un capazo en la cocina, no paraba de llorar y acaparar toda la atención de su madre. Amelia, a veces, soñaba con que podía subir en uno de esos aviones y devolver a su hermana a París, que era una ciudad muy lejana desde donde había venido y a la que sólo se podía ir en tren o en coche, y algún día, seguramente en avión. Cuando estalló la guerra, poco le importaba ya devolver a su hermana a París. Padre e hija deseaban secretamente poder llevarse a todo el mundo de allí en cualquiera de los aviones que cruzaban el cielo día sí, día también.

Si los aviones los pillaban caminando por la calle yendo a comprar comida o tratando de hacer vida normal, Luis procuraba distraer a las niñas jugando a las adivinanzas aéreas mientras todos corrían a refugiarse en el metro, preguntando a Amelia qué avión era ese, y ese otro cómo se llamaba o cuántos motores tenía aquel. Y así, jugando a las adivinanzas, ponía a salvo a su familia, intentando que se olvidasen por unos instantes del estruendo de los bombardeos.

Y así, bajo tierra, rodeados de desconocidos como cuando iban a Cuatro Vientos, Amelia procuraba recordar alguna de aquellas tardes maravillosas en las que los aviones hacían acrobacias en el cielo, devoraba bolsas de pipas en compañía de su padre y nada malo les podía suceder.

# 13

## El primer día

El sonido persistente de una cucharilla dando vueltas interminables a un café con leche.

—¿Qué te pasa? ¿No está bueno el desayuno? —Amelia mira amablemente a su hija.

—Sí, está bien —contesta seca Carmen.

—Deberías estar contenta, es lo que tú querías, ¿no? Hemos comprado el coche, yo no voy a hacer el curso. Había cosas que pagar, Carmen.

Carmen no contesta.

—Ya habrá tiempo para la moto, ¿no crees? ¿O es por otra cosa?

—Ahora no me apetece hablar, mamá, me voy al colegio.

—Si no tienes moto, jovencita —Armando adquiere un tono paternalista y serio—, no es sólo por un tema de dinero, o cambias esas maneras que tienes de hablarnos o te vas a acabar aprendiendo cada milímetro de tu habitación.

Pero Carmen ya no escucha, ha enfilado la puerta y ha salido de casa sin preocuparse siquiera de su hermano. ¿Quién la entiende? Sus padres más que enfadados están preocupados. La jugada de Amelia se suponía que reuniría de nuevo a la familia, pero Carmen sigue sin ser la muchacha encantadora de antes; sospechan que debe haber algo más.

—Esto es un tema de amores, te lo digo yo, Armando.

Amelia mira fijamente a Antonio, que no parece que tenga ninguna prisa por irse al colegio.

—Qué pasa, hijo, ¿por qué no te marchas con tu hermana? Vas a llegar tarde.

—Estoy esperando a papá —Antonio mira a su padre, que ni se mueve.

—Ah, sí, claro, claro. —Armando pega un respingo—. Vamos, hijo, yo también bajo contigo, qué despiste —trata de disimular—. Cariño, ¿la tartera con el almuerzo?

—Ya te la guardé, venga, rápido, que no vais a llegar. Siempre igual, siempre corriendo. Que tengas un buen día, mi amor. —Beso casto a Armando.

—Adiós, mamá. —Sin beso ni nada, qué poca consideración.

Armando y Antonio bajan a toda prisa por las escaleras y llegan a la calle, y cuando Antonio ha enfilado el camino al colegio y no hay riesgo de que vuelva la vista atrás, Armando entra de nuevo en el edificio esperando no ser descubierto por la portera. Sube las escaleras de dos en dos, abre la puerta de su casa y la cierra de sopetón apoyándose en ella como si acabase de cometer un delito.

—No me ha visto nadie —afirma jadeando cual espía.

—¿Y qué pasa si te ven? Nadie se imagina nada de esto, sólo necesitábamos engañar a los niños.

—Es verdad —cae en la cuenta.

—Escúchame atentamente, te he dejado escrito en un papel de la cocina la receta, hoy sólo tienes que hacer eso y planchar cuatro cosas, ¿podrás?

—¿Por quién me tomas? ¡Soy un hombre del siglo xx!

—Genial, aunque no sé cómo tomarme eso.

—Confía en mí.

—Vámonos, que la que va a llegar tarde el primer día soy yo.

Amelia ha aprendido la lección, se ha puesto un pañuelo anudado a la cabeza y viste grandes gafas de sol, un bello vestido azul, unos zapatos con poco tacón y un bolso de mano en el que caben un cuaderno y un bolígrafo para tomar sus primeros apuntes.


El flamante nuevo Seat 1500 de Armando avanza por el barrio de Chamberí dejando a su paso una estela de felicidad en cada cambio de curva. Armando está pletórico llevando a Amelia a su parada de autobús sólo para poder conducir su bello corcel un ratito más. El coche parece que levita, Amelia está más bella que nunca y el tráfico de la ciudad, tan ajetreado siempre, parece abrirse a su paso. Sólo falta que en la radio incorporada cante Adamo, y ya parecería un musical de Hollywood.

Ya ha avisado a la oficina que tiene que resolver unos asuntos personales y que llegará un poco más tarde. Está radiante porque vuelve a ser el firme candidato a director financiero, y esa seguridad se le nota en las curvas, en la manera de cambiar las marchas, en los primeros acelerones después de los semáforos. Incluso en la seguridad con la que conduce, porque Armando nunca ha sido de los que se meten con el conductor de delante llamándole «paquete, inútil, a ver por dónde vas» y, de momento, poco o nada eso de «mujer tenías que ser», porque apenas hay mujeres conduciendo por Madrid —aunque alguna hay y no han sido precisamente ellas las que han provocado un volantazo llegado el momento—, y eso que hace poco vieron un reportaje del No-Do sobre mujeres taxistas en París y se refirieron a ellas cariñosamente como «nuestras dulces enemigas». La pieza era un catálogo de normas que las mujeres no deben hacer al volante, como convertir el coche en un tocador, no aparcar de oído estampando el coche por delante y por detrás, conducir sin respetar las normas o no arrancar a tiempo con el disco en verde por estar pintándose los labios.

Armando enfila hasta el Alto de Extremadura, donde está la parada de autobús que llevará a Amelia hasta Cuatro Vientos. Inevitablemente le sale el padre que lleva dentro. ¿Llevas dinero para el autobús? ¿Para la vuelta también? ¿A qué hora saldrás? ¿Vienes directa desde las clases? ¿Qué horario tienes hoy? Ojo, que allí todos serán varones, tú tranquila, que lo vas a hacer muy bien. Estás segura de esto, ¿cierto? Que me calle, ¿verdad? La cara de Amelia evidencia las respuestas.

—Gracias, mi amor, sin ti esto no sería posible. Te quiero.

—Yo también te quiero, pichulina, pero ten cuidado, ¿vale?

—Me estás tratando como una niña.

—Perdón, no quiero que te pase nada malo.

—Y tú, ¿te acordarás de cómo funciona la plancha? La receta no puede ser más sencilla, así que no metas la pata.

—Descuida, nadie se dará cuenta de que te has ido unas horas. Esto va a salir a pedir de boca, ya te lo digo yo. —Armando casi paladea el momento.

Amelia se baja del vehículo y se coloca en su parada, la del autobús que termina su ruta en Cuatro Vientos. Nadie parece reconocerla. Es curioso, la televisión te eleva y te olvida con rapidez (afortunadamente para este caso).


Armando proyecta el futuro camino a casa, con el codo asomando por la ventanilla; visualiza su posible nuevo despacho, la responsabilidad de su posible nuevo cargo, la tranquilidad del futuro sueldo. Por un instante todo es perfecto, todo funciona, la vida, por fin, los coloca en el sitio que merecen. Su padre estaría orgulloso, allá donde esté, si es que hay cielo para los rojos.

Amelia, ya subida en el autobús, revisa el contenido del bolsito que ha cogido. Se maldice por no haber consultado qué debía llevar a su primera clase, quizá un cuaderno más grande, una cartera como la de sus hijos, pero, claro, habría sido sospechoso. El monedero, el cuadernito, el bolígrafo, las llaves. No pasa nada, hoy es el día de la toma de contacto, si falta cualquier cosa lo preparará para mañana. Pero Armando le preocupa. No tendría que haberlo dejado hacer la plancha, si con limpiar los baños habría sido suficiente, como queme alguna prenda no se lo perdonará. Niega con la cabeza, debe confiar en él.

No va a pasar nada, es un tipo mañoso, sabrá hacerlo. Nadie se dará cuenta.


Las lentejas no son un plato complicado cuando uno las ha hecho varias veces. Aunque Armando hace años que no las prepara, desde su adolescencia. Emilia nunca fue de hacerle todo a su hijo como otras mujeres, pero han pasado ya muchos años y Armando se ha ido dejando llevar por la sencillez y la comodidad de que Amelia se ocupe de los menesteres de la casa mientras él se encarga de proveer a la familia, como buen marido que es. Amelia, precavida, ha dejado la receta minuciosamente descrita en papel. Pelar los ajos, trocear la cebolla, los pimientos, y echar el chorizo en el momento adecuado, simplemente, requiere práctica.

Los trocitos de cebolla y pimiento que ella corta son perfectamente simétricos; sin embargo, los suyos son todos diferentes. Pero no pasa nada, el sabor lo darán igual, nadie notará la diferencia. Menos mal que Amelia ya se ha encargado de seleccionar las lentejas buenas de las malas, lo que le faltaba es que los niños se encontrasen luego una piedrecita en el guiso o un trocito de barro. Él ya tuvo que pasar por eso, no querría que sus hijos vivieran algo así.

Qué suerte la suya, ver que crecen sin las penurias que él vivió y de las que apenas hablan, ¿para qué? Los chicos saben que pasaron hambre, que la abuela tuvo que trabajar de todo para sobrevivir a un abuelo desaparecido. Por eso Armando ayudó a su madre cada día, en cada tarea, recogiendo cualquier cosa de la calle que pudieran vender, mientras Emilia buscaba por la ciudad cualquier trabajo que les borrase el agujero del estómago. Pero eso ya pasó. Ya casi no piensa en ello, porque al recordarlo se le humedecerían los ojos y confundiría las lágrimas de la cebolla con las suyas propias; las de su desgracia. Si al menos su padre no hubiese desaparecido quizá él habría tenido una infancia, si es que se puede tener una infancia después de una guerra. Por eso es importante que sus hijos no pasen hambre, que tengan todo lo que necesiten si está en su mano.

Ahora, un par de zanahorias, muchas patatas, un poquito de sal, el hueso de jamón. ¿Qué puede salir mal?

—¿Dónde está el chorizo?

Armando lo busca por toda la cocina, por toda la casa, ¿cómo puede ser? No puede hacer las lentejas sin chorizo, se darían cuenta, ¿cómo se le ha podido pasar a Amelia? Si ella nunca falla en nada, si lo había repasado todo. ¿Y ahora qué? ¿Qué haría ella? Amelia iría a la carnicería, lo resolvería inmediatamente. Tendrá que darse prisa si quiere tener las lentejas listas para la comida, la plancha hecha y pasarse por la oficina para no levantar sospechas. Ahora sólo queda un último escollo: la portera y el vecindario. ¿Qué hace un hombre a estas horas yendo al mercado?

—Pobre Amelia, si juraría haberla visto salir esta mañana con usted.

Filo, la portera, enjuta, cejas pobladas, mandil enroscado a la cintura y fregona en mano, es de todo menos discreta y los vecinos creen que lleva incluso una libreta donde apunta entradas y salidas con los horarios.

—Efectivamente, salimos, pero tuvimos que dar media vuelta porque se encontraba indispuesta, estaría usted fregando otra planta. —Armando recuerda que cuando él regresó ella no estaba, pero no comprobó su presencia en su segunda salida.

—Tuve que entregar un paquete en el quinto, sería entonces.

—Entonces sería. Nada, un dolor leve de tripa, lo bueno es que me he podido quedar con ella, se merece que la cuiden con todo lo que hace por nosotros. Voy a comprar un poco de bicarbonato, que eso es mano de santo.

—¿Sabe usted qué suelo preparar yo en estos casos? Un buen caldo de gallina con cuatro ajos tiernos…

—Fantástica solución, otro día lo pruebo, me voy pitando. —Armando la corta antes de que empiece con su recetario de remedios tradicionales.

—Y limón, hijo mío, mucho limón. Si es que ya nadie escucha. —Filo se aleja murmurando para sí misma—. Parece que ahora los mayores no supiéramos de nada, son todo fórmulas de farmacia… A ver, que el bicarbonato bueno es. ¿Y lo bien que va para los olores, eh? —A Filo le encanta hablar consigo misma—. Mano de santo, mano de santo.

Hace tiempo que Armando no va al mercado, acaba de caer en la cuenta. ¿Dónde compra Amelia? Él no se ocupa de esas cosas, pero la escucha: ella siempre habla bien del carnicero que hay en Gaztambide, ¿Gaztambide era? O que hacía esquina con Rodríguez San Pedro, sí, casa de… eso era, Casa Lucas. Allí compra Amelia, y la mitad del barrio por lo visto. Acaba de recordar algo: no ha apagado el fuego. ¿Y ahora qué hace? ¿Volver? Se le echaría el tiempo encima. El caldo tenía agua. Estaba bajito, no pasará nada.

Tiene a cinco señoras delante, la tienda es pequeña y sólo hay un carnicero. ¿Y a cuánto tienes el lomo? Necesito un hueso para el caldo. Ponme lo justo para comer hoy. Dame un poco más del jamón del otro día, que salió muy bueno. ¿Y así están toda la mañana? Piensa Armando, qué suplicio. Ponme cuarto y mitad de higaditos.

Y entonces las señoras se ponen a hablar de recetas, que cómo lo pone una, que cómo lo sirve la otra, y entonces la última de la cola, que le ha dado la vez a Armando, lo mira con suspicacia.

—Tú eres el marido de la Amelia Torres, ¿no?

Y entonces ¡PUM! Cinco rostros de señoras se giran y lo miran como suricatas. Se hace un silencio incómodo.

—Sí, soy yo. ¿Algún problema?

Qué bien, qué discreto es este barrio, piensa Armando. Es la típica cosa a la que él no se enfrenta, a él lo saluda el del quiosco, el del bar, los vecinos que conoce del barrio, que son cuatro contados. De pronto, entiende que ese es el día a día de Amelia y que tendrá algún tipo de reputación en el barrio que ahora debe defender.

Las mujeres de la cola retiran sus miradas inquisitivas tras no atreverse a hablar de lo sucedido después de la última visita de Amelia. Armando, por supuesto, desconoce todo lo que Amelia tuvo que escuchar. Ellas ya dieron su veredicto al respecto, pero no lo van a mencionar delante del marido, eso se habla de puertas para dentro y sin que las paredes escuchen a quién estaban despellejando.

—Se encuentra indispuesta. —Armando procura no levantar sospechas ante su presencia inusitada—. Pero está en casa, en casa está. Como siempre, como cada día, como cada día va a estar. —Ahora entiende por qué hay que ocultar lo del curso—. Yo sólo venía a por un poco de chorizo, pero me espero la cola, claro.

Veinte minutos después, Armando enfila su casa con el chorizo bajo el brazo con el temor de haber quemado las lentejas y sin tener muy claro que el carnicero le haya dado de lo mejorcito que tiene, ¿cómo saberlo? Él no entiende de esas cosas, simplemente se las come. Tendría que haber vuelto a casa cuando pensó en el fuego encendido porque, efectivamente, las lentejas se han quedado sin agua. Mierda, otra vez. ¿Está a tiempo de salvarlas? ¿Pero por qué es tan complicado todo? Amelia tendría que haber estado atenta a esto. Ella tenía la responsabilidad de comprar todo para las lentejas, si va a hacer su curso que por lo menos deje todo listo, ¿cómo se pudo olvidar del chorizo? Y ahora cae sobre él la responsabilidad de que puedan comer a mediodía. Hala, todo el chorizo para dentro, nadie se dará cuenta. Sólo se han pegado unas pocas. Chorrito de vinagre al canto al servir, y nadie notará la diferencia. Y ahora la plancha. ¿Y Amelia, cómo estará?


Amelia atraviesa el descampado frente a la estación de Cuatro Vientos. Los tacones no son el mejor calzado para este terreno, pero no tiene otro. Hay una garita de seguridad a la entrada del recinto y una barrera que cierra el paso. Qué apropiado.

—De visita, ¿correcto? —asevera el vigilante tras el cristal.

—No, no vengo de visita. —Amelia se arma de valor tras la primera prueba—. Vengo a clase.

—¿A clase de qué? —La mueca del vigilante es considerable.

—He quedado con Sergio Eslava, de Aviaco. Hoy es mi primer día, vengo a clases de vuelo.

—De vuelo, ya... —Suspicaz—. Déjeme que pregunte. —Y trinca el auricular.

—Gracias. —Amelia lo perdona, sabe que para él también es su primera vez. Aún no sabe que se verán con asiduidad.

Amelia ve algunos militares caminar al fondo, algunos con prisa, poca gente. El tiempo es agradable, de esos días de otoño que aún recuerdan al verano. Su mente no puede evitar volver a la ciudad, ¿qué tal estará Armando? ¿Habrá terminado ya la plancha? A esta hora ella lo tendría ya todo listo, debería estar volviendo a la oficina.

—Disculpe, Amelia, debería haber estado pendiente de su llegada.

La voz de Sergio la trae de vuelta al presente.

—Acompáñeme.

Amelia sonríe al de la garita amablemente cuando este la deja entrar. Camina junto a Sergio cuando un nudo se apodera de su estómago. Es el ambiente, de nuevo. El olor de la gasolina, el sonido lejano de un avión al despegar, el personal de vuelo que adivina a través de las ventanas de los edificios. Ambiente de trabajo, ambiente de dedicación y de amor, imagina, de fortuna, para aquellos que eligieron el camino sin dudas desde el principio, sin complejos de sus propias capacidades y de su propio sexo, y sin trabas económicas también. Un ambiente bien distinto al de los domingos de su niñez.

—¿Nerviosa?

—Un poco, la verdad. —El camino que ha traído a Amelia hasta aquí no tiene nada que ver con el de los alumnos que ya están dentro—. ¿Alguien sabe que vengo?

—Todo el mundo, no se preocupe. Todo irá bien.

Sergio llega hasta la puerta de clase y abre sin llamar. Amelia agarra su bolso como si fuera su única arma de defensa, traga saliva: ya no hay vuelta atrás. Sigue, lentamente, los pasos de Sergio y entra en la gran sala que ahora será su aula de instrucción.

Ante la pizarra, el comandante se ha visto interrumpido por la entrada de ambos. Levanta la ceja izquierda y acepta la intromisión; sabía que iba a suceder, aunque internamente deseaba que la mujer se hubiera arrepentido, no hay nada que odie más que las interrupciones en sus clases. Amelia se adelanta unos pasos y mira a todos los alumnos que se sientan tras sus pupitres. No llegan a diez, todos ellos varones; han colocado los codos sobre la mesa para verificar lo que Sergio Eslava les había anunciado el día anterior: que, efectivamente, Amelia Torres, la mujer —perdón, el ama de casa— que en televisión anunció que quería convertirse en aviadora, iba a cumplir su palabra.

El silencio se apodera de la sala durante unos segundos que parecen eternos, especialmente para Amelia. Mira al instructor, el instructor mantiene la ceja levantada, Amelia mira a los alumnos, uno sonríe, otro aguza la mirada, ella agarra aún más fuerte el asa de su bolso, baja la mirada, pero no, la vuelve a levantar. ¿Es que nadie va a decir nada?

—Buenos días. —Sergio vuelve a salvar la situación—. Esta es Amelia Torres; como les anuncié ayer, se incorpora como estudiante este curso. Todos la conocen por la televisión y desde Aviaco la hemos asesorado para su formación. Amelia, le presento al comandante Daroca. Será su instructor y estos serán sus compañeros. Estoy seguro de que todos la tratarán como una más. Buenos días a todos.

«Buenos días», suenan todos al unísono. Y de nuevo el silencio. Amelia sonríe a Sergio antes de irse como si fuera el único y último rostro amable que verá en toda la mañana. Se gira despacio hacia sus compañeros presa de la inquietud.

—Siéntese —ordena Daroca.

—Inmediatamente.

Amelia, dócil, camina agarrada a su bolso y avanza entre los pupitres ante las miradas que oscilan entre la curiosidad y la desconfianza. Amelia, que destaca con su vestido azul, camina lentamente entre las mesas esperando un gesto amable por parte de alguien, pero nadie hace el más mínimo movimiento mientras ella ladea su rostro de un lado a otro buscando un sitio vacío. Justo antes de llegar a las últimas mesas una mano alzada la saca de su congoja.

—Amelia, aquí se puede sentar.

Un joven atractivo, que acaba de dejar la adolescencia, le hace un hueco educadamente a su lado. Amelia vuelve a respirar y se sienta sonriendo, deseando haber encontrado en él a un primer amigo.

—Me llamo Enrique Salas. Es un placer tenerla en clase.

No va a ser tan terrible, al fin y al cabo. Siempre hay gente buena en todas partes, aunque a veces haya que escarbar. Pensamiento que dura escasamente un segundo.

—Amelia Torres, levántese —ordena Daroca—. Díganos, ¿ha volado usted alguna vez en avión?

Amelia pega un respingo desde su asiento, no le ha dado tiempo ni de soltar el bolso.

—No, señor.

—No, mi comandante —Daroca la corrige, paternalista.

—No, mi comandante.

—¿Y cómo tiene tan claro que esto es para usted?

—Bueno, pues, yo… verá, mi padre solía llevarme de pequeña…

—Qué bonito. No me cuente más. La única manera de saber si uno vale para esto es volando. Así que ¿para qué seguir dándole vueltas al tema? La clase ha terminado. Vayamos a la pista de vuelo y veamos si realmente vale usted para esto.

—Claro que sí, señor, mi comandante.

—Mañana no vuelve. —El comentario de las primeras filas, que no han intentado disimular, llega perfectamente a los oídos de Amelia.

Enrique se acerca y le habla en voz baja.

—No le haga ni caso. Estoy seguro de que no querrá dejar de volar en cuanto lo pruebe —le asegura con una sonrisa amigable.

Amelia le devuelve la sonrisa; no le extrañan los comentarios, es más, se los esperaba. Lo que no se esperaba es que su sueño de volar se cumpliera tan pronto: una sonrisa pícara se dibuja en su rostro mientras avanza con mayor decisión que antes a través del pasillo de pupitres.

—Las damas primero. —El comentario resuena ya sin efecto sobre ella.

Por fin va a volar.

# 14

## *Help!*

La pregunta está clara, ¿había necesidad de lavar tanta ropa? Es que a lo mejor no estamos valorando que uno puede ponerse la misma ropa varias veces en una semana sin necesidad de echarla a la colada; si no hay manchas evidentes es sólo cuestión de airear un poco y devolverlo al armario.

Armando evalúa la pila de ropa que se amontona en la cesta lista para planchar; al menos ahora la plancha es eléctrica y no hay que estar calentándola en el fogón como hacía su madre, impresionante cómo avanza la tecnología. Y qué agradable la mañana: las lentejas al fuego (que ya empiezan a oler con el choricito), el silencio de la casa, los chicos no se pelean (porque no están), el suave rumor de la calle, la música de alguna radio que sube por el patio... Es bonito estar en casa.

Armando se deja llevar por el momento y enciende su tocadiscos, pincha el disco *Help!* de los Beatles y da rienda suelta a sus caderas mientras sigue planchando. Qué buen disco, se dice a sí mismo, y qué increíble fue ir a ver a los Beatles justo el año pasado, qué momento histórico aquel. Son de esas cosas que se viven una vez en la vida (razón no le falta, los Beatles nunca volvieron a Madrid). Aunque sabe que a muchos no les gustó la visita —autoridades morales, principalmente—, es innegable el talento de estos chicos y vaticina que pasarán a la historia. Era el 2 de julio del año pasado, lo recuerda como si fuera ayer: el calor, la gente, entradas aferradas en la mano que valían un potosí, todo por ver al grupo del momento. Nunca les había dado suficientes gracias a Marga y Peter por los discos y las entradas conseguidas gracias a sus contactos con los americanos. Esto de que tu cuñado fuera extranjero tenía muchas ventajas, con lo que le gusta a Armando estar a la última en tendencias musicales.

Recuerda la cantidad de gente, agolpada en Las Ventas, que no pudo entrar. Las medidas de seguridad, las jovencitas gritando y la emoción en los rostros de Amelia y su hermana Marga. No recordaban nada igual. Y ese sentimiento de sentir que, por fin, España estaba cambiando, que, poco a poco, imperceptiblemente, como el agua que se va colando por una grieta y es imparable, se abrían de nuevo las puertas a la vida y al color. Primero tocaron varios grupos, que no hicieron sino dilatar la tensa espera para ver a sus ídolos. Torrebruno, maestro de ceremonias, presentó a los cuatro de Liverpool y entraron las cuatro estrellas, con sus cuatro dones, y la plaza, siempre llena de muerte, se llenó de vida esta vez: de música y celebración. Lejos quedaban las tonadilleras, las mantillas, los pañuelos blancos y la sangre roja de los espectáculos taurinos. Los acordes de «Twist and Shout» volvieron loca a la afición y en la arena bailaron todos al son de la música; de hecho, se oía casi más cantar al público que a los propios miembros del grupo.

Y así, entre canción y canción, «I Need You», «Another Girl», y recuerdo y recuerdo, Armando va perfeccionando su técnica de alisamiento de prendas y disipando las temibles arrugas que podrían delatarlo. Hay que ver, eso sí, lo complicado que es planchar una camisa. Podría ocultarlas, llegado el momento, y pedirle a Amelia que se encargase de ellas en cualquier otro momento de la noche cuando los chicos ya estén acostados. Eso es, eso hará, porque no le va a dar tiempo a terminar la pila de ropa. Gran idea. Vuelta al disco, escucha «Yesterday» y se va para la oficina. Y es precisamente una línea de esa canción la que ilustra a la perfección su mañana: *Yesterday, all my troubles seemed so far away, now it looks as though they're here to stay. Oh, I believe in yesterday.* Porque ayer no tenía ningún problema, ayer todo estaba bien.

Pero hoy ya no.

Justo hoy, esta mañana ha quemado las lentejas, y justo ahora —¡mierda otra vez!— se ha dejado la plancha encima de una falda de Carmen mientras giraba el disco y la ha sombreado totalmente. Cien veces mierda de mañana. Esto lo acaba de superar totalmente. Con lo bien que iba todo. Ya no le importa la radio del patio, el silencio de la mañana. Tiene que salir de ahí cuanto antes.

Oculta todas las pistas que puedan delatarlo: guarda la ropa sin planchar y la falda quemada en su armario, apaga las lentejas y sale pitando. Se ha hecho muy tarde. Nunca imaginó que llegar a la oficina sería un sueño hecho realidad, hasta le apetece ver a Fernando, qué ganas tiene de restregarle el ascenso en la cara en cuanto se lo den.

Le han dado el privilegio a Amelia de ir por delante de los compañeros, pisando los talones del comandante camino al hangar. Enrique, disimuladamente, se ha colocado a su lado para que no le llegue la hostilidad previsible de algunos de ellos, que ayer mismo ya comentaron en alto su parecer ante la incorporación de su nueva compañera. Amelia sigue obediente a Daroca y escucha el susurro de Enrique, que la anima con un no tengas miedo, es más fácil de lo que crees; comentarios que agradece sonriendo, pero sin decir nada.

Y es que Amelia tiene miedo. Camino de la pista cae en la cuenta de que no sabe si se va a marear o si tiene miedo a las alturas, por ejemplo. Ella nunca ha subido a la torre Eiffel, ni a un rascacielos, lo más alto que ha subido nunca fue en la noria de las fiestas de San Isidro. ¿Cómo sabe que no hará el ridículo? Daroca tenía razón, todos tienen razón, quizá no debería estar aquí, si vomita o no se atreve a subir nunca más a un avión habrá hecho el ridículo delante de todos, delante de su familia y delante de todo el país, pero sobre todo delante de sí misma, creyendo que podría hacer algo sin haber valorado siquiera su talento o las capacidades para ello. ¿Cómo se le pudo escapar este detalle? Un nudo se apodera de su garganta. No se puede marear, no puede vomitar, no puede tener miedo a las alturas.

—¡Amelia Torres!

—¡¿Qué?! —pega un alarido del que ella misma se sorprende.

Daroca la mira extrañado.

—¿Por qué grita? —El comandante no es consciente de las turbulencias de Amelia—. Ya hemos llegado. No vuelva a hacerlo, yo ya tengo la tensión un poco alta, no me la suba usted.

—Sí, mi comandante, no volveré a gritar, es que no me esperaba que me llamase usted con esa firmeza.

—La llamaré en multitud de ocasiones, así que tranquilícese. Ahí lo tiene, ese es.

Frente a Amelia y el grupo de estudiantes, un aeroplano imponente.

—¿Sabe qué modelo es? —A ver si la listilla tiene idea de algo.

—Creo que sí. —Amelia intenta que sus piernas dejen de temblar y con un hilo de voz apuesta—: ¿Podría ser un Havilland?

—Cree usted bien. —Daroca es el que no se lo cree—. ¿Conoce algo de este modelo?

Amelia contesta con timidez mientras el volumen de su voz se incrementa poco a poco.

—Es también conocido como Beaver. Sé poco, que tiene un fuselaje rectangular, si mal no recuerdo, alerones abatibles ¿y frenos hidráulicos, quizá?

No sabe si los silbidos y susurros confirman o desmienten sus datos.

—Nada mal para ser un ama de casa. —Amelia encaja el comentario del comandante.

—Soy lectora habitual de *Flaps* y me he informado sobre su flota aquí en Cuatro Vientos, me pareció conveniente.

—Qué listilla —suelta uno, pero Amelia se resigna a girarse, prefiere no saber de quién ha venido.

—Cállese, Quintanilla, que usted no tenía ni idea de lo que era un alerón el primer día —el comandante advierte a los alumnos y calla al osado para futuros comentarios—. Pues ya que conoce el modelo suba conmigo, daremos una vuelta. Los demás, suban a las naves. Acompañaremos a la señora Torres por los aires. Usted primero. —La mano de Daroca le indica la escalerilla por la que subir.

El resto de los alumnos deberían ir corriendo a sus aviones, pero ver a una señora con vestido y bolso en mano subiendo al aeroplano es una estampa que no se quieren perder. Amelia sube uno a uno los escalones con cuidado de no enganchar sus tacones en alguna de las pequeñas rendijas.

—¡Guarde bien el bolso, no se lo vaya a robar un pájaro! —Enrique le mete una colleja a De la Vega, que acaba de perder los pocos modales que su clase social se empeñó en inculcarle desde la cuna.

—Callaos ya, joder. —A Enrique se le suma Aguirre, a quien todos respetan.

Amelia ha llegado a lo alto de la escalerilla y por indicaciones de Daroca se coloca en el asiento del copiloto tratando de que el vestido no le juegue una mala pasada y muestre más encantos de los que debería. Toca con su mano el asiento de cuero marrón delicadamente, como quien toca una reliquia; quiere recordar cada detalle de este momento. Observa con detenimiento los botones que tiene delante intentando comprender para qué servirá cada uno de ellos.

Daroca se sienta a su lado y se hace con el volante con una soltura y cotidianeidad igual a la de quien coge su coche a diario, algo que Amelia envidia en décimas de segundo. Daroca la mira con determinación.

—Prepárese para volar.

¿Preparada para volar? ¿Cuán preparado se puede estar para esto? La pregunta queda suspendida en el aire sin respuesta porque no tiene tiempo de pensar apenas; debe seguir las instrucciones del comandante. Se ata el cinturón y el alma al asiento. Está a punto de suceder. Arranca el motor, pulsa uno, dos, tres botones, comprueba los niveles. La hélice comienza a girar con un ruido ensordecedor. Daroca alarga el brazo, tira de la palanca y el avión se mueve.

Daroca coloca la nave en la pista de despegue. Desde la ventanilla ve cómo el resto de los compañeros acuden raudos a sus aviones, pero Amelia fija la mirada en el horizonte, el estómago se le encoge por un momento. Daroca acelera. Las ruedas dan vueltas sin parar, la hélice desaparece por la velocidad de su giro, siente una fuerza que la pega al asiento, y de pronto, justo antes de que la pista se acabe y desafiando todas las leyes de la física y el entendimiento racional humano, el avión despega del suelo.

El estómago de Amelia da un vuelco, se encoge aún más, y Amelia pierde la visión de la tierra por un momento y sólo ve el cielo. Está volando, es increíble, pero está volando.

Tiene miedo de ponerse a llorar y que se le nuble la vista. Suspendidos en el aire, Daroca la mira de perfil y emite una carcajada. Amelia apenas respira, no sabe aún si de miedo o de emoción. Es más bien de conmoción, no se esperaba esta sensación. ¿Qué es? ¿Qué emoción es esta tan poderosa? Mira a su derecha y ve la vida cada vez más alejada: Cuatro Vientos, los hangares y el resto de los aeroplanos parecen ahora una maqueta diminuta, apenas distingue a las personas. Amelia mira al frente, luego a Daroca y sonríe. No quiere cantar victoria, pero no se marea, está bien, está inusualmente feliz, nunca imaginó que pudiera sentirse así de viva. Viva, eso es.

Amelia cae en la cuenta de que si ese avión se precipitase al vacío moriría irremediablemente, pero por un momento eso no le importa. Lo único en lo que puede pensar es en lo viva que está. Desearía tener la capacidad de agarrar esa sensación y meterla en un frasco y etiquetarla para poder regalarla a los demás. Apenas recuerda nada similar, quizá el nacimiento de sus hijos, tan animal y visceral, pero no. Allí había mucho dolor. Aquí sólo hay paz. Y una tranquilidad inmensa a pesar de la posibilidad, tan cercana, de morir. Qué incongruencia, sentir la vida en estado puro, más que nunca, precisamente por la posibilidad de perderla.

El sonido de los rotores la despierta de su ensoñación, a ambos lados de la nave se han colocado los compañeros. Amelia, desde su ventanilla, sólo puede ver claramente a uno de ellos, que parece burlarse haciendo arcadas esperando contagiárselas. Después, la imita como si estuviera pintándose los labios en el espejo retrovisor. Amelia dirige su mirada al frente. Menudo desgraciado, piensa para sí misma.

—¿Qué le parece? —le pregunta Daroca alzando la voz.

Amelia trata de encontrar una palabra que pueda describir todo lo que está sintiendo.

—Increíble —grita finalmente con una gran sonrisa.

—¿Y qué tal si nos divertimos un poco?

Amelia apenas puede contestar porque Daroca vira el avión, volteando totalmente la nave. No, por favor, no. Amelia no quiere vomitar, mantiene como puede la mirada hacia el horizonte, pero Daroca vira de un lado a otro como si sostuviera en sus mandos un avión de juguete. Amelia se concentra, no quiere quedar mal, aguanta el tipo. Y cuando Daroca termina de hacer sus acrobacias aéreas mira a Amelia fijamente.

—Muy bien, no ha vomitado. Felicidades. ¿Ha conducido un coche alguna vez?

—No, señor —recula—. No, mi comandante.

—Estupendo, porque no tiene nada que ver. Bueno, quizá un poco, porque ambos tienen volante. Agarre el volante. Si tira hacia usted elevará la nave, si empuja descenderemos. Ahora nuestras vidas están en sus manos. Literalmente.

Si alguien le hubiera dicho esta misma madrugada, mientras seleccionaba lentejas y las dejaba sumergidas en agua, que unas horas más tarde estaría pilotando una avioneta, no se lo habría creído. Amelia sostiene el volante con firmeza, acaba de comprobar que cualquier gesto se traslada automáticamente, que debe hacerlo suavemente, y así lo hace. Tira y la nave se eleva grácilmente, después empuja y hace justo lo contrario. Izquierda y derecha. Es muy fácil, piensa, increíblemente sencillo. Daroca le muestra el altímetro, están bastante elevados, deben descender. Empuja el volante lentamente y la nave desciende igual que la aguja del marcador. Una señal de Daroca le indica que mantenga la altura, y eso hace. Y Amelia sigue su rumbo, con la mirada clavada en el infinito y degustando esta sensación que se guardará eternamente bajo la piel.

Esto es. Quiere hacer esto cada día. Así se quiere sentir. Es incluso mejor que cuando se lo imaginaba desde abajo, desde el suelo, donde siempre había estado.

Daroca toma los mandos de nuevo y, tras un grácil giro, divisan Cuatro Vientos. El avión desciende lentamente hasta la pista de aterrizaje, y es entonces cuando Amelia tiene miedo por primera vez. Ahora sí que la visión del suelo cada vez más cercano le infunde un mayor respeto. Sabe perfectamente que el despegue y el aterrizaje son los momentos más peligrosos del vuelo, y vuelve a aguantar la respiración. Con cierta violencia, las ruedas chocan contra el suelo y Daroca frena. Amelia, vencida totalmente hacia delante, sólo recupera la respiración y la calma en el momento que aparcan el avión. Trata de apaciguar su corazón. Lo ha superado. No ha vomitado, no ha tenido miedo a las alturas, ha pilotado el avión y ha vuelto a tierra sana y salva. Algo ha cambiado en ella para siempre.

—Acojonante, ¿verdad? —Daroca muestra una sonrisa salvaje en su rostro.

Amelia ahora lo entiende todo.

—Verdad —responde con la respiración aún agitada.

Amelia quisiera decir acojonante también, pero no es de las que dice esas palabras en alto, así que la omite verbalmente, pero la piensa internamente. Acojonante, sí. Lo más acojonante que ha hecho en su vida.

—Y ahora, ¿qué? ¿Se queda o se va?

Amelia le clava la mirada. Ya no hay duda.

—Me quedo.

# 15

# Un bombazo

—Llevas semanas esquivándome. —Lucas coge a Carmen del brazo.

Sí, es cierto, Carmen ha tratado de no quedarse sola ni un minuto con tal de no tener que hablar con Lucas. Porque a Carmen nadie la entiende, nadie se da cuenta de lo que sufre. Pero todo es parte del pasado, se acabó, y así lo ha hecho saber, que su madre ha renunciado a hacer el curso, al menos de momento, porque se ha dado cuenta de que la familia es lo más importante, así que ya está todo el mundo tranquilo, las monjas, el consejo escolar, las amigas —aunque alguna se ha llevado el chasco— y, simplemente, el tiempo ha hecho su trabajo, borrar el pasado.

La gente lo ha ido olvidando porque han pasado muchas más cosas en el país. Ha nacido una emisora que se llama Los 40 principales y todas las amigas hablan de ella porque ponen música muy moderna y en inglés, y se ha estrenado un nuevo canal en televisión, el canal UHF, en el que emiten una serie de mucho miedo que ven todos menos Carmen, porque a ella no le gustan las películas de miedo, que se llama *Historias para no dormir*. También se acaba de inaugurar el estadio Manzanares del Atlético de Madrid, justo al lado del río con el mismo nombre y lejos del centro, pero a Carmen eso la trae sin cuidado, en su casa son del Real Madrid y del Bernabéu, así que sólo oye pestes acerca del nuevo estadio del eterno oponente.

Pero ahora tiene a Lucas delante y debe explicarle por qué ha estado esquivándole todas estas semanas.

—No puedes seguir enfadada por lo del concurso. Ya me disculpé.

No es por el concurso, no es porque se rieran de su madre, es que no le ha pedido salir, ni aquella noche ni ningún día después, pero eso no se lo va a decir. No quiere hacer evidente su necesidad de tener novio para sentirse segura.

—Sí, es porque os reísteis de mi madre. Pero tranquilo, ya no te tienes que reír porque no va a hacer el curso.

—Carmen, si a mí me parecía bien, pero les seguí el rollo a estos, ¿qué querías que hiciera?

—Pues no decir nada, no sé, que es mi madre, ¿vale? ¿Tú sabes por lo que he pasado? Todo el mundo mirándome y opinando sobre el tema, como si yo quisiera saber la opinión de la gente.

—Pero ya está, ¿no? No es como para que nos dejes de hablar a todos los de la pandilla. Y si no hace el curso... ¿por qué no te compra la moto? —Eso también duele, ahora que se lo recuerda.

—Al final han comprado un coche.

—Bueno, eso está bien. ¿O también está mal?

Carmen desvía la mirada hacia otro lado. Empieza a no saber qué está bien y qué está mal: el posicionamiento de Lucas, las decisiones de sus padres o sus propios deseos y valores, como sintiendo que no encaja en ningún lado. Ni siquiera sabe si quiere hablar con Lucas. Así que levanta los hombros en clara señal de duda.

—El día del concurso, yo... —Lucas se arma de valor— quería haberte pedido ir al cine, pero después de todo lo que pasó... Ahora ya no sé si te apetece o me odias.

Los nervios se empiezan a apoderar del estómago de Carmen. Lo ha dicho en voz alta, ¿verdad?

—No te odio —contesta con un hilo de voz.

—Tal vez no haga falta ir al cine —templa Lucas—, podemos dar un paseo, tomar un helado o un refresco.

—Sí, no sé, quizá. —Mostrar debilidad aceptando de buenas a primeras sería un error.

—Joder, Carmen, antes eras más simpática.

—¿Y por eso me diste de beber en la fiesta?

—Ah, que era por eso. Yo no te forcé a hacer nada que tú no quisieras.

—No me dijiste lo que era.

—Tampoco eres tonta. Era para divertirnos un rato.

—Ya. Eso quieres, ¿no? Divertirte conmigo.

—¿Y tú no? Me apetece conocerte algo más.

—¿Y luego qué?

—¿Luego qué de qué? —Lucas empieza a cansarse del tono de Carmen.

—Después de pasear, tomar zumos, ir al cine… ¿qué vas a querer? —Carmen piensa en un futuro mucho más lejano.

—Pues no sé, Carmen, no lo he pensado. Si lo que me preguntas es si quiero una novia formal, luego una familia, pues… No lo sé. Supongo.

—¿Ves? Es que ni piensas en esas cosas, y yo sí.

—¡Pero si tú tampoco tienes nada claro! Me lo dijiste en la fiesta, que no sabes si quieres ir a la universidad, o no. Es normal tener dudas. Pero digo yo que nada de eso nos compromete a que podamos dar un paseo, ¿correcto?

Carmen vuelve a guardar silencio. Lucas tiene razón, no sabe lo que quiere, y eso le inquieta. Necesita tiempo para saberlo.

—Han pasado muchas cosas últimamente, Lucas. Necesito pensarlo, ¿vale?

—Es sólo dar un paseo.

—Ahora tengo que volver a clase.

Carmen inicia el paso, pero Lucas se interpone.

—Si hice, si he hecho o si dije algo que no debía, lo siento, no quería hacerte daño. De verdad que me caes muy bien.

—Vale. Perdona si estoy un poco desagradable yo también.

Su arrepentimiento es, en cierto modo, una victoria para Carmen, y por eso ella sonríe de lado y contagia a Lucas, que también sonríe y respira de nuevo. Lucas la mira directamente a los ojos.

—Genial. Pues hablamos.

—Hablamos.

Carmen trata de agarrarse a algo, a su disculpa o a su invitación —aunque le parezca lejana, fuera del tiempo y de la situación que tendría que haber sido— para sentirse mejor. Piensa que todo se puede volver a colocar en su sitio: su madre está en casa, su padre trabajando, les va bien, no les falta de nada. Hablará con su madre, se lo quiere contar, quiere escuchar de nuevo sus consejos. Necesita pacificar su relación, eso la ha desestabilizado y es consciente de ello. Si en casa va todo bien, lo demás también lo estará. Su media sonrisa se convierte al fin en una sonrisa completa. Y Carmen es consciente de que hacía días que ya no sonreía.

La emoción de la vuelta a casa no tiene nada que ver con la tensión de la ida. Si Amelia antes iba en el autobús aferrada a su bolso por miedo a lo desconocido, ahora sólo tiene ganas de hacer el amor con Armando, pero no una vez, sino varias. Ella misma se asusta de la intensidad de su deseo. La sensación es parecida a haber estado haciendo el amor durante horas. ¿Qué es? ¿Por qué se siente así? No sabe ponerle un nombre a la adrenalina que recorre su cuerpo porque pocas veces la ha experimentado con anterioridad, y mucho menos hasta tal nivel, pero algo en su interior le dice que se ha enganchado a ella. Está deseando contárselo a su marido mientras le quita la ropa.

Por un momento intenta apartar este pensamiento de su cabeza, ¿cómo puede estar pensando en hacer el amor después del día más intenso de su vida? Va a lamentar no poder compartirlo con sus hijos, sabe que a Antonio le entusiasmaría la noticia, pero Carmen dejaría de hablarle de nuevo. ¿Y por qué Carmen es así? ¿De dónde le ha venido toda esta amargura de pronto? Si siempre han tenido una relación estupenda. Debe ser por algún chico, seguro, o por la moto, no sabe bien. Desde que le dijo que no haría el curso en aras de una paz familiar no han terminado de reconciliarse del todo. Está en una edad en la que cuenta poco, para hablar ya tiene a las amigas. Podría preguntarles a ellas, aunque quizá sería inmiscuirse demasiado en su vida, no quiere ser ese tipo de madre. Recuperará su confianza y algún día le podrá contar lo increíble que ha sido el día de hoy.

Amelia no se ha percatado de la presencia de una jovencita que se ha sentado a su lado.

—Disculpe, ¿es usted Amelia, la ganadora del concurso de televisión?

Amelia ha olvidado colocarse su pañuelo y sus gafas de sol para ir de incógnito.

—Sí, soy yo. —Pensaba que ya todo el mundo se habría olvidado, pero no.

—Eso me parecía a mí, qué ilusión conocerla en persona.

—Gracias. —A Amelia le sigue abrumando esta fama repentina.

—Su discurso fue muy inspirador, mis amigas y yo lo comentamos enseguida.

—Me salió un poco sin pensar, la verdad.

—Pero es usted alguien a quien admirar, ¿de verdad va a convertirse en aviadora? Eso sería maravilloso para un montón de chicas que verán en usted un ejemplo a seguir.

—Ay, por favor, no exagere. Yo sólo soy una mujer normal.

—No diga eso, es usted muy valiente. Y, dígame, ¿va a hacer usted el curso al final?

—Parece usted periodista.

—¿Se nota? Me llamo Marina y soy estudiante de Periodismo, mi madre dice que siempre fui muy cotilla. —A Amelia le divierte su respuesta.

—Qué bien que vaya usted a la universidad, yo no fui. Mi hermana sí.

—Pues es el mejor sitio del mundo, ya se lo digo, convertirme en periodista era un sueño, como el suyo, aunque el mío es un poco más fácil. —Marina sonríe entre dientes tratando de no herir sus sentimientos.

—Imagina bien, yo ni me lo planteaba, pero los tiempos van cambiando, afortunadamente. Yo espero que mi hija vaya la universidad, me parece importante seguir estudiando y tener una profesión. Yo he llegado un poco tarde.

—No diga eso, está claro que todavía es joven y puede hacer muchas cosas.

—¿Joven, dice? Pero si podría ser abuela en unos años.

—Si está usted divina. Entonces, dígame, ¿hará el curso finalmente?

Amelia guarda silencio unos segundos, no sabe si mentir y ocultar la verdad, ¿pero qué peligro tiene contárselo a una chiquilla? Está deseando compartirlo con alguien. Se muerde la lengua unos segundos, pero la cara inocente de Marina y el deseo de aplacar su curiosidad pueden con ella. Amelia baja la voz en tono de confidencia.

—Pues no se lo va a creer. Hoy ha sido mi primer día.

Marina abre los ojos como platos y guarda silencio mientras Amelia le relata su jornada con todo lujo de detalles: la llegada, los compañeros, el vuelo, los desaires de algunos, el comandante, la sensación de volar y de la organización de la casa con Armando para que nadie se dé cuenta. La joven la interrumpe brevemente con preguntas inteligentes. Amelia disfruta de poder compartirlo con alguien porque sabe que tendrá que callar hasta la noche en la intimidad de su habitación con Armando, su único cómplice. Le confiesa que sus hijos no saben nada, que ha tratado de ocultarlo porque sabe que es un tema peliagudo y, aunque Marina trata de convencerla de que tarde o temprano tendrán que aceptarlo, Amelia sigue teniendo sus reservas.

—Amelia, sería usted la primera aviadora española, ¿no cree que su hija estaría orgullosa de usted?

—A ver, yo no soy la primera, hubo otras antes que yo. Antes de la guerra.

—¿De verdad? Pero… ahora no hay ninguna mujer volando, es algo que se sabría. Hágame caso, cuénteselo a su hija, seguro que no se arrepentirá.

—No conoce usted a mi hija, está muy cambiada, en una edad difícil, imagino que usted también pasó por ahí.

—Se le pasará, todas nos enfrentamos a nuestras madres en algún momento de nuestra vida.

El autobús frena suavemente, Marina debe bajarse.

—Vaya, debo dejarla, esta es mi parada. Ha sido un auténtico placer conocerla. Quizá la vea de nuevo en el autobús, cojo esta línea regularmente y me encantaría saber cómo sigue su historia.

—Claro, no lo dude. Y estudie mucho. —Amelia es muy maternal con todo el mundo, esa chica bien podría haber sido su hija.

—Lo haré, se lo prometo.

Ambas mujeres se despiden amistosamente; incluso cuando Marina ya está en la calle sigue saludándola con la mano a través del cristal, y Amelia siente cierto alivio y cierta ilusión al habérselo contado a alguien, nunca ha sido de tener secretos.

El autobús arranca y Amelia continúa su ruta; no ve cómo Marina va directa a una cabina telefónica, saca unas monedas de su bolso, marca un número que conoce a la perfección y espera la señal.

—Redacción de *Pueblo*, ¿dígame?

—Trini, soy Marina, pásame con Castaño.

Marina espera en silencio a que pasen la llamada.

—José Enrique, no te lo vas a creer. Tengo un bombazo.

# 16

# Amigas

Emilia levanta una ceja extrañada de volver a encontrarse con la misma e inusitada estampa, Victorina detenida en el umbral de la puerta con cara de circunstancias, aunque ella siempre tiene cara de circunstancias, lo cual no ayuda a la conjetura.

—Si has venido a por más rosquillas no me quedan.

—Creo que Luis me engaña con otra.

Y vuelve a entrar sin pedir permiso y, además, se echa a llorar. Emilia mira al cielo como si se tratase de un castigo divino —que empieza a sospechar podría existir, por muy atea que sea— y cierra la puerta. Victorina se va sollozando hasta la salita de estar que tiene Emilia, encogida de hombros mientras enjuga las lágrimas.

—¿Pero qué estás diciendo, Victorina? ¿Con quién te la va a pegar?

—No lo sé, pero lo llevo barruntando mucho tiempo. Apenas pasa por casa, me contesta mal, yo creo que alarga los viajes. Emilia, esas cosas se notan.

—Pues no sabría decirte, que yo me quedé sin marido hace casi treinta años.

—Es verdad, pobrecita, eso sí que es una desgracia, aunque no sé si mejor muerto a que te tome el pelo.

—Qué quieres que te diga... —Emilia visualiza sus últimos treinta años en un instante y responde con rotundidad—. Creo que hubiera preferido unos buenos cuernos a quedarme sola al cargo. Total, ¿qué española no los lleva?

—No me puedo imaginar por lo que pasaste.

—Ni por un momento, pero hablemos de ti, ¿tú le has dicho algo a Luis?

—¿Entonces de verdad que no te quedan rosquillas? Es que con el estómago vacío se sufre más, ¿verdad?

—A mí me lo vas a decir… Lo que sí tengo son pestiños.

—Cualquier cosa me vale, con uno me conformo, que cojo peso enseguida.

—¿Uno entonces?

—Bueno, dos, que estoy muy triste.

Emilia se dirige a la cocina a prepararle de nuevo una tila —doble— y un par de pestiños, aunque coge un tercero porque conoce a su consuegra mejor que ella misma, sabe que al final querrá alguno más.

Mientras, Victorina apoya el codo en la mesa y reclina la cabeza sobre la mano, mirando al infinito por la ventana a la calle Santa María de la Cabeza, donde ve la amplitud de la calle y los edificios en construcción a lo lejos. Si alguien le hubiera dicho a Victorina de niña que acabaría viviendo en la capital, no se lo habría creído.

Porque el pueblecito de Victorina sorprende que aparezca en los mapas de tan chiquito que es, parece un apéndice de Escalona. Ese sí que es un verdadero pueblo toledano en toda regla, con su castillo, su río Alberche, el convento de la Encarnación, el arco de San Miguel o la iglesia de San Miguel, donde hizo la comunión. En cambio, Paredes de Escalona, que así se llama el pueblo que la vio nacer, difícilmente será recordado en los libros de geografía y mucho menos en los de historia.

Cuando Victorina nació, habría unos trescientos habitantes en el pueblo, apenas contaba con ochenta casas, dos plazas, un ayuntamiento, un pilón, varias calles sin empedrar y, sobre todo, tierra de mala calidad. La pregunta es: ¿cómo demonios nació Victorina en un lugar tan anodino, tan insignificante? Eso es lo que ella se preguntaba constantemente en cuanto conoció la existencia de otros pueblos de alrededor, Escalona o Almorox, mucho más hermosos y llenos de oportunidades. Victorina siempre sintió que ese pueblo no le pertenecía, que ella había nacido allí por error, que ciudades que quedaban equidistantes, Toledo o Ávila, habrían sido más apropiadas para alguien como ella.

Recuerda cómo sus amigas y ella caminaban hasta Escalona para las fiestas locales, con su verbena y sus bailes, o la Fiesta de San Antón, donde la gente llevaba a sus animales a bendecir o a disfrutar de tradiciones de las que ellas carecían, como el día de la Tortilla. La única fiesta memorable que se organizaba en Paredes de Escalona avergonzaba a la pequeña Victorina adolescente: la de San Vicente Mártir.

Todo el pueblo acudía obligatoriamente y, aunque hubiera preferido quedarse en casa haciendo ganchillo, aquel 22 de enero de 1925, Victorina acudió obligada por su familia. Ese día, Paredes se llenaba de forasteros que llegaban de los pueblos de alrededor para asistir a lo que ella pensaba que era el espectáculo más bochornoso de toda la zona: el mazaculillos, que consistía en pasar la noche bailando y dando rodillazos en el culo a los participantes. Imaginaba que era para entrar en calor, si no, no se entendía semejante vulgaridad. Mientras que el resto de sus amigas asistían al evento en busca de novio, Victorina aprovechaba que la plaza se llenaba de tostoneros vendiendo almendras garrapiñadas, piñones y otros frutos exóticos para comprarse dos paquetes, sentarse con el culo bien pegado a una silla alejada del follón y, mientras comía una a una sus almendras, maldecir cada minuto que la vida le había obligado a seguir viviendo en un lugar así.

Fue entonces cuando lo vio. De pie, riendo divertido. Era rubio, alto, de ojos azules y claramente forastero. Le pareció de un atractivo innegable, vestía un traje elegante confeccionado lejos de allí y su rostro no estaba quemado por el sol. Pertenecía a un lugar que ella no conocía y que era claramente mucho mejor que el suyo. Fijó la mirada en él, tal vez embobada, mientras se preguntaba de dónde podría ser un joven tan apuesto. Concluyó que era de alguna ciudad, como salido de un cuento de hadas. Conchi se encargó de sacarla de su ensoñación.

—Que te has quedado pasmá —le soltó sentándose a su lado—. ¿Qué miras con esa cara de boba? —Y Conchi se puso a escrutar al ganado, como lo llamaban, porque ella sí decía abiertamente que estaba buscando un novio que la sacase del pueblo y le diese una vida mejor—. ¿Ese rubio alto?

—¡Qué dices, que yo no estoy mirando a nadie!

—Ves, si al final vas a tener sangre en las venas y todo, Vito.

Y a ella le ofendió el comentario, porque sabía perfectamente que tenía sangre por dentro después de haberse caído en la plaza hacía unos años y haberse rasguñado las manos y las rodillas. Llegó a su casa con las piernas llenas de rojo líquido hasta los tobillos y se prometió que jamás volvería a jugar al balón. Todavía tenía sendas cicatrices que se lo recordaban.

La mirada de las dos muchachas debió ser lo que inquietó al joven porque él también se las quedó mirando. Instintivamente sonrió de medio lado y, sin ser consciente de su incapacidad para controlarlas, a Victorina las rodillas con cicatrices le temblaron repentinamente. Algo en esa mirada la cautivó y la desarmó en un instante, como el ciervo que descubre a su cazador, sólo que esta vez el ciervo no sintió la amenaza de la escopeta, sino la dulzura de un ser pequeño, tímido e indefenso, perdido en un bosque al que no pertenecía.

—Oye, Vito, que viene para acá.

Conchi tuvo que explicarle lo evidente, porque parecía que Victorina no era consciente de que el joven se dirigía a saludarlas. Victorina mantuvo el culo pegado a la silla y alzó la mirada para contemplar al rubio de metro ochenta que se había colocado frente a ellas. Definitivamente era el chico más alto que había visto en su vida.

—Qué, chicas, ¿no bailáis? —Su voz era profunda para lo joven que parecía, pocos años más que Victorina, veintitrés o veinticuatro como máximo.

—Tú no eres de por aquí, ¿verdad? —Victorina tenía la acuciante necesidad de resolver este asunto cuanto antes, primero el pasaporte de salida.

—Soy asturiano —dijo el joven.

Del norte, esos tienen dinero, pensó Victorina automáticamente.

—¿Y qué haces aquí? —Ayudó Conchi para que no se le viera el pelo a la otra.

—Bailar como todo el mundo, ¿gustáis?

Y en ese momento, Victorina valoró si le compensaría verle siendo pateado en el culo —y quedarse con esa imagen en la memoria para siempre— o si merecía la pena arriesgarse a su propia humillación con tal de escapar de su pueblo. Sabía que, aunque el mazaculillo lo montaban para los forasteros, al final todo el mundo acababa recibiendo un rodillazo en las posaderas. La mera posibilidad de hacer el ridículo y que después el chico pasase de largo también la mantuvo atada a la silla.

—No, gracias, que al final siempre nos llevamos un rodillazo de premio. —Conchi conocía mejor a su amiga que ella misma.

—¿Y un paseo por el pueblo? Así lo conozco. —Y el joven miró directamente a los ojos de Victorina y descubrió al ser indefenso y diminuto que habitaba en ella, adornada por la belleza clásica de la tierra, delgadas cejas con los labios pintados de rojo para la ocasión, que la hacían parecer más mayor de lo que verdaderamente era, porque acababa de cumplir los veinte años.

—Pero con mi amiga. —Lo de aventurarse a pasear con un desconocido no era propio de la época.

—No esperaba menos. —El joven ya sabía de este requisito y no se opuso—. Por cierto, me llamo Luis, ¿y vosotras?

—Yo me llamo Conchi, y aquí la guapa —cuánto quiso a su amiga entonces—, Victorina, aunque todos la llamamos Vito.

—Encantado, Vito. —Y los jóvenes se sonrieron y emprendieron el camino.

Una vez caminadas la calle de Arriba y la de Arenal quedó poco más por ver. El dictamen de Luis fue claro:

—Pues sí que es pequeño el pueblo.

A Conchi, que caminaba junto a Victorina, esto no le afectó porque era perfectamente consciente de quién era y dónde había nacido, pero a Victorina le molestó porque sabía que era cierto en un sentido más amplio que refiriéndose exclusivamente a las dimensiones del lugar.

Luis, que iba acompañado de su amigo Ramón, les contó que estaba de visita comercial por la zona cuando los avisaron del evento en Paredes. Eran comerciantes de telas y estaban haciendo una ruta por España, venían de recorrer el norte, cerrando algunos acuerdos en Ávila y Madrid camino de Toledo, cuando decidieron, por casualidad del destino, parar en Escalona a pernoctar.

De todos los pueblos y ciudades de España, Luis vino a parar a escasos cuatro kilómetros de Victorina por obra y gracia de Dios. ¿De quién si no podría haber provenido este golpe de fortuna? Se imaginó a sí misma recorriendo el país junto a él, amasando fortuna y perdiéndose en sus ojos azules. Sintió en aquel momento que algo se le agarraba al estómago. Debía ser de lo que hablaban algunas mozas cuando sucedía: tan simple y tan rápido como soñar una vida entera junto a él.

Así fue como se enamoró de Luis.

—No es la primera vez que me engaña, Emilia. Cuando nos conocimos me dijo que era comerciante de telas, y no era verdad.

—¿Y de qué era?

—De carbón. Ya ves tú. Pero yo le creí. Y me fui con él.

—¿Y lo descubriste después de la boda?

—No, antes, pero ya estaba enamorada, y con tal de salir del pueblo acepté cualquier cosa.

—¿Entonces sí que te enamoraste de él?

—Supongo, yo no he estado con más hombres en mi vida. —Se toma un instante—. Era tan guapo, Emilia…

—¿Y qué pasó?

Victorina sigue mirando por la ventana mientras habla; no se ha sincerado con nadie desde hace tiempo.

—Cuarenta años, supongo. ¿Quién aguanta eso? Éramos felices, a pesar de las milongas que me contó, era feliz a su lado. Era muy divertido, nos reíamos mucho. Y siempre me respetó. Tardó más de dos años en darme un beso en los labios, ¿sabías? Me escribía cartas desde donde estuviera, no fallaba. No sé qué hizo durante esos viajes, ni quiero saberlo, supongo que estuvo con otras chicas… ¿Qué hombre no lo estaba?

Victorina intenta resumir cuarenta años de convivencia tratando de no aburrir a Emilia.

—Cuando nos casamos ya nos instalamos en Madrid, dejó de viajar, nacieron las niñas, luego la guerra… Sobrevivir a eso y volver a empezar. Un día dejas de besarte antes de dormir, otro dejas de acurrucarte a su lado, le sumas que consigue un trabajo en el que viaja toda la semana, un día tus hijas se marchan de casa y de pronto ya no te conoces. Te has hecho vieja de un día para otro. De ahí pasas a discutir por cualquier cosa, y lo único que ocurre es que seguramente… ya no te quiere.

Emilia guarda silencio y envidia, en parte, a su consuegra; a veces hubiera deseado tener a alguien de quien desenamorarse con tal de no haber estado sola.

Emilia busca la manera de intentar levantar el ánimo de Victorina con alguno de sus comentarios socarrones, pero no encuentra nada divertido que reste peso al asunto. Victorina habla con una verdad inusitada, ni siquiera ha probado los pestiños que ha dejado sobre la mesa.

—Creo que ha debido conocer a alguien en sus viajes. Si hablamos, discutimos, y si comemos, pone la radio. Siento como si se hubiera cansado de mí, como si me hubiera hecho vieja y ya no tuviera valor para él.

—Es que somos viejas.

—¡Tengo sesenta años! ¿Tan vieja soy? ¿Ya no valgo nada? ¿Es que nada de lo que yo diga tiene interés? Ahora no me habla porque, como Amelia ha dicho que no va a hacer su curso, me dice que en parte es culpa mía, que yo no la apoyo, que si soy una retrógrada, que no entiendo nada de la vida, y me lo suelta, así, sin freno alguno. Como si lo que me dijera no me afectase, luego le respondo, y ya ni me escucha, se baja al bar o se va de viaje, y acabo cenando sola, escuchando a Elena Francis y a todas las señoras que son tan desgraciadas como yo.

—Los hombres son así, Victorina. Yo soy la menos indicada para decirte nada al respecto, yo… sé poco del amor.

A Emilia se le agarra una congoja que disimula delante de su consuegra, porque desde que se quedó sola nunca volvió a amar a nadie más, y ya han pasado casi treinta años.

—Estoy pensando en escribir al programa.

—¿A la Francis? —Emilia la detesta—. Anda, anda, déjate de consultorios, que menuda la retahíla de tonterías que suelta esa señora por las ondas.

—¿Por qué no? A lo mejor me aconseja algo.

—¿Entonces por qué me vienes a ver a mí, que no tengo marido ni sé de esas cosas?

—Pero tú —Victorina baja la voz— eras republicana, sabrás más de esas cosas, del amor y del… —le cuesta decirlo en voz alta porque hasta la palabra le avergüenza y lo susurra— del sexo.

—¿Pero entonces de qué estamos hablando aquí hoy? ¿De amor o de fornicio?

—¡Baja la voz! ¡No te vayan a oír! —Victorina ya sabía que se metería en un lío si le comentaba este tema—. Hace meses que no me toca, nada. Y no es que a mí me apetezca mucho, una al final de no usar las cosas pierde la práctica y las ganas, pero… —vuelve a bajar la voz en confidencia— Luis siempre fue muy… pasional, ¿sabes lo que quiero decir?

—Me hago una idea.

—Y a mí, pues a veces me apetecía, otras veces no… A ver, yo reconozco que siempre ha sido él quien me ha buscado, que yo, después de tener a las niñas y cumplir con mis obligaciones, como que tampoco tenía muchas ganas, así, en general.

—Pues, hija, mejor me lo pones, cuando un hombre no encuentra en casa lo que necesita…

—Sale a buscarlo fuera, ya lo sé.

Emilia frunce el ceño pensando en otros motivos.

—¿¡No me dirás ahora que no fornicas con tu marido por miedo a Dios!? Que te veo muy beata últimamente.

—¡Emilia, baja la voz!

Emilia la mira fijamente a los ojos, Victorina aparta la mirada.

—No me lo puedo creer, a ti te han comido el cerebro los curas esos de tu parroquia con el pecado y la culpa.

—Que no, que no. Que quizá somos un poco mayores y eso es más cosa de jóvenes. Yo sé que no está bien a los ojos de Dios, pero no pasa nada, yo me confieso y asunto resuelto, mis padres nuestros, rosarios… lo que me echen. —Victorina aprovecha para santiguarse—. Ay, Emilia, si es que a mí me da mucha vergüenza hablar de esto.

—Ya veo, ya.

—Es que yo… pues… —ahora sí que le vendría bien una copita de anís— yo no siento tanto placer como dicen que da. Me aburre un poco. Se me planta siempre encima… y claro, cada vez está más gordo… A ver, que gustito me da, no te voy a decir que no, pero eso que dicen que sienten los hombres cuando acaban… Yo… eso creo que no, o no lo tengo, o yo no sé cómo, eso de lo que hablan… yo no lo he sentido.

Emilia la observa con una ceja levantada.

—¿Que no has tenido un orgasmo en tu puta vida, quieres decir?

—¡Ay, no digas palabrotas! Que es pecado. —Y ahora aguza la mirada—. ¿Qué es eso del orgasmo?

—Santo cielo, Victorina. Las putas monjas, puta culpa, el puto falangismo, ¡puto Franco!

Victorina se santigua tres veces y aprieta los dientes.

—O nos cae un rayo o nos detienen, verás. Mira, Emilia, yo no sé de qué me hablas. Las rojas sabéis más de guarrerías que yo.

—Ahora sí que voy a traer un par de copas de anís, no pensaba yo que volvería a dar clase de anatomía a mis años. ¿Te quedas a comer?

Emilia cocina muy bien y así no gasta.

—¡Vale!

Victorina ha contestado con la ilusión de una niña pequeña. Parece que compartir su desdicha le ha abierto el apetito y aprovecha para hincarle el diente a uno de los pestiños, y justo cuando va a probar el primer bocado, unas interferencias radiofónicas retumban en toda la sala. El transistor ha cobrado vida de repente. Victorina se atraganta y Emilia viene corriendo a pegar la oreja.

—¿Qué han dicho? ¿Se oye algo? —Su inquietud repentina contrasta con la calma que mantenía hace unos instantes.

—¡Baja eso, Emilia, que me vas a reventar los oídos!

—Malditas interferencias, no hay manera de escuchar nada. ¡Demonios!

—¡¿Eso no será radio Pirenaica?! —Y en ese momento Victorina cae en su error de levantar la voz y la baja inmediatamente a un susurro para formular la misma pregunta—: ¿Eso no será la Pirenaica?

—Pues claro, mujer, llevo semanas intentando sintonizarla, y no hay manera.

—Emilia —Victorina habla con el alma en un puño—, vas a acabar en la cárcel, verás, y tendré que llevarte yo las rosquillas, ay, Señor, no tendría que haber venido.

—No seas exagerada —Emilia habla entre dientes—. Si no se oye nada; además, los de al lado son compañeros, tú ya me entiendes.

—No me pegues estos sustos, por favor, que bastante tengo con lo mío.

—Victorina, estás anticuada, tienes miedo y tienes pinta de vieja, así no puedes seguir.

Victorina se intenta defender con las pocas armas que tiene.

—Pero si tú tienes prácticamente la misma edad que yo y el pelo igual de cano.

Emilia se sienta y la mira con decisión.

—Si quieres mejorar la relación con tu marido vas a tener que ponerte al día. Tendrás que reconquistarlo. No se me ocurre otra. ¿Hace cuánto que no te vas de compras o que te cambias el pelo?

—No lo sé… —Victorina se ha hecho chiquitita de pronto ante la vehemencia de Emilia—. Yo soy… clásica, imagino.

—No puedes tener miedo a todo, Victorina. Te estás quejando todo el día, que si no te hace caso uno, que si no te hace caso el otro, que si no te habla… ¡Eso es inaguantable!

Victorina, de pronto, rompe a llorar. Sabe que tiene razón, aunque no haya elegido precisamente las palabras más dulces para definirla. Emilia inmediatamente se da cuenta de su error y recula.

—Disculpa, Vito. —Emilia suaviza su tono ante la fragilidad que descubre repentinamente en su consuegra—. A lo mejor he sido un poco brusca.

—No te preocupes. —Saca el pañuelo del sostén y se enjuga las lágrimas que le caen por el rostro—. Si tienes razón, qué te voy a decir. Yo antes no era así. Creo. Yo he hecho lo que tenía que hacer, ¿no? Casarme, criar a mis hijas, ocuparme de la casa, servir a Dios. Lo que tocaba, y ahora —hace una pausa y lo verbaliza por primera vez— estoy sola, Emilia, estoy muy sola.

Emilia la comprende en el silencio que sigue a sus palabras. La entiende porque ve el resultado de haber cumplido a rajatabla unos cánones impuestos por una dictadura contraria a la libertad y que ella siente equivocados. Unos valores que Emilia siempre rechazó desde su adolescencia cuando abrazó la República, que defendió a través de la enseñanza y que ha tratado de mantener vivos y ocultos durante todos estos años de opresión. Cuando le fue negada su profesión, cuando se vio obligada a callar, cuando se vio forzada a convertirse en algo completamente ajeno a su naturaleza mientras otras mujeres veneraban el encierro en las labores del hogar y la familia, temerosas de Dios. Obligadas a ver, oír y callar, y a servir al marido. Donde la libertad del hombre era proporcional a las horas de costura que tenían que aguantar o a los bofetones recibidos tras las copas de licor. A esos rostros amoratados disimulados por el maquillaje y las excusas banales que justificaban el comportamiento de sus señores. O los abandonos familiares por las queridas mientras ellas se quedaban con una mano delante y otra detrás al cargo de cinco chiquillos sin tener nada que llevarse a la boca. Eso Emilia lo ha visto durante casi treinta años y ha tenido que callar.

Y ahora ve el fracaso de esas ideas impostadas en una mujer encorvada y llorosa en su sala de estar que, simplemente, cumplió con lo que le dijeron que tenía que hacer.

—Mi madre… —sigue Victorina—. No tenía tiempo para quererme, se pasaba el día trabajando en el campo. —Victorina pierde la mirada en el horizonte y habla desde un lugar nuevo para Emilia—. Soy de esa generación en la que no se quería a los hijos hasta que sobrevivían y… después de sobrevivir, imagino que a mi madre se le olvidó hacerlo.

Victorina calla y Emilia asume esa verdad como suya también.

—Yo al menos he podido darles a mis hijas una vida mejor que la que tuve. Creo que he sido buena madre. Yo las quiero.

Emilia se emociona con sus palabras.

—Claro que has sido buena madre, tienes dos hijas estupendas. —Emilia acaba de descubrir en Victorina a ese ser pequeño e indefenso, el mismo que se agarraba tenazmente a su silla cuando conoció a Luis—. Sólo tienes que actualizarte un poco.

Emilia le borra una lágrima del rostro con la mano.

—¿Qué te parece si nos vamos luego a dar un paseo por la avenida de José Antonio a ver escaparates? A lo mejor encontramos un vestido un poco más… moderno. O una minifalda, ¿quién sabe?

Emilia sonríe risueña porque sabe que Victorina reaccionará a esa provocación.

—Ay, calla, calla, yo ya no tengo piernas para eso.

—Es broma, mujer. —Ha conseguido arrancarle una sonrisa.

—¡Pero las tuve! —señala con su característico índice.

—Vamos a comer, que ya hemos hablado demasiado. Y a ver si con un poco de suerte no hay interferencias y escuchamos a Pilar Aragón en *Página de mujer* y se te quitan las ganas de tanta Elena Francis.

—Pero… —de nuevo temerosa y bajando la voz— esa es comunista, ¿no?

—¿Otra vez? —alza la voz—. ¡Otra vez! Empezamos mal, Victorina.

Victorina mira a Emilia y se ríe; modificar su personaje no va a ser fácil.

—Gracias, Emilia. Me siento mucho mejor después de hablar contigo.

Emilia agradece el cumplido. Lo último que se esperaba era hacer una amiga a su edad.

# 17

## Más cielo, más velocidad, más sexo

Nadie sospecha nada. Amelia ha llegado a tiempo para calzarse el mandil y recalentar las lentejas antes de que lo hagan todos, que ya se sientan a la mesa. Armando ha aparecido unos minutos más tarde que los niños, así que no ha podido hablar con Amelia ni de su día ni de las peripecias que ha vivido haciendo las tareas del hogar. Confía en que las lentejas sepan igual que siempre y que Carmen jamás descubra el desaguisado en su falda; tendrá que tirarla por la noche mientras todos duermen.

Amelia pregunta a todos por su día cuando lo que más desea es poder contarles cómo ha ido el suyo, así que cuando contestan rutinariamente apenas presta atención porque sigue sumida en sus pensamientos. Los mira, pero su mirada los traspasa, está en otro lugar.

Armando sigue un poco acelerado porque ha tenido que hacer el doble de trabajo en la mitad de tiempo y habla de su día atropelladamente ocultando la verdad. A Amelia le habría gustado que hubieran tenido al menos un minuto a solas para poder besarle apasionadamente y meterle mano. Efectivamente, Amelia sigue muy excitada por el vuelo de la mañana mientras lo desnuda con la mirada. Aparentan normalidad con preguntas rutinarias que tratan de ocultar la verdad.

—¿Qué tal tu mañana, cariño?

—Bien, en la oficina, lo de siempre, ¿y la tuya?

—Igual, con las lentejas y una tonelada de plancha que tenía.

—Y qué tonelada —añade Armando sorprendentemente—, deberíamos revisar un poco la cantidad de ropa que lavamos, que por muchos pantanos que inaugure el Caudillo habría que ahorrar un poco de agua.

—¿Agua, dices? —se sorprende Amelia.

—Agua, electricidad, plancha, no quiero que te demos más trabajo del que ya tienes, cariño, tenemos que controlar todos —y abre los ojos mirando especialmente a Carmen y Antonio—, y cuando digo todos me refiero especialmente a vosotros dos, lo que gastamos en casa, porque acaba recayendo todo sobre ti, y no es justo. ¿Verdad, Antonio? Ya no tienes edad para arrastrarte y traer tanto pantalón manchado, ¿eh? Digo yo que el fútbol tendrá un límite, no hace falta que te tires al suelo en cada jugada.

Amelia abre los ojos como platos, qué poco tiempo ha necesitado Armando para darse cuenta del trabajo que tiene ella normalmente, va a recordar este momento el resto de su vida.

La siguiente prueba son las lentejas. Justo cuando Armando ya casi se había olvidado de las lentejas, se lleva la primera cucharada a la boca y escucha (y nota) el crujido de la legumbre entre sus dientes. Carmen es la primera en protestar.

—¡Están crudas! —grita despectivamente.

—Jolín, mamá, pero si encima saben a quemado —puntualiza Antonio.

—A quemado dice... —Armando siente su orgullo herido en lo más profundo—. Eso es del pimentón, que le da un toque a leña. Están buenísimas. —Y se llena la boca de un pastiche duro intragable.

—Pues claramente —Amelia trata de salir al paso de la negligencia de su marido— les falta un poco de fuego y, además, se han pegado, no entiendo.

—¿Podría ser que tuviste que salir a comprar algo que faltase, como chorizo, por ejemplo, y no te dieras cuenta y las dejaras al fuego quizá? —Armando carraspea en su disculpa inútil—. ¿Y te olvidaste de apagarlas? No sé, pregunto.

—Lo del sabor a quemado podría ser eso, no digo que no, ¿chorizo, dices? Puede ser, tuve que bajar, claro. Y tuve que ir a la tienda de doña Clari. Eso, y había cola.

—¿No fuiste a Casa Lucas? Esa es a la que vas normalmente, ¿no?

—Hace tiempo que no, no me caen bien las señoras que compran ahí. Me hicieron sentir muy mal por lo del programa.

—Las señoras, las señoras… —Armando suena ahora amenazante—. Ay, esas señoras, como las pille se van a enterar. Qué malas pécoras. Pues a Casa Lucas ya no se va ni de broma. Me parece muy bien, y seguro que, además, no dan buen género, tiene pinta de pájaro el tendero.

—Pero, mamá —Antonio intenta intervenir cariñosamente—, es que están muy duras, no me gustan.

—Pues mira que las tuve… al menos —mirando inquisitivamente a Armando— ¿un par de horas al fuego? Y las probé, es curioso. —Amelia sigue buscando el recoveco que pruebe su inocencia.

—¿Dos horas? ¡Qué barbaridad! ¿Tanto llevan unas lentejas? —Armando echa números—. Pensaba yo que te tirabas menos tiempo en la cocina, fíjate. Con toda la plancha que tenías normal que no te dieras cuenta. Cogerías unas pocas lentejas de la superficie que estarían algo más tiernas y pensarías que ya estaban listas. Le puede pasar a cualquiera. —Amelia ha tenido un día tan estupendo que le importa poco la metedura de pata de Armando—. No puedes ser como Mary Poppins, cariño, prácticamente perfecta en todo. ¿Nos haces unos huevos fritos y dejamos las lentejas al fuego para esta noche?

—No, papá, que están quemadas —corrige Antonio.

—Es verdad, por una vez, habrá que tirarlas. No pasa nada, cualquiera puede cometer un error.

Al rato están todos comiendo, tarde, pero comiendo huevos fritos con patatas preparados por Amelia, claro. Pero a ella no le ha importado lo más mínimo, sólo quiere que los niños vuelvan lo antes posible al colegio y hacer el amor con Armando. Esta vez pasa al ataque antes de lo previsto. Armando está justo mojando pan en la yema cuando Amelia le empieza a acariciar la entrepierna con el pie y él no sólo se atraganta, sino que empieza a hablar atropelladamente.

—Carmen, ¿qué tal tu día? Pareces más animada, se te ha quitado la cara de acelga que llevabas desde hace días.

—Qué amable, papá…

—Hija, es que llevas unas semanas un poquito insoportable, que eso no resta un ápice lo que te quiero, pero las cosas como son.

Armando vuelve a notar el pie seductor de Amelia y trinca el vino apresuradamente, se lo bebe de un trago y se pone un segundo vasito.

—¿Y tú, cariño, Amelia de mi vida, habrás tenido una mañana muy excitante o algo aparte de las lentejas y la plancha, quizá? ¡Cuéntanos tu mañana!

—Pues ahora que lo dices… —Amelia sonríe pícara sin que los niños sospechen del calentón de su madre—, un poco lo de siempre, pensando en las vacaciones del verano, dejando volar la imaginación, mucho, dejándola volar muy alto —y recalca la altura del muy alto con la mano—, pero que muy muy alto la he dejado volar. Con lo del apartamento y las paellas en la playa, no me puedo imaginar un plan mejor, la verdad.

—Pero si estamos en noviembre —comenta Carmen sorprendida—. Qué verano ni qué verano.

Carmen sólo piensa para sus adentros que sus padres están cada día peor y que, claramente, se están haciendo mayores.

—Hija, hay que planificar las cosas con tiempo, ¿tú sabes cómo se llena Torremolinos? La gente reserva ya de un verano para otro, ¿no te querrás quedar sin playa? Para un año que tenemos algo de dinerito.

Armando vuelve a mirar a Amelia tratando de descifrar de lo que estaba hablando.

—Y eso de dejar volar la imaginación tan alto, eso, ¿qué pasa, que te ha puesto… feliz? Se te ve contenta.

—Mucho, Armando, no sabes cuánto. Estoy deseando contarte todas las cosas en las que he estado pensando… Pero luego… que a los chicos eso les importa poco.

—A mí me interesa —Antonio interviene, el pobrecito, después de haberse comido sus huevos fritos y sin quejarse de nada—. Porque a lo mejor convendría comprar las cosas de la playa ahora que están más baratas que en plena temporada, que siempre suben los precios. Eso lo dices tú siempre, papá.

—Y es verdad, al chiquillo no le falta razón, a lo mejor sería interesante ver qué cosas nos faltan. —Una nueva mirada seductora de Amelia anticipa otra vez un pie juguetón.

Armando pide clemencia abriendo los ojos, y ella baja el pie y vuelve a encajarlo en su tacón. Un tacón que ha volado a mil metros de altura esa misma mañana. Amelia coge pan, moja en el huevo y se lo lleva seductoramente a la boca.

—Niños, ¿no deberíais ir ya volviendo al colegio? —les espeta su padre sin venir a cuento.

—Aún no me he tomado el postre, papá. —Antonio está en época de crecer.

—No quiero que piensen mal de vosotros o que sois unos vagos, deberíais estar allí los primeros.

—¿Se puede saber qué está pasando? —Carmen, harta de no entender nada, se levanta de la mesa.

—Nada, hija, ¿qué va a pasar? —Amelia la agarra de un brazo y trata de que se siente de nuevo—. Estamos contentos, sólo es eso, de que ya estés mejor, de estar en familia, de hacer planes juntos...

—Creo que prefiero estar en el colegio.

—Hija, no digas eso. —Amelia se apresura a levantarse y salir detrás de ella—. Sé que no llevamos semanas muy buenas, pero quizá estaría bien que pudiéramos pasar algún tiempo juntas, como antes. —Carmen tuerce el gesto y mira hacia el suelo; sabe que está siendo excesivamente dura con su madre y que le cuesta romper la rutina de los últimos tiempos—. Si quieres podríamos ir a merendar o ver algo de ropa nueva. Ese abrigo tiene ya demasiados remiendos, ¿no crees? —Por fin una mueca alegre se dibuja en la comisura de los labios de Carmen—. ¿Eso es un sí?

Carmen asiente sin hablar e inmediatamente Amelia la abraza como si llevase una semana desaparecida. Por fin parece que Carmen le permite ocupar ese espacio que le había negado.

—Espero que todo vaya bien... cerca del colegio —y acentúa ese «cerca» sabiendo que la tristeza de Carmen se debe también a algún incidente con algún chico del colegio de enfrente, porque esas cosas las madres las huelen.

—Sí... —Carmen permite a su madre entrar en ese espacio con su afirmación—. Todo mejor. Ya te lo contaré. —Un contar que Amelia recibe como una bendición, una confianza perdida que parece volver por arte de magia.

—Esta tarde charlamos. —Consigue darle un beso en la mejilla—. Te quiero, hija. Que vaya bien.

Amelia está cerrando la puerta de la calle cuando oye al fondo a Armando tratar de quitarse a Antonio de en medio.

—Hijo, ¡deja ya de rebañar, que eso es de pobres, y tira ya para el colegio, que tu madre y yo tenemos que hablar de Torremolinos urgentemente!

—¡Papá, es que todavía tengo hambre!

—Pues toma, cógete todo el pan que queda en la mesa y te lo llevas para la merienda.

—¡Que tengo que cepillarme los dientes!

—¿Qué dientes ni qué dientes? ¿No se te tienen que caer todavía?

—Jo, papá, que parece que no me quieres.

—Te quiero con toda mi alma, pero ahora mismo te prefiero en el colegio convirtiéndote en un hombre de provecho.

—Vale, vale. ¿Pero me puedo llevar algo de postre?


El sonido de la puerta del dormitorio cerrada como una exhalación. Los besos de Armando recorriendo el cuello de Amelia apasionadamente, las manos rápidas de Amelia desabrochando la camisa y el pantalón de Armando. ¿Pero qué te ha puesto así? Nunca te había visto tan excitada. No sé, Armando, creo que ha sido volar. ¿Pero cómo ha sido eso? Besos y besos, en la oreja, por la cara. ¿El primer día? Sí, ha sido llegar y enseguida me han llevado al hangar. ¿Qué es un hangar? Deja, ahora te lo explico. ¿Qué le pasa a este botón? Trae, ya lo abro yo. ¿Qué te ha pasado con las lentejas? Ahora no me hables de lentejas. ¿Pero qué ha sido? ¿Subir al avión lo que te ha excitado? Besos por la nuca. Ay, Armando, pues no sé, la altura, ah, así, así, por ahí, me gusta mucho… la altura, velocidad, no sé. Ha sido increíble. Tú sí que eres increíble, Amelia, al final este va a ser el dinero mejor invertido. No pares, por la oreja, sigue. Pero irías con alguien, ¿no? Claro, claro, bájame la cremallera. Con el instructor, un comandante… tenía malas pulgas, pero luego… ha sido alucinante… Ah… ¿Y los compañeros? Ay, Armando, qué de preguntas, quítame ya el vestido, por favor. Si es que no puedo, se ha enganchado, no sé. Rómpelo, no me importa. ¿Que lo rompa? No, que luego me va a tocar coserlo a mí, verás, que bastante he tenido con la plancha. Calla y déjate de planchas. Amelia le baja los pantalones por fin y Armando se descalza como puede. ¿Y va a ser así cada día? A Armando no le importaría. Amelia le besa apasionadamente, su lengua desenfrenada dentro de la boca de Armando hace que este abra los ojos aturdido, casi no sabe dominar el deseo de su mujer, lo pilla desprevenido. Armando, hazme el amor, por favor. Claro, claro, ya voy. No sé si voy a estar a la altura, ya me entiendes, como has subido tan alto… Ay, Armando, chistes ahora no, pero por favor, no pares. Armando ha conseguido desabrocharle el sujetador en un hábil juego de muñeca. Tú sí que vas a estar a la altura, por lo que veo, tanta altura que… en ese momento Amelia se ha colocado a horcajadas sobre Armando y, sin que él mismo maneje la situación, Amelia le ha agarrado y se ha penetrado salvajemente. Armando, del todo ajeno a la situación, se deja hacer por primera vez de ese modo tan salvaje. Recuerda los primeros meses de casados cuando apenas salían de la habitación, pero esto es algo más, esto es una fortaleza incontrolable, irreconocible. Su mujer cabalgando sobre él, disfrutando, agarrando sus propios pechos fuera de sí, como si tuviese que saciar ese sentimiento que recorre cada centímetro de su piel y que no puede dejar que se apague. Armando disfruta de ver cómo Amelia gime de placer sin entender qué ha podido ponerla en ese estado, y sintiendo, además, cierta envidia, ya no sólo por el deseo incontrolable, sino por no haber sido él mismo quien la excitase así.

Armando decide tomar las riendas del asunto y en un giro inesperado se coloca encima de Amelia para sentir que es él quien domina la situación. Amelia, aún con los ojos cerrados, se resiste a abrirlos para concentrarse en su propio placer. Armando vuelve a besarla por el cuello, los lóbulos de las orejas, tratando de besar sus labios sin lograrlo, ya que Amelia lo esquiva, sólo quiere concentrarse en el placer de su entrepierna, que necesita aplacar como un sediento frente a un vaso de agua. Las embestidas de Armando se aceleran hasta que este ya no resiste más y llega al orgasmo. Trata de no desplomarse sobre Amelia, que se ha quedado jadeante y con los ojos cerrados. Tras unos instantes, los abre lentamente, consciente de su cuerpo y el de Armando, de su placer incontrolable. Por fin lo mira, y le hace presente, como si, simplemente, le hubiese utilizado hasta ese momento.

—Vaya —acierta a decir Armando—. No sé si voy a poder aguantar yo el ritmo de tus clases.

Ahora es Amelia quien empieza a reír a carcajadas.

—Supongo que ha sido la novedad. —Trata de recuperar la respiración y la compostura tan alejadas de su yo tradicional—. Todavía no sé cuándo voy a volver a volar.

—Pues una cosa tengo clara: si es como hoy, te lo notaré.

Amelia vuelve a reír divertida y lo abraza, tierna esta vez.

—Gracias, mi amor. Me ha hecho muy feliz poder hacer el curso. Aunque ya no pudiera volver a las clases, por el día de hoy, ya ha merecido la pena.

—Ya lo veo, ya —apunta Armando jadeante—. Y yo encantado de que seas feliz y de que tengas ganas… que llevábamos un tiempo sin…

—Ya, Armando, lo sé. —Le besa por el rostro—. El día a día se hace un poco tedioso y no entran muchas ganas, como te podrás imaginar.

—Pero esos días han pasado —puntualiza Armando—. Tengo que irme a la oficina, escúchame, he quemado una de las faldas de Carmen, antes de que nos pille necesito que te deshagas de ella, la he guardado en nuestro armario. Y esta noche repasamos el plan de mañana, que quizá tú podrías dejar algo de comida hecha, y así no llego tan tarde al trabajo, que casi me pillan. Lo de las lentejas… ya me explicarás mejor la receta.

Amelia recibe un cándido beso de parte de su marido antes de marchar. Respira hondo, mira el techo, recuerda los cielos azules, el vuelo salvaje, la sensación de velocidad. Sí, quiere más, quiere más cielo, más velocidad y más… sexo, mucho más. Amelia no se ha quedado satisfecha del todo, una parte de ella sigue jadeando, excitada. No hay nadie en casa, todavía tardarán un par de horas en volver, así que se hunde entre las sábanas, desliza su mano curiosa y trata de apaciguar todas las emociones del día.

Decididamente, ya no es la misma que esta mañana.

# 18

# Historias para no dormir

Armando camina por la oficina con esa superioridad que da haber hecho el amor recientemente, mirando a los demás por encima del hombro.

Ha sido increíble. Estaba totalmente entregada. Le extraña, quizá, que cerrase los ojos tanto tiempo. ¿Estaría pensando en otras cosas? ¿En qué o quién va a pensar? Habrá sido el vuelo, la novedad, el miedo incluso, eso a veces pasa. Una vez subió a un coche de carreras y sintió algo parecido, pero no recuerda haber tenido un deseo sexual tan fuerte después de aquello. Normalmente Amelia es más de dejarse hacer, después de veinte años juntos...

La actitud de Amelia ese mediodía había sido un poco salvaje, incontrolable. Ahora, de pronto, esa fogosidad le parece un poco rara. No es que sea algo malo, simplemente, extraño. Ellos tenían sus rituales, sus maneras, sus posturas. Además, desde el nacimiento de los niños, en casa, tocaba ser más discretos. Nunca fueron de armar mucho escándalo, pero paulatinamente lo fueron pasando a un segundo plano. En unos años quizá el deseo desaparecerá y el sexo será cosa del pasado. ¿La gente mayor hace el amor?

No cree que haya sido por otro hombre. ¿En un día? No, Amelia lo quiere a él. ¿Se habrá excitado Amelia con otros hombres durante su matrimonio? Curioso, nunca se lo había planteado. ¿Qué otros hombres conoce aparte de los amigos de siempre? Pero claro... piloto... ser piloto es otra cosa. Tienen otra planta, otros ingresos. Más historias que contar, viajes, pueden volar gratis, visitar otros países. ¿Qué gana un piloto? Es simple curiosidad, no porque se sienta inferior. ¿Qué tipo de coches conducen? Si ahora le ascienden a director financiero no habrá ninguna diferencia, seguro. El uniforme, es lo único. Armando se mira el traje, que no es malo. Le costó un buen dinero. Aunque quizá debería comprarse otro, un poco más moderno, algo más claro, un pelín más elegante ahora que tiene coche nuevo.

¿Y cómo le queda el coche? ¿Eh? Que es la envidia de la oficina. Que tiene radio incorporada y todo forrado en imitación de madera. Si lo raro no sería que fuera él la fantasía de muchas mujeres. Seguramente lo sea, incluida su mujer. Así que no hay nada de que preocuparse. De momento.

Por eso ahora, ya de nuevo en casa, Armando sonríe a Amelia desde el sofá con amor y un toque de suspicacia. Emiten un nuevo episodio de la serie *Historias para no dormir*, y según la presentación que ha hecho su creador, Chicho Ibáñez Serrador, promete ser terrorífico: «El asfalto». En este episodio un hombre será engullido por la calle misma, la excusa perfecta para que Armando se arrime a Amelia y no se despegue de su lado en toda la noche. Por si acaso.

Antonio también es un incondicional de la serie porque al día siguiente relata —con mucha pericia, todo sea dicho— los episodios a los compañeros que no disponen aún de televisor. Amelia y Armando hacen la vista gorda porque ya han comprobado que Antonio no tiene pesadillas.

Carmen es la que se encierra en su cuarto los viernes, no le gusta la angustia que le provoca la serie, prefiere leer algún libro o alguna revista. Y esta noche, además, está mucho más contenta desde que esta tarde fue a merendar y de compras con su madre.

Amelia la llevó a Viena Capellanes y se tomaron unos buñuelos de nata con chocolate caliente que enterraron las tiranteces, por fin. Tiempo a solas, eso era lo que les faltaba a madre e hija.

—Es por un chico, ¿verdad? —Amelia se atrevió a preguntarle, y Carmen, con la boca llena de nata, asintió con cierta vergüenza—. Antes me lo contabas todo, pero entiendo que ya no eres una niña y quieras reservarte cosas para ti. ¿Pasó algo el día del concurso? ¿Estabas con él?

—Mamá... —Carmen quiso sincerarse para recuperar la confianza—, de verdad que no hicimos nada malo, no te lo quería contar porque también vinieron algunos chicos. Si te lo hubiera dicho no me habrías dejado ir.

Amelia sabía que tenía razón y que en la vida de Carmen sucederían cosas que ella no podría evitar, aunque fuera a sus espaldas.

—Te entiendo.

—Mamá, se rieron de ti aquella noche, los chicos que fueron; el que me gusta luego me dijo que le parecía bien que fueras aviadora, y yo... estaba muy confundida. Si sólo hubieras ganado y ya... no habrían pasado tantas cosas en el colegio.

—Lo siento, hija. —Amelia no era consciente de todas las consecuencias que derivarían de aquella noche.

—Pero ya está, ya pasó —concluyó Carmen mientras daba el último sorbo a su chocolate—. Si yo entiendo que quieras hacer el curso, mamá, de verdad que sí, lo que no me gusta es que la gente hable de nosotros.

—No te preocupes. Ya habrá tiempo para hacerlo. Mírame, si aún soy muy joven.

—¿Pero qué dices, mamá? —Carmen se rio a carcajadas—. Si tienes treinta y seis años.

—Oye, no te metas conmigo, ¡que estoy estupenda!

Y ambas rieron tan alto que casi tuvieron que llamarles la atención en la cafetería. Sin embargo, a ellas no les importó demasiado porque volvían a ser amigas.

Era un alivio para Amelia tener de nuevo a Carmen de su lado; después de tantas semanas de tensión había comprendido de dónde venía todo. Ahora sólo esperaba poder seguir con su curso sin mayores altercados, sin más faldas quemadas ni lentejas crujientes. Aunque le seguía doliendo en el alma no haber podido contarle cómo había sido su primer día.

En la tienda, mientras Carmen se probaba vestidos, deseó en varias ocasiones abrir la tela del probador y decirle que todo era una farsa, que esa misma mañana había surcado los cielos y que había sido lo más emocionante de su vida. Que deseaba que la entendiese y no le guardase rencor, y que ojalá no tuviera que sufrir en el colegio, ni por los comentarios ni con los chicos. Pero era demasiado pronto, acababan de hacer las paces. Quizá en un mes, en unas pocas semanas se lo confesaría. Volverían a la misma cafetería, puede que con el doble de buñuelos por si se enfadaba de inicio, para explicarle que volando por el cielo era feliz.

Así que Amelia no le da ninguna importancia a que suene el teléfono a las nueve y cinco de la noche. ¿Quién puede ser a estas horas? El episodio acaba de empezar. Alguien que no ve la serie, claramente, apunta Armando levantándose con desgana del sofá. O que no tiene televisor, puntualiza Amelia.

—¡Carmen! Es para ti. Es Julia. —Armando tapa el auricular—. ¿No tienen televisor?

—Claro que tienen, será que no ve la serie —le corrige Amelia. Carmen llega corriendo.

—Hija, diles a tus amigas que a estas horas no se llama a las casas decentes, que estamos viendo la tele.

—Sí, papá. ¿Qué pasa, Julia? —Carmen escucha con atención a su amiga—. ¿Qué? ¡¿Pero qué estás diciendo!? —El volumen al que grita Carmen sorprende a todos—. Eso es mentira, me oyes, ¡mentira! ¿Qué periódico?

Amelia y Armando se alarman por las voces, pero no dicen nada.

—Que no es verdad. Que no lo es. ¿*Pueblo*? Que mi madre no está haciendo ningún curso de aviación, ¿me oyes? Que se lo habrán inventado todo para vender periódicos.

Amelia palidece en un instante. ¿Cómo es posible?

—No, no lo tengo, ¿papá, tú tienes la edición de esta tarde de *Pueblo*? —Carmen tapa el auricular y mira directamente a los ojos de su madre—. Dice Julia que hay un artículo que dice que hoy mismo has empezado tu curso de aviación y que has volado y todo.

Amelia se queda muda. Es brujería. Es imposible. Ella no se lo ha contado a nadie… Solo a… aquella chica… del au-to-bús. Era… estudiante. Le dijo que era estudiante.

—No, hija, yo no he comprado *Pueblo* esta tarde —responde su padre.

—¡Yo sí que lo tengo! —interviene por sorpresa Antonio.

—¿Cómo puede ser? —Armando descubre, cada día, aspectos de su hijo como si fuera un extraño.

—Reparto periódicos por las tardes para sacarme unas perrillas —y lo comenta como si nada.

Antonio se va corriendo en busca de su cartera mientras sus padres se miran estupefactos y Amelia trata de recuperar la respiración que se le ha cortado de cuajo.

En el televisor un señor con sombrero que caminaba tranquilamente por la calle con su pierna escayolada y su bastón ha dado un mal paso y se ha quedado pegado al asfalto bajo un sol abrasador dibujado a mano alzada. Como el decorado de cartón piedra de la serie, Amelia siente que ahora mismo está viviendo una escena de terror.

—¡Aquí lo tengo! —Antonio entrega el periódico a sus padres. Carmen, que aún sostiene el auricular, se lo arrebata rápidamente.

—¿En qué página está, Julia? —Ninguno de sus padres conviene en detener a Carmen en ese momento.

Armando mira fijamente a Amelia tratando de averiguar cómo demonios algo que ha sucedido esa misma mañana ha acabado en la prensa nacional por la tarde. Amelia niega con la cabeza siendo consciente de su error, de haber hablado más de la cuenta con una desconocida.

—Amelia Torres, la conocida ganadora del concurso *La mujer ideal*, está finalmente cumpliendo su sueño. Esta misma mañana, arrancó su curso de aviación en el aeródromo de Cuatro Vientos y ha declarado a nuestra reportera de *Pueblo* que ha sido uno de los días más felices de su vida porque ha podido volar por primera vez —Carmen lee apresuradamente y alzando la voz, incrédula—. ¡¿Pero qué es esto, mamá?! ¿Qué farsa? ¿Qué mentira? ¿Cómo puede ser? ¡No es verdad! Dime que no es verdad, pero si me has dicho que no lo ibas a hacer. ¿Quién es esta Marina Llorente que firma el artículo? ¿Por qué dice estas mentiras sobre ti?

En el televisor, el hombre ha sido engullido por el asfalto a la altura del tobillo, unos niños corretean a su alrededor sin prestarle ayuda y ahora una banda de música pasa a su lado sin apercibirse siquiera de la situación en la que se encuentra. Amelia siente ese mismo ahogo, la misma desesperación. Quisiera decirle que no es verdad, que es pura invención, pero no puede. No puede ni siquiera hablar. Carmen empieza a sollozar.

—Mamá…, por favor…, dime que no es verdad. Esta tarde… me dijiste… —Las lágrimas asoman por sus ojos y corren rápidas por el rostro tembloroso de Carmen—. ¿Me has mentido? —Amelia no puede ni mirarla—. Papá…, dime que tú tampoco lo sabías.

Pero Armando calla y mira fijamente el televisor y aprieta los dientes. Y es entonces cuando Carmen cae en la cuenta.

—Las lentejas… claro. Y la conversación que teníais tan rara, lo de la ropa que decía papá…

Para raro el episodio; ahora ha parado un coche de cartón y unos turistas extranjeros se bajan de él y sacan una fotografía al hombre, que cada vez está más hundido en el asfalto, ya casi por la rodilla.

—¡Si hasta han puesto una foto tuya, mamá!

Carmen abre violentamente el periódico y se lo muestra a su madre, que reconoce su rostro en blanco y negro. Amelia siente que se le seca la boca, como al pobre hombre de la pantalla que se limita ya a pedir agua a la gente que pasa sin que nadie le haga caso.

—Dime que no es verdad. Por favor —Carmen suplica una última vez a su madre, que baja la cabeza y se limita a musitar dos palabras.

—Es verdad. —Amelia levanta la cabeza y la mira fijamente—. Ha sido uno de los mejores días de mi vida —habla con valentía esta vez—. Te lo habría contado si no te pareciese todo tan mal.

—¿Y cómo sabe todos esos detalles esta tal Marina y yo no sé nada? —Carmen sigue llorando de rabia.

—Me dijo que era estudiante de Periodismo, era muy joven. Nunca me imaginé que podría… Me reconoció en el autobús y me preguntó. —Ahora todos prestan atención al relato porque esto ni Armando lo sabía—. Estaba tan emocionada que se lo conté todo.

—¡Pero eso es genial, mamá, entonces sí que vas a ser pilota! —Antonio siempre tan risueño no comprende la dimensión de la tragedia que se les viene encima.

Armando se pone en pie y habla con solemnidad.

—Tu madre y yo decidimos ocultároslo. —Armando mira con seriedad a su hija—. Y sí, yo me ocupé esta mañana de las lentejas y la plancha. Tarde o temprano os habríais enterado. No queríamos que siguieras enfadada con nosotros, Carmen. Hemos pasado unas semanas muy malas con tu actitud, hija.

El hombre devorado por la calle ya sólo asoma la cabeza y los brazos, y pide que no lo abandonen. Amelia mira la televisión por un momento y después a su hija.

—Lo siento mucho, Carmen. —Una lágrima recorre también el rostro de Amelia—. Me habría gustado contártelo esta tarde, quise hacerlo en varias ocasiones, pero no sabía cómo te lo ibas a tomar. Siento si la noticia te puede afectar.

—Es muy importante para tu madre, Carmen. —Armando la acompaña en esto—. Y tiene todo mi apoyo. Espero que contemos con el tuyo también.

Carmen, que aún sostiene el auricular en la mano, cuelga con violencia, tira el periódico en el sofá y se marcha a su habitación hecha una furia. Todos se quedan en silencio mirándose con cara de circunstancias. Armando se sienta al lado de Amelia y la rodea con el brazo.

—No te preocupes, lo entenderá. —Pero Amelia vuelve a hundirse un poco, como el personaje del episodio que ya ha sido engullido definitivamente por el asfalto.

—Al final nos hemos perdido casi todo el episodio —apunta Antonio, quien también se sienta al otro lado de su madre y la abraza con ternura—. Pero no importa, porque me da mucha alegría saber que vas a ser pilota al final, mamá.

Amelia sonríe y abraza también a su hijo dándole las gracias; saber que tiene el apoyo de casi toda la familia la reconforta.

—Yo sólo espero que nunca se entere de que le he quemado la falda. —Armando le arranca una sonrisa a Amelia—. Y tú no le digas nada —a Antonio—. Otro día me vas a explicar eso de los periódicos.

Todos miran por última vez al televisor. Sobre el asfalto quedan el bastón y el gorro que llevaba el señor. Sólo se escucha el susurro del hombre que, bajo tierra, pide que no le dejen solo. Dos operarios llegan y echan asfalto en el agujero por donde ha desaparecido el hombre y el episodio termina fatalmente.

Amelia coge aire y respira. Sólo desea que su historia acabe mejor.

# 19

## Cuarenta años de golpe

Victorina termina de ajustarse la cinturilla de su nuevo vestido. No se acaba de ver con el estampado de flores, pero le ha dicho a Emilia que confiaba en su criterio, y así va a ser. Le ha recomendado que ponga color a su vida, que los tiempos están cambiando, y aunque la falda sea rigurosamente bajo la rodilla, no hay nada que le impida poner un poco de alegría a su día a día. Tampoco está segura de que Luis apreciará el cambio de color que se ha dado en el pelo, un tinte gris plata con especial brillo que le han recomendado. Setenta pesetas le ha costado, que no es poco. Le han puesto hasta una mascarilla facial que, según la peluquera que la ha convencido, le daría más luminosidad a la cara, ¡ni que quisiera parecer una bombilla! Si luego no se dará cuenta de nada, no lo ha hecho en casi cuarenta años, va a darse cuenta hoy.

Le ha hecho su plato favorito, conejo con tomate, y su famosa tarta de café. Pase lo que pase, se ha entrenado a conciencia: no piensa discutir, diga lo que diga no va a estallar, no lo va a juzgar, va a ser amable, tiene una lista —apuntada en un papel por si acaso— de temas para hablar y lleva casi treinta páginas del libro que le ha dejado Emilia. Espíritu joven y renovado, no puede fallar. Revitalizar el matrimonio, encontrar nuevas metas, eso es. Un par de gotas de su nuevo perfume —que estaba de oferta— elegantemente disimuladas tras las orejas y un repasito a los labios.

—¿A qué huele? —Luis olfatea el ambiente intrigado.

—No sé, ¿al conejo? Lo estoy calentando.

—No, no. Es más bien un olor como de… dependienta de Galerías Preciados.

—Pues… no sabría decirte, Luis… ¿quizá sea… el perfume que llevo?

—A ver… —Luis acerca la punta de la nariz y se aleja repentinamente—. ¿Pero este es nuevo?

—¡Te has dado cuenta! —Victorina se ilusiona—. ¿A que te gusta?

—¿Cuánto te ha costado? Los perfumes baratos no son. Aunque este huele un poco a barato, eh, Vito.

—Es de calidad, me lo dijo la dependienta. Que es de marca buena, francesa.

—No sé si me convence. —Luis vuelve la vista a la sección deportiva del periódico, que lo tenía muy entretenido, y Victorina respira hondo.

—A veces pasa con los olores nuevos, hasta que te acostumbras, a mí me gusta —sentencia tratando de recobrar un poco de confianza.

—Pues muy bien, aunque mejor perfúmate para ir a la calle, digo yo.

—Es que… —Victorina busca las palabras con amabilidad—. Eso mismo estaba pensando, que quizá podríamos dar un paseo.

—¿Un paseo? ¿Tú?

—Sí, yo, ¿qué pasa?

—No, nada, que como dices que pasear es de viejos y dices que tú no eres vieja…

—Pues… he cambiado de opinión.

—Pero ya es un poco tarde para salir ahora. —Luis mira la hora en su reloj—. ¿Por qué no me pones un vermut?

—Quizá esta tarde podríamos pasear por el parque de la Arganzuela.

Luis vuelve a alzar la vista del periódico, levanta una ceja y escudriña a su mujer preguntándose de dónde vendrán todas esas propuestas, pero prefiere no preguntar y regresa a la lectura. Victorina se levanta con brío.

—Bueno, te pongo un vermut, ¿y sabes qué? Me voy a poner yo uno también, que seguro que está muy rico.

Victorina se aleja hacia el mueble bar y saca dos copitas para el aperitivo. Mientras, Luis baja sensiblemente el periódico y mira a su alrededor extrañado, como quien sospecha que hay gato encerrado. Victorina se sienta frente a él con una dulce sonrisa que le hace desconfiar aún más.

—Pues no está mal, está dulce incluso.

—Victorina, ¿qué está pasando? Estás muy rara.

—¿Rara yo? Qué va.

Luis cierra el periódico y entrecruza los dedos de las manos.

—Perfume nuevo, quieres ir de paseo, te estás tomando un vermut, algo quieres. Algo pasa, no sé el qué, pero algo pasa. —Luis alza la voz, preocupado, y apura el vermut.

—Tranquilo, tranquilo. Bueno, sí que pasa. Que… a veces pienso que estoy un poco chapada a la antigua y que no me quiero quedar atrás. No quiero… parecer una vieja.

—Victorina, eres vieja. Tienes sesenta y dos años.

—Y quién lo diría, ¿eh? Mira qué ahuecado más divino me han hecho hoy en la peluquería.

—¿Pero cuánto te has dejado? Ni que fuéramos ricos. Perfume, peluquería… ¿algo más?

—¿No lo ves? Ni te has dado cuenta.

Victorina se levanta de la silla y le muestra su nuevo vestido.

—Mira qué vestido tan bonito. Me favorece, ¿verdad?

—¿Un vestido con flores en invierno, Victorina? ¿Quién te ha comido la cabeza? Quieres discutir, es eso, ¿no?

—Ay, Luis, de verdad. Cómo eres. Sólo estoy… refrescándome un poco, poniéndome al día… con la moda.

—¿Pero qué moda? ¿Pero qué refresco? Mira, Victorina, trae la comida y déjate de historias.

—Podré acabarme antes el vermut, digo yo. —En este momento Victorina ya empieza a notar cómo flaquea su paciencia, nada le está dando resultado.

Los dos, sentados frente a frente, en la mesa camilla degustando su vermut y sin nada que decirse unos instantes. Luis la mira sospechando ya de todo, no se fía.

—¿Es por lo de Amelia? Vas a echarme la bronca porque al final se ha salido con la suya y piensas que yo ando detrás de todo, ¿no?

—Que yo no quiero hablar de Amelia ahora. Que no tiene nada que ver. Si ya he asumido que aquí todo el mundo va a hacer lo que le dé la gana sin contar conmigo.

—¿Qué está pasando entonces?

—Nada, no pasa nada, que quiero que estemos bien, que no discutamos, que podamos compartir un rato juntos sin acabar gritando. ¿Tan raro es?

—Pues sí, Vito, muy raro. Que no quieras discutir me parece de otro planeta.

Victorina le apunta con el dedo índice, pero sin perder la sonrisa.

—De ahí vengo, de otro planeta. A partir de ahora quiero que nos llevemos bien, como cualquier matrimonio. Como Matilde y Paco, los del tercero, esos siempre están haciendo planes y caminan de la mano. Nosotros también podríamos, ¿no crees? Te pasas la semana casi entera viajando y cuando vienes te vas con los amigos, y ya ni me hablas, ni me cuentas, me tratas como a una sirvienta a veces, Luis. Y no está bien. Soy tu mujer.

—¿No pretenderás a estas alturas que te coja de la mano por la calle?

—¿Tendría algo de malo?

—Victorina, que no somos unos chiquillos.

—¿Te da vergüenza? —Victorina lo mira seria esta vez y aprieta los labios como si sintiese un dolor repentino muy grande que la impulsase a llorar, pero que quiere contener a toda costa—. Es eso. Te avergüenzas de mí. Porque no leo tantos libros como tú, porque no soy lista, porque soy de pueblo y soy mayor. Porque no tengo temas de conversación tan interesantes como tus amigos o... las señoras ricas a las que servirás, que te crees que soy tonta.

Luis respira hondo; le impacta la certera radiografía que ha hecho Victorina de sus sentimientos y que se avergonzaría de verbalizar porque tiene razón.

—No es eso, Vito. —Luis mira ahora el mantel de ganchillo bajo el cristal de la mesa camilla y se afana en contar cada uno de los agujeros tratando de huir de ahí como sea, como si cualquiera de esos agujeros pudiera otorgarle una salida a la encerrona que él mismo ha provocado con el paso del tiempo.

174

—¿Pero aún me quieres? ¿Aunque sea un poco?

Luis levanta la mirada del ganchillo y siente su indefensión.

—Claro que te quiero, Vito. Pero…

—¿Pero qué? —Victorina consigue sostener una lágrima sin que le caiga por el rostro.

—Son muchos años, es normal.

—¿Normal, qué? ¿Que me desprecies? ¿Que nunca pienses en hacer planes conmigo? ¿Que siempre quieras callarme todo lo que digo? ¿Que me lleves siempre la contraria en todo?

—Pero eso es un matrimonio, ¿no? Los matrimonios discuten y esas cosas. —Luis no consigue encontrar el agujero del mantel que lo saque de ahí.

Victorina se arma de valor.

—Tienes una amante, ¿verdad? —La lágrima de Victorina finalmente cae y se la retira inmediatamente—. No hace falta que lo admitas, lo sé. Hace tiempo que ni me tocas, ni me abrazas. Ya he aprendido a dormir con tu espalda. Imagino que a la otra le darás tu mejor cara, a alguien más joven, más culta, ¿verdad? Alguien con quien no discutes todo el tiempo.

El cuerpo de Victorina se ha ido haciendo cada vez más pequeño, encogiéndose como un animalito asustado que se resguarda del frío, con la mirada perdida más allá de los agujeros del ganchillo de la mesa.

—No, Vito, no. No tengo ninguna amante —Luis contesta con solemnidad—. Ya no tengo edad para esas cosas.

—No necesito que lo admitas. Si todos lo hacéis. Es normal. Lo raro sería lo contrario. —Victorina se recompone pensando que mal de muchas, consuelo de tontas—. Ya sabemos lo que hay, Luis, ¿por qué habría sido diferente para mí? Si yo soy una más del montón.

—No es verdad.

—Yo sólo quería decirte… que lo sé.

—Que no es verdad… —Luis alza la voz esta vez.

—Y que no me importa. —Luis menea la cabeza negando sin entender sus palabras y Victorina apenas puede sostener alguna de las lágrimas que siguen cayendo—. Pero de cara a los demás podrías hacer como que te importo, hablar conmigo, contarme algo de tus viajes, compartir algún libro conmigo, quizá.

—No podemos hacer como que no han pasado cuarenta años.

La frase lapidaria de Luis cae como un definitivo jarro de agua fría. Ya ninguno tiene fuerzas para seguir con la conversación. Victorina se levanta cabizbaja.

—Voy a traer la comida.

Luis, como cada día de esos cuarenta años de matrimonio, se queda pegado a su silla esperando a ser servido, pero esta vez con un peso mayor que nunca. Acaba de ser consciente de esos cuarenta años de golpe, como quien se hace viejo de un día para otro sin avisar.

Levanta la mirada hacia donde se ha perdido Victorina preguntándose si ella tiene razón, si es que la sigue queriendo u obedece a una rutina que ya no puede romper. ¿Habrían seguido juntos si se hubieran podido divorciar? ¿Cómo se habría planteado su vida de existir esta posibilidad? La ve llegar desde la cocina con la olla caliente entre las manos, sostenida por dos pañitos que ella misma cosió, y le enternece esa visión. Victorina, andando con pasitos cada vez más cortos, no como cuando era joven y caminaba con decisión. Están mayores, son ya mayores para los demás, pero todavía hay algo, oculto, enterrado en algún lugar, que lo hace sonreír ante la viejecita que deposita la olla humeante sobre la mesa. Se queda mirándola fijamente y sonríe de medio lado.

—¿Qué? —Victorina le pregunta con suspicacia.

—Nada. Que huele muy bien.

—Gracias. Dame tu plato, no te pongo mucho, que no sé si Marga vendrá después a cenar, me dijo que intentaría pasar un rato.

—¿Quieres que ponga la radio? —Luis trata de ser amable.

—Me da igual, haz lo que quieras. —Victorina se sirve apenas un par de tajaditas, no tiene precisamente mucho apetito.

Luis aguarda unos segundos antes de empezar a comer, una idea cobra fuerza en su mente.

—Vito, estaba pensando… ¿qué te parece si compramos una tele? Así no tendrás que ir a casa de Marga o a casa de las vecinas. Sé que pasas mucho tiempo sola cuando yo estoy de viaje. Te haría compañía.

Victorina sonríe y lo mira de nuevo. Así que ese es el pago por sus fechorías, para lograr el perdón. Ya que él no le hace compañía que lo haga una caja con luz y sonidos, eso la mantendrá entretenida y callada, contenta un tiempo, hasta que vuelvan a discutir, hasta que vuelvan a sentirse como dos extraños en la misma habitación sentados en el mismo sofá.

—Así puedes invitar tú a alguien a ver *La casa de los Martínez*, ¿no dices que te gusta mucho esa serie? —Luis acierta y Victorina piensa que en el fondo sí que la escucha, aunque sea un poco.

—Me parece una idea estupenda —contesta justo antes de empezar a comer—. Sabes que tenía mucha ilusión por tener una.

—Pues no se hable más, esta misma tarde nos acercamos a la tienda.

Luis da por zanjado el asunto, se levanta a sintonizar Radio Nacional, que a esa hora da su boletín de noticias, y empiezan a comer en silencio.

Qué ilusión, piensa Victorina, al menos podrá salir a la calle a estrenar su vestido nuevo.

# 20

# Cara de acelga

La lista es larga, hasta Amelia se sorprende. Limpiar la casa, lavar la ropa, tender, planchar, hacer las camas, ir a la compra —a diario—, atender los pagos de los recibos y de las letras, hacer la comida, hacer la cena, comprar el hielo —ah, no, calla, que ahora a la nevera nueva no hay que meterle hielo, fuera esto—, limpiar el agua del deshielo —esto tampoco, fuera—, limpiar la cristalería, regar las plantas, remendar la ropa, pintar las juntas del baño —¿en serio?—, limpiar baldosas, limpiar la cristalería —esto está repetido—, llevar las cuentas, pasar a limpio los informes de Armando, ayudar con los deberes.

Menos mal que no tienen perro.

—¿Pero cuántos recibos hay que pagar? —Armando es el que paga, pero ha perdido el control de las letras mensuales.

—La luz, el agua, la casa, el butano, la letra del televisor, la del coche y la del teléfono.

—Todo eso, ¿eh? —Armando mira al infinito tratando de organizar tanto recibo en su mente—. Alguno digo yo que se podrá domiciliar, pagar un sábado o alguna tarde.

—Habrá que hablar con todos ellos y que vengan por la tarde, o dejarle el importe a alguna vecina —sigue Amelia—, el tema es que están acostumbrados a que siempre haya alguien en casa.

—Vale. —Armando revuelve los folios donde apunta la hoja de ruta—. Yo me ocupo de repartir los recibos, ¿pero por las tardes digo yo que podrás cocinar?

—Cariño, no lo sé, tengo muchas asignaturas, tengo que estudiar. Hay que pensar en las cenas y la comida, organizarlas un poco para toda la semana. Repetir platos.

—Yo no pienso comer y cenar lo mismo, menudo hartazgo.

—Carmen, como siempre últimamente, contra la familia.

—¿Sabes qué, acelguita? —Armando acuña este nuevo diminutivo para su hija rebelde en un alarde de creatividad—. Que vas a cocinar tú, así podrás ofrecernos un menú variado, ¿te parece? Y ya de paso también vas a ir a la compra. —Le acaba de bajar los humos inmediatamente.

—No seas desagradable, hija. —Amelia sigue encontrando ternura en la manera de dirigirse a ella—. Tenemos que ver la manera en que nos podemos organizar entre todos.

—¡Yo quiero aprender a cocinar! —Antonio levanta una mano efusivamente, como si estuviera en clase.

—Calla, Antonio, que eso es de chicas. —El entusiasmo del pequeño aplacado al instante por su padre.

—¿Y por qué va a ser de chicas? Vaya tontería —Amelia contradice a Armando—, ¿será por tus lentejas que no crees que los hombres podáis cocinar? —Mirando a Antonio con amor—. Claro que sí, hijo, yo te enseño encantada, que tu padre sea un negado en la cocina no significa que todos los hombres lo sean.

—Calla, calla. De acuerdo, Antonio, tú compras el pan y a la cocina, y tú, Carmen, al mercado, no queda otra. Los sábados y domingos zafarrancho de limpieza entre todos y…

—Y que cada uno se haga su cama, por favor. Yo tengo que salir pitando para coger el autobús de las ocho y media en Alto de Extremadura.

—¿La nuestra me toca a mí entonces? —Armando la mira con los ojos abiertos.

—Como no quieras que la haga mientras estés durmiendo…

Armando acepta la derrota y añade esa tarea a las que le han tocado.

—La plancha sí o sí es de Amelia —sigue Armando—, yo a ese aparato del infierno no me acerco y los niños son pequeños, se podrían quemar. Bueno, Carmen podría plancharse su ropa, que bastante ensucias, ¿eh, acelguita?

—No me gusta que me llames así. —Carmen de brazos cruzados mira desafiante a su padre—. Plancharé, claro. Qué remedio.

—A ver, que si la ropa se tiende bien, queda casi como planchada —confiesa Amelia.

—Las urgencias, imponderables como remiendos, tareas imprevistas, intendencia de la casa y demás asuntos que puedan surgir tendrán que ser atendidos puntualmente y a su debido tiempo por el comité de expertos, es decir, vuestros padres, quienes delegarán la tarea convenientemente a quien mejor pueda realizarla.

—Ay, cariño, qué bien hablas —Amelia lo mira con mucho amor y admiración; sabe que pocos hombres asumirían esta situación con tanta empatía y cariño como él.

—Pues así queda el reparto —anuncia Armando mostrando en una tabla los nombres de cada uno con sus tareas y horarios.

—Jolín, mamá, pues sí que haces cosas.

Amelia mira el papel sorprendiéndose también ella misma.

—Nunca me había parado a pensarlo, pero sí.

—Por cierto, ¿alguien ha visto mi falda azul? Llevo días sin encontrarla.

Amelia y Armando, sin mirarse, niegan al unísono, cómplices.

—Ni idea, hija. Por algún lado estará. Ya aparecerá. Estaba un poco vieja igualmente, ¿no? Y si no aparece ya te compraremos otra, no vayas a tener alguna razón más para esa cara de acelguita que pones.

Carmen refunfuña, pero no añade nada más.

—«Acelguita» me llaman, ¿os lo podéis creer?

Carmen ha cogido carrerilla y no hay quien la pare. Julia y Menchu empiezan a estar cansadas de su retahíla constante, que si su madre, que si ahora la noticia, que si el reparto en casa de tareas, que si su vida patas arriba, que si nadie la entiende, que si Lucas apoya a su madre, que quién entiende eso, que si ahora tiene que ir a la compra.

—Es que un poco cara de acelga sí que se te ha puesto, Carmen. Te pasas el día quejándote de todo. —Menchu resopla y mira hacia otro lado.

180

—¿Encima les vais a dar la razón? —Carmen no sale de su asombro.

—No, Carmen, no es eso —interviene Julia intuyendo por dónde va a ir su amiga—, pero hace semanas que no sacas otro tema, antes hablábamos de música, de las revistas, de los chicos del colegio de enfrente, de la Vespa, y ahora estás todo el día enfadada.

—¿Es por lo de la Vespa? —Menchu trata de ser amable.

—Es más por la mentira, chicas. Mi madre me ha mentido. Nunca lo había hecho. Al menos eso creo.

Ahora Carmen mira al suelo. Las amigas se miran entre ellas, se les han agotado los recursos.

—Carmen, es normal que tu madre no te contara nada con lo enfadada que estabas. ¿Es por salir en el periódico?

—La paran por la calle, ¿sabéis? Es muy raro. Le piden autógrafos. Es de locos.

—¿Entonces es envidia? —Menchu dispara certeramente.

—¡No! ¡Para nada! Yo no quiero ser famosa. Es que me da mucha vergüenza. ¿Cómo te sentirías tú si tu madre dijera ahora que quiere conducir camiones? ¿Qué diferencia hay con pilotar aviones? ¡Es que es ridículo, y no lo ve!

—Pues sí que estás cabreada. —Julia coge aire—. Mira, Carmen, a ti te parece mal y a otros les parece bien. Tu madre está feliz, pues trata de entenderla.

—Si es que no me entendéis ni vosotras.

—Pues no, Carmen —Menchu zanja ya la discusión cansada—. Estás sacando todo de quicio. Y una cosa te voy a decir, las mujeres pilotarán aviones, conducirán camiones, ya conducen taxis y van a hacer muchas más cosas, es ridículo que no podamos hacer lo mismo que los chicos. ¿No diseñan ropa los hombres y coser es cosa de mujeres?

—Empiezas a recordarme a mi tía Marga y sus discursitos de feminismo —Carmen habla ahora con desprecio.

—Pues a lo mejor deberías hablar un poco más con ella y menos con nosotras, que nos tienes hasta el gorro —Menchu confiesa finalmente.

—Ah, sí, ¿eh? Pues tranquila, que ya no te contaré nada más. Podéis iros con vuestro feminismo y vuestros discursitos a otra parte.

—Eres imbécil, Carmen —Menchu estalla y Julia trata de retenerla.

—Cállate, Menchu, no lo estropees más. Ya se le pasará.

—Pues menudas amigas tengo, que no me entienden. A lo mejor debería buscarme otras amigas que piensen como yo.

—¡Eso! Búscate a otras. —Menchu agarra su cartera y enfila hacia su casa—. Ya me he cansado de escucharte. Vamos, Julia.

—Carmen, no puedes tratarnos así. —Julia todavía guarda un poco de espíritu reconciliador.

—Os trato como me da la gana, que ya sé que prefieres estar con ella que conmigo. —Julia encaja el último comentario antes de darse media vuelta.

—Te vas a quedar sola, Carmen, no me puedes hablar así, soy tu amiga.

—Eras… mi amiga. Las amigas se apoyan.

—Adiós, Carmen. Cuando se te pase… hablamos.

Carmen se queda reclinada sobre el muro del colegio, sola, pensativa, con un peso inmenso sobre los hombros porque no ha sabido retener a las dos únicas amigas que tiene. Las que la acompañan desde el jardín de infancia, con las que ha compartido todo hasta la fecha, incluso lo de Lucas, cuando le vino el periodo, sus dudas, sus aspiraciones. Y ahora ve cómo se van calle abajo a reunirse con el grupo de los chicos en el que ella ya no participa. Están más alejados que nunca, como siete calles más abajo incluso, una distancia que ya no se ve capaz de recorrer. Y es que si fueran buenas amigas de verdad la entenderían, estarían de su lado, la habrían llamado, habrían venido a casa, habrían estado más pendientes de ella, porque eso es lo que hacen las buenas amigas.

—¡Carmen! ¿Qué haces aquí tu sola? ¿No vas para casa? —La cara amable de Mencía, la de sexto, aparece como un flotador en medio del naufragio.

—Mencía… —Carmen esboza una sonrisa.

—Tienes mala cara, ¿estás bien?

Y Mencía, de pronto, cobra sentido en la mente de Carmen como una escapatoria. Mencía, la que conoció en los baños, la que compartía el mismo sentimiento, la que no la juzga, la que parece abrazarla sin hacerlo, la que piensa como ella.

—No, Mencía, no estoy bien. —Carmen mira al suelo y con voz temblorosa vuelve a confesarse con ella—. Creía que tenía amigas, pero ya no.

—¿Sigues preocupada por lo de tu madre? —Carmen asiente—. Escucha, ¿por qué no te vienes conmigo a alguna reunión de flechas? Estoy segura de que ahí sí que te vas a sentir entre amigas que te entienden.

—Pero yo no soy de la Sección.

—Pero a lo mejor te gusta y te quieres apuntar. Si vienes conmigo no habrá ningún problema.

—No sé si a mis padres les parecerá bien. —Sabe que a su padre lo de la Sección no le haría mucha gracia, y aún menos a su abuela Emilia.

—Diles a tus padres que hemos quedado para dar un paseo o algo. Y alegra esa cara, que no se te ha muerto nadie.

Carmen mira a lo lejos y ve a Lucas yéndose para casa con sus viejas amigas. En el fondo sabe que sí se ha muerto alguien, o algo, pero no sabe ponerle palabras aún.

—Vale, quedemos. Me apetece mucho.

Carmen sonríe esperanzada. Dicen que cuando se cierra una puerta, otra se abre.

# 21

# La número uno

Julián, el de la garita, ha normalizado completamente la presencia de Amelia. Le sorprendía los primeros días, pero luego se ha preguntado si había algo de malo en ello y no ha encontrado respuesta. Que Amelia quiera ser piloto no significa ninguna amenaza para la profesión, ni que todas las mujeres de pronto quisieran dedicarse a cosas de hombres, por una sola, ¿qué más dará? ¿Acaso alguna querría ser vigilante como él? Ya lo duda, son muchas horas, de pie, gente entrando y saliendo. Además, hay que ser muy fuerte para defender la entrada de cualquier ataque externo que pudiera haber. Eso, una mujer, por muy fuerte que sea, no podría hacerlo. ¿Vigilante de seguridad? Imposible.

Su presencia, además, alegra el ambiente porque Amelia a veces trae rosquillas —y qué rosquillas— y le da un punto exótico y de color al aeródromo, que ya es bastante gris de partida. No confiaba en que fuera a seguir con sus clases, le habían llegado rumores de que algunos compañeros no habían visto bien aquello de que compartiesen aula, pero Amelia, con su simpatía y su afán de normalizar, había acabado por apaciguar las sospechas de sus compañeros. Se lo había comentado Fermín, uno de los mecánicos, que se entera de todo. Probablemente sus dulces también han ayudado.

En verdad Amelia tiene que estar el doble de atenta que el resto de sus compañeros porque el comandante Daroca la tiene en el punto de mira y siempre la está poniendo a prueba. Por eso mismo está durmiendo pocas horas, porque tiene que prepararse bien las clases cada tarde, repasar las lecciones del día y avanzar con las siguientes para estar prevenida. Pero alguna de las asignaturas claramente se le ha atascado, como instrumentos de vuelo, pero sabe que es cuestión de tiempo que se familiarice con los términos, sobre todo con los que vienen en inglés. Algunos compañeros —de alta alcurnia y con posibles— tienen un gran nivel en el idioma, pero Amelia sólo tiene la experiencia de traducir el libro de Amelia Earhart *The Fun of It*, y precisamente en ese texto no se explicaban en detalle los términos más técnicos. Y que tiene una edad, que no es lo mismo estudiar con dieciocho a hacerlo con treinta y seis.

Sólo en la cabina del AISA I-11B, el avión con el que vuela ahora, hay once instrumentos de vuelo distintos, botones y palancas que se tiene que aprender de memoria. La reválida, comparado con esto, fue un paseo. Así que no sólo tiene que demostrar que se lo sabe, sino que los ha de saber usar.

—Pero si tuviera que volar otra aeronave, ¿me darán las instrucciones de ese avión? —Amelia le susurra la duda a Enrique para que nadie más se entere de su inseguridad.

—Claro —él también baja la voz, cómplice—, cuando te contratan en una empresa te enseñan a volar su flota, nunca vas a volar un avión que no conoces de nada.

—Ah, vale. —Amelia no está conforme—. Pero… ¿al final todos tendrán cosas en común, como los coches?

Enrique hace una mueca divertida por la ternura que su apreciación le ha provocado.

—Claro, pero cada nave tiene su secuencia de arranque. Tú quédate con los instrumentos que van a estar en todas las naves.

—¿Y siempre viene todo en inglés? Me paso más tiempo traduciendo que aprendiendo.

—Yo lo tengo traducido, te lo dejo encantado.

—¿Algo que compartir con la clase, Torres?

Daroca, en un giro inesperado frente a la pizarra, los ha pillado hablando. Amelia da un respingo y se levanta.

—No, mi comandante, sólo unas dudas con el término y el uso del… —mira hacia el manual— *flap hydraulic reservoir and filler*, que el compañero Salas estaba teniendo la amabilidad de explicarme.

—A estas alturas debería saberse el panel de mandos con los ojos cerrados.

—Sólo llevo mes y medio, mi comandante.

—Como si lleva tres días, Torres, ¿no pretenderá que le dé más margen a usted que a los demás?

—No, señor. —Traga saliva—. No, mi comandante —corrige enseguida, y un escalofrío le recorre el cuerpo.

—Es broma, mujer, no se ponga nerviosa. La mayoría de estos energúmenos aquí sentados se matriculará sólo recordando diez de las piezas más importantes, así que si usted memoriza al menos veinte, me doy por satisfecho.

Amelia se sienta casi temblando. Se aprenderá todo, en inglés y en chino si hace falta. Si ha memorizado casi todos los ríos y afluentes de España repasando con Antonio, ¿no va a poder memorizar el panel de cabina? Este no sabe con quién está hablando. Amelia entrecruza los dedos de las manos y orgullosa se los lleva hacia la boca tramando su plan secreto. Va a estudiar como nadie.

Será la número uno. Como que se llama Amelia Torres.

# 22

# Calzonazos

La invitación a jugar al tenis con Fernando es casi más una estrategia de Armando que una apetencia. El tipo ha moderado un poco esos chistes de mal gusto y su manía de sentar sus posaderas en la mesa, cosa que agradece. Pero es que, de cara al ascenso —que ya va para largo, inexplicablemente— le conviene tener a Fernando de su lado. Por eso, con el cambio de año, Armando ha decidido tomar las riendas del asunto y acelerar los acontecimientos. Siempre le han gustado los años impares y 1967 suena a que, por fin, será su año. La decisión debería ser inminente y Armando va a ponerle las cosas aún más fáciles a don Alonso. El otro posible rival, Salvador Miranda, no supone una amenaza clara, pero no hay que confiarse. En finanzas todo sube y baja, y es volátil. El tipo, treinta y cinco años, cuatro hijos, esposa del año también —aunque no ganadora del concurso de *La mujer ideal*, importante dato a tener en cuenta—, cristiano de vocación y practicante, es un genio de las matemáticas. Detrás de sus gafitas y bigote bien recortado, se esconde un hombre muy práctico y efectivo que también tiene don de gentes, aunque normalmente esa cualidad no vaya aparejada al talento fiscal.

Armando claramente le supera en experiencia, son casi siete años más en la empresa, y la experiencia es una virtud. Miranda, además, aún tiene niños pequeños y se le nota que duerme poco, aunque no sea él quien se levante a cuidar de las criaturas en medio de la noche. Pero tiene el sueño ligero y se despierta igualmente, aunque luego dé media vuelta y siga roncando. Armando lo nota en las ojeras que no puede disimular.

Pero una cosa está clara, a sus cuarenta y dos años Armando se encuentra en plena forma, es un lobo sexual, cada vez que Amelia viene de volar la cosa echa chispas, y juega al tenis al más puro estilo Manolo Santana. Ni siquiera tiene barriguita incipiente. Pero, a pesar del cuerpazo, sabe que, en elecciones laborales tan decisivas, debe tener a parte de la plantilla de su lado, y eso pasa por mantener una mejor relación con Fernando, que lleva todo el tema de distribución comercial. Necesitará su inestimable ayuda para que sus resultados sean óptimos cuando lo nombren director financiero.

Un jefe debe saber lidiar con gente de todo tipo, así que se ha calzado su ropa blanca y las zapatillas deportivas y han acudido al elegante Club Alameda de Tenis, en el noble barrio de la Alameda de Osuna. Ya se sabe que al tenis no juega cualquiera, esto ya marca un rango importante. Además, ha tenido el detalle de recoger a Fernando y llevarlo en su Seat, y han hablado de las nuevas prestaciones, el acabado de la carrocería interior, motor y cilindrada, descubriendo que Fernando, sorprendentemente, tiene buen gusto en coches.

A pesar de tener sólo un par de años menos que Armando, no muestra una gran ambición dentro de la empresa —dato importante—, salvo salir pronto, acercarse al bar antes de ir a casa —sin una copa no aguanto a mi mujer, le ha dicho, o dos, incluso— para ponerse la tele y ver los deportes. Un incremento salarial no le vendría mal, si Armando pasara a director financiero podría ocupar su puesto y ver engrosada su mensualidad. Esa no es mala idea, podría comprarse un 1500 él también, le seduce Armando. Una oferta difícilmente rechazable, el 600 que tiene Fernando empieza a quedarse pequeño con la parienta y los tres hijos varones que Dios les ha dado. Son unas limas, le comenta, siempre tienen apetito, a ver si se ponen a trabajar pronto y dejan de sangrarme.

—Haríamos buen equipo —dice Armando como si nada, como quien deja un comentario al viento que sabe que irá calando con el paso de los días.

—Yo es que de Miranda no me fío —confiesa Fernando—. Con esas gafitas de chico listo, alguna vez quise tomar una copa con él después del trabajo, ya sabes, para conocernos un poco mejor, saber de qué pie cojea, pero el tipo es de los que se van corriendo enseguida con la parienta, que si no la puede dejar sola, dice. Porque no ha conocido a mi Marisa, esa aguanta lo que no está escrito, puede con todo, ¿para qué voy a llegar yo pronto a casa? Si ella se maneja a las mil maravillas. A las mujeres es mejor seguirles la corriente, señoras de su casa, un buen polvo de vez en cuando para que te dejen tranquilo, ellas con su tele, los niños y su costura ya son felices. Bueno, menos la tuya, que ha salido más rarita. —Y con una risa socarrona se enciende un cigarro y ofrece otro a Armando, que le advierte de que tenga cuidado con la tapicería.

—Sí, sí, total, lo de Amelia ha sido un revuelo para todos, pero… lo hemos encajado bien, como familia, nos repartimos un poco las tareas, y así ella puede estudiar.

—¿En serio? Estarás de guasa, ¿no? A ver si me va a dar la risa imaginándote haciendo la cama o la colada. —Y dirige una mirada incrédula a Armando mientras aguanta el humo del cigarro.

—A ver, no —aclara Armando enseguida—, yo de la casa no me ocupo, salvo de pagar los recibos y las letras cuando vienen a cobrar, entiéndeme. —Oculta la verdad para evitar un enfrentamiento que pudiera debilitar su alianza.

—Qué susto, menudo calzonazos serías —sentencia.

«Calzonazos». En su mente se hace un silencio y, de pronto, se repite a sí mismo con todas las letras, y luego las sílabas a un ritmo mucho más lento que el pronunciado por Fernando.

*Cal-zooo-naaa-zooos.*

Y ese «calzonazos» se queda grabado a fuego en la mente de Armando, como esos recuerdos que a uno se le enganchan a las entrañas sin saber por qué. A veces por extrañeza, por novedad, por susto o alegría o simplemente por desagrado, pero que son indelebles de por vida, tonos, gestos, comentarios, chistes, fórmulas matemáticas, canciones, momentos que uno puede describir al detalle, mientras que otros se nos olvidan para siempre. Como quien recuerda un poema de principio a fin y no puede recordar lo que cenó el lunes pasado. Este es uno de esos recuerdos que permanecerán, por mucho que Armando intente olvidarlo.

El club Alameda es un sitio elegante, no huele a perfume barato de Galerías Preciados, huele a perfume caro de El Corte Inglés, a distinción y posición social, a familias y favores. Es de esos lugares a los que acude gente adinerada de la que Armando debería renegar, por lo que le hicieron a su padre, por lo que le hicieron a su madre. Pero eso no le permitiría sacar adelante a su familia, lo condenaría a otro tipo de vida que no quiere para los suyos. Así que hace como la mayoría, disimular, callar y esperar a que pase el tiempo para que el país vuelva algún día a la normalidad que tendría que haber sido. La que le ha inculcado su madre y cuyas enseñanzas también se le han grabado a fuego (como el «calzonazos» de Fernando que acaba de entrar en conflicto con sus valores).

Lo que pasa es que si llevase la ideología de su madre a sus últimas consecuencias no podría vivir en España, se habría tenido que ir, exiliado, repudiado. Él ha preferido jugar sus cartas de otra manera, ha seguido la corriente y se ha salvado, no lo han detectado porque rara vez habla de política y casi nadie sabe del pasado de sus padres. Ha tenido que levantar mil veces el brazo en alto cara al sol y, en la coyuntura, aprovechaba para olerse el sobaco y disimulaba moviendo los labios sin emitir sonido alguno mientras otros cantaban a pleno pulmón.

Así que mezclarse con esa gente y mirarlos a los ojos es un pequeño triunfo, una victoria, como un espía que se adentra en una sociedad secreta para derribarla desde dentro, con la salvedad de que Armando no quiere derribar nada, él no tiene esa voluntad, sólo se quiere aprovechar de las circunstancias y lograr lo mejor para los suyos, que son su verdadero interés, y esperar a que las cosas cambien, aunque lleve casi treinta años esperando.

Se ve a sí mismo como un estratega que espera pacientemente su turno para vencer en silencio. Saluda a los Fernández Cuesta, que suelen jugar los domingos, a los Aguilar y los Prieto, que son muchos y siempre se juntan, con muy bellas hijas, rubias, altas, delgadas, bien educadas, bien vestidas, casaderas, religiosas y practicantes.

—A esas sí que las ponía yo mirando cara el sol —apunta Fernando, a quien debe reírle la gracia.

Y mientras se cruzan con dos jovencitas en minifalda, acceden a una de las pistas que quedan cerca del restaurante, todo como parte de su plan secreto que ni Fernando conoce.

No llevan ni media hora peloteando, y haciendo sudar a Fernando, cuando por fin los ve. Armando siente el triunfo en su interior. Don Alonso se ha acercado con su familia a tomar el aperitivo de los domingos. Bien sabe Armando que es un amante del tenis y va a lograr hacerse el encontradizo. Se han sentado en una de las mesas cerca de las pistas y donde pega bien el sol para compensar el frío del invierno. Don Alonso no perdona su Martini con puro los domingos viendo buen tenis, en la pista o en la tele. Lo acompañan su hija mayor y su yerno, que también miran hacia las pistas con interés. Ha logrado, además, que sea don Alonso quien crea que lo ha visto a él y no al revés, así que Armando se hace el sorprendido cuando se acerca a saludarlos.

—¡Suárez! ¿Es usted? ¡Armando! —Armando para el juego en seco, aunque eso le dé el punto a Fernando, con tal de acudir a la llamada de su jefe.

—Don Alonso, qué coincidencia, usted por aquí.

—No sabía que jugaba usted aquí al tenis. —Parece que a don Alonso le ha hecho ilusión.

—Alguna vez, cuando el trabajo me lo permite. —A peloteo nadie le gana.

—Anda, pero si está aquí también Montero, no sabía que jugaban en pareja. —Fernando se acerca sudando a saludar.

—Ya ve, don Alonso —Fernando habla con la respiración entrecortada—, me ha convencido para que venga y le dé una paliza.

Los tres hombres ríen, sobre todo Armando, que busca caerles bien a todos.

—Todavía vamos por el primer set y está muy igualada la cosa. —Armando quiere sonar amigable.

—Pues cuando acaben no duden en acercarse a tomar algo con mi familia, les invito a una cervecita. Así les presento a mi yerno, que se acaba de licenciar en Económicas y quizá dentro de poco se una a nuestro equipo, ya me entienden. —Armando sonríe de oreja a oreja, claro que lo entiende—. Seguro que hacen buenas migas. Pero sigan, sigan jugando, los veremos desde la terraza con gran interés.

Y a partir de ese momento, el *drive* de Armando coge fuerza, incluso sus reveses, bolas liftadas y subidas a la red empiezan a parecerse a las de un auténtico profesional. Como si con cada bola ganadora estuviera cada vez más cerca de su meta: conquistar a don Alonso y hacerse con la victoria laboral que ansía. Derrotar a Fernando, pero ganándose su amistad, es la victoria que necesita este domingo y lo logra en el momento que Fernando, ya agotado, estampa la última bola de partido contra la red y admite su derrota. Al menos no se ha comportado como el capullo que es, ha dejado de comentar acerca de cada mujer que cruza por las pistas después del primer set y se ha concentrado en el juego. A pesar de no ser tan bueno como Armando, se ha revelado como un digno rival.

—Otro día la revancha, hoy estaba cansado, que mi mujer ayer… estaba insaciable. —Y se excusa riendo a mandíbula abierta—. El próximo domingo te gano sin falta.

—Hecho, pero procura alejarte de tu mujer, o no te admitiré más excusas baratas.

Armando se seca el sudor con la toalla mientras recoge sus cosas y se acercan a la terraza donde los Alonso charlan abiertamente sobre el futuro de la pareja.

—Si a mí me parece bien que trabajes, hija, ¿yo qué te voy a decir? Mira, justo. —Don Alonso desvía la mirada ante la llegada de la pareja de tenistas—. Este es Armando Suárez, mi jefe de contabilidad, y Fernando Montero, su mano derecha.

Los tenistas se miran el uno al otro sin saber que esta relación había sido validada por el jefe, lo cual enorgullece enormemente a Fernando y agrada de pronto a Armando. Todos se estrechan la mano, encantados de conocerse.

—Mi hija Elvira, su marido, Luis Miguel, y creo que a mi esposa, Elena, ya la conocen. —Todos inclinan cabezas educadamente—. Nos pillan en medio de un buen debate. A ver qué opina Armando al respecto.

Armando se sienta y se prepara para recibir otro saque que debe devolver con maestría.

—Mi hija, que recientemente ha terminado Enfermería, quiere ejercer unos años antes de ser madre, y yo le digo que me parece muy bien, pero aquí su madre opina que los hijos se han de tener cuanto antes.

La pelota ha entrado correctamente en el campo de Armando.

—Los hijos son una bendición, lleguen cuando lleguen. —Armando tira por la calle de en medio buscando una respuesta complaciente.

Elvira está muy excitada con este tema.

—Estáis enganchadas a algunas moderneces de ahora y no te das cuenta de cuánto trabajo dan los hijos, Elvira. —La mujer de don Alonso interviene con su propia experiencia.

—Pero es que a mí me gusta mucho lo que hago, mamá, los niños vendrán... pues dentro de unos años. Tú sólo estás pensando en ti, y es que tú tenías ayuda en casa.

—Para cuando te decidas yo tendré edad de ser bisabuela.

—¡Qué exagerada! —Don Alonso mira para otro lado, y ahora son Armando y Fernando los que presencian la discusión en silencio como si fuera un partido de tenis.

Elvira, de pronto, repara en Armando y piensa por un instante.

—¿No es usted el marido de la ganadora de *La mujer ideal*? ¿No es él, papá? Que lo comentaste en casa. —Elvira ha encontrado en Armando su excusa perfecta—. ¿Veis? Pobre mujer, tener que ponerse a trabajar ahora con treinta y pico años.

—Bueno, bueno, Amelia... no está trabajando, eso no es trabajar exactamente. —Armando echa el cuerpo para atrás y levanta las manos en señal de defensa.

—¿Pero finalmente está haciendo lo que dijo en televisión? —Elena, la mujer de don Alonso, se gira hacia Armando inquieta.

—Bueno, finalmente, sí, por eso... —Armando intenta restar peso al asunto.

—Salió en una noticia del diario *Pueblo*, mamá. —Elvira parece que no pierde detalle de lo que le interesa, y Armando sigue casi tartamudeando.

—Sí, justo, *Pueblo*, la noticia de que sí, está cursando, esto... haciendo... sus estudios, lo del avión, es un curso, pero vamos, pocas horas al final, un hobby como lo llaman ahora.

—¿Y la casa? —la mujer insiste.

—La casa, bien, ahí está. Sin problemas, puede atenderlo todo. Se llega, finalmente se llega a todo. Las mujeres son unas heroínas, las cosas como son. Así que su yerno, don Alonso, ¿es economista? —Armando desvía la conversación estratégicamente lejos de la red en la que se ha visto atrapado—. De la Complutense, imagino. —Y mira con una sonrisa abierta al chaval, que no se ha atrevido a abrir el pico todavía.

—Así es —contesta el joven a un volumen casi inapreciable.

—Cualquier día podría venirse por la oficina y le enseñamos cómo trabajamos.

—Eso le he dicho —sigue don Alonso—, que tenemos trabajo para rato.

—¡Y que lo diga! —interviene Fernando sin mucho atino y, en cuanto todos lo miran sorprendidos, aclara—: Pero tenemos un gran ambiente de trabajo y eso no es fácil de encontrar. Fíjese que hasta nos hemos hecho aquí pareja de tenis.

—Papá, a mí no me parece buena idea, Luismi tiene un gran expediente, podría trabajar en cualquier empresa, seguro que le agobiaría trabajar en la tuya.

—Hija…

Don Alonso aprovecha para dar una calada a su puro y aguanta el humo creando una gran expectación. Nadie habla.

—Todavía tienes mucho que aprender de cómo funciona la vida.

—Pero… tienes un montón de amigos con empresas, podrías hablarles de él. No quiero que piensen que es un enchufado.

—Elvira, disculpa, pero tu padre tiene razón —Armando intercede a favor de don Alonso y todos se giran a escucharlo—. No es fácil acceder a un buen puesto de trabajo hoy día, cada vez hay más estudiantes y competencia. Empezar junto a la familia no es ninguna deshonra, ya tendrá tiempo de buscar otras opciones el día de mañana. Acabáis de casaros, es pronto, querréis compraros un piso. Son cosas a valorar. Luis Miguel es muy afortunado de tener un suegro como tu padre. Hay que aprovechar estas oportunidades.

Todos callan ante las palabras de Armando. Elvira se muerde el labio inferior, mira a Luismi, que hunde más los hombros si cabe, y don Alonso sonríe de medio lado. Su mujer, que no ha intervenido en ningún momento, sorbe a través de su pajita el poco batido de fresa que le queda. Don Alonso, de pronto, cae en la cuenta.

—Disculpa, Armando, me olvidé, ¿qué tomáis, una cervecita?

—Un Martini, mejor. —Que hoy es domingo y se lo ha ganado.

# 23

# Cambio de vestuario

Los compañeros de Amelia ya se han acostumbrado a hacer fila después de clase para cambiarse de ropa; como no hay vestuario femenino, le han concedido ser la primera por educación, y ella, en compensación por la espera, trae dulces, rosquillas, galletas... y las tiranteces son ahora cosa del pasado. Uno habría imaginado que los comentarios contra ella serían algo constante, pero al final fue cosa de dos días. De hecho, se ha convertido en una especie de hermana mayor para todos ellos y no hay día que no le consulten un lugar para una cita especial, alguna recomendación musical o una receta, ideas de regalos para sus madres o alguna lectura para hacerse los intelectuales con alguna muchacha. Incluso De la Vega, que fue uno de los primeros en burlarse de ella (hay que decir que Aguirre le puso en su sitio desde el primer día), es el primero en contarle sus avances con María José, una joven enfermera de Baena que le ha robado el corazón y que tiene a Amelia superintrigada porque la chica se hace de rogar y cada día le trae pensada una nueva estrategia para ver si consigue que le acepte una cita.

En definitiva, Amelia se ha convertido en una más, salvo por la ropa que viste. Por eso está decidida a cambiar un poco su atuendo, no puede ir con vestido cada día, es incómodo; con pantalones le resultaría más fácil moverse por el aeródromo y subir al avión. Los zapatos planos también serían mucho más llevaderos para atravesar el descampado desde el autobús y manejarse por el aeródromo.

Se apura todo lo que puede, pero no consigue, por más que lo intenta, cerrarse ella sola la cremallera del vestido. Se ha quedado atascada justo en el punto ciego donde las manos no llegan por la espalda. Y necesita ayuda. ¿A quién llamar? Si pregunta por Enrique todos empezarán a hacer comentarios al respecto (son como niños y enseguida notaron la química especial entre ellos). Si pide un voluntario, va a parecer que es una fresca, por muy buenas relaciones que haya. Así que sigue haciendo aspavientos y retorciendo los brazos hasta que por fin se rinde, se pone el abrigo encima y con el vestido sin terminar de abrochar sale al pasillo confiando en su suerte y en que Enrique será capaz de ayudarla a escondidas.

Cuando abre la puerta, sus compañeros ya le están gastando bromitas sobre su tardanza. Se escabulle corriendo entre todos ellos excusándose y disculpándose con el argumento de que, si tuviera vestuario propio, esto no pasaría, y coge a Enrique del brazo y se lo lleva a la vuelta de la esquina.

—¿Qué pasa? —Enrique no sabe ocultar la emoción de estar a solas.

—Enrique, tienes que ayudarme, necesito que me subas la cremallera del vestido, creo que se ha atascado —informa apurada.

—Ahora mismo. Aunque yo no sé si soy bueno con estas cosas.

Enrique se enfrenta con todas sus ganas al desafío tratando de no meter la pata. Coloca una de sus manos en la cintura de Amelia para asegurar el vestido, tira arriba y abajo y, en su afán, se pasa de fuerza y la cremallera estalla.

—No me lo puedo creer —comenta agobiado.

La cremallera sube y baja, pero rota. Puede ver el sujetador de Amelia y su espalda desnuda, una visión que le complace y lo paraliza a partes iguales. Quisiera acariciarla, aunque fuera un poco.

—¿Qué pasa, Enrique, ya funciona? —Enrique sale de su ensoñación y controla su mano justo a tiempo de tocarla.

—He roto la cremallera, lo siento, soy un torpe, perdón.

Amelia se gira en ese instante aterrada.

—¿Pero qué dices? ¿Y ahora qué hago? No puedo volver en el autobús con el vestido roto.

—Aquí no tenemos taller de costura —comenta haciéndose el ingenioso.

Enrique la mira fijamente, no se le ha ocurrido un chiste mejor. Se fija en sus ojos bonitos, ahora mismo angustiados; quisiera que la tierra lo tragase por haberse equivocado, pero encuentra rápido una oportunidad para arreglar su torpeza.

—Puedo llevarte a casa. Si tú quieres.

—¿Que si yo quiero? Claro que quiero, ¡qué remedio!

Enrique y Amelia salen hoy muy pegaditos del aeródromo. Ella se ha colocado el abrigo encima, pero el vestido queda muy suelto, así que Enrique tiene que agarrárselo por fuera del abrigo sin que parezca que aquello es una falta de respeto a su marido, sino simplemente cortesía. Procuran andar a paso ligero hasta el coche de Enrique. Menos mal que allí casi todo el mundo va con prisas y nadie se fija mucho en los demás. Menos Julián, el de la garita, que, como buena portera que es, se entera de todo. Mañana, todo el que lo quiera saber estará al tanto de que Amelia ha salido del aeródromo con Enrique Salas (debería estar en inteligencia y no en vigilancia, pero lo pensó tarde).

—Qué desastre, lo siento, Enrique, no quería ponerte en este aprieto, discúlpame. Soy idiota, no sé por qué sigo viniendo en vestido.

—Ya... podrías haberte puesto el mono otra vez. —Enrique desvía los ojos momentáneamente para mirar a Amelia, ahora sentada a su lado.

—¿Tú sabes cómo me habrían mirado en el autobús?

—Ya... me imagino.

Enrique vuelve la vista al frente pensando que ha sido un disparate lo que acaba de decir.

—Pero sí, tengo que cambiar mi atuendo. Debería ir de compras con mi hermana, ella sabrá orientarme.

—¿Tienes una hermana?

—Sí, Marga, es mucho más moderna que yo, viste minifaldas y pantalones. Te caería bien. ¿Y tú, tienes hermanos?

—Somos tres varones, por eso debe ser que no soy muy bueno con las cremalleras.

—Romperla no se te ha dado mal. —Ambos ríen la ocurrencia de Amelia—. ¿Y son pilotos también?

—No, son médicos, como mi padre. Yo soy el raro.

—Familia bien, ¿eh?

—Sí, familia bien. —Enrique se ríe de su suerte.

—¿Eres el pequeño?

—Sí. Quise apuntarme a la escuela de vuelo cuando cumplí los dieciocho, pero mi padre se empeñó en que fuera a la universidad. Empecé estudiando Derecho, porque le dije a mi padre que la sangre no era para mí, pero lo dejé después de tres años, tampoco era lo mío, y al fin conseguí que aceptara que mi sueño era volar.

—¿Cómo sabías que lo tuyo era volar? —Amelia se gira sensiblemente sobre el asiento hacia Enrique interesándose por su respuesta.

—¿Cómo sabes que estás enamorado de algo, o de alguien? —Enrique mueve fugazmente la cabeza para mirar a Amelia y volver inmediatamente a la carretera—. Lo sabes y punto. Se siente por dentro. Una vez volé con mi padre a Barcelona, yo tenía apenas siete, ocho años, era la primera vez que iba a un aeropuerto y todo lo que encontré allí me fascinó, me agarró por dentro. Los pilotos, su fortaleza, el ruido de los motores, el olor de la gasolina... tú me entiendes, ¿no?

Amelia le entiende, claro. Devuelve la vista al frente, el coche ya está entrando en la ciudad, por Alto de Extremadura, puede ver la ciudad imponente, el Palacio Real, la Almudena. Piensa en la suerte que tienen algunos de poder elegir su camino y reflexiona en voz alta.

—Yo nunca había volado antes. Mi padre siempre me llevaba al aeródromo a ver los aviones, pero nunca había podido volar. Ahí empezó todo.

—Eso es lo que me fascina de ti, que hayas aguantado todos estos años tus ganas hasta ahora. ¿Cómo has podido?

—No lo pensaba, no era algo que creía que pudiera hacer. Me imaginaba que algún día tendría el dinero para volar en avión, pero esto.... Sin el concurso... mi vida habría seguido siendo igual. Supongo que habría seguido siendo feliz.

—¿Y qué tal lo lleva tu familia?

Amelia lo piensa por un momento, respira y mira la ciudad desde la ventanilla. No le ha dado casi tiempo a analizar el trajín de vida que llevan últimamente. Con Armando consigue organizarse bien, tienen en una pizarra el reparto de tareas semanales, y cuenta con el apoyo de Antonio y las quejas y silencios de Carmen. En general la cosa funciona, aunque cae en la cuenta —en este mismo instante— de que está extremadamente cansada.

—Bien, todos bien, bueno… —Tampoco quiere entrar en detalles—. Menos mi hija mayor. No consigue encajarlo en su esquema de vida.

—¿Qué años tiene?

—Dieciséis.

—Es una edad difícil. Todos hemos pasado por ahí.

—Yo a su edad ya conocía a su padre, tres años después estábamos casados y al año la tuvimos a ella. Era otra época. No sabe si quiere ir a la universidad o no. Entiendo que su mundo ahora no es el que era para mí, tú eres más jovencito, pero después de la guerra había que hacer lo que había que hacer… —En su mente desfilan un montón de recuerdos que ahora no tiene tiempo de enumerar—. Ahora hay más opciones, sobre todo para las chicas. Sé que le gustaba un chico y eso no ha salido bien… Supongo que por eso está enfadada conmigo todo el día. —Amelia trata de disimular lo que le afecta esta ruptura con Carmen—. Y tú, ¿no tienes novia? A lo mejor te gustaría mi hija, si os hacéis amigos tal vez consigamos que se ponga de mi lado.

—No, no tengo. —Enrique ríe, pero se le forma un nudo en la garganta. ¿Su hija?—. Apenas me da tiempo a salir demasiado, y las chicas que conozco últimamente o no quieren pareja o quieren casarse enseguida, no hay término medio. Además, tu hija es muy joven para mí. Que yo tengo ya veintidós, son seis años de diferencia.

—Eso no es nada.

—Bueno, al final se acaba notando en la conversación, en la madurez.

—¡Qué madurez vas a tener tú, si eres un chiquillo! —A Enrique le duele un poco el comentario, quisiera ser mucho mayor en este momento.

—Las chicas más jóvenes o de mi edad no me interesan demasiado. —Y Enrique aprovecha un semáforo en rojo para mirar fijamente a Amelia y aguantar la mirada.

Un claxon le avisa que el semáforo ya se ha puesto en verde y que debe avanzar. Han sido sólo unos segundos, pero durante esos segundos Enrique ha contenido la respiración mientras la miraba directamente a los ojos. Amelia también, pero ella sí que ha vuelto el rostro al frente porque ha notado repentinamente algo incierto en el estómago. Los dos guardan silencio unos instantes, y Amelia busca en su mente algo nuevo que preguntar que la distraiga de esta inquietud.

—Y tu madre, ¿qué edad tiene, a qué se dedica?

Enrique tarda unos segundos en recomponerse.

—Mi madre, eh…, mi madre se llama Rosa, era enfermera, conoció a mi padre en la guerra, atendiendo heridos. Luego, pues dejó el hospital para cuidar de nosotros, criarnos y esas cosas. Ahora hace labores de voluntariado, en hospitales, con la parroquia, siempre ha sido una mujer muy entregada.

—Se nota que os ha educado bien.

—Menos de cremalleras, nos ha enseñado muchas cosas. —Enrique sonríe, pero aún sigue algo aturdido; tiene miedo de que Amelia note que siente algo por ella.

Durante casi un minuto nadie tiene nada más que añadir hasta que llegan a casa de Amelia siguiendo sus indicaciones.

—Qué edificio tan bonito. —Enrique echa la vista al barrio—. Tú tampoco vives mal.

—Mi marido trabaja mucho, tiene dos empleos. ¿Dónde vives tú?

—Por el barrio de Salamanca… Estamos un poquito lejos el uno del otro. Pero, si quieres…, no me importaría traerte de vuelta o recogerte, así no tendrías que ir en autobús.

Enrique la mira intrigado, se le ha venido de pronto a la cabeza esta posibilidad. Amelia le sonríe y, delicadamente, se muerde un poco el labio inferior.

—No estaría bien. Soy una mujer casada.

—Ya. —Enrique coge aire—. Me lo imaginaba, pero si algún día tienes una emergencia, se te rompe una media, un zapato o te vuelve a estallar una cremallera, puedes contar conmigo.

Amelia le ríe la ocurrencia, es muy tierno.

—Gracias, Enrique, me ha gustado charlar contigo.

—¿Puedo pagarte el vestido? —Enrique no quiere que se vaya—. Ha sido culpa mía.

—¡Ni se te ocurra! No pasa nada, eso tiene arreglo, se cambia la cremallera y punto.

—Ah, es verdad. ¿Ves? No tengo ni idea…

Enrique y Amelia se sostienen la mirada. Él quisiera alargar su mano hasta tocar uno de sus dedos que aún se apoyan sobre el asiento cuando ella, instintivamente, abre deprisa la puerta del coche. Enrique busca algo más que decir para disimular.

—No te olvides de ir de compras, no quiero ser responsable de romperte más vestidos.

—¡Descuida, que lo haré! Hasta mañana.

Amelia se despide cerrando la puerta del seiscientos y tratando de recomponerse para que ninguno de los viandantes repare en su vestido roto. Enrique espera desde el coche hasta asegurarse de que entra en casa sana y salva.

Amelia entra en el portal y no se cruza con nadie. Necesita un segundo para apoyarse sobre la puerta y respirar hondo. ¿Qué ha sido eso? Tiene el pulso acelerado y la respiración entrecortada. Será el miedo a que la encuentren medio desnuda en el portal, será eso.

No es por la sonrisa de Enrique. No, no lo es.


Pero cuando Marga, emocionada y fuera de sí por la misión que le ha encomendado de renovarle el armario, le empieza a pasar pantalones a través de la cortina del probador, Amelia se mira en el espejo preguntándose qué pensará Enrique al respecto. No se está preguntando si le gustará a Armando —que también se sorprenderá—, sino qué cara pondrá Enrique cuando la vea aparecer mañana en clase sin su atuendo clásico, si le gustará y la verá guapa.

Le viene a la mente su sonrisa, sus ojos clavados en ella, la sensación de sus manos en la cintura… ¿pero en qué demonios está pensando? Que tiene veintidós años, que casi podría ser su hijo, un sobrino o un familiar. ¿Qué le importa a ella lo que piense Enrique? ¡Basta! Está tonta. Que es un compañero de clase y punto, que tuvo un gesto amable acercándola a casa. Y ya está. Qué vergüenza si alguien se enterase de que está pensando en esto. Es pecado, ¿no?

—¿Qué tal está mamá? —Amelia y su hermana caminan por la calle después de las compras—. Ni se te ocurra decirle que ahora voy a vestir con pantalones, que le da un infarto.

Marga se carcajea en medio de la calle Fuencarral y varias personas se giran a mirarla.

—Mamá, mamá… Mamá está rara, Amelia, ya te lo digo yo, pero rara en plan bien. Como más tranquila.

—¿En serio? —Amelia es la primera sorprendida—. No he querido ir a verla en estas semanas, que bastante tengo con Carmen.

—Pues no se metió conmigo en toda la tarde, fui a comer y estaba de lo más contenta porque papá le ha comprado una tele.

—¿Una tele? ¿En serio? Pues no me ha dicho nada.

—Todo muy extraño, estaban muy callados, muy tranquilos. Imagino que habrían discutido por la mañana y quizá ya no les quedaba nada más que decir. Me preguntó incluso por el trabajo en la editorial, como interesada, ¿sabes? No por compromiso. Pensé que tenía fiebre o algo, así que le di un beso en la frente, sin venir a cuento, disimulando, pero no, estaba fresquita. Me miró con cara rara, por supuesto, preguntando: «¿A qué viene este beso?». Y le dije: «Nada, mamá, que te quiero». Se quedó muda, pero luego me sonrió y todo y me dijo ¡que ella también! Algo pasa, fue todo como… muy normal.

—Qué bien. Mira, al menos dejará de pelearse con papá por la tele.

—Estaba guapa, llevaba el pelo bien arreglado, se había comprado un vestido.

—¿Y seguro que no tenía fiebre?

—Sí, sí, lo comprobé dos veces.

—Quizá hayan aprendido a llevarse bien después de todo. ¿Y no te preguntó por mí?

—Sí, le dije que estabas contenta con el curso, que se te estaba dando muy bien, que os habíais organizado en casa, y se limitó a asentir con la cabeza y decir que se alegraba por ti.

—Si yo se lo he contado por teléfono, a ella y a papá —Amelia le aclara—, pero nunca sé si pregunta por compromiso o para guardármela para el día menos pensado y echármelo en cara. Y decir eso de «¿Ves? ¿Ves? Ya te avisé» con su dedo índice levantado.

—Supongo que ya estamos acostumbradas. —Marga y Amelia se miran cómplices con sus dedos levantados imitando a su madre—. ¡Por cierto! Que casi me olvido. —Marga se lleva la mano a la cabeza—. Me ha dicho mi jefa que te pregunte si te gustaría escribir un libro con tus memorias.

—¿Mis memorias? ¿Pero qué dices? ¡Ni que tuviera setenta años!

—Se refiere a todo esto que estás viviendo, lo del concurso, tus clases… Cree que, si cuentas lo que estás viviendo en un libro, sería un superventas.

—¿Un superventas? Pero, Marga, que sois una editorial casi clandestina.

—Sí, pero cada vez las mujeres leen más, compran más libros, quieren historias parecidas a las tuyas, de aventureras. En serio, piénsatelo, toma notas para que no se te olviden las cosas, yo si quieres te regalo un cuadernito bonito y ahí vas apuntando lo que te pasa, como un diario. Cómo fue tu primer vuelo, cuando ganaste el concurso, ¡eso es historia de la televisión! ¿No te das cuenta? Es que a lo mejor tu vida también es historia, pero con hache mayúscula.

—Marga, a ver si la que va a tener fiebre eres tú, ven, déjame la frente.

Amelia trata infructuosamente de agarrar la cabeza de su hermana.

—¡Que no tengo fiebre, Amelia! Que lo que has hecho es muy valiente. Mira, sin ir más lejos, dos de las becarias me han dicho, directamente a la cara, «si tu hermana puede pilotar aviones, yo puedo conducir». ¡Que ni se lo habían planteado!

—Al final vais a conseguir que me arrepienta de todo.

—Que no, no te puedes arrepentir, tienes que estar muy orgullosa de ti.

—Pero que lo que yo estoy haciendo no tiene nada de especial, estoy aprendiendo a volar, ¿y? Eso no va a cambiar el mundo.

—Pero a lo mejor hace el mundo un poquito mejor, tú vete apuntando ideas, eso hace la gente que escribe.

—Pero, Marga, yo no tengo ni idea de escribir.

Amelia frena en seco y tira del brazo de su hermana para mirarla fijamente.

—La escritora siempre fuiste tú.

—¿Qué insinúas? A mí no me mires. —Marga siente cómo un calor le ha subido por todo el cuerpo y ha enrojecido su cara en cuestión de segundos.

—Marga, por favor.

—Que yo no escribo.

Amelia arquea una ceja, lo que dice Marga no tiene sentido.

—Bueno, sí, escribo todo el día: resúmenes, informes, sinopsis, cartas. Pero mis cosas no, yo no, eso no es para mí. Yo eso no lo hago. Ya no.

Amelia guarda silencio y mira fijamente a su hermana.

—Pues quizá ha llegado el momento de que vuelvas a hacerlo.

# 24

# La Olivetti

Camilo Olivetti nació en la ciudad italiana de Ivrea en 1868, situada al norte del país, en la falda de los Alpes italianos. Tras graduarse en Turín como ingeniero, completó su formación en Londres y, con apenas veinticinco años y su título bajo el brazo, viajó a Estados Unidos al Congreso Eléctrico que se celebró en Chicago en 1893, donde conoció a Thomas Alva Edison, el famoso inventor.

Camilo decidió quedarse en Estados Unidos para ampliar su formación en física e ingeniería y descubrió un invento moderno que causaba furor y que se convertiría inmediatamente en su mayor pasión: las máquinas de escribir.

Volvió a Italia con una misión clara, crear su propia marca, lo que le llevó varios años de diseño, viajes y un par de empresas hasta que consiguió presentar al mundo su primer modelo inspirado en la marca estadounidense Underwood. En 1911, en la Exposición Universal de Industria y Trabajo de Turín, Camilo Olivetti exhibió los dos primeros ejemplares de la M1, la primera máquina de escribir italiana. Constaba de cuatro filas de letras, un carro con capacidad para un rollo de papel, una cinta de dos colores y un mecanismo de retorno automático. Eso sí, pesaba veinte kilos y tenía más de tres mil piezas.

En unos años, la fábrica se expandió por varias ciudades llegando a producir unas seis mil unidades tras la Primera Guerra Mundial. En 1920 sacarían al mercado su segundo modelo, la M20. Su expansión internacional se estaba consolidando cuando la responsabilidad de la empresa recayó en su hijo, Adriano Olivetti, encargado de modernizar todos los procesos de fabricación y distribución. En 1932 lanzaron su definitiva MP1, un modelo portátil que revolucionaría el mercado por su funcionalidad.

Tanto padre como hijo siempre estuvieron comprometidos con la lucha social y con sus trabajadores, y buscaron constantemente mejorar sus condiciones laborales con semanas de vacaciones, guardería para los hijos, comedores para empleados, transporte en autobús, servicios médicos para prevenir accidentes laborales, la creación de una Biblioteca de Fábrica y en Ivrea, la ciudad de origen, hasta construyeron un barrio residencial para los empleados. Algo impensable para la época.

Durante la Segunda Guerra Mundial la fábrica de Ivrea pasó a ser, además, la sede del Comité de Liberación Nacional para luchar contra el fascismo y el nazismo.

Su relación con España se estableció el 22 de enero de 1929 con el nacimiento en Barcelona de la Sociedad Anónima Hispano Olivetti y, con ella, su sucursal en la Vía Layetana número 37. Siguiendo el modelo italiano, con los años tendrían su propia guardería, economato, piscina, frontón, campo de fútbol o una sección de boxeo y gimnasio al aire libre. Pero lo más importante de su desembarco en España fue la incorporación de una nueva tecla: la «ñ».

En 1947, la población española aún moría de hambre. Los que sobrevivían lo hacían gracias a estar en el bando correcto o porque tenían cartillas de racionamiento; algunos llegaron a comer perros y gatos —pensando que les daban liebre—, y los que tenían algo de dinero paliaban el agujero en el estómago con lo que podían pagar en el mercado negro. Otros mantuvieron a raya su propia hambre para poder alimentar a los suyos y no ver morir a sus hijos. El ingenio como arma de supervivencia, la búsqueda por las calles, profesión.

Así, un día que Luis volvía de la tintorería en la que trabajaba doce horas de lunes a sábado, quiso la buena suerte que encontrase, entre un montón de enseres tirados en una esquina de la calle Doctor Castelo, una máquina de escribir Hispano Olivetti de 1937 oculta bajo un sillón. No tuvo ni tiempo de pensar quién había dejado atrás tan preciado tesoro. En un gesto rápido de saberse afortunado, agarró los quince kilos del modelo M40 forjado en hierro, la guardó bajo el abrigo y, corriendo hacia casa como pudo con ese peso, calculó el número de billetes que posibilitaría dar de comer a sus hijas durante al menos un mes si compraban los huesos adecuados, el aceite envasado, las latas de sardinas precisas, la cantidad justa de legumbres, y conservaban unas cuantas hogazas de pan fuera de la luz.

Pero Luis cometió un error: no ocultó la máquina de escribir.

Amante de los libros, Luis quiso darles a sus hijas el gusto de ver esa obra de ingeniería y les explicó cómo de un aparato así salían las historias más bonitas. Si antes los escritores debían hacerlo a mano, ahora las teclas les permitían transcribir su imaginación con rapidez, precisión y legibilidad. Agarró un trozo de papel y les describió el funcionamiento del rodillo, que permitía la colocación de la hoja frente a la cinta negra que contenía la tinta. Después, la pulsión sobre las teclas y el movimiento de los tipos sobre la cinta permitía la impresión de las letras sobre el papel. Y una tras otra, las letras configuraban las palabras y las palabras componían frases, y así nacían las historias.

Marga pidió permiso para escribir y volcó en el papel lo primero que se le vino a la mente.

Hola:

Soy Margarita Torres y tengo hambre.

Quedó fascinada por esa magia. Sentía una pulsión interior que la invitaba a acariciar las teclas cada vez que estaba en su presencia, como si fuera un instrumento de música. No deseaba hacer otra cosa, y la venta tuvo que esperar.

Marga se adueñó del aparato y con sus dedos índices, largos y precisos, aprendió en pocos días a teclear lo más rápido que pudo, retándose a sí misma a escribir con precisión y rapidez minimizando los errores que no podía corregir —esa tinta no se podía borrar—, como no podía borrar el sonido de sus tripas.

Aprendió a desplegar los demás dedos para escribir aún más rápido, como una pianista profesional. Se instruyó a sí misma en mecanografía con un libro que encontró en la biblioteca y, como si de una partitura se tratase, aprendió a pulsar las teclas con ritmo frenético y ordenado para que los tipos no acabasen unos encima de otros atascando su escritura. Si se le enganchaban las letras —lo cual era bastante habitual—, aporreaba la máquina como si fueran unos acordes dramáticos de piano y todas las letras quedaban amontonadas en el medio. Luego debía desplegarlas una a una como quien juega a una montaña de manos y volvía a empezar; como si de una sinfonía se tratase, volvía a ensayar.

Durante meses sus padres no pudieron arrebatarle la Olivetti porque Marga sólo quería escribir a todas horas, el sonido metálico de sus teclas era el único consuelo para una niña de catorce años, rebelde, que sólo recibía reprimendas en el colegio por negarse a rezar a la Virgen y como amortiguador de las broncas entre sus padres. Cuanto más alto gritaban, más fuerte tecleaba Marga tratando de no escucharlos.

—¡Se pasa el día escribiendo, y yo necesito alguien que me ayude con la costura! ¡De algo tendremos que comer!

—Déjala que se distraiga, bastante ha sufrido la pobre, Victorina.

—¡Es que no obedece en nada! —gritaba desesperada su madre.

Marga llegó a manejar de tal manera su mecanografía que esperaba a finalizar cada línea de sus textos en el momento justo que escuchaba a sus progenitores acabar una de sus intervenciones, y así la campanita de aviso de fin de línea sonaba igual que si estuvieran peleando en un ring de boxeo.

—¡Son esos libros tuyos, que le tienen comida la cabeza!

¡Ding!

—No es un problema de los libros, es que todo te parece mal.

¡Ding!

—¡Los libros no dan de comer, Luis!

¡Ding!

KO por nocaut.

Marga se entretenía dibujando otra realidad en sus cuentos, donde Amelia y ella iban de viaje de aventuras, conquistaban a unos ricos extranjeros y huían con ellos del país, luchaban como el Guerrero del Antifaz y nadie las descubría porque iban tapadas, o aquel otro tan divertido (inspirado en una vecina muy entrometida) en el que a una señora la arrastraba el viento por llevar el tupé levantado que se puso tan de moda con el nombre de Arriba España.

—Tu versión mejorada del cuento de María Sarmiento —se reía Amelia a carcajadas—, que se fue a mear y se la llevó el viento.

Pero una tarde que Marga volvió del colegio las carcajadas de Amelia quedaron suspendidas para siempre en el vacío. La máquina de escribir ya no estaba. Había desaparecido. Marga la buscó entre los escasos cuarenta metros cuadrados en los que vivían; no había muchos escondites precisamente donde mirar.

En la mesa de la cocina descubrió una bandeja con algunos dulces, leche, café, una tableta de chocolate Dulcinea y una bonita vajilla de porcelana. Marga miró a su madre con resentimiento, le habría gustado gritarle a la cara, pero sólo pudo apretar los dientes y callar, su padre también estaba ahí. Una sola lágrima le cayó por el rostro.

—Tu hermana nos va a presentar a la madre de Armando —le dijo su madre—. Ya sabes lo que eso significa. Ponte el vestido.

Victorina la miró aguantando la respiración, temiendo una reacción violenta por su parte, pero sólo obtuvo su silencio.

Aquella noche, tras la merienda, cenaron caldo con garbanzos con sabor a jamón. Nadie mencionó la máquina de escribir, ni aquella tarde de presentaciones, ni aquella noche ni nunca más. Ni siquiera Amelia se atrevió en un pacto de silencio. Como si la Hispano Olivetti nunca hubiera existido, como si todo hubiera sido fruto de la imaginación provocada por el hambre.

Con apenas quince años, Marga tomó una firme decisión: jamás volvería a escribir.

La lectura se convirtió para las hermanas Torres en su único consuelo, lo único que apagaba la furia del hambre y lo que llenaba las horas del día si no estaban ayudando a su madre. Ya habían devorado todos los libros de casa cuando tomaron la determinación de enfrentarse al más difícil de ellos, uno que Luis había comprado en un mercadillo de libros en el aeródromo de Getafe: *The Fun of It*. Escrito por la famosa aviadora Amelia Earhart y sin traducción hasta la fecha. Por fin, un diccionario de inglés-español las ayudó a comprender, palabra por palabra, lo que esa mujer había dejado por escrito antes de desaparecer dando la vuelta al mundo en 1937.

Amelia Earhart descubrió su pasión por los aviones después de montar en la noria del inventor Ferris en la Exposición Universal de Saint Louis, allá por 1904. Algo le decía que lo suyo era estar por las alturas porque no sintió ningún vértigo a ochenta metros del suelo. Tampoco podría olvidar las sensaciones de subirse a la montaña rusa, un invento de 1885. Ver el mundo del revés y sentir la adrenalina corriéndole por las venas fue otra de las señales que marcarían su destino. Fue tal la sensación que la enganchó que, años después, decidió fabricar su propia montaña rusa. Una tarde, junto con su hermana y unos amigos, construyeron con unos tablones unos rústicos rieles que ella misma había diseñado. Amelia fue la primera en lanzarse desde lo alto del granero antes de que los adultos se levantaran de la siesta. Poco le importó partirse el labio y desgarrar su ropa. No podía dejar de sonreír.

En 1920 se subió a un avión por primera vez y descubrió que aquello era su vida, que no quería hacer nada más que volar. Que moriría si no lo hacía. Empezó a trabajar de telefonista y ahorró para pagarse las clases y, por fin, en 1923 se sacó la licencia de vuelo con veintiséis años. Su instructora había sido también una mujer, Neta Snook. El único inconveniente que tuvo para volar fue tener que deshacerse de su bella melena. Desde entonces, su estilo para vestir y su pelo corto despeinado se convertirían pronto en tendencia y en una de sus señas de identidad.

Hacia 1928 Amelia Earhart era una mujer muy reconocible, y le dieron la oportunidad de viajar como pasajera y convertirse en la primera mujer que cruzase el Atlántico, aventura que relató en su primer libro, *20 horas 40 minutos*. ¿De pasajera? Parecía una broma, pero tiempo después se resarciría de esta situación y lograría hacerlo en solitario, pero tendrían que pasar siete años, y en 1932 escribiría acerca de esta aventura y su propia vida.

Gracias a ese libro, *The Fun of It*, las hermanas Torres descubrieron intereses totalmente dispares en lo que Earhart había dejado por escrito. Si Amelia se interesaba por los temas aeronáuticos y los leía al detalle —por su pasado intrépido de observadora de aviones—, Marga descubrió en su texto algo que la atrajo aún más poderosamente que sus habilidades mecánicas: su feminismo y su amor a los libros.

Las palabras que Earhart había volcado entre sus páginas no se encontraban en ninguno de los libros que Marga estaba autorizada a leer en clase, por eso se dedicó a traducir y apuntar minuciosamente algunas de las frases que resonaban con tanta fuerza en ella: «Quiero hacerlo porque quiero hacerlo. Las mujeres deben intentar lo mismo que los hombres; si fallan, su error debe ser un reto para otras».*

Esa mujer no sólo volaba, cruzaba el Atlántico, ¡encima había escrito ya dos libros! ¿El truco? No estaba casada, no tenía hijos. Marga sintió que, si quería hacer algo en esta vida, ese debía ser el camino.

Leer la vida de Amelia Earhart en la España de los cuarenta era como leer ciencia ficción. Aunque ellas sabían que las mujeres habían volado aviones antes de la Guerra Civil —Victorina nunca les ocultó su encuentro con Eca, la piloto—, en aquel momento aquello parecía un sueño (casi una invención) del pasado que nunca parecía que fuera a volver. Ya se encargaban —por todos los medios— de que aquellos avances se desvaneciesen en el olvido. En la posguerra las mujeres cocinaban, cosían y tenían hijos. Punto.

Para Marga, Estados Unidos parecía el lugar donde podría lograr sus sueños, donde las mujeres eran libres. Seguramente por eso se enamoró de Peter a primera vista.

---

* Amelia Earhart, *The Fun of It*, Chicago, Academy Chicago Publishers, 1977.

# 25

# Traducir un corazón

—Pero, Peter, ¿cómo voy a escribir yo un libro? Si no sé ni cómo empezar.

—Escúchame, *what does your heart say?* —Peter siempre hacía referencias al corazón, porque era cardiólogo, y eso siempre sacaba de quicio a Marga.

—Mi corazón me dice que es una locura, que yo no escribo; yo leo, yo edito, yo mejoro textos, yo podría asesorar a Amelia, yo no valgo para escribir.

—*Not true.* Vales muchísimo y tú lo sabes.

Marga da vueltas por el salón intentando argumentarse a sí misma por qué no puede seguir adelante con la propuesta de Amelia.

—No creo que nunca volvieras a escribir.

—Sí, claro que escribí. A máquina no, a mano. Pero no se lo he enseñado a nadie, nunca. No tengo ni idea de dónde está todo aquello. No releo lo que escribo. Escribí unos poemas de amor malísimos y algunos cuentos, pero…

—*Don't do it then.* Di que no, no quieres escribir, no vales. Ya está. *It's over.*

—Eso es, mejor, ¿ves? Que busquen en la editorial alguien que siga los pasos de Amelia, que le haga entrevistas, y que entre el escritor o escritora y la editorial, pues… que saquen el libro, y yo lo reviso, claro. Yo encantada.

Peter mira fijamente a Marga, con lo fuerte y determinada que ha sido siempre, no deja de sorprenderle. Ahora tiembla como una chiquilla que tuviera que salir al escenario con todo el público esperando.

—Tampoco necesito que me digan que es un libro malo, *you know?* Que la prosa no es buena, que la estructura falla, que la cronología no está clara, que se nota que es alguien al que le falta oficio…

—Ya veo.

Peter siempre hace esas cosas de médico, escuchar, principalmente a pacientes que no tienen otro lugar para desahogarse de sus achaques y, de paso, de su vida privada. Por eso sabe que callar es una de las mejores estrategias, para que los pacientes encuentren ellos mismos las soluciones.

—¿Qué ves? No ves nada porque no hay nada que ver, ni que leer, es una idea estúpida no, estupidísima. Absurda. Si yo al menos hubiera seguido escribiendo, tendría algo que mostrar, un buen arranque, un acercamiento. Los escritores ponen sus vidas en palabras, yo no. Yo puedo vivir sin escribir, así que no soy escritora. No puede ser que yo haya estado viviendo sin escribir tanto tiempo. Que sí que es verdad que tengo algunos cuadernos, con cosas que he escrito, que me he desahogado, que me pareció importante. Pero eso no vale. No soy escritora, ¿vale, Peter?

Peter no insiste más, él conoce esa sensación, igual que el primer día que lideró su primera cirugía cardiaca. Las piernas le temblaban y, por mucho que su cirujano jefe estuviera a su lado, tenía miedo de cortar la aurícula que no era, conectar la equivocada, dejarse una gasa dentro, ver morir a su paciente. Si alguien había tenido miedo de verdad había sido él.

—No se trata de operar a vida o muerte, Marga. Sólo es un libro.

—Exacto, el mundo no se acaba si lo escribo o no lo escribo. Nadie me va a venir a buscar.

Peter se acerca lentamente a ella y la abraza, comparte su miedo, pero él sabe cómo afrontarlo.

—No dejes que miedo te bloquee. Escucha tu corazón, Marga, saldrá.

Peter posa una mano sobre el pecho de Marga, donde su corazón late a toda prisa. Después lleva un dedo a su frente.

—La mente hace mucho ruido, *so busy all the time, thinking*, no te deja escuchar bien. Cuando somos niños hacemos lo que más nos gusta, y *then, we become adults*, y nos olvidamos de quién fuimos. Si no nos estropiamos por el camino, seremos lo que tenemos que ser.

Peter abraza con ternura a Marga, quien se calma por momentos. Incluso sus errores al hablar le parecen adorables.

—¿Si me pones tu cacharro de escuchar el corazón crees que lo podrías traducir?

Peter se ríe, ahora se tiene que marchar al hospital de la base.

—Hablas dos idiomas, Marga, *you'll find out*.

Marga se queda sola en su amplio salón.

—*You'll find out, you'll find out* —se burla de las palabras de Peter, sabiendo que no le falta razón, tendrá que descubrirlo.

Tiene miedo de coger uno de los papeles en blanco de su escritorio, por si la primera frase que escribe es burda, corta, sin gancho. Por si se parece demasiado a algo que ya ha sido escrito. Ha leído tanto, ¿cómo no se va a parecer? ¿Y si escribe algo y resulta que está copiando ideas sin saberlo? Y después, estructurar la novela entera; además, su hermana acaba de empezar a volar, toda esta aventura está muy verde, no sabe ni cómo va a acabar. Se supone que tendría que hacerle ilusión, divertirle, y esto no le hace ni la más mínima gracia.

Frente al papel en blanco se acuerda de la otra Amelia. La tiene muy presente siempre: *The Fun of It*. Volaba porque le resultaba divertido. Porque era libre.

Los años después de leer su libro, Marga siguió aprendiendo de su vida. Supo que con el tiempo Amelia Earhart finalmente se casó, aunque nunca tuvo hijos. Su pasión la llevó a lo más alto realizando varios recorridos imposibles para la época, como cruzar el Pacífico desde Hawái hasta California o cruzar el Atlántico y el Pacífico en solitario. Fue también la primera persona en volar desde Los Ángeles hasta Ciudad de México y de ahí a Nueva Jersey. Pocos retos le quedaban ya, tan sólo dar la vuelta al mundo, hazaña ya lograda por el piloto estadounidense Wiley Post en 1933 y que Amelia quiso emular.

Nada podía detener a Amelia Earhart; si ella era la primera en alentar los deseos y sueños de las mujeres, ella misma sería un ejemplo para todas. Su primera intentona de dar la vuelta al mundo no salió bien, y su marido George Putnam intentó disuadirla de seguir adelante. Pero la aviación lo era todo para ella. Logró una buena inversión por parte de algunos compañeros y firmó el adelanto de un libro que contaría su aventura alrededor del mundo. Con toda esa financiación se lanzó a intentarlo de nuevo.

El 20 de mayo de 1937 Amelia despegó junto con su copiloto, Fred Noonan, de Oakland y llegó a Miami el 1 de junio tras varias paradas intermedias. De ahí saltaron a San Juan de Puerto Rico, después volaron hasta Venezuela y luego a Brasil. Una vez más, cruzó el Atlántico hasta Dakar, en África, atravesando después Senegal, Mali, Chad y Etiopía hasta la India. En cada parada se detenía a escribir a su marido y enviarle minuciosas descripciones de los lugares que iba conociendo.

A pesar de contraer la disentería, Earhart continuó su viaje hacia Australia y Nueva Guinea. El 2 de julio, el avión en el que volaban, el Electra, debía entrar en contacto con el buque patrullero de guardacostas estadounidense, el Itasca, que los guiaría desde la isla de Howland. En la inmensidad del Pacífico la comunicación con Earhart y Noonan se perdió a las 8:43. Su avión y su rastro se desvanecieron en el océano para siempre.

Durante los días siguientes todos los esfuerzos por encontrarlos con vida fueron infructuosos y el sueño de Amelia de convertirse en la primera mujer en dar la vuelta al mundo se hundió en la profundidad del océano. El 19 de julio de 1937 se decidió darlos por muertos. Su marido inició una nueva búsqueda, pero nada dio resultado. Se la declaró oficialmente muerta el 5 de enero de 1939, y comenzó entonces su leyenda y su camino hacia la inmortalidad.

Y ahora Marga debe enfrentarse a un reto que para ella significa casi lo mismo que dar la vuelta el mundo. ¿Está dispuesta a tomar ese avión con el riesgo de morir en el intento? Peter le ha dicho que debía escuchar a su corazón. Marga lo intenta de verdad, cierra los ojos, contiene la respiración, se concentra.

Pero lo único que oye en ese momento es un retortijón de sus tripas. Tiene hambre. Al menos en algo sí han cambiado las cosas: tiene la nevera repleta de comida.

# 26

# Un ídolo

A Armando se le ha hecho raro ver a Amelia con pantalones, pero lo entiende. Es más cómodo y en la oficina muchas chicas ya los llevan. Antonio, por supuesto, lo aprueba, le encanta, le ha soltado que incluso parece más jovencita (insolente). Carmen ni se ha dignado a comentar, ha resoplado y vagamente la ha mirado por encima del hombro, una vez más.

—Es que los vestidos son muy incómodos para volar, con esta ropa puedo ponerme el mono encima y no me tengo que cambiar apenas. —Ni va a mencionar la cremallera ni la cola que se formaba cada día en el vestuario masculino.

Quería la aprobación de la familia y tratar de no pensar en el día siguiente, pero, un segundo antes de entrar en su clase, Amelia empieza a notar un cierto mariposeo en la tripa, un nervio que quiere controlar y que no puede, pensando en qué pensará o qué dirá Enrique cuando la vea.

Cuando traspasa el umbral con sus zapatos planos —qué fácil ha sido cruzar el descampado— y sus pantalones ajustados, Enrique no es capaz de despegar los ojos de su compañera hasta que se sienta a su lado. Amelia mantiene la mirada al frente, cómplice, esperando un comentario que Enrique trata de perfilar en su mente.

—Pareces otra —suelta por fin recuperando el aliento.

—¿Mejor o peor? —Está nerviosa y se maldice por no poder controlarlo.

—Tú siempre estás bien. Ahora por lo menos tendrás menos probabilidades de accidente —y acentúa grácilmente la palabra para que Amelia se ría.

Daroca hace acto de presencia y capta de un primer vistazo el cambio de look de Amelia.

—Hombre, ya por fin va pareciendo usted un piloto y no una florecilla en medio del campo. Precisamente me acordé de usted el otro día viendo *Sonrisas y lágrimas*. ¿A quién me recuerda la María von Trapp esa…? Y luego caí. ¿Dónde nos quedamos ayer?

Amelia y Enrique se sonríen y sacan sus libros y cuadernos. Amelia enseguida presta atención; Enrique, sin embargo, se queda absorto en ella un segundo más de la cuenta. Y ella lo nota. De hecho, lo desea, pero se hace la despistada. Igual que comprueba disimuladamente después, antes de subir a su avión, que él la está observando, que cruzan miradas para desearse suerte en el vuelo. Él siempre le pone caras graciosas, se pone bizco y ella se ríe en la distancia.

Al principio le parecía algo propio de la convivencia, del día a día, compañerismo, pero no se comporta igual con los demás. Ha calculado que hace un par de semanas que busca sus ojos, esa complicidad, y luego se promete a sí misma en el autobús que no lo va a volver a hacer, que no lo va a buscar, que charlará con otros compañeros y hará amistad con los demás también. Que es una mujer casada, mucho mayor que él, que no puede ni debe pensar en otros hombres, que es feliz en su casa. Y piensa que es una señora, de casi cuarenta, que, si alguien se enterase, si Dios se enterase, podría ir al infierno…

¿Dios se entera del pensamiento o sólo en confesión? Como siempre ha tenido la duda, ha preferido desterrar a Dios de su mente. Qué locura si tuviera que vigilar el pensamiento de todos y cada uno de sus fieles, acabaría loco. Tampoco lo va a confesar en misa, ni falta que hace. Pensamientos impuros los llaman. Si no es nada malo, es algo inocente, es sólo que le hace gracia, es simpático, muy atractivo y, en efecto, excesivamente joven. Lo de presentarle a Carmen podría ser buena idea, eso acabaría con estos pensamientos de una vez y, de paso, su hija se calmaría un poco. Tener un novio piloto seguro que le devolvería la confianza en sí misma. De algo debería servir todo este tinglado de vida que han montado.

Y justo ahora, en el autobús de vuelta a casa, mientras encuentra una solución a la situación con Carmen, provocada por el artículo en la prensa, Marina, la periodista que lo publicó, se sienta a su lado de sorpresa.

—Amelia, qué alegría volver a verte.

Amelia la reconoce enseguida.

—¡No me lo puedo creer! ¿Eres tú? ¿Y tienes la poca vergüenza de venir a saludarme? ¿Tú sabes el lío en el que me has metido?

La gente del autobús gira la cabeza al escuchar las voces que vienen de la parte de atrás. Amelia se percata, baja el volumen y sigue hablando entre dientes.

—Me mentiste, ¿cómo pudiste? Confié en ti.

—Perdona, Amelia, perdón. Te pido mil disculpas. Tienes toda la razón, te mentí, lo siento. Pero a veces las oportunidades salen así, si te hubiera dicho que era periodista no me habrías contado nada. Y todo lo que me contaste fue increíble.

—Increíble, ¿para quién? ¿Para ti? ¡Mi hija no me habla!

—Lo siento, de verdad que lo siento, Amelia. No eres consciente de la repercusión que tuvo el artículo. Nos han llegado un montón de cartas de lectoras que quieren seguir sabiendo de ti.

—¿Y a mí qué demonios me importa eso?

—Tienes razón. Nada, ¿por qué habría de importarte que seas alguien tan especial para tantas mujeres hoy día?

—¿Pero la gente se ha vuelto loca? Que estoy estudiando para piloto, que no he llegado a la Luna. Ayer mi hermana, que si debería escribir mis memorias, hoy que si las señoras han escrito cartas para saber de mi vida, pero si soy una señora normal. ¡Nor-mal! —Alza la voz y las cabezas se vuelven a girar en el autobús, incluso el conductor mira por el retrovisor.

—¿Algún problema ahí atrás?

—¡Ninguno! —Marina se apresura a contestar y baja la voz—. ¿Normal? ¿A ti te parece normal que un ama de casa con treinta y seis años esté pilotando aviones en este país?

—Ay, por Dios, y yo qué sé. Alguna habrá en Barcelona, o Murcia, es cuestión de preguntar.

—Amelia, eres un ejemplo para miles de mujeres que quieren hacer sus sueños realidad, vieron por la tele lo que dijiste y luego lo hiciste. ¿No te das cuenta de lo importante que es eso para ellas? Que no fue mentira, ni un producto de la televisión.

—Ay, Marina…, yo qué sé…, yo… no sé.

Amelia mira hacia la ventanilla deseando que llegue su parada cuanto antes para bajarse. Ahora podría incluso correr y huir de Marina si hiciera falta con sus zapatos planos.

—Quieren saber más de ti, cómo son tus clases, cómo estudias, algunas preguntan dónde pueden apuntarse porque también quieren pilotar, otras escriben que quieren aprender a conducir, señoras mayores incluso. ¿No te das cuenta? Te has convertido en un ídolo para todas ellas.

—Qué horror, por favor. No, no y no. Yo no puedo ser un ídolo para nadie. Para eso ya está Dios, está Jesús, los médicos, los Beatles, Rocío Dúrcal, Concha Velasco, ¡qué sé yo!

Marina se toma un segundo para que Amelia se calme.

—Nos encantaría poder seguir publicando sobre ti, Amelia. Por ejemplo, ahora vistes diferente, seguro que quieren saber a qué se debe tu cambio de indumentaria, cómo consigues apañártelas en casa, con el reparto de tareas que me contaste. Las mujeres que escribían alucinaban con que tu marido se hubiera quedado haciendo la comida y la plancha. Algunas nos amenazaron incluso con denunciarnos porque decían que era mentira, que era imposible y que nos lo habíamos inventado todo.

Amelia suspira, niega con la cabeza y después la baja. Marina detecta que no puede seguir por ahí. A Amelia no le interesa la fama, y le fascina incluso más por eso. Su lucha es auténtica, aunque ni siquiera es consciente de ello. Amelia es de una generación anterior, por eso no sabe lo que está pasando a pie de calle, en algunos sitios, bares, lugares de reunión, pequeñas meriendas donde se habla bajito de ciertos temas que no se pueden hablar a vista de todos.

—De acuerdo, no insistiré más. Te entiendo. —Marina cede por fin.

—¿Ahora de pronto?

—Entiendo que no quieras alimentar la ilusión de miles de mujeres, es colocarte en un lugar en el que no quieres estar.

—¡Gracias! —Amelia se cruza de brazos.

—Ni siquiera eres consciente de que te has colocado ahí. —Marina hace una pausa—. Hagamos una cosa.

—No te voy a contar absolutamente nada —Amelia contesta tajante.

—Lo sé, no es eso. —Marina rebusca en su bolso y de su cartera saca una pequeña tarjeta—. Toma. Es una pequeña librería. Generalmente nos reunimos para hablar de libros, tomar un café, algunas escritoras, intelectuales…

Amelia se encoge con la tarjeta en la mano y susurra:

—¿Rojas, quieres decir? —Marina da la callada por respuesta—. ¿Pero estás loca? Tú lo que quieres es arruinarme la vida, ¿verdad?

—No hacemos nada malo, de verdad. Me han pedido que si volvía a verte te invitase, que te quieren conocer. Son mujeres maravillosas, valientes como tú, pero de otra manera. No tengas miedo, por favor.

Amelia se guarda la tarjeta en algún sitio del bolso donde nadie pueda verla y mucho menos encontrarla.

—Amelia —Marina habla con total franqueza mirándola a los ojos—, lo que estás haciendo es más importante de lo que tú crees. Sólo quería decírtelo. Y que te admiro mucho.

Amelia se siente desarmada en un instante. Intuye bondad en los ojos de la periodista. Marina acusa la llegada de su parada y se levanta del asiento.

—Este sábado tenemos una reunión, a las siete de la tarde. Piénsatelo, por favor —le ruega amablemente antes de irse.

Amelia asiente tímidamente. Lo pensará. De hecho, no dejará de pensar en ello.

# 27

# Mujeres reales

Amelia no es tonta, sabe que ahí van a hablar de cosas de las que no se charla normalmente en el descansillo con las vecinas. Quizá debatan sobre libros que se esconden en los altillos de las casas, o noticias que se publican en el extranjero y de las que no llegan al ciudadano español de a pie.

Pero Amelia tampoco puede mirar hacia otro lado cuando le dicen que lo que está haciendo es importante para otras mujeres. Nunca se ha visto como un ejemplo a seguir, ni nunca fue líder en el colegio. Una niña más que sacaba buenas notas, obediente, con su grupo de cinco o seis amigas que seguían la corriente de lo que hacían las demás. Salvo su afición por los aviones —que generalmente se callaba porque sabía que no era muy común—, se le habían quedado grabadas en la memoria, sin embargo, las cosas que su madre distinguía claramente para chicas y para chicos. Eso es de chicos, Marga, no lo hagas —era indiferente que la instrucción fuera para ella o para su hermana—, eso está bien, que es de niñas, eso no lo hacen las niñas buenas, no seas un chicazo. Esos tebeos son para niños, ¿no prefieres esta fotonovela? Ayúdame a coser estos pantalones.

Y, como la mayoría de las mujeres que mostraban interés por juegos o aficiones meramente masculinas recibían los mismos mensajes en casa y en el colegio, Amelia entiende que su afición por los aviones despierte los ánimos de chicas a las que se las machacó diciendo que sus gustos eran inapropiados.

Amelia se agarra fuerte al brazo de su hermana —que se apuntó de inmediato a la invitación— justo antes de entrar en Maleta de Sueños, la pequeña librería que hace esquina con la calle Fuencarral y que, aparentemente, nada parece esconder, salvo libros recién publicados y clásicos de toda la vida. Marga conoce la librería a la perfección, ha ido varias veces a hablar con Dolores, la librera, que trabaja con su marido Rafael, una pareja encantadora, inmensamente sabia y totalmente discreta que no tiene inconveniente en vender los títulos de la editorial para la que trabaja. Por eso Marga entendió que tenía sentido que un encuentro así sucediese en aquel lugar. Al atravesar la puerta, Dolores, Lola para los amigos, que ya estaba avisada, saluda a Amelia con efusividad. Y se sorprende aún más con la casualidad de que Marga, a quien estima enormemente, sea su hermana.

—Qué dulce coincidencia —pronuncia, eligiendo cariñosamente las palabras.

Avisa a Rafael para que se quede al mando de la librería mientras ella conduce a las hermanas hasta la salita detrás de la escalera de caracol que lleva al piso de arriba, donde están sus grandes tesoros, los libros antiguos y los prohibidos entre recovecos. Allí está también Marina, que salta de su silla en cuanto ve a Amelia entrar por la puerta y se apresura a cogerla de las manos, agradecerle la confianza y pedirle disculpas de nuevo. Amelia le presenta a su hermana, que es la que en verdad la ha convencido para venir hasta aquí. Deduce enseguida que Marga fácilmente podría ser una más de las mujeres que hoy se han reunido para conocer a Amelia.

Marina da paso a las presentaciones de las mujeres sonrientes que se han juntado para felicitarla, sobre todo por el discurso que escucharon por televisión: Aurora, Alicia, Rosa, Natalia y Vicenta se arremolinan con halagos y cumplidos que Amelia recibe con cariño. Marga se presenta como la hermana orgullosa de la homenajeada y sabe que quiere pertenecer a este grupo selecto en cuanto ha llegado. Intuye que piensan como ella, por el carisma que desprenden, por cómo visten y por cómo hablan.

Después de las presentaciones, Amelia responde con todo tipo de detalles a las preguntas minuciosas que le hacen: cómo la tratan sus compañeros, qué dificultades está encontrando, si ha habido algún problema en el aprendizaje de las clases, qué se siente al volar o si ha pasado miedo. Y mientras va contestando a sus curiosas preguntas, Amelia va probando las delicias que ha traído cada una. Lola les ha puesto unos cafés y hay rosquillas, otra ha traído barquillos, e incluso torrijas, aunque no sea Semana Santa (pero es que son la debilidad de Vicenta). El caso era reunirse entre amigas y merendar de lo lindo. Amelia, que es un poco golosa, disfruta mientras simpatiza con todas estas señoras que van desvelando, poco a poco, quiénes son y por qué la han invitado.

—Está claro que, hoy en día, si queremos que algo salga adelante, tiene que aparecer en los medios de comunicación —apunta Vicenta mientras se retira unas migas de la comisura de los labios.

—Medios de comunicación, dices, pues como no sea en los anuncios por palabras... —apunta Aurora.

—Esos también los vigilan. —Vicenta lo sabe de buena tinta.

—¿Tú crees? —Natalia es algo más escéptica al respecto.

—A la última reunión de vecinas se apuntaron dos más, las del 4.º C, después de haber visto el discurso de Amelia por televisión —narra Alicia— porque decían que se sentían «muy parecido a lo que ella había dicho, muy cansadas de hacerlo todo».

—¿Con esas palabrejas? —Vicenta levanta la ceja izquierda.

—Hija, aquí no hacemos distinciones, que no todo el mundo habla tan bien como tú. —Alicia se dirige a Amelia—. Es que a Vicenta la llamamos «la Diputada» porque siempre habla con propiedad y cada vez que abre la boca se cree que está en el Parlamento.

—Y eso que no ha salido del patio de vecinas. —Aurora provoca las risas de todas las presentes con su ocurrencia.

La aludida las deja por imposibles y trinca otro barquillo.

—Bueno, yo es que por vergüenza no vi el concurso, discúlpeme —Natalia se excusa ante Amelia, que no le da ninguna importancia—. A mí ese concurso me espanta, pero me lo contaron al día siguiente y no quiero quitarle ningún mérito, todo lo contrario, quién me iba a decir a mí que iba a acabar con tan estupendo discurso. Ahora me arrepiento de no haberlo visto en directo.

—El caso —sigue Vicenta mientras mastica—, no me cambiéis de tema. Desde que Amelia salió por televisión y tras la publicación del artículo de Marina, cada vez vienen más mujeres a las reuniones, más conscientes de su situación, por eso debemos hacerlas partícipes de su propio destino.

—¿Ves como habla igual que una profesora de universidad? —Aurora se lo susurra a Amelia, que ríe la gracia.

—Si verdaderamente queremos reventar las asociaciones de amas de casa debemos hacerlo poco a poco, sin que se nos vea el plumero —Natalia habla como una estratega.

—Si se siguen publicando reportajes como el de Amelia, cada vez más mujeres tendrán la posibilidad de identificarse con ella.

Amelia las mira confusa, ¿a dónde quieren llegar? Marina se da cuenta y se levanta.

—Amelia, lo que mis compañeras quieren decir es que, si seguimos publicando artículos sobre tu vida, y no sólo la tuya, también de otras mujeres valientes como tú, conseguiremos que muchas más se den cuenta de lo encerradas que están en sus hogares.

—Pero en las revistas y periódicos salen muchas que trabajan, cantantes, actrices, periodistas... No sé, ni que fuera yo la primera —argumenta Amelia.

—Pero para ellas eso es como un objetivo inalcanzable, no son ni cantantes ni actrices. Tú eres, o eras, o sigues siendo un poco, ama de casa. Por eso se han identificado contigo enseguida. Ni eres reina ni princesa, eres alguien real.

—Qué ironía, real, pero no de la realeza, ni princesa ni reina. —Lola, la librera, no puede evitar el juego de palabras.

—Pero... No entiendo —apunta Amelia—. Habrá muchas mujeres que quieran estar en su casa y que no necesiten trabajar, ni lo deseen.

—¡Eso es lo que les han hecho creer! —Vicenta salta de su asiento, este tema le hierve la sangre—. Deberíais escuchar las barbaridades que sueltan en las reuniones. Algunas sólo siguen pensando en la compra, en recetas para el marido, que si las ofertas, que si sube el pan. Ni siquiera piensan en sí mismas ni en su falta de libertad. Como sólo están permitidas las asociaciones de amas de casa —les explica a Amelia y Marga—, ahí nos colamos nosotras y poco a poco vamos soltando ideas, que van calando despacito, como el agua, gota a gota. —Vicenta con el brazo en alto y el puño cerrado va intensificando su discurso—. Así se van dando cuenta de la mentira en la que viven, de la soga al cuello que les ha puesto esta infernal dictadura que no las deja respirar y de la que un día serán conscientes ¡y por fin alzarán sus voces y este país será libre e igualitario para todos!

El silencio se apodera de la salita, todas las mujeres con la mirada levantada hacia Vicenta.

—¿Te imaginas a esta en el Parlamento? —Rosa, que estaba muy callada, rompe el silencio—. La echan a los cinco minutos.

—¡Y la encierran bajo llave! —confirma Natalia.

Todas rompen a reír, aunque saben del peligro.

—¡Dejadme en paz! Sabéis que tengo razón. —Vicenta se vuelve a sentar y toma un poco de café.

—Es muy admiradora de Pasionaria —le confiesa Alicia a Amelia—. Bueno, y después de este discurso maravilloso vamos a plantear objetivos razonables. Todo eso lo conseguiremos, pero no puede ser de un día para otro.

—Lo importante es reventar la Asociación de Amas de Casa de Madrid desde dentro. Debemos denunciar la ineficacia de la junta directiva —ahora Rosa habla como una gran estratega, para lo chiquitita que es—. La presidenta es muy autoritaria, sigue monopolizando los temas y todas las asociadas la siguen como borregas. Pero hemos ido convenciendo a muchas de ellas de que una asociación como esta no puede tener una jefa así. Yo creo que, si convocamos elecciones, nos podemos presentar con un nuevo discurso y saldríamos elegidas. Después de este movimiento nos seguirían las delegaciones de Barcelona, Valencia y Bilbao, seguramente.

Marga se acerca a hablarle al oído a Amelia. Está sorprendida de la organización que tienen. «Van en serio», le susurra. Y a Amelia le da un poco de miedo, pero empieza a comprender que, para estas mujeres, que se están jugando su libertad, su lucha es importante.

—Una vez en la junta directiva, nuestras propuestas irán siendo aceptadas, no me cabe duda de ello. La liberación de la mujer ya es un hecho imparable —sigue Natalia—. Hay que educarlas en sexualidad, en sus derechos. Si nadie les advierte de los cambios legislativos, que bien se encargan de ocultar, no sabrán que desde este año ya pueden ejercer de magistradas, por ejemplo.

—¿Pero tú crees que alguna va a querer ser abogada, alma cándida? —pregunta Aurora.

—¡Claro que sí! —Rosa da un golpe con el puño en la mesa—. Si no saben que pueden serlo, ¿cómo van a desearlo? A lo mejor ellas no, pero sus hijas sí. —Las palabras de Rosa resuenan en Amelia, que piensa en Carmen en ese momento.

—Y me duele decirlo, pero ha sido gracias a la Pili. —Natalia tuerce el gesto.

—¿La Pili? —pregunta Amelia.

—Pilar Primo de Rivera —contesta Aurora con desdén —, que lo mismo te enseña a coser y te canta una jota, que consigue que las mujeres podamos opositar desde hace unos años. Se me revuelve el estómago de sólo pensar que tengo que hacer la canastilla otra vez.

Las presentes ríen la gracia, todas han tenido que hacer el servicio social como contribución a la grandeza del país tras la guerra.

—Yo creo que ha sido más un tema de Mercedes Formica, que ella sí que es abogada de profesión —observa Alicia—. La Pili es muy de colgarse medallas que no son suyas.

—Cierto, le debemos bastante a la Reformica, nunca he entendido que esa mujer sea falangista —apunta Rosa, que se queda pensativa.

—No os desviéis del tema. Necesitamos que esas mujeres tengan un espejo en el que verse. Por eso te necesitamos, Amelia.

Todas se giran hacia ella tras las palabras de Alicia, y Amelia aguanta la respiración al ver sus rostros inquisitivos.

—Si en los periódicos, las revistas, o en la tele, aparecen mujeres como tú, mujeres normales que hacen cosas extraordinarias, se darán cuenta de que ellas también pueden hacerlo. Por eso queremos que sigas contándole a Marina lo de tus clases, quizá podríamos conseguirte alguna entrevista en la radio, o en *Semana*. Donde sea, por todas partes —Rosa habla por boca de todas.

—Si consigues que salga en la revista *Ama* eso ya sería el acabose. —Vicenta hace hasta un amago de arcada—. La revista para amas de casa, manda narices.

—Pues traen buenas recetas, así te lo digo —Aurora se excusa ante la mirada de desaprobación de Vicenta—. Pero el resto te juro que no lo leo.

—Conseguir un artículo en *Club Fémina* no estaría mal, ¿Marina? —le pregunta Rosa.

—Creo que puedo mover algunos hilos —contesta la periodista avispada, que mira de nuevo a Amelia, fijamente—. Amelia, ¿estarías de acuerdo?

Se hace el silencio en la salita. Amelia apoya los codos sobre la mesa y se lleva las manos a la boca. Respira profundamente.

—Entiendo.

Su mirada se pierde en el infinito mientras las presentes cuentan los segundos. Incluso Marga, que desea fervientemente que su hermana acepte la misión, aguanta la respiración.

—Perderías tu anonimato —la avisa Marina.

—Eso ya lo perdí —contesta sin desviar siquiera la mirada.

—Esto podría ser aún más abrumador. —Tampoco quieren engañarla.

Amelia sopesa cientos de ideas en ese momento, intenta visualizar cómo sería su vida a partir de ahora. La de su familia, su futuro, el de su madre si acepta, el de su hermana, el de su hija, el de las vecinas, el de los miles de mujeres de las que hablan. Las que estarán de acuerdo y las que no. Como si el destino de todas ellas estuviera, de pronto, en sus manos, como si acaso ella pudiera cambiar algo.

Cierra los ojos y se marcha al cielo a volar, donde es libre de verdad, a recuperar las sensaciones que vive en el aire, el viento en la cara, helador, la vista de la ciudad, el miedo. Recupera el ruido del motor, el de las hélices girando vertiginosamente, igual que lo hace su mente ahora mismo. Ojalá pudieran entender lo que se siente. Ojalá lo pudieran conocer. Coge aire y lo aguanta un instante. Después exhala. Abre los ojos. Mira una a una a las mujeres que hay en la sala; todas, expectantes, anhelan su respuesta.

—De acuerdo. Lo haré.

Y Amelia sentencia su destino en ese mismo instante.

# 28

# Una nueva familia

Le ha dicho a su padre que iba a dar un paseo con Julia, pero es mentira. Seguramente sea la primera vez que le miente y hasta se sorprende de lo convincente que ha sonado. Carmen aprovecha que Amelia ha quedado con Marga y sus nuevas amigas (no le interesan ni sus nombres ni los pregunta) y así se asegura, además, de que nadie llame para comprobarlo. Armando nunca llamaría a casa de Julia para saber a qué hora va a volver y si las niñas están bien; probablemente ni tenga el teléfono apuntado. Carmen ha escogido la ropa más nueva que tiene y ha salido por la puerta sin dar mayores explicaciones.

Hace ya tiempo que su padre no la llama «acelguita» ni motes por el estilo. Sí ha notado que él anda un poco más serio de la cuenta, pero ya está lo suficientemente sumergida en su vida como para pararse a pensar en cómo le está afectando a su padre la repercusión mediática de su madre.

Y es que desde hace un par de semanas Amelia ha empezado a salir puntualmente en revistas para mujeres y en el diario *Pueblo* contando con todo detalle sus actividades aéreas desde que conoció a esas nuevas amigas. Carmen no se ha detenido a leerlas, aunque las revistas y los periódicos hayan estado en la mesa del salón y se hayan ido acumulando unos encima de otros. Ni se le ocurre recortar los artículos y guardarlos como hace Marga —e incluso su abuela Victorina, que no lo dice, pero lo hace—, simplemente acepta que existan como quien acepta a un vecino ruidoso.

Ha decidido como estrategia no hablar del asunto, no hacer mención, como si no sucediera nada y su madre tuviera un trabajo como otro cualquiera. Se muestra cordial con ellos, y así ninguno se mete en su vida. Parece que sus padres han aceptado esta estrategia, piensan que tarde o temprano se le pasará y agradecen no discutir y salir ilesos varios días seguidos. Nadie sabe que en el colegio apenas se habla ya con Julia y Menchu y que se ha juntado con otras chicas de otros cursos, con las que tampoco tiene mucha afinidad, pero lo hace para aparentar. Tampoco habla en casa de Mencía, con quien ha quedado esta tarde para ir al Círculo, porque sabe que su padre pondría el grito en el cielo si se acercase a algo de la Falange y su madre lo desaprobaría en connivencia con su padre.

Pero así se venga ella. A su manera. Silenciosamente.

La reconforta que Mencía estuviera esperándola en la puerta. Le ha dado un abrazo nada más verla, y Carmen lo ha agradecido enormemente. Hace tiempo que nadie la abraza y eso la descoloca unos instantes. Enseguida le empieza a presentar a gente de los talleres que le sonríen con una amabilidad inusitada. Confía en que Mencía no le haya contado a nadie lo de su madre, su nueva amiga no hace esas cosas, y esta gente es, simplemente, encantadora, nadie lo está forzando.

Carmen se sorprende ante la cantidad de actividades que imparten allí: manualidades, cerámica, dibujo, cocina…

—Lo malo es que el coro se reúne los jueves —apunta Mencía—. Me dijiste que te gustaba cantar. Hoy están los del grupo de teatro. ¿Quieres que te los presente? Yo este año no me he apuntado porque me apetecía probar el taller de cocina, pero son todos geniales.

Y en este «todos» que ha dicho Mencía, Carmen cae en la cuenta de que no es un grupo sólo para chicas. No tiene claro que tenga ganas de relacionarse ahora con chicos después de lo sucedido con Lucas, tiene miedo de sufrir, pero nadie la obliga a apuntarse al teatro.

—Claro, preséntamelos, y otro día venimos al coro.

Carmen intenta disimular su inquietud, pero ninguno de ellos parece molesto cuando Mencía interrumpe el ensayo para presentarles a su nueva amiga. Jaime, María Jesús, Victoria, Valle, Lola, Manuel y Javi hacen un receso en el ensayo de *Peter Pan* y la saludan con amplias sonrisas.

—Si te vas a apuntar a algún taller, el de teatro es el mejor sin duda —asegura Manuel—. Lo divertido es que acabamos haciendo de todo, los decorados, el vestuario, los efectos de sonido. Cuando hay representación casi dormimos aquí.

—A mí me da mucha vergüenza hablar en público. —Carmen se sujeta ambas manos tímidamente.

—Eso es sólo al principio —Victoria se quita la careta que lleva y le habla con ternura—, a mí me pasaba igual, y mira, ahora me peleo por el papel protagonista.

—¡Es que el capitán Garfio ya estaba cogido! —Jaime desenvaina su espada grácilmente y desafía a Victoria, que hace el papel de uno de los niños perdidos.

Por un momento, Carmen piensa que puede ser muy divertido, sobre todo por poder llevar una máscara y parecer invisible a ojos de los demás. Este pensamiento la entristece un poco, pero la simpatía del joven grupo no se lo permite.

—Prueba alguna tarde, y si no, pues te metes a coser o cocinar con Mencía en vez de aprender esgrima. —Manuel le saca la lengua a Mencía por haber abandonado el grupo y se dirige a ella—. Cuando te canses de hacer madalenas ya no va a haber papeles disponibles y tendrás que hacer de árbol, ya verás.

—No me importa, porque lo habré aprendido de ti, que siempre has hecho muy bien de palo —Mencía le contesta divertida y todos ríen.

La escena agrada a Carmen. Hacía tiempo que no conocía a gente tan simpática. «Peter Pan», además, era uno de sus cuentos favoritos cuando era pequeña, tiene ganas de ver cómo queda la representación.

—Oye, ¿Carmen te llamabas? Si no te atreves con la actuación siempre nos puedes ayudar con los decorados y el vestuario, ahí nunca sobran manos. —Valle intuye que Carmen podría encontrar su hueco más rápidamente ahí.

—Suena bien.

Si tuviera que elegir, claramente de espaldas al público estaría más tranquila.

—Venga, chicos, que os despistáis, vamos a ensayar. —La voz es de Adolfo, el profesor de teatro, que vuelve del almacén con unas telas que les faltaban—. Hombre, Mencía, ¿tú por aquí? ¿Has decidido volver?

—Estoy enseñando el local a mi amiga Carmen, a ver si se apunta a algo.

Adolfo se dirige cariñosamente a Carmen.

·—A Mencía la llamamos la disidente porque nos ha dejado por hacer pasteles.

—¡Algo tendréis que comer después de las funciones!

Todos ríen con Mencía, en el fondo no le guardan rencor por su marcha. Adolfo se acerca a despedir a las chicas.

—Venga, Mencía, sigue con la ronda, que tenemos que ensayar. Pero recuerda que aquí estaremos cuando quieras volver. —Ahora se dirige al grupo—. ¡Vamos, que sólo nos quedan seis semanas antes del estreno y no quiero volver a dormir entre bambalinas!

El grupo retoma su ensayo y Mencía se lleva a Carmen para enseñarle el resto de las actividades. Sobre la cara de Carmen se dibuja una inesperada sonrisa, qué agradables y divertidos le han parecido todos. Lo estaban pasando realmente bien y hace rato que ya no piensa en su madre, en su casa, en sus antiguos amigos. Consciente de ello toma aire y, por primera vez en semanas, siente que respira incluso mejor.

Mencía le muestra las aulas donde se imparte cerámica —en un ceremonioso silencio— y costura —en una divertida algarabía—. Se recuerda a sí misma charlando y haciendo los deberes junto con su madre mientras ella se atareaba con remiendos y costuras. Le viene una sensación agradable al recordarlo. Se imagina siendo ella la madre que cose en compañía de su hija imaginaria y sonríe sin poder evitarlo.

—Te ha gustado el grupo de teatro. —Mencía la saca de su ensoñación.

—Sí, parece un grupo muy divertido.

—Aquí nos relacionamos entre todos, cocinamos y los demás lo prueban, las de costura ayudan a los de teatro, vendemos las piezas de cerámica y ayudamos a los pobres, somos… como una gran familia.

—Familia, ¿eh?

—La familia es el plan central de Dios y a ella nos debemos y nos entregamos, pero… nadie escapa a que, a veces, uno quiera huir un rato de ella y divertirse con otra gente que se acaba convirtiendo en otro tipo de familia. Ya sabes a lo que me refiero. —Mencía sonríe, y Carmen comprende—. A veces es bueno tomar distancia y sentirse querido por otra gente. Este grupo es lo más parecido a una segunda familia que a un taller de actividades. Míralo por ese lado.

Carmen baja la mirada, parece como si renegase de su propia familia y le disgusta la idea. Mencía detecta su contrariedad, la agarra cariñosamente de un hombro y la mira con franqueza.

—Nadie va a sustituir nunca a tu familia, Carmen, sea buena o mala. Pero aquí te vamos a entender, siempre, y nunca te vamos a dejar de lado. Todo lo que estás viviendo es muy duro. Es casi como perder a una madre. Cuando la necesitas no está porque anda lejos de casa o está estudiando, o peor, haciendo entrevistas. —A Carmen esto le duele—. Aquí siempre va a haber alguien disponible para escucharte y abrazarte. En eso consiste este grupo.

Mencía se aleja y Carmen vuelve a coger aire, le gusta lo que escucha.

—Y te tienes que pensar lo de venirte al campamento de verano, no te puedes imaginar lo bien que lo pasamos.

—Suena divertido, sí… Pero… yo no soy de la Falange.

—Bueno, eso es algo que tiene solución.

# 29

# La petición

Victorina va con unos calores tremendos por la calle, menos mal que siempre lleva un abanico en el bolso desde que pasó la menopausia. Se abanica mientras los transeúntes la miran sospechosamente. Estamos en pleno invierno y hace un día bastante desapacible. Pero como hoy en día la ciudad crece a un ritmo vertiginoso, una puede caminar por la calle y no la conoce nadie, así que no se preocupa por ello. Es lo bueno del crecimiento económico, la posibilidad de un cierto anonimato. Eso le gusta, pero se asegurará de guardar el abanico antes de llegar a su barrio, ahí sí que la conocen y saben que ya no sufre de sofocos.

Y es que no se puede sacar de la cabeza las imágenes que ha visto. Ni siquiera podría imaginar que su suegra guardase esos libros y revistas. Ha preferido no preguntar ni dónde los tenía guardados porque sabe que, cuando vuelva a visitarla en su casa, alzará la mirada hacia ahí. Porque Emilia debía tenerlos en algún altillo, envueltos en algún tipo de manta o dentro de una caja. Se pregunta cómo habrán sobrevivido esas publicaciones a la guerra. ¿Y a la posguerra? ¿Cómo no ha acabado en la cárcel? Mérito tuvieron los encuadernadores de hacerlo parecer un libro de literatura, las cosas como son, los republicanos ingeniosos eran un rato. Pero...

¿Cómo es posible que los cuerpos puedan contorsionarse de esa manera? ¿Cómo puede haber tantas posturas para hacer el amor? Si ella sólo ha probado una en toda su vida. Quizá dos. No encuentra las palabras ni un modo sensato de enfrentarse a esta revelación; por mucho que se abanique, de su mente no se borran esas imágenes. Una parte de ella quiere que desaparezcan, pero otra parte está totalmente fascinada por lo que ha aprendido hoy. A sus sesenta y dos años, quién lo diría. Pero lo más sorprendente ha sido descubrir… lo que tiene… ahí abajo. En dibujo, eh, ¡en dibujo! No se atrevería nunca a mirárselo con un espejo, aunque viviera sesenta y dos años más. Conoce la fisionomía, claro, ha tenido dos hijas, ¿pero el suyo? Ave María Purísima. Debería ir a confesarse. Ver esos dibujos, hablar abiertamente de sexo, de los genitales, eso debe ser pecado. Pero qué vergüenza, ¡qué vergüenza! ¿Cómo va a ir ella a confesarle algo así al cura? Se muere antes, no sabría ni por dónde empezar. Victorina mira incluso hacia el cielo, no vaya a ser que le caiga un rayo de Dios. Normal que se haya nublado, el cielo anuncia tormenta y esta mañana cuando salió hacía bueno. No puede ser casualidad.

Pero quizá sí debería hablarlo con el cura. Empezaría confesando que ha sido ella misma la que ha notado que con Luis la cosa no funciona y que se ha sentido responsable al respecto. Pero tampoco sabe si puede (o debe) seguir practicando sexo a su edad. Ya no puede traer hijos a este mundo. A lo mejor incluso podría ser peligroso, por mucho que su consuegra le haya dicho que no, que para eso no hay edad. Pero una cosa es la edad física y otra la mental. Pero de eso…, ¿saben los curas? No, definitivamente no puede hablarlo con el párroco, ¿qué pensaría de ella? Aunque seguro que a estas alturas ha debido escuchar de todo. Pero ella tiene un nombre, un pasado, un expediente limpio. Si lo más severo que le han mandado hasta la fecha fueron dos rosarios cuando confesó que le había dado comida caducada a Fe, la vecina del quinto, porque decía que le ponía ojitos a Luis. Si todo lo demás han sido pecadillos sin mayor importancia, una envidia aquí, una mala contestación allá, haber comido algún mantecado más de la cuenta, y alguna palabrota suelta, poco más. ¿Cómo podría pegar este salto al vacío? ¿Podrían excomulgarla?

Definitivamente, tendrá que sobrellevar esto en secreto, irse con este peso a la tumba. Nadie se puede enterar. Pero lo más curioso es que… ¡Ay, Señor! Si es que hasta le da vergüenza reconocerlo. Si es que también tiene calores porque está un poco… excitada. Sólo un poco. Reconoce la sensación. Como cuando ve a John Wayne o James Bond en las películas, que se le ponen unas cosquillitas ahí abajo y que no se le pasan hasta que terminan los créditos. Pero en esta ocasión siguen un poco latentes ahí, ahí abajo, porque no puede desterrar de su mente las ilustraciones que ha visto y se ha imaginado en esa postura con Luis (con John Wayne). ¡No! Con Luis (o con James Bond). ¡¡¡Con Luis!!!

Quizá en algún momento de su juventud él le pidió probar otras posturas, pero de cara a la fecundación no le parecía que tanta variedad fuera necesaria. Desde la noche de bodas aquello… no había evolucionado demasiado. La habían informado, levemente, de lo que pasaría la noche más importante para una mujer. Lo entenderás cuando llegue, le dijeron. Tu marido sabe. Déjate hacer. Ella era de pueblo, pero no tonta. Sabía que algo fuerte sucedía la noche de bodas. Tenía hermanos y sabía que ahí abajo tenían un miembro colgando y que los niños no venían de París. Claro, lo que nunca había visto era lo de ahí abajo en posición de ataque. Una erección. E-rec-ción.

Hoy Emilia la ha obligado a llamar las cosas por su nombre, cuando ella siempre había salido airosa usando eufemismos para hablar del tema. Y han hablado abiertamente de cómo había sido su vida sexual. Lo recordaba perfectamente. La primera vez que vio un pene en todo su esplendor. Le pareció descomunal y en absoluto imaginó que eso podría caberle ahí abajo. Pero cupo. Sorprendentemente. En muchas ocasiones, durante todos estos años, se acostaba con su marido como algo que había que hacer. Era su deber como esposa, primero cumplió su misión al traer a las dos niñas a este mundo, y después, para aplacar el deseo de su marido y evitar que buscase remedio fuera. Al menos Luis siempre la había respetado, nunca la había forzado, y ella nunca hizo nada que no le apeteciese. Supone que a la mayoría de las mujeres las habrán respetado por igual —nada más lejos de su imaginación— y que por eso los maridos acudían a burdeles: para sofocar su lascivia, su deseo de posturas raras o alguna práctica extraña que las señoras de bien no debían aceptar.

Para Victorina el sexo era eso, un trámite más del matrimonio, sin mayores pretensiones. ¿Le gustaba? Sí, era agradable durante el rato que duraba, pero de ahí a tener el mismo deseo que su marido o alcanzar el mismo nivel de placer que él alcanzaba, pues no. De eso nunca le habían hablado.

Hasta hoy.

Luis sostiene el papel en la mano, tembloroso; demasiadas cosas extrañas están pasando últimamente.

—¿Esto qué es?

—Una carta, Luis, que parece que hay que explicártelo todo.

—¿Una carta de quién?

—Mía, Luis, ¿de quién va a ser?

—¿Tienes que decir mi nombre cada vez que me hablas?

—Ay, Luis, yo qué sé.

Luis abre los ojos y niega con la cabeza.

—¿Y la tengo que leer ahora?

—Yo no me atrevo a decirte todo eso a la cara, así que te lo he puesto por escrito.

—¿Me vas a abandonar?

—¡Ay, hijo, deja de decir sandeces y léela de una santa vez!

La firmeza de Victorina corta repentinamente la fanfarronería de Luis, que despliega el papel lentamente como si sostuviera una granada de mano. Luis entorna los ojos para entender la letra de su mujer, que no es tan perfecta como la suya. Lo lee dos veces porque no está seguro de haber captado bien lo que pone. Pero sí. Pega un respingo, se pone de pie arrastrando la silla y con los ojos desencajados se vuelve a sentar y se vuelve a poner de pie enfocando el papel. Mira a su mujer como quien hubiera visto un fantasma.

—¿Pero qué es esto? ¿Qué quieres decir con «tener un orgasmo»? ¿¡Pero tú acaso puedes tener de eso!?

—Sí, Luis, sí que puedo. Me he enterado hace poco. Y no me preguntes cómo lo he averiguado porque no pienso delatar a mi fuente de información. —La determinación de Victorina, que ha levantado la mano a modo de defensa ocultando unos nervios indescriptibles, le pilla desarmado—. Sigue leyendo.

Luis, aún sofocado, se vuelve a sentar en la silla y lee espaciadamente.

—«Hace tiempo que ya no dormimos juntos… Espero que no estés buscando fuera lo que no encuentras dentro de casa». Victorina, ¿seguro que esto lo has escrito tú?

—¡Sigue leyendo! —Luis obedece con la cabeza gacha.

236

—«Somos un matrimonio. Y lo somos para todo. Me gustaría saber lo que se siente y entender por qué le gusta tanto a todo el mundo. Tú eres mi marido y desearía que me tratases con más cariño y gozar igual que tú». ¿Gozar? Pero, Vito, yo no sé cómo se hace eso. Tú siempre has sido un poco… mecánica.

—Esperando a que acabases, Luis, ¿qué querías que hiciera?

—Hombre, Vito, yo alguna vez intenté que probásemos cosas nuevas y…

—Lo sé. —Ahora es Victorina la que mira hacia el mantel de ganchillo buscando un agujero que la teletransporte al pasado, cuando era joven y estos temas le daban menos vergüenza que ahora—. He pensado que… si nuestra hija… no llega tarde a pilotar aviones, pues a lo mejor yo no soy aún lo suficientemente vieja… como para saber cómo es… eso.

—Me parece muy raro cómo te comportas últimamente. A lo mejor la que tiene un amante eres tú y estás montando toda esta parafernalia para disimular.

—¿Yo? ¡¿Pero qué dices?!

—¿De dónde has sacado estas ideas, entonces? Porque solas no te han venido, ¿a que no? Orgasmo. ¿Orgasmo? ¿Quién te ha dicho que tú puedas tener uno? Vamos, hombre, no me vengas con guasas. Eso es una idea que alguien te ha metido en la cabeza para aprovecharse de ti. Debería darte vergüenza, Victorina, a tu edad.

Victorina se enciende.

—¡Si es que no te puedo decir nada! ¡Es que siempre es igual! Siempre pensando mal.

—No, Vito, no. Aquí la única que piensa mal eres tú. Que casi te cargaste a la vecina pensando que teníamos una aventura.

Victorina le apunta con el dedo índice.

—¡Te ponía ojitos, que yo lo vi!

—¡Pero por eso no se intoxica a la gente, mujer!

—¿Yo qué sabía que estaba mala la comida?

—¿Sólo su plato, Victorina? ¿Sólo el suyo y nosotros estupendamente? Pero si lo sabe todo el edificio. ¿Tú por qué crees que nadie viene a comer ya a esta casa? Porque tienen miedo.

Victorina rompe a llorar. Podría ser un llanto desconsolado, explosivo, que le entrecortase la respiración, pero no. Es un llanto silencioso, amargo y profundo. Porque se han acabado mezclando tantas acusaciones en una sola conversación que no sabe ya cuál es la que le ha atravesado el corazón. Que Luis no tenga ninguna intención de reparar su matrimonio y satisfacerla, que piense que anda con otro mientras él está de viaje, o que casi todo el edificio sepa que intoxicó a la vecina (lo que finalmente explicaría la tremenda soledad que ha vivido desde aquel episodio).

Siente que ahora mismo cogería una maletita, ni siquiera una grande, sino una chiquita que tiene de piel color carmín, para meter cuatro cosas imprescindibles y salir de ahí. De su casa, del edificio, de Madrid, y buscar un refugio donde sentirse segura, abrazada, sostenida y protegida por alguien que le dijera que todo iba a estar bien. Como el abrazo de una madre que ya no tiene y que tampoco recibió en su día. Algo así necesitaría ahora mismo.

Piensa en Emilia, en volver a su casa, quizá podría dormir allí. Pero se queda, una vez más, sentada en la silla, agarrando la butaca con las dos manos, los brazos tiesos y las lágrimas recorriéndole el rostro una detrás de otra, mientras ella se mantiene impertérrita y sin sollozar. Casi sin respirar. Como quien ha recibido una estocada final.

—Vito… Vito… No llores, mujer… He sido un poco brusco, perdona. No quería… decir todo eso.

Ella baja la cabeza y junta las manos. Comienza a pinzarse la piel que queda entre el pulgar y el índice en un movimiento circular tratando de contener el dolor que está sintiendo. Se aparta con la mano las lágrimas que caen por las mejillas. Luis se arrepiente.

—Y… sobre lo otro… Veré qué puedo hacer.

—No tienes que hacer nada —responde ella mecánicamente—. Tienes razón. Estamos mayores para escenas de cama.

Victorina se levanta de la silla y, sin añadir nada más, se aleja hacia el dormitorio. Luis la sigue con la mirada mientras ella se marcha caminando con pasitos cortos y con una pesadumbre inesperada, hasta que desaparece por la penumbra del pasillo.

Cuando se acueste a su lado, ya estará dormida.

# 30

# El tercer whisky

Cuando Armando abre la puerta, su «¡Hola!» resuena por todas las estancias sin que nadie responda. Es una sensación extraña llegar y que la casa esté vacía. Hace unos meses habría sido una situación insólita, Amelia estaría preparando la cena y terminando los deberes con los chicos, pero hoy nadie lo espera. El tintineo de las llaves suena especialmente alto, y atrás quedan los días en que los niños salían corriendo a abrazarlo gritando «¡papi, papi!» sin que le diera tiempo a dejar sus bártulos en el suelo porque los tenía ya encima comiéndolo a besos. Un día, simplemente, dejaron de correr al oírlo entrar y se acabó, sin recordar ahora cuándo fue la última vez que lo quisieron como niños.

No huele a sopa ni a tortilla de patatas. Las luces están apagadas y la casa a oscuras se convierte en un gran agujero negro de soledad. Así deben sentirse los solteros, piensa por un momento. O su madre, viuda desde hace años. Y le embarga un desasosiego nunca antes vivido que le lleva a encender todas las luces posibles, la del techo del salón y la de la lámpara de la esquina, la del rincón de leer y también las de la cocina y del pasillo. Se apresura a poner el tocadiscos, como si la luz y la música fueran a rellenar el vacío y romper ese silencio turbador.

El disco escogido es el de los Byrds, *Turn! Turn! Turn!*, que Peter le regaló las Navidades pasadas. No entiende nada de lo que dicen, pero es un disco melódico y alegre, justo lo que necesita ahora. Escucha las voces acompasadas que lo transportan a otro lugar, a otro sitio con más luz. Los Byrds cantan este tema al unísono, no se distingue al solista.

Un solista, así es como se siente ahora, sin grupo, sin coros. Hace repaso de la familia mientras se afloja el nudo de la corbata. Intuye que Antonio se habrá ido a estudiar a casa de algún amigo o estará jugando al fútbol en la calle, aunque no lo ha visto. O repartiendo periódicos, o inventándose la vida. Qué chico, siempre tiene una idea de emprendimiento, se tranquiliza pensando que saldrá adelante, aunque no tenga un expediente brillante. Carmen estará en las clases de teatro a las que se ha apuntado. Eso al menos la mantiene alejada un par de veces a la semana con el tiempo justo para cenar, acostarse y no discutir. Ya no es la pequeña risueña que le pintaba puntitos rojos en la cara para que fingiese sarampión y poder cuidar de él jugando a las enfermeras. Ni la que quería repasar matemáticas sólo con su papaíto que sabe mucho. No, Carmen ya no pide consejo, ya no cuida de nadie. Sólo se está buscando a sí misma, y eso él lo entiende. Aunque no sea mujer, Armando también ha tenido que averiguar quién era, quién fue y quién quería ser. Confía en que se moverá con gente bien educada y con valores parecidos. No tiene la certeza, pero no es momento de averiguaciones. Primero deben superar todos ellos la prueba de Amelia.

Y ahora es cuando respira profundo y piensa que, aunque es martes, podría tomarse una copita. Total, no tiene nada que hacer y ha sido un día difícil. Ha de digerir el nombramiento de Miranda como director financiero y no tiene a nadie con quien compartirlo, así que un brandy o un whisky lo ayudarán a tragar el sapo. Porque al final su estrategia de acercarse a don Alonso a través del tenis no funcionó.

Don Alonso le encasquetó finalmente al yerno y se ha quedado supervisando su formación. Y ahora se ha convertido en una especie de mentor para el chico, que —debido a su posición social, el matrimonio bien avenido y sus buenos contactos— acabará en una empresa similar en un puesto imposible de alcanzar para perfiles de otra cuna como Armando. Formará al chico cobrando lo mismo y recibiendo una sonrisa puntual del jefe, lo cual debería hacerlo sentir que vale casi tanto como Miranda, pero no, el sinvergüenza se ha llevado el puesto estrella. Cuando Miranda quiera abandonar el puesto Armando ya no estará en condiciones de asumir semejante responsabilidad. Ya tendrá una edad. Otra cosa es que Miranda circunstancialmente tenga que abandonar el puesto. Efectivamente, podría sufrir un accidente o similar.

Armando se sirve un segundo whisky —del primero ni se ha enterado, estaba sediento— y fantasea con esta idea asesina. Un atropello ligero, que lo dejase postrado en una silla de ruedas, temporalmente, claro —un tiempo en el que Armando lo podría sustituir y demostrar su valía por encima de la del usurpador—, o una intoxicación leve con algún aperitivo que llevase a la oficina, o unos bombones sorpresa, que ha visto que a Miranda no le amarga un dulce, que los guarda en su mesa de trabajo y se los toma a escondidas cuando está ansioso. Pero también podría ser que la propia naturaleza hiciera su trabajo y Miranda sufriera algún tipo de trastorno, infarto o enfermedad incurable que lo incapacitasen de por vida. Eso también podría pasar y él no tendría culpa de nada, sería un designio divino —aunque él no sea creyente— que indicaría claramente que siempre fue el predestinado al puesto.

Se han esfumado sus ilusiones y la posibilidad de subir de escalafón social y laboral y poder ahorrar para el piso de Torremolinos. Y este mismo vendaval se ha llevado por delante la dignidad con la que competía silenciosamente con su mujer. Porque a él no le hacen entrevistas en el periódico *Pueblo*, ni en la *Diez Minutos*, ni en *La Gaceta Ilustrada*, ni en *El Hogar y la Moda*, ni falta que hace. No desea salir en ninguna de esas revistas como Amelia, qué tontería. Aunque como siga pensando en cómo matar, descuartizar o hacer desaparecer a Miranda, podría acabar en la portada de *El Caso*.

Está bien que Amelia se haya convertido en un ejemplo para otras mujeres. Debería sentirse orgulloso, y lo está, claro que lo está. No le molestan esos artículos, esas fotografías donde sale especialmente guapa, divinamente maquillada y retratada por algunos fotógrafos que ella ha mencionado de refilón quitándole importancia. Aunque tampoco entiende que haya que quitarle importancia, si te han hecho una sesión de fotos y has salido a doble página en una revista para chicas jóvenes pues se detalla todo el evento a la hora de cenar, y punto. Pero si se pasa un poco por encima del asunto, restándole importancia, es que quizá haya algo que esté tratando de ocultar.

Armando, de haber sido entrevistado en *Autopista*, no omitiría ninguno de los detalles del evento. Todos querrían escuchar sus anécdotas, evidentemente. Pero Amelia nunca se ha dado mucha importancia, no querrá seguir ofendiendo a Carmen ni ahondar en la herida. Será por eso, seguramente. Aunque sí que se detuvo un sábado a contar muchas anécdotas de la jovencita que la había fotografiado para *Pueblo*, Joana se llamaba… Joana… Biarnés, eso era. Amelia, por primera vez, estuvo relatando la sesión de fotos que le hizo esa mujer, ahora lo recuerda, que vino entusiasmada, asombrada por su talento y su simpatía y por lo mucho que tenían en común.


Joana le contó a Amelia que le habían encargado ser la fotógrafa de *Pueblo* que cubriese la visita de los Beatles a España. Llegada al aeropuerto, rueda de prensa, concierto. Los mismos momentos para todos los fotógrafos. Sin embargo, su tesón la llevó a hacer unas fotos distintas al resto de los fotógrafos que allí se encontraban. Ella, que aprendió el oficio de su padre, siempre buscaba la foto que destacase sobre todas las demás. Así que, ni corta ni perezosa, pero sí muy astuta, consiguió un billete para volar en el mismo avión que llevó a los Beatles a Barcelona, donde tocaban al día siguiente del concierto en Madrid. Imagínate, Armando, le contaba Amelia, nosotros saliendo entusiasmados del concierto y esta chica consiguiendo un billete para colarse en su avión. Qué fantasía.

Joana se colocó estratégicamente dentro de los baños y empezó a fotografiarlos a escondidas a través de la cortina de acordeón. Pensando que nadie la veía, se confió demasiado y acabó sacando la cámara y su cuerpo entero hasta el pasillo. Los guardaespaldas la descubrieron inmediatamente, pero, por fortuna, no le hicieron velar su carrete y pudo enseñarle las fotos a Amelia el mismo día que hicieron la sesión en su estudio.

La aventura no terminaba ahí. No contenta con su sesión clandestina en el avión, le contó que, con tal de conseguir la foto, era capaz de cualquier osadía y siguió adelante con su plan. Siguió a los

Beatles hasta su hotel, el Avenida Palace de Barcelona. Los Beatles tenían reservada toda una planta con un guardaespaldas en el ascensor principal, pero Joana, lista como ella sola, se coló por el montacargas, donde no había vigilancia, y llegó hasta la puerta de la suite del mismísimo cuarteto de Liverpool. Llamó a la puerta sin miedo. Ringo Starr abrió. «¿Eres tú otra vez?», le espetó. Enseguida fue reconocida como la fotógrafa espía del avión, y ella, en su inglés macarrónico —como ella misma lo llamó— sólo les pidió misericordia, perdón y algunas fotos. *One picture, please.* Aquello debió hacerles gracia y la dejaron pasar a su habitación para hablar de España, de flamenco y comida. Allí Joana pasó tres horas con ellos y les hizo fotos sin tener que ocultarse. ¿Cómo no podría estar Amelia fascinada con esta mujer?

Cuando Amelia contó todas estas anécdotas, Armando no daba crédito, qué muchacha tan atrevida y afortunada al mismo tiempo. Y esa misma mujer había retratado a Amelia, como si ella fuera tan importante como los Beatles… ni que fuera para tanto. Es verdad que Amelia estaba conociendo a mucha gente interesante últimamente. O interesada, también. Quizá demasiada, nada que ver con ellos, una familia normal y corriente. ¿Qué necesidad de destacar?

Armando todavía no entiende tanto alboroto con esto del feminismo del que se habla en las reuniones de Amelia y en algunas columnas de opinión. Y se plantea, incluso, si ella debería estar cobrando algo por tantas fotos y reportajes. Amelia dice que lo hace por compromiso, que está siendo ejemplo para muchas chicas jóvenes que no se atreven a dar el paso y hacer de su pasión su oficio. Claro que, si todas las chicas se pusieran a trabajar y no desearan casarse, ¿quién iba a mantener las casas, tener hijos, hacer crecer el país? Limpiar el polvo, en definitiva. Un hogar sin madre y esposa es como una casa sin alegría, él mismo lo había comprobado al llegar. La soledad más profunda. El calor y el color lo aportaba la mujer, esto es así.

Armando apura su whisky y decide no beber más. Ya se ha tomado dos, y eso que él sólo bebe algo los fines de semana. Pero lo de Miranda sigue martilleando su cabeza. ¿Cómo se lo va a contar a Amelia y cuándo? ¿Esta misma noche? Podría no decírselo nunca, pero ella preguntaría. La semana pasada se lo recordó, cuando don

Alonso no había tomado la decisión y Armando aún tenía posibilidades. Podría decir que él mismo había rechazado el puesto, que supondría mucha responsabilidad y más horas fuera de casa, argumentando que está bien que, mientras ella haga el curso, él esté presente para los hijos. Podría ser ese un buen motivo, alegar que la casa vacía los está alejando y que se quiere comprometer más como padre. Haber renegado de un puesto así lo encumbraría como padre del año. No tendría que reconocer, avergonzado, frente a sus seres más queridos, que no ha alcanzado la gloria que merecía por haber sido adelantado por la derecha por un gafotas ratón de biblioteca. Y recalcaría que Miranda, a partir de ahora, ya no vería crecer a sus hijos por mucho que creciera su cuenta bancaria y que, en este mundo, hay que tener claras las prioridades de uno, y que para Armando lo primero, lo primerísimo, mucho antes que el apartamento y esos caprichos, viajes y nuevos ajustes al Seat, es su familia. Y probablemente, después de entonar su discurso y que a Amelia se le humedezcan los ojos por su valentía y coraje, saldrá a comprar el periódico en busca de nuevas oportunidades laborales sin que nadie se entere.

Eso va a hacer. No puede quedarse en una empresa que no ha sido consciente de su valía, de su talento, de su disposición y su compromiso. Hay más empresas en Madrid, es una ciudad con una economía creciente, seguro que alguien apreciará sus aptitudes. Y para celebrar que pronto logrará un puesto que se ajuste mejor a sus capacidades, se pone el tercer whisky de la noche. Total, todavía no ha llegado nadie. Quién se va a enterar.

# 31

## Que nunca entren en tu cabeza

La primera vez que Armando probó el alcohol tenía once años y hacía mucho frío. Se les había vuelto a acabar el carbón para la lumbre y estaban esperando a que algún vecino de buena voluntad les acercase un saquito. Armando ya se había acostumbrado a cambiar de casa, que se llenase de gente, familiares, que luego se fueran, que entrasen desconocidos. Él no entendía muy bien los trajines de su madre ni quería saber. Aún le dolía mucho haber perdido a su padre tan sólo un año antes, a los pocos meses de acabar la guerra.

—Se lo han llevado por rojo. Traidor, le dicen.

Él sólo sabía que su padre era maestro, que un día se despidieron por la mañana y que ya nunca más lo volvió a ver. Su madre tampoco le decía nada. Se ha muerto. Lo han matado, lo han fusilado. Y entonces ella se deshacía en insultos, maldecía la guerra, a Franco, la Falange, José Antonio y cualquiera que perteneciese al bando nacional, y procuraba llorar lo justo para que su hijo no se hundiese con ella. Quizá debería haber llorado más.

Se pasaba el día entrando, saliendo, cobijando gente, consiguiendo comida, trabajando ahí, escribiendo allá. A Armando le pedía que estuviera todo lo alejado que pudiera de su casa, que no dejara de estudiar, de aprender, que sólo así vencerían.

—Que nunca entren en tu cabeza, hijo, así lograrás la victoria.

Algún día él se sentaría a la misma mesa que los asesinos de su padre y les ganaría por tener una mejor educación que ninguno de ellos. Emilia se encargaba de desdecir lo que Armando aprendía en la escuela y completaba su formación con los libros que había conseguido salvar.

—Echo de menos a papá y a la hermana.

Eran demasiadas muertes para un niño tan pequeño que se hizo mayor de un día para otro.

—Tenemos que aprender a vivir sin ellos, Armando.

—Me dicen en el colegio que Dios se los ha llevado por rojos.

Entonces su madre apretaba los dientes.

—Tu hermana murió de una enfermedad. Y las enfermedades no las manda Dios. Tu padre… —Y se le quebraba la voz—. Él sólo quería una buena educación para todo el mundo. Eso no es cosa de rojos, eso es cosa de un hombre bueno e inteligente.

—¿Y no va a volver?

Cada vez que Armando preguntaba por su padre Emilia buscaba hacer otra cosa, distraerse, olvidar. Y luego por la noche, los días que conseguía, tomaba un poco de vino para dormir de seguido. Él la observaba: ella se ponía un vasito, chiquitito, y bebía en silencio, mirando al frente. Se lo traía la gente que venía a verla, porque ella los ayudaba con sus temas, porque era lista, sabía leer y escribir, pero la mayoría de los vecinos no, y ella los ayudaba con cosas, como le decía a su hijo.

Procuraba que Armando no desperdiciase ni un minuto de su vida sin aprender algo. Y le conseguía libros de la universidad que él aún no entendía, pero que tenía que leer, y practicar sumas complicadas porque el día de mañana tendría que demostrar el doble que los demás.

—Nadie te va a ayudar, ¿me oyes?

Algunas veces su madre llegaba muy tarde a casa, tenía recados que hacer, le decía. Estudia, cena y acuéstate pronto. Pero él no se quedaba tranquilo hasta que la oía llegar. Se ovillaba en la cama y se hacía el dormido, pero nunca cogía el sueño hasta que ella se tumbaba a su lado y se aseguraba de que no se iba a quedar solo.

Una noche, Emilia no regresó.

Eran las cuatro de la mañana y Armando seguía esperándola en la cocina, muerto de frío, cubierto por cuatro mantas que no evitaban los sabañones. Empezó a pensar que quizá ya no volvería más. Como cuando sus padres se llevaron al hospital a su hermana y volvieron sin ella, como cuando su padre se despidió aquella mañana y nunca regresó.

Entonces recordó el vino y pensó que si su madre lo tomaba para los momentos tristes él también podría consolarse. Su sabor le disgustó de primeras, era amargo y recio, pero un dulzor le llenó la boca y lo paladeó con gusto al final. Todo el mundo bebe, pensó, tarde o temprano se tendría que acostumbrar, así que le dio otro sorbito. Como los hombres. Y él ya era un hombrecito.

Emilia regresó al amanecer y se lo encontró dormido sobre la mesa de la cocina. Observó el vasito, la bota de vino y entendió. Le meneó levemente y Armando despertó. Él la miró como si viera a un ángel. La abrazó con fuerza, y su madre no dijo nada al respecto. Se limitó a enseñarle el saco de carbón que había conseguido y encendió la lumbre con la que por fin se pudieron calentar. Emilia lo miró a los ojos y le propuso saltarse aquel día el colegio.

—Les diré que estabas malo. Así pasamos el día juntos.

Y alrededor de los fogones, aquel día fue más cálido que otros, quizá por el carbón, quizá por el tiempo que pasaron juntos sin prisas, quizá por ese primer vino que, en sueños, le trajo de vuelta a su madre.

# 32

# Los lobos

Durante la mañana de la familia normal que sueña Armando, Amelia prepararía el desayuno para todos y les preguntaría por sus apetencias para la comida y la cena, los chicos estarían a lo suyo leyendo un tebeo y apurando su Cola Cao y Armando contaría algún asunto del trabajo o propondría algún plan para el domingo en familia.

Pero hace tiempo que los Suárez Torres no componen la foto de familia ideal que se coloca encima de la tele. Todos callan. Amelia calla que en su mente se libra una cruda batalla entre el deseo de estar con Enrique y la culpabilidad y vergüenza que siente por su edad, su matrimonio y su familia. También calla lo orgullosa que está por las experiencias y la gente que ha conocido a raíz de sus entrevistas y exposición mediática, aunque trata de no valorarlo en exceso delante de todos. No comenta sobre los encuentros con su grupo de amigas en la librería de Lola porque podrían censurarla en casa, y ya bastante tiene. También calla lo orgullosa que se siente de Marga al verla en ese ambiente y los ánimos que le están insuflando para que empiece a escribir la historia de su hermana.

—¡Debes escribirlo, Marga! —le han dicho.

No se han contado suficientes historias de mujeres valientes, aunque Marga sigue un poco insegura con el tema. Amelia disfruta de verla estar al mismo nivel intelectual de todas ellas y entiende que su hermana ha encontrado el lugar al que siempre estuvo destinada.

Le gustaría poder coger a Carmen del rostro, mirarla fijamente y decirle que viniera a conocerlas, a escucharlas y comprender la pasión de su madre de una vez por todas, en un intento de contagiarle este camino vital. Pero Amelia no se atreve, a veces, ni a mirar a Carmen, que opta últimamente por contestarle a todo con pocas palabras.

Porque tampoco Carmen quiere compartir con ellos los entresijos de su nuevo círculo de amigos, ya que su padre jamás le perdonaría el origen falangista de estos grupos. Ha optado por decir que se trata de algo que ha organizado el colegio y la han creído.

Hace varios desayunos que Armando disimula leyendo el periódico del día anterior cuando en verdad está buscando un puesto que se adecúe a su talento entre los anuncios por palabras. La jugada de mentir sobre su sacrificio laboral le ha salido redonda y ahora sólo espera el momento para encontrar un nuevo trabajo, y cuando lo tenga, fingirá que le han llamado de la competencia para argumentar que era inevitable que, a un profesional como él, vinieran a buscarlo tarde o temprano.

Antonio siempre está de acuerdo con sus padres, hagan lo que hagan es un apoyo incondicional, así que no sorprendió a nadie cuando estrechó a su padre entre sus brazos y le dijo que había sido muy valiente apostando por la familia. Armando sintió como si fuera su propio padre el que aprobase semejante decisión, lo cual lo alivió bastante a pesar de que era una mentira como un castillo. En ese milisegundo sintió algo de arrepentimiento —pero duró poco—, y así lleva mintiendo un par de semanas. Su dignidad y su masculinidad siguen intactas, pero ahora es un hombre entregado a su familia, y eso no es algo común en estos días. Lo raro es que no vinieran a entrevistarle a él para rellenar una portada. Aunque, bien pensado, algunos hombres lo verían como una derrota, es mejor que el secreto quede de puertas para adentro, no quiere ser un calzonazos. Igualmente, es algo pasajero, pronto será director financiero en una empresa aún mejor. Qué dice director financiero, si pudiera, podría formar hasta su propia empresa y ser director general. Talento no le falta, lo que le han faltado han sido mejores oportunidades, una cuna mejor y un bando ganador.

El desfile para salir de casa también se ha normalizado, ya nadie miente ni aparenta, en la calle cada uno elige caminos diferentes, incluso los niños ya van por separado a sus colegios porque Carmen ha decidido que Antonio se ha colocado en el bando de su madre y no lo acepta, y porque tampoco quiere que se entere de con quién se lleva ahora.

Pero hoy Armando se detiene antes de salir por la puerta, justo después de que los chicos se hayan marchado, y escruta a Amelia con la mirada.

—¿No vas muy maquillada?

—No sé, como siempre.

—Parece… como si llevases los ojos más grandes.

—Ah, bueno, será por la máscara de pestañas, me habré pasado un poco.

—¿No has dormido bien?

—Estoy un poco agobiada por los exámenes —miente Amelia pensando en otro.

—Sí, parecen las pestañas, como que están más levantadas, ¿más negras quizá? —El truco que venía en *Club Fémina* ha dado resultado, salvo que pensaba que sería imperceptible al ojo de su marido.

—Es una técnica que aprendí el otro día en una revista.

—Ah, ¿de una revista de las que te entrevistan o de las que no? —Amelia ha perdido un poco la cuenta y cree recordar que sí, pero no quiere darse mayor mérito.

—¡Qué va! Era de una revista muy importante, el *¡Hola!*, en esa no me entrevistan.

—Te queda muy bien, pero… para ir a clase tampoco te tienes que poner tan guapa, digo yo. En todo caso si saliéramos a cenar.

—¿Guapa, dices? Si tengo unas ojeras tremendas.

—Tú estás guapa siempre, sólo digo que para ir a clase no veo necesidad de tanto arreglo, que luego por los aires se te vuela todo.

Amelia sonríe, pero se siente, sorprendentemente, incómoda, descubierta. Quizá Armando tenga razón y se haya maquillado en exceso. Tiene miedo de parecer demasiado mayor entre tanto jovenzuelo y es posible que haya abusado de la máscara de pestañas, del lápiz negro, un pelín intenso. Pero quiere sentirse atractiva, deseada, lo necesita, porque eso la hace rejuvenecer a ella también. Nunca se había sentido observada de esa manera por alguien que no fuera Armando y le produce una emoción que quiere seguir experimentando, que le acelera el corazón y le dispara la imaginación, y, aunque lucha contra ello, lo disfruta. Cuando se ha preparado esta mañana no ha sido sin querer, ha sido intencionadamente, buscando una mirada intensa, un juego seductor de pestañas para alguien muy concreto.

—Ahora no me da tiempo a quitármelo, llegaría tarde, pero mañana pondré más cuidado en no pasarme. Gracias, mi amor, tú siempre tan atento conmigo.

—Eso siempre, mi pichulina. No me gustaría que nadie te mirase con los ojos que no debe.

Y en ese instante se le pone a Amelia un nudo en la garganta, como si sus pestañas hubiesen desvelado sus sentimientos, como si en ese momento la fuesen a detener por sus pensamientos lascivos, equivocados, desviados, incorrectos, subversivos, maliciosos, imperdonables, de buscona. Como si hubieran podido abrir la ventanita en donde se alojan y haberlos colocado frente a la pared con una luz cegadora para confesar un crimen. Pero Amelia sabe que eso es imposible, que el pensamiento no se ve, que nada la ha delatado, salvo sus ojos, que el nervio en la boca del estómago tampoco es apreciable porque lo lleva en secreto y, salvo que últimamente come algo menos, nadie ha podido darse cuenta.

—¿Quién me va a mirar con otros ojos, Armando? Si no hago más que hablar de ti todo el tiempo. —Mentira, otra vez—. Allí sólo hay jovencitos y yo podría ser casi la madre de algunos de ellos. —Nudo en la garganta otra vez porque se siente vieja de pronto.

—Si ya lo sé, cariño, pero el hombre es hombre desde los inicios de los tiempos.

—Y yo no soy ninguna presa a cazar, tranquilo.

Amelia da por zanjada la conversación con un casto beso y se marcha apresuradamente dejando a Armando con la palabra en la boca. Puede que Amelia tenga razón, ella no tiene edad para romances, pero Armando conoce los instintos masculinos y los pocos escrúpulos que tienen algunos. La madurez de una mujer como

Amelia —que sigue manteniendo un tipo inmejorable y una libertad en la cama que, sospecha, no es generalizada— es un caramelo para cualquiera de los compañeros que no se hayan iniciado aún en artes amatorias. Seguramente muchos de ellos no tengan ni ocasión de acercarse a los extrarradios a adquirir la experiencia que necesitan para la primera noche de bodas. Sus compañeros aviadores son de buenas familias, por lo que Amelia le ha contado. Tendrán otras maneras de aprender y desahogarse sin perder la dignidad y sin arriesgarse a ser descubiertos. Aún menos eso de tener que aceptar hijos de criadas que en la casa han sido poco cuidadosas después de ofrecer sus encantos. Menuda estrategia la de algunas para ascender, qué poca vergüenza —suelen decir de ellas—, hay que tener mucho ojo con quién se mete en casa.

Armando recuerda ahora a su amigo José Luis, de la facultad, que en un calentón de la prima consiguió lo que venía buscando: quedarse embarazada de un señorito de Madrid para resolverse la vida. Que fueran primos lejanos no les supuso un problema para irse juntos a la cama. Menos mal que ahí la familia estuvo rápida y mandó a la chavala de vuelta al pueblo, menuda desgracia para José Luis tener que acarrear con todo eso con apenas diecinueve añitos. La devolvieron con una buena suma para callarla, y él pudo encontrar una buena esposa —pura— para formar la bonita familia que hoy tiene, tres varones y dos niñas que son un auténtico primor. Supone que la mujer de José Luis no tiene ningún conocimiento sobre lo que le pasó años atrás. Que inseminase a la prima no lo convierte en padre de ese hijo. Que hubiera puesto más cuidado la muchacha.

Pero el libertinaje de muchas mujerzuelas no impide que, en este caso, pueda ser Amelia la que se convierta en objetivo de conquista por parte de alguno de sus compañeros de clase. ¿Cómo sabe él que Amelia va a estar a salvo de esos jovencitos, si ni siquiera ella es consciente de esta posibilidad? El problema es que ella se cree que todos van allí estrictamente a aprender, a sacarse un título de piloto. Pero también está la escuela de la vida, y ellos acaban de salir del calor de sus hogares, del regazo de sus madres, y se enfrentan por primera vez al desafío de la vida en solitario, como quien transita un bosque frondoso en la oscuridad y en el que necesitará encontrar un refugio donde guarecerse. Los hombres siempre buscan un reemplazo para sus madres.

Su madre. ¿Qué le diría Emilia de toda esta situación? Armando sacude la cabeza y cae en la cuenta de que evita hablar de estos temas en las comidas familiares, trata de no profundizar en público. Aparentan. Si compartiese estos miedos con ella seguro que trataría de quitárselos de la cabeza. Emilia siempre ha sido un gran ejemplo de integridad para él. Su madre nunca le faltó al respeto a su padre muerto, nunca quiso a otro y siempre lo mentaba como ejemplo. ¿Y su padre? Sabe lo justo de él, los mismos valores repetidos una y otra vez sin posibilidad de ampliar, pero… ¿Estuvo su padre con otras mujeres antes de estar con su madre? ¿Le fue fiel el tiempo que estuvieron juntos? ¿Qué tipo de pareja serían hoy día si siguiera vivo? ¿Se seguirían queriendo? Hay cosas que uno a veces prefiere no saber para mantener el ideal en la mente. Si se abriese con su madre, esta le pediría que confiase en Amelia. Que no permitiese que la dictadura entrase en su pensamiento. Pero Emilia hace tiempo que está fuera de la realidad, sigue anclada en su pasado, en su república, ya no es una cuestión de dictadura o de pensamientos, ella no entiende la voracidad del presente porque vive aferrada a otro tiempo. Ya no es lo mismo, ni lo volverá a ser. Armando tiene que pensar en el presente y en los peligros que los acechan como familia.

¿Será Amelia capaz de darse cuenta de su debilidad, de su posición inferior, de su falta de fuerza ante un ataque? No, Amelia nunca podría defenderse porque ella no ve la maldad en los otros. Sólo ha conocido a Armando, no sabe que no todo el mundo tiene buenas intenciones. No será capaz de ver a los lobos venir entre la espesura del bosque.

Por eso tiene que ir a protegerla: tendrá que vigilarla.

# 33

## «Instrucciones de uso»

El bofetón aún le duele, más que en el rostro, en el orgullo. La zona ya no está roja ni caliente, pero aún recuerda el sonido seco del impacto de la mano de Emilia sobre su mejilla rebotando por las paredes del edificio. De todas las cosas que Luis no había visto venir en su vida, esta es la que menos se esperaba aquel jueves por la tarde. Ahora, mientras mira el paisaje por la ventanilla del vagón, Luis sigue preguntándose qué hizo mal con Victorina para que Emilia le plantase semejante bofetón seguido de una retahíla de reproches. Era evidente que entre ellas habían hablado del desafortunado incidente de la carta-petición-de-orgasmo y que semejante demanda y actitudes recientes —cayó después— partían de un mismo lugar: de la consuegra roja.

Y aunque no le guarda rencor por lo que le dijo, cree firmemente que el guantazo era innecesario y que, seguramente, los vecinos se enteraron y comentaron de puertas para dentro. Por una vez, Luis es el que se siente la comidilla del edificio y entiende por un instante el pánico que sufre Victorina con estos menesteres. Aunque sólo sea por eso, ya ha conseguido acercarse un poco más a su mujer, que es lo que trataba de explicarle Emilia aquella tarde después de lograr su completa atención tras el sopapo. Emilia le ha dejado claro que tiene que tomar cartas en su matrimonio, pero de cómo hacerlo, no ha tenido la delicadeza —ni la decencia— de darle una mísera pista.

Por lo visto, Victorina estaba en lo cierto; las mujeres pueden tener orgasmos y este era un dato que Luis no tenía nada claro hasta aquel tortazo con la mano abierta. Ahora tenía que averiguar (¡por sí mismo!) cómo lograrlo. ¿Con quién hablar? ¿Qué fuentes consultar? Si tuviera hermanas quizá ese habría sido el primer paso, pero tal y como son las señoras hoy en día lo más probable es que sus hermanas ficticias también se hubieran reído de él en su cara o le hubieran soltado otros exabruptos por su indecencia. Y tampoco va a llamar a los hermanos que le quedan en Asturias y con los que apenas tiene trato. Y es que ahí estaba el asunto. ¿Quién no se iba a reír en su cara al preguntarle cómo podría conseguir que su mujer tuviera un orgasmo? Sólo de pensarlo a Luis se le vuelve a enrojecer el rostro.

Tendría que haberle preguntado a Emilia en ese momento, pero habría sido llegar a un punto de intimidad obsceno dentro de la familia, y una segunda vergüenza que tu consuegra te dé consejos sexuales. A su edad. ¿A López quizá? Con su compañero de trabajo tiene confianza. Podría, en uno de sus duelos dialécticos, preguntarle sutilmente por la satisfacción de su parienta, de si está seguro de que a ella le gusta tanto como a él, de si hay que hacer algo más aparte de… vamos, lo que todo el mundo sabe, meterla. Que dónde hay que tocar, básicamente.

Pero que no y que no. No va a hablar con López de esto, ¿cómo le va a preguntar sin venir a cuento si su mujer se siente satisfecha con el fornicio, y ya? Ojo, que a lo mejor la mujer de López tampoco sabe si ha tenido un orgasmo en esta vida. Que comparar algo así es difícil, porque no es sencillo de medir, no es algo visible, es más bien subjetivo y como asunto subjetivo está sujeto a todo tipo de interpretaciones, niveles o intensidades. Ojo con esto, que Luis no había caído. Que se piensa uno que ha satisfecho a la mujer todo este tiempo, y resulta que no, y se entera uno después de todos estos años.

A Luis le habían hablado del sexo oral, pero él nunca lo ha probado. Si al menos Victorina hubiese aceptado el sexo oral en su juventud pues ahora no le daría tanta aprensión, a ver quién baja ahí (a su edad) a conocer al equipo contrario. A saber, incluso, como está eso ahora. Que con veinte añitos, vale… pero con sesenta y dos… Pero nadie lo está obligando a bajar ahí, imagina que con la mano será suficiente. Ahora… qué hacer con la mano es otro tema, o cómo hacerlo, o qué tiene que hacer, eso ya debe requerir de un entrenamiento. Este es un tema complejo, el de los bajos fondos de una mujer, ahí hay mucho pliegue, poca claridad y mucha espesura.

Luis sigue repasando en su cabeza con quién podría hablar de estos temas sin caer en desgracia. ¿Un médico quizá? ¿Pero esto está estudiado? Un médico podría reírse en su cara y contestarle que clínicamente no existe prueba alguna del orgasmo femenino, que eso son simples habladurías de rojas y que científicamente nadie se ha detenido en este asunto porque, para la comunidad científica, no tiene la menor importancia. Conclusión, que se puede ahorrar la consulta porque tiene clarísimo el discurso del doctor.

Luis se mira los dedos de la mano derecha contabilizando las opciones que le quedan. Añade la posibilidad de preguntar en Francia, que para eso tiene la libertad de ir y ver películas y libros que en España están prohibidos. También se sabe, desde hace décadas, que los franceses son buenos amantes, ¿pero cómo podría apañarse él para mantener una conversación tan técnica cuando apenas chapurrea algunas palabras en el idioma galo? Quizá haya algún libro, alguna ilustración, algo ciertamente prohibido que podría encontrar al otro lado de la frontera y que diera con la clave que lleva buscando desde hace días. Va a tener que sacar los dedos de la mano izquierda también porque tampoco tiene ni idea de qué librerías eróticas hay en París, aunque eso, seguramente, sea más fácil de encontrar que el dichoso orgasmo de Victorina.

Ya está, eso es. La cara de Luis se ilumina por momentos, ¿cómo no lo había pensado antes? Mira discretamente a un lado y otro del vagón como si alguien pudiera desentrañar su pensamiento —aunque aquello sigue tranquilo y sin tránsito—, se observa a sí mismo en el reflejo del cristal y una sonrisa se le dibuja súbitamente. Ya tiene la solución: una prostituta, eso es. Si alguien sabe de esas cosas será este tipo de mujer. Así, *a priori*, no conoce a ninguna personalmente, pero será cuestión de preguntar por aquí y por allá, nadie lo va a juzgar, ni nadie va a saber que no piensa usar sus servicios, sólo necesita descubrir algo importante. A ver, importante para Victorina e impepinable para él si quiere seguir viviendo con algo de paz el resto de su jubilación. No piensa que, a lo mejor, también es importante que su mujer disfrute del sexo, y trata el tema como si fuera un capricho, no como un proyecto de futuro, sino como algo puntual, como quien desea viajar a París, lo hace y dice eso de «pues ya hemos estado en París», igual que quien acaba de comer y dice eso de «pues ya hemos comido», sin mayor pretensión y ambición.

Pero si finalmente lo consigue y le gusta… ¿se lo va a pedir siempre? De momento le ha pedido uno. «Quiero tener *un* orgasmo», que no varios, que podría no gustarle. A Luis le gustan los suyos, pero con la edad ha ido perdiendo las ganas, el interés. Normalmente son cortitos, gustosos, pero nada del otro mundo. Nada de lo que no pudiera prescindir. No es precisamente Victorina quien despierta sus instintos, pero sí la que recibe sus desahogos. Si ella los hubiera disfrutado más, tal vez habría sido de otra manera, sin los miedos, sin el Cristo encima de sus cabezas, sin la sábana de por medio, más libre, más sucio, más animal, como cuando se reía por sus erecciones en los lugares más insospechados. ¿Cuándo perdió esa inocencia y se convirtió en una vieja cascarrabias?

Hace ya un rato que a Luis se le ha borrado la sonrisa; aunque descubriese cómo conseguir el placer de Victorina, seguro que algo haría mal, en algo se equivocaría y si consiguiese el orgasmo seguramente no sería como ella se lo habría imaginado y la culpa sería de él. ¿Para qué va a intentarlo siquiera? Si a medio camino le diría que le duele, que así no es, que si tiene frío, que no es el momento.

Porque lo que nadie le ha preguntado a Luis es si él quiere hacerlo. Si le apetece, porque el criterio de ella se ha impuesto totalmente a su voluntad. Primero, llegó la petición de Victorina, después, el bofetón de Emilia, y allí nadie le ha preguntado a él si tiene alguna necesidad, algún capricho, algún deseo, algún tipo de papel importante en esta tarea, salvo el de hacedor, el ejecutor. ¿Y si no quiere avanzar en su investigación? Se imagina de pronto frente a la prostituta teniendo que resolver este enigma y se le agarra el estómago. No quiere, no le apetece. Tras la humillación de Emilia tener que pasar por el lupanar le supone una contradicción enorme. Ha sido fiel a Victorina todos estos años (no de pensamiento, evidentemente) y, ahora, en sus últimos años, ¿va a acabar conversando con una pelandrusca sobre cómo dar placer a su mujer? ¿Quiénes son ellas —ahora refiriéndose a su esposa y su consuegra— para ponerlo en semejante aprieto? Si Victorina quiere saber cómo es un orgasmo, que se lo explique Emilia, que, con la mano suelta que tiene, seguro que tiene destreza suficiente para explicarle algo más acerca del asunto.

—¡Vamos, hombre! —Luis se desahoga en alto y queda libre de cualquier responsabilidad.

Acaba de deshacer el nudo en el estómago que se le había agarrado durante estos días. No piensa sucumbir ante este disparate. Ya no tienen edad para esto, y punto.

—¡Y punto! —repite de nuevo en alto.

En ese momento, una cabecita se asoma desde uno de los compartimentos, sabedora de que Luis estará en el lugar que le corresponde en el tren.

—Señora Valdés, ¿en qué puedo servirla? —Luis se levanta como un resorte dispuesto a satisfacer cualquier necesidad de su pasajera más distinguida y se encamina hacia su camarote con su mejor sonrisa.

—Tengo un poco de náuseas, Luis, ¿serías tan amable de traerme una manzanilla?

Una manzanilla, eso es algo sencillo, algo que él fácilmente puede hacer. La puede incluso preparar, aunque eso lo hagan en el vagón cafetería, y la puede traer sin derramar una sola gota, que para eso es un profesional del tren desde hace años y tiene cogida la cadencia del traqueteo. Esto es lo que Luis hace muy bien y sin mayores complicaciones, no investigaciones y entrevistas en lugares inapropiados.

—Hazme un poco de compañía, Luis, hoy no tengo ganas de sociabilizar.

—¿Le ha podido sentar algo mal del almuerzo? —pregunta con educación.

—Llevo días sintiéndome indispuesta, pero ya se me pasará… siempre he tenido bastante sensibilidad estomacal, no tolero bien los excesos.

—Y en su caso comerá cosas muy ricas, seguro. Yo, en cambio, siempre como lo mismo, unos jureles por aquí, unas patatas cocidas por allá, ninguna extravagancia.

Luis ríe sus propias ocurrencias porque cree que a la señora Valdés le gusta esa desigualdad, como quien se entretiene en un teatro de variedades o en un cabaret. Pero su inquietud no pasa desapercibida para la señora Valdés, que no se detiene en su batiburrillo de comentarios llanos.

—Pues tú tampoco tienes buena cara, Luis. —Ahora es cuando él cree que lleva escrita su maldición en la frente y ha sido descubierto—. ¿Te quieres tomar un descanso?

Luis acepta de buena gana un asiento, aunque lleve horas sin levantarse del pasillo.

—¿Tiene que ver quizá con tu hija, aquella del concurso que después quiso volar?

—¡Qué va! Amelia está bien. No son mis hijas quienes me preocupan. Como padre no podría estar más orgulloso de las dos. No sé si le he hablado de la pequeña, pero Marga es otro cerebrito, publica libros, ¿sabe? Es de las nuestras, le gusta leer.

—¿Se lo inculcaste tú?

—¡No iba a ser mi mujer!

—La que no lee.

—Esa.

—Y es ella la que te preocupa, ¿verdad?

—¿Cómo lo ha adivinado?

—Instinto femenino.

—Pues es usted buena adivinando. —Para Luis, las mujeres, a pesar de sus sesenta y cuatro años, siguen siendo un misterio.

Se toma unos instantes antes de tratar de comunicar qué es exactamente lo que sucede con Victorina porque no se atreve a llamar a las cosas por su nombre; por muy viuda y leída que sea la señora Valdés, teme que se escandalice.

—Verá… Mi mujer, Victorina, que así se llama, opina que… no… le gusta, no encuentra, no consigue… —Luis empieza a tirar de ironía— disfrutar del matrimonio como puedo hacerlo yo, que me encanta el matrimonio, así en general, y el nuestro, en particular. Está bien, es bueno, lo normal —ahí ajusta un poco mejor la narración—, como un matrimonio más, digo yo. Normalito. Tradicional. Con sus días alegres y otros más rutinarios. Sobre todo, eso, rutinarios. Previsibles. Eso es un poco lo que nos sucede, y ella quiere, pues… revitalizarlo. Justo, eso. Por ahí andaría el asunto matrimonial en cuestión.

La señora Valdés levanta una ceja.

—Vamos, que la cama ya no es lo que era, si es que algún día lo fue.

Luis se pone de pie como un resorte.

—¿Pero qué dice?

La señora Valdés mira hacia la ventana y se ríe frente a un hombre desarmado en su intento de ocultar la verdad con un subtexto poco elaborado.

—Ese mal nos aqueja a todos los matrimonios, incluso el mío antes de fallecer mi esposo. Son muchos años en compañía, Luis, lo normal es que se apague la llama.

Luis se sienta a su lado con la sensación de haber entrado, sin darse cuenta, en un confesionario.

—Llevamos casi cuarenta años de casados y, a veces, es como si nos limitásemos a compartir el espacio, como compañeros de camarote, con las aficiones de uno, las manías del otro, pero con el peso constante de tener que tomar las decisiones correctas, y haga lo que haga, siempre parece que decido mal. Siempre hay algo que no encaja en sus esquemas. Nunca acierto. Si le planteo salir a pasear, entonces me dice que es como si sacara a la mascota, que lo hago por obligación y no por gusto. Pero si ella quiere pasear, entonces me echa en cara que no la coja de la mano, porque a mí me parece que somos un poco mayores ya para eso. Si el vecindario habla mal de ella es porque yo no la he defendido de las ofensas, y si llego tarde a casa del trabajo es porque me he entretenido por el camino. Menudas semanas me dio cuando Amelia decidió convertirse en piloto, que si yo le había comido la sesera, que teníamos pensado mandarla a la tumba, que se iba a morir y aún no tenía pagada la sepultura. Y así, cada día.

—Entiendo —la señora Valdés no añade nada más, mira con cariño a Luis, que se despacha a gusto mientras el traqueteo del tren rellena los silencios. La señora Valdés coge aire para formular su pregunta—: ¿Tú la sigues queriendo, Luis?

Luis se gira repentinamente y esquiva la mirada de la señora Valdés para detenerse a pensar la respuesta. Se lleva una mano a la barbilla dilatando el tiempo, respirando entre los dedos. Hace tiempo que no lo piensa y aún más que no lo dice.

—Claro, es mi mujer. —Por su entonación, más que afirmarlo, parece que lo pregunta, como si fuera su deber—. Pero… ya no es como al principio. Ella era distinta, más alegre, más atrevida, estaba más… viva, aunque siempre fue muy miedosa.

Luis se detiene unos instantes antes de seguir. Analiza a medida que lo piensa.

—A veces pareciera que fuéramos hermanos que discuten por cualquier tontería. Y siento que aunque vivamos juntos… estamos lejos. Y que quizá yo debería sentir hacia ella otras… otras… ¿emociones?

—¿Como una amistad? —intenta aclarar la señora Valdés.

Luis se toma un segundo para acertar con la palabra.

—Cariño, quizá. Sé que a veces no le hablo bien, y ella se enfada, con razón, pero es que me sale así.

—¿Brusco?

Luis asiente por no afirmar verbalmente.

—¡Que ella también! ¿Eh? Ojo. Tampoco me trata con especial dulzura. Que es de campo.

—¿Has pensado qué pasaría o cómo te sentirías si ella ya no estuviera en tu vida?

Ahora es cuando Luis recuerda la cantidad de veces que ha apretado los dientes deseando que esa mujer desapareciera para siempre y lo dejara tranquilo de una vez. De lo que le costó encontrar un trabajo que lo mantuviese alejado de casa con tal de limitar sus quejas a un par de días a la semana. Y se imagina la casa vacía y él entrando por la puerta sin que nadie venga a recibirlo y, de pronto, siente un nudo en la garganta y evita, milagrosamente, que se le agüen los ojos. Se imagina a Victorina, cada vez más mayor, viniendo a recibirlo a la puerta. Si tampoco es que se ponga a gritarle en cuanto aparece, es que tiene carácter. Ella es así, inquieta, insatisfecha. Pero siempre lo ha estado esperando, daba igual lo tarde que llegase, ella tenía encendida su velita a san Cristóbal para acompañarle en cada viaje —siempre tuvo miedo a un descarrilamiento, aunque jamás hubiera vivido ninguno hasta la fecha—. A veces, se la encontraba dormida en el sillón marrón de la sala de estar con el cojín bordado de flores colocado sobre el regazo y abrazado a él tiernamente. Entonces tenía que despertarla para avisar de que ya había llegado, y tras un «qué bien que has vuelto sano y salvo», una vez tranquila, enfilaba hacia la cama tras posarle un casto beso en la mejilla sin más alardes de cariño.

—Echaría de menos su compañía —concluye Luis tratando de contener la emoción.

—Todos tenemos miedo a la soledad, Luis. Nadie se libra.

—Usted es viuda.

—Qué horrible palabra, ¿verdad? A nosotros que nos gustan los libros y las palabras, se imagina uno a una señora vieja, gris, vestida de negro y amargada.

—Ciertamente. Pero usted nunca viste de negro.

—Mi marido sabía que iba a morir, tuvo una enfermedad afortunadamente corta. Y me prohibió vestir de negro más de una semana. Tenía muchas ganas de vivir. Pero, a veces, las ganas no son suficientes. Dios no le dio más tiempo para disfrutar, así que me pidió que lo hiciera por él, y eso hago.

—Vaya, yo pensaba que…

—… que estaba dilapidando la fortuna de mi marido y que quizá lo hubiera matado yo misma, sí, he oído bastantes habladurías al respecto, pero ninguna se aproxima a la verdad. Y es que… —por primera vez, el rictus de la señora Valdés desaparece y rompe su coraza— nos queríamos mucho. Pero siempre digo que eso es una fortuna, la mayoría de las veces desconocemos con quién nos casamos y cuando lo descubrimos ya es demasiado tarde y no podemos separarnos. O cada uno acaba haciendo su vida con otra gente o convierte la vida del otro en un calvario.

—Lo echará mucho de menos.

—Me acompaña de otra manera. —Ahora sonríe—. Sigue conmigo.

—¿Y entre ustedes seguía habiendo…?

—¿Pasión? —La señora Valdés se enternece ante su inocencia—. Encontramos maneras de mantenerla después de tantos años, que son los que son y los cuerpos no acompañan, pero en esto, como en todo, no se puede generalizar. Cada pareja debería encontrar su camino, pero nadie nos ayuda a encontrarlo, y los tiempos que vivimos tampoco ayudan a normalizarlo.

—Es que yo no sé…

—Si la quieres, Luis, encontrarás la manera de hacerla feliz. Pero para eso debes escucharla y aceptar quién es. La mayoría de la gente no está dispuesta a mirar a los ojos de su pareja y ver quién se encuentra detrás de la fachada que nos brinda. Para eso hay que mirar de otra manera. Tenéis dos hijas maravillosas por lo que me has contado, tan mala mujer no debe ser.

—En eso tiene razón, son chicas estupendas.

—Habrán tenido un buen espejo en el que mirarse.

Luis nunca había pensado que sus hijas fueran tan maravillosas gracias a Victorina, ya que siempre se había asombrado con que lo fueran a pesar de ella. ¿En qué momento le cogió manía?

Luis siente que ya ha tenido suficiente charla con la señora Valdés y se retira discretamente. Mientras enfila el pasillo tambaleándose por el movimiento del tren, una imagen lo asalta. Su sonrisa y su risa contagiosa. La de Victorina. En tantas ocasiones, como aquella Navidad que Carmencita empezó a cantar villancicos delante de todos y su hermano Antonio no hacía más que boicotear su actuación, y Carmencita no dejaba de cantar, a pesar de los gallos, y todos estallaron en risas. La pobre Victorina se hizo pis de la risa que le dio. Luis se ríe ahora al recordar aquello. O la vez que fueron al parque del Retiro a la Casa de Fieras y un mono le arrancó a Luis su sombrero y se lo llevó foso para dentro y no pudo recuperarlo. El mandril se lo colocó grácilmente y Victorina reía sin parar al ver a Luis tan apurado por su pérdida gritando: «¡Que alguien detenga a ese macaco!». Y miraba a Victorina diciendo: «¡Claro, como el sombrero no es tuyo!».

Pero no, aquel día no la trató bien. A pesar de que Victorina reía por el suceso sin importancia, Luis se lo tomó como una ofensa y le habló mal y la trató peor hasta que le borró la sonrisa, acusando a Victorina de que todo era por su culpa, porque había sido ella quien se había encaprichado de ir al Retiro. Si no hubieran ido, nunca habría perdido su sombrero. Un sombrero que, en definitiva, no tenía mayor historia, ni era herencia de su padre, ni había sido un regalo especial del que doliese desprenderse. Ese día… se había sobrepasado. No fue para tanto. Sólo era un sombrero. Y le hizo daño.

Quizá la culpa de todos estos años no fuese sólo de Victorina. Quizá él tampoco lo había hecho bien.

Pero nunca lo había visto tan claro como hoy.

# 34

## Una caja de sorpresas

Hace tiempo que Victorina se acostumbró a comer y cenar sola, así que de vez en cuando se da un caprichito. Se ha comprado un filete de ternera, finito como le gusta a ella, y se lo ha preparado con ajo y perejil, muy picaditos, acompañado de un buen chorretón de vinagre, que le chifla. De guarnición ha puesto unas acelgas que hizo la noche anterior, rehogadas con su pimentón bueno de la Vera, que no es fácil de conseguir en estos días, pero se lo proporciona una vecina, Purificación, la del 3.º A, que es de un pueblo muy bonito, Candeleda, y como sabe lo que le pirran a Victorina unas acelgas con pimentón, siempre que va al pueblo le trae un sobrecito que ella guarda como oro en paño para ocasiones especiales. Como hoy, que le ha quedado un plato de diez, piensa mientras enciende el aparato de televisión que se ha convertido, desde hace unos meses, en su mejor compañía. Por eso le molesta tanto que el timbre de la puerta interrumpa este mágico momento.

—¿Quién demonios será a estas horas?

Y se levanta con sus pasitos a abrir al osado que va a hacer que se le enfríe el filete.

—Marga, ¿qué haces aquí?

Su hija pequeña se ha presentado sin avisar, es incorregible, pero qué más da a estas alturas, no va a cambiar. Le pregunta si ya ha comido, que la ha interrumpido, y Marga la apremia para que vuelva a la mesa, que sólo viene a buscar unas cosas.

—¿Qué cosas?

—Nada, cosas mías, madre. —Marga olfatea el ambiente como un sabueso—. Huele a vinagre, ¿te has hecho un filete? —Victorina abre los ojos como si la hubieran cazado en una travesura—. Cómo te cuidas, ¿eh? Cuando venimos nunca nos haces filetes…

—Hija, es que sois muchos. Y este estaba de oferta, que se iba a poner malo.

—Ya… Anda, ve, no se te enfríe, ya busco yo lo que necesito.

Victorina vuelve junto a su plato combinado, porque si hay algo que le molesta en esta vida es la comida fría, y de vuelta a su asiento Marga la oye farfullar lo de siempre.

—Pues no haber venido a estas horas, o haberme avisado, podrías haber venido a comer, que a saber qué habrás comido, si me hubieras avisado con tiempo…

Marga observa a su madre alejarse y se adentra en su antigua habitación. Allí todavía quedan muchas cosas de su adolescencia que sus padres han mantenido intactas a pesar de que han necesitado usar algo del espacio para sus propias cosas, papeles, documentos, carpetas, lo típico. En las estanterías, aún, los libros de su adolescencia, los tebeos y los cómics que leyeron su hermana y ella, el Guerrero del Antifaz —que se turnaban entre Luis, Amelia y Marga—, el Capitán Trueno, El hombre enmascarado, Superman, las novelas de Julio Verne y Agatha Christie y sus tesoros incalculables: *Jane Eyre, Ivanhoe, Mujercitas, Los tres mosqueteros* o *El conde de Montecristo*.

Pero ahora necesita recuperar los cuentos que escribió en su infancia para recobrar la confianza en sí misma y mostrarlos a la editorial antes de ponerse a escribir. Sí, los que escribió con la Hispano Olivetti. Pero han pasado muchos años y ni recuerda dónde los metió.

—¿Encuentras lo que buscas? —su madre le grita desde el otro extremo de la casa.

—¡Aún no! —Su respuesta recorre el pasillo.

—¿Te ayudo?

—No, no, tranquila. Tú come, mamá.

Recuerda una carpeta azul donde pudo guardarlos. Quizá en algún archivador. Revuelve los cajones sin éxito. La estantería, los altillos. Nada. Se sienta un minuto en la cama y piensa mirando las baldas de arriba abajo. ¿Dónde pueden haberlos metido? Hace un repaso mental. Y barrunta que, quizá, su madre los haya guardado debajo de la cama de matrimonio, un espacio conquistado sólo para Victorina con todas aquellas cosas que se niega a tirar, pero que no quiere que estén a la vista porque afean la decoración. ¡Y que nadie ose tocarlas! Todo perfectamente organizado dentro de maletas o cajas. Cruza los dedos rogando que su madre no los tirase.

Mientras, Victorina no pierde ojo de las noticias, qué mal está el mundo, piensa mientras niega con la cabeza y da cuenta de su filete avinagrado con un poquito de acelgas encima, el bocado perfecto a pesar de las desgracias televisivas. Pero se inquieta porque hace rato que no oye a Marga ni tampoco vuelve.

—¿Lo encuentras? —Su voz resuena por toda la casa—. ¿Seguro que no quieres que te lo busque yo?

Pero Marga no responde, lo que le preocupa aún más.

—¡Margarita Torres! ¿Que si lo has encontrado? —Al final verás que se le estropea la comida.

Victorina se levanta mirando de soslayo lo que le queda en el plato sabiendo que a la vuelta se le habrá enfriado irremediablemente y enfila hacia la habitación de las niñas —siempre serán las niñas—, pero allí no encuentra a Marga. Mira en el baño, tampoco.

Marga está sentada sobre la cama de matrimonio, de espaldas a la puerta. En la cama, un montón de papeles desperdigados y, sobre sus rodillas, una caja con su nombre: MARGA. Se gira hacia su madre al oírla entrar.

—¿Qué es esto, mamá? —Marga mira a su madre con ojos llorosos.

Victorina se siente descubierta, como si la hubieran desnudado.

—Oh —acierta a pronunciar—. La has encontrado…

Marga ha encontrado cartas, notas de su infancia, escritas por ella, para su madre, para su padre o su hermana, notitas que se dejaban por la casa, por las mañanas, algunas noches, para su padre cuando estaba de viaje, para que las encontrase al llegar. «Papá, te e echado de menos, guelbe pronto». Notitas con faltas de ortografía, fechadas por Victorina en el reverso —con una letra casi igual de torpe que la de su hija— para recordar el día que fueron escritas. «Marga, 2 de marzo de 1936». En una cajita más pequeña, varios dientes de leche para el Ratoncito Pérez, diminutos, afilados, con restos de sangre seca, que un día fueron intercambiados por perras chicas o cualquier detalle nimio o un trozo de chocolate —con fortuna— si no había ni una moneda en casa para poner debajo de la almohada, que fue en varias ocasiones. Varios baberos de ganchillo tejidos a mano por Victorina, amarilleados por el tiempo. Varias pulseras de hilo, un colgantito roto con una virgen, dos anillos diminutos y otro al que le falta la piedrecita, que era el que Marga no se quitaba ni para dormir. Toda una carpeta de dibujos variados, pero sobre todo de la familia, con cuatro figuras con brazos y piernas de palo, con los nombres correspondientes encima de cada uno de ellos y donde uno figura más grande que todos los demás: MAMÁ. Su figura con pelo recogido y agarrando firmemente a las dos niñas a su lado, con una sonrisa de oreja a oreja, y todo lleno de corazones.

Marga no es capaz de contener la emoción y se limpia las lágrimas con ambas manos. En la caja también encuentra un juego de sábanas y una mantelería con sus iniciales bordadas en cada esquina: M. T.

Marga pregunta con la mirada porque es incapaz de hablar.

—Empecé a prepararte un ajuar, por si algún día, al final, decidías casarte —a Victorina le tiembla la voz—, pero ya me he hecho a la idea de que no está en tus planes.

—Pero, mamá. —Marga no puede contener las lágrimas—. ¿Por qué nunca me has dicho que tenías todo esto guardado?

Victorina se acerca hasta su hija y le recoge una lágrima del rostro.

—Ya me conoces cómo soy, tenía la esperanza de verte caminar hasta el altar.

Marga abraza repentinamente a su madre y se deja consolar apoyada sobre su pecho, como cuando era niña. A Victorina también se le escapan unas cuantas lágrimas que consigue disimular.

—¿Qué nos ha pasado, mamá? —Marga mira ahora fijamente a su madre y descubre su emoción.

Victorina se toma un segundo, quiere encontrar las palabras adecuadas para no seguir haciéndose daño.

—No sé, hija. El mundo va demasiado rápido para mí y hay cosas que no entiendo. De hecho, creo que hay más cosas que no entiendo que las que sí, últimamente. —Victorina le peina el pelo delicadamente mientras le habla—. Donde yo me crie la vida iba a otro ritmo.

—Nos llevábamos muy bien.

Victorina asiente, era su niña pequeña.

—Tampoco nos hemos llevado tan mal. A veces nos cuesta dejar que los hijos sean como son y no como habíamos imaginado. —Victorina trata de que no se le quiebre la voz—. Pero tienes que saber que yo te quiero mucho, Marga. Aunque no me gusten algunas de las cosas que haces. Yo tengo mis creencias, y lo de vivir en pecado lo llevo mal. Sólo eso.

—Y dale con el pecado. —Marga se relaja ahora y sonríe un poco.

—Si aunque sólo fueras un pelín más religiosa... —Victorina sonríe de medio lado asumiendo la pérdida de la batalla.

—Es que eso no va a pasar, mamá.

—Ya, ya. Pero yo sigo rezando por ti.

Las mujeres se miran aliviadas, sonrientes. ¿Hace cuánto que no se sentían así?

—¿Y has encontrado lo que buscabas?

—Pues no, pero... he encontrado algo mejor.

Madre e hija se funden en un abrazo que dura más de lo habitual. Un abrazo que sella una paz que ambas necesitaban.

—¿Has visto en este dibujo, mamá, lo sonriente que te pinté? Debe ser que antes no eras tan cascarrabias. —Esto arranca una carcajada a Victorina. Marga se toma unos instantes—. Pasas mucho tiempo sola, madre. A lo mejor podríamos hacer algún plan juntas, tomar un chocolate, dar un paseo, no sé, algo que no te parezca horroroso y carísimo —imita cómo lo diría su madre mirando al cielo.

Victorina asiente, hace tanto que se distanciaron que agradece que su hija lo ponga en palabras. La coge de la mano y se miran con cariño.

—Llevo tiempo pensando en eso yo también. Y dándole vueltas a algo que podríamos hacer juntas.

Marga escucha con atención esperando su propuesta, algo inocente, quizá una escapada, un plan de cine.

—¿Tú me enseñarías a conducir?

Marga se echa para atrás como un resorte.

—¡Pero qué dices, mamá! —Marga abre los ojos como platos—.
Yo decía de ir a tomar un chocolate. ¿Cómo que conducir?

—Bueno, es que hace días que lo pienso.

—Pero si odias ir en coche.

—A ver, no odio ir en coche, es que me parece que la gente conduce muy mal, por eso he pensado que, si soy yo la que conduce,
seguro que lo hago mejor.

—¿Pero aún tienes edad para conducir?

—Ay, hija, pues no lo sé, no he preguntado a nadie. Eres la primera persona a la que se lo digo. Eso averígualo tú.

Marga empieza a reírse.

—¿Qué pasa?

—Nada, nada, que me encanta. Que no sé qué te pasa, pero que
me gusta. ¿Es por lo de Amelia?

—No sé, hija, quizá, si ella puede pilotar aviones, digo yo que
conducir un coche no será tan difícil.

—¿Ha sido idea de Emilia?

—Qué va, no sabe nada. Pero sí que es verdad que me está ayudando a afrontar algunas cosas. —Victorina recuerda a Emilia narrán-
dole el bofetón que le había propinado a Luis, pero no puede contarle nada de eso a su hija—. La republicana tiene su gracia, la verdad.

Madre e hija se miran entre incredulidad y cariño recobrado.

—¿Y cuándo quieres… empezar?

Victorina la mira con decisión.

—¿Hoy tienes planes?


—¿Por qué hay tres pedales? ¡Pero si sólo tengo dos pies!

—¡Cómo no vas a saber que hay tres pedales, mamá! ¿Nunca te
has fijado?

—Ay, hija, yo no puedo estar pendiente de todo.

—El derecho es para acelerar y frenar, el izquierdo, para el embrague. Sólo para eso, ¿vale? ¡Ni se te ocurra acelerar y frenar a la
vez, que te conozco!

—Sobra un pedal.

Empezamos bien, piensa Marga. Han llegado en el 600 a un descampado y rápidamente se han intercambiado los sitios, Victorina

bastante motivada, pero con algo de tensión; esto de hacerse la valiente también tiene su reverso. El único problema que ve Marga, así de primeras, es la baja estatura de su madre, que queda casi a ras del volante, y después, el juego de pies.

Le ha explicado, muy despacito, para qué sirve el embrague y le lleva la mitad de la clase convencerla de su uso y el porqué de las marchas. Es así, y punto, ha sentenciado. Aquí no tenemos coches automáticos, eso es cosa de los americanos. Pues que Peter te deje uno de los suyos, va a ser más fácil para mí, le ha dicho. Ya le ha advertido de que no puede cuestionarlo todo y que hoy tiene que ser la que obedezca. Esto le ha bajado los humos, y ahora, muy dispuesta, eso sí, Victorina va a dar paso al encendido del motor y a meter la primera marcha. A pesar de que Marga le ha explicado que debe acelerar y soltar el embrague con suavidad, el coche se cala a la primera. Tranquila, a todos los principiantes les pasa. Victorina tampoco se quiere desanimar. Sí, ya me lo has dicho, no me preocupo entonces. ¿Gasolina tiene? Que sí, mamá, no te preocupes ahora por eso, tienes que jugar con los pies, aprietas suavemente el acelerador y levantas el pie izquierdo del embrague, a la vez, acelerando un poco más para que no se cale. Esto Victorina lo entiende, pero con los tacones no es fácil tampoco, pero le gusta verse al volante.

Al quinto intento el coche por fin avanza por el descampado. A diez kilómetros por hora el 600 va dando pequeños botes por la irregularidad del terreno. La prueba de fuego viene cuando Marga le pide que pise el embrague para cambiar de marcha. La voy a cambiar yo, la avisa, pero tienes que pisar el embrague sin miedo a la vez que avanzamos. Victorina, tan concentrada y con los nervios agarrados al estómago, asiente con la cabeza. ¡No dejes de acelerar! Le advierte. La cuenta atrás, tres, dos, uno, le dispara el pulso. Pisa el embrague con fuerza como le ha pedido Marga y... ¡bravo! ¿Lo he hecho bien? ¡Perfecto, mamá, mira qué bien vas! Oye, se te da mejor de lo que pensaba. A Victorina se le dibuja una sonrisa de oreja a oreja, quiere mirar a Marga, pero no quiere dejar de mirar al frente. Ahora vas en segunda, ahora gira un poco, despacio. Victorina asiente a todo y sujeta con firmeza el volante girando poquito a poco, agarrando en posición de diez y diez como le ha indicado. Lo hago bien, ¿eh? Victorina pregunta afirmando como si fuera una niña chica, con la picardía de saberse victoriosa.

Ella no ve que Marga la mira de otro modo ahora, sorprendida, un poco fascinada, un pelín preocupada, pero también intrigada: si es un tema de la edad, si es su relación con Emilia o si la repercusión de Amelia ha influido en su madre. Quizá un poco de todo. Lo que sea, le gusta el cambio. Victorina confiada acelera un poco más, se ríe, lo disfruta. ¡Pues no es tan difícil! Ahora gira el volante con más destreza. ¡Mírame, Marga! Mira a tu madre qué bien. Y Marga se ríe. Lo haces genial. No recuerda la última vez que vio a su madre tan contenta y liberada de sus miedos, si hasta Victorina ha llegado a parar un tiovivo y echarle la culpa al conductor porque se mareaba, que si iba muy rápido, que si había estado a punto de vomitar, que si sus nietos iban a salir disparados, y ahora va como un torpedo a treinta kilómetros por hora y acelerando que hasta Marga le dice que relaje y ha comprobado que lleva bien sujeto el cinturón, por si acaso.

Lo de reducir las marchas se le da algo peor que acelerar y la coordinación del embrague se le resiste un poco, pero finalmente consigue detener el coche sin que se le cale. Después mira a Marga con firmeza y exclama:

—¡Qué divertido! ¿No?


Y de nuevo como copiloto, Victorina aprovecha para criticar (ahora con conocimiento) la conducción de los demás desde la atalaya de saberse conductora experta.

—No entiendo que la gente conduzca tan mal, con lo fácil que es.

Pero esta vez a Marga no le irrita, todo lo contrario, le hace mucha gracia.

—Oye, al final no me has dicho qué viniste a buscar a casa. ¿Lo encontraste? —A Marga casi se le había olvidado.

—Pues unos cuentos… aquellos que escribí en la secundaria.

—Ah, sí, qué buenos eran. Los tengo yo guardados, claro. ¡No me digas que te los van a publicar! —Victorina habla con emoción.

—¿Ahora me vas a apoyar?

—Pero, hija, si yo siempre te he apoyado…

Marga aprovecha en un semáforo para frenar en seco y mirar a su madre en el asiento de al lado que, ahora, la mira culpable.

—¿Perdona? ¿Te recuerdo lo de la máquina de escribir?

Victorina aguanta la respiración un segundo, culpable.

—Yo no…

Marga la interrumpe.

—No estropeemos la tarde, mamá. Prefiero no sacar el tema.

Victorina aguarda unos instantes antes de hablar.

—Vale. Bueno, sólo que… que me parece muy bien que escribas, claro, cómo no me va a parecer bien, si eras buenísima.

Marga mira por la otra ventanilla tratando de no enfadarse.

—Ya sé que yo… Creía que debías hacer otras cosas, pero… y que me he enfadado contigo más de la cuenta… que… no lo he hecho bien —a Victorina le está costando horrores decir todo esto—. Pero eso no significa que no esté orgullosa de ti, Marga.

A Marga se le forma un nudo en la garganta y los ojos se le humedecen más rápido que nunca. Su voz suena temblorosa tras unos segundos en silencio.

—Gracias, mamá.

Victorina se muerde el labio de abajo y vuelve la vista al frente. Un claxon las saca de este instante para que salgan del semáforo. Marga resopla y, mientras agarra la palanca para cambiar de marcha, nota el suave tacto de la mano de su madre que se posa sobre ella y la acompaña. La mira fugazmente, su rostro, ahora inocente, desarmado, vulnerable.

—Así aprendo —le dice.

Durante el camino de vuelta no hablan mucho más, pero al llegar a casa Victorina añade algo inesperado: ¿repetimos otro día? Marga, que ya se imagina que su madre está tramando sacarse el carnet y quiere ahorrarse las clases, asiente divertida; de momento no le va a contar lo del examen teórico. Luego se despiden con un largo beso en la mejilla y la promesa de Marga de volver mañana a por los cuentos, así vuelven a verse.

—Digo yo que la mantelería y las sábanas me las podrías dar ya, ¿no? Que debajo de la cama van a amarillear, con lo poco que te gusta a ti eso. —Marga sabe dónde pinchar.

—Bueno, vale. Pero cuando vaya a tu casa la tienes que poner. ¿Has aprendido ya a cocinar?

—Aprenderé para cuando vengas.

—Nunca voy a hacer carrera de ti. —Marga ríe el sarcasmo de su madre mientras esta está a punto de salir del coche.

Pero Marga la retiene repentinamente cogiéndola de la mano y la abraza con fuerza. Las dos disfrutan del momento sin ninguna tensión física, una sensación olvidada. Al separarse se miran sin decir nada más. Victorina sale del coche y Marga le lanza un beso cómplice antes de verla alejarse despacito hacia el portal. De pronto, siente un amor inmenso hacia el pequeño ser que desaparece segundos más tarde tras el portón.

Una sensación que, mágicamente, se transforma en palabras, que se juntan en una frase y que escriben un texto en su mente.


Victorina entra en casa con aire triunfal, relajado, sonriente. No la embargan el silencio y la oscuridad de la tarde como cada día que Luis trabaja fuera. Qué ganas de que se jubile de una vez. Aunque tampoco tiene claro si quiere compartir cada día de su vida ahora que se ha acostumbrado a estar sola prácticamente a diario.

Se calza las pantuflillas que había dejado junto a la puerta y se acerca hasta la sala de estar, donde enciende la lamparita ceremoniosamente para descubrir que no había recogido su plato de comida. Y que ni siquiera se había terminado el filete con las acelgas. Apenas le quedaban un par de bocados, pero con el descubrimiento de la caja y las clases de conducir se le había olvidado por completo. Ella, que lleva todo con una precisión de reloj suizo, mira fijamente su plato de comida, el resto de sus deliciosas acelgas y el filete de oferta con su ajito y su perejil. Por un instante piensa que eso ahora no va a haber quien se lo coma, pero, con el hambre que ha pasado en esta vida, es un pensamiento que destierra inmediatamente. Total, si tampoco ha cenado nada todavía. En un periquete se recalienta y con una manzana yo ya he cenado, se dice.

Lo que le apetece es sentarse en el sillón y ver el nuevo capítulo de *El agente de CIPOL*, la serie que ha estrenado Televisión Española y que la tiene clavada cada viernes al butacón. Le alucina eso de que haya una agencia secreta a la que se entra por una sastrería, con pasillos secretos y misiones encubiertas, y ahora, desde que ve la serie, cuando acude a alguna tienda, siempre desvía la mirada a las trastiendas, imaginándose pasadizos ocultos. Porque si hay algo que a Victorina le guste —pero mantiene en alto secreto porque cree que no es propio de señoras como ella— son las películas de espías y los hombres guapos, y *El agente de CIPOL* tiene las dos cosas, a un atractivo Robert Vaughn en el papel del espía Napoleon Solo y una trama que la mantiene distraída en todo momento —aunque a veces ni siquiera le importe lo que pase—, porque para ella el argumento es lo de menos, es por el exotismo que le despiertan perfiles como el protagonista, o el otro Robert, Robert Mitchum, o Sean Connery en el papel de James Bond y que le tiene robado el corazón desde la primera vez que le vio en la gran pantalla. Esto, evidentemente, no se lo ha contado a nadie, ni siquiera a Emilia y mucho menos a Luis, tampoco quiere darle celos.

Desde que hace cuatro años estrenaran *Agente 007 contra el Dr. No*, Victorina no se ha perdido ni una película del famoso espía británico. De hecho, la de *Sólo se vive dos veces* la ha visto ya tres veces en tres días seguidos, aprovechando que Luis estaba de viaje y cambiando de cine, por supuesto, para no levantar sospechas. Compró, incluso, palomitas, todo un derroche. La de *Goldfinger* también le gustó mucho, eso de que el secretario del malo tuviera un sombrero que degollara cabezas la entusiasmó, porque hay veces que a ella le gustaría hacer lo mismo cuando alguien le lleva la contraria, ¡zasca! Le tiraría el sombrero, y adiós. Ella lo piensa figuradamente, claro, porque hay veces que arde en ansiedad cuando va por la calle y no le guardan respeto, o se le cuelan en la cola del supermercado, cuando ve en las noticias que algo no le gusta, y sueña que tiene uno igual que agarraría con fuerza, y ¡zasca! Sombrero y arreglao.

Pero ahora no quiere cortarle la cabeza a nadie, está contenta, está muy serena. En un momento de la trama, Napoleon está yendo en coche, y ella vuelve a pensar en Marga, en la tarde que han pasado, en lo divertido que ha sido, y se encuentra sonriendo con la mirada perdida a través del televisor.

Sí, está contenta. Está bien. Podría buscar algo de lo que quejarse, pero no quiere, quiere quedarse con esta dulce sensación de flotar, de la extraña sorpresa de disfrutar de esta serenidad. Y con esta paz apaga el televisor y se va a la cama.

Durante largo rato intenta conciliar el sueño, pero no lo consigue, abrumada por todos los acontecimientos del día que se agolpan en su cabeza: Marga y ella encontrando los tesoros guardados, los abrazos, la impresión del 600 a toda velocidad —porque iba rapidísimo, claro—, la serie de espías, James Bond... Sean Connery, qué guapo es. A Victorina le suben los calores cuando recuerda ahora las secuencias en las que entra en una habitación lujosa y descubre a una mujer esperándolo con champán y una suculenta cena. Y se imagina que podría ser ella, en otra época, tumbada, ligera de ropa, porque de joven no tenía nada que envidiar a ninguna de esas chicas Bond.

Se visualiza a sí misma seduciéndole, dejándose arrastrar en esa pasión, esos besos que son de todo menos castos y puros. Y a Victorina se le acelera la respiración y el pulso pensando en esto, en saberse sobre la cama, ahora, e imaginándose a James Bond entrando en su alcoba, descubriéndola sola, a ella, una agente secreta también, una conductora experta a la que James necesita para una misión contra los rusos. Y que, sin mediar palabra, destapa las sábanas y se tumba a su lado, la abraza por detrás, le quita la poca ropa que lleva, despacio, con maestría. Le agarra los pechos —ahora en su imaginación firmes como rocas—, y su mano se desliza hacia lo prohibido, como la mano de Victorina, que sigue su instinto y hoy no quiere frenarlo. Y en su fantasía el espía británico la agarra y la besa con pasión mientras sitúa sus dedos entre los pliegues estratégicamente, igual que hace ahora Victorina recordando la teoría de Emilia y tratando de no reventar su propia fantasía buscando el lugar exacto. Y James prosigue sin freno en su misión de darle placer y ella se abandona a esta entrega, como todas y cada una de las mujeres que caen rendidas a los pies del agente secreto. Y con timidez, pero con decisión, su mano ha encontrado el lugar adecuado, el ritmo conveniente y el pulso firme para llegar a ese destino tan deseado, tan ignoto hasta la fecha y tan inexplicablemente placentero. No lo ha podido detener porque el fuego era imparable.

Un escalofrío, seguido por un espasmo, ha nacido de la punta de sus dedos y le ha subido por toda la espalda hasta el cuello acompañado de unas tiernas sacudidas indescifrables y una respiración acelerada y entrecortada. Y, poco a poco, se ha ido tranquilizando, ha dejado su mano posada tiernamente sobre el pubis y se ha quedado con los ojos abiertos, intentando poner en palabras esta nueva emoción y tratando de no enfocar al Cristo que tiene colgado encima de la cama y que la mira inquisitivamente hacia abajo con los brazos abiertos.

Esto era. Así es. Y ahora lo entiende todo.

Tendría que haber invitado a James Bond hace tiempo a su alcoba. Ahora dejará la puerta abierta para que vuelva otra noche, esto no puede quedar así. Quiere más.

Y, justo antes de caer rendida al sueño, piensa que todo tiene sentido: un día que arranca con unas buenas acelgas rehogadas con pimentón de la Vera y un filetito con un chorrito de vinagre, su ajito y perejil nunca puede acabar mal.

Nunca.

# 35

## *Mayday, mayday*

Entrar de incógnito en el aeródromo de Cuatro Vientos ha sido mucho más sencillo que pedir dos chorizos en el barrio, como lo ha sido hacerse con uno de los monos de Amelia sin que se dé cuenta y hacerse pasar por un piloto más, apretándose bien una gorra con visera y ocultando el rostro al personal. Un par de gafas nuevas y a volar, como se dice, aunque eso sea, justo, lo único que no piensa hacer.

Armando lleva varios días planeando la operación, desentendiéndose del trabajo y faltando si es necesario porque, total, para lo que hace, que lo haga el yernísimo. Ha llegado antes que Amelia, que va en el autobús de línea, y ha podido comprobar cómo se detiene, curiosamente, más de la cuenta para hablar con el de la garita.

Y eso que hoy Amelia trata de charlar lo justo con Julián acerca del último episodio de *Embrujada*, ya que él está enganchado, como la mayoría de las amas de casa de este país, que desearían ser como esa bruja que, con un movimiento de nariz, es capaz de recoger la casa en un instante. Aunque a Julián le gusta porque se siente totalmente identificado con el marido, acorralado por la mujer y la suegra, brujas las dos, y tiene clarísimo que la serie la ha tenido que escribir un hombre que se ha inspirado en una familia política como la suya.

Amelia consigue cortarle para llegar a clase cuanto antes y apaciguar el nudo en el estómago que se le forma cada día nada más bajar del autobús. Conoce su origen y disfruta de su presencia y lo desea, pero también se siente culpable de su aparición. Una tensión que pronto se transfiere a su entrepierna en cuanto ve aparecer a Enrique a lo lejos y que se detiene a esperarla, sonriendo de medio lado. No debería sentir lo que siente, pero no puede frenarlo por mucho que el peso de la culpabilidad y la moralidad resuenen como un eco. Se guarda para sí, mientras caminan juntos y hablan de banalidades, que el sexo con Armando se ha vuelto un poco más frecuente e intenso desde que es consciente de su atracción mutua, que es a él a quien imagina entre sus piernas y que, a veces, ni siquiera el sexo en pareja es suficiente y tiene que buscar ratos para estar a solas en el baño y desahogarse mientras recuerda situaciones en las que se ha imaginado haciendo el amor con Enrique: en los vestuarios, en el hangar entre los aviones o dentro de la cabina (con la certeza de que el avión no se iba a estrellar, claro).

Ni por asomo se imagina que Armando tiene sus ojos clavados ahora mismo en su nuca y que sospecha de ese joven que camina a su lado. ¿Quién es? ¿De qué hablan? ¿De dónde sale esta familiaridad? ¿Le ha hablado de él? ¿Tiene algo que ocultar? Armando sí que habla en casa de sus compañeros y compañeras de trabajo. Aunque de las compañeras habla menos —tampoco hay mucho que comentar—, son las secretarias, ¿para qué hacer ninguna amistad si luego se van a casar y se van a ir de la oficina? Si, como dice Fernando, la mayoría sólo tienen conversación para veinte minutos, lo justo para llevárselas a la cama. Aunque eso Armando nunca lo haría. Pero entiende a Fernando. Razón no le falta. La mayoría de las chicas que trabajan van a lo que van y conversan de moda, revistas y famoseo, nada interesante. Se calzan esas minifaldas que cada vez dejan menos opciones a la imaginación y salen por la mañana de casa con un objetivo claro: encontrar marido que las jubile del trabajo de oficina y poder dedicarse a lo que verdaderamente les gusta: la casa, los niños, sus labores y gastar. Sobre todo, gastar. Se lo había dicho Fernando y ha acabado entendiendo lo que los libros de instrucción falangista para mujeres dejaron claro desde un principio: que toda mujer, por mucho que ella quiera disimular, no tiene más que un eterno deseo de encontrar a quien someterse. Que buscar esa entrega voluntaria de todos los minutos de su vida, sus deseos e ilusiones es el estado más hermoso para la mujer, porque permite acabar con todos los malos vicios —la vanidad, el egoísmo, las frivolidades— en favor del amor más puro. ¿Y dónde va a lograr eso Amelia? ¿Volando? No, en casa, donde siempre, en el trabajo doméstico: en la entrega.

Desde que tomaron la decisión de apoyar a Amelia, absolutamente todo ha ido a peor. Este esquema de vida no funciona. ¿Hace cuánto que el hogar es un sinvivir de horarios, tareas sin resolver y comidas a deshoras? Salvo Amelia, ninguno de ellos ha visto su vida mejorar, todo lo contrario. Han visto mermados sus resultados por la necesidad de cubrir lo que antes estaba perfectamente apañado y que les permitía a todos organizarse tranquilamente con sus vidas para concentrarse en lo importante: sus estudios y su proyección laboral.

Amelia lo ha dinamitado todo con su capricho, y lo increíble es que no fuera consciente del alcance de todo este antojo. ¿Acaso se había parado a pensarlo? En absoluto, sólo había que mirarla, riendo con sus compañeros, feliz, concentrada en lo suyo, ¿y los demás? Que arreasen, que ella ya estaba cumpliendo sus sueños, y los de Armando, ¿qué? ¿Su sueño de convertirse en director financiero no era suficientemente importante? ¿Por qué el de Amelia vale más?

Armando se acerca sigilosamente a la zona de los hangares mientras cocina en su mente todo lo que le va a decir a Amelia esta misma tarde. Hoy, sin falta. Que todo esto habría estado muy bien de haberlo hecho en su tiempo libre, después de que todos ellos hubieran tenido sus necesidades cubiertas, que los ha abandonado —literalmente— a su suerte para perseguir —única y exclusivamente— la suya. Y que eso una madre no lo hace. Y si le queda un mínimo aliento de maternidad y familiaridad, o como se llame, a nivel de pareja, debería renunciar —hoy mismo— y reconducir todo este disparate hacia la calma. Así, Armando podría tomarse su tiempo para encontrar un nuevo trabajo, dedicarle las horas necesarias, no tendría que beberse un carajillo a media mañana para templar los nervios, no tendría que haber dado excusas rimbombantes en la oficina para poder estar hoy reflexionando sobre todo esto y habría encontrado una solución para todos. No estaría escondido, ahora mismo como una sabandija, detrás de un motor averiado, esperando a que Amelia aparezca por el hangar.

Armando repara en las avionetas. ¿Cómo va a saber manejar ese bicho tremendo? Para eso hay que tener mucho cerebro y Amelia se lo dejó todo el día que se obnubiló con las cien mil pesetas que ganó en el concurso. Si no la hubiera apoyado…, si se hubieran quedado en el arcén con el coche averiado y no hubieran llegado al concurso, ¿dónde estarían ahora? Felices, tranquilos, con dos hijos con la cabeza serena, él sería director financiero —segurísimo— y su vida no se habría ido a la mierda. El coche los avisó, pero desafiaron las leyes de Dios, del destino, o de lo que sea que quiso advertirles esa noche. Aquello fue una señal clarísima de que no debían seguir adelante. La próxima vez hará más caso de las señales. Sin duda. Apuntado queda.

Por fin ve a Amelia aparecer en el hangar y dirigirse hacia su aeronave, seguida por el que debe ser su instructor, el Daroca ese del que habla. Camina detrás de ella, claro, para verle bien el trasero, menudo bribón. En la cabina irán bien apretados. Ahí no hay distancia de seguridad y a más de uno se le podría ir la mano a la palanca o pierna equivocada. O a Amelia, que parece que la culpa vaya a ser siempre del hombre. Podría ser ella la que confundiese los mandos, o buscase en la privacidad del aire una satisfacción aún mayor que la de volar.

A Armando le revienta no poder acercarse más para apreciar los matices, las miradas, los posibles acercamientos. Desearía poder asirse a una de las alas para vigilarla aún más de cerca, pero ahora tendrá que esperar a que las maniobras finalicen. Sólo Dios sabe qué pasará allá en lo alto y confía en que Amelia mantendrá la concentración en el vuelo y sólo en ello. El avión sale del hangar hacia la pista de despegue. Armando sacude la cabeza. Ya no puede hacer más. Ahora toca esperar a que vuelva. Y, en este sitio, se pregunta, habrá una cafetería, un bar o similar. Eso, tomará un café mientras vuela, o un carajillo, mejor.


A Amelia le entran náuseas cada vez que le toca hacer acrobacias con Daroca, por muy chistoso que se ponga en el aire para templar sus nervios, y hoy le agarra una congoja superior a la de otros días. En un despiste de su superior —que reniega siempre con mucha vehemencia de los acojonados—, Amelia ha rezado un padre nuestro y dos ángeles custodios a toda prisa mientras subía a la cabina, con el tiempo justo de terminarlos antes de que cierre la carlinga. Recupera una respiración tranquila y trata de pensar en positivo. Confía en la pericia de Daroca, le da seguridad. Siente que él también se ha relajado con ella después de estos meses de instrucción. Detrás de su rigidez se esconde un tipo corriente al que le gusta mirar por la ventana apaciblemente, apreciar la belleza desde el aire y comentar sobre cosas tan mundanas como el clima o alguna nueva película que ha ido a ver al Victoria, según él, el mejor cine de Madrid.

Pero lo cierto es que a Daroca le gusta ese cine porque está cerca de la sala de fiestas Ícaro donde le pirra bailar el twist, aunque eso nunca se lo confesaría a Amelia. Debe guardar las apariencias y su aire militar, autoritario, mínimamente inflexible, irónico, porque sabe que así logra la confianza y el respeto de sus alumnos. Lo que no ha conseguido en esta vida, sin embargo, es el amor de una buena mujer. Estuvo a punto de comprometerse con Nieves, una jovencita emigrada de Granada que vivía en el mismo edificio, pero la tarde —fatídica— en la que Daroca le iba a proponer relaciones, Nieves nunca se presentó y días más tarde una vecina le contó que había tenido que volverse a Huétor Vega a cuidar de su madre enferma. Ella nunca le había hablado de ninguna madre enferma, lo cual le hizo sospechar que alguien había intervenido en este asunto. Alguien muy cercano que no quería que esa relación prosperase: su propia madre, Angustias Morales, viuda de Daroca.

Ella ya le había dejado caer algunos comentarios despectivos acerca de su «amiga» después de que Nieves hubiese acudido alguna tarde a merendar, o ver la tele, o cuando le devolvió un traje que ella misma le había remendado con el esmero de una enamorada tras el análisis minucioso que Angustias hizo de las puntadas.

—Esa chica no te conviene —le soltó con pasmosa frialdad.

Y como Nieves, tantas otras, que, sin razón aparente, nunca eran suficientemente buenas para su madre, porque, como Daroca era hijo único y huérfano de padre, él tenía la obligación de cuidar de ella a falta de una hermana o prima del pueblo. Su madre, en apariencia, no parecía una mujer manipuladora, pero bajo su ternura escondía el arte sibilino de condicionar tanto a Daroca como a cualquier mujer que aparecía por allí. Intuía rápido las intenciones de su hijo y de la señora en cuestión, sospechando que, si se casaban, ella acabaría en un asilo o similar, y si algún día llegaba a vivir con ellos, tendría que competir con la esposa por la atención de su hijo. Y Angustias Morales no estaba dispuesta a ser el segundo plato.

Qué le dijo Angustias a Nieves para que esta cogiera la primera camioneta de vuelta a Granada seguía siendo un misterio y un tema tabú entre madre e hijo. Pero ambos lo sabían. Por eso Daroca llevaba ya unos años disfrutando de la compañía de otras mujeres exclusivamente en salas de baile y *boîtes*, que era de lo poco que podía hacer sin supervisión de su madre. Ya no había vuelto a invitar a ninguna mujer a casa y sentía que el tiempo se le escurría entre los dedos. ¿Qué mujer con edad casadera querría unirse a un tipo cincuentón que aún cuidaba de su madre? Ya casi tenía asumido que la única y verdadera mujer de su vida sería ella, cosa que, en parte, le repugnaba, pero su corazón cristiano le obligaba a aceptar con resignación.

¿Por qué su madre no quería su propia felicidad? ¿Por qué lo mantenía alejado de una vida llena de alegrías, viajes, compañía o sexo con amor? A veces, incluso, fantaseaba con la posibilidad de empujarla escaleras abajo simulando un tropezón y soñaba con empezar una nueva vida al lado de una viuda o alguna mujer abandonada por su marido ansiosa de amor. Aceptaría incluso a los hijos de esta. Aparte de un gran piloto, Daroca era un romántico empedernido. No dudaría un instante en gastarse la paga mensual en una joya para su amada, un viaje a París o un abrigo de pieles si eso la hacía feliz. La colmaría de flores y bombones, y le compraría todos los caprichitos que se le pasaran por la cabeza, independientemente de su precio. A falta de hijos —que ya a su edad ni deseaba ni los esperaba—, su mujer se convertiría en su verdadero proyecto de vida. Lograría arrastrarla a apuntarse con él a bailes de salón y los viernes saldrían a bailar el twist, el chachachá, el tango o el foxtrot y la llevaría en la cabina del avión a surcar los cielos de las más bellas ciudades de Europa.

Si tan sólo alguien supiera lo buen partido que es, no le faltarían pretendientas.

—Amelia, yo me merezco una buena mujer como usted. —Daroca levanta la vista de las nubes y mira a Amelia implorando su apoyo.

—¿Perdón? —Amelia cree por un momento haber entendido que merece una alumna mejor que ella.

—Que me mime, me cocine, con la que salir a bailar el twist. —Daroca se acerca suplicando con la mirada—. Yo no puedo estar el resto de mi vida cuidando de una vieja, Amelia, no es justo.

—¿Qué quiere decir? —Amelia se echa hacia atrás automáticamente.

—Pero, míreme, estoy mayor ya. —Daroca se desespera cada vez más—. ¿A quién le voy a gustar? ¿Quién se va a querer venir conmigo y una señora de setenta años que lo único que hace es quejarse de todo y decir que antes de Franco se vivía mejor? ¿Quién puede soportar esa tortura? ¡Yo no puedo más, Amelia!

—No me extraña, pero yo ¿qué puedo hacer? —Amelia agarra la nave con fuerza mientras atraviesan una turbulencia que los azota a los dos—. ¿Qué ha sido eso?

Daroca endereza la palanca y la nave vuelve a subir.

—Quizá una amiga suya, alguien dispuesta a vivir aventuras.

—Pero, Daroca, quiero decir, mi comandante, yo… No sé, no caigo ahora.

Daroca se acerca despacio hacia Amelia hasta una distancia sospechosamente corta, nunca vista, irrespetuosa.

—Alguien tan aventurera… como tú, Amelia. Con esa fuerza, tu arrojo, tu valentía.

Amelia siente el aliento de Daroca demasiado cerca y como un resorte se echa para atrás soltando el volante justo cuando Daroca posa una de las manos sobre su pierna sensualmente.

—¿Pero cómo se atreve?

Amelia le suelta un sonoro bofetón y pierde el control de la nave. Y como si fuera fruto de sus instintos, sus miedos, sus náuseas y su presagio, el motor se detiene en ese mismo instante, paralizando a Daroca en sus deseos más lascivos y tornando su deseo en terror.

—¡Se ha parado el motor! —gritan al unísono.

Amelia, completamente petrificada, comprueba el silencio que los rodea y la cara desencajada de Daroca, sabedor de su exceso y del castigo de Dios tan inmediato.

—Es culpa mía. No debería… —Daroca es consciente de su error—. Discúlpeme, Amelia, no pretendía…

—¡Nos vamos a estrellar! —Amelia tiene aún la cabeza fría para sopesar lo importante—. ¿¡Qué hacemos!?

Daroca ha perdido totalmente el control de sus emociones, sentimientos y, finalmente, de sus manos y de la nave. No entiende en qué momento y de qué manera ha sucedido, si ni siquiera Amelia le atrae. O no era consciente de que le gustase y ahora va a pagar con su vida semejante ultraje.

—¡Daroca! ¡Reaccione!

El tiempo se ha detenido, el avión desciende en picado y Amelia no logra recuperar la parte consciente de Daroca hasta que le vuelve a soltar un sopapo, esta vez con un instinto más de supervivencia que de ofensa.

—¡Trate de arrancar de nuevo! —le espeta a Daroca, que ha despertado por fin.

Daroca vuelve en sí y trata sin éxito de accionar la llave que los salve. Niega con la cabeza mientras ruge, ahogado, el motor. Daroca repasa la secuencia de maniobras que los podrían rescatar, pero ninguna funciona, ni calentar el carburador, ni cambiar el tanque de combustible. La nave no reacciona. Amelia lo mira aterrada.

—¿Vamos a morir?

Daroca la mira con ternura. ¿Cómo podría él permitir que una mujer de la talla de Amelia Torres muriese bajo su instrucción? ¿Qué dirían los libros de Historia tras una trayectoria intachable? No podría escapar de los titulares que se harían eco en todo el país: «Muere la primera mujer aviadora a manos de su instructor comandante, Jaime Daroca». Un fracasado. Y nunca mejor dicho, después de haberle metido mano. Qué vergüenza morir así. ¿Y quién se ocuparía de su madre? ¿De esa viejecita que siempre le prepara una leche caliente con miel antes de dormir? ¿Quién le pondría las pantuflas en los pies ahora que ya la pobre mujer ni puede agacharse? ¿Quién le lavaría el pelo y le haría masajes en las piernas para soportar mejor los calambres de la noche? No, no podía morir, él tampoco, ni por su madre, ni por los titulares, ni por cualquier bella y romántica mujer que aún puede cruzarse en su camino.

Todavía tiene vida que vivir. Saldrá de esta. Los salvará.

—Efectuaremos un aterrizaje de emergencia, Amelia. No se preocupe, la devolveré sana y salva. Aquí no acaba nuestra historia. Todavía queda mucho por escribir. Esta noche cenará al lado de su marido y sus hijos, se lo prometo. Sintonice la frecuencia 121.5.

Amelia busca la frecuencia con mano temblorosa. No sale de su asombro ante su frialdad y la verborrea peliculera que le acaba de soltar Daroca como si hubiera sido escrita por un guionista y se limita a observar cómo endereza la nave con destreza.

—Sintonizada.

—*Mayday, mayday*. Al habla el comandante Daroca, matrícula EC-ABR sobrevolando el espacio de Cuatro Vientos-Alcorcón. Hemos sufrido una avería del motor. Buscaremos un campo para aterrizaje de emergencia. Cambio.

—Recibido, EC-ABR. Quedamos al tanto de su posición para rescate.

Daroca mira a Amelia, que tiembla de miedo.

—Encontraremos un campo, una carretera donde aterrizar, no se preocupe, no es la primera vez que me sucede. Esta será una lección que nunca olvidará. ¡Sujete bien la palanca y mire a su alrededor, nuestra vista es ahora nuestra mejor herramienta de vuelo!

La nave planea en silencio descendiendo progresivamente. No es una caída en picado, es un deslizamiento grácil, como el de un águila que busca su alimento.

—Allí veo un terreno inmenso. —Amelia apunta con decisión hacia una llanura yerma.

—Compruebe que no haya cables por el camino.

—No lo parece. No los veo. Pero no lo sé. —Amelia está a punto de llorar.

—¡Si los hay, los esquivaremos! ¡Allá vamos!

Daroca vira en dirección a su salvación. Y así, sin hablarse, mirando al frente, ambos con la mirada clavada en un campo verde, rezan en silencio lo primero que se les ocurre para que ningún obstáculo se cruce en su camino. Incluso Daroca reniega de sus propias palabras y recuerda los cuatro angelitos que guardan su cama para que lo acompañen en este aparatoso aterrizaje.

Amelia ya no puede rezar más, sólo piensa en Armando y los niños. En sus padres, en su hermana, en el día que ganó el concurso y lo cambió todo. En ese fatídico día que la ha traído hasta aquí. Y por primera vez se arrepiente. ¿Cómo sería la vida de todos si ahora se estrella? El miedo la paraliza, no debería estar aquí arriba, debería estar cuidando a los suyos, no es justo que muera así. Durante todo este tiempo había esquivado el miedo a morir de una forma animal, adrenalínica, pero esto ahora es muy real. Podría morir de verdad. Y con una sola vez sería suficiente.

El silencio que los envuelve es más aterrador que el estruendo del motor que siempre los acompaña. Ninguno de los dos habla porque tienen la mirada fija en la explanada que podría salvarles la vida. El rostro de Carmen se le viene insistentemente a la cabeza; no puede morir sin resolver sus tiranteces. Si sobrevive dejará el curso, si es lo que ella quiere, no puede vivir con su rechazo, la echa de menos, su niña, su pequeña, su mayor, con la que aprendió todo, su cómplice. Y su Antonio, ¿cómo podría vivir el resto de su vida sin ella? ¿Cómo podría pasar ella sin verlo crecer? ¿Los acompañaría de alguna manera desde la otra vida? ¿Desde el cielo? Quizá podría hablarles, protegerlos, girar un volante para que no choquen sus vehículos en caso de accidente, o impedir que determinadas personas se cruzasen en su camino porque desde el más allá vería en mayor profundidad el alma humana. ¿Asistiría desde el cielo —porque está convencida de que al infierno no iría— al nacimiento de sus nietos? ¿Y Armando? Viviría con un corazón despedazado el resto de su vida. No puede hacerle eso, bastante ha sufrido ya. ¿Se casaría con otra? ¿Sería eternamente un viudo? Y todos ellos… ¿la perdonarían?

—Daroca, ¡no puedo morir! —Amelia agarra la solapa de Daroca, que procura no perder la vista al frente.

—¡Ni yo tampoco! ¿Qué se cree?

—Mis hijos me necesitan. —Amelia tartamudea desesperada—. Tengo que hacer las paces con mi hija… No quiero que mi marido se case con otra, ni ver crecer a mis nietos desde el cielo…

—Amelia, está usted delirando.

—¿Por qué lo dice? ¡Sólo quiero verlos por última vez!

—¡Porque ya estamos en el suelo! ¡Suélteme!

Amelia mira al frente, a escasos veinte metros, la llanura que será su pista de aterrizaje de emergencia. Sin cables, sin ganado, sin elementos que los hubieran llevado a una muerte segura. Amelia aguanta la respiración y las ruedas chocan contra el suelo con una violenta sacudida. El cinturón evita que sus rostros acaben estampados contra el panel de mandos. Y, poco a poco, el freno responde y la nave se detiene.

El AISA I-11B, la avioneta que había acogido a Amelia desde el primer día con tanta destreza y amor, no se había estrellado. Los había salvado. En la soledad del pasto, sus respiraciones, como único sonido distinguible, se van desacelerando sin que haya nada más que decir. Daroca y Amelia se miran en silencio y no saben si abrazarse o guardar las distancias por lo sucedido inmediatamente antes del fallo del motor. Amelia coge aire tras comprobar que sigue de una pieza.

—Yo… Tengo una amiga… que conocí en el servicio social, Inés, se llama —balbucea mientras gira el rostro levemente hacia Daroca—. Le gustaban mucho los bailes de salón, bailaba la jota, sardanas, creo que también el vals. La última vez que hablé con ella seguía soltera… Se la podría presentar. Seguro que también… le gusta el twist.

Daroca, algo petrificado por sus palabras, asiente automáticamente con la boca un pelín abierta.

—Esto…, sí. Suena fabuloso. Seguro que es una mujer estupenda.

—Y lo de antes…

—Lo de antes no ha sucedido. Discúlpeme, Amelia. No volverá a pasar. Tiene usted todo mi respeto. Y si me lo permite, rellenaré su cartilla de horas con un plus por este aterrizaje forzoso y este curso estará a punto de terminar.

—Pero Aerodinámica la tengo suspensa.

—Pues acaba usted de sacar un diez.

Amelia asiente, aún conmocionada. Daroca también recupera la respiración.

—Salgamos de aquí y volvamos a casa.

Armando comprueba que la hora de su reloj es la misma que la del reloj de cuco que cuelga en la cafetería. Ni adelanta ni atrasa, van clavados. También se pregunta qué hace un reloj de cuco en un aeropuerto —pero esto ya es otro tema— porque lo verdaderamente sospechoso es que Amelia no haya regresado todavía.

Por lo que él sabe, las clases duran unos cincuenta minutos, pero por la pista de aterrizaje no ha vuelto su avión, que para eso se ha puesto justo en la ventana con una perfecta visión panorámica de las pistas. De hecho, hay una extraña quietud que le inquieta. Hay poco movimiento por la cafetería y las calles del aeródromo. Pero tampoco lo puede comparar con otro jueves, pues es la primera vez que se deja caer por aquí.

Tendría que haber venido antes. Si su mujer necesitaba el permiso para hacer el curso, lo lógico habría sido acompañarla hasta allí, hablar con sus instructores, ver de qué pie cojeaban, tener a raya a sus compañeros, pero con el tema de la clandestinidad inicial ese detalle se le pasó por alto. Si se acerca a preguntar ahora por Amelia levantaría sospechas, que quién es él, que qué hace allí, que aquí no puede estar, y ella se acabaría enterando de la operación espionaje. Quizá haya dado una clase doble. O quizá haya huido con ese instructor —que no es para nada su tipo—, pero que lleva uniforme y seguro que cobra mucho más que Armando.

Cierra los ojos y trata de recordar los detalles del momento en el que subieron a la avioneta, los gestos, alguna mirada cómplice, una amabilidad excesiva por parte de él. Debió haber algo, pero no termina de visualizarlo en su mente. Pero en el aire, fuera de la vista de todos, podrían suceder cosas. Tocamientos, acercamientos, incluso besos. De repente, a Armando le cambia la expresión y abre los ojos como platos. Todo cobra sentido inmediatamente. Eso es. Claro. Es evidente. Por eso Amelia venía tan excitada cada día que volaba. ¿Dónde se puede tener una relación clandestina, invisible, inexistente, improbable —porque no se puede probar—, sin testigos, donde nadie los pueda ver, donde nadie los puede denunciar?

En el aire.

Armando se queda con la boca abierta, ¿cómo no ha caído antes? Ese maquillaje intenso. ¿Cómo le han engañado así, en su cara? ¿Amelia? Su nombre le repugna por primera vez. ¿De dónde ha sacado el arrojo para ocultar esos sentimientos, esta sinvergonzonería con tanto aplomo ante todos ellos? Y aprovechar para desahogarse con Armando después de estar con el otro. Ese otro que ahora tiene nombre, Daroca. Le ha hablado de él, que al final le había caído simpático, le dijo. Claro, simpático. ¿Qué demonios iba a decir de él?

Qué vergüenza, con lo entregado que ha sido, un marido moderno, cariñoso, atento, generoso, intachable. Su comportamiento siempre pulcro, íntegro, honorable, decente, una vida entregada a su familia. En cambio, Amelia se ha dejado llevar por todos estos aires «nuevos». Aires, precisamente.

No puede seguir jugando al hombre moderno. Fernando tenía razón. Es un calzonazos. Cal-zo-na-zos. Menudo gilipollas ha sido creyéndose los cuentos de igualdad de su madre, las necesidades de libertad de Amelia, ¡qué cojones! Lo que ella quería era ponerle los cuernos y acostarse con otros.

Porque en el fondo son todas iguales, van a lo mismo.

Esto le pasa por haberla escuchado, apoyado, ¿por qué tuvo que hacerlo? Ese dinero era suyo, que para eso es su mujer. Y ahora tendría, aparte del coche, el apartamento, el trabajo, el ascenso y la paella, no habría tenido que planchar, cocinar, hacer el puto ridículo delante de las señoras del mercado, mentir a sus hijos, mentir en el trabajo, hacer las camas.

¡Él es el hombre de la casa! Y eso va a volver a ser así en cuanto llegue.

—Valiente fulana, me va a oír.

# 36

# Renovarse o morir

Pilar Primo de Rivera tiene la mirada perdida desde el asiento de su despacho en la calle Almagro, 36. El lugar ya no huele a muerte ni a vómito y heces restregadas por las paredes, sino a flores frescas que traen semanalmente en reconocimiento a su inestimable labor. Tampoco queda sangre seca en las esquinas de las habitaciones en las que torturaron a infieles a la sublevación; ahora es la pulcra y blanca oficina de la guardiana de la mujer española.

La mañana está tranquila; de un tiempo a esta parte a Pilar se le atraganta el silencio de los pasillos. Su agenda lleva unos meses relajada en contra de su deseo, aunque ella se empeñe en llenarla con eventos, reuniones de comisiones, conciertos y conferencias que necesitan de su presencia.

Pilar fija la vista a través del balcón hacia la calle, ve la gente pasar, analiza sus vestimentas, los coches que cruzan a toda prisa. Cierra los ojos y se transporta a su infancia, a la calle Orfilia donde vivía con su numerosa familia, y se hace consciente de cuánto ha cambiado la vida durante estos años de victoria. Cómo antes nevaba tan a menudo en Madrid y ahora sólo lo hace puntualmente en algunas frías noches de invierno. El Madrid de su infancia, hacia 1910, era una ciudad entrañable, llena de tranvías, simones y coches de alquiler, donde abundaban puestos de horchata y vendedores ambulantes alrededor de la plaza de Santa Cruz, a la que acudían en Navidad con su tía Inés a comprar figuritas para el belén.

Siempre que puede se traslada a esos recuerdos felices para olvidar cómo la desgracia se cebó con ellos. Desde muy pequeña se tuvo que acostumbrar a la pérdida de la gente que más ha querido, empezando por su madre —tras el nacimiento de su hermano Fernando—, luego su hermana gemela, Angelita, con tan sólo cinco años de edad, o su padre Miguel, del que tan orgullosa se sentía tras haber encarrilado España tras su golpe de Estado, pero también su hermano Fernando, fusilado durante la guerra. Fueron tantos los familiares muertos, los amigos, los vecinos, que ya casi ha perdido la cuenta en estos años.

Pero hay uno que sigue doliendo por encima de todos: José Antonio. Su hermano del alma. Un nudo se agarra siempre a su garganta cada vez que lo recuerda, pero enseguida se apoya en la fortaleza y la sabiduría que le transmitió y se recompone rápido; a él no le gustaría verla flaquear. Así que lucha cada día para mantener viva su memoria. Pilar desvía la mirada del balcón hacia la fotografía que tiene de José Antonio sobre su mesa de trabajo, atestada de papeles y tareas pendientes. Lo mira tratando de no enternecerse. Estaría orgulloso de ella, lo sabe con certeza porque un hilo invisible le une a él entre la vida y su muerte a mano de los enemigos de España aquel 20 de noviembre de 1939.

Qué injusticia las elecciones amañadas del 14 de abril de 1931 que dieron la victoria a la Segunda República. La pérdida del escaño de su hermano, las persecuciones, los registros y la lucha en la clandestinidad durante varios años que hicieron inevitable el levantamiento militar en 1936, que condujo a la Guerra Civil que habría de salvar a España de la terrible situación republicana en la que se encontraba.

Una República que, recuerda, fue recibida con entusiasmo por la juventud, pero que expulsó a los reyes de su trono y perdió la oportunidad de hacer un país mejor. Recuerda la quema de conventos, la expulsión de jesuitas o las grandes manifestaciones comunistas, y aún se le ponen los pelos de punta. Poco le importaba a Pilar que la mujer hubiese alcanzado el derecho al voto gracias al impulso de Clara Campoamor, o el divorcio, para no tener que soportar en silencio las palizas de algunos maridos, el reconocimiento a la igualdad entre hombres y mujeres, la eliminación de la censura o un gobierno democráticamente elegido por el pueblo donde todas las ideologías estaban representadas. En ese caldo de cultivo —que sentían tan terrible—, su hermano José Antonio no tuvo más remedio que crear la Falange buscando una salida al caos. España se rompía.

José Antonio quiso formar su antipartido, ni de derechas ni de izquierdas, para armonizar, unificar y salvar a España de las consecuencias de la República. Pilar decidió, el mismo día que su hermano fundó la Falange, contagiarse de su entusiasmo y seguir sus pasos hasta el último día de su vida y honrar su figura y su pensamiento más allá de la muerte de su fundador.

Pilar recorre con la mirada las fotografías colgadas en su despacho y repasa sus inicios, la cantidad de kilómetros recorridos transmitiendo el entusiasmo de la Falange que tan hondo calaba en las gentes de todo el país. Y cumplidora de sus deseos aquí sigue ella, infatigable, llevando a cabo su misión desde aquel junio de 1934, cuando nació la Sección Femenina para atender a los caídos de la Falange y sostener a sus familias, para recaudar dinero para la causa y para ocuparse de la propaganda clandestina en una tensionada España al borde la guerra. Qué rápido se hizo Pilar con los mandos de la jefatura nacional para asegurarse del correcto funcionamiento de la asociación. No quería dejar ni un pueblo español sin la atención adecuada ni un rincón sin enamorar por el pensamiento falangista.

Pero la guerra acabó llegando y duró demasiado. Ella, que confiaba en que Franco entraría en Madrid como Santiago en un caballo blanco, tuvo que esperar casi tres años para la victoria. Pero, a pesar de las huidas, de la necesidad de teñirse el pelo para pasar desapercibida, de viajar clandestinamente de ciudad en ciudad mientras iban muriendo los suyos, siempre confió en la victoria de su bando. Allá donde rescataban una ciudad, acudía la Sección Femenina con su ilusión redentora y socialmente revolucionaria. Entonces se volcaban en enseñar a las madres a cuidar a sus hijos y evitar su muerte prematura, instruirlas en nociones básicas de higiene, cultura, enseñarles a leer y escribir, a trabajar la tierra y a dignificar sus almas a través del rezo.

Por eso Pilar no entiende por qué en 1967 el número de afiliadas a la Sección Femenina esté cayendo en picado. ¿Qué está haciendo mal? ¿Por qué ya no las reciben con los brazos abiertos como antaño, por qué la gente reniega del Servicio Social y de sus enseñanzas y talleres? ¡Es un servicio a la Patria! Pilar clava ahora su mirada en una fotografía vital para ella en la que posa junto al Caudillo en mayo de 1939, un mes después de la Victoria. La Sección Femenina, concentrada en el castillo de la Mota, en Medina del Campo de Valladolid, rindió homenaje a Franco y a las Fuerzas Armadas para explicarles lo que pretendían con la Sección Femenina ahora que había terminado la contienda: querían elevar el nivel cultural y social de las mujeres españolas. Obsequiaron al Caudillo con un espectáculo de danza y educación física nunca antes visto en el país. Pilar, abrumada por el honor de presentarle a las Secciones Femeninas de la Falange, a esas más de cuatrocientas mil mujeres que a través del Auxilio Social habían combatido la guerra asistiendo a los heridos y sus familias, subió con piernas temblorosas las escalerillas que llevaban hasta lo alto de la torre donde estaban los micrófonos y, frente a la multitud, con nervio contenido y discurso aprendido, las apremió a escuchar atentamente con este discurso que aún resuena con claridad en su memoria:

«Camaradas, les enseñaremos a las mujeres el cuidado de los hijos, para que no se mueran por ignorancia esos niños siervos de Dios y que serán los futuros soldados de España. Les enseñaremos también a las mujeres el arreglo de la casa, el gusto por las labores artesanas y por la música, y les infundiremos este modo de ser que quería José Antonio para todos los españoles».*

Pilar miró con orgullo al Caudillo, que entrecerró los ojos y asintió con la cabeza en señal de aprobación, y le dio paso. Francisco Franco se acercó con paso pequeño y firme hasta los micrófonos y, con su voz aguda y amplificada por los altavoces, les lanzó un mensaje sincero y claro que llegó a todos los rincones del país:

«Yo recibo orgulloso el homenaje de la mujer española [...]. Vosotras, mujeres españolas, sois las que habéis dado ejemplo [...], no acaba vuestra labor con lo realizado en los frentes, en vuestro auxi-

---

* Fragmento del discurso que Pilar Primo de Rivera dio a la Sección Femenina de Falange Española Tradicionalista y de las JONS el 30 de mayo de 1939 en Medina del Campo: <https://www.youtube.com/watch?v=mWpaHv6l7o0>.

lio a las poblaciones liberadas, vuestro trabajo en los ríos, en las aguas heladas lavando la ropa de vuestros combatientes. Todavía os queda más: os queda la reconquista del hogar. Os queda formar al niño y a la mujer española».*

El castillo de la Mota, entonces en ruinas, se remodeló por orden del Generalísimo para convertirse en el lugar de instrucción por excelencia de los mandos de las Secciones Femeninas con el noble nombre de Escuela Mayor de Mandos José Antonio. Aquel día, gracias a Franco, ella empezó su exitosa trayectoria, pero aquel hombre, inexplicablemente, también es ahora culpable de su declive.

Pilar se pone en pie y se acerca hasta la instantánea que les retrató a los dos en lo alto del castillo. A pesar de estar en blanco y negro, recuerda perfectamente los colores, especialmente su boina roja y su camisa azul que tanto echa de menos, porque en la Falange se han visto forzados a prescindir de algunos símbolos para desterrar todo trazo fascista y adaptarse a los tiempos. Pero, de paso, el Caudillo también ha decidido prescindir de ellos dentro del gobierno tras la llegada de los estadounidenses y los tecnócratas del Opus Dei. Si José Antonio siguiera vivo no lo habría permitido, pero ella nunca ha tenido tanta fuerza como su hermano. Ya lo ha dicho siempre, que a las mujeres les falta el talento creador reservado por Dios para inteligencias varoniles, pero sabe que, en algún rincón de su cabeza, va a encontrar la solución a esta crisis. Lo ha dicho y lo ha cumplido: renovarse o morir, y está segura de que su nueva estrategia va a dar resultado.

Pilar tiene muy claros los números de su organización y los actualiza anualmente para tener aún más clara su misión y su extensión: toda una red de Escuelas Nacionales y Provinciales además de la escuela en el castillo de la Mota recorren toda la geografía: escuelas de profesores, colegios mayores femeninos, dieciséis colegios menores, siete granjas escuela, veintiocho albergues de juventudes, ciento noventa y nueve Escuelas de Hogar, diecisiete Círculos Medina dedicados a la cultura y a propagar enseñanzas caseras, seis-

---

* Pilar Primo de Rivera, *Recuerdos de una vida*, Madrid, Ediciones Dyrsa, 1983, p. 147.

cientos treinta círculos de juventudes para realizar labores extraes-
colares, treinta y dos guarderías infantiles, treinta y cuatro talleres
de artesanía, setenta y dos cátedras ambulantes «Francisco Franco»
(en qué momento le puso su nombre, piensa ahora) dedicadas a
recorrer todos los pueblos de España como Misiones Pedagógicas
llevando la lectura y la enseñanza por todo el país, sin olvidar todas
las Escuelas de Patronato de Protección de la Mujer repartidas por la
geografía española.

Los Patronatos son los lugares que más le duelen en el alma
porque huelen a fracaso, aunque no dependan directamente de la
Sección. El de no haber salvado a tiempo a tantas chicas antes de
cometer una tontería y dejarse llevar por el vicio. No quiere saber
mucho del asunto, aunque estén presididas por Carmen Polo de
Franco. Allí, tratan de rescatar a muchachas descarriadas a través
del trabajo, el rezo y la disciplina, mayormente. Aunque sigue habiendo un número indeterminado de chicas que ha necesitado de
celdas de castigo y aislamiento en salas acolchadas para lograr su
redención. Aparte de las jovencitas, también han podido salvar del
pecado a muchas criaturas engendradas en sus vientres fuera del matrimonio (y de su voluntad, en la mayoría de las ocasiones) y, tras
arrancarlas de sus madres a los pocos minutos de vida, les han conseguido un hogar estable en una familia de bien. Muchas otras, tristemente, se rindieron ante la vida y cayeron desde alturas insupe-
rables en un acto miserablemente egoísta, aunque tampoco tenían
salvación. Que Dios las guarde a todas en su seno, si es que han
llegado.

Pilar se santigua discretamente, prefiere no pensar mucho más
acerca de esto, bastante tiene con ser la jefa nacional y organizarlo
todo. Menos mal que el entusiasmo y la energía de las mujeres que
aún quedan trabajando con ella lo hacen más llevadero; la tarea es
inagotable. Por eso la visita de hoy es tan importante. Tiene que
lograr sumarla a la causa. Revitalizará la organización, le dará una
nueva visión y juventud a la sección, porque Pilar está a punto de
cumplir sesenta años y lleva más de cuarenta sin descansar ni un
solo día dedicada a la Patria y a la memoria de su hermano. Porque,
como ella sigue afirmando, la Sección Femenina y ella son una misma cosa.

Tres toquecitos en su puerta sacan a Pilar de sus pensamientos. La puerta se abre sigilosamente y asoma Toni, su secretaria personal.

—Ha llegado tu visita.

Toni es ante todo una fiel amiga y se tutean desde siempre; es una de las personas más buenas que ha conocido en esta vida. Pilar se pone en pie intentando disimular un cierto nerviosismo.

—Que pase.

Se atusa levemente el pelo y vuelve a mirar de reojo la foto de José Antonio para que le infunda valor. En ese momento, una jovencita traspasa el umbral del despacho de Pilar Primo de Rivera y Sáenz de Heredia: es Carmen. Nuestra Carmen. Por qué doña Pilar la ha hecho llamar aún no lo sabe, cómo se ha enterado de su presencia en los talleres de teatro, tampoco, pero entiende, por la posición de su madre, que no es fácil pasar desapercibida como la hija de Amelia Torres.

—Carmen, qué alegría, acércate. —Pilar rebasa su mesa y camina hasta Carmen con decisión. Al llegar a su altura le sonríe, la sostiene levemente por los hombros y le da dos besos con la ternura propia de una abuela, y mirándola fijamente a los ojos se presenta—. Soy Pilar.

—Doña Pilar, qué honor. —La cercanía de la mujer sorprende a Carmen, que sabe perfectamente a quién tiene delante.

—Qué honor ni qué nada, siéntate, mujer, charlemos.

Carmen mira ensimismada todas las fotografías colgadas de las paredes y recorre a través de ellas la historia del país, pero sin atreverse a preguntar quiénes son algunos de los rostros que posan sonrientes junto a la mujer que la acompaña hasta su asiento.

—Me han contado que te has apuntado a las actividades de teatro de uno de los círculos de la Sección y que has hecho un grupo estupendo de amigos. No te puedes imaginar, Carmen, qué satisfacción me produce esto. Que la juventud gocéis de las artes y la música.

—Bueno, al final yo estoy ayudando con el vestuario y el decorado, soy muy vergonzosa para actuar.

—Cómo te entiendo, a mí me pasa igual. He dado cientos de conferencias y charlas, y nunca me acostumbro, soy una tímida innata. Donde más cómoda me encuentro es escribiendo, en la tranquilidad del silencio. ¿Tú también escribes?

—La verdad es que no.

—Bueno, cada uno descubre sus talentos a su ritmo.

Las mujeres se sonríen y Carmen no acierta aún a adivinar qué hace en su despacho, pero Pilar tampoco quiere ocultárselo mucho más tiempo.

—También sé que eres la hija de Amelia Torres y que por lo que cuentas por ahí no estás muy contenta con el camino que ha iniciado tu madre. —Pilar hace acopio de toda su empatía—. Y quiero que sepas que te entiendo.

Carmen coge aire. Otra vez más, su madre.

—Gracias. Su popularidad no está siendo fácil.

—Yo también soy muy famosa, eso no es algo malo. Quizá lo que no apruebas es… ¿el camino que ha escogido? —Carmen asiente y mira al suelo, la congoja ya le ha arrebatado el habla, y Pilar se da cuenta.

—Pero no hablemos ahora de tu madre, siento que el tema te afecta. Háblame de ti, dónde estudias, qué has pensado para tu futuro…

Carmen desvía la mirada hacia las fotos y para evitar hablar de sí misma se levanta como un resorte a preguntar por la instantánea en la que Pilar posa junto a varias amigas y su viejo coche Morris.

—¿Esta es usted?

Pilar se acerca a la fotografía y recuerda con nostalgia.

—Sí, y estas son mis amigas Inés, Lola y Dora en un viaje que hicimos a Segovia. Íbamos con el coche lleno hasta los topes de propaganda de la Falange y cantando el nuevo himno cuando ¿sabes lo que nos pasó? —Carmen niega intrigada—. En una cuesta arriba llegando al puerto, el motor se detuvo en seco.

—¿Y qué hicieron?

—Yo era la única que sabía conducir, pero entonces no entendía nada de mecánica. Tendrías que habernos visto, tratando de arrancar el coche de todas las maneras, empujando, mirando el motor como si supiéramos algo… aquello no iba ni hacia delante ni hacia atrás.

—¿Las rescataron?

—¡Qué va! En aquella época tenías suerte si te cruzabas con otro coche, pero, en un momento dado, me acordé de que soplando un filtro aquello a lo mejor se podía solucionar, y así fue como pudimos salir del entuerto. —Pilar se queda mirando la foto embobada—. Esta foto la tomamos cuando llegamos a Segovia sanas y salvas, aún dispuestas a enseñarles a todos los afiliados el nuevo himno. ¿Tú sabías que el «Cara al sol» es un himno falangista, Carmen? Se lo quedó Franco porque necesitaba alguno a la altura de la Marsellesa, o la Internacional, pero fue todo idea de mi hermano.

Carmen observa a una veterana Pilar llena de recuerdos con cierta ternura.

—No, no lo sabía. —Carmen piensa por un momento—. Entonces, si usted conduce o conducía coches, ¿qué le parece que las mujeres piloten aviones?

Pilar mira a Carmen meditando su respuesta y le hace un gesto para que se vuelvan a sentar mientras se rasca el interior de la mano. Piensa en Eca, María Bernaldo de Quirós —la misma que se cruzó con Victorina—, una amiga de su adolescencia que se convirtió en la primera mujer en lucir su licencia de aviadora en España. Mujer de gran linaje, también había asistido al nacimiento de la Falange aquel 29 de octubre de 1933 en el Teatro de la Comedia de Madrid junto a un reducido grupo de mujeres. Eca se sentó junto con Pilar y su hermana Carmen y se dejó fascinar igualmente por el nacimiento del partido, aunque nunca comulgase con él. María había llegado a ser muy famosa, conocida por toda España; al igual que Amelia, la habían entrevistado en todas las revistas y la gente pedía hacerse fotos con ella al ser la primera aviadora del país. Pero, a pesar de la simpatía que sentía por la mujer y su amistad desde la infancia, María también había aprovechado la República para ser de las primeras mujeres en divorciarse, y eso Pilar no lo veía bien. También piensa unos instantes en su hermano Fernando, que también fue piloto, un hombre inteligente, valeroso, brillante, religioso y muy entero. Fusilado con tan sólo veintisiete años, había sido número uno en la Academia de Caballería siendo militar, número uno también cuando se pasó a Aviación y número uno cuando cambió los aviones por la medicina.

—No es lo mismo —Pilar suena convincente—. Aunque yo siempre digo que la mujer necesita hoy día saber manejar tanto la escoba como el destornillador, la conducción de coches es muchísimo más sencilla que la de un avión. Yo nunca tuve a nadie que me pudiera llevar de un lugar para otro y debía viajar mucho, así que no tuve más remedio que aprender.

—¿Y sigue conduciendo? ¿Su marido no la puede llevar?

—No estoy casada, así que tengo que valerme por mí misma.

—Mi madre no sabe conducir, pero sí que pilota aviones. Es todo muy extraño. —Carmen recapacita por lo que acaba de responderle Pilar—. ¿Y cómo es que una mujer como usted no está casada?

Pilar se toma un instante. Aunque de sobra tiene clara la respuesta.

—Yo estoy casada con la Patria, Carmen, y con la misión que me encomendó mi hermano.

—Es este de aquí, ¿verdad? —Carmen señala la foto de José Antonio ladeada sobre su mesa de trabajo—. Era muy guapo.

Pilar no quiere hablar de su hermano, tiene que volver a su estrategia.

—Y tu padre, ¿cómo lleva las «aventuras» de tu madre?

—No muy bien, la verdad. Ahora mi madre necesita muchas horas para estudiar y algunas tardes libres, y a todos nos toca organizarnos en casa y ayudar. Es agotador. —Pilar niega con la cabeza entendiendo su sufrimiento.

—Es injusto, Carmen. Todo estaba equilibrado, ¿verdad? Y ahora, de pronto, sin ninguno de vosotros pedirlo, se ha creado una tensión innecesaria.

—Eso es. Justo. Ya tengo bastante con mi vida como para tener que ocuparme de la casa. Soy muy joven.

—Y tanto. Y eso que las niñas tienen la obligación de ayudar a las madres, no lo olvides, pero hasta cierto límite. Lo importante ahora son tus estudios, Carmen. Pensar en tu futuro. En el bachiller, en la universidad.

—¿Cree que las mujeres debemos ir a la universidad?

—¡Por supuesto! —Esto Pilar lo tiene muy claro—. Hay muchísimas carreras muy interesantes para las mujeres y que completan una formación necesaria para ser las mejores madres de familia que uno pueda imaginar. ¿Cómo vas a atender a tus hijos sin formación? ¿Cómo vas a conversar con tu marido si no tienes conocimientos? No dejes de ir a la universidad, Carmen; si hay algo de lo que me arrepienta en esta vida, y que mi hermano siempre me recriminó, fue no haber ido a la universidad.

—¿Y después? Ahora todas las mujeres quieren trabajar, pero yo no sé qué quiero hacer.

—¿Cómo vas a saberlo, alma cándida? Si las mujeres están trabajando desde hace cuatro días como quien dice. Pero todas somos muy válidas para muchos trabajos y después de unos años laborales lo que una debe hacer es dedicarse a la familia, que ese sí que es el mayor don que una mujer puede entregar en vida. Ya lo decía mi amigo Gregorio Marañón, la mujer debe ser madre ante todo con olvido de todo lo demás si fuera preciso. El trabajo es un trámite necesario, porque es verdad que ahora parece que el país necesita más mano de obra que nunca, pero el hogar no se puede descuidar. Mírate tú, Carmen, lo que os ha pasado en tu casa con una madre trabajadora, ¿estáis mejor? ¿Acaso funciona este nuevo modelo?

Carmen niega con la cabeza.

—Bueno, ella aún no trabaja —matiza Carmen.

—No puede funcionar, porque las reglas del hogar están asentadas desde hace milenios. Los hijos y el marido necesitan de la madre, una madre ausente es lo peor que le puede pasar a un hogar, casi peor que la infidelidad de un padre es la falta de la madre. ¿Tú sabes, Carmen, la cantidad de niñas que lo están pasando mal porque sus madres han tenido que ponerse a trabajar y ellas han tenido que asumir tareas que no les corresponden? No eres la primera que conozco con este drama. A esos hijos les falta el afecto y la atención de una madre permanentemente cansada.

Por fin hay alguien que la entiende de verdad y ha puesto en palabras lo que lleva soportando durante meses. Sin embargo, hay algo que a Carmen le chirría de su discurso.

—Pero yo creía que usted apoyaba a la mujer en el trabajo, mi tía Marga me explicó que usted apoyó las leyes para que las mujeres pudieran trabajar.

Pilar esboza una sonrisa fingida calculando su respuesta. No va a hablar de Mercedes Formica ni de que ella fue la que verdaderamente impulsó desde la Falange los avances de la mujer, no la va a mencionar ahora ni en sus memorias y se va a colgar ella misma la medalla del éxito del avance de las mujeres. Porque de no haber firmado esas leyes, la Sección Femenina habría muerto hace años, porque necesitaban de mujeres trabajando dentro de sus filas, ingresando un sueldo para sus hogares y prosperando igual que las mujeres solteras o viudas.

—¿Y tu tía trabaja? —Pilar contraataca sin responder.

—Sí.

—¿Y está casada?

—No. Ella dice que es feminista y que no se va a casar…

Válgame el cielo, piensa Pilar desviando su mirada, ahora va a tener que lidiar con una tía feminista que seguramente le haya comido el seso a la niña. El término le levanta ampollas cada vez que lo escucha en boca de alguien.

Carmen prosigue.

—Me dijo que la ley del trabajo era una ley feminista y que el país…

—¡No es una ley feminista! —interrumpe Pilar—. Es una ley fe-me-ni-na, que es bien distinto. Querer los avances de la mujer no supone igualarnos al hombre, Carmen, eso es algo evidente a la vista de todos.

Pilar, para evitar el conflicto, se pone de pie y vuelve a mirar a través del balcón de la calle Almagro y recita de memoria y con entonación dramática las palabras de su hermano, que ya son suyas también.

—Mi hermano siempre decía que el verdadero feminismo no debiera consistir en querer para las mujeres las funciones que hoy se estiman superiores, sino en rodear cada vez de mayor dignidad humana y social a las funciones femeninas. —Ahora se gira hacia Carmen y clava en ella los ojos—. ¿No es eso mismo lo que quieres para tu hogar?

Carmen asiente levemente mientras Pilar se acerca cariñosa y se agacha para mirarla a los ojos con la ternura de la madre que nunca ha sido.

—El mensaje está totalmente equivocado, Carmen. Y si quieres que todo vuelva a funcionar como antes, tienes que ser un ejemplo.

Puedes ser una luz para todas las muchachas que como tú han perdido a sus madres en la tergiversación de este mensaje. Las mujeres son las mantas que abrigan a las familias, sin esas mantas no va a haber familias, no va a haber futuro, España se resquebrajará como nunca, incluso peor que durante la guerra, Carmen. Y tú no quieres que eso pase, ¿verdad? Por eso es necesario actuar cuanto antes, para que este cáncer no se siga extendiendo y que las muchachas como tú entiendan el verdadero sentido de estos nuevos avances.

—Pero... la mujer ya trabajaba antes de la guerra y mi abuela siempre dice que la República fue lo mejor que le pasó a la mujer en este país.

—¿También tienes una abuela republicana?

—Murió —miente Carmen.

—La República no trajo nada bueno, ¡nada! Seguramente no tuvo tiempo de explicártelo bien y estás confundida. La República sólo trajo la desgracia a la mujer. Por eso nació la Sección Femenina, para encumbrar a la mujer hasta el lugar que le corresponde.

Pilar respira hondo, no está siendo tan fácil como podría parecer.

—Carmen, yo tengo algo fascinante que proponerte. —Pilar mira a Carmen seriamente—. ¿Qué te parece si te hacemos una entrevista para la revista *Teresa* para que puedas explicar a todas las chicas de este país lo que te está pasando? Verás como recibes cientos de cartas de muchachas que están sufriendo lo mismo que tú. Y así vas a entender la dimensión del drama que se está viviendo a nivel nacional. Tú puedes llegar a esos cientos de corazones de futuras mujeres y madres que ahora no saben cómo enfrentarse a esta realidad tan volátil, tan extraña, tan incomprensible. ¿No te gustaría salir en la portada y que te conociera toda España?

—Pues no lo sé, la verdad. Bastante tenemos ya en casa con las revistas en las que sale mi madre.

—El problema hoy en día es que muchas chicas callan, ven a tantas mujeres ponerse una minifalda, salir con esos aires, sentarse en la parte de atrás de las motocicletas abrazadas a esos novios de cuatro días, que tienen miedo de hablar en público. Tú puedes ayudarlas. Tú puedes unirlas, Carmen.

Carmen se crece de pronto.

—¿Usted cree?

—Imagínate en la portada de *Teresa*, defendiendo simplemente lo que crees. Ahí es cuando tu madre se va a dar verdadera cuenta de lo que estás viviendo. —Carmen calla, asumiendo—. ¿Y sabes qué podrías hacer también? Venir en verano al castillo de la Mota, allí habrá cientos de niñas igual que tú, encontrarás amigas, lo pasaréis bien. Los campamentos son una auténtica alegría, divertidos, animados, hacemos de todo, bailamos, cocinamos, cantamos. Un sueño para cualquier muchacha a punto de convertirse en la mujer que quiere ser. ¿Qué me dices? —Pilar mira con ternura a Carmen, no puede perder esta oportunidad—. Nadie te obliga, piénsatelo. Puedes hablarlo con otras chicas que han venido al campamento, muchas de ellas frecuentan el círculo al que vas, pregúntales, ya verás las maravillas que te cuentan.

—Lo pensaré, claro. Suena bien.

Pilar alarga una mano hasta la cajita en la que guarda sus tarjetas de visita, toma una y empieza a escribir algo en ella antes de entregársela a Carmen.

—Aquí tienes mi teléfono del despacho y también mi teléfono personal. En casa paro poco porque siempre ando ocupada de aquí para allá, pero no dejes de llamarme cuando tomes una decisión. Te atenderán Syra o Toni, diles que eres mi amiga Carmen… —deja la pregunta del apellido en el aire.

—Suárez.

—Claro —Pilar sonríe—, sólo conozco el apellido de tu madre. Qué ironía.

Carmen se levanta para irse cuando Pilar la abraza cándidamente.

—No estás sola, Carmen. Estamos todas contigo. —Las mujeres se sonríen con cariño verdadero.

—Gracias. Nunca olvidaré este encuentro.

Carmen enfila la puerta y se detiene ante una foto en la que no había reparado. El rostro de su acompañante la inquieta inmediatamente.

—Doña Pilar, este que está aquí con usted es… ¿Adolf Hitler?

—Ciertamente. —Pilar se acerca lentamente—. Tuvimos un encuentro un año antes de terminar la guerra y le entregué por orden del Caudillo una espada de Toledo. Esta foto recoge aquel momento. —Carmen la mira intrigada y Pilar siente la necesidad de explicar algo más—. No lo volví a ver. De ahí surgieron algunos rumores sobre nuestro posible noviazgo, con la idea de unir Europa, como si fuéramos reyes, fíjate. Pero nada más lejos de la realidad, menos mal que de estas habladurías me enteré años más tarde, ¡como si yo no hubiera tenido una opinión acerca del asunto!

Carmen, impactada por la noticia, busca cambiar de tema.

—¿Le puedo hacer una última pregunta?

Pilar sonríe abiertamente.

—Claro.

—¿No ha echado usted de menos tener hijos?

Pilar contiene la respiración y fuerza una sonrisa. Lo ha pensado infinitas veces.

—Imposible. Porque os siento a todas y cada una de vosotras como hijas. Y eso es más de lo que cualquier madre pudiera desear.

La respuesta contenta a Carmen, que sale decidida por la puerta. Qué entrañable le ha parecido Pilar, y ciertamente todo lo que le ha propuesto suena muy bien, pero que muy bien.

# 37

# ¿Cómo hemos llegado hasta aquí?

Carmen camina entusiasmada de vuelta a casa, Armando, hecho una furia, y Amelia, asustada como un ratoncillo.

A Carmen todo lo que le ha contado Pilar le encaja perfectamente, es una estrategia estupenda poder confrontar a su madre de esa manera, porque por mucho que pasan las semanas no parece ser consciente del daño que les está haciendo a todos, así probará su propia medicina. Carmen se visualiza en la portada de *Teresa*, sonriente, con un fondo azul bonito, con esos colores tan típicos de la revista, posando pizpireta, haciendo alguna manualidad, o con algo del teatro, quizá. Además, podría irse de campamento con la Sección, conocería a chicas como ella, seguramente ahora vaya a la universidad, a formarse. Eso le ha gustado de Pilar, tiene claro qué es bueno para ella y le ha aclarado el pensamiento. Qué alivio.

El alivio de zanjar de una vez por todas esta situación, se acabó lo de volar y mancillar el honor de su matrimonio, se va a poner un whisky, se lo va a tomar lentamente y en cuanto aparezca Amelia por la puerta… No sabe lo que puede pasar, no sabe si se va a poder controlar. Porque lo sabe todo, que lo ha visto con sus propios ojos, ya no le puede contar ninguna milonga. No ha vuelto al aeródromo, es evidente lo que ha sucedido. Se acabó la tontería de volar. Volverán a ser una familia normal. Y a lo mejor empezará él a cumplir sus sueños también. Este mismo lunes va a sacar el dinero de su cuenta y va a pagar la entrada a un apartamento en la playa.

Porque el apartamento era la opción más sensata, y no se habría puesto en riesgo. Podría haber muerto, por un error de cálculo, por unos cables en el camino. Los niños se habrían quedado sin madre y Armando, viudo. Su hermana sola y sus padres rotos para siempre. ¿Por qué no valoró los peligros de su decisión? Se acabó. Además, le han aprobado Aeronáutica, ya lo ha conseguido, qué necesidad de ponerse más en peligro. Hala, sueño cumplido, ya sabe volar. Carmen la necesita, no ha sabido comunicarse con ella y tampoco la ha sabido entender, tendría que haberla escuchado, no haber esquivado el conflicto. Si hubiera muerto estrellada ellas nunca se habrían arreglado, y eso tiene que cambiar hoy mismo. Estarán preocupados, las horas que son y sin noticias de ella.

Otra cosa es que la deje ir con él a Torremolinos, porque a lo mejor se compra él mismo el apartamento y ya verá a quién invita. Que eso del reparto en casa se va a acabar, ya te digo yo que se va a acabar, como que se llama Armando Suárez y el apellido Suárez es el que se va a empezar a escuchar por todas partes. Que le ha faltado que lo llamen señor de Torres con toda la tontería esta.

Y las letras de Carmen Suárez en grande y vistiendo ese conjunto que tiene de cuadritos. Seguro que así sería más fácil conocer a un chico decente, el hermano de alguna chica que tenga la revista y la vea en la portada, podrían escribirle cartas, esa es la idea, conectar con otras muchachas como ella, otros chicos, sin pájaros en la cabeza, que quieran formar una familia como ella, con un buen trabajo, si tampoco aspira a mucho más, que la quiera, que la cuide, que la lleve en moto mejor (eso de conducir ella la Vespa ya se le ha quitado de la cabeza, fue un poco idea de su tía, la feminista, precisamente la que no quiere cuidar de una familia).

¿Quién cuidaría a su Antonio, a su pequeño? La cantidad de niños huérfanos en este país, las desgracias y tristezas que han vivido tantos, no va a pasar si ella lo puede evitar. ¿Pero podrá dejar de volar? Ahora que sabe que es lo que más le fascina en este mundo, ¿lo va a sacrificar todo, ya? Los pilotos sufren averías, a todo piloto experto se le ha parado un motor, ha sobrevivido, podría sobrevivir de nuevo. ¿Cuántas probabilidades tiene de que vuelva a suceder? Pocas, seguro que pocas, ya es un tema de estadística. Debería ocultarlo, no debería decirlo, que nadie lo sepa. Dirá que se desviaron por el viento, que acabaron aterrizando en Getafe, de ahí la demora. Total, ¿quién lo va a saber?

Lo más gracioso es que pensará que él no lo sabe, a ver qué excusa se inventa. Seguro que huele al otro. Debería recibirla con un cariñoso beso —como estrategia— para aproximarse a su rostro, su cuello, olerla y de ahí delatarla. En su cara, desenmascararla sin piedad. Empezará a llorar seguro, pedirá clemencia, se arrepentirá, claro, y comprenderá definitivamente quién manda aquí.

Quién ha entrado primero y el orden de los alaridos es lo de menos, es la estampa de su padre abalanzándose hacia su madre lo que hace que Carmen grite de miedo e impida que Armando le cruce la cara a Amelia, congelando por unos segundos la imagen del horror: la mano amenazante de Armando en posición de ataque, el rostro de Amelia cubierto instintivamente para evitar el primer bofetón de su vida, la expresión desencajada de Carmen y la de Antonio asomado al pasillo, petrificado también.

Después, como una película a cámara lenta, Amelia se ha retirado la protección sobre la cara y ha mirado a Armando con el pánico de quien mira a un desconocido, a un atracador pillado in fraganti.

El grito de su hija retumbando en su cabeza le ha devuelto a la realidad y, entonces, ha bajado la vista y se ha hecho consciente de su mano, como si fuera una prótesis que no le pertenece.

Antonio ha llegado lentamente hasta el salón, donde el silencio ha dado paso a la incredulidad.

—¿Qué pasa? —ha preguntado el inocente.

Pero no ha recibido respuesta porque nadie es capaz de poner en palabras lo que acaba de suceder, la impresión del momento aún por digerir y una pregunta en la mente de todos: ¿cómo hemos llegado hasta aquí?

Amelia se ha ido llorando a la habitación y Armando se ha refugiado en el salón, ha puesto un disco triste de Raimon y se ha llenado la segunda copa de la noche, sin hielos ni nada, con la mirada perdida durante largo rato. En su mente, como en un partido de tenis, los pensamientos botando de un campo a otro, sin detenerse, sin llegar a ninguna conclusión, sin perder y sin ganar, simplemente boleando como en un eterno *tiebreak*.

La canción «Al vent» repetida una y otra vez en el tocadiscos de Armando ha inundado la casa con sus letras en catalán, cuyos lamentos y preguntas, aunque no entiendan del todo, se comparten.

*Al vent*
*La cara al vent*
*El cor al vent*
*Les mans al vent*
*Els ulls al vent*
*Al vent del món*

Antonio se ha acercado a su padre, tratando de entender, intentando hablar, pero su padre lo ha rechazado, no está para nadie. Le ha pedido ayuda con los deberes, pero ni con esas ha logrado que se levante del sillón. No quiere verlo triste, agresivo, pero entiende que hoy nadie le va a explicar qué ha pasado. Ha llamado a la puerta de Carmen, pero una vez más le ha dicho eso de «ahora no» y no ha insistido.

Luego ha visto por la rendija de la puerta a su madre llorando en la cama, y aunque ha querido entrar a consolarla, ella le ha pedido que la dejara sola. Ha asumido que hoy no habrá cena para cuatro y por eso se ha preparado una tortilla francesa y ha cenado solito en la cocina preguntándose qué podría hacer él para solucionar esta situación, si podría ponerse a trabajar y traer más dinero a casa, quizá. Siempre es un problema de dinero, piensa. Pero esto ahora mismo no ayudaría ni cambiaría nada, así que ha abierto la nevera y con algunos ingredientes variados ha preparado una ensalada por si alguien luego se animaba y quería cenar.

La música de Raimon se ha colado por la puerta del dormitorio, y Amelia se ha puesto a murmurar la letra entre lágrimas, identificándose con ella, como si estuviera volando en su avión: al viento, la cara al viento, el corazón, las manos, los ojos al viento del mundo.

> *Al vent*
> *La cara al vent*
> *El cor al vent*
> *Les mans al vent*
> *Els ulls al vent*
> *Al vent del món*

Amelia ha llorado y cantado en silencio, encogida como una niña, sobrepasada por las imágenes del día, alternando el fallo del motor y la impresión del aterrizaje con el rostro nunca visto hasta la fecha, aterrador, del hombre al que ama, como si se hubiera quitado un disfraz, o se hubiera puesto uno, en el mejor de los casos.

> *La vida ens dóna penes*
> *Ja el nàixer és un gran plor*
> *La vida pot ser eixe plor*
> *Però nosaltres*
> *Al vent...*

La vida nos da penas, y nacer es un gran llanto, la vida puede ser ese llanto, pero nosotros al viento. ¿Ese viento lo va a perder? ¿Cómo puede renunciar a ello si es su vida, su aliento? ¿Qué ha hecho mal? ¿Cómo lo va a resolver? Y, sobre todo, ¿quién es el señor que ahora mismo debe estar sentado en la butaca poniendo repetitivamente esta canción? Ni su padre había sido tan cruel. Porque esa era la misión de ese frustrado bofetón: castigarla. Porque lo ha hecho mal.

*I tots*
*Tots plens de nit*
*Buscant la llum*
*Buscant la pau*
*Buscant a déu*
*Al vent del món*

Todos, llenos de noche, buscan la luz, buscan la paz, buscan a Dios, al viento del mundo.

Carmen se ha encerrado temblando en su habitación conmovida por la violencia que ha presenciado, como si ese amago de bofetón hubiera sido para ella. Algo se le ha debido romper por dentro porque ha estallado en lágrimas de impotencia y ha estrechado con fuerza la cruz que le cuelga del cuello para rezar un padre nuestro y encontrar algún tipo de consuelo. Instintivamente ha agarrado un portarretratos con la foto de los cuatro que tiene sobre su mesa y ha repasado con cariño los rostros de cada uno de ellos, como si fuera a ser la última vez que los viera juntos.

En ese momento Antonio ha llamado a la puerta, pero no quería que la viera llorar y le ha pedido que no entrase, aunque luego lo ha pensado y justo lo que más necesitaba era un abrazo, que alguien le dijera que todo iba a estar bien, que no había sucedido nada, que había sido un mal sueño. Quizá una pesadilla en la que ella había colaborado abiertamente al negarse a apoyar a su madre desde el principio.

Se ha detenido en sus rostros sonrientes, ¿tan mal lo había hecho la mujer? En la foto Amelia rodea a su familia con los brazos, orgullosa. Siempre ha estado ahí por ellos y ahora sólo estaba tratando de cumplir un sueño, y encima seguía pendiente de todo, de la casa, de ellos, de sus estudios, de sus remiendos y sus necesidades.

Esa mujer llevaba semanas sin descanso para llegar a todo, y ella se había negado a ver ese esfuerzo. Y ahora su padre casi le cruza la cara, y se acuerda de que ella misma le quiso poner en su contra, negándole el permiso, negándole el saludo, irritándose por las mentiras, cuando todo lo que hicieron fue precisamente para no hacerle daño. Ella también tenía culpa en todo esto.

Después, ha sacado de su mesilla un cuaderno encarnado y ha revisado los recortes de revistas y las páginas que había manuscrito durante estos últimos años. Recortes con diseños de vestidos de novia, algunos trajes de fiesta, patrones para armar bolsas de tela, materiales para bordar en *petit point*, algunas recetas, consejos para el cuidado del cutis, del pelo y anotaciones minuciosas sobre los arreglos de la casa, la distribución de las habitaciones, una lista de ajuar con la cantidad de juegos de sábanas que necesitaría, grandes y pequeñas, mantelerías de salón y de té, las de diario, las colchas, las mantas, los cubrebandejas, los pañitos para el pan, la cantidad de toallas y los mantelillos de desayuno que ella misma iba a tricotar para su casa; para su futura familia y soñado hogar.

Y de pronto se ha acordado de Pilar, como si hubiera pasado tiempo y no hubiera sido esa misma tarde, y ha sacado la tarjeta del bolsillo con su nombre y su teléfono. Tenía razón Pilar, este camino no estaba siendo nada sencillo para ninguno de ellos. Ha ido a dejar la tarjeta sobre la mesa, pero después ha empezado a dudar de si sería buena idea hacer esa entrevista para *Teresa*, si su madre no había tenido suficiente, y ha preferido ocultar la tarjeta.

Y cuando la ha ido a guardar en su cajón ha encontrado que debajo tenía otros recortes de revistas que solía devorar: *Garbo*, *Ondas*, *Fotogramas* o *Fans*. Algunas fotos y artículos sobre Marisol, de Julie Andrews, del programa *Salto a la fama* de talentos musicales, algunas fotos del guapísimo Nino Bravo, Mike de Los Bravos o una foto del Dúo Dinámico doblada por la mitad para sólo ver al cantante guapo. Casi había olvidado que las tenía ahí, como quien almacena sueños por si un día no recuerda cuáles eran.

Quizá, si pudiera ir hacia atrás en el tiempo, trataría de entender los deseos de su madre desde el primer momento, podría haber hecho un esfuerzo en comprender sus anhelos, sus circunstancias, su pasado —del que rara vez hablaba—, y así Carmen habría sido capaz de concluir que la casa no la colmaba de felicidad. Y no le habría gritado al televisor, no habría gritado a sus amigos, no le habría gritado a su madre ni a su padre. No habría mantenido orgullosa su postura como si fuera la única válida. Habría podido compartir con su madre sus vivencias, sus miedos, podría haberse incluso acercado con ella al aeródromo y la habría visto sonreír como en la foto de familia. Quizá ahí radicaba su miedo. ¿Volar la hacía más feliz que estar con ellos? ¿Los iba a abandonar? Quizá ambas cosas la hacían feliz. ¿Por qué la había obligado a elegir?

La música aún resonaba por todas las estancias de la casa cuando Carmen ha salido de su habitación. Ha visto que su padre seguía en el salón torturándose con la música una y otra vez. Había cambiado a otro tema de Raimon, «Cançó del remordiment», y, aunque Carmen no habla catalán, sabe que la canción habla de soledad y ha imaginado el eco que estarían provocando esas palabras en su padre; cuando se bebe y se vive amargamente esta nuestra soledad.

> *Quan la nit és un vell armari*
> *i ens porta la cançó.*
> *Quan es beu i es viu amargament*
> *aquesta nostra soledat,*
> *quan la nit és un vell armari*
> *i ens porta la cançó.*

Sigilosamente se ha dirigido hacia el dormitorio donde su madre seguía hecha un ovillo. Un escalofrío ha sacudido momentáneamente a Amelia cuando la puerta se ha abierto creyendo que podía ser Armando, pero ha visto que era Carmen y ha sido incapaz de pedirle que se fuera.

En un gesto imprevisible, Carmen se ha tumbado a su lado y la ha abrazado por detrás. Amelia ha agarrado tiernamente su mano hasta llevársela a los labios para besarla, y Carmen ha notado el dulce tacto de su boca y la humedad de las lágrimas todo a la vez, se ha contagiado de su angustia y ha comenzado a llorar también en silencio. Se ha refugiado entre el pelo de Amelia y ha aspirado el olor de su madre para sentir la paz de quien regresa a la infancia. Amelia ha vuelto a acercar su mano a sus labios y besándola repetidas veces ha empezado a sollozar.

—Lo siento, mi vida, lo siento mucho.

Y Carmen, con el rostro desencajado, sin que su madre pudiera verlo, ha cogido aire para recuperar el cariño del que la había privado estos meses y la ha abrazado un poco más fuerte. Amelia ha cerrado los ojos y ha respirado aliviada unos instantes sin soltar su mano.

—Perdóname, Carmen, por favor. Lo he hecho todo mal.

Carmen, desarmada, ha sentido el cuerpo abatido y tembloroso de su madre, y como si los papeles se invirtieran y ahora fuera ella la que tuviera que perdonar una chiquillada de su hija pequeña, ha confirmado su intransigencia, la dureza de su trato, su frialdad, su nula empatía y, asumiendo profundamente que ella también ha contribuido a este triste desenlace, le ha susurrado tiernamente al oído:

—Perdóname a mí también, mamá.

# 38

# Pacto de silencio

Desde aquel día, que nadie ha vuelto a mencionar, hay ciertos matices de la convivencia que han cambiado. Carmen y su madre se tratan con cariño y, en un aparente pacto de solidaridad, los niños y Amelia parecen tener una vida normal, es sólo que hay un pequeño detalle que lo cambia todo y difumina cualquier posibilidad de sentir que las cosas van bien: Armando no les dirige la palabra. Prácticamente a ninguno. Elige y emplea, estratégicamente, las frases justas, contestando a las preguntas de qué quieres desayunar, comer o cenar de forma escueta, convirtiéndose en un experto en el uso de monosílabos, que emplea con gran destreza. Si necesita algo se lo pide a Amelia como si fuera una orden, ya nunca una petición cariñosa, y evita hacer ningún comentario de los niños, ni les pregunta qué tal van en el colegio como solía hacer cada día.

Nadie se atreve a preguntarle directamente por qué sigue tan enfadado con ellos como para retirarles el habla, porque junto con su silencio su mirada se ha vuelto fría, distante, penetrante, inquisitiva, como si todo el mundo fuera culpable de algo. Ahora cada uno desayuna rápido para salir cuanto antes de casa y los niños hablan con su madre casi a escondidas tratando de entender la transformación de papá. Comidas y cenas están acompañadas de la —bendita— televisión, y mientras él se ha colocado en el lugar más privilegiado para verla, los demás hablan lo justo para no molestar, y si se ríen lo hacen a medio gas, porque el miedo y la tristeza se han instalado de forma perenne y sin fin aparente. ¿Cuánto tiempo va a estar así?

A Antonio se le ocurre preguntarle cariñosamente, ya después de casi un par de semanas: «¿Qué te pasa, papá, hemos hecho algo malo?» delante de toda la familia, y Armando, con la boca apretada, el rostro serio y respirando por la nariz, ha contestado al fin: pregúntaselo a tu madre. Ha apurado el café, ha cogido sus cosas y ha salido de casa con pesadez, con la desgana de quien sabe que tiene que volver y no quiere, porque esa es otra, ahora hay muchísimos días que ya no viene a cenar y ni avisa, claro. Amelia le siente llegar a altas horas, tumbarse en la cama mirando hacia el lado contrario y, con el ronquido característico que producen varias copas, confirma que Armando ha estado bebiendo fuera de casa.

Amelia tiene miedo de hablarle, de enfrentarse a él, y se ha convertido en esa esposa resignada, que obedece, que calla, que sonríe sin esperar nada a cambio con el peso de la culpabilidad sobre los hombros. Porque sabe que tiene que ver con el día que llegó tan tarde por el fallo del motor, pero no sabe por qué. A ella sólo se le viene a la memoria, a cámara lenta, la furia con la que Armando le habló al llegar, completamente desencajado, y la mano atemorizante a punto de golpearle el rostro y la llegada de Carmen, que lo evitó. Porque ella nunca había sentido ese miedo, su padre nunca fue un hombre violento, su madre, aunque algo quejicosa y dramática, nunca les puso la mano encima (alguna vez, recuerda, le levantaron una zapatilla amenazadora de la que había que huir corriendo), pero ninguno de sus seres queridos le había pegado nunca, ni con la mano ni con ningún objeto, aunque en otras casas ese fuera el pan nuestro de cada día.

La expresión de Armando de aquel momento se le ha grabado a fuego, y quizá esa mano a punto de golpearla fuera incluso más dolorosa que el bofetón en sí mismo porque representa la vulnerabilidad a la que ha estado expuesta desde siempre sin saberlo. Que si su marido no le ha pegado es porque no ha querido. O no ha tenido motivos, hasta ahora.

Porque ella sabe que eso pasa.

Que muchos pisos tienen tabiques finos, y se oyen cosas que los padres disimulan delante de sus hijos con un será la televisión, ya sabes que son muy gritones, o un ¡niño, no se espía a los vecinos!, pero es inevitable escuchar voces más altas que otras y cosas que se estrellan contra el suelo y que a la mañana siguiente justifican las vecinas con un tropezón, una caída sin mayor importancia, culpándose a sí mismas de su propia torpeza. Y en ese pacto de silencio, las otras vecinas asienten con la cabeza admitiendo que a ellas también les pasa, que van con prisa y sin querer sucede. Y las ves a todas agarrarse a sus chiquillos, que no abren la boca tampoco por miedo, porque algunos de ellos en un intento de defender a la madre también han recibido un golpe de cinturón que les ha dejado marcada la espalda —y el alma—, y por eso algunos caminan tan despacito y son tan callados, porque escuece demasiado y porque temen que llegue el nuevo día en el que a papá no le hayan ido bien las cosas y sean ellos los que paguen el pato. Y así se van quedando calladitos, sin decir nada, sin saber qué han hecho mal, y crecen con esa sensación de que no son suficientemente buenos, ni madres ni hijos, que no merecen el amor del padre, y como sienten que eso no debería hacerlo un padre, piensan que la culpa debe ser de ellos. Pero por mucho que se esfuerzan, por mucho que cuidan al detalle cada cosa cotidiana, por mucho que hacen todo a la manera que el padre indicó el día anterior, tratando de que todo esté a su gusto, nunca consiguen el beneplácito que les brinde un abrazo, unas palabras cariñosas por su parte, un signo de amor reconfortante, y si sucede milagrosamente, en algún momento, lo saborean como una llegada a meta, una montaña conquistada que sabe a gloria, un triunfo. Pero algún día algo sucederá, imperceptible, sutil, imprevisto, habrá un revés, un manotazo, una sorpresa que tire por tierra lo construido hasta el momento y habrá que volver a empezar, volver a esperar a que a papá se le pase el enfado, vivir callados, sin molestar, sacando lo mejor de cada uno para que ese hombre esté por fin satisfecho de su vida y de la gente que lo quiere, porque lo siguen queriendo, claro, a veces sorprendentemente, incluso más de lo esperado, porque genera en ellos un sentimiento de inferioridad que hace sentir al otro un ser superior, y de ahí surge un esfuerzo tremendo por superarse, por ser mejor cada día, esperando que en ese éxito personal por fin consigan su amor, su aprobación, su admiración, buscando su perdón. Buscando la absolución. Algunos, sin embargo, empiezan a cultivar el odio, no buscan superarse, sino vengarse. Se enfrentan, confrontan, se defienden. Cubren a la madre y reciben golpes que ya no duelen porque tienen cicatrices suficientes que los amortiguan. Hay quien vive el horror de tal manera que lo lleva en una mochila consigo toda su vida, aunque consiga sacar a la madre del hogar y regresarla al pueblo donde aparentemente se salvará. Otros entierran a sus madres sin poder evitarlo. Otros mueren con ellas. Y otros, sin haber podido evitarlo, repiten hacia los suyos el odio que recibieron en un círculo sin fin.

# 39

# La cana

Amelia, con la preocupación de una situación así, sin atreverse a hablar con su marido, con la congoja agarrada al estómago por inesperada e inaudita, acude a ver a la única persona con la que siempre puede contar, desahogarse sin miedo y, quizá, pedir consejo.

—Hija, qué sorpresa. ¿Tú también sin avisar? Menos mal que al menos no es la hora de comer.

Amelia, que ha mantenido su fortaleza delante de todo el mundo, se derrumba en brazos de su madre como una chiquilla. Y mientras solloza envuelta en su abrazo, Victorina trata de cerrar la puerta para que los vecinos no se enteren, estirando el brazo al tiempo que mete a su hija hacia dentro.

—¿Qué ha pasado? Pero cuéntame, ¿qué te sucede? Sabía yo que algo pasaba que ya no venías a verme tanto, hija, dime, ay, ¿qué es?

Pero Amelia no puede hablar, sólo consigue balbucear un «dame un segundo, mamá», y Victorina entiende que debe callar, que ahora le contará, que sólo necesita su abrazo y su consuelo. Y se quedan así unos instantes, dejando a la niña llorar, vaciar, mientras Victorina le acaricia el pelo suavemente, como cuando se caía jugando en la calle y la calmaba con un sana sanita que no ha sido nada, pero esta vez intuye que sí ha sido algo y no se atreve a decir eso de ya pasó, ya pasó, así que pronuncia las palabras más reconfortantes que le salen en ese momento.

—Tranquila, estás en casa. Estás con mamá.

Y así, poquito a poco, Amelia se calma y se separa del abrazo de su madre, que la mira inquisitiva.

—Es por Armando.

Y Victorina suspira, quizá, porque se lo había esperado como algo que milagrosamente aún no había llegado, pero que podía llegar. Imaginando cientos de motivos que pasan por su cabeza a un ritmo vertiginoso, desde que tenga una amante a que lo hayan despedido, o que se haya ido de casa o que les haya pegado, cualquier cosa podría ser, pero a la vez le extraña mucho.

—No sé qué le pasa.

—Ven, vamos al cuartito. ¿Te preparo un café? ¿Unos picatostes? ¿Tienes hambre?

Amelia mira a su madre con inmensa ternura.

—Un cafetito caliente, gracias.

—Tengo unas rosquillas buenísimas que me trae Emilia, ¿quieres una? —Consigue arrancarle una media sonrisa a Amelia, que sabe del vicio con los dulces de su madre.

—Vale, madre.

Y mientras Amelia ve alejarse a su madre hacia la cocina, se sienta en el cuarto de estar e inhala los olores de su antiguo hogar, y siente la paz de estar en un sitio tranquilo donde nada malo puede pasar. Su madre aprovecha para traer un platillo lleno de dulces y un par de cafés, y antes de que empiece a disparar preguntas sin respiro tipo metralleta, Amelia levanta la mano.

—Ahora te lo cuento todo.

—Un momento. —Victorina se acerca a por un par de copitas con anís del mueble bar—. Las penas así son menos penas.

—Mamá, no deberías, es un poco pronto…

—Hay que levantarte ese ánimo.

Las mujeres brindan y le dan un sorbito a su copa. Amelia empieza a describirle pormenorizadamente cómo ha sido su vida los últimos meses. Victorina atiende, mientras moja rosquilla, a la narración de los acontecimientos sin interrumpir —milagrosamente—, asintiendo y preocupándose al mismo tiempo. Escuchando acerca de la sorprendente organización familiar y disposición para el curso de Amelia, incluyendo los desplantes de Carmen, la buena actitud de Antonio, la locura de los horarios y la extraña evolución desde el apoyo inicial de Armando hasta el amago de bofetón, pasando por la hostilidad de los últimos días y sus repentinas exigencias, como haberle reclamado el resto del dinero del premio para su propio beneficio. Amelia narra los hechos todavía sin entender esta transformación tan inesperada de Armando, que había pasado de ser el hombre más cariñoso y comprensivo del mundo a:

—Un hombre como todos los demás —sentencia Victorina.

—Pero a ti papá nunca te levantó la mano. Papa no es así... ¿no?

—Porque Amelia cae en la cuenta de que a lo mejor no ha sido tan consciente de cómo ha tratado su padre a su madre y es la primera vez que se para a pensarlo.

—¿Y? Pero siempre ha sido el jefe de la casa. Al final tu padre es el que ha disfrutado de su tiempo y su libertad.

—Pero... estaba trabajando.

—Bueno, yo también estaba trabajando, en casa, y encima sin descanso. Porque los fines de semana, aunque él estuviera en casa, yo me seguía ocupando de todo. Qué te voy a contar, hija mía, que no sepas. Esto es así. Ellos siempre aprovechan para alargar un viaje, llegar más tarde... total, ya no tienen nada más que hacer que llegar a casa y descansar. ¿Correcto?

—Yo pensaba que Armando era diferente —comenta triste Amelia.

—¿Por qué no hablas con su madre?

—Tengo miedo a que se enfade aún más conmigo.

—Armando siempre ha sido muy atento, nada que ver con tu padre. —Victorina se toma un segundo—. Es raro, sí.

Y Amelia aún lo cree, le extraña todo este comportamiento. Ha debido hablar con alguien, le han comido la sesera. Y que está bebiendo más de la cuenta, pero esto no quiere compartirlo con su madre. Su silencio es su castigo, ni siquiera le ha podido explicar por qué llegó tan tarde aquella noche. Pero tampoco quiere contárselo a su madre, se asustaría aún más si se entera del fallo del motor y el aterrizaje forzoso en el que podría haber perdido la vida.

—Aquel día tuvimos un fallo mecánico y tuvimos que aterrizar en Getafe, pero no he podido contárselo a Armando, apenas me habla desde aquel día. Sólo pide cosas y nos ignora en todo lo demás.

—Hija, pues díselo a gritos, te puedes inspirar en tu padre y yo, que a veces es la única manera que tenemos de hablarnos, o le mandas una carta, qué sé yo. Pero esto es ridículo, siempre ha sido un hombre estupendo. Ya me gustaría a mí que tu padre me hubiese respetado y apoyado como él a ti. Seguro que se le pasará, ya verás.

—Tiene una mirada que me da miedo, nunca me había mirado así.

—Bueno, si supieras las miradas que me echa tu padre…

—Pero… está más cariñoso, ¿no? Te compró el televisor.

—Na, me lo ha comprado para que esté callada, así discutimos menos. Tu padre hace años que me trata como si fuera un mueble. Como una mesilla con la que te das un golpe en el dedo pequeño cada vez que pasas a su lado porque no la ves. Que sobra. Un estorbo.

—Pero no digas eso, mamá…

—Que sí, hija, que sí. Yo ya estoy mayor, y él prefiere pasarse las horas en el tren viajando y hablando con gente interesante, de sus libros y sus cosas, que estar aquí conmigo. Si en este país nos pudiéramos divorciar, tu padre me habría abandonado hace tiempo. No me cabe duda.

—¡Pero qué dices, mamá! ¡Papá te quiere!

Victorina niega con la cabeza. Se tienen cariño, pero eso no basta para mantener un matrimonio tanto tiempo. Seguir juntos es una condena que no tiene sentido. Pero es lo que hay, ante los ojos de Dios todo sacrificio es poco. Amelia ve cómo la mirada de su madre se ha desviado hacia la ventana, proyectando un futuro gris, como el cielo plomizo de hoy. Sin esperanza, sin ilusión.

—Tu padre se jubila dentro de poco, ¿tú crees que va a aprovechar para estar conmigo, sacarme a pasear o viajar? —Se vuelve hacia Amelia, que levanta los hombros—. Me comprará un televisor mejor y se echará a la calle, vendrá a comer, a mesa puesta, y se volverá a ir después de la siesta. Él tiene sus amigos, sus aficiones, ir al fútbol, los amigos del club del ferrocarril.

—Pues eso no puede ser, mamá. —La voz determinante de Amelia la saca de su nube gris—. No es justo, llevas cuidando a ese hombre toda tu vida, tú también te mereces una jubilación, irte de viaje. Y si no te lleva él yo te llevaré en mi avioneta.

—Uy, qué miedo, qué dices.

—Soy buenísima, mamá, yo te llevaré de viaje.

Victorina moja un dulce en el café y ríe para sí misma.

—No me extraña.

—¿El qué?

—Que seas buenísima.

—¿Por?

Victorina aguarda unos instantes, no está segura de decírselo, pero finalmente se decide a confesar.

—Hay algo que no te he contado —Victorina sonríe de medio lado.

—¿Qué? —Amelia está intrigadísima, pero Victorina no contesta, sólo abre los ojos y sube las cejas, creando una gran expectación—. ¿Qué pasa, mamá?

La cara de Victorina se ilumina con una sonrisa pícara.

—Tu hermana me ha enseñado a conducir.

—¿¡Pero qué dices!?

—¡Y soy buenísima! Seguro que el talento de pilotar te viene de mí.

Amelia estalla en una carcajada y se levanta a abrazar a su madre. Qué sorpresa, qué alegría me das, esto es lo último que me esperaba, le comenta mientras se abrazan divertidas.

—Que no soy tonta, Amelia, que ya sé que tu padre no me va a hacer ni caso, así que me estoy buscando otras aficiones, otras amigas. No me pienso quedar sentada esperándolo. Sólo tengo sesenta y dos años, no soy tan mayor, mírame, mírame bien. Estoy estupenda. Estoy descubriendo muchas cosas nuevas a mi edad —Victorina omite necesariamente sus encuentros con Bond, James Bond— y no pienso esperar a tu padre, llevo mucho tiempo esperándolo.

Amelia recupera su sitio en la mesa y la mira con los ojos abiertos como platos.

—Me alegra mucho oír eso. No me gusta que pases tiempo sola, Marga y yo lo hemos hablado mucho.

—Ya, hija, pero viendo que aquí todo el mundo hace su vida, pues he decidido que ya es hora de que yo también haga la mía. No voy a quedarme para los restos mirándome las canas crecer.

Madre e hija se contemplan con admiración mutua. Instantes después Amelia recuerda algo y pierde la sonrisa, y Victorina se inquieta.

—¿Qué pasa? No te parece bien, piensas que soy una vieja y que soy un peligro, que no debería conducir. ¿Qué piensas? Conozco esa cara. —Victorina lleva muy mal la intriga.

—No, nada, no es sobre ti. Es que me he acordado de algo, pero es una tontería.

—Dime y comprobamos si lo es.

—Da igual.

—Hija, qué intriga, ahora me vas a dejar preocupada. ¿Estás embarazada?

—¡Qué dices! No, no es eso. Es…

—Madre mía, Amelia.

—Ay, mamá, que me da vergüenza.

—¿El qué? Por amor de Dios.

Amelia se encoge de hombros, se termina el anís y mete la cabeza como una tortuguita hacia atrás antes de formular su pregunta con apenas un hilo de voz.

—Es que… Claro, nunca hablamos de estas cosas y yo no tengo a quien preguntarle, y…

—Hija, qué tensión, esto está siendo peor que la elección del papa Juan XXIII.

—Quería saber si a ti también… —Amelia no se atreve, Victorina levanta una ceja.

—Me voy a hacer vieja esperando.

—Ya eres un poco vieja, mamá.

—No seas impertinente, hija, y no desvíes el tema, ¡suéltalo ya!

—Voy… ¡Ya está! Es que… —Amelia se tapa la cara al hablar—. Me ha salido una cana.

—En el pelo, dices. Menuda novedad, ya tenías alguna.

—No, mamá, en la cabeza no —avergonzada, susurra—. Ahí… abajo. ¿Puede ser?

—¿Abajo, abajo? ¿Ahí abajo? —Victorina arruga la cara.

—Sí, abajo, ahí… ¿Ahí también salen canas?

Victorina abre los ojos como platos, enternecida por la pregunta, y consciente de su propio pesar alza los brazos.

—¡Claro que salen canas, hija mía! Salen canas por todo el dichoso cuerpo, ¡es un horror!

Amelia se queda abatida por la respuesta de su madre y se deja caer sobre la mesa a punto de llorar. En cambio, Victorina se ríe.

—No te rías, me estoy haciendo mayor.

—Hiiija. —Victorina alarga la i dándole un poco más de drama al asunto conteniendo la risa—. Si sólo tienes treinta y seis años, sigues siendo una niña.

—¿De verdad salen canas ahí también? ¿Y si me la quito saldrán siete como en la cabeza?

—Ay cariño, qué dolor, no te la quites. Tienes que asumirlo. No te queda otra. Todos nos hacemos mayores. Así se empieza, un día te sale una cana y otro día te levantas con un leve dolor de rodilla, y otro día tienes la tensión un poco más alta de lo normal, y al siguiente el doctor te dirá que comas menos dulces, que te falta caminar un poco, y entonces te dolerá también la otra rodilla y te preguntarás si hoy el dolor se pasará al rato o seguirá hasta la tarde. —Victorina coge carrerilla—. Te tomarás un calmante que te durará unas horas y no querrás tomarte otro, porque afecta al hígado, pero llegará un día en que si no te lo tomas estarás aguantando ese dolor durante horas, y la única manera de aguantarlo será sentada con las piernas levantadas dejando todas las tareas sin hacer. Colgarás un calendario en la cocina para llevar la cuenta de todas tus revisiones médicas y, aunque tengas todas las pastillas clasificadas por días y te las tomes religiosamente, otra mañana pisarás el suelo con un pie más hinchado que el otro, te pondrás frente al espejo, te verás una nueva arruga que ayer no estaba y al bajar la vista también verás unas manchas en el dorso de la mano, y te dirás ¿cuándo me han salido?, y mirándote fijamente al espejo, tú sola, te preguntarás sin una respuesta clara… ¿En qué momento me he hecho mayor? —Victorina vuelve a respirar—. Sí, hija, sí, es una mierda.

—¡Mamá!

—¿Qué pasa? La naturaleza es cruel con las mujeres, Amelia, deberías haberte dado cuenta. Creces como una flor silvestre, salvaje, durante tus años fértiles para conquistar a un hombre y tener hijos, y cuando los has entregado al mundo tu pelo se pone gris, tus ojos se cubren de un párpado colgante que los cierra, tus pestañas se vuelven diminutas, y si con suerte vas al baño sin hacerte pis por el camino, será imposible mantener el tipo que tuviste, los pechos caídos, los brazos flácidos, la papada cayendo, todas las carnes colgando. Dejas de ser atractiva al mundo, Amelia, ¡a los hombres!, porque ya no puedes procrear, ya no le sirves a la naturaleza y te marchitas como una margarita que va perdiendo los pétalos cada día. Porque ese es el destino de las mujeres: hacernos viejas y dejar de ser bonitas. Y nos volvemos invisibles para el mundo entero. Menos para los nietos, claro, al menos servimos un tiempo para cuidar a los nietos. Pero un día estos también se hacen mayores y ya ni te llaman para ver cómo estás. Hasta hay que darles una propina para conseguir un beso de su parte. Con la de veces que les has limpiado el culo y ni te vienen a visitar para jugar al bingo. Esa es la puta realidad, Amelia.

—¿Qué te pasa, mamá? Tú no dices tacos.

—Pues va siendo hora de decirlos. Es como que… —exhala— me liberan. Mierda, mierda, mierda. Coño, coño, coño.

—¡Mamá!

Victorina se termina el anís, se apoya sobre la mesa convencida de su discurso, con los ojos encendidos, rebelándose ante toda la verdad que le confiesa a Amelia.

—Deberías mandar a Armando al carajo. Las mujeres ya no necesitan maridos, Amelia, no hacen falta. Las mujeres también pueden disfrutar de su vida, ¿sabes? De sus cosas, y nos lo han ocultado mucho tiempo. Nos han tenido apartadas, y ya está bien. Tú esto deberías saberlo, seguro que lo sabes porque eres muy espabilada, pero hay un mundo prohibido, hay fuegos y zonas peligrosas a las que no nos dejaban entrar, y ahora entiendo muy bien por qué. —Victorina abre los ojos y mueve la mano lentamente acompañando su explicación, murmurando y hablando despacio, masticando cada palabra que dice con una convicción nunca antes vista por su hija—. En ese lugar no importa la edad, ahí sí que no importa nada, y a ese lugar siempre se puede acudir, y te digo una cosa, es un camino de ida, no hay vuelta atrás, una vez que se conoce ya no se puede regresar. De hecho, no se debe regresar, porque está lleno de luz. Y durante siglos nos han dicho que estábamos enfermas, que éramos unas histéricas, que nuestro camino en la tierra era un camino de sufrimiento, de entrega y sacrificio y que en el cielo encontraríamos la salvación. Descubrirlo es como ser ciega y ver por primera vez y entender el mundo, sus colores, sus formas, su dimensión, su profundidad. Escúchame atentamente, hija mía: el cielo existe y está en la tierra. Nos lo han ocultado. Nos han mentido y nos lo han negado.

Amelia se queda totalmente en silencio mientras Victorina vuelve a sentarse bajándose de su púlpito virtual.

—Mamá, no bebas más.

—¿Qué pasa? Amelia, no me mires así, la liberada que pilota aviones ¿ahora se va a sorprender de que su madre se tome un anís a media mañana?

—¿Desde cuándo hablas así?

—Desde que me he dado cuenta de que he vivido en una cueva, Amelia, la de Aristóteles.

—Será la de Platón.

—El que tú quieras. Pero ya he salido.

—¿Emilia te está dando clases de filosofía?

—De la vida, hija, de la vida, me está dando unas clases impagables. Ni en la universidad imagino que se aprende tanto. Y ahora brindemos.

—¿Por tus clases de conducir?

Victorina apunta con su índice característico.

—Y por tu cana recién nacida. Se merece un homenaje.

—No me quiero hacer mayor, mamá.

—Ni tú ni nadie.

Victorina se levanta hacia el mueble bar y prepara otros dos chupitos de anís.

—Hablaré con Emilia sobre su hijo, ella lo hará entrar en razón.

—¿Tú crees?

—Esa mujer es asombrosa, Amelia, obra milagros. Y mientras pone a su hijo en su sitio puedes quedarte aquí, ya sabes que esta es tu casa.

—No sé si eso sería una buena idea, mamá. Creo que lo enfadaría aún más, y tampoco quiero dejar a los niños solos con él. No porque les vaya a hacer nada. Es sólo que… nunca habíamos estado así. No quiero preocuparlos más.

—Ahora relájate, que estás en casa.

Las mujeres levantan sus copas y Amelia le da un sorbito al anís, con la mirada perdida. Habla vencida.

—Pero tienes razón en lo que dices.

Victorina asiente.

—Ya sabes que las madres siempre tenemos razón, pero una sólo se da cuenta cuando se hace mayor.

Amelia y su madre levantan sus copas en el aire.

—Por los cambios —brinda su madre.

—Para que todo vuelva a estar bien —desea Amelia.

# 40

# Actos de rebeldía

Lo que sigue a ese primer anís es otro, un pelín más largo que el anterior, pero sólo un pelín más, que es lo que le ha pedido Amelia, que dice que total un día es un día y hace tiempo que no están juntas las dos y que hay que celebrarlo.

Y porque siente que así se venga y se acerca a Armando de una manera peligrosa, imitándole, para intentar entender qué siente cuando bebe, como un acto de rebeldía, como si pudiera decir «yo también». Como si equipararse en ese terreno la igualase en sus privilegios, a su posición de poder. Y porque así también siente que todo lo difícil se diluye y parece más cercano, que todo vuelve a su ser.

Tampoco le ha ayudado con la bebida escuchar a Gelu en Tele-Ritmo cantando eso de:

> *Si tú me quieres de verdad,*
> *si tan fantástico es tu amor,*
> *por qué razón te portas mal,*
> *por qué me matas la ilusión,*
> *y dame dame dame dame*
> *felicidad que sólo tú me puedes dar.*

Y le ha dedicado mentalmente esas palabras a su marido y al anís. Luego ha salido también Mari Trini, una nueva cantante que empieza a despuntar con su tema «El alma no venderé», y Amelia ha tratado de acompañarla preguntándose qué hacer con su alma:

*Quiero vivir intensamente*
*En mis paisajes con mis gentes*
*Con la alegría en una mano*
*Con el dolor en la otra mano*
*El alma yo jamás la venderé*
*El alma yo jamás la venderé*

Y así pasan la tarde con la tele de fondo, acompañando el anís con un hilo de recuerdos de la infancia, anécdotas, risas y algún álbum de fotos sacado en un quiebro de debilidad por una y criticado por la otra, haciendo un entretenido repaso de sus vidas. Y han mirado divertidas los rostros congelados en el tiempo de las personas que se retrataron a su lado y que han quedado para siempre en un papel en blanco y negro pegados en hojas de cartón diligentemente colocadas por orden cronológico.

Porque Victorina siempre ha sido muy ordenada con esas cosas, es muy de poner fechas en la parte de atrás de papeles y fotografías para guardar un orden riguroso de los acontecimientos y que nadie se los pueda rebatir, porque esos álbumes son para ella la prueba irrefutable del paso del tiempo, pero también son prueba de su razón en caso de conflicto. Por eso, a veces cuando está sola, los coge de la estantería y repasa su vida en imágenes, por si se olvida de algo. Porque lo que más miedo le da, aparte de hacerse mayor, es olvidarse de quién es.

Pero lo que tiene claro Victorina es que esta tarde no la va a olvidar, ni la tarde del otro día con Marga. Es consciente de estar viviendo unos momentos muy especiales junto con sus hijas, a solas, sin nadie más, sin prisas, fuera de las clásicas comidas de los domingos —donde ha de dedicarse a todo el mundo, cocinando, trayendo y recogiendo platos esperando que todo el mundo esté a gusto y que a nadie le falte de nada—, para luego darse cuenta de que apenas ha charlado con nadie, que estaba ocupada en atenderlos y que no le ha dado tiempo a disfrutar de la comida, sólo a encontrar pegas a sus propios platos (para que todo el mundo le diga lo contrario, lo deliciosos que estaban) y, seguidamente, comer a toda prisa para atender la siguiente necesidad, el postre o los cafés. Después, cuando los demás se han ido ya a su casa, le suele preguntar a Luis para enterarse bien de lo que se ha charlado en la comida y recibe una queja casi inmediata, ¡pero si tú también estabas delante, es que no te enteras de nada, Victorina, que sólo te estás quejando todo el día! Y así vuelven a discutir hasta que empieza el fútbol en la tele y Victorina se queda con una sensación agridulce de la velada, mientras guarda los restillos que han quedado y se promete que la próxima vez estará más atenta a la conversación.

Y ahora, en cambio, está junto a su hija mayor, que bien parece hoy como una amiga más que disfruta de su charla, de su compañía, y se dice a sí misma que se ha enterado bien de todo lo que le ha contado: de cómo es el aeródromo, de quién es Daroca, su instructor, de las asignaturas que tiene, todo lo que ha tenido que estudiar, algunas de sus maniobras de vuelo, y ha pensado que no es tonta, que si atiende se entera bien de las cosas, que si se las cuentan con cariño las recuerda. Y mira a su hija con una ternura inusitada, no la juzga, no la critica, simplemente asume cómo se ha hecho mayor de pronto, sin avisar, sin permiso. De lo poco que pudo disfrutar de ellas en la infancia, donde todo era tan negro, tan difícil, cuando el hambre agrió su forma de ser, la vida de todos en general. Y cae en la cuenta de todo esto mientras observa cómo Amelia se ha quedado dormida plácidamente sobre la mesa del salón.

—Esta juventud no sabe beber —asegura al observar el rostro tranquilo de Amelia, angelical, como la niña que fue, cuando se quedaba dormida sobre su regazo durante alguna sobremesa alargada más de la cuenta.

Desearía poder llevarla en brazos como antaño, pero la despierta lo justo como para acompañarla con un brazo sobre sus hombros hasta la que fue su cama. Una cama que, curiosamente, siempre está hecha, como si sospechara o deseara que alguien apareciera en cualquier momento.

Amelia se deja desvestir lentamente y se deja caer sobre la cama mientras Victorina la tapa con dulzura y después baja la persiana haciendo el mínimo ruido posible para acompañar su sueño. Aunque sólo sean las ocho de la tarde, pinta que Amelia pasará la noche en su antiguo dormitorio.

—Que descanses, hija —le susurra al oído justo antes de posarle un tierno beso sobre el rostro que dura más de la cuenta.

Envalentonada por las copitas de anís, que no la han tumbado como a Amelia —porque ha adquirido cierta tolerancia desde que queda con Emilia—, Victorina se planta delante del teléfono que tiene en el pasillo, agarra el auricular con fuerza y con el dedo índice inquisitivo marca los siete dígitos del número de casa de su hija girando la rueda del teléfono con la fuerza de una madre (bien) cabreada. Tiene suerte de que sea Armando el que descuelgue.

—¡Me vas a oír! —Su valentía recorre el cable del teléfono hasta el oído de Armando, que se separa rápidamente del auricular.

—¿Victorina? ¿Es usted? ¿Pero qué dice?

—Digo que si me oyes. —Al final se viene un poco abajo.

—Sí, sí, la oigo, ¿qué pasa?

—Pasa que Amelia ha venido a verme esta tarde, pero no se encontraba bien y se ha echado. Yo creo que tiene un poco de fiebre, ¿sabes? Está dormida ahora. Le di una aspirina.

—Entiendo.

—Así que no la esperes, ¿eh? Te llamo para que no te pienses cosas que no son, ¿me escuchas? —Y acentúa esta última frase pronunciándola lentamente.

—Sí, sí, ¿pero está bien?

—A ver, bien, bien, no, podría estar mejor, claro. Sin dolores de cabeza, sin presiones, que tiene muchas cosas en las que pensar, normal que le duela. Hay que quitarle tareas a la pobre. Así que ahora les dices a los niños que se hagan cualquier cosita de cena, que algún restillo tendréis, o les lías unas tortillas francesas, que tú eres muy apañado, y la niña se queda aquí a dormir y descansar, ¿me oyes?

—Sí, sí la oigo. Tortillas.

—Eso, o huevos revueltos. Pero tú eres un tipo espabilado, Armando, tú sabes bien cómo abrir unos huevos para que no se te rompan al echarlos en el aceite, cómo freírlos para que queden con puntillitas o cómo liar una tortilla para que no acabe uno haciendo un estropicio en la cocina. Porque una cosa te voy a decir, Armando, ¡préstame atención! No hay nada peor, nada más terrible en esta vida, que el olor a huevo quemado. Eso, además, no hay quien lo quite de los fogones, eso hay que rascar y rascar, pero siempre queda algo. Queda para siempre en el ambiente, en la misma nariz, un olorcillo que cada vez que vuelves a la cocina te hace recordar el día que rompiste mal el huevo y la liaste en la cocina deseando haber puesto más cuidado en tus gestos aquel día. En los gestos, tú me entiendes, ¿verdad, majo? Pues hala, prepárales la cena a los niños, que ya volverá Amelia mañana cuando se encuentre bien. Ah, y eso lo acompañas de un tomate abierto con un poquito de sal y te queda una cena de diez. Venga, que cenéis bien. Besos a todos.

Victorina cuelga con una determinación que llega hasta el oído de Armando, quien, sin cuestionar las órdenes de su suegra, se dirige inmediatamente hasta la cocina para sacar unos huevos y unos tomates de la nevera y seguir sus precisas instrucciones con el cuidado extremo de no cometer ni un solo error por temor a las represalias.

Victorina cae en la cuenta de que su arrojo le ha abierto el apetito y piensa que, ciertamente, una tortilla liada o un huevo frito con sus puntillitas es lo mejor que puede hacer ahora mismo, y que también podría acompañarlo con un tomate abierto con un poquito de sal. Un plato excepcional para terminar una tarde excepcional.

Casi puede oír a su yerno chillar al otro lado de la ciudad:

—¡A cenar!


—¿Y mamá? —Carmen se asoma temerosa por el pasillo al escuchar la tan inesperada voz de su padre.

—Ha llamado tu abuela, que no se encontraba bien y que se queda a dormir en su casa.

Los niños se sientan a la mesa con la inquietud de ver a su padre disponer sobre la mesa tres perfectos platos con tortillas francesas y tomates aliñados con sal.

—¿Ya se te ha pasado el enfado? —Carmen se adelanta a su hermano con la previsión de llevarse una mirada amenazante o una brusca contestación.

—No lo sé. Quizá. —Armando no levanta la mirada de su plato.

—A mí no me gusta que estés enfadado, tú nunca te enfadabas, papá. —Ahora sí que mira a Antonio, que también se ha atrevido a hablar.

—La gente cambia. —El tono sigue siendo seco, distante.

—¿Y por qué tiene que ser a peor? —Podría sonar un poco insolente, pero Antonio sabe darle la entonación adecuada.

—Hay muchas cosas que vosotros no entendéis.

—Pues explícamelas, así las entiendo —pide el pequeño.

—Quiero hablar antes con vuestra madre. A mí tampoco me gusta estar así. Pero hay… ciertas cosas que tienen que cambiar.


—¿Tú crees que se van a separar? —Antonio mira con honda preocupación a su hermana.

—¿Qué dices? Si no se puede.

—Hay un niño de mi clase que dice que vive con su madre y que su padre se ha ido a vivir con otra señora, así que sí puede pasar, Carmen.

—Pero a nosotros no, ¿vale? Sólo están enfadados, ya se les pasará.

—Mi amigo dice que la madre llama al padre «perro desgraciado asqueroso» porque los ha dejado solos y sin dinero y ella ha tenido que ponerse a trabajar. —A Carmen le impresiona el relato, pero trata de disimular.

—Pero papá no se va a ir, Antonio. De verdad que lo van a arreglar.

—Yo no quiero que me insulten en el colegio ni que me digan cosas. O que papá eche a mamá de casa y nos quedemos solos con él.

Antonio suena realmente preocupado, y Carmen quiere parecer fuerte, pero tampoco tiene claro el desenlace de esta historia. A Antonio se le quiebra la voz.

—Carmen… ¿Tú crees que es culpa nuestra? A lo mejor han llamado del colegio, o les han mandado una carta…

—¿Qué has hecho esta vez?

—No, nada… Mis cosas.

—¿Tus negocios raros?

—No son raros, Carmen, sólo busco oportunidades. Papá tiene dos trabajos, el curso de mamá es muy caro y me tengo que hacer a la idea de que tengo que trabajar, conseguir dinero para mi casa. Así que practico. Vendo cosas, ya sabes, y así mamá no tendrá que coserme los pantalones. Me los puedo comprar yo. ¿Tú crees que me van a castigar por esto?

Carmen se conmueve con el relato de su hermano.

—No creo..., ¿cómo se van a enfadar por eso? Es muy tierno por tu parte.

Antonio mira al suelo.

—Los curas no opinan igual. El otro día me requisaron cinco pesetas que había ganado y dijeron que llamarían a casa, que si me pillaban de nuevo me echaban del colegio unos días. A lo mejor han llamado y papá echa la culpa a mamá.

—Puedes estar tranquilo. Seguro que no es nada de eso. No es culpa tuya, tú siempre te portas muy bien.

Antonio mira con recelo a su hermana.

—Tú no te has portado nada bien con mamá. —Antonio apunta certeramente y Carmen asiente valorando la dimensión de las consecuencias.

—Ya lo sé, lo siento, sé que tampoco me he portado bien contigo.

—Bueno —dice Antonio, y levanta los hombros con resignación—, ya estoy un poco acostumbrado.

—Pero, oye, que tampoco te trato tan mal, es sólo que eres... pequeño y siempre estás hablando de fútbol y a mí eso me da un poco igual, hablas tanto del Madrid que estoy a punto de hacerme del Atlético.

Antonio sonríe ante la ocurrencia de su hermana.

—Si no lo digo por ti, lo digo por los demás —sigue Antonio—. En el colegio se meten mucho conmigo.

—¿Pero qué dices? ¿No acabas de decir que estás todo el día haciendo negocios?

—Claro, para no destacar. Si saco muy buenas notas, los curas me felicitan en alto, y a mí eso me da mucha vergüenza. Mis compañeros dicen entonces que si soy un empollón, un listillo.... Por eso a veces me porto mal, para ser como ellos. Si en verdad yo juego al fútbol porque así hago amigos. —Carmen guarda silencio esperando entender—. A mí lo que me gusta de verdad son los números. Me relaja pensar en ellos. A veces, me ponía a contar del uno al diez mil en el recreo y yo lo decía como si fuera algo de lo más normal y me llamaban bicho raro. Así que empecé a jugar al fútbol y mientras juego pues voy enumerando los pases, las jugadas, los tiros a puerta, y así hago amigos y también puedo pensar en los números sin que nadie se entere. —Carmen no sabe muy bien qué decir ante esta revelación—. Y como a todo el mundo le gusta el fútbol..., así les caigo bien.

—A mí no me gusta el fútbol y me gustas tú.

Antonio abraza a su hermana con ternura, y de paso se ha podido desahogar con alguien.

—Escucha, enano, eso que cuentas... no sé si es raro, yo he sabido siempre que te gustan los números, mira a papá, trabaja con números, seguro que le puedes dar utilidad el día de mañana, no sé, si quieres ser contable, o profesor de matemáticas. Pero a mí me parece algo genial.

—¿Tú no crees que yo sea un raro?

—No tengo ni idea, ¿quién no es raro? Además, ¿los chicos no hacen ingenierías y arquitectura y esas cosas complicadas? Pinta que usan mucho los números. A lo mejor así te puedes pasar el día calculando y te olvidas de tus negocios raros y de traer pantalones rotos a mamá. O a mí, que ya me ha tocado coserte unos cuantos durante estos meses.

—¡Haberme dejado coser, que yo quería aprender! Me habéis encargado los recados y fregar... Para algo que me apetecía...

—Pues haberlo dicho, si te gusta tanto coser...

Carmen se toma unos instantes para mirar a su hermano. Hace tiempo que no repara en él, en observarlo de verdad, en saber quién es, en intuir en quién se convertirá. Entendiendo que lo que Antonio vea y aprenda aquí en casa será lo que lleve a la suya el día de mañana, lo que entregará a los demás, sus pensamientos, creencias e inquietudes. No se había detenido a pensar nunca en que Antonio tendrá una familia en algún momento, en la que él ni piensa todavía, ni habrá tomado notas siquiera mentales de cómo será, ni habrá planificado dónde pondrá los muebles o cómo distribuirá la cocina, ni habrá soñado el rincón de estudio de sus futuros hijos, ni cada cuánto tiempo toca limpiar las cortinas. Seguramente no. Definitivamente no. El pensamiento y los miedos de su hermano están en otro lugar, porque alguien ya planificará eso para él, ya lo pensará la mujer con la que se case. Quizá, ella ahora mismo lo esté planificando, en alguna casa del barrio, unas calles más abajo, o en otra ciudad.

—Creo que tienes mucha suerte de saber lo que te gusta y no deberías ocultarlo. —El silencio de Antonio ayuda a Carmen a seguir—. Que los zurzan a todos. Deberías sacar un diez en todo si es lo que te gusta de verdad. Es una suerte. Parece que todos lo tenéis claro: a ti te gustan los números; a papá también; a mamá siempre le gustaron los aviones; a la tía Marga, los libros; a Peter, la medicina. Mi amiga Julia va a hacer un secretariado internacional, Menchu va a estudiar Filosofía y Letras porque quiere ser profesora…, y así todo el mundo…, y yo… —A Carmen se le quiebra la voz—. No sé, yo… no sé si valgo para algo, si tengo algún talento, o si alguien me va a querer, si seré buena madre, no, no…

A Carmen le empieza a temblar la barbilla y Antonio se vuelve a lanzar a sus brazos para tranquilizarla.

—Sólo tengo dieciséis años y ya se supone que debo tener claro todo lo que quiero, lo que me gusta, lo que voy a hacer y cómo narices voy a amueblar mi casa… Es mucho, Antonio, es mucho.

Antonio sigue abrazado a su hermana y busca palabras de consuelo.

—Pero a ti siempre te gustó la música, por ejemplo.

—¿Y a quién no? Pero que me guste la música no significa que me quiera dedicar a la música —argumenta Carmen.

—Pero tú muchas veces me cantabas cuando era pequeño, que me acuerdo, cuando compartíamos habitación y no me podía dormir.

—¿Todavía te acuerdas? —Carmen se separa del abrazo de su hermano—. Eras muy pequeño.

—Me acuerdo de casi todo.

—Ah, claro, que eres un cerebrito. Pues te acordarás de una vez que me puse a cantar delante de todos y me boicoteaste la actuación.

—Sí, claro, que la abuela Victorina se hizo pis.

Los dos estallan en carcajadas recordando, Carmen aún conmovida. Y entre risas recuerdan que casi hubo que sacar la fregona por el escape, que luego Victorina se enfadó muchísimo y que a la abuela Emilia le entró hipo de la risa.

—¿Y por eso no has vuelto a hacer un recital? ¿Fue culpa mía?

—¡Qué va, tonto! Si es que en el fondo canto fatal, hay que asumir la realidad.

—Por si acaso, aunque sea tarde… lo siento.

—No hay nada que perdonar, eras muy pequeño. Yo sí que lo siento porque me enfadé mucho contigo, aunque luego me hizo todo mucha gracia. Si no me hubieras estropeado la actuación nadie recordaría aquellas Navidades.

El tono divertido y amable se va apaciguando poco a poco.

—¿Tú crees que para Navidades volveremos a estar todos bien? —pregunta Antonio.

—Seguro que sí. —Carmen quiere sonar convincente.

—¿Entonces qué crees que quería decir papá con eso de que tienen que cambiar algunas cosas?

# 41

# Se acabó

Lo que tiene que cambiar son dos cosas que Armando tiene muy claras. Una, el trabajo, y dos, la vida de Amelia.

Le ha costado unas semanas encontrar la solución a esta situación que, en el fondo, también detesta. No quiere ser así, pero se siente herido, atacado, humillado. Y no quiere volver a sentirse así nunca, quiere evitar cualquier riesgo innecesario que pueda llevarlo a la misma situación. Pero ha tardado un tiempo en ordenar los motivos y razones en su cabeza, y quiere transmitírselo cuanto antes a Amelia, ya no hay tiempo que perder. Todo ha de volver a la normalidad.

Ya da prácticamente por perdido su puesto de trabajo. Sabe que lo podrían despedir en unos días, por eso lleva tiempo buceando entre copas y periódicos, buscando nuevos trabajos en los anuncios, haciendo algunas llamadas a antiguos compañeros de la facultad. Moviendo contactos. En la empresa de maderas ya nadie lo llama al teléfono, no tiene mucho que hacer, y como Luismi, el yernísimo, ya vuela solo, tampoco tiene a quién enseñar. Disimula avanzando con la contabilidad del hotel Tirol, porque, como es un segundo trabajo, nadie ha visto su involución y puede mantener los puntuales ingresos que cobra. Si antes Armando recibía las llamadas y el beneplácito de don Alonso, ahora el jefe procura evitarlo y se deshace en halagos con Miranda, que cumple a rajatabla su labor de director financiero y, además, hace horas extras que no le paga, así que están todos felices y contentos.

Ni siquiera viene ya Fernando a comerle la cabeza y a sentar el culo sobre su mesa, porque la última vez que se acercó a hablar con él aquello acabó fatal. Vino a preguntarle —con cierto temor, pero también amigablemente— si quizá estaba bebiendo más de la cuenta, sólo para avisarle de que había oído un comentario de refilón en un pasillo —cuando en verdad lo había notado en su olor, en sus ojos brillantes y en la torpeza de su lengua—, y le recomendó que se anduviese con cuidado, que ese tipo de vicios no acababan bien, y entonces Armando lo mandó a la mierda literalmente de muy malos modos y a voces delante de todo el mundo, y de esta manera supo que tenía los días contados.

Así que no, no le quedaba ningún apoyo en las oficinas, pero en casa nadie lo sabe, sólo sufren las consecuencias. Y en su cabeza únicamente existe una culpable.

Amelia aparece sigilosamente a media mañana, entra aún titubeante debido a la pequeña resaca que sufre del anís y se sorprende al ver a Armando esperando en la mesa del salón, tranquilo, hojeando el periódico, como cuando su madre la esperaba inquieta porque llegaba tan sólo dos minutos tarde, salvo que esta vez es su marido quien está preparado para amonestarla.

—¿Por qué no estás en el trabajo? —Ella se adelanta.

—¿Qué trabajo? Ah, ese trabajo —contesta con tono irónico—. No voy a ir, porque… claro, me van a despedir.

—¿Pero no te iban a ascender? —Amelia avanza incrédula—. No entiendo, ¿por qué?

Armando cierra el periódico con calma, tiene su discurso aprendido, junta las manos y la mira con severidad.

—Aquí la única que ha ascendido en esta casa… has sido tú. Amelia. Por los aires. Y has subido tanto que no te has enterado de nada de lo que pasaba aquí abajo, en tu casa, mientras tú te divertías… con… tu instructor, al parecer. —Amelia lo mira contrariada—. Porque es con él, ¿no?

—Armando, ¿qué estás diciendo?

—Digo lo que he visto, Amelia. Con estos dos ojitos.

—Eso es imposible.

339

—Y es que, claro, en el aire puedes hacer de todo, porque nadie te ve. Has sido muy astuta. Y yo, muy tonto. Pero eso se acaba hoy.

Amelia, completamente desencajada, no sabe ni qué contestar.

—Estás totalmente equivocado.

—El único error que he cometido fue apoyarte desde un principio. He sido un auténtico calzonazos.

—Pero lo que dices no tiene sentido, ¿cuándo me has visto? Si tú nunca has venido…

—Te vi subir con él al avión, y nunca volviste. Miento, volviste, pero sospechosamente tarde.

Amelia encaja las piezas por fin. Deduce que la siguió y la vigiló, y le asquea y decepciona en un instante pensar que fuera capaz de ir a Cuatro Vientos sólo a eso.

—Ese día estuve a punto de morir —confiesa al fin.

—Qué vas a decir. A estas alturas tendrás doscientas excusas pensadas.

—¿No me crees? —Armando niega con la cabeza y ella lo escruta como si fuera un auténtico desconocido—. ¿Me espiaste? —Armando asiente levemente, orgulloso—. Y como me viste subirme al avión con mi instructor has pensado que… ¿Daroca y yo?

Amelia se sienta abatida en otro sillón, alejado de Armando, mirando al frente perpleja.

—Da igual lo que te diga porque no me vas a creer.

—Es bastante probable.

Amelia se gira hacia él, incrédula.

—¿Qué te pasa, Armando? Este no eres tú. —Amelia lo mira con los ojos a punto de llorar, impotente—. Entonces ¿qué? ¿Qué quieres hacer? ¿Me vas a echar de casa? ¿Me vas a denunciar? No entiendo nada, no tienes pruebas. Está todo en tu cabeza. Es lo más absurdo que he oído en mi vida. No tiene sentido no…

Armando la corta tajante y clava los ojos en ella con firmeza.

—Quiero que dejes de volar.

Silencio.

La respiración contenida.

—¿Me has oído? Se acabó. Fin.

Amelia recibe el mensaje como una instrucción, una orden que se le clava como una espada en el estómago. Siente un dolor muy fuerte, inesperado. Amelia vuelve a dirigir la vista al frente, se siente traicionada.

—Esto no encaja en nuestras vidas. —Armando ahora adopta un tono paternalista—. Estábamos bien antes del concurso. Desde entonces sólo hemos ido cuesta abajo. Aquí la única que lo disfruta eres tú, los demás vamos a remolque. Tu relación con Carmen es insufrible desde hace meses, yo voy a perder mi trabajo. No funcionamos como familia si estás volando por los aires. No puedes desatender la casa. Vamos todos como pollos sin cabeza.

Amelia no piensa quedarse callada.

—¿Ah, sí? ¿Por qué? ¿Porque te tienes que ocupar tú? Entonces me tengo que ocupar yo de todo, ¿no? Ir yo como pollo sin cabeza atendiendo todas vuestras necesidades. ¿Es eso?

—Tú tampoco estás contenta, ¿no te das cuenta? Estás agotada entre unas cosas y otras. Y antes, simplemente, todo iba bien. A todos nos iba bien así, y ahora ya no. Es tan simple como eso. —Ahora busca sonar amigable más que autoritario—. He tardado un tiempo en darme cuenta y siento si he estado tan desagradable estas semanas, sólo estaba buscando una solución.

—Una solución para ti, claro. Que te viene mal que yo cumpla mis sueños.

—Y dale con los sueños, que no es eso, no me pongas a mí como si fuera un cabrón. Me encanta que vueles, ya lo has hecho, ya lo has cumplido, ¿no? No sé qué más quieres. ¿Acaso lo sabes tú?

Amelia no lo ha pensado todavía.

—Pues… seguir volando, imagino. ¿Por qué tengo que parar?

—¡Porque nos afecta mucho, joder! Yo no puedo ocuparme de todo.

—¡Es que no te ocupas de todo! Nos estamos… encajando, amoldando. Tú juegas al tenis, ¿no? Pues también te guardamos ese espacio, tus tardes, siempre has hecho lo que has querido, a ti nadie te ha dicho nada, sales del trabajo, te vas a jugar al tenis y nos organizamos, y punto, bueno, me organizo yo porque tú ni siquiera pasas por casa, y a ti nadie te dice nada. Pero si soy yo la que tiene una afición, entonces todo mal, no hay manera de organizarse, todo es terrible y horroroso.

—Qué exagerada. Si no lo entiendes es porque no quieres: no puedes pasar tanto tiempo fuera de casa. Punto. Te buscas la manera de irte un rato los domingos, un lunes, yo qué sé. Pero esto se va a acabar.

—O a las tres de la mañana, ¿no? El caso es que no le afecte a nadie, que no moleste a nadie. Mira, pues podría hacerme bruja de la noche,* así lo resolveríamos fácilmente.

—¿Qué bruja, qué dices? Tenemos que recuperar la normalidad como familia y yo tengo que encontrar un trabajo. Fin de la discusión.

—¿Es una orden? ¿Ahora resulta que tengo quince años? Ha de ser blanco o negro, no hay una solución intermedia, ¿no hay más opciones? Todo pasa por que yo deje de volar. Podríamos contratar a alguien para atender la casa, y así tú no tienes que hacer nada, dedicarte sólo a ti.

Armando no da su brazo a torcer.

—No quiero hablar más de esto. Ya está. No quiero oír hablar de tus aviones, de tus vuelos, de tus horarios, de tu instructor, de nadie, ¿lo entiendes ya?

Amelia se levanta y se sienta a su lado, lo mira a los ojos implorando.

—Vente conmigo. Vuela conmigo. Quizá así entiendas por qué es tan importante para mí.

—¡Estoy harto de tus aviones! Si no odiara tanto tus aviones a lo mejor me animaría a subir a alguno, pero creo que has conseguido que se me quiten hasta las ganas de volar. Ahora lo único que quiero recuperar es el tiempo y el dinero que estamos perdiendo con esto, Amelia.

—El dinero. Eso es otra cosa. Eso no es tiempo.

—¡Es todo, joder! Es todo mal. El tiempo, el dinero, el trabajo, todo lo que ha pasado. Tendría que haber sido de otra manera. Míranos. Jamás habíamos discutido así. ¿No lo quieres arreglar?

—Por supuesto que lo quiero arreglar. ¿Y tú?

---

* El 588.º Regimiento de Bombardeo Nocturno, apodado «Brujas de la Noche» por las tropas alemanas, era una unidad de la Unión Soviética compuesta exclusivamente por aviadoras militares.

—Claro.

—Pues deja tú de beber a todas horas, por favor. Tú no eres ese, tú no bebías. O qué te crees, ¿que no me doy cuenta? ¿De cómo bajan las botellas? Que ya no cenas en casa muchos días para que no sepamos cómo vuelves a casa. Eso sí que nos está haciendo daño… Por favor.

Armando se revuelve, sabe que tiene razón, que no puede seguir así, pero cuanto más se lo mencionan y más lo sabe él, más ganas le entran de tomar algo para calmarse.

—Dejaré de beber cuando tú dejes de volar.

—¿Pero por qué tengo yo que ser la que abandone?

—¡Porque lo digo yo! —Armando acompaña su grito con un manotazo en la mesa.

Amelia se reclina hacia atrás y mira a Armando, que respira hondo y trata de tranquilizarse también. Se observan decepcionados largo rato, esperando que alguno vuelva a disparar. Pero ninguno lo hace. Armando coge el periódico dando por terminado el asunto. Ya está, ya lo ha dicho.

Indignación, impotencia, tristeza y furia se van alternando dentro de Amelia sin control alguno, acelerando su pensamiento en búsqueda de soluciones, alternativas. ¿A quién tiene delante? ¿Por qué le hace eso? ¿Y si se va y lo abandona? ¿Y los niños, y su vida? No puede hacerlo, podría separarse, pero nunca tendría a los niños. Podría ir a vivir con sus padres, pero, tal y como ve a Armando últimamente, cree que sería capaz de denunciarla por adulterio —no hacen falta ni pruebas, sólo la denuncia del hombre—; podría ir a la cárcel y no ver nunca más a sus hijos. ¿De verdad él sería capaz de hacer algo así?

En el fondo no lo cree, pero hay algo que le hace sospechar, desde las últimas semanas, que tal vez no conoce tanto al hombre que ha amado todos estos años. Y por primera vez tiene miedo de seguir a su lado, de sentir que la podría encerrar.

Esa inquietud se apodera de ella y la impulsa a marcharse corriendo de ahí: necesita volar.

# 42

# Los vencidos

Victorina está sospechosamente tranquila. Come despacio y sin ansiedad el platito de churros que les han servido en la chocolatería de San Ginés y que, por primera vez, ha decidido pagar sin ningún tipo de recelo. Emilia la observa detenidamente porque no da crédito a tan repentino convite.

—Tú nunca invitas. —Emilia sostiene el churro en el aire sin atreverse a comerlo temiendo un peaje posterior.

—Pues eso ha estado muy feo por mi parte. —Victorina mastica y sonríe a la vez.

—¿Entonces me lo puedo comer? —Emilia aún alberga una sospecha.

—Si no te apetece dámelo, que hoy he comido poco.

—No, no, me lo como. —Emilia arquea una ceja—. ¿Seguro que estás bien?

Victorina, por mucha película y serie de espías que vea, es incapaz de guardar un secreto y, finalmente, confiesa. Le cuenta largo y tendido la situación de Armando y Amelia, para decepción de Emilia, que, sorprendida por la repentina noticia, no es capaz de comerse el churro que sostenía en la mano y lo deposita en el plato, con el desencanto en el rostro y la mirada perdida.

Victorina aprovecha su desazón para alargar la mano hacia el churro abandonado, pero se detiene al escuchar el tono entristecido de Emilia.

—Yo no lo crie así.

Y Emilia vuelve la mirada al infinito recordando cómo ella y su difunto marido, Martín —también maestro republicano—, soñaban con formar una gran familia, de tres o cuatro chiquillos, todos criados en igualdad y a los que transmitirían los ideales de la República.

Emilia y Martín habían crecido en ambientes cultos y siempre mostraron interés por la docencia. No es de extrañar que sintieran un flechazo cuando se conocieron en aquel congreso pedagógico provincial que se celebró en Segovia en 1926. Su acalorada discusión acerca de Ortega y Gasset y los caminos que debía tomar la educación en las aulas —y la repercusión que eso tendría para el conjunto del país— dio paso a una relación apasionada. Enseguida se integraron en los círculos educativos más selectos y se apoyaron en la búsqueda de una próspera carrera para cada uno de ellos. Martín, un líder innato dentro del sindicato de UGT y la Asociación General de Maestros, le propuso a Emilia matrimonio apenas dos años después de conocerse escondiendo una modesta alianza dentro de una novela de caballerías de Amadís de Gaula, que a ella le horrorizaba. Las risas y su alegría se oyeron al otro lado de la ciudad cuando Emilia descubrió el engaño, y apenas unos meses después ya estaban casados y esperando su primer hijo, Armando.

Fueron años felices, con una gran implicación política y emocional por su parte para apoyar la República por todos los frentes, en la escuela, entre familiares, en congresos, charlas y encuentros. Emilia estaba embarazada de su segunda hija cuando, acompañada de Martín y de Armando, acudió a votar por primera vez en su vida aquel 19 de noviembre de 1933, durante la Segunda República, tras la aprobación del sufragio universal en 1931 gracias al impulso y la determinación de Clara Campoamor.

Emilia piensa que Armando quizá ya no recuerda cómo sus padres se organizaban para que ambos pudieran atender sus trabajos en escuelas públicas y criar a sus dos hijos. El niño se pasó la infancia escuchando a la hora de comer métodos pedagógicos, filósofos y políticos, nombres de ilustres profesores y profesoras con las que trabajaban, y las diferencias que encontraban en cada uno de los centros en los que impartían sus clases.

Seguramente Armando tampoco recuerde el entusiasmo de Emilia cuando llegaron las nuevas generaciones de maestras a su colegio, tan jóvenes y tan valientes, que venían entusiasmadas con nuevos métodos educativos que habían probado en escuelas rurales y que estaban deseosas de aplicar en las escuelas públicas de Madrid. Aunque eran frecuentes los choques generacionales entre el equipo docente, no por ello dejaba de ser apasionante.

En los pasillos casi se podía palpar la vocación tan inmensa hacia el bien común: todos buscaban entender las fases de aprendizaje y mejorarlas, tanto en niños como en jóvenes, para transmitirles el amor por el conocimiento, por los libros, por la libertad, porque todos los docentes sabían que en esa enseñanza iba su futuro, sus herramientas, su bote salvavidas: el progreso.

Y ese mismo ambiente apasionado lo trasladaron Emilia y Martín a su hogar, y trataron de instaurar su propio modelo educativo en casa, aunque los niños fueran pequeños, y crearon un ambiente de profundo respeto y amor hacia las artes, las letras, las ciencias y el aprendizaje. Incluso tras el estallido de la guerra intentaron llevar la calma al hogar y confiaron en que la República resistiría. Sus valores prevalecerían. No podían creer que tanta gente, tan favorecida por el progreso que les había otorgado la República, especialmente a las mujeres, apoyaran al bando nacional que, de nuevo, coartaría sus libertades.

Martín y Emilia decidieron no moverse de Madrid, convencidos de la victoria del bando republicano. Continuaron dando clase en sus respectivos colegios y siguieron infundiendo en sus alumnos un fuerte sentimiento de amor hacia el saber, la libertad, la igualdad, conscientes de que algún día podrían perder el acceso a todos esos valores. Si conseguían encender la llama en aquellas jóvenes almas para que ellas mismas encontrasen la verdad, investigasen acerca de la vida y de la política, habrían logrado vencer, de alguna manera, a sus enemigos quizá no políticamente, pero sí humanamente. Sus almas les impulsarían a encontrar la verdad, no se dejarían vencer, ni convencer, como había dicho Unamuno. Aunque los encarcelasen físicamente, serían libres en su interior, y eso, por poco que fuera, sería su único consuelo, su motor de lucha diaria.

Pero la muerte de la hermana de Armando, con tan sólo tres añitos por una neumonía, fue el principio del declive de toda la familia, al que se sumó la victoria del bando nacional. Los tres se mantuvieron unidos en el desgarrador dolor de haber perdido a una hija, una hermana. Y ese dolor les impidió movilizarse o pensar claramente en huir, en esconderse o exiliarse. Y, aunque esperaban que la represión no fuera dura con ellos, los nacionales se esforzaron especialmente en investigar los archivos, el pasado y la implicación política de los maestros para cortar de raíz todo pensamiento que no estuviera alineado con el bando nacional.

La mayoría de los profesores republicanos pagaron un duro precio al terminar la Guerra Civil. Depuración, lo llamaron. Las Comisiones Depuradoras se dedicaron a investigar el pasado de todos y cada uno de los profesores y profesoras republicanos a través de informes preceptivos elaborados por comandantes de la Guardia Civil, alcaldes, curas, párrocos o personas de estimada solvencia moral. A raíz de estos informes, estas Comisiones podían articular las acusaciones pertinentes hacia los maestros, quienes podían recabar también información para defenderse de los cargos. La sanción iba desde la suspensión temporal de empleo y sueldo hasta la sanción más grave, que era separarlos definitivamente de su profesión.

Emilia fue acusada de haberse posicionado políticamente a favor de los partidos de izquierdas y de haber trasgredido un campo que no les pertenecía a las mujeres por haberse distanciado de su único cometido como mujer, dicho por el tribunal: ser madre y esposa. También, por haber corrompido el pensamiento de jovencitas que tendrían que ser reconducidas hacia su misión principal: gobernar su hogar. Emilia fue definitivamente apartada de su profesión y fue doblemente condenada, por no poder demostrar un perfil religioso y por ser esposa de Martín.

El problema fue que Martín había desarrollado un fuerte perfil político en UGT y enseguida fue acusado de comunismo, marxismo y todos los ismos que el tribunal pudo encontrar. Y, simplemente, un día, Martín ya no volvió a casa. Desapareció. Nunca se supo más. Emilia lo buscó en todos los hospitales, en todas las cárceles. Oía rumores de que se había escapado, otros días amigos que vivían escondidos le hacían llegar información contradictoria, que vivía con otro nombre, que había huido, que estaba escondido. Que estaba en Porlier, que estaba en Ventas. Pero no, no estaba, nunca estuvo ni volvió. Ni escribió. Simplemente se desvaneció.

Emilia decidió aferrarse públicamente al relato de Gabriel Guzmán, un eterno amigo de profesión, que había logrado huir a tiempo y cuya carta le entregaron de forma clandestina: a Martín lo habían fusilado junto con otros compañeros. No marcaba la fecha, no marcaba el lugar, pero después de varios meses angustiosos era la explicación más razonable, la única que tenía sentido. Emilia y su hijo pudieron por fin llorar al padre.

Secretamente, encontró la excusa perfecta para sobrevivir los días más duros: creer que la carta era falsa, que Martín seguía vivo, escondido, en algún país, malherido o con amnesia, incapaz de volver. Necesitaba algo más que su hijo para aferrarse a la vida, y nunca se lo confesó a nadie. Los días que estaba convencida de que volvería se le hacían un poco más cortos que los demás, y así encontró la fuerza para continuar adelante por su cuenta, creyendo que, si Martín aparecía algún día, se sentiría orgulloso de ella por no haberse dejado vencer.

Y juntos, Armando y ella, sobrevivieron a la posguerra, a la represión, al hambre, a la desazón, al miedo, a los silencios, a la tristeza, a la impotencia, a la vergüenza y a la desigualdad. Porque la posguerra fue dura para el país entero, pero fue especialmente insoportable para los vencidos.


Y ahora Emilia siente que no sólo los vencieron en la guerra, sino que esas ideas retrógradas poco a poco habían conseguido ir calando hasta llegar a su fortín, su refugio, su familia: su hijo. Si lo vencían a él, la vencían a ella. La sensación de Emilia es de derrota total.

—Habla con él, seguro que a ti te escucha. —Victorina la saca de su ensimismamiento, pero Emilia la mira con desconfianza.

—Tengo un recado que hacer, ¿me acompañas? ¿Tienes planes?

Victorina no tiene planes, eso lo sabe hasta Emilia, así que enseguida se apunta al paseo que le propone.

Las dos mujeres caminan hacia Ópera en silencio, bajando la calle Arenal, esquivando los coches y sin pronunciar palabra. Emilia avanza con la mirada baja y Victorina capta su desazón. Esta es de las pocas veces que la inquietud viene del lado de Emilia y Victorina trata de consolarla.

—Tienes un hijo estupendo, Emilia. Lo criaste de forma extraordinaria, tú sola. Yo sé muy pocos detalles de tu vida, los que me han contado Amelia o Armando alguna vez. Lo poco que me has contado tú. Sé que lo pasaste muy mal. —Emilia arquea las cejas y su mirada recoge cierta sorpresa, cierto desafío que Victorina capta y por lo tanto trata de tener mucho cuidado con lo que va a decir—. Quiero decir, que no me puedo ni imaginar por lo que has pasado. Eres una gran mujer que, a pesar de no creer en Dios, ha salido adelante y criado un hijo que, ojo, hasta la fecha no había nada que reprocharle y que seguro rectificará su actitud. Es un hombre magnífico, igual que su madre.

—Mira, Vito. —Emilia la mira contrariada—. Victorina, te tengo mucho cariño, pero aparte del hambre que hemos sufrido todos los españoles de este país, tú no tienes ni idea de lo que hemos pasado los perdedores. No tienes… ni idea.

Emilia acelera el paso, un poco cabreada. Victorina trata de explicarse.

—Yo sólo quería tranquilizarte, Emilia. Yo no… Tienes razón, yo no tengo ni idea de todo lo que has pasado. Pero si me lo quieres contar, te escucho.

Emilia se detiene en seco y la mira fijamente.

—He criado a ese hijo en la resistencia, ¿me entiendes? En la resistencia en todos los sentidos. Hemos resistido no sólo a la muerte, sino a que nos comieran la sesera, con mentiras, con religiones, con miedos, con normas, con desigualdades, con rezos, con muertes, con culpas y con engaños. Y me dices que mi hijo, lo único que me queda en esta vida, le ha levantado la mano a su mujer, a tu hija, por convertirse en lo que deseaba ser, y me hierve la sangre, y yo también tengo ganas de agarrarle del pescuezo y de decirle cuatro cosas porque esta… violencia hacia las mujeres no puede ser, tiene que parar. ¡Se tiene que acabar! —Emilia mastica cada una de sus palabras—. Pero no se acaba, porque sigue presente, cada día. Porque nos han violado, nos han matado, nos han rapado la cabeza, nos han martirizado y nos han obligado a vivir entre los fuegos de nuestras cocinas. —Emilia aprieta los dientes—. Nos han puesto a rezar hasta que nos han sangrado las rodillas, nos han puesto a parir hijos hasta morir, y nadie lo ha frenado. ¡Pues no, Victorina, no me puedo tranquilizar! Me siento cansada, me siento defraudada, me siento hu-mi-lla-da. Me siento vencida. Llevo casi treinta años de… —Emilia mira a su alrededor y baja la voz— dictadura de mierda, porque no puedo llamarlo de otra manera, y es que no se acaba nunca, Vito, no se acaba nunca. No se muere el hijo de Satanás y nadie viene a salvarnos, y lo único que importa ahora, parece ser, es si las mujeres pueden ir medio en pelotas por la playa. ¡No es eso, Vito, no es eso! No hemos aprendido nada, ¡nada! —A Emilia se le quiebra la voz—. Esto se tiene que acabar, Victorina, se tiene que acabar, por favor. Dime que se va a acabar…

Emilia rompe a llorar desconsoladamente en medio de la plaza de Ópera entre los brazos de Victorina, que la reconforta como puede y que, inesperadamente, acaba contagiándose de sus lágrimas. La gente que pasa las mira con curiosidad, pero siguen su camino. Si a Victorina le importaba lo que dijeran de ella, hoy le trae sin cuidado. Cierra los ojos y le da igual quien las vea. Sostiene a su amiga entre sus brazos. Sí, su amiga. Victorina se separa para buscar un pañuelo que ofrecerle y Emilia le sostiene el rostro con cariño.

—¿Tú también estás llorando? —Emilia se sorprende—. Qué tonta, de verdad.

—Toma, mi pañuelo. —Victorina se lo ofrece mientras con la mano se limpia sus propias lágrimas.

—Te lo voy a ensuciar.

—No importa, mujer. ¿Quieres que te compre un helado de menta?

—¿Un helado de menta? —La ocurrencia extraña a Emilia—. ¿Y eso?

—Es mi helado favorito, a lo mejor a ti también te pone de buen humor. —Victorina consigue arrancarle una pequeña sonrisa.

—Gracias, Vito, ahora no.

Las mujeres se miran con cariño.

—Siento mucho… todo lo que has pasado.

Emilia asiente con la mirada. A Victorina le gustaría animarla con un chiste o buenas noticias, como su gran avance consigo misma, pero se muere de vergüenza; en medio de la calle no es el lugar. Querría darle las gracias, pero no sabe cómo hacerlo sin delatarse, así que un pensamiento la lleva a otro y opta por preguntarle si ha visto la última de James Bond, pero Emilia no es tan admiradora del espía británico. Pero eso hace que Emilia recuerde sus planes. Tira del brazo de Victorina y echa a andar.

—No sé James Bond, pero tú y yo tenemos una misión.

# 43

## La suelta

—Quiero volar sola. —Amelia ha entrado sin llamar y ha sobresaltado a Daroca.

Daroca se baja las gafas que porta sobre la nariz y capta su determinación y también su enfado —aunque desconozca su origen—, y la mira orgulloso por su valentía. Aunque la vuelta a casa desde su incidente aéreo fuera silenciosa —Amelia apenas abrió la boca—, Daroca se temía algo: que cogiera miedo a volar.

Nada parece detener a esa mujer, a esa florecilla del campo, como la llamaba durante las primeras clases. Hoy tiene el mismo porte que un piloto seguro, confiado e intrépido, una aviadora como nunca ha conocido en su vida. Siente el orgullo del maestro que reconoce que ha llegado el día en que debe soltar a su aprendiz.

—Venga conmigo.

Amelia y Daroca caminan por la pista, ella ligeramente adelantada, hasta el AISA I-11B, preparado para despegar. Amelia repara en las condiciones: el cielo azul pálido, salpicado por unas pocas nubes, se muestra listo para ser surcado, y una brisa suave no parece que vaya a dificultar su salida.

Daroca y Amelia se detienen delante del avión.

—No se preocupe, el avión del otro día sigue en el taller.

—No tengo miedo. —Amelia afirma con seriedad.

—No me diga, no se lo había notado. —Daroca siempre le arranca una sonrisa con su ironía—. Quiero disculparme por mi comportamiento del otro día. No estuvo bien. Es usted mi alumna. Le falté al respeto. Le prometo que no volverá a ocurrir.

—Lo sé. No se preocupe. Tengo todavía pendiente presentarle a mi amiga.

—Bueno, ahora eso es lo de menos. ¿Preparada para su suelta?

Amelia lo mira con determinación.

—Sí, mi comandante.

Y con un movimiento ágil sube a la cabina. Registra cada uno de sus movimientos como si pudieran ser los últimos: se acomoda en el asiento, huele el olor del cuero sudado, regula su cinturón, escucha el sonido característico de su cierre metálico y comprueba el agarre. Se fija en el panel de mandos, memoriza cada botón, su color, su textura, gira la llave de contacto, revisa los niveles, aceite, agua, altímetro, barómetro en perfectas condiciones. El tanque de gasolina, casi lleno. El asiento del profesor, vacío. Está sola. Pero está preparada.

Los nervios se agarran a su estómago, pero los controla. Busca a Daroca desde la cabina: él la observa de pie, supervisando desde la pista sus movimientos. Percibe la misma mirada de orgullo de un padre a su hijo. Gira el contacto del motor, ruge la hélice. Amelia siente la fuerza de la nave, su poder. Acelerando el motor y con ayuda de los pedales el avión recorre lentamente la pista hasta la línea de despegue, mientras Amelia vuelve la vista a ambos lados, fotografiando en su mente cada detalle para poder rememorar este vuelo cuando lo necesite.

Se coloca en posición, permiso para despegar. En la mente de Amelia se agolpan ahora cientos de imágenes de toda índole: de su familia, de su infancia, de las clases, de la guerra, del vecindario, del concurso, de sus padres y sus hijos, y se pregunta dónde estarán ahora todas las personas que ha conocido por si esta fuera la última vez que las piensa. Siempre el miedo a morir arrinconado en un hueco del estómago al que ha aprendido a hacer frente, con el que ha aprendido a convivir. Pero ahora está sola, ya todo depende de ella. Ya nadie la va a salvar. Y si esta es la última vez que Armando la deja volar, será memorable. Va a grabar en su mente todos y cada uno de los segundos de este vuelo.

Acelera, tira de la palanca con suavidad. No tiene miedo. Sabe que todo va a ir bien, los ojos al frente, siente la velocidad, la poderosa fuerza que la clava en el asiento, que cosquillea en los genitales, en el vientre, que sostiene la respiración y acelera el corazón. Ya está, lo hace. Despega en soledad.

Y vuela.

Siente la liberación, la tensión contenida. Se hace consciente de su valentía, del arrojo de estar haciendo esto sola. Después de atreverse a confesar su sueño inalcanzable en televisión, este se ha convertido en pasión. Disfruta, se siente poderosa. Ahora ya no piensa en nadie, ya todo lo olvida, ya sólo está presente en lo que hace, por la fuerza de la altura y el poder de lo que ve, como si fuera un águila, los terrenos desde el aire divididos en patrones rectangulares, la ciudad en pequeñito, las personas invisibles, la circulación divertida de los coches, la potencia de la aeronave, la presión en los oídos y la extraña y placentera sensación de flotar en libertad.

El silencio de su mente cuando vuela contrasta con la aparición imprevisible de una lágrima de emoción e impotencia. No se la quita, ni impide su recorrido, que llega hasta el cuello, donde desaparece, y a la que sigue otra lágrima del ojo contrario que tampoco aparta. Ahora quiere sentirlo todo, el placer y la tristeza de este momento. Saborear este viaje, dejarse impregnar, en cada poro de su piel, por las emociones que está sintiendo, para recuperarlas en sus sueños, cuando tenga que planchar, cuando esté cocinando. Cierra los ojos y graba estas emociones muy adentro, en su alma; respira y contiene el aire en sus pulmones como si así pudiera guardar para siempre este instante.

Porque sabe que es su último vuelo a los mandos, no va a poder volver, debe hacer caso a su marido, no tiene alternativa, de lo contrario su vida sería aún más complicada de lo que ya es. Por primera vez ve a Armando capaz de denunciarla, de apartarla de sus hijos. Y no quiere eso para ellos. Ni para ella.

—¿Cómo que no va a volver? —Daroca ya sí que no entiende nada.

—Mi comandante, es todo un poco complicado en casa ahora mismo.

—¿Pero su marido sabe lo buena que es usted? —Amelia lo adora con la mirada y la sonrisa.

—No creo que eso le importe, él también ha sacrificado mucho estos meses y… necesitamos que todo vuelva a la… normalidad.

—¿La normalidad es que usted deje de volar? ¿Y a quién le voy a hacer yo ahora comentarios jocosos? —Una vez más consigue arrancarle una sonrisa a Amelia, pero Daroca también lo comprende y le da rabia al mismo tiempo—. Sólo sería un año más, quizá algo menos si apretamos las clases, y conseguiría su licencia, ¿eso tampoco lo entiende su marido?

—Ahora no puedo seguir invirtiendo en esto, necesitamos el dinero para…

Daroca la interrumpe levantando una mano.

—No tiene que darme explicaciones, no soy su padre, ni su marido. —El comandante la mira fijamente a los ojos, siente la impotencia de Amelia y le habla con firmeza y ternura—. Llevo media vida subido a la cabina de un avión. A veces, casi me muevo mejor en el aire que en tierra, ya lo sabe. La gente se piensa que nosotros hacemos todo, porque nos llevamos la gloria del nombre, pero sin los mecánicos no despegaríamos ni un centímetro del suelo, sin los técnicos de pista ni los controladores estaríamos abocados a estrellarnos unos contra otros. Allá arriba no importa lo bueno que uno sea si no tiene un buen copiloto a su lado, o si nadie nos espera en tierra cuando aterrizamos.

Amelia contiene la respiración, lo asume. Le ofrece la mejor sonrisa que puede en esos momentos porque no quiere emocionarse más ni echarse a llorar delante de él. Se acerca a darle un tierno beso en la mejilla que Daroca recibe con sabor a despedida. Antes de que salga por la puerta, la llama por su nombre y ella se gira inmediatamente.

—Amelia Torres. Ha sido un honor ser su instructor. —El comandante y la aviadora se miran con cariño mutuo—. Espero volver a verla pronto. Además, tiene usted que presentarme a su amiga.

Daroca la observa mientras esboza una media sonrisa; quiere retenerla apenas unos segundos más, porque ha instruido a decenas de pilotos, pero esta despedida duele más que otras.

—Descuide, los pondré en contacto. Y, por favor, despídame de los demás.

—Olvide lo de su amiga, es una broma. Puede venir a vernos siempre que quiera, a tomar café, de visita, aunque no vuele. Aquí... estaremos. Y, sobre todo, por si cambia de opinión.

Amelia asiente, emocionada por sus palabras. Se muerde un labio y sale corriendo para no echarse a llorar.

No quiere pensar que hoy es su última vez.

# 44

## Un giro inesperado

Luis llega a Madrid en el tren de las tres de la tarde y, sin pasar por casa, se dirige al cine Capitol de Callao. Ha quedado con Marga para ver *Sólo se vive dos veces*, la nueva de Bond, en la primera sesión de la tarde.

—Es una pena que a tu madre no le gusten estas películas —afirma convencido.

Porque Luis y Marga, igual que han compartido libros, siguen compartiendo películas, cine y palomitas. Historias y experiencias.

No es difícil ser un cinéfilo en la España de los años sesenta, y más en Madrid, con la cantidad de cines que hay repartidos por toda la ciudad.

Últimamente han estrenado *La condesa de Hong Kong*, *Grand Prix*, *El baile de los vampiros*, *Nueve cartas a Berta* y *El regreso de los siete magníficos* (pero a estas Luis va solo porque es al único al que le pirran las del oeste). Con Marga va a ver las modernas, de James Bond y alguna que otra más sesuda que le recomienda su amigo Miguel —otro cinéfilo y lector empedernido—, como *El sirviente*, de Joseph Losey (porque las recomendaciones sesudas siempre van con el director detrás), *Los siete samuráis*, de Akira Kurosawa, *En bandeja de plata*, de Billy Wilder o *Fahrenheit 451*, de François Truffaut, basada en la novela de Ray Bradbury, que ya habían leído, sobre la quema de libros en un mundo ficticio y totalitario…, una historia de ciencia ficción demasiado real; y con Victorina va a ver las que son más de señoras, como dice él, *Sor*

*Citroën* o *Las que tienen que servir*, que son las que le gustan a ella, tan españolas y de reír.

Porque Luis, en parte, ha quedado con su hija por una razón: quiere sonsacarle a su hija alguna idea para sorprender a Victorina, pero tiene que medir muy bien sus palabras para no levantar sospechas.

—Estoy pensando en prepararle algo especial para el cumpleaños a tu madre.

—Pero si quedan como tres meses.

—Hija, como viajo tanto, las semanas se me pasan volando.

Marga valora si se refiere a un regalo, una sorpresa, un plan por la ciudad, un viaje, una comida en un restaurante caro...

—Algo... —Luis busca las palabras precisas y adecuadas— que la alegre y la sorprenda.

—A ver, papá, cualquier cosa, por mínimo que hagas, la va a sorprender. Ya sólo que hayas pensado en ella. —A Marga le extraña mucho esta situación. ¿Su padre buscando un detalle para su madre?—. ¿Ha pasado algo que yo no sepa?

—En absoluto. —Luis es un pésimo actor—. Que quiero planificar las cosas con tiempo, ya está.

—Confiesa. No sé qué es, pero algo os pasa.

Luis siente la amenaza, ¿se lo habrá contado a su hija? ¿Victorina ha hablado de sexo con Marga también? Pero se mantiene firme en su papel.

—¿Qué nos va a pasar, Marga? Qué cosas tienes.

—Es todo muy raro. Os veo mejor, no sé. —Nada más lejos de la realidad.

—Podría ser por la tele. —Luis prueba por ahí, a ver si hay suerte—. Está muy contenta con sus series.

—A lo mejor ha llegado el día en que ya no os queda nada por lo que discutir.

Luis vuelve a frotarse el lado de la cara donde recibió el bofetón de Emilia.

—Puede ser, claro. Si no aprendemos a llevarnos bien, menuda jubilación nos espera, ¿eh?

—Yo la veo cambiada. Más animada, más cariñosa, más... —hasta a Marga le sorprende— atrevida. —Luis no parece acusar tantos cambios, como si le hablasen de otra persona—. No me esperaba lo del coche.

Su padre la frena en seco y pregunta con la mirada. Marga siente que ha metido la pata.

—¿No te ha contado lo del coche?

Luis frunce el ceño.

—¿Qué me tiene que contar?

Marga inicia un relato exhaustivo de los avances automovilísticos de Victorina y Luis va abriendo cada vez más los ojos hasta que casi se le salen de las órbitas. No sólo por imaginarse a su mujer a toda velocidad al volante, sino porque le da pena que no se lo haya contado a él.

—¿Qué pasa, papá?

Luis trata de no reflejar el sentimiento de soledad que acaba de asaltarlo.

—Pues no. No me había contado nada.

Para algo realmente divertido que tendría que compartir con él, se lo guarda. ¿Por qué se lo ha ocultado? ¿Se lo habrá contado a otro? Esta idea empieza a cobrar fuerza. ¿Ha sido capaz de encontrar un amante, otra persona, con la que compartir los buenos momentos mientras a su marido le ofrece sólo su rutina? Luis no sabe cómo afrontar con seguridad estos temas, aunque después de hablar con la señora Valdés quizá ahora le resulta algo más sencillo. ¿Puede ser culpa suya?

—¿Tú crees que me he portado bien con mamá?

Marga recibe impactada la pregunta. ¿Su padre preocupándose por su madre? ¿Cómo valorar y resumir ahora tantos años de convivencia?

—¿Qué pasa, hija? Parece que has visto un fantasma.

—No, no, padre... es que... me ha pillado desprevenida la pregunta.

—Tú sabes mucho de mujeres, de libertad, con tus feminismos y esas cosas por las que luchas...

Marga lo corta.

—Papá, son otros tiempos. —Toma aire para elegir adecuadamente las palabras—. No podemos comparar. —Su padre ha sido feminista a partes desiguales; una cosa ha sido con su mujer, y otra bien distinta, con sus hijas, así que no es fácil hacer un diagnóstico adecuado y certero sin sopesar las circunstancias—. Te has pasado media vida fuera de casa, y mamá ha pasado la vida entera dentro de ella, ocupándose de todo lo demás. —Luis entiende, lo sabe, pero es que tampoco había otra manera de hacerlo—. No es culpa tuya, papá, es... —Marga no quiere ponerse ahora a dar una charla, pero tampoco puede evitarlo— la tradición, la costumbre... Eso va a cambiar, y lo sé, de hecho, estamos en ello, pero... Ya no puedes cambiar lo que pasó, pero a lo mejor puedes, podéis —corrige— hacer las cosas de otra manera a partir de ahora. El tiempo que os quede juntos, si queréis pasarlo juntos, claro.

Luis asiente con cautela, sopesando sus palabras, valorando el horizonte futuro al lado de su mujer de siempre.

—Me habría gustado que me hubiera contado lo del coche.

Marga le habla quitándole importancia.

—Te lo contará en otro momento, seguro.

—Sólo me dijo que habías ido a casa a por tus cuentos.

Ahora es Marga la que procura no dar muchas más pistas acerca del asunto.

—Sí, bueno, me los dio al día siguiente. ¿Quieres que miremos escaparates a ver si vemos algo de ropa para mamá?

Luis adivina que Marga no quiere profundizar en el tema.

—¿Tú tampoco me vas a contar qué tienes entre manos?

—Eh... —Marga duda, porque no quiere confesarle a su padre su bloqueo—. Nada, un tema de la editorial, una cosa que quieren publicar de Amelia, pero ella no quiere escribirlo, y me ha dicho que quizá yo podría... Pero, vamos, nada seguro.

Luis ya sabe que, cuando Marga no quiere hablar de algo, no acierta bien con las palabras, farfulla y se acelera, y busca cambiar de tema rápidamente.

—Que si quieres que vayamos a mirar escaparates para mamá, te decía.

Pero su padre cae en la cuenta de que tiene algo pendiente que hacer antes de sorprender a su mujer.

—¿Me acompañas a un sitio?

A Luis le viene bien que Marga le vaya contando sus cosas para él poder seguir pensando en las suyas. Le inquietan tantos cambios repentinos en su mujer. Hace ya tiempo que Victorina le reclamó «el tema», un asunto que aún no había podido atajar, y ahora, de pronto, que si aprende a conducir, que si se lleva bien con Marga, que si el cambio de pelo aquel. ¿Qué puede estar sucediendo? ¿Y si ha conseguido que sea otro el que le haya proporcionado el orgasmo que pidió? Luis trata de no reflejar su inquietud. ¿Y si se va de casa? ¿Y si lo abandona?

—¿Tú crees que a tu madre le gustaría que le comprase flores? —pregunta, inquieto—. Eso es romántico.

—Madre mía, papá, de verdad, estás más perdido de lo que pensaba. ¿No íbamos ya a un sitio? ¿Buscamos una floristería entonces?

—No, no —corrige Luis—, vamos a este sitio y ya de vuelta compro unas flores para tu madre. Y pensamos en algo más… diferente. —Busca las palabras—. Poderoso, que le sorprenda, que la deje… que… que sienta que yo también la quiero.

Marga mira a su padre, enternecida.

—Algo se nos ocurrirá…

Como han cruzado por la calle Fuencarral, donde está la librería Maleta de Sueños, y como han estado hablando previamente del asunto, Marga le ha puesto al día de los avances con sus amigas del Movimiento Democrático de Mujeres, que es como se hace llamar el grupo de feministas que conoció allí gracias a Amelia y, de paso, le ha comentado lo atareada que anda su hermana, que apenas la localiza.

—¿Pero está bien?

Luis también anda despistado de las aventuras de su hija piloto. Acostumbra a llamarla puntualmente para que le detalle sus vuelos y aprendizajes, pero últimamente se le ha olvidado hacerlo, preocupado por sus propios asuntos.

Ninguno de ellos sabe que ha pasado la noche fuera de su casa durmiendo en su antiguo cuarto.

—Imagino que sí. —Marga desvía la mirada mientras sigue caminando del brazo de su padre, pensativa, aunque tratando de no preocuparse—. Está algo más distante, pero porque no llega a todo la pobre, con las clases, la casa, las entrevistas… Tampoco Armando ha querido contarme mucho, que había salido. Espero verla luego en la librería, que tenemos un encuentro con alguien muy interesante.

—Tenéis una vida muy activa vosotras, ya me cuesta seguiros. —Luis sonríe orgulloso.

—Es todo fascinante, papá. Siento que por fin empiezan a cambiar las cosas de verdad. Algún día se escribirá sobre todo esto que está pasando.

Y es que llevan meses redactando una carta que remitirán al vicepresidente del Gobierno y que habían secundado ya más de mil quinientas mujeres, entre intelectuales, actrices, amas de casa, periodistas o escritoras; estaban seguras de que, en breve, la ONU aprobaría la Declaración sobre la Eliminación de la Discriminación contra la Mujer.

—Se titula «Por los derechos de la mujer española», papá, esto es importantísimo, que lo sepas. Reclamamos cambios en tres ramas: a nivel conceptual, para que las niñas, y las mujeres en general, dejen de pensar que son inferiores a los hombres. A nivel social, para que las mujeres se incorporen en masa al mercado laboral y puedan seguir trabajando después de casarse, y a nivel político, para que las mujeres se identifiquen con todas estas propuestas y no sigan apoyando posiciones conservadoras desde sus cocinas. Hay que sacarlas de ahí como sea.

—Claro, hija, claro. —Luis siempre la apoya en sus retahílas feministas, pero hoy mucho le entra por un oído y le sale por el otro, y tampoco quiere perderse entre calles.

—Reivindicamos coeducación, acceso a todos los niveles educativos para la mujer, guarderías, control de la natalidad, anulación del permiso marital…

Luis la corta de lleno.

—Ya hemos llegado.

Marga, en plena reivindicación feminista, no se ha enterado de que han entrado en una tienda de máquinas de escribir hasta que su padre se lo hace notar.

—Elige la más cara, si hace falta. —Luis la mira directamente a los ojos—. Te han propuesto volver a escribir, ¿no? Pues he pensado que… una gran escritora necesita una gran máquina de escribir.

Marga se lleva una mano a la boca y se emociona repentinamente. Hay algo muy visceral dentro de ella que hace daño; por eso sale corriendo a la calle para poder llorar. Luis se disculpa ante el vendedor y va detrás de su hija, que trata de ocultar su llanto ante los viandantes. Llora con desconsuelo, dejando aflorar todo lo que no se permitió en su adolescencia, cuando la rabia le taponó la herida. Y Luis lo comprende al instante.

—Lo siento mucho, hija.

Marga niega con la cabeza. Luis rebusca, tratando de encontrar las palabras adecuadas, intentando que no le duelan a él también.

—Tuvimos que hacerlo.

Ella intenta hablar entre lágrimas, la rabia, el dolor. Le cuesta.

—Esa manía de mamá… —masculla Marga— de tener siempre que aparentar más de lo que somos.

Luis toma aire, no le falta razón.

—No fue cosa de tu madre. —A Luis le resulta difícil—. Fui yo, Marga. Teníamos que casar a tu hermana. Era una boca menos que alimentar.

Marga clava los ojos en él con honda decepción.

—¿Y no podrías haber vendido otra cosa? ¿Tenía que ser la máquina de escribir?

—Me acababan de despedir de la tintorería, no quisimos deciros nada. No teníamos otra salida, hija, debes creerme. Pensé que seguirías escribiendo, que papel nunca te faltaría, de eso me encargué personalmente.

Padre e hija se sostienen la mirada. Luis reflexiona y trata de sonar reconfortante, aunque la disculpa llegue tan tarde.

—Me he pasado más de media vida trabajando para que no os faltara de nada, pero era muy difícil que entonces no nos faltara de algo. Pero aquí estamos, estamos vivos, hemos sobrevivido, y ahora…. Quizá tengo que… corregir algunas cosas que no hice bien.

Han pasado ya muchos años, casi veinte, desde que desapareció la máquina de escribir. Marga debería entenderlo, que no fue nada contra ella, que aquello sólo era un instrumento que le permitía volar, que disparó su imaginación. Que no fue justa con su madre —y ahora resulta que fue su padre— y que eso no debería haberla frenado nunca a escribir, a soñar. Debería perdonarlo. Y a la Marga de quince años también, por hacerse tanto daño.

—¿Elegirías una máquina de escribir, por favor?

Luis le tiende una mano para volver adentro. Marga la observa por un instante. Una mano ruda, con callos, fuerte, con uñas entablilladas, con el cuidado justo para un hombre. La mano del padre que se ha pasado la vida trabajando para que hoy ella pueda ser quien es: una mujer (casi) libre, de profundas convicciones. Y el hombre de ojos azules profundos es uno de los artífices. Que siempre la animó a ir a la universidad, a labrarse un futuro lejos de la costura. Eso tampoco lo puede olvidar.

Marga toma aire, se limpia las últimas lágrimas y abraza con fuerza a su padre. Luis corresponde a su manera, con cierta rigidez; nunca se ha sentido cómodo con los abrazos. Se quedan así unos instantes, perdonándose.

—Gracias por todo, papá. Sé que no fue fácil.

Marga se separa y se miran con cariño. Y, justo antes de entrar en la tienda a comprar la máquina más cara (al final una un poco más modesta al conocer los precios reales de mercado), Marga se acuerda de algo importante.

—Si quieres sorprender a mamá, hay algo que es lo que más le gusta en este mundo. —Luis abre los ojos como platos esperando una gran revelación—. Una cena de picoteo.

¿Una cena de picoteo? ¿En serio? Eso son muchas cosas variadas. ¿No podría ser algo más fácil? Luis mira el reloj. Si quiere sorprender a Victorina, no le queda mucho tiempo.

# 45

# Operación Azotea

Victorina enfila la calle Amaniel del brazo de Emilia y, jadeando, parece una niña pequeña preguntando cuánto queda, cuánto falta y si pueden parar en la fábrica de Mahou a tomar una cerveza porque está en la misma calle. Emilia le explica que ahí no tienen para servir, que no se queje tanto que tan sólo les queda el último repechito, pero, de pronto, Victorina se detiene y saca el abanico del bolso. Sospecha algo.

—¿Dónde me llevas? —Victorina apunta con el abanico con determinación—. Estás muy callada.

—Confía en mí, mujer, es una visita rápida a unos amigos. —Emilia suena esquiva.

—¿Qué amigos? No me has dicho sus nombres.

—¿Qué más te da? Luego te los presento.

—No me lo dices porque son de tu cuerda, ¿eh? —Victorina arquea una ceja, no quiere verse comprometida.

—Eso, de los míos. Pero no te arrepientas ahora, que ya has descubierto que somos gente normal.

Emilia mira tierna a Victorina, que envaina su abanico acusador. Emilia gira sobre sus talones y reemprende la marcha hacia el número 40 de la calle Amaniel seguida por una resignada Victorina, que va recuperando el aliento. Emilia, detenida ya frente a la puerta, mira hacia arriba.

Victorina hace lo propio, sin entender y también sin leer la placa que reza en el lateral del edificio: REGIMIENTO DE LA RED

Inmediatamente, Emilia gira sobre sus talones y camina hacia la calle contigua hasta el número 13 de Santa Cruz de Marcenado, donde pulsa el 5.º Izquierda. Victorina ya no hace preguntas. Tampoco entiende nada cuando contestan al telefonillo y Emilia dice:

—Vengo a dar de comer al gato.

—¿Pero qué gat…? —Emilia le pone un dedo en los labios. Victorina ahora ve en los ojos de Emilia una determinación inusitada.

—Sígueme.

A Victorina se le hace un nudo en el estómago. Algo no le cuadra. La subida al quinto piso —afortunadamente en ascensor— es silenciosa, ninguna pronuncia palabra alguna, Victorina lo único que hace es amarrarse fuerte al abanico por si tuviera que defenderse de algo. Emilia no la mira en todo el trayecto, y su abatimiento y desazón generalizados han pasado a una fortaleza que se nota incluso en su postura, más estirada, más recta, envalentonada. Y eso no le cuadra a Victorina con la misión de darle de comer a un gato.

Emilia llama con los nudillos a la puerta, al otro lado no tardan en abrir. Apenas se saludan y le entregan unas llaves a Emilia.

—La escalerilla está colocada. —La mujer que ha abierto la puerta mira con suspicacia a Victorina—. ¿Quién es ella?

—Está conmigo.

La puerta se cierra inmediatamente. Emilia sigue sin hablar con Victorina, pero le hace un gesto para que la acompañe escaleras arriba. Las llaves dan acceso a la azotea del edificio.

—Emilia, ¿qué está pasando? Cuéntame algo. —La aludida se gira hacia ella y le clava la mirada.

—Necesito que confíes en mí.

Y eso hará Victorina, pero sin soltar el abanico; por si acaso.

Atardece en la ciudad. Las vistas desde la azotea son impresionantes, se ve la Casa de Campo, el parque del Oeste, la ciudad bajo sus pies, y Victorina se deja llevar por tan bonita estampa. Pero Emilia la saca rápido de su ensimismamiento con un buen tirón de brazo.

—Vamos, no tenemos tiempo que perder.

Victorina va tras ella a paso ligero, cruzando cuerdas de tender que sostienen ropas y sábanas al viento. En una esquina de la azotea una escalerilla comunica con el edificio de al lado. Emilia la sube con determinación, sus casi sesenta y cinco años no amedrentan la furia con la que pisa cada uno de los peldaños de una escalerilla con dudosa fijación. Victorina se deja contagiar e igualmente accede ahora a la azotea del edificio adyacente esperando encontrar, quizá, una camada de gatos o algo que tenga sentido. Pero la estampa no puede ser más confusa: sólo ve un conjunto de torres de antenas que se despliegan ante ellas, sin resto de los gatos o vida alguna.

—Y bien, ¿dónde está el gato? —pregunta inocente Victorina.

Emilia la mira, aún jadeante por el esfuerzo de la subida, y señala un punto en lo alto de las antenas.

—Ahí arriba. —Pero por más que Victorina aguza la vista, no ve ningún animalillo en peligro.

—Me estás tomando el pelo —continúa Victorina—. ¡Qué gato ni qué narices! ¡Dime la verdad!

Pero Emilia avanza con determinación y se acerca a una de las antenas sin contestar, sin mirarla apenas. De su bolso saca un pequeño martillo que llevaba escondido todo este tiempo. Victorina empieza a atar cabos.

—Esto… no tendrá que ver con lo de la radio esa ilegal que ahora no puedes escuchar, ¿verdad? —Emilia da la callada por respuesta y Victorina se lleva las manos a la cabeza—. Ay, madre mía, ¡ay, Señor! Es por eso, la radio comunista. Ay, no, no, no. A mí no me metas en operaciones comunistas.

—¡No es una operación comunista! Y baja la voz, no querrás que nos pillen.

—¿Qué vas a hacer con eso? —Victorina mira el martillo, preocupada.

—Cargarme la maldita antena de interferencias.

Dicho esto, Emilia coloca uno de los pies sobre el peldaño que permite la escalada de la antena y sube afianzando el martillo en una mano. Victorina empieza a santiguarse y rezar un padre nuestro.

—Padre nuestro que estás en el cielo, santificado sea tu nombre, venga a nosotros tu reino…

—¡No te pongas a rezar ahora, vigila la puerta!

Una Victorina temblorosa se gira hacia la puerta de acceso del propio edificio, teme que las detengan en cualquier momento.

—Hágase tu voluntad… y perdona a las comunistas como también nosotros perdonamos a nuestros…

—¡Que no soy comunista, leches! —grita Emilia desde lo alto de la antena.

Emilia sigue ascendiendo con cuidado, la caída podría ser mortal, pero nada la detiene hoy. Llega hasta un pequeño transmisor adherido a la antena y comienza a atizarle martillazos sin piedad. Victorina contempla la operación desde abajo entre admiración, miedo y un posible castigo divino, y sigue rezando para sí misma procurando que Emilia no la oiga. Una vez confirmado el destrozo del transmisor, Emilia desciende de la primera de las antenas y se dirige a otra. Victorina le corta el paso.

—Vámonos de aquí, por favor, nos van a detener.

—No, nadie me va a detener.

—¿Tan importante es esto? Es sólo una emisora de radio.

—Todavía no lo entiendes, Vito.

Emilia enfila una nueva torre y apoya un pie en el primer peldaño. Se gira hacia Victorina y le habla.

—¿No te das cuenta de que nos están engañando todo el tiempo? ¿Que nos ocultan la información? Nos mienten en la televisión, en los periódicos, y sobre todo en la radio. —Emilia inicia su ascenso sin mirar atrás—. La verdad sólo llega de fuera, y estos cabrones nos están impidiendo incluso eso.

Emilia martillea una nueva antena de interferencias con la furia de treinta años de represión cuando ve con el rabillo del ojo algo que la despista: es Victorina. Está trepando a otra de las antenas, agarrándose como puede.

—¡¿Pero qué haces?! —Emilia la mira atemorizada—. ¡A ver si te vas a caer! ¡Que tienes las rodillas fatal!

Victorina llega hasta uno de los transmisores y mira a su consuegra.

—¡Si es importante para ti, para mí también! ¿Qué tengo que arrancar?

Emilia siente una ternura inmensa hacia esa enclenque mujer y el coraje que ha reunido por acompañarla, pero deben ser rápidas y hábiles.

—¡No lo sé! No sabemos cuál es la que está haciendo las interferencias, así que cárgatelo todo.

Victorina no dispone de martillo, el abanico sería inútil, así que agarra la antena y tira con todas sus fuerzas, en balde.

—¡No puedo, Emilia! ¡Está atornillado!

Emilia emite una sonora carcajada.

—No es tan fácil deshacerse del fascismo, ¿eh? Espérame, que voy.

Y en los breves instantes que se suceden desde que Emilia baja de su torre y se desplaza hacia Victorina para ayudarla prestándole su martillo —nunca más gráfico, aunque diga que no es comunista—, el tiempo se detiene, los pasos casi se pausan, los gestos y las miradas se ralentizan, cada movimiento efectuado se graba a fuego en su recuerdo porque es lo que suele suceder justo antes de una catástrofe.

—¡¡ALTO AHÍ!!

Las dos señoras de pelo cano giran sus rostros —aún a ritmo ralentizado— hacia el joven militar que acaba de aparecer en la azotea. Podría ser nieto suyo, piensan ambas sin decirlo.

—¿Quiénes son ustedes? ¿Qué hacen ahí?

Victorina se vuelve con terror hacia Emilia, esta esconde el martillo detrás de sí y desvía la mirada buscando una escapatoria. El joven avanza despacio, desconcertado, comprobando a su alrededor el destrozo de las antenas. Emilia le hace un gesto a Victorina para que baje, pero su miedo la tiene paralizada.

—Hola, hijito. —Emilia disfraza con su tono una ternura inexistente—. Estábamos tendiendo la colada, ¿sabes? Y se nos volaron unas prendas.

—Y se quedaron enganchadas en la antena —improvisa valientemente Victorina mientras inicia el descenso temblando.

—¡No veas qué aventura! —completa Emilia.

El joven no parece dar crédito mientras avanza hacia las ancianas. De pronto, del cinturón, saca lentamente una pequeña arma con la que las encañona.

—¿Y qué son estos destrozos? ¿Y dónde están las ropas?

Una valiente Emilia sigue escondiendo el martillo a su espalda, disimulando.

—Ni idea, eso ya estaba así, hijo, habrán sido las palomas, que las de Madrid tienen mucho carácter.

Victorina aterriza en el suelo con un pequeño salto. Sorprendente para ambas.

—Y a mí se me voló el camisón —asegura Victorina con determinación—. Una pena, era buenísimo, de seda auténtica, que ahora te venden cualquier cosa, te dicen que es seda y es mentira, que son de nailon. A lo mejor se ha quedado en la cornisa, ¿te importaría echar un vistazo por mí, jovencito? Yo ya tengo una edad, me podría caer.

El militar no cree una sola palabra de las ancianitas.

—¡No pienso mirar nada, arriba las manos!

—Hijo, estás totalmente confundido, nosotras no hemos hecho nada malo. —El joven avanza hacia Emilia, que aún mantiene el tipo—. Sólo somos dos abuelitas indefensas.

—¡Vengan conmigo!

Victorina ve su vida pasar ante sus ojos, pero Emilia tiene la sangre fría como para esperar a que el militar llegue lo suficientemente cerca y, entonces, le lanza el martillo con todas sus fuerzas, atizándole en una de las rodillas. El chico cae al suelo soltando el arma y aullando de dolor. Emilia pega una patada a la pistola y la manda lo más lejos que puede, coge a Victorina, que se había quedado pasmada, y echan a correr hacia la azotea vecina por la que entraron. Descienden por la escalerilla lo más rápido que pueden y la descuelgan para que nadie pueda seguirlas. Cuando llegan a la puerta para entrar en el edificio descubren que está cerrada.

—¡Las llaves, Emilia! ¿Dónde están las llaves? —grita Victorina.

—En mi bolso. —Emilia mira aterrorizada a Victorina—. Lo dejé al pie de la antena.

Las dos mujeres se quedan sin habla. Victorina comprueba que lleva el suyo encima.

—¡Pero qué dices! Nos van a matar, Emilia, lo sabía. ¿Cómo me haces esto? ¿Cómo me comprometes así?

—¡Yo qué sabía! —Emilia se toma un segundo y mira fijamente a Victorina—. Voy a volver.

—¡Estás loca! Ese chico sigue ahí y va armado.

Emilia coge a Victorina del rostro.

—En mi bolso está toda mi documentación, tengo que recuperarlo.

—¿Y yo qué hago? Ay, Dios mío, que nos van a detener, que nos van a fusilar. Que me van a acusar de comunista.

—¡Para! Escúchame. —El nervio de Emilia es muy real—. Vamos a coger la escalera y vamos a reventar la cerradura. Tú te vas. Yo tengo que volver a por el bolso.

—No puedo dejarte… —Victorina no quiere perder de vista a su amiga.

—¡Calla ahora y agarra la escalera con todas tus fuerzas!

Victorina obedece. Las mujeres se alejan un poco para tomar carrerilla.

—A la de tres. —Victorina asiente—. Una, dos y ¡tres!

Las señoras avanzan corriendo, al ritmo que pueden, y atizan con la escalerilla a la enclenque cerradura, que salta por los aires.

—¡Márchate! —le grita Emilia.

Victorina obedece sin pensar y desaparece escaleras abajo. Emilia agarra la escalerilla y la coloca de nuevo para subir a la azotea contigua sin mirar atrás. Comprueba que el joven se ha arrastrado apenas un poco y chilla pidiendo ayuda. No parece haberse percatado de que al pie de una de las antenas está el bolso de Emilia. Ella avanza sigilosamente tratando de no ser vista, pero el joven, en uno de sus quiebros de dolor, se gira y descubre que ha vuelto.

—¡Ayuda! ¡Compañeros, ayuda!

Emilia desoye sus lamentos y corre a por su bolso, que recupera aliviada y evita así una detención segura. Comprueba que la pistola está lejos del alcance del chico y se acerca un segundo a verlo.

—Disculpa, hijo, el camino hacia la libertad está lleno de víctimas, lamento que hayas sido una de ellas.

El joven la mira incrédulo y sigue pidiendo ayuda cuando Emilia le atiza con el bolso con todas sus fuerzas dejándolo aturdido.

—Espero que sepas perdonarme.

Emilia vuelve corriendo sobre sus pasos con el bolso bien enganchado esta vez. Baja las escaleras hasta el ascensor y es ahí donde se lleva una sorpresa. Victorina no se ha ido. La ha estado esperando escondida apenas unos escalones más abajo.

—¡Te dije que te fueras!

—¿Y si te matan? —Victorina estaba realmente preocupada.

—Pues asunto mío. Corre, métete en el ascensor. —Milagrosamente está en el último piso esperándolas y apoyando secretamente su operación.

Emilia pulsa la planta baja y respira cuando por fin las puertas se cierran y el ascensor desciende. Victorina, fruto de los nervios, la agarra de las solapas del vestido y le grita desencajada.

—¿Cómo me haces esto? ¡Cómo me metes en tus líos! ¡Nos podrían haber matado! ¿Entiendes? ¡Yo no soy como tú! ¡No pienso como tú! ¡Estás loca! Con tu república de los… Maldita sea. Se acabó, ¿entiendes? No va a haber república. Esto es lo que hay, acéptalo ya. Ni se te ocurra volver a meterme en una de tus historias. Yo no soy como tú…, yo no…

Victorina estalla en lágrimas e histeria a partes iguales. Cuando el ascensor llega a la planta baja, Victorina empuja la puerta con toda su rabia y sale acelerada. Abre el portal con furia justo cuando Emilia la detiene agarrándola por el hombro.

—Perdóname, nunca pensé…

Victorina niega con la cabeza, las lágrimas le caen por el rostro. Emilia detecta la decepción en su mirada. Ahora le habla arrepentida.

—Yo me voy por este lado, vete tú por el otro. Si atrapan a alguien que sea a mí sola. —Emilia se descompone a medida que pronuncia estas palabras.

Victorina asiente y se marcha sin mirar atrás.

Emilia siente como su corazón se rompe en mil pedazos al ver alejarse a su amiga a la carrera.

# 46

# Una lección a fuego

Amelia no quiere volver a casa, pero tampoco sabe dónde ir. Se ha bajado cabizbaja del autobús y camina arrastrando los pies con pesadez. Atrás queda el aeródromo, adelante sólo intuye oscuridad: volver a casa. Siente una desgana parecida a la de los chiquillos el primer día de colegio y que, imagina, se irá puliendo con la rutina de los días. El segundo día será más fácil que el primero, y así progresivamente. Tendrá que aceptarlo.

En su deambular por la ciudad, se deja llevar por unos pies que sí conocen el lugar donde podría desahogarse y sentirse reconfortada: Maleta de Sueños, la librería de Lola. Porque le gusta Lola, es una mujer serena, con mucho mundo y mucha paz, que sabe escuchar. Le ilusiona la decisión de sus pies de ir hacia allí, hacia «el espacio sin ruido, pero lleno de voces» —como la propia Lola lo llama—, las de cada autor o autora que plasmaron su sentir en las páginas de un libro. Pero el silencio de la librería no es real, como dice Lola, si afinas el oído puedes escuchar el susurro que surge del lomo de los libros invitando a ser leídos. Pero como no hay vida suficiente para todos ellos, Lola siempre pide perdón a los libros que no podrá leer.

¿Cuántos libros se pueden leer en toda una vida? ¿Hay que abandonar un libro que no nos engancha? ¿Hay que aguantar hasta el final? ¿Es una traición? Lola es de las que no se arrepienten de abandonar un libro y le concede como máximo ochenta páginas, ¡que ya son! —le dijo una vez sacudiendo la mano al aire—, suficientes para saber si la historia le merece la pena. En cambio, Marga —que también estaba presente en la conversación— es de las que no sueltan el ejemplar hasta que se han leído los créditos finales de la imprenta.

Ay, Marga. No la ha llamado en todos estos días, recuerda ahora. Le dijo que iba a mandar algunos escritos suyos a su editorial y ni le ha preguntado por ello, se siente mala hermana. Mañana, sin falta, irá a verla a su casa o se pasará por la editorial, comerán juntas, preguntará cómo ha ido, no quiere descuidarla. También le vendría bien hablar con ella acerca de Armando, pero si se entera de cómo la está tratando pondrá el grito en el cielo y con razón. No, mejor dejar a Marga fuera de esto, no le dirá nada. No necesita más conflictos. Necesita paz y no la tiene. Y duda poder conseguirla en un futuro próximo.


Le gusta el sonido de la campanita cuando abre la puerta de la librería. ¿Qué sería de una librería sin esa campanita? Además, es el aviso indispensable para redadas y revisiones por parte de la censura literaria que, afortunadamente, nunca consigue encontrar los recovecos más ilustres. Ni siquiera las mejores amigas de Lola saben dónde están esos cubículos secretos. Tendrían que matarla primero, se lo ha dicho en alguna de las reuniones. Como no tiene hijos, ella vive por y para los libros, así que salvará las más bellas historias de la quema, los tratados más punteros de las mentes más retrógradas y los amores más pasionales de las tijeras más afiladas, porque ha decidido que esa es su misión en la vida. Y como es una amante del progreso, se le ilumina la cara cada vez que ve a Amelia o Marga entrar en la librería. Pero esta vez no le dice ni hola, en su rostro se dibuja la emergencia al verla llegar.

—¡Venga, chiquilla, que llegas tarde! —Le hace aspavientos con la mano para que se dé prisa.

—¿Tarde a qué? —Amelia no entiende nada, si sólo está de paso.

—Que ya han entrado todas, pasa, mujer.

—¿Pero quién?

—Si están tu hermana y todas con doña Mercedes.

—¿Qué Mercedes?

—¿Qué Mercedes, qué Mercedes? Corre, pasa. —Lola tira de ella con ganas—. Anda, entra para dentro.

Y Amelia entra en la salita completamente desencajada y sin saber con quién se va a encontrar. Todas las mujeres se giran al verla entrar y sonríen de alegría. Marga es la primera en salir del corrillo a recibirla.

—Te he estado llamando toda la mañana, ¿dónde estabas? Imagino que Armando te ha dado mi recado.

—¿Armando?

—¿Pero qué te pasa? ¡Que ha venido doña Mercedes!

—Genial. —Amelia no entiende nada y baja la voz inquieta—. ¿Qué Mercedes, Marga?

—¡Amelia querida! —Vicenta interrumpe y a Marga no le da tiempo a contestar—. Te estábamos esperando, qué bien que hayas podido venir. Ven, acércate, te presento a Mercedes Pinto.

Y ahora es cuando Amelia ve por fin a la mujer de ochenta años, alta, rubia, con una mirada penetrante, inteligente, amable y dulce que la saluda con dos cariñosos besos.

—Amelia Torres, me han hablado mucho de ti.

Amelia quiere que se la trague la tierra.

—Lo mismo digo, me han hablado... muy bien de usted también. No podía faltar, claro.

—Mercedes está rodando una película con Pedro Olea —apunta Alicia, que es muy cinéfila, además.

—Gracias, chicas. —La mujer habla con un dulce acento canario—. Es un gusto que me hayan invitado a tan lindo encuentro.

—¿Se va a quedar mucho por Madrid? —Marina, la periodista, también presente, sabe que sacará una buena entrevista.

—Me divierto tanto acá, aunque no me dejan hacer mucho ruido, como a mí me gustaría. Ya me conocen. Allá en México doy charlas todo el día y aquí estoy con mis hijos, que están con sus rodajes, y bueno, me pidieron salir en su película y no me pude negar, claro —Mercedes explica todo con grandes gestos, muy elocuentes y divertidos—. Me pusieron un maquillaje intenso, un vestido azul muy bonito... Muy loco y divertido, me dijeron «sé tú misma», y claro, me tuvieron que cortar porque no dejaba de hablar... Y el celuloide es muy caro, me decía el productor...

Todas ríen contagiadas por su magnetismo.

—¿Y no ha pensado en volver definitivamente? —A Marina le falta sacar el bloc de notas.

Mercedes la mira con sus ojos verdes profundos, toma aire y responde con serenidad.

—Amo y amaré siempre este país, y mis islas Canarias, pero... cuando me fui, me rompieron por dentro, y eso no se olvida. Aquí siento que vengo de visita, y me encanta, veo a mis nietos, a sus amigos, merendamos juntos, charlamos, me cuentan su vida, pero... yo necesito poder hablar con libertad... y aquí todavía no se puede. Pero no me siento sin patria. Mi hogar va conmigo, allá donde me lleve la vida. Como escribí en uno de mis poemas: «La patria es la que tiende la mano al caminante; la patria es aquel suelo donde se encuentra redención y aliento; ¡la patria es una tierra, cerca o lejana, donde se enjugan lágrimas candentes y se convierten en ardientes besos...!».*

Todas aplauden a la escritora, emocionadas. Qué memoria prodigiosa, dice Rosa. Impresionante, comenta Natalia emocionada. Qué bonito, susurra Aurora conmovida.

—No hay derecho a lo que te hicieron. —Vicenta eleva la voz y todas ellas afirman con contundencia.

—Ningún derecho —Marga lo confirma y mira a Amelia.

Amelia, ignorante de las razones, también se une.

—Ninguno. —Y abre los ojos hacia Marga suplicando información.

—Ay, chicas, no hablemos de cosas tristes, yo no hablo de eso nunca. ¡Ni de enfermedades! Siempre hay que mirar con ilusión al futuro, quiero saberlo todo de ustedes, cómo van sus actividades y sus charlas. ¿Cómo van sus hijos en el colegio? ¿Qué tal aprenden? ¡Cuéntenme!

Mercedes sonríe a Amelia con ternura. Su presencia impone, tiene un aura especial, todas quieren estar cerca de ella, preguntarle, escucharla. Es tan divertida e ingeniosa. Entonces Natalia propone un brindis en honor a la invitada. Sobre la mesa, varias copitas y unos aperitivos —la lucha feminista siempre abre el apetito—. Mercedes

---

* Mercedes Pinto, «La patria», en *Cantos de muchos puertos*, Montevideo, 1931.

las felicita por su actividad y agradece que la gente joven haya tomado el relevo. Pero por mucho que Amelia presta atención, no consigue adivinar qué hizo esa mujer, qué le pasó. Se pregunta si será una republicana represaliada, seguramente huida en la Guerra Civil, alguien con un perfil parecido al de Emilia, luchadora incansable y también poeta y escritora. Marina le hace preguntas sobre escritores famosos que sabe que han sido sus amigos, como Pablo Neruda, por su estancia en Cuba, Uruguay, sus escritos, revistas y programas de radio que hizo durante todos los años que vivió fuera de España.

Amelia logra retener apenas algunas de sus múltiples actividades. En un momento de risas y algarabía, Marga consigue trincar a su hermana del brazo y alejarse unos metros.

—No me has contestado. ¿Dónde te habías metido? ¿Estás bien?

—Tuve que salir. Sí, estoy bien.

—Tengo que contarte algo increíble: papá me ha regalado una máquina de escribir.

—Qué maravilla. Por favor, cuéntame quién es esta mujer. Estoy quedando en ridículo.

—Pero si le dije a Armando que tomase nota de todo. ¿No te lo ha contado?

—¡Si es que no he pasado por casa!

—¿Cómo que no has pasado por casa?

—Bueno, sí he pasado, pero poco.

—¿Qué ocurre, Amelia?

—Nada, no ocurre nada.

—A mí no me engañas. Armando estaba muy seco, no quiso contarme nada. ¿Estáis bien? —Amelia se niega a contestar—. Entonces si no has pasado por casa, ¿qué haces aquí?

—¡Qué más da eso ahora! ¿Quién es esta mujer?

—Ay, ¡ven! —Marga se lleva a Amelia a un aparte—. A ver cómo te lo resumo.

Marga le cuenta lo más telegráficamente posible la vida de esta increíble mujer, nacida en Tenerife hace más de ochenta años, conocida desde su más tierna infancia como «la poetisa canaria».

Mercedes había nacido en una familia aristocrática acomodada, lo que le permitió una muy buena educación, y, a medida que fue creciendo, se fue convirtiendo en una mujer con una personalidad única, muy fuerte y auténtica, y muy justa también, anulando barreras sociales y aferrándose desde muy joven a ideas modernas y feministas. Pero se casó con el hombre equivocado, Juan de Foronda, quien sufría una enfermedad mental que tardaron en diagnosticarle, paranoia. Mercedes tuvo que soportar sus malos tratos durante muchísimos años y hasta temió por su vida. En Madrid consiguió internarlo en un psiquiátrico y empezar a hacer algo de vida normal, a mezclarse con la élite cultural, escribir para diarios y revistas prestigiosos, recitar sus propios poemas en el Ateneo de Madrid o participar en actos feministas con la Liga Internacional Femenina.

Precisamente, esto marcaría el destino de Mercedes para siempre debido a una singular casualidad. Un día, Carmen de Burgos —una gran amiga, escritora, periodista y feminista de la época, también conocida como Colombine— iba a intervenir en unas jornadas que llevaban como título Conferencias Higiénicas, pero, al encontrarse indispuesta aquel día, le propuso a Mercedes hacerlo en su lugar. Aunque Mercedes no era tan conocida como Carmen, adoraba hablar en público y sobre todo deseaba lanzar su mensaje feminista y presentar el problema que más le afectaba. Ella, que siempre había sido una luchadora humilde y respetuosa, pero que nunca se calló lo que pensaba, se atrevió en 1923 a desafiar a su tiempo y a la dictadura de Primo de Rivera defendiendo el divorcio libre para los españoles y españolas en aquella conferencia que tituló (para adecuarse mínimamente al tema de las jornadas) «El divorcio como medida higiénica», basada en su propia experiencia matrimonial.

A raíz de tan polémica conferencia, llegó a ser llamada por el dictador Miguel Primo de Rivera, que la reprendió duramente, y sus amigos le recomendaron que huyera del país. Por aquel entonces Mercedes ya estaba emparejada con otro hombre, Rubén Rojo, el joven abogado que la había ayudado a separarse de su maltratador y que la amaba hasta la médula, la respetaba y con quien ya tenía un hijo. Tuvieron que casarse en secreto en Francia por lo civil para lograr nuevos pasaportes y huir de España con toda su tribu —como ella la llamaba—: tres hijos de su antiguo matrimonio, el hijo que había tenido con Rubén y el que llevaba en su vientre. Pero cuando parecían ser libres al fin, falleció su primogénito con tan sólo quince años, lo que la sumió en un dolor insoportable.

Mercedes logró cruzar al continente americano llevando consigo una eterna herida, pero también una lucha incansable por las letras y la libertad. Su simpatía, su dulzura y humildad consiguieron que en América nadie pusiera freno a su creatividad y su energía. Tanto en Uruguay como en Chile Mercedes desarrolló una actividad cultural y política inagotable, y escribió en todo tipo de publicaciones y llenó teatros con sus conferencias sobre educación moderna y sexual, donde no hacía distinciones sociales de público y se adaptaba perfectamente a sus oyentes.

En 1935 decidieron volver a la España republicana pasando antes por Cuba, pero el estallido de la Guerra Civil impidió a Mercedes y a su tribu volver a su tierra. Allí siguió con su frenética actividad y fueron muy felices hasta que su marido Rubén falleció. Mercedes se quedó viuda con sus dos hijos varones y decidió mudarse a México, donde una de sus hijas triunfaba como actriz, Pituka de Foronda. Desde mediados de los años cuarenta, vivió en la capital azteca, donde sus hijos se convirtieron en actores de éxito y ella pudo seguir desarrollando su actividad intelectual.

Por temporadas residía en Madrid para estar con su hija Ana María, o porque sus hijos también viajaban para trabajar en el cine español. Le encantaba organizar meriendas con escritores, cantantes, todo el mundo le parecía divertido e inspirador. Sus nietos traían amigos a casa que nunca se querían marchar, y en su incansable búsqueda de la lucha juvenil por los derechos y las libertades había conocido a este grupo de mujeres activistas que hoy la homenajeaban en la trastienda de la librería de Lola.

—Ay, chicas, de verdad que yo no hice nada. Sólo hablé de lo que tenía que hablar: de lo importante.

Amelia termina de escuchar la biografía que le ha dibujado Marga y al volverse a mirar a esa mujer ahora comprende la admiración que le profesan; su humildad la desarma aún más. Se detiene a pensar en su batalla con su exmarido, piensa en lo que debió sufrir, y aunque Armando esté lejos del maltrato que ella vivió, se siente un poco identificada.

—Ay, me olvidaba. —Marga la vuelve a sacar de sus pensamientos—. Hasta escribió un libro sobre el maltrato que sufrió de su marido y ¡Luis Buñuel hizo una película y todo!

—¿Qué dices?

—Sí, yo lo leí, se llama *Él* y es terrible. Es muy difícil de leer, es doloroso. Igual que debió ser escribirlo. Por cierto, ven, que te enseño la máquina de escribir que me ha regalado papá.

—De escribir —repite Amelia como una letanía—. Genial, Marga. Me tienes que contar cómo vas con eso. Perdona, que no te he preguntado en estos días. —Amelia parece algo obnubilada con tanta información y novedades, y Marga lo percibe.

—A ti te pasa algo. —Marga la agarra del rostro y la inspecciona. Amelia disimula, no quiere confesar.

—Nada, todo bien, mucho lío, como te puedes imaginar. Cansada.

La algarabía las saca de su conversación, y Amelia busca una salida al escrutinio de su hermana uniéndose al grupo. Mercedes está contando a las chicas su merienda del otro día con Lola Flores.

—¡Ay, madre, qué divertida es! ¡Y mira que yo también despierto carcajadas, pero esta mujer es insuperable!

Las chicas le preguntan de todo, hablan de artículos de la prensa, de las publicaciones, de los libros que han conseguido de Estados Unidos sobre la liberación de las amas de casa y los temas que componen su día a día. Pero ya está cansada de que le pregunten por lo de siempre, quiere darse un rato en conocer a Amelia, en preguntarle acerca de sus clases, su presencia dentro de la aviación, y felicitarla por su arrojo.

Mercedes le explica que, seguramente, con su valentía, habrá brotado en alguna niña, joven o adolescente una llama que la impulsará a convertirse en piloto después de haber conocido su historia, u otra profesión alejada de lo normal.

—Los sueños de uno se convierten en posibles cuando ven a otros lograrlos, y ese es el mejor ejemplo que se puede dar. El futuro son nuestras niñas, nuestras jóvenes, y los jóvenes que las deben acompañar —recalca.

Mercedes le explica lo fundamental que fue para ella su marido Rubén Rojo y su apoyo incondicional. Ella es quien es a día de hoy gracias a él.

—Y tu marido, Amelia, ¿qué tal lleva él tus alas de libertad?

Amelia disimula, pero Mercedes es astuta.

—Bien, bien. Bastante bien. De momento. Tampoco tengo tanta actividad como usted.

—Ay, llámame de tú. Puedes llamarme Memé —le dice—, así me llama mi gente.

Y en sus ojos verdes que la miran con ternura descubre el lindo gesto de la amistad.

—Las chicas me convencieron para salir en algunas revistas, poco más.

—Ah, entiendo. ¿No es para tanto lo que hiciste, dices?

—Bueno, comparado contigo, con lo que has vivido, lo que has hecho... Y con lo que sufriste... con tu marido. Es admirable.

—La historia está llena de mujeres que lograron ser, a pesar de sus maridos. —Mercedes aclara esto con las chicas—. Aclaremos que también nos pueden frenar otros familiares, a veces pueden ser los padres, o las propias madres, las normas, la sociedad, incluso las amigas las que se convierten en esa losa que tira de las mujeres hacia el fondo del mar.... Hay muchas mujeres que enferman de esto, ¿sabían? Por eso no me canso de dar charlas, de animar a las jovencitas a luchar por su independencia, por sus sueños. Esto no habrá terminado hasta que la última mujer del planeta tenga los mismos derechos que su pareja. Hasta que la última niña tenga los mismos sueños que sus compañeros de pupitre.

—Qué cierto. —Amelia se emociona al escuchar sus palabras.

—Tú tienes hijos, ¿verdad?

—Dos. Carmen, de dieciséis, casi diecisiete, y Antonio, de trece.

—Qué importante ejemplo eres para ambos. Esos niños ya crecerán de otra manera porque te han visto volar, literalmente. —Mercedes ríe y contagia a Amelia.

—Bueno —Amelia deja de reírse poco a poco—, la verdad es que ninguno me ha visto volar todavía.

—Tú me entiendes. —Mercedes la coge cariñosamente de la mano—. Y tu marido también lo tiene que entender. Necesitamos ese apoyo para crecer, y es una suerte que tú lo hayas encontrado.

A Amelia se le encoge el estómago.

—Sí, me apoya, mucho. —Su realidad no se oculta en sus palabras.

—No es fácil para ellos… —Mercedes lee su verdad y busca las palabras— ocupar el segundo plano. Han nacido con la necesidad de brillar, y eso no consiste en apagar al otro, sino en proporcionar la energía necesaria para ambos.

Amelia asiente, incapaz de hablar.

—La independencia, el trabajo, los ingresos de la mujer, esos son sus grandes aliados, eso mantiene el equilibrio de poder. A veces yo misma en mis conferencias doy vueltas al asunto, pero en definitiva es eso, Amelia. El poder. El trabajo y la independencia económica son lo que hacen a una mujer libre. Y allanan su camino hacia la felicidad.

Amelia quisiera abrazar a esa mujer ahora mismo, pero no sabe si sería pasarse; tanta ternura, comprensión y sabiduría le han llenado los ojos de lágrimas, que brotan de una forma natural que Mercedes comprende. Ha conocido a tantas mujeres, tantas situaciones en tantos países transmitiendo incansable su mensaje, que reconoce al instante la pesadumbre que aflora en el silencio de las mujeres que se conmueven por la realidad de sus palabras.

Este pequeño encuentro con Mercedes se convierte inmediatamente en una lección a fuego para Amelia, que no duda en asumir sus palabras para no dejarse vencer. Mercedes se reintegra con el resto de las presentes, y Amelia aprovecha para separarse del grupo y tratar de pensar buscando una salida, porque Mercedes tiene razón y así lo siente: no puede dejar de volar. No quiere dejar de hacerlo. ¿Cómo podría? ¿Dónde ir? ¿Qué hacer?

Lo bueno de las librerías es que, a pesar de que la gente esté hablando, todavía se puede oír el susurro de los lomos de los libros pidiendo ser leídos. Por eso Amelia es capaz de escuchar, entre las risas y la charla de sus amigas, el murmullo de unos libros que la llaman de una manera especial, como un imán, como una atracción. Porque hay veces que la vida es así, trae pistas o señales —que a veces uno no entiende hasta que llega el momento de desvelarlas—, tiempos y personas que aparecen en nuestro camino por alguna razón para ayudarnos, para impulsarnos a lograr nuestros sueños más profundos. Por eso, Lola se acerca curiosa a Amelia cuando la ve detenida delante de una de las estanterías.

—¿Interesada en obras maestras?

En la estantería, algunos títulos como *Don Quijote de la Mancha*, las comedias de Alarcón, de Platón, la *Odisea* de Homero.

—No sé muy bien… —Amelia, frente a los libros, no sabe cómo ha llegado hasta ahí.

—Es muy buena esta colección de Iberia, ¿te quieres llevar alguno?

—Quizá… —Se toma un segundo, coge alguno dudando—. ¿Iberia has dicho?

—Sí, la editorial Iberia publicó esta colección de Obras Maestras después de la guerra. Hace unos años abrieron otra línea editorial, Omega, pero son más libros de arte y de fotografía, no sé si eso te va a interesar.

—Me interesa lo de Iberia.

—Ah, muy bien.

—Y mucho, además.

Amelia ha captado perfectamente el mensaje de los libros y sonríe.

# 47

# Iberia

Son las siete y media de la tarde, aún tiene tiempo. Le pide a Lola que se despida del grupo de su parte, le ha surgido una emergencia, sabrán perdonarla.

Necesita ir a las oficinas de Iberia en Velázquez, esquina María de Molina, si coge un taxi llegará bien. Detiene uno prácticamente en la puerta de la librería, justo cuando lo necesita (el destino otra vez, seguro).

Amelia esquiva los temas de conversación propuestos por el taxista con rápidos monosílabos, pero, tras varios intentos, el hombre da en el clavo:

—Usted es la de la tele, ¿no?

Amelia deja de mirar por la ventanilla y se encuentra con los ojos del conductor en el espejo retrovisor.

—La que quería volar, ¿no? Por eso vamos a las oficinas de Iberia, claro. ¿Ya lo ha conseguido usted?

—Más o menos. —Amelia está un poco cansada de estos reconocimientos públicos.

—¿Y cómo es volar? Yo nunca me he subido a un avión.

—Muy emocionante.

—Claro, nos verá usted a todos los de la ciudad muy chiquititos desde ahí arriba.

—Exacto.

—¿Y es bonito?

—Es… indescriptible.

Amelia vuelve a mirar por la ventanilla y el taxista capta las pocas ganas que tiene de hablar.

—Pues espero que sea más fácil que conducir un coche, porque vamos…, hay cada señora conduciendo que es un peligro.

El comentario la saca de sus pensamientos.

—¿Perdón?

—Que van pisando huevos, y en esta ciudad no se puede conducir sin agallas, que parece que les han regalado el carnet. Y ya no hablemos de aparcar. —Ahora se toca la oreja—. ¡A oído!

A Amelia le duele el comentario.

—A lo mejor es que otros van un poquito como locos.

—¿No quiere llegar usted pronto a los sitios? Si es que parece que van algunas de paseo. —El taxista frena en seco—. Como el coche de delante, seguro que es una chavala que se acaba de sacar el carnet.

El taxista, parado en el clásico atasco del centro de la ciudad a esas horas, no duda en echar la mano al claxon y empieza a pitar indiscriminadamente. Amelia habla en cuanto cesa el ruido alzando un poco la voz.

—A lo mejor es que son prudentes.

—¿En el avión también hay pedales? Porque en el coche hay muchas cosas que hacer, el volante, las marchas, pedales, mirar por el retrovisor, que entra un coche por aquí, el tranvía por allá, que si un autobús… ¿Usted de verdad cree que una mujer puede llevar tantas cosas a la vez?

—No, claro que no, ¿cómo va a poder? Como tiene que estar pendiente de los niños, las camas, la colada, la plancha, la cocina, los deberes, los médicos, las facturas, ¿cómo va a poder llevar todas estas cosas a la vez? Usted tampoco podría.

—¡Oiga, que yo me remito a un hecho científico!

—¿Pero qué ciencia? Lo único ciertamente científico y demostrable es que usted es imbécil.

—¡Pero cómo se atreve! ¡Que yo a usted no la he insultado!

Amelia aprovecha el atasco para abrir la puerta y salir.

—¿Pero dónde cree que va? ¡Que no me ha pagado la carrera!

Amelia serpentea entre los coches atascados en la calle Diego de León y corre en dirección contraria para que el taxi no la siga. El tipo saca medio cuerpo por la ventanilla y la increpa con un dedo acusador.

—¡Sé quién eres! ¡Que la detengan!

Pero el ruido ensordecedor de los cláxones, el barullo de la ciudad y la individualidad propia de las grandes urbes evitan que nadie repare en él mientras Amelia se pierde calle arriba más enfadada que nunca.

Si supiera lo bien que vuela ella, ¡cómo se atreve! Pedazo de energúmeno, hablar así de todas las mujeres. Es la energía que le faltaba para avivar aún más el paso hasta las oficinas de Iberia: un imponente edificio gris con las letras de la compañía en vertical que ocupan toda la fachada.

Amelia llega casi sin aliento a la recepción, acelerada y cabreada, y no se anda con medias tintas con la joven recepcionista. Todo el discurso educado que se había preparado se desvanece en un segundo:

—Vengo a por trabajo. De piloto. Soy Amelia Torres. Ya debes saber quién soy, todo el mundo me conoce, ¿para qué ocultarlo? Quiero trabajar en Iberia, ¿con quién tengo que hablar?

La recepcionista, que no ha podido parpadear en ningún momento, levanta el auricular mecánicamente sin articular palabra. Marca una extensión. Amelia jadea, se miran con perplejidad.

—Señor Ansaldo, tenemos una pequeña emergencia. Está aquí Amelia Torres. ¿Podría venir, por favor?

La recepcionista cuelga el teléfono y sonríe a Amelia, que se tranquiliza lentamente y se detiene a observar a su alrededor: una recepción muy amplia donde las mujeres —de nuevo— vuelven a mirarla con curiosidad, como la primera vez que acudió a Aviaco.

Es casi la hora de cerrar, y los trabajadores de Iberia van abandonando el edificio de camino a sus casas.

—¿Señora Torres?

Amelia se gira. Un hombre, prácticamente de la edad de su padre, le sonríe mientras le ofrece cariñosamente una mano que Amelia estrecha confiada.

—José María Ansaldo, encantado de saludarla. ¿Me acompaña?

Amelia da las gracias a la recepcionista y le sigue hasta su despacho.

José María le abre la puerta a una habitación repleta de elementos que captan enseguida toda su atención: fotografías de aviones, recortes de prensa, modelos de aeroplanos y condecoraciones. Amelia mira todo con fascinación e ilusión, palpa la realidad de estar en el lugar adecuado ahora mismo. Repara en varias fotografías en las que Ansaldo fue premiado por su trayectoria, como la Medalla al Mérito al Tráfico Aéreo, la Medalla Aérea o la Medalla de Oro al Trabajo, galardones que ella ni siquiera sabe que existen.

—Imagino que estoy delante de un gran piloto, disculpe mi ignorancia.

Amelia, encantadora, se sienta en la silla que le ofrece.

—No se preocupe y bienvenida a Iberia, es un placer conocerla en persona.

—Gracias por recibirme.

—¿En qué puedo ayudarla?

—Verá, yo… llevo meses instruyéndome en Cuatro Vientos, como piloto, como usted bien sabe, o puede saber, no sé si está al tanto…

—Algo sabemos por la prensa. —Ansaldo la mira con ternura; Amelia tiene prácticamente la misma edad que sus hijas.

—Yo me preguntaba si… ¿podría trabajar para Iberia?

—Como piloto.

—Efectivamente, como aviadora, como piloto, como lo quiera usted llamar. Entiendo que debo terminar mi curso, aún me queda otro año, y luego en Iberia me enseñarían a volar específicamente alguna de sus naves, ¿correcto?

José María coge aire por la nariz y lo retiene unos instantes antes de expirar de forma algo más intensa. Sonríe de medio lado a Amelia, que lo mira como cuando una niña pequeña pide un caramelo, con esa ilusión e inocencia que caracterizan a los pequeños.

—¿Qué edad tiene usted, Amelia?

—Treinta y siete, dentro de poco, así que treinta y seis. Sólo treinta y seis.

Ansaldo guarda silencio. Unos instantes que se hacen eternos.

—Mi mujer era aviadora, ¿sabe? A lo mejor le suena, Margot Soriano. Fue la segunda mujer en conseguir una licencia de vuelo en este país. Apenas unos meses después que María Bernaldo de Quirós. Seguramente sus nombres le resulten familiares.

—Sé que hubo varias pilotos mujeres antes de la guerra, pero no sé mucho más, lo siento, no conozco a su mujer. —Amelia se mal-

387

dice por dentro—. Debería conocerlas, sí… pues me encantaría conocerla, ¿ella también pilota con Iberia?

—No, no vuela con Iberia. De pasajera, sí, claro, y mucho. Nos encanta viajar. Ella también se sacó su licencia en Cuatro Vientos.

—¡No me diga, qué casualidad! —Amelia disfruta con estas coincidencias, piensa de nuevo que es una señal.

—Fue una época emocionante, ciertamente. El padre de Margot era general jefe de Aeronáutica, sus hermanos, pilotos, y yo fui su instructor de vuelo. De hecho, nos casamos allí mismo, y al terminar pusimos rumbo desde el aeródromo a nuestra luna de miel.

—¡Qué maravilla! ¿Y quién pilotó el avión? ¿Se pelearon por llevar los mandos?

Ansaldo ríe con su ocurrencia.

—Qué va, lo hicimos entre los dos. Fue una larga travesía. Pero de eso hace ya muchos años, en 1929.

—Mi padre iba mucho a Cuatro Vientos en aquella época, a ver los aviones despegar, a los bautismos, las acrobacias… A Cuatro Vientos, a Getafe, Estremera… Iba a todos. ¡Seguro que coincidieron alguna vez!

—Así que su afición le viene por su padre.

—Efectivamente, fue el que me transmitió su amor hacia la aviación, y hoy por fin es un sueño hecho realidad para los dos.

Ansaldo la vuelve a mirar con esa ternura propia de los padres justo antes de dar una mala noticia.

—Amelia… Siento no poder ayudarla.

—¿Por qué? ¿Qué pasa?

—¿Usted no sabe que las mujeres… —le cuesta— no están autorizadas a pilotar aviones comerciales en nuestro país?

Amelia no es capaz de procesar esta información y no reacciona, como si no hubiera escuchado bien.

—No hay ninguna ley que lo permita. Lo siento de veras.

Ahora Ansaldo observa a Amelia con gravedad, como el médico que transmite la noticia de la muerte de un ser querido a sus familiares.

—Seguramente algún día cambie la ley, sería lo natural, no tiene mucho sentido. El inconveniente, además, es que nuestros pilotos deben ser menores de treinta y cinco años. El régimen interno así lo establece. Créame que lo siento.

Amelia es incapaz de pronunciar palabra. Ansaldo siente su desazón y le da mucha rabia.

—Me sorprende que nadie la avisara, ni su instructor ni nadie en Cuatro Vientos. Supongo que sólo pensaron que quería aprender a volar.

Pasan unos segundos eternos en los que Amelia desvía y clava los ojos en el pequeño modelo de avión que tiene sobre el escritorio, un avión moderno, de pasajeros, con sus ventanitas en miniatura y el nombre de Iberia y la bandera de España sobre el timón.

—Es un Super Constellation. Este avión es muy importante para la compañía, ¿sabe? Con él se cruzó en 1954 el Atlántico norte en el primer vuelo Madrid-Nueva York que realizamos. Pero yo no pude ir, fueron pilotos más jóvenes, grandes pilotos. Yo mismo los seleccioné. Unos años después, en 1960, yo mismo traté de cruzar el Atlántico sur desde Las Palmas, pero… fracasé. —Ansaldo se toma unos instantes, no es un recuerdo agradable—. A veces nos toca dar un paso a un lado y dejar la vida correr su curso. Después de aquello me jubilé, pero sigo vinculado a la empresa. Los aviones son mi vida. Así que puedo entender cómo se siente.

Amelia sigue con la vista en la miniatura, pensando que dentro de ese avión podría haber un montón de pasajeros que ella habría podido llevar a algún destino. En el fondo Amelia ni se planteaba volar con Iberia hace un par de horas. No se había planteado nada más que hacer su curso durante estos meses, aprender a volar. Pero ahora tenía una necesidad. Ella venía pensando en conseguir eso que le había comentado Mercedes, su independencia. Pero ahora seguiría atada, encerrada.

Amelia vuelve a hablar sin mirar.

—Seguro que tampoco tengo edad para ser azafata, claro.

Ansaldo niega levemente.

—Nada le impide a usted seguir volando. Pronto conseguirá su licencia de vuelo y… podría convertirse en instructora, por ejemplo. Es un puesto muy hermoso, se lo digo por experiencia.

—¿Y qué pasó con su mujer? ¿Por qué ya no vuela?

Ansaldo siente la desilusión en su mirada.

—Tuvimos dos hijas. La guerra, la vida… Qué le voy a contar que usted misma no haya vivido. Se convirtió en una estupenda madre y ahora abuela, tenemos cinco preciosos nietos. Y menos mal que estoy medio sordo porque no vea el follón que arman cada vez que vienen a casa. Ella, en cambio, tiene una paciencia infinita. Los consiente, claro, como buena abuela. Aunque todavía tiene su carácter. Siempre lo tuvo. Para pilotar hay que estar fuerte, en aquella época aún más, toda la mecánica era muy pesada. Y nunca le tuvo miedo, tenía mucho temple. Fue una aviadora ejemplar.

Ansaldo se emociona recordando a su mujer y aquellos años pasados.

—¿Y ella no echa de menos volar?

—Ha seguido muy vinculada a la aviación, claro. —Ansaldo lo piensa un instante—. Quizá. No habla nunca del tema. Desgraciadamente, después de la guerra, ella tampoco habría podido volar.

—¿Pero por qué? —Amelia sigue atónita ante esta realidad.

—Después de la guerra Franco lo prohibió, claro. No estoy de acuerdo, evidentemente, nunca lo estuve. Y aunque yo mismo he llevado al Generalísimo hasta Portugal y África, no hay más ciego que el que no quiere ver. Después de la guerra cambiaron muchas cosas en este país, y aunque vamos avanzando poco a poco, aún nos encontramos con estas realidades.

Amelia se levanta derrotada. Ansaldo también.

—Gracias por atenderme. Y, por favor, salude de mi parte a su mujer. Ha sido usted un encanto.

—Lo siento de veras, Amelia.

Ella se lo agradece con un gesto y se aleja hacia la puerta.

—Una pregunta. —Amelia se gira justo antes de salir—. Se llama usted Amelia por Amelia Earhart, ¿quizá? Ha comentado que su padre era un gran aficionado... Es simple curiosidad.

Amelia sonríe por un momento.

—Mi abuela se llamaba Amelia. Pero mi padre nos contó su historia y me regaló su autobiografía cuando era una adolescente. La encontró en uno de los mercadillos de libros que montaban en los aeródromos. Estaba en inglés y yo no entendía nada, claro, así que tuve que leerlo con un diccionario, traduciendo palabra por palabra. —Amelia sonríe vagamente, recordando el esfuerzo que mereció tanto la pena—. Con el tiempo pude leerlo de una forma más o menos fluida. *The Fun of It*, ¿lo ha leído?

Ansaldo niega con la cabeza, piensa que debería haberlo leído.

—Mi hermana y yo aprendimos mucho de ese libro.

Amelia se toma un instante.

—Mi padre admiraba mucho a esa mujer, la leyenda. Y su libertad, imagino.

El silencio se apodera de la sala. Una tristeza embarga a los dos, que se despiden con un gesto seco y apagado.

Amelia cruza la recepción hacia el exterior y sale a la calle. Ya se ha hecho de noche. La poca luz que quedaba de la tarde se ha desvanecido por completo.

# 48

# Una cena de picoteo

Luis ha tardado en decidirse entre los gladiolos, las margaritas y las rosas, y al final ha sido el precio (después de lo que se ha gastado con la máquina de escribir) lo que ha decantado la balanza hacia las margaritas, que con su aspecto joven y salvaje piensa que pueden adecuarse al efecto que busca: sorprender y seducir a Victorina.

Está decidido a hacerlo todo bien, si puede reparar el daño con Marga ahora podrá reforzar su matrimonio de cara a la jubilación y quién sabe si algunos años más.

Repasa la lista de camino a casa: un poco de embutido (incluyendo jamón), patatas fritas, un poco de queso (del bueno, el que huele mal), el paté que le sacó a López el otro día —con el firme propósito de comprarle uno en cuanto vuelvan a París—, unas aceitunas, unas anchoas, unas almendras, un poco de pan tostado y unas sardinas. ¿Qué puede fallar? Luis ha comprado también una botella de vino de Rioja que —aunque detesta que Victorina lo rebaje con un poco de agua— los podrá ayudar para la fase de calentamiento, y se ríe para sí mismo pensando en esta palabra, «calentamiento». Y también se ha acordado de lo que le gustan a ella unas guindas con chocolate y se las ha llevado.

Victorina siempre organiza al detalle sus meriendas para que nunca falte de nada, para que todo el mundo quede contento. Y aunque Luis siente que ella siempre se agobia —porque su plan no admite fallos—, sabe que disfruta comprando lo que a todo el mundo le gusta —aunque se queje de que tiene que hacerlo sin tiempo y sin dinero suficiente—, así que, si el bolsillo se lo permite, compra un poquito de jamón serrano para Antonio, para Carmen unas lasquitas de lacón, para Marga unas aceitunas rellenas, para Armando unas anchoas, para Amelia chocolate del bueno, y hasta se acuerda de lo que le gusta a Peter el lomo embuchado, que es de hocico fino *made in USA*, y así con todo el mundo. Ah, y unos torreznos para Luis, que en él también piensa.

Siempre le comenta lo que le gusta a ella que todos disfruten de estar en su casa. Y ahora Luis entiende el bonito gesto que supone recordar los gustos de cada uno y se alegra por haberse acordado de las guindas para su mujer.

Le choca no encontrar a Victorina cuando entra en casa. Aunque no había pensado exactamente cómo iba a ejecutar su plan estando ella dentro, le alivia tener margen para prepararlo todo antes de que vuelva.

Lo primero, disponer la mesa. Busca entre los manteles y se para un segundo frente al cajón. Se pregunta cuál elegiría ella, qué mantelería es la adecuada para una ocasión así. Descarta la de diario, por darle un toque elegante al asunto. ¿La de hilo fino, quizá? La que le regalaron bordada a mano… siempre dice que las manchas salen mal (ahora se acuerda de ella elevando las manos al cielo cada vez que cae una gota de vino tinto y cómo sale corriendo a por el vino blanco para mitigarla). Prefiere no correr riesgos: escoge el mantelito que les trajeron de Portugal, que, apostaría por ello, es el que siempre elige para las celebraciones.

En la cocina le cuesta tres cajones y cuatro puertas de armario encontrar todos los platillos y cuencos para disponer los aperitivos. Ha dado milagrosamente con los palillos para los trocitos de chorizo, porque así es como le gusta a ella presentarlo; imagina que es para no mancharse los dedos.

Luis observa detenidamente su obra dispuesta sobre la mesa. Hace recuento de todo lo presente, no falta nada. Aperitivos variados, cada uno preparado elegantemente, platos, cubiertos, pan, copas de vino. Frunce el ceño: algo falta aparte de las flores, algo que lo haga aún más… ¿romántico? Piensa, mira por la ventana buscando la inspiración. Eso es: ¡una vela! Ahora no recuerda si ha visto alguna en la cocina, ¿dónde las guardará esta mujer? Tiene que encontrarlas y rápido, Victorina podría aparecer en cualquier momento.

¿Por qué esconde las cosas esta mujer? Claro, ella hace y deshace la casa como le place; luego, a ver quién encuentra nada. De ahí la necesidad de preguntarle a cada rato dónde están las cosas para que ella conteste «en su sitio» y eso que «en su sitio» es una decisión suya sin consensuar, y luego hay que adivinar la lógica de la elección, si es que tiene algún tipo de lógica. Ha encontrado las velas en un cajón de su armario. Incomprensible. Pero ya no va a discutir más por eso, que ella elige el sitio de las cosas, pues él pregunta, y punto, ya no pretende satisfacerla con sus dotes del hogar, sino con otro tipo de dotes…

Pero… ¿sabrá hacerlo? ¿La cena será suficiente? ¿El alcohol hará el efecto deseado? Hacía tiempo que no estaba tan nervioso, ni en la última entrevista de trabajo hace ya casi veinte años, ni con el nacimiento de sus hijas, ni tan siquiera durante su primera vez con aquella moza que le cobró tres perras chicas por hacerle un hombre. Ahora se expone al peor examen de su vida, y de suspender, recibirá el azote de la furia de su consuegra, que es la peor humillación que un hombre de su talla puede tener. La amenaza de un nuevo bofetón y un comunicado secreto a toda la comunidad de vecinos no es asunto baladí. Su honor está en juego.

Pero dónde anda esta mujer es su mayor inquietud ahora mismo. Es raro. Es tardísimo. ¿Adónde habrá salido? ¿Y con quién? Sólo espera (y reza) que haya salido con Emilia.

Ni la televisión le entretiene. Por mucho fútbol que retransmitan esta noche no se distrae con nada. Asoma la cabeza por la ventana, a ver si la ve venir. Algunos chavales que pasan, alguna pareja, unos padres gritando a sus hijos que no corran, varias parejas, más o menos agarradas. Gente que camina sola que viene y va, pero ni rastro de su Vito.

Luis resopla, le va a salir mal la sorpresa, y el único sorprendido por el engaño va a ser él. Pero a lo mejor no está con otro, ni con Emilia. ¿Y si le ha pasado algo? ¿Y si está en el hospital? No, habrían llamado a casa, lo sabría. Decide ponerse un vermut para templar su inquietud. Este curioso sentimiento que hacía tiempo que no sentía, quizá desde que las niñas entraron en la adolescencia y salían con las amigas, o cuando sus hijas les preguntaban si podían invitar a un amigo a merendar para que le conocieran y él encendía la alarma de detector de mentecatos. Sí, en efecto, este era un sentimiento parecido que no había vuelto a tener desde hacía tiempo. Estaba, literalmente, preocupado. Y no tiene otra manera de gestionarlo que tomándose el vermut casi de un trago y empezar a tontear con las patatas fritas, que eso siempre lo calma.


Victorina se encuentra a Luis frito en el sillón. Ha estado casi dos horas deambulando por la ciudad, sin saber muy bien qué hacer ni a dónde ir, mirando hacia atrás todo el rato por miedo a ser arrestada.

Ha doblado esquinas, ha esperado silenciosamente y ha dejado pasar a quien iba detrás para comprobar que no la seguían. Se ha resguardado en pasadizos para recobrar el aliento tratando de no ponerse a llorar de los nervios. Pero también se ha tomado unos instantes para analizar todo lo sucedido y las emociones que ha vivido, tan extrañas, tan poderosas, tan ¿excitantes? No, confunde el miedo y el terror con la agitación. Pero... se ha salvado. Se han salvado. ¿Emilia habrá llegado bien? Dios, ahora la odia. Le sorprende lo bien que lo hizo. Fue tan astuta que incluso mintió al jovencito de la azotea y no le tembló el pulso, no balbuceó, sonó convincente. Tiene sangre fría. Como Bond... James Bond. Oh. Respira hondo al pensar en su agente secreto favorito. ¿Habrá sido por las películas? ¿Habrá aprendido algo de ellas? ¿Qué pensaría James de su actuación, de su temple? Se muerde el labio inferior. Siente la excitación. ¿Ahora? ¡Podría haber muerto! ¡Podría estar en la cárcel ahora mismo!

Podría ser una abuelita más que deambula por la ciudad pasando inadvertida, pero no, es... ¡una fugitiva! Una fuera de la ley. El chiquillo de la azotea prestará declaración, harán retratos robot de ellas, empapelarán la ciudad. Irán a buscarlas. Tendrá que teñirse el pelo, cambiar de aspecto, incluso cambiar de ciudad. Quizá hasta tenga que encontrar un nombre en clave. Un nuevo nombre de agente —¿agenta?— secreta. ¿Cómo vivir tranquila a partir de ahora? ¿En quién confiar? Cómo contarle todo esto al hombre que ahora ronca en el sillón. No puede.

Victorina levanta la vista del sillón y descubre la cena preparada sobre la mesa del salón. Una pequeña vela se ha consumido y hay varios platos de los que Luis ha picoteado. La ternura la invade de pronto. ¿Le ha preparado una cena sorpresa? ¿Una cena de picoteo? ¿Qué maravilla es esta? Está todo lleno de platitos con cosas ricas, como a ella le gusta. Aunque no ha dejado ni una patata frita, qué sinvergüenza. Lo sorprendente es que ni se para a pensar en lo que le haya podido costar —eso lo habría hecho antes y seguramente se habría enfurecido—, pero hoy no. Hoy capta el gesto tierno y romántico, y vuelve a mirarlo roncando en el sillón y, de pronto, se despierta en ella un sentimiento apasionado. Se agacha a besarlo mientras duerme, primero con ternura, sobre el rostro, la frente, las mejillas, tiernamente sobre los labios. Pero Luis apenas se inmuta. Ella sigue, lo besa de nuevo, le acaricia la cara y lo llama lentamente por su nombre.

—Luis, ya he llegado —le dice al oído.

Luis despierta somnoliento, no se ubica, ni tampoco entiende los besos, que acepta, despacio, en un proceso lento, al ritmo que ha iniciado Victorina. Se queda tranquilo, ya ha regresado a casa. Siente su agradecimiento y su ternura como si estuviera frente a una desconocida. ¿Hace cuánto que no se besaban así? Si lo piensa detenidamente no encontrará el día en su memoria porque lo habrá olvidado, porque hace años que los besos saben a rutina, los de amor quedaron suspendidos entre la desidia, la obligación y la resignación. Se olvidaron, simplemente, en cómo ir queriéndose con el paso de los años y la edad.

La calidez de sus besos los transporta a otro tiempo, donde no había nada alrededor, no había distracciones, había miedos y novedades que lo hacían todo emocionante; descubrimientos, roces, avances lentos que llenaban todo de una sensualidad indescriptible porque no tenían ni siquiera la palabra en su vocabulario para describirlo.

Y ahora los besos, la ternura y los abrazos que se están dando son de nuevo verdaderos, a la par que torpes y casi oxidados, y se acompañan el uno al otro con pequeños pasos hasta la alcoba, girando mientras caminan, entreabriendo los ojos para no chocar contra los muebles y quicios de las puertas y llegar intactos hasta el lecho que los ha visto envejecer. Caen sobre la cama despacio, sin la pasión desatada de otras edades.

Pero Luis siente una inquietud antes de seguir adelante.

—Vito, yo no sé si voy a saber…

—Calla, tonto —le susurra—, yo te ayudo.

La confianza que ha desarrollado Victorina en estas últimas semanas y el nervio de los acontecimientos de esta noche la llenan de seguridad y Luis se deja guiar. Pero el miedo aún puede con él.

—¿Dónde has estado? Estaba preocupado.

—Eso no tiene importancia ahora. —Victorina lo agarra del rostro, lo mira con solemnidad y entona dramáticamente—. Estoy aquí, podría no estar, pero he vuelto y lo único que tenemos que pensar es… que estamos vivos.

Y es que Victorina no quiere desaprovechar la ocasión para soltar una frase de película y llevar a cabo su fantasía, aunque sea con Luis. Si pudiera, le añadiría hasta una banda sonora para alcanzar la perfección. Pero la perfección surge sola, porque se quisieron de verdad y sienten que aún pueden recuperar el sexo perdido.

Todo el ritual se desenvuelve con una ternura y una naturalidad que hasta a ellos mismos les sorprende. El miedo ha dado paso al aprendizaje; la inseguridad, a la humildad. Luis se deja enseñar. Los descubrimientos de una se convierten en los hallazgos del otro e, incluso entre risas, aparecen frases tiernas al oído y los sonidos son reales, no fingidos, aderezadas con respiraciones aceleradas que los llevan a alcanzar algo más importante que el orgasmo: su unión. La que se perdió entre tantos años de rutinas, hambre, hijas, apuros económicos, en viajes y en distancias, en las miradas perdidas y las inseguridades, en el cansancio del día a día, en la falta de tiempo para ellos mismos, en su ceguera para descubrir sus necesidades, en su incapacidad de comunicarse por el desconocimiento de un lenguaje común, en la ignorancia de algunos términos explicativos y conciliadores que revelasen los sentimientos y carestías de cada uno. Porque nunca les enseñaron a hacerlo. Porque nunca lo vieron. Porque no lo conocieron. Aunque lo intentaron.

Y por fin hoy recogen los frutos de su reencuentro que secretamente deseaban y forzosamente saboteaban. Por eso se miran con intensidad, al terminar, con un brillo especial en la mirada, con una sonrisa de medio lado y una respiración agitada. La luz anaranjada que entra de la calle les ilumina suficientemente la cara como para verse de nuevo, pero desde otro lugar, desde un nuevo tiempo. Luis la observa detenidamente y le aparta un mechón de pelo que se le ha quedado sobre la mejilla.

—¿Lo he hecho bien?

—¡Claro! —Victorina está emocionada, pero también porque a contraluz el rostro de Luis bien podría parecerse al de Sean Connery—. Ahora sólo tienes que practicar lo que te he enseñado —dice picarona.

—Lo digo en serio. ¿Lo he hecho bien… todos estos años?

A Victorina le sorprende la pregunta, la pilla desprevenida y no contesta.

—No. No lo he hecho bien, Vito. He estado pensando en esto. Por favor, no me interrumpas, que te conozco.

Victorina asiente y hace un gesto de cremallera sobre la boca.

—Sé que he estado mucho tiempo fuera y que te he dejado muy sola. Con las niñas. Yo estaba viajando y cuando llegaba… tú lo tenías siempre todo preparado, nunca he tenido que preocuparme por nada porque tú ya lo habías pensado antes. Cuando yo podría haber hecho algo tú ya habías llevado a las niñas al médico, habías encontrado un colegio, les habías comprado ropa, se la habías remendado. Yo nunca me preocupé de si se habían bañado o no, ni de repasar con ellas las tareas de clase. Un día se convirtieron en dos mujercitas maravillosas y yo estuve ahí para verlas crecer y acompañarlas, pero… el mérito es todo tuyo, Vito. —A Victorina se le forma un nudo en la garganta al escuchar sus palabras—. Yo me he llevado la parte divertida, los paseos, los aviones, los libros, los viajes en tren, mi tiempo para leer. Y tú no has tenido nada de eso. Y lo siento. —Ahora es cuando coge fuerzas de verdad—. Te quiero pedir perdón.

Victorina se emociona y es consciente en su reconocimiento de su propio sacrificio, en el que, quizá, no había pensado en exceso, simplemente había cumplido su papel.

—Yo tampoco lo he hecho bien, Luis. Porque… —Victorina quiere elegir bien las palabras—. Tampoco todo es culpa tuya. Yo siempre me quejaba, pero nunca te pedí ayuda. Cuando regresabas el viernes lo del lunes ya se había olvidado, lo del martes se había resuelto, el miércoles había sido un poco más fácil y lo del jueves ya lo callábamos para que el viernes cuando entrases por la puerta... —Su narración se interrumpe, alza la vista al techo, lo piensa y lo vuelve a mirar—. Es... lo que había que hacer, Luis. Ya está. Claro que te perdono. ¿Me perdonas tú a mí también?

—¿Por ser una quejica insoportable todos estos años? ¡Ni de broma!

—Serás...

Pero Luis vuelve a besarla entre risas.

—Claro que te perdono. ¿Acaso tengo escapatoria? A ver, que los enfados siempre dan un poco de picante a la vida, ¿no crees?

—Estoy yo para picantes... —dice Victorina.

—¿La almorrana otra vez?

—Ay, calla, Luis, no rompas este momento romántico.

—Pero si has sido tú.

—¡Pero si el que ha sacado lo del picante has sido tú! —Victorina se pone seria.

—¡¿Otra vez?!

Luis se empieza a reír y contagia a Victorina, desarmada.

—Ay, madre, qué bien hemos empezado a romper la rutina —apunta ella.

—Escucha, hablando de romper la rutina. Ahora, cuando me jubile, a lo mejor nos podríamos ir a algún sitio de viaje. En tren o en avión si te hace ilusión. Yo invito.

Victorina se carcajea.

—Claro que invitas, si eres el único que gana dinero en esta casa.

—Era broma, cuchufleta.

—¿Cuchufleta? —Ahora sí que ha desarmado totalmente a Victorina—. Ay, hacía mucho que no me llamabas así...

—Me acaba de venir a la mente. —Su complicidad es máxima.

—¿Entonces me vas a llevar a Roma, por ejemplo?

—¡A Roma! ¿Estás loca? ¿No prefieres ir a San Pedro del Pinatar? Muy bonito, en Murcia.

—¡Pero si me acabas de decir...! —Luis le planta un beso y la calla inmediatamente.

—Era broma, claro que sí, si tú quieres ir a Roma, iremos a Roma. A ver al papa si hace falta.

Victorina resopla, se hace consciente del Cristo que tienen sobre la cama.

—No sé yo si el papa de Roma va a aprobar lo de...

—¿Que un señor y una señora forniquen en su cama satisfactoriamente para los dos... —Luis recalca las palabras— después de haber traído al mundo a dos bellísimas mujeres y de haber cumplido con los mandamientos de Dios, más o menos? Yo creo que mal mal no lo hemos hecho, Vito. Aunque me tienes que confesar algo... ¿Dónde has aprendido tú a...?

Pero Luis no puede terminar su pregunta. Victorina lo besa de nuevo, se agazapa bajo la sábana y busca traviesa a Luis, tratando de recuperar el tiempo perdido. La luz anaranjada de la calle baña la silueta de dos cuerpos que se abrazan y se quieren debajo de las sábanas después de... demasiado tiempo.

Emilia está sentada en su sillón, bañada por la misma luz anaranjada que dan las farolas de su barrio. No ha encendido ningún interruptor al llegar a casa. Ha ido directa a su transistor a sintonizar Radio España Independiente y ha tomado asiento para escuchar la señal nítida sintiéndose parcialmente victoriosa.

Lleva más de media hora sin moverse. Ha podido escuchar un boletín de noticias y algunas cartas de los oyentes, pero, a pesar de la claridad de la emisión, Emilia apenas presta atención al contenido que traen las ondas, su mirada está perdida. Si lleva casi treinta años esperando escuchar una carta en clave que pueda ser de su marido desaparecido, hoy eso ya no le importa porque ahora le pesa más la posibilidad de haber perdido también a una amiga.

Quisiera saber si está bien, si ha llegado sana y salva a casa, pero no se atreve a llamar, esperará a mañana. Irá a verla, a pedirle perdón. Y hoy dormirá intranquila, sin saber cómo está. Lo único que le traerá algo de alivio será pensar en los miles de madrileños que llevan tiempo sin poder escuchar su emisora favorita con claridad y que ahora mismo hablan bajito, o están agazapados con su transistor entre mantas, porque han conseguido sintonizar con claridad su Radio Verdad. La radio que los acompaña y los reconforta. Soñando que, algún día, no tendrán que esconderse de los vecinos y podrán escuchar con libertad la voz del pueblo reprimido. Algún día, todo el país sintonizará con claridad la verdadera Radio Nacional de España, su Pire, como la llaman en las cartas que escriben cada noche con desesperación y letra fingida para no ser descubiertos.

Emilia sólo quería participar en esta operación clandestina cansada ya de los pitidos y zumbidos a todas horas desde hace meses, no es consciente de que han derribado parte del entramado de interferencias capitaneado por el SIR, el Servicio de Interferencia Radiada, creado por el ministro subsecretario de Presidencia, Luis Carrero Blanco, subordinado directo de Manuel Fraga, ministro de Información y Turismo.

Desde que Radio España Independiente comenzó sus emisiones desde el exilio en 1941, el Gobierno de Franco había tratado, por todos los medios, que la voz de la líder comunista, Dolores Ibárruri, conocida como Pasionaria, no llegase a los receptores y oídos de los españoles vencidos con su mensaje antifranquista. Porque eran los mismos oyentes quienes enviaban cartas a la supuesta dirección de la radio con los acontecimientos que sucedían en el país y de los que nunca informaba Radio Nacional, o Radio Mentira, como la llamaban. Entonces la Pirenaica recababa información de otras agencias informativas europeas que operaban en España y así radiaban las noticias que jamás se escuchaban en las ondas oficiales. De ahí que la Pirenaica fuera su única fuente de información fiable. Porque para ellos, la única verdad que decía Radio Nacional era la hora del día.

Mientras desde España se luchaba contra la llegada de las ondas exiliadas con potentes antenas de interferencias por toda la geografía española —financiadas muchas de ellas por el Gobierno de Estados Unidos—, el partido comunista soviético y rumano prestó siempre su ayuda a la Pirenaica para frenar este boicot, con envíos de emisoras de onda corta y equipos de baja frecuencia para luchar contra el enemigo.

Por alguna razón, en unas semanas, el centro de Transmisiones en Amaniel 40 será llevado a Prado del Rey, a las afueras de Madrid, donde quedará instalado definitivamente.

Pero, hasta que esto suceda, los oyentes podrán seguir escuchando su Pirenaica sin interferencias durante algunas semanas más. Una gran victoria para una pequeña red clandestina de vecinos e informantes y un par de inocentes ancianitas armadas con un abanico y un martillo.

# 49

# Una nueva realidad

La primavera trae consigo remolinos de hojas, polen y un frío inesperado, como el que se cuela entre las ropas de Amelia, que ella
trata de paliar cerrándose el abrigo hasta el cuello y abrazándose a
sí misma para evitar que se le congele aún más el alma.

Si el día que salió de las oficinas de Aviaco, ilusionada por poder
convertirse en aviadora, la gente por la calle reía y casi bailaba al son
de la música, hoy la gente camina a toda prisa huyendo del vendaval, con las prisas de la ciudad, los paraguas colgados de los brazos
por la amenaza de tormenta y la furia de un tráfico atascado que no
se agiliza ni por el insistente uso de las bocinas. Hoy nada se mueve de forma armónica; todo es un caos.

Como la mente de Amelia.

Ha pasado tiempo desde aquel día brillante, cuando el clima no
era tan violento como ahora, una clara señal de que el destino entonces sí que la acompañaba. Pero hoy ya no. Y de eso se trataba,
de cumplir su sueño de volar, y en definitiva lo ha cumplido. Ya
está. Ha sido inmensamente afortunada, tiene que verlo por ese
lado: se ha divertido. ¿Qué más pretendía? Ahora parece que quisiera ser piloto de profesión. Tampoco era eso, era aprender a volar,
¿de qué se queja?

Si es por el tema de los ingresos económicos, estos podrían venir
de otro lado, si es que hicieran falta de verdad. Con lo que trae
Armando llegan. Sí, estarían un poco más holgados, pero la casa
volvería a estar desatendida, ¿y para qué va a gastarse su sueldo en

pagar a otra persona si lo puede hacer ella? ¿Para qué trabajar ahora de pronto en lo-que-sea si alguien tendría que sustituirla? No parece que tenga mucho sentido.

Podría coger un autobús de camino a casa, pero quiere llegar tarde, que los niños se hayan acostado y hablar con Armando de forma tranquila. No está bien que se fuera de casa sin dar ninguna explicación, pero… sus palabras seguían haciéndole daño: «Quiero que dejes de volar». Eso es algo muy fácil de decir, pero muy difícil de abandonar. Tenía que volar por última vez. Ya está, ya lo ha hecho. Sola, además. Su suelta ha sido vertiginosa, salvaje. Habría sido una gran piloto. Aunque tampoco tiene que hablar en pasado; es una gran piloto. Se lo había dicho Daroca.

Le habría gustado despedirse de los compañeros, pero le habría hecho más daño. Enrique Salas, Cristóbal Aguirre, Juan De la Vega, Marcos Alguacil, Ismael Quintanilla, Óscar Herrera… al final se han convertido en la pandilla de chicos que nunca tuvo en el colegio, a cuál más entrañable, a cuál más joven, a cuál más hombre como sujeto con futuro. Necesita que se le pase antes el dolor para ir a verlos, cuando se gradúen y obtengan su licencia y vayan sobrevolando el mundo, en distintas compañías, aterrizando en nuevos países, descubriendo ciudades. Lo bueno es que algún día podrían invitarla a cabina y llevarla en algún vuelo; ella también podrá viajar. Seguramente.

Lo que es seguro es que las turbulencias de casa se tienen que terminar; no estar bien con Armando la desestabiliza más que nada, afecta a todas las parcelas de su vida. Quizá haya arriesgado demasiado, ha puesto su sueño por delante de todos. Armando tenía razón. Había sido egoísta, se había cegado y ahora tenía que reparar el daño causado. Era el hombre de su vida. No tendrá que contar la verdad, simplemente acatará su petición: dejará de volar.


—Lo siento, Armando. Perdóname.

Amelia se desarma nada más entrar. Cree que es la mejor manera de arrancar la conversación, debilitar su actitud defensiva.

—Tienes razón en todo lo que dijiste, sólo he pensado en mí, no he pensado en vosotros y en quien menos he pensado ha sido en ti. En cómo esto te afectaría. Y me arrepiento muchísimo.

Amelia se acerca a apagar la televisión. Y Armando deja la copa que sostenía sobre la mesa baja del salón y ella se sienta mirándolo fijamente.

—Tendría que haber sopesado cómo iba a afectarnos todo esto como familia, sin ponerme yo antes que los demás. Creí que, con el reparto de las tareas de la casa, sería suficiente. Era algo más que la casa y no he sabido verlo. —Amelia necesita esta reconciliación más que nunca—. Siento que te haya afectado tanto al trabajo, el tema de... —Señala la copa—. Tú, nunca... No eras así, y sé que es culpa mía.

Armando asiente, comprensivo, sin añadir nada.

—No voy a volar más, no tiene mucho sentido. Quedamos en que aprendería a volar, ya he aprendido. Ya está, sueño cumplido. Ahora tocáis vosotros. —Amelia digiere como puede sus propias palabras—. Necesito que volvamos a estar todos unidos, yo así no quiero seguir, no merece la pena, no me hace feliz volar si en casa todo va mal.

Armando continúa mirándola fijamente, ahora más sereno, su mirada se ha dulcificado.

—Tú eres lo más importante para mí, Armando. Llevamos juntos veinte años. No puedo imaginarme la vida sin ti, y yo creo que tú tampoco. —Armando baja la vista ahora, negando con la cabeza, porque la quiere de verdad—. No quiero que peleemos más por esto. Si hace falta que vuelva a casa, si eso va a suponer que todo va a volver a estar bien, lo haré encantada.

Armando mira al infinito, puede verlo. Podría hasta visualizar cómo todo volvería a su ritmo natural, al anterior. Quiere imaginarse el ir y venir divertido de las mañanas, las comidas y los momentos en familia, los ratos perdidos de ver juntos la televisión o jugar a las cartas. Todo más despacio, más sereno. Mira a Amelia de refilón, parece que incluso haya recuperado la belleza que había perdido en este tiempo. El nudo permanente que siente Armando en el estómago, el nervio, la irritación, la ira... se apaciguan lentamente a medida que siente que Amelia ha entrado en razón. Por fin lo ha visto. Es algo tan claro para él, tan cristalino, que no puede entender que los demás no lo vean, que no compartan su mismo punto de vista. Su silencio se resquebraja, despacio: ha ganado.

Armando se levanta del sillón y se coloca a su lado en el sofá. La mira fijamente. Es ella, su Amelia de siempre. Tan bonita, tan valiente igualmente. La abraza. Ya está, ya pasó. Un abrazo que dura más de la cuenta, que necesita alargarse para cerrar las heridas.

—Yo también lo siento —le susurra él al oído.

Amelia y Armando se vuelven a fijar el uno en el otro, se vuelven a ver, después de muchas semanas.

Armando le acaricia el rostro, qué difícil ha sido todo. ¿De qué manera podrían estar bien los dos, sin sobresaltos, sin rendirse ante nada? Recuperar la calma de la vida, la rutina de los días.

—Tú sabes que yo me crie sin padre. —Amelia sostiene su mano con cariño mientras Armando habla, por fin—. Mi madre fue mi padre y mi madre, todo. La dulce y la severa. Esa mujer me hizo ser quien soy y, aunque siempre hablaba de mi padre como un ejemplo a seguir, yo apenas lo recuerdo. Tenía sólo diez años cuando desapareció, cuando lo mataron... lo que fuera. Pero me acuerdo del cariño con el que siempre trató a mi madre, siempre. Entiendo que era algo inusual. —Armando arma su discurso, buceando en el pasado, en sus creencias y ejemplos—. Yo no quiero hacerlo mal, de verdad, me gustaría hacerlo tan bien como él, aunque apenas me acuerde de su rostro. Si no he sabido hacerlo mejor, créeme que lo he intentado. Pero ha sido mucho, ha sido demasiado. —Armando se emociona al hablar—. En unos años, nuestra vida va a ser más fácil, sin los chicos en casa con sus horarios y necesidades. Y yo me imagino la vida que vendrá después contigo, a todas horas, con un montón de sueños aún por cumplir. Con todo el tiempo para nosotros.

Las palabras sinceras de Armando emocionan a Amelia, que asiente firmemente porque ella también sueña con esa vida.

—Tenemos mucha suerte, Amelia, de verdad. No te imaginas la cantidad de hombres que sé que no son fieles a sus mujeres, que las engañan. Yo no soy ese, ni lo voy a ser, yo te amo desde el día que te conocí. Y, aunque tuve que tomarme casi toda la tableta de chocolate esa para convencer a tu madre para que te casaras conmigo —ahora ríen al recordar—, quiero que seas feliz, que lo seamos juntos. Estoy deseando, de veras, hacerme mayor a tu lado. No me imagino un plan de vida mejor.

Amelia no se esperaba este discurso tan tierno, tan sincero, y lo abraza sintiéndose la mujer más afortunada del planeta. Le sostiene el rostro y se miran directamente a los ojos.

—Te lo prometo. De aquí en adelante seremos siempre un equipo —le asegura ella.

Se vuelven a abrazar sellando su pacto. Armando coge aire y le explica su plan.

—Tengo algunas entrevistas de trabajo esta semana, si todo va bien me despediré de Maderas Arriero y tendré un trabajo mejor. Y te voy a necesitar a mi lado, voy a ir a por todas. Yo me he tenido que esforzar el doble que los demás, y tú lo sabes. Me ha costado mucho llegar hasta aquí. Y todavía vamos a llegar mucho más lejos, ¿me oyes? ¿No dicen que detrás de un gran hombre hay siempre una gran mujer? Tú ya eres esa gran mujer. Nadie mejor que tú. Este puede ser un gran momento para todos, para disfrutarlo cuando se convierta en una realidad. Porque va a pasar. Lo sé. Vamos a ir a mejor, cada día, juntos. Y con el dinero que voy a ganar podrás volar cuando quieras. Nos va a sobrar, te lo juro. Lo vamos a tener todo. Lo que nunca tuvimos, lo que siempre soñamos. Tenías toda la razón, debí acompañarte. Volar contigo. Ahora podremos hacerlo. Y esto… —Y ahora señala los restos de su bebida sobre la mesa—. Esto se acabó. Te lo juro. Se acabó.

Sus manos entrelazadas, su compromiso firme, hacen creer a Amelia que todo, efectivamente, renace esta noche, que todo se arregla.

—Hoy empezamos una nueva vida, Amelia Torres, el amor de mi vida.

Armando le acaricia el rostro y la besa con ternura y pasión comedida, en un acto de amor sincero que ella recibe y da por igual, con ilusión, con esperanza.

—Vamos a la cama, que ya es tarde —le susurra Armando al oído—. Hoy tengo más ganas que nunca de dormir abrazado a ti.

Amelia sonríe y asiente.

—Ahora voy. Dame un minuto.

Armando se marcha y Amelia se queda pensativa en el sofá, necesita asimilar todo esto. Asimilar una reconciliación también requiere de su pensamiento, de la recolocación de ideas, de emociones, de planificación. Y se repite a sí misma que todo va a estar bien, que es mejor así. Que es verdad, que podrá tenerlo todo. Cree en sus palabras.

Mira el salón, todo aquello acumulado en las estanterías, las fotos, los cuadros, los recuerdos; elementos que, muchos de ellos, nunca tuvo en su infancia. Y es consciente de su suerte y de su fortuna, de lo que han mejorado las cosas para todos. Repara en el papel pintado de las paredes, en el reloj que marca las horas, en los libros de las estanterías, la mesa de salón, sus plantas. Que volverán a ser sus compañeros a partir de mañana. La tele, la radio, los más parlanchines, le darán conversación. Con el teléfono podrá comunicarse con los suyos. El susurro del patio subirá con su algarabía y escuchará el murmullo de las radios y conversaciones de las vecinas, el olor de la ropa tendida, recién lavada, impregnando cada casa con su frescor. Momentos que había olvidado, que mañana mismo va a recuperar, y olvidará el rugido del motor, el olor de la gasolina, la velocidad en las entrañas. Porque igual que puede evocar la casa podrá evocar el cielo. Podrá hacerlo, asimilar su nueva realidad, con los pies en la tierra.

Amelia se levanta del sofá convencida de su fortaleza. Apaga las luces y repara en la copa que ha dejado Armando sobre la mesita, la coge y se la lleva a la cocina para tirar los restos por el fregadero, pero un pequeño dolor punzante se le coloca de pronto en un lado de la cabeza. Ahora se le pasará. Mira el vaso, lo piensa un instante y de un trago se bebe el culín que quedaba; eso le aliviará el dolor de cabeza y, de paso, esta noche no soñará con aviones.

# 50

# Un rostro entre la multitud

Emilia lleva varios días esperando para coger el teléfono y marcar su número, confiando en que a Victorina se le haya pasado el enfado. Nadie la llamó alertando de su desaparición, por lo que dedujo, a la mañana siguiente, que habría llegado sana y salva a su casa. Aprovechó que tenía pendiente hablar con Armando del tema de Amelia y, de paso, preguntó por Victorina, a ver si él tenía alguna información, pero Armando le respondió que no sabían mucho de sus suegros, que estarían bien, imaginaba, y que la que estaba enferma desde la otra noche era Amelia, metida en cama, con fiebre y sin apetito, sin ningún otro síntoma aparente.

—Habrá cogido frío —zanjó Armando.

—¿Pero estáis bien, hijo? —quiso averiguar Emilia.

Y él le dijo que sí —intuyendo que ella podría saber algo acerca del asunto— y que los enfados estaban olvidados, que se habían reconciliado, que estaban más unidos que nunca. Emilia insistió preguntando por las clases de Amelia, y entonces él le contó que habían decidido unánimemente que las aparcase por un tiempo, que, además, él había tenido una entrevista de trabajo y que, si nada lo impedía, empezaría en unos días como director comercial de una importante constructora y necesitaba disponer de todo el tiempo para la nueva empresa, que tampoco tenían para pagar a una muchacha y que lo importante era que los chicos se concentrasen en el colegio y que Amelia les echara una mano con sus exámenes finales y se ocupara de la casa.

—¿Y tú no has tenido nada que ver en esa decisión? —preguntó Emilia.

—Ha sido decisión de los dos, mamá —afirmó contundente.

—Ya —contestó Emilia de forma seca sin dar mucho crédito al asunto—. Es que últimamente te noto más serio de la cuenta. Si necesitas hablar de algo, ya sabes dónde estoy.

—Lo sé —Armando sonó sincero—. Gracias, mamá.

Emilia guardó silencio unos instantes, pero volvió a insistir.

—¿Seguro que estás bien, hijo? Yo sé que no está siendo fácil para ti toda esta situación. Que es todo nuevo y que puede ser agotador.

Armando calló al otro lado, pero Emilia pudo intuir cómo apretaba los dientes, lo hacía siempre que ella entraba en conversaciones que él quería evitar, pero que no cortaba por educación.

—Entiendo que son cosas entre tu mujer y tú, y que yo no debo meterme. Eres un hombre adulto. A lo mejor soy yo, que no me acostumbro a que ya no me necesites. —Emilia aguantó el tipo al pronunciar estas palabras—. Sólo quiero pedirte que nunca olvides de dónde vienes, quiénes fuimos tus padres y cómo te educamos.

Armando tampoco pudo hablar en ese momento porque se le habría quebrado la voz, seguramente, consciente de su deriva.

—Eres un buen hombre, cariño. Si has cometido algún error, pide perdón por ello, no debería haber ninguna humillación en ese acto. Yo sé que os queréis mucho.

—Mamá, no sé si necesito que me hables de esto ahora. —Armando no quiso entrar en esta oscuridad—. De verdad que está todo bien, y lo va a estar aún mejor, créeme.

—Disculpa si te ha molestado algo de lo que te he dicho, sabes que lo hago con mi mejor intención.

—Lo sé, mamá.

Así que Emilia cambió de tema rápidamente, algo más tranquila después de transmitir a medias su mensaje, y volvió a preguntar por los suegros, pero Armando no le dio más información de la que ya le había dado previamente, animándola a llamar ella misma si quería saber algo más de Victorina, recordándole que ahora eran muy amigas. Y esa palabra, «amigas», le hizo daño, porque tenía serias dudas de que lo siguieran siendo. Así que Emilia colgó rápido la llamada para que no sintiera la desazón en su tono.

Desde aquella conversación, ha intentado distraerse tratando de no pensar, no recordar, caminando por la ciudad, yendo al cine y quedando con viejas amigas del barrio que hacía tiempo que no veía, para tratar de apaciguar su angustia, pero no le ha dado resultado. No ha conseguido quitarse de la cabeza las imágenes de aquella tarde ni la decepción en el rostro de Victorina justo antes de huir en dirección contraria a la suya. Ni siquiera escuchar la Pirenaica le consuela porque todo le recuerda a aquel día.

Y ahora mira fijamente el calendario de la cocina, recordando. Han pasado tres días exactos que ha ido tachando ceremoniosamente, el tiempo conveniente para armarse de valor, levantar el auricular y marcar su número de teléfono.

«Pues es que ha salido», le comenta Luis.

«Ahora está con la comida, luego le digo que te llame».

«Se ha echado un rato».

«Acabo de llegar y no está. Le dejo tu recado».

«Lo siento, ahora no se puede poner», zanja Luis, ya cansado.

Emilia lo intenta una última vez, pero nadie llega a descolgar. El sonido del tono de la llamada se alarga hasta que se corta de forma natural. ¿Estará en casa? ¿Estará mirando el teléfono esperando a que deje de sonar? ¿Intuirá que es ella? ¿Y si fuera alguna de sus hijas, no se lo cogería?

Llama de nuevo pasadas un par de horas, pero nadie responde. ¿De qué sirve? Lleva cuatro días llamando con mayor y menor insistencia hasta que se da por vencida: no quiere hablar con ella. ¿Pero estará sólo enfadada o la odia? Emilia valora la gravedad de los hechos. ¿Las podrían haber detenido? Sí. ¿Puso a su amiga en peligro? También. ¿Puso en riesgo su vida? Aquel joven portaba un arma, de haberla disparado nadie sabe qué podría haber sucedido. Sí, los hechos eran muy graves. Debería disculparse en persona.


Tres toques fuertes seguidos.

—Victorina, por favor, abre la puerta, sé que estás ahí.

Por la hora que es, debería estar en casa. Cree escuchar unos pasos lentos, el posible roce de la apertura de la mirilla. Si hubiera ido de noche al menos habría comprobado si las luces estaban encendidas a través de las ventanas que dan a la calle.

—Te debo una disculpa, por favor, ábreme.

Emilia insiste con los nudillos y después con el timbre, con esa ensordecedora campanilla aguda e irritante, pero ni con esas. Se imagina a Victorina detrás de la puerta tapándose los oídos y no puede vislumbrar peor escenario que ese. Se acerca al quicio de la puerta para hablar por el hueco.

—Ábreme, por favor, déjame explicarte. Vito, ¿estás ahí?

Silencio. Silencio absoluto.

Y sí, Victorina está al otro lado de la puerta, pero su orgullo no le permite abrir. No quiere, no debe. Por un instante, su mano se acerca lentamente hacia la puerta porque cree en la bondad de su amiga, pero sus dedos se cierran justo antes de agarrar el pomo. Vuelve a su mente aquella tarde en la que no ha dejado de pensar desde hace días. Se queda quieta detrás de la puerta, tratando de no mover ni un músculo que delate su presencia. Prefiere hacer pensar a Emilia que no está en casa. No vuelve al salón hasta que ve por la mirilla que se ha marchado, con toda la pena que también le supone.

A Luis no llegó a contarle nada de lo sucedido en la azotea, bastante tenían con la fogosidad sexual que todo aquello había despertado en ella. Trató de aparcar el incidente en su mente y esquivó el asunto elegantemente para no irse de la lengua: se limitó a decirle que había discutido con Emilia de política, y punto, que ya sabía cómo se ponía, contando chistes de Franco, y que no le apetecía hablar con ella y que por favor la excusase de las llamadas de teléfono que estaba recibiendo.

Durante varios días disimuló a la perfección su miedo, como hacen los buenos agentes secretos, y se mostró tranquila porque el asunto no parecía haber salido en los periódicos. Lo comprobó tras comprar durante varios días un ejemplar de cada periódico que había en el quiosco, incluso el *As* y *Mundo Deportivo*. Quiero estar informada, le dijo a Luis, y a él le pareció muy bien porque llevaban días ya sin discutir por nada. Pero, en verdad, buscaba desesperadamente su retrato robot entre las páginas o algún titular explosivo tipo «Duro golpe al Régimen por parte de dos ancianitas», «Se buscan dos abuelas por desafiar al Generalísimo», pero no halló nada parecido en toda la semana. Así deben sentirse los criminales, pensó, buscando la noticia que diera cuenta de su fechoría. Porque Emilia había hecho que se sintiera así, como una delincuente, y Victorina no estaba preparada para eso. Convencida todavía de haber participado en una operación comunista, no podía conciliar el sueño porque sabía que el Régimen aún tomaba represalias contra ellos, como con Julián Grimau, fusilado en el 63, a pesar de todo el movimiento de oposición internacional (incluso el papa) que suplicó por su indulto. Y sólo hacía cuatro años de aquello.

Después se tranquilizó pensando que, con un poco de suerte, esquivaría a las autoridades, que la confundirán con cualquier otra anciana de pelo cardado y como no tenía antecedentes entre las filas comunistas no sería sencillo dar con ella. Tampoco había dejado un rastro o una pista que la identificase fácilmente, ni siquiera una cojera delatora —porque las rodillas no le fallaron ni un segundo en su escapada—, y encima, aquel día, tampoco llevaba las gafas, por fortuna.

Pero después cayó en la cuenta de que una noticia de esa índole jamás se publicaría en los periódicos nacionales, ¿en qué estaría pensando? Franco nunca permitiría que saliera a la luz un titular así, ni siquiera los militares darían cuenta del hecho, sería una humillación para ellos haber sido doblegados por una pequeña cédula entrada en años y con artritis. Una noticia así sólo saldría en un lugar: en la mismísima radio que ayudó a desbloquear.

Hubo unos minutos largos en los que Victorina se quedó mirando el transistor con miedo. De ahí podían salir sonidos prohibidos y perniciosos, ¿estaba preparada para sintonizarlos? Es más, ¿habían finalmente cumplido su misión y habían desmantelado la red de interferencias? Una curiosidad infinita se apoderó de ella y, a pequeños pasos, se dirigió hacia el aparato. Con dedos firmes lo encendió y con la rueda buscó la emisora en cuestión. Se detuvo a comprobar las distintas frecuencias que pudo captar con facilidad: Radio Nacional emitía clara su señal con una radionovela, en Radio 2 había música clásica que rápidamente descartó —aunque le estaba gustando la melodía—, también pudo captar Radio Peninsular, que en ese momento de la tarde radiaba el consultorio de Elena Francis, pero lo quitó de inmediato porque Emilia le tenía terminantemente prohibido escuchar a esa señora manipuladora y machista, como ella la llamaba, que lo único que hace es decirles a las mujeres maltratadas que sigan aguantando a sus maridos. ¡No, no y no, por ahí no paso! Y como no quería escuchar más los gritos de Emilia en su mente, cambió corriendo el dial para que no le echase la bronca. Siguió dándole a la rueda y pilló el arranque de *Vuelo 605* en la SER y se dijo que ya era muy mayor para tanta canción moderna de altos vuelos y mucho menos se quedó a escuchar Los 40 principales, en la que sonaba una canción extranjera con mucho ritmo.

Entonces se acordó de que Emilia le había explicado que la Pire no se escuchaba en la FM, que emitían por onda corta, y entonces, con el cambio de onda, por fin la encontró. Su operación clandestina había dado resultado: la Pirenaica se escuchaba con una claridad asombrosa para ella, que sólo la conocía con los pitidos y las interferencias con los que Emilia la había torturado alguna tarde. Así que bajó el volumen, se sentó en una silla muy cerquita del aparato —para que ningún vecino la escuchara— y pegó la oreja buscando en la emisora cómplice de sus fechorías un reconocimiento a sus actos y a su valentía, alguna programación especial o un homenaje a las dos heroínas anónimas. Quizá a estas alturas de la semana hasta les habrían otorgado un nombre en clave o similar. Así que allí se quedó largo rato, escuchando con atención.

Al caer la noche volvió a sonar el teléfono y tampoco lo cogió, Luis había salido de viaje y ya no tenía contestador que le filtrase las llamadas. Pero pensó que, aparte de Emilia, también podrían llamar sus hijas. Por eso llamó inmediatamente después a casa de Amelia y así fue como se enteró del estado en el que estaba su hija. Y le vino bien como excusa para salir de su casa, esquivar nuevas llamadas y, de paso, echarles una mano con su situación.

Y es que Amelia llevaba ya varios días en cama y nadie sabía qué le pasaba. Desganada, sin hambre, con fiebre a ratos. El médico sólo le había recetado aspirinas y reposo. Trató de hablar con ella, saber qué le sucedía, pero su hija no tenía ganas de hablar con nadie. Procuró no mostrarse preocupada en exceso, pensando que podría ser un tema de pareja, pero vio a Armando muy cariñoso y colaborador y dedujo que la pelea que tuvieron fue algo puntual y pasajero, que sería efectivamente un resfriado y que en unos días estaría como nueva. Armando le preguntó si había hablado ya con Emilia, que el otro día su madre había preguntado por ella, pero Victorina sólo comentó que efectivamente hacía días que venían cruzándose las llamadas y, quitándole hierro al asunto, aseguró que pronto volverían a verse. Sonó bastante convincente y no levantó la mínima sospecha acerca de su distanciamiento.

También estuvo charlando bastante rato con Carmen acerca de su nuevo grupo de teatro, y es que viendo lo bien que estaba disimulando esos días, se planteó si lo suyo podría ser la interpretación de cara a arrancar una carrera como actriz. ¿Hasta qué edad se puede entrar en el grupo? Preguntó inocentemente, pero su nieta no supo qué contestar.

Se las arregló para disimular la gran contradicción con la que vive desde la semana pasada. Por un lado, valorando posibles reacciones o conversaciones que tendría con Emilia cuando necesariamente tuvieran que verse en algún evento familiar, algún cumpleaños o un santo —o hasta Navidades si estiraba un poco más de la cuenta el enfado—, y, por otro lado, las ganas que tiene de verla para contarle sobre la luna de miel que está viviendo con Luis y detallarle alguna de las noches apasionadas en las que han puesto a prueba las limitaciones propias de su edad. Por muy enfadada que esté no olvida que todo eso también se lo debe a su amiga.

¿Amiga? ¿Siguen siendo amigas? ¿Una verdadera amiga le habría hecho eso? Siente una tristeza enorme al plantearse la duda. ¿Tiene arreglo? ¿En cuánto tiempo se le pasará el enfado? Quizá hasta Navidades sea un poco drástico y un par de meses o varias semanas sea tiempo suficiente. Aún no tiene ganas de cogerle el teléfono, ni abrir la puerta, aunque valora enormemente sus intentos por disculparse.

Por eso, cuando abre el buzón y encuentra la carta de Emilia —que, deduce, ha llevado ella misma porque carece de sello— decide no romperla en mil pedazos, darle la oportunidad de explicarse y acabar con esta angustia.

Querida Victorina:

Te escribo desde la estación de Atocha por esta manía estúpida que tengo de conectarme con la gente que me importa en este lugar tan abarrotado, porque entre la masa que viene y va, soy consciente de las pocas personas que de verdad me importan en esta vida.

He tratado de hablar contigo y entiendo que no quieras saber nada de mí. No lo hice bien, por eso tengo que explicarte algo para que entiendas lo que sucedió el otro día. No me resulta fácil hablar de mi vida pasada, de la guerra y de mi familia, sé que conoces algunos detalles, pero quiero poder contártelos yo misma.

Por favor, no rompas esta carta en pedazos. Cuando la termines quizá debas deshacerte de ella, pero ahora, por favor, léeme atentamente.

Ya sabes que cuando los nacionales entraron en Madrid, Martín y yo fuimos depurados en los procesos contra los profesores de la República, yo me quedé sin trabajo para siempre y Martín desapareció un día, pocos meses después. Durante varios días los mensajes eran inconsistentes y contradictorios, y el único al que finalmente dimos crédito fue el de su fusilamiento con otros compañeros debido a su vinculación con los círculos de UGT.

Destruida por dentro por la todavía reciente muerte de mi hija y la desaparición de Martín, hice creer a todo el mundo esta versión y yo misma traté de convencerme de su veracidad, pero mi corazón no me permitió rendirme tan rápido. No podía ser que Martín hubiese desaparecido así, tan precipitadamente, por ser sólo un profesor de escuela secundaria, no tenía sentido. No era comunista ni había hecho daño a nadie. Sólo quiso enseñar a los niños que venían a su escuela. Sólo peleó por un mundo más igualitario.

Delante de todos di por cierta la noticia de su fusilamiento y convencí a Armando de la muerte de su padre (es infinitamente más fácil llorar a un muerto que vivir con el fantasma de un desaparecido). Lo hice para no volverlo loco y supongo que para no volverme loca yo también. Pero una parte de mí se negaba a aceptar su muerte, así que, cuando podía, venía a Atocha y me pasaba horas mirando a la gente ir y venir, por si reconocía su rostro entre la multitud, escondido, convencida de que se lo habían llevado por la fuerza, que aparecería algún día en un tren de mercancías, magullado pero vivo.

Durante interminables meses soñé que levantaba tierras de cementerios y cunetas para buscarlo, sin encontrarlo nunca, porque en mis sueños nunca aparecía. Por eso estaba convencida de que aún seguía vivo, que en nuestros sueños aún nos podíamos comunicar y que él me enviaba señales para que no perdiera la esperanza. Mi mente, incrédula siempre, ha divagado buscando opciones, soluciones y huidas. Desde que pudo cruzar la frontera de Francia hasta abordar un barco que cruzó el Atlántico o que atravesó los Urales para esconderse en remotas montañas donde pudo salvar la vida. Tuvimos que cambiar varias veces de casa tras la guerra y Martín no habría sabido a qué dirección escribirnos, la poca familia que teníamos huyó, así que durante años he fantaseado con la idea de que nos escribiera a través de la Pirenaica. ¿Entiendes ahora por qué busco la nitidez de esa emisora? ¿Por qué tengo que escucharla?

Mientras yo trataba de no perder la cabeza por mi hijo, sin poder trabajar como maestra tuve que inventarme la vida para pagar el alquiler y llevarnos algo a la boca. No te mentiría, Victorina, si te admito que tuve que hacer de todo, de todo, para alimentar a mi hijo. La vida de la gente no valía nada en 1939 y muchos se aprovecharon de ello. Sin embargo, poco a poco eso pudo ir cambiando.

Muchas noches, algunas vecinas, vecinos y fieles amigos acudían a mí para que les leyera o escribiera cartas a sus presos porque no sabían leer ni escribir. Otros me pedían que les enseñara lengua, matemáticas y ciencia porque sentían que así podrían sacar a sus familias adelante. Algunos trabajaban de sol a sol y venían a casa de madrugada a que yo les diera clase. En otras ocasiones, nos juntábamos cuatro o cinco personas y teníamos que estudiar a la luz de las velas para no despertar sospechas entre los vecinos, por si pensaban que andábamos escondiendo comunistas y cosas por el estilo. Recuerda, Victorina, el miedo con el que vivíamos entonces, yo no lo olvido, ni un solo día. Y esa gente me pagaba como podía, con algo de comida, con alguna moneda suelta. Nunca nos descubrieron, afortunadamente. En nuestro bloque vivió gente muy decente que nunca nos denunció.

Conocí de primera mano los testimonios de familiares que veían a sus hijos consumirse a lo largo de las semanas por las torturas. Otros hacían huelga de hambre. A otros los aislaron durante semanas. Algunos traían a los nietos porque sus padres habían muerto o estaban encarcelados, y yo les daba clase de todo para que no tuvieran que volver a la escuela y ser señalados como rojos. A otros nietos nunca los llegué a conocer porque murieron de hambre en las cárceles, por falta de higiene y sin medicinas, a los pies del catre de sus madres, acribillados por las chinches, las cucarachas y las ratas. Hombres y mujeres vivían en las cárceles peor que animales y a veces las cartas que yo les escribí nunca llegaron a tiempo. Muchos familiares tenían que recorrer grandes distancias porque trasladaban a los presos de un lugar a otro y cuando llegaban a la prisión sus hijos o hermanos ya habían muerto de hambre, frío, infecciones o les habían fusilado contra las tapias sin previo aviso ni un juicio justo.

A veces era un vecino, una vecina, alguien del pueblo de al lado quien les había denunciado por sus ideas y convicciones. Algunos de aquellos presos eran tan inocentes como un niño y no pudieron defenderse en tribunales injustos que los juzgaban con pruebas insuficientes y los condenaban a decenas de años de cárcel o penas de muerte. Cientos de vidas acabaron para siempre entre los muros de las prisiones sólo por pensar diferente y defender la República. A mí me lo contaban sus familiares cuando necesitaban algo más que escribirles una carta, cuando necesitaban desahogarse y llorar. Yo me limité a escucharlos, pero vi crecer en mí un rencor y un odio aún más grande del que ya tenía.

Algunos de aquellos hijos e hijas sobrevivieron y pude escuchar sus terribles realidades de primera mano. A algunos los he conocido hasta veinte años después. Alguno vino con mis señas porque sus padres ya habían muerto, pero querían darme las gracias por haber ayudado a sus padres a estudiar o aprender a leer. Sus testimonios son tan dolorosos que me cuesta hablar o escribir sobre ellos incluso ahora. Y sí, son las historias de comunistas y otros no comunistas, socialistas, anarquistas y otros simplemente antifranquistas, que pelearon por la libertad de nuestro país y para que se conociese la verdad de la represión que estaban viviendo. Hablamos de la injusticia de sus condenas, de la repulsa de sus propios hijos al salir, del señalamiento por parte de otros y de la soledad de haber perdido a su familia entera. ¿Cómo no podía estar aliada con esta lucha, Victorina?

Después de sobrevivir con las cartillas de racionamiento y las ayudas que toda esta gente me brindó, conseguí trabajo en la sastrería y aproveché el anonimato de la trastienda para colaborar en todas las operaciones clandestinas que pude. A veces sólo consistía en el reparto de papeletas, panfletos, conseguir alguna dirección, envío de dinero desde el extranjero, o distribuir cartas que no podían pasar por el sistema de correos, muchas de ellas dirigidas a la redacción de la Pirenaica que denunciaban situaciones y noticias de nuestro país que nunca se contaban en Radio Nacional. Nunca me afilié al partido comunista, pero comulgué —y sigo comulgando— con cualquier movimiento que quiera derrocar esta dictadura que nos tiene sometidos.

Entiendo que tú de esto nada has vivido, pero ya no puedes mirar para otro lado. Debes saber que se ha tratado de aniquilar a la otra mitad de este país porque pensaba diferente, porque no tenía las mismas creencias, porque no tenía miedo y creía en la libertad. Y en este lado de la realidad hay gente muy bella, con otra manera de pensar, sencilla y ambiciosa también, que cree en el bien común para todos. Algunos también creen en Dios y otros no. Algunos dejaron de creer porque fusilaron a los suyos en nombre de un Dios que no era el suyo. Y me dirás que sí, que los otros también mataron. Claro que lo hicieron y despedazaron a sus vecinos también y quemaron sus iglesias, no son inocentes de su barbarie tampoco. Pero ellos sólo lo hicieron durante los años de la guerra y los vencedores siguen haciéndolo después de casi treinta años, imponiendo sus normas y su pensamiento y aniquilando lo diferente. Y lucharé contra esta dictadura lo que me queda de vida porque quiero de nuevo mi libertad para hablar y para pensar, porque han tratado incluso de meterse en nuestras cabezas y vencernos con su miedo y el terror de Dios. Ahí no me vas a encontrar nunca, Victorina. Yo amo la ciencia y la diversidad, y no me da miedo el de enfrente, tenemos que aprender a querernos y convivir.

Y esto no es posible si el pueblo no conoce la verdad, si siempre se escucha lo que uno quiere oír y cree que está en el bando correcto convencido de que todo está bien hecho. No podemos perder el pensamiento crítico.

Este dictador me apartó de mi vocación, la enseñanza, me separó del amor de mi vida y resquebrajó mi familia. Me robó mi libertad. Y por eso participé en la operación de Amaniel, porque necesitamos que llegue la verdad a nuestros hogares, porque la gente ha dejado de pensar y, cuando la gente deja de pensar, se permiten las mayores atrocidades.

Yo sé que tú ya no eres así, sé que has perdido parte de tu miedo. Sé que estás empezando a vivir de otra manera, lo veo en tus ojos; veo tu despertar. Siento no haberte contado a tiempo lo que íbamos a hacer y por qué era tan importante para mí. No debí haberte involucrado, te puse en riesgo innecesariamente. Pero gracias a ti también me salvé, si no hubieras estado a mi lado quizá yo nunca habría vuelto, habría desaparecido. Como mi Martín.

Y ahora siento que no quiero desaparecer de este mundo sin tu compañía y tu amistad. No quiero perderte.

Ahora ya puedes romper o quemar esta carta.

Lo siento mucho. Espero que sepas perdonarme.

Tu amiga,

EMILIA

# 51

# Vuelta a la normalidad

A tu ritmo, le dijo Armando, si no te encuentras bien, ya lo haremos nosotros. Pero como Amelia ya no tiene fiebre, se ha animado a salir de la cama y empezar con la plancha, que es lo que más le gusta hacer de la casa.

Se ha motivado a sí misma al recordar que no había estrenado aún la que le había conseguido Marga, gracias a Peter, en la base de Torrejón. Como ahí las mujeres están todo el día cambiando de electrodomésticos, le ha traído una plancha Sears, que por lo visto es el último grito en planchado, con una rueda para regular la temperatura según los tejidos y setenta agujeros para la salida del vapor. Ha debido salir otra nueva con aún más agujeros y todas las mujeres de los militares están renovando de modelo, le comentó Marga, y volvió a insistir en lo de que ella odia planchar.

Pero es que Marga no entiende que ahora Amelia tiene todo el tiempo del mundo para planchar despacio, sin prisa, para detenerse bien y volcar su perfeccionismo en cada arruga. Lo único que le perturba un poco a Amelia es la forma triangular de la plancha, que le recuerda al morro de un avión; por lo demás, se encuentra bien.

Ha estado una semana en cama, enferma. Tiempo suficiente para asumir que su sueño ha terminado y que, cuanto antes acepte su nueva situación, mejor para todos. Si antes era feliz, lo puede volver a ser. Es importante lo que hace. Hoy mismo, después de la plancha, ha visto que habían hecho mal las camas, a todo correr, y que a las plantas les faltaba agua (no entiende ni cómo han sobrevivido, bueno, sí que lo entiende, siempre las riega *in extremis* cuando las hojas están colgando y a la planta solo le falta poner las ramas juntas suplicando un poco de agua). En la cocina los mantelillos sin recoger, con las migas de las tostadas, restos de comida en el sumidero del fregadero y una pera podrida goteando en el frutero. Menos mal que está ella para cuidar de esos pequeños detalles y, cuando vuelvan a casa, nadie tendrá que ocupar su tiempo colocando los platos secos en su sitio, almacenando bien las sartenes para que no se rayen o teniendo que poner alguna olla con un chorrito de vinagre para ablandar los restos quemados al fondo. Porque esas son cosas que ella puede hacer fácilmente sin que nadie se entere.

Porque lo que ella ve, nadie más lo ve. Ese es su don. Y da gracias por ello. No atender la casa como es debido ha supuesto un alto precio a pagar por todos ellos. Carmen había roto con sus amigos (ahora espera que se reconcilien), Armando ha tenido que cambiar de trabajo (qué buen trabajo ha conseguido) y Antonio..., bueno, Antonio el pobrecito se acopla a todo, siempre tan dispuesto a ayudar. Hoy mismo se ha marchado al colegio diciendo que al volver la ayudaría a preparar la cena, que le encanta cocinar.

¿Y la paz de no estar yendo de un sitio para otro, que si las clases, que si hoy el vuelo, el calendario lleno de anotaciones con las responsabilidades de cada uno sin hueco para más eventos?

El silencio de la casa vuelve a abrazarla como si fuera un familiar más que la ha echado de menos. Sus viejas costumbres, prender la radio mientras cocina, sentarse en la mecedora mientras cose la ropa que Antonio sigue trayendo llena de agujeros por el fútbol. Sentir que está pendiente de sus exámenes, que sus notas vuelvan a subir. Subir, como cuando elevaba el morro del avión y despegaba, pues ahora parecido, pero en sus vidas. Porque su bienestar y su felicidad también son los de ella. Cuando todo está bien, estable y organizado, ella también descansa en esa paz. Y siente que cumple su misión. Piensa en Margot Soriano. Si esa mujer, esa eminencia de la aviación, pudo dejar su profesión para dedicarse a los suyos, ella también puede.

Ahora Armando tiene hasta una calculadora nueva, marca Toshiba, que incluye un rollito de papel donde se imprimen los números de las operaciones que va realizando. Es el último modelo, le ha dicho Jiménez, su nuevo jefe, un tipo que parece de fiar.

El nuevo despacho de Armando da a la avenida de América, donde se está construyendo un edificio que promete ser singular: Torres Blancas lleva tres años en construcción y tendrá veintitrés plantas destinadas a viviendas, oficinas y una piscina serpenteante en la azotea. La nueva empresa para la que trabaja, Huarte, es la constructora del edificio y no han dudado ni un minuto en contratar a Armando por su excelente currículum. Afortunadamente en el trabajo anterior nadie se ha enterado de su salida porque se ha simultaneado con su nueva contratación. La jugada perfecta, se ha dicho para sí mismo.

Y ahora acaricia con suavidad su nuevo escritorio y otea el resto de las mesas de sus compañeros y compañeras mientras mira por la ventana la evolución del edificio. Ya está, todo pasó. Se acabó. Desde el día que Amelia aceptó dejar sus clases, ha estado más pendiente que nunca de ella y se ha podido organizar perfectamente con los chicos para llevar la casa —ya sabían cómo hacerlo—, y aunque Amelia estuviera de vuelta, como quien dice, nadie quiso darle ninguna tarea hasta que no estuviera recuperada del todo de su malestar.

Armando percibió el alivio silencioso de Carmen. Aunque directamente no hablaron de ello, sintió que se cerraba una etapa dura para ambos. Sobre todo porque Carmen también llevaba un tiempo sin dirigirle la palabra desde que estuvo a punto de abofetear a Amelia. Recordará ese día para siempre, a fuego, grabado en su memoria como un punto de no retorno del que se arrepiente cada santo día. Y sabe que el alcohol tuvo mucha culpa de ello. Pero eso se acabó y está cumpliendo su palabra. Nada de alcoholes fuertes. Él no es así, nunca lo fue, no volverá a pasar, se lo promete a sí mismo.

Observa la evolución de la construcción de las torres como símbolo de su propia vida, paso a paso, ladrillo a ladrillo siempre avanzando hacia la cima. Aún le duele recordar su salida de la oficina. La relación laboral llevaba rota un tiempo, pero don Alonso no dudó ni un minuto en redactarle la carta de recomendación que Armando necesitaba para su entrevista de trabajo (también hizo llamadas pertinentes que nunca le comunicó). Le ahorraba un despido y un gran disgusto, aunque nunca lo verbalizase.

—Sé que ha vivido una etapa complicada —le comentó a la entrega de la carta—. Pero es usted un gran profesional, Armando. En eso no le voy a mentir.

Armando lo miró fijamente a los ojos, ocultando la rabia por no haberle nombrado director financiero; aquello habría cambiado mucho las cosas. Pero no era momento para reprochárselo. Se limitó a coger la carta de recomendación y le dio las gracias por todos estos años de profesión juntos.

—Lamento que su situación personal haya afectado tanto a la laboral. Me alegra oír que su mujer ha vuelto a casa. Estoy convencido de que logrará encauzar su vida correctamente. Es usted un hombre de categoría.

Apenas unos días después, a Armando le confirmaron su nuevo trabajo. Le pidió a don Alonso recoger sus cosas a última hora de la tarde, cuando ya no quedaba nadie, para no tener que pasar el mal trago de despedirse con falsedades de admiraciones mutuas y promesas de encuentros futuros que nunca sucederían con sus antiguos compañeros. Ni siquiera Fernando se quedó para despedirse y sintió cierto alivio por ello; juntarse con él también había sido uno de sus errores. Echó un último vistazo al despacho de Miranda, que podría haber sido el suyo, y así fue como, después de doce años trabajando en Maderas Arriero, Armando cerró la puerta para no volver. Esas oficinas ya formaban parte de su pasado.

Ahora tenía un despacho con vistas en la octava planta del edificio, y esa era una clara señal de que todo iba a ir bien, que merecía esta segunda oportunidad.


—No es por nada personal, Mencía, de verdad. Es que tengo mucho que estudiar para los exámenes finales. —Carmen tiene que darle explicaciones de por qué no ha seguido yendo al taller de teatro.

—Te entiendo, pero si te organizas bien, son un par de horas a la semana. ¿Ha pasado algo que no me quieras contar?

—No, no, para nada, de verdad. Si todos son un encanto, y me encantaría seguir el curso que viene. Pensé que, después de la representación, como ya está todo el decorado hecho, pintado…

—Ay, Carmen, no es sólo hacer el decorado y los vestuarios, es la familia que somos, lo bien que lo pasamos —asegura Mencía.

—Lo sé, pero… —Con Mencía se puede sincerar—. Antes buscaba huir de mi casa a toda costa, pero, ahora que mi madre ha vuelto, me apetece estar con ella. Han sido meses muy duros, ya lo sabes.

Mencía asiente, pero ella tiene información privilegiada.

—Y no tendrá que ver con… ¿un encuentro que tuviste con alguien muy importante y del que no me has contado absolutamente nada?

Mencía la mira amenazante, entre dulce y resentida, una actitud que no conocía en su nueva amiga.

—Te has enterado…

—Claro, Carmen, ¿por qué no me habías contado nada? ¿Tú sabes la suerte que has tenido?

—Sí, claro, no soy tonta, todo el mundo sabe quién es doña Pilar.

—¡Quiero saberlo todo!

Una Mencía totalmente desbordada de la emoción agarra a Carmen del brazo y se la lleva caminando y entre admiración, respeto e inquietud, Carmen le cuenta su encuentro más destacado hasta la fecha, los detalles de su despacho, las fotos, la decoración, la simpatía y personalidad de Pilar, su ternura y determinación y la propuesta final que le hizo, omitiendo lo de la foto con Hitler porque todavía no lo había digerido.

—Ay, Carmen, estas cosas sólo suceden una vez en la vida. ¿Y no la has llamado todavía? ¿A qué estás esperando?

Pero Carmen no ha tenido tiempo de volver a pensar en la portada, ni en la entrevista, ni en las letras grandes con su nombre, y aún menos en el daño que pensaba causarle a su madre con eso. Ya no.

—Pronto, seguro que pronto. Entenderá que ahora es época de exámenes y que estoy con mucho lío.

Mencía la agarra por los hombros y la mira con ansiedad.

—Por favor, llévame contigo. Y si tú no quieres hacer esa entrevista, por favor, háblale de mí. Sería un sueño hecho realidad.

—Serás la primera en enterarte, te lo prometo.

—Eso es lo que hacen las buenas amigas —asevera Mencía.

# 52

# La lección

Emilia ha dejado de contar los días desde que metió la carta en el buzón. Hasta se olvida, a veces, de tacharlos en el calendario y luego tiene que hacer memoria para saber cuántos días lleva triste.

Ha estado incluso ensayando voces para hacerse pasar por una comercial por si se decide a llamar de nuevo a Victorina. Se imagina que, tarde o temprano, volverá a contestar.

—¡No va a dejar de coger el teléfono el resto de su vida!

Y lo ha dicho así, en voz alta, mientras terminaba de prepararse un café. Hasta fue por sorpresa a casa de Amelia y Armando por si, con suerte, Victorina se dejaba caer. Pero no. Lo único que constató es que todo parecía haber vuelto a la normalidad en casa de su hijo. A una extraña normalidad, podría definirla. Armando le enumeró las maravillas de su nuevo trabajo, el sueldo, el trato con los nuevos compañeros, Amelia le enseñó su nueva plancha y habló largo rato de las maravillas de la vida sin arrugas —sin mencionar el tema de los aviones que, supuso, aún le escocía y ella tampoco quiso preguntar—, y los niños estuvieron sospechosamente… normales, que en su diccionario particular significa sin gracia, sosos, insípidos. Les dio su paga clandestina habitual y no le hicieron mucho más caso. Antonio estaba enfrascado leyendo un libro de matemáticas avanzadas y Carmen dijo que tenía mucho que estudiar.

Imaginó que Victorina no les había confesado nada acerca de la operación azotea porque enseguida alguien habría abierto los ojos como platos y habría dejado caer alguna pregunta tipo ¿qué fue aquello que nos ha contado de una azotea?

Pero no. Nada. Como si aquello nunca hubiese sucedido, como si fuera fruto de su imaginación. Eso le hizo admirar aún más en la distancia la capacidad de silencio de su consuegra. Habría sido buena aliada en otros tiempos.

—Está pasando mucho tiempo con mi padre, eso sí —le confirmó Amelia—. Me sorprende que no te lo haya contado. Están como en una segunda luna de miel.

Emilia confirmó con ello sus sospechas: Luis habría conseguido satisfacer sexualmente a su mujer y su amiga ni siquiera se había dignado a confesárselo. Le dio un poco de miedo preguntarles si Victorina había preguntado por ella por si la respuesta era negativa. Prefería no saberlo. Le costaría aceptar que su amiga podía vivir perfectamente sin saber nada de ella.

Y por eso Emilia lleva unos cuantos días valorando si intentar pedirle perdón de nuevo por teléfono imitando a una comercial, si tirarle piedrecitas a la ventana o si esperar en el portal a que salga a la calle y echarle la bronca por no haberle contado que había tenido un orgasmo por fin.

Cuanto más tiempo pasa, más escenarios y posibilidades dibuja en su mente, anulando cualquier posibilidad de seguir adelante con su vida normal. Así que, justo cuando se ha decantado por la opción uno y va a marcar su número —la vendedora de biblias es el perfil que más le ha convencido al final—, suena el timbre de la puerta.

—Maldita sea, justo ahora.

Emilia cuelga violentamente el auricular y se dirige a la puerta.

—¿Quién es? —Clásica pregunta acercándose a la puerta.

Pero nadie contesta al otro lado y se aventura a abrir en la ignorancia.

Es ella. Es Victorina.

Un nudo se le agarra al estómago. Está ahí. Cara a cara. Por fin. Con un semblante difícil de desentrañar. ¿Está seria? ¿Está bien? ¿Está serena?

—Vito… —Emilia, sorprendida, usa finalmente su propia voz.

Pero Victorina no dice nada, entra sin decir palabra y Emilia cierra la puerta sin entender. La sigue hasta el cuarto de estar, donde

Victorina deja sus cosas y la espera. Emilia la mira inquieta pensando que si ha venido es porque le importa. No la ha llamado, no le ha escrito una carta de vuelta. Ha cogido un autobús y el metro, ella sola, para venir a verla. Eso quiere decir algo. Bueno o malo, quizá definitivo. Un alegato valiente, seguro.

Ante el silencio de Victorina, Emilia se arranca.

—Lo sien...

Victorina levanta una mano, no quiere que siga hablando.

—Te perdono —dice Victorina tajante.

Emilia asiente, obedeciendo, como si recibiera una orden de perdón.

—Pero no vuelvas a hacerme nunca nada parecido.

Emilia vuelve a asentir y negar a la vez diligentemente, en especial cuando Victorina alza su dedo índice al aire amenazante y repite:

—¡Nunca!

—Nunca más, te lo prometo —acierta a decir con un hilillo de voz.

Victorina no cambia el rictus, sigue seria.

—He estado muy preocupada por ti. —Emilia suena muy vulnerable—. Pensaba que ya no te iba a ver hasta Navidades.

—Créeme que lo valoré. —Su tono sigue siendo seco.

Las mujeres se toman unos instantes; aunque Victorina la haya perdonado aún siente la traición y le cuesta. Emilia cambia de estrategia.

—¿No me vas a contar... qué tal con Luis?

Victorina arquea una ceja.

—Me dijo Amelia que estabais muy acaramelados últimamente.

—De eso ya hablaremos en otro momento. Pero sí, confirmo tus sospechas. Todo avanza muy... fogosamente.

Emilia sonríe de medio lado.

—Tampoco necesito los detalles. Que ya tenemos una edad y no quiero morir con imágenes en mi mente que no necesito, ¿eh, Vito?

Emilia tiene sus estrategias, siempre consigue hacerla sonreír. Pero Victorina viene con más cosas que un perdón y su rostro se endurece antes de hablar.

—Emilia, yo... quiero decirte algo. Creo que es importante. Espero que no te enfades por lo que te voy a decir.

Emilia se prepara para el disparo, nunca sabe por dónde puede salir esta mujer. Victorina se sienta y toma aire; aunque lo ha ensayado y quiere decirlo cuanto antes, aún duda. Le habla en un tono dulce, desconocido por Emilia hasta entonces.

—Yo tenía un tío por parte de madre en el pueblo, Isaías. Tenía un perro, Sobras, se llamaba. Aquel chucho no se separaba de él, estuviera en el campo, en las viñas… Siempre iban juntos. Aún me acuerdo, y eso que yo era pequeña. Isaías enfermó de la gripe y murió, como tantos otros. Aquel perro se quedó desorientado, sin dueño. El día que lo enterramos nos seguía, la criaturita. Por más que se lo explicábamos no entendía, ¿dónde está Isaías?, parecía que preguntaba con esos ojillos. Y se lo explicamos, le llevamos al cementerio y pareció que el perro lo entendió. Se pasaba el día entero al lado de la tumba de Isaías. Entraba y salía de allí sólo a buscar comida, hasta un día que… dejó de venir. Pasaron varios días y alguien se extrañó de no verlo. Lo llamamos, lo buscamos, pero no aparecía. A alguien se le ocurrió acercarse al cementerio y allí estaba el pobrecito, muerto ya, al lado de su dueño. Muerto de pena, imagino.

Emilia se enternece con la historia y empieza a intuir por dónde va. Victorina aguanta unos instantes antes de seguir.

—Creo que… —a Victorina le cuesta, aunque se haya preparado— a lo mejor ya es hora de aceptar que… Martín no va a volver. Son casi treinta años, Emilia. —Son palabras difíciles de decir, a veces más que escuchar—. Yo… soy capaz de entender por lo que ha pasado mucha gente de este país. Y sé que hay horror por todas partes, en todas y cada una de las casas. Pero quizá ya es hora de… olvidar, Emilia.

Emilia coge aire. La sinceridad con la que habla Victorina la sobrecoge. También la enfurece, porque lleva tanto tiempo aferrada a esa idea, en silencio, secretamente, que no quiere que nadie venga a decirle la verdad. Se acerca a la ventana, a mirar hacia la calle. Necesita procesar esto.

—Ahora me explico que no hayas querido rehacer tu vida al lado de nadie. Siempre me pregunté por qué llevabas tanto tiempo tan sola, por qué no intentabas… conocer a alguien.

Emilia cierra los ojos. Sabía que cometía un error contándoselo, tendría que haber ocultado la verdad, haberse inventado a otra persona, otro familiar lejano. Ella sabe que debería pasar página, claro que lo sabe, que sabe que Martín no volverá, pero no puede derribar ese pensamiento de un día para otro. Sería como serle infiel. Por eso nunca lo ha compartido con nadie, para que no la contradigan, para que no vengan a decirle que lo olvide, que ya pasó, que empiece de nuevo.

Quizá por eso se lo ha contado, porque necesitaba que alguien se lo dijera a la cara. Son muchos años, demasiados sin cicatrizar la herida. Está agotada. Eso explicaría su acidez, su dureza, su socarronería y su decepción con el mundo.

—No puedes seguir viviendo con ese fantasma, Emilia.

Emilia no se mueve, realmente no sabe muy bien qué decir. Asumir que un muerto lo está de verdad no es algo que se haga de la noche a la mañana.

—Te mereces descansar.

Emilia la mira, ahora casi consumida por la certeza de sus palabras. Con el rostro cansado, como apunta su amiga.

—También he pensado ayudarte… Para que tengas otra cosa que hacer aparte de seguir pensando en el pasado, y así te olvidas también de hacer misiones secretas y dejas de poner tu vida ¡y la de los demás! —eleva rápidamente su dedo índice— en peligro.

Victorina se pone en pie y empieza a rebuscar entre sus cosas. Emilia la mira intrigada porque ha traído, además de su bolso, una cartera en la que ni había reparado. De ella empieza a sacar un cuaderno, unas hojas, una pluma, varios lápices de colores y un plumier de madera que deposita con cuidado sobre la mesa. A continuación, deja la cartera sobre una de las sillas y mira tierna a Emilia, que la observa sin comprender.

—Emilia, yo… —Victorina habla serena pero también vulnerable.

—Dime, Vito.

—Yo…

Emilia mira con detalle la mesa, los papeles que ha traído, el plumier, el cuaderno. Se ha comprado unos lápices nuevos y los ha traído todos con la punta bien afilada.

—Yo nunca terminé el colegio… Y… —A Victorina se le quiebra la voz.

431

Pero no importa, no puede terminar su frase porque Emilia ya corre a abrazarla. Y la abraza muy fuerte; la ha echado tanto de menos. Y Victorina corresponde con el mismo cariño a su amiga.

Sí, su amiga.

# 53

## El encuentro

—Madre, se lo ruego, nada de chistes de Franco ni ningún tipo de comentario al respecto.

—¿Tampoco puedo cantar la de «Se va el caimán, se va el caimán»?

—¡Que no!

Emilia terminó el nudo de la corbata de su hijo y trató de calmarlo.

—Es broma, hijo. —Sujetó el rostro de Armando entre sus manos—. Seré la madre ideal que tú quieras, no necesitamos que nos denuncien a estas alturas.

Armando acarició las manos de su madre sobre el rostro y se las apartó para juntarlas con las suyas.

—Si a mí me encanta cómo es usted, es más que…, ya le he contado cómo es la familia de Amelia.

—Al menos no son de los de brazo en alto con gusto. —Emilia no habría claudicado fácilmente.

—Son de callar, así que, por favor, procure ser discreta y recuerde todo lo que hemos acordado.

—Tranquilo, y si esa familia no quiere que su hija se case contigo es que no tienen ni idea del maravilloso padre de familia que llegarás a ser. He puesto mucho empeño en convertirte en un gran hombre.

Armando, apenas veintidós años, todavía con algún grano en el rostro y cinco pelos del bigote recientemente rasurados, temblaba de miedo y emoción planificando cada detalle del encuentro.

—Tu padre estaría muy orgulloso de ti. —Emilia procuraba mentar a su padre lo justo, sólo en ocasiones especiales para que Armando no olvidase su figura.

—Madre, sigue pensando mucho en él…

Emilia sonrió buscando la manera de sonar confiada.

—Cada día duele un poco menos. —Habían pasado casi diez años—. Cuando vengáis a vivir conmigo estaré muy entretenida y tendré menos tiempo para pensar en cosas tristes, como que Europa nos ha abandonado, por ejemplo, que no hayan venido a sacar al enano del Pardo.

—No siga ahora con eso, madre, no se haga mala sangre en un día tan especial para mí.

—Tienes razón. —Emilia reculó—. Pero déjame que te cuente a ti un chiste. ¿Te he contado el de Franco que va al cine? —Armando negó con la cabeza—. Un día sale de incógnito a mezclarse con la gente fuera del Pardo y se mete en un cine de Madrid. Justo antes de empezar la película aparece su foto en pantalla y todos se ponen de pie, pero él, como es Franco, se queda sentado. El tipo que está a su lado lo sacude y le dice: «Oye, ponte de pie, que te vas a buscar un lío, que yo soy más rojo que nadie y mira cómo me levanto».

Armando sonrió de medio lado, aparentando que el chiste le había hecho gracia, pero ya ni a Emilia le hacía reír.

—Bueno, no es de los mejores… —se excusó.

—Ya está, madre. Déjelo por hoy. —Y Emilia ahogó su desazón en una nueva sonrisa falsa.

—Venga, vamos a por la mano de tu enamorada.

Armando la detuvo justo antes de salir por la puerta.

—Un segundo. —Se rebuscó entre los bolsillos—. ¿Le puedo pedir un último favor?

En su mano colgaba una cadena con una cruz de oro.

—Estarás de guasa. No pienso ponerme eso. ¿De dónde lo has sacado?

—Me lo han prestado. Se lo suplico, madre, que son muy creyentes, especialmente la madre.

—Hijo mío, me puedes pedir lo que quieras, pero eso no.

—Sólo un rato. Hágalo por mí.

Emilia negó insistentemente durante varios minutos, pero los ojos implorantes de Armando consiguieron ablandar su ateo corazón.

—Me pesa diecisiete kilos el cuello ahora mismo —bufaba Emilia por la calle.

—¡Qué exagerada es usted, de verdad! No es para tanto.

—Lo mío sí que es una cruz y no lo de Jesús. Después de esto me debes un favor.

—Lo que quiera, madre. Aquí es. Ya hemos llegado.

Armando y Emilia llegaron al edificio donde vivían Amelia y su familia, en la calle Menorca, un edificio amarillo con algunos balcones a la calle.

—Me lo imaginaba peor.

—¡Madre! No da tregua.

Emilia se dio cuenta enseguida de que lo único que estaba haciendo era poner más nervioso al chico. Y trató de explicarse en cuanto tomó aire y pudo hablar con el corazón en la mano.

—Eres lo único que me queda, Armando. —Y se tomó unos instantes, procurando aguantar la congoja de pensar en su marido y su hija fallecida—. Comprenderás que no es fácil para una madre compartir un hijo con otra mujer. Son tantos años tú y yo solos…

Su voz sonaba por primera vez temblorosa, sincera, sin esa coraza a la que estaba habituado. Armando agarró sus manos y se las llevó hacia el corazón.

—No la voy a abandonar, madre. Viviremos con usted siempre, yo la voy a cuidar y sé que Amelia la va a querer muchísimo. Sabe que es una mujer muy generosa. Se convertirá en una hija para usted, es muy lista, ya me las imagino a las dos en el salón, cada una leyendo su libro, compartiendo ratos de radio. Seremos una bonita familia. Y cuando tengamos niños… no me imagino una mejor abuela que usted.

Emilia se dejó llevar por la feliz ensoñación y besó fuerte a su hijo.

—Vayamos a por tu amada, anda.

—Come, hijo, come chocolate. —Armando llevaba ya varios trozos del chocolate Dulcinea que habían colocado para la merienda, y aun así Victorina seguía insistiendo.

—Gracias, doña Victorina, está delicioso. —Amelia lo miraba divertido, pobrecito, sabía que a él no le gustaba mucho el chocolate, pero hoy comería lo que hiciera falta.

Las dos familias se habían sentado alrededor de la mesa con las exquisiteces que había preparado Victorina, los dulces, el chocolate, la vajilla que le había prestado la vecina y un rico café con leche disuelto en un poco más de agua de lo normal; todo a cuenta de la Hispano Olivetti.

Emilia procuró no perder la sonrisa, en contraste con Marga, que no abrió el pico en toda la tarde. Esa chica está enfadada por algo, pensó Emilia, pero no se lo dijo a nadie. Llegó a pensar, incluso, que a lo mejor ella estaba enamorada de Armando y que el enlace con su hermana la traía de cabeza, pero nada más lejos de la realidad. Victorina y Luis también sonreían más de lo habitual, pero si alguien estaba nervioso eran Armando y Amelia, que, cuando no miraban sus padres, rozaban sus manos bajo la mesa.

—Me ha dicho Armando que vienen de pueblos muy bonitos de España, que no son nacidos en Madrid —comentó Emilia abriendo el melón de los orígenes.

—Bueno, quién es de Madrid hoy día, ¿verdad? —secundó Luis.

—Pocos, quedamos pocos —certificó Emilia.

—Yo vengo de un pueblo hermosísimo —fantaseó Victorina—, Paredes de Escalona, en Toledo, precioso, muy grande, tiene una iglesia antiquísima, una auténtica reliquia, y Luis es de un pueblo de Asturias…

—Caborana —completó Luis, que ya procuraba hablar por sí mismo—. Hace muchos años que no voy, ni las niñas ni mi mujer lo conocen, pero tiene un monte verde imponente, un pueblo dichoso, con una gran mina de carbón, que allí eso se da mucho —y omitió que era feo como ningún otro pueblo de la cuenca minera.

—Anda, ¿y se dedicaba su familia a la minería? —preguntó Emilia con interés—. Allí han sido constantes las huelgas de mineros y revueltas sociales que fueron reprimidas con tanta dureza.

Armando le dio un toque suave a su madre con el pie.

—Esto lo sé de oídas —aclaró Emilia inmediatamente—, que es un pueblo luchador, por lo que he leído alguna vez en la prensa… en la prensa antigua, que se trabaja mucho y…

—Lo han pasado muy mal, sí —zanjó Luis—. Pero hoy es un día alegre, no hablemos de cosas tristes.

Todas las miradas se dirigieron hacia los chicos, que temblaban como flanes de la emoción.

—Y viviréis aquí, ¿no? —preguntó intrigada Victorina, y los ojos de Luis y Emilia se abrieron lentamente planificando un contraataque.

—A ver, Victorina, esto lo hemos hablado, aquí los chicos no caben, sólo tenemos dos habitaciones, y Armando nos ha dicho que en su casa tienen sitio de sobra, que es una casa muy amplia.

—Magnífica —corroboró Emilia—, ahí cabemos todos. —Unos encima de otros, omitió.

—Armando nos ha contado que es usted encargada de una sastrería.

—Sí, yo… —Emilia y Armando habían ensayado mucho este asunto—. Yo coso que da gloria verme, y también ayudo con las cuentas, porque siempre se me dieron muy bien los números. Igual que Armando, que por eso estudia Económicas, tiene todo un futuro prometedor. Me ayuda mucho en casa, ya trabaja por horas ayudando con la contabilidad de la sastrería y otras tiendas del barrio. Vamos, un primor de hijo.

Pero Victorina seguía buscando la fisura que permitiera a su hija quedarse en casa. Algo había en esa mujer que no terminaba de convencerle, no tenía pinta de costurera, sus manos eran suaves, no habían conocido la tierra.

—Nos ha contado Armando que son muy creyentes, también. ¿Van juntos a misa, imagino? —se aventuró Victorina.

—Casi a diario. —Emilia empezaba a disfrutar de su papel—. Fíjese que hay días en los que me gustaría ir hasta dos veces, pero me parece abusar del Señor y de su atención, con tantas cosas que le pido, por nuestros seres queridos, por ustedes incluso, para que nuestras familias se conviertan en una sola y hermosa. Y que la vida en este país nos traiga riqueza, alimentos, cultura, edu… —un nuevo pisotón de Armando redirigió su discurso—, educación en Cristo Bendito, que nos acompaña en este camino de la vida, cuesta arriba.

Victorina entonces levantó una ceja y quiso seguir indagando y confirmar las creencias del futuro marido de Amelia.

—Yo soy muy devota de la Virgen de Fátima —aseguró Victorina—, le rezo mucho para que las cosas vayan bien, que España no caiga de nuevo en las manos equivocadas, que nuestro Caudillo tenga salud y que no nos falte el pan.

Armando miró a su madre, que contuvo su ira apretando los dientes, lo que le dibujó en el rostro una extraña sonrisa forzada.

—Cierto es —a ver cómo salía de ahí sin abalanzarse sobre su futura consuegra—, que nos ha prometido pan a todos, que no deje de llegar, no le vaya a dar un infarto de pronto, o se atragante con algún pichón de esos que caza, que ya sería mala suerte comerse un balín y que le reventase el hígado. No, pobrecito, no coja una gripe de esas mortales, que ya las vivimos en su día, ¿verdad? Qué horror aquello. Que viva, que viva, por muchos años, o los justos para hacer lo que ha prometido a España, que tampoco hacen falta muchos más, que debe estar agotado el hombre, que dicen que la luz del Pardo nunca se apaga, ¿eh? Trabajador incansable, el tipo. Pienso que incluso habría que rezar para que no vengan de fuera a llevárselo como a... otros en Europa. —Y Emilia alzó los brazos en alto invocando al Señor—. Que dure mucho, por la gracia de Dios y de Jesucristo, que para eso lo han colocado ahí. Para salvar a España.

Acto seguido, Emilia agarró la cruz de su cuello y empezó a besarla repetidamente ante la estupefacción de todos.

—A Jesús se lo pido, mua, mua, mua. Que no le parta un rayo.

Años después, Emilia se arrepentiría de sus palabras, convencida de que su invocación a Cristo —precisamente porque ella no era creyente— había traído la maldición de una salud del hierro al dictador; nada acababa con él.

El resto de la tarde discurrió sin mayores sobresaltos. Las abuelas dieron paso a que los chicos hablasen abiertamente de ellos, de sus proyectos futuros, de sus intereses, comentaron alguna película que habían ido a ver al cine. Emilia no le quitó ojo a Marga, que apenas contestaba con monosílabos. Vio en ella una rabia contenida que compartieron en silencio, se cayeron bien incluso sin hablar. Amelia, sabiendo los motivos del enfado de su hermana, sacó el tema de los libros para relajar y porque Emilia también era muy lectora, logrando así una gran simpatía entre su futura suegra y Luis.

Victorina tuvo que callar durante largo rato porque ella no leía libros, e intentó, infructuosamente, cambiar de tema para poder llevar ella la voz cantante, pero no consiguió romper la buena sintonía de la que disfrutaban los demás.

Lo único que le inquietaba a Emilia era la señora que poco a poco se iba haciendo más pequeña en su silla porque no podía intervenir en la conversación y que cogía un trozo de chocolate tras otro sin que nadie, salvo Emilia, reparase en ella.

Cuando Armando y su madre salieron por la puerta, el dictamen de Victorina fue claro.

—No me gusta esa mujer, algo esconde —sentenció.

—Pues a mí me ha parecido una persona estupenda —concluyó Luis—. Tú siempre con tus sospechas. ¿Qué va a ocultar?

—No sé qué es. No sé yo si es tan creyente como dice o si ganan tanto como aparentan... Y yo quiero que mi hija viva bien.

—Tu hija vivirá bien si allá donde vaya la quieren como es debido. Además, aquí estamos muy pelados, Vito. O consigo el trabajo de los coches cama o me voy a tener que poner a coser yo también.

Luis miró fijamente a su mujer, tan preocupada por todo, vestida siempre por sus miedos de arriba abajo.

—Confía en mí, todo irá bien. Saldremos adelante. Y estoy convencido de que Emilia y tú os acabaréis llevando de maravilla.

Victorina no las tenía todas consigo, y su consuelo venía siempre del mismo sitio.

—Dios te oiga.

# 54

# Rara y perdida

Carmen tiene sentimientos encontrados cuando ve a Lucas hablando con Myriam y no sabe si son celos o arrepentimiento. No conoce mucho a Myriam, no era de su grupo de amigas, pero es guapa, parece más atrevida que ella, más segura.

Se detiene a pensar en Lucas, en su futuro. ¿Será un buen marido? ¿Un buen padre? Solía pensar que sí, ¿pero podría llegar a levantarle la mano como vio hacer a su padre? Esa imagen violenta le sigue viniendo a la mente recurrentemente, le sigue impactando cuando la recuerda, le revuelve el estómago.

Piensa en Lucas con el mismo gesto, congelado en su imaginación, con esa cara de rabia desencajada. Podría ser, ¿eso se puede saber con antelación? Nunca habría pensado que su padre fuera capaz y lo fue. Controló su mano, sí, ¿pero y si ella no llega a aparecer? ¿Habría encontrado a su madre con la cara abofeteada? ¿Se habría enterado después, o su madre se lo habría ocultado? ¿Habría disimulado delante de ellos?

Lo que Carmen empieza a pensar es que quizá debería dejar de pensar en chicos. Este tema ocupa demasiado tiempo en su cabeza, tiene que estudiar, pensar en su futuro laboral —si es que lo tiene—, porque su proyecto de familia ha estado nublando todo lo demás. Esta constante búsqueda del candidato adecuado, midiendo las palabras, las intenciones, las miradas, como si todo eso fuera una garantía de un futuro feliz en familia. Como si la gente no pudiera torcerse por el camino. Debería ser más egoísta y pensar en ella, no en ella feliz junto con otra persona, o casada. Porque si dejase de quererla se quedaría sola. Y ella no quiere quedarse sola. Eso es lo que más le aterra.

—No están saliendo… —Julia aparece de pronto y saca a Carmen de sus pensamientos—. Todavía.

—Ay, Julia, qué susto me has dado —responde Carmen.

—Bueno, te he visto aquí tan sola, mirando fijamente, y me preguntaba si a lo mejor ibas a atreverte a pedirnos perdón por cómo nos has ignorado últimamente.

Julia mira a Carmen con una ceja levantada y esta se rinde por completo a su vieja amiga.

—Tienes razón, me he comportado como una imbécil. Perdóname. Han sido unos meses muy complicados en casa.

—Pero no tenías por qué pagarlo con tus amigos.

En ese momento Carmen la abraza y empieza a llorar. Como una niña pequeña. La que es, o por la que fue y de la que quizá no quiera desprenderse todavía. Susurrando le pide perdón a su amiga, que la consuela en un aparte de la puerta del colegio para que no la vea todo el mundo.

—Siempre has podido contar conmigo —le dice Julia—. No entiendo por qué te comportaste así y…. Yo sé que has empezado a ir con esa otra chica, Mencía, pero…

—Estaba muy enfadada con todo el mundo. —Carmen trata de tranquilizarse.

—¿Y ya no lo estás?

—Estoy un poco perdida.

Julia siente que van a necesitar más tiempo de lo habitual y se la lleva de un brazo, su amiga necesita desahogarse.


Julia se ha tomado un café con leche entero sin abrir la boca, escuchando el relato minucioso y doloroso por partes de su amiga, a quien se le quiebra a veces la voz, la que mira al infinito y de vuelta a su amiga porque por fin puede contarle a alguien —sin pasar vergüenza— todo lo que ha vivido estos últimos meses.

—Tampoco sabía muy bien cómo contarlo, Julia. Necesitaba tiempo. Perdóname, por favor.

—Por mí no te preocupes, te conozco desde los tres años. Creo que a veces te conozco mejor que tú misma. Claro que te perdono, no me lo digas más.

Carmen sonríe con ternura y vuelve a desviar la mirada, profundizando en su relato.

—Ha sido como una ola gigante que te arrastra y no te da tiempo ni a coger aire, sólo te pones a nadar y a nadar, a ver si llegas a la orilla. Pero la orilla no llega nunca.

—Me habría gustado que confiaras en mí. —Julia alarga una mano—. Habría tratado de comprenderte.

Carmen agradece el cariño de su amiga y le promete que nunca más volverá a suceder.

—Ahora —dice Julia, y levanta un dedo de advertencia—, lo que me has contado de Pilar Primo de Rivera… Eso vas a tener que resolverlo de alguna manera.

Carmen resopla, tiene mucho agobio con el tema. No sabe cómo decirle que ya no le interesa.

—No eres la primera que me lo dice. En el grupo de teatro lo saben, estoy contra la espada y la pared.

—¿Vas a seguir yendo al grupo de teatro?

Carmen encoge los hombros.

—Son todos encantadores, la verdad, pero no sé si es donde quiero estar. Mencía quiere que me vaya al campamento de la Sección y yo no sé si quiero estar haciendo gimnasia, cosiendo, bailando, formando y rezando todos los días. Pero sé que si le doy esa entrevista a doña Pilar me va a convencer de que vaya en verano, seguro. ¿Cómo se lo digo a mis padres? Ellos querrán que vayamos a la playa como todos los años. No saben nada. Si mi padre se entera me va a castigar un año entero sin salir de mi cuarto.

—Bueno, puedes planteártelo así: tú dale esa entrevista y contestas lo que te parezca bien y no lo que esperan que digas. Muéstrate más distante y así verá que no tiene que convencerte de nada, que ya no piensas igual que antes.

—Es que empiezo a pensar que mi madre tenía razón, que todos estos años en casa han debido ser algo terrible, y eso que siempre me ha parecido que era feliz, pero… si la mujer siempre quiso volar, y no la dejaron… No sé si ha estado ocultando su sueño todo este tiempo.

—No lo creo —asegura Julia—. Tu madre simplemente no se planteaba esa posibilidad, no creo que le amargase estar en casa. Otra cosa es volver después del tiempo que ha pasado fuera.

—Ya, quizá sea eso —Carmen mira a Julia intensamente—. Hay algo que no me encaja en toda esta vuelta. Después de decidir, supuestamente de mutuo acuerdo con mi padre, que no iba a volar más, estuvo una semana entera enferma, sin salir de la cama. Luego volvió a sus tareas como si no pasara nada, y está encantadora, como nunca. Pero hay algo raro, no es como antes.

—¿En qué sentido? —pregunta Julia intrigada.

—Se tira horas planchando, horas cocinando, todo le ocupa el día entero. Si no está barriendo, está lavando, si no, se pone a coser, a barrer de nuevo. Aunque tenemos una lavadora, se pone a lavar a mano para que no se estropeen las prendas, dice. O se va a comprar la cena a la otra punta de la ciudad porque dice que es más barato y que hay que ahorrar. Antes todo lo hacía mucho más rápido, estaba más tiempo con nosotros.

—Ya...

Carmen mira a Julia, le cuesta lo que va a decir.

—Y, además, creo que ha empezado a beber. Lo veo por las botellas en la basura. A mediodía, cuando vamos a comer, está supercontenta de volver a vernos, nos dice lo feliz que le hace volver a estar en casa y estar disponible para todos, nos besa, nos abraza hasta apretujarnos, pero con una alegría por encima de lo normal, y luego se queda dormida enseguida en el sofá después de comer. Y mi padre no dice nada porque entiende que tiene que descansar, que la casa da mucho trabajo. Pero no, Julia, está muy rara. No es ella. Antes no era así.

—Pero a ver, Carmen, no seas ingenua. Todas las madres beben un poco, o ¿qué te crees? ¿Que la mía no se pone un poquito de vino cada vez que cocina? A ver quién nos aguanta.

—Y luego a veces se pone a chillar porque no encuentra algo, porque estamos haciendo mucho ruido. Porque no obedecemos a la primera o porque llegamos un poco tarde y la cena se enfría, y entonces empieza a decir que nadie la valora, que nos ha entregado su vida y nadie está pendiente de la suya.

—Bueno, has descrito lo que es mi casa cada tarde.

Carmen se extraña al oír esto.

—¿En serio? Me parece muy raro. Cuando iba a las clases… estaba contenta. Y yo… —a Carmen se le vuelve a poner un nudo en la garganta— la he tratado fatal todo este tiempo. Porque no entendía nada, pero ahora lo entiendo. Pero es que, si se va a volar, mi padre se va a volver a enfadar, y todo va a ser horrible otra vez. Es que no tiene solución, Julia. No sé si la tiene, no la encuentro.

Julia se levanta a abrazar a su amiga.

—No te machaques. Date tiempo. Y dáselo a tu madre también. Sólo se está adaptando.

Carmen asiente, pero no puede evitar sentir cierta inquietud.

# 55

# Brujas y peligrosas

Efectivamente, parte de la adaptación de Amelia de vuelta en el hogar es un poquito de vino blanco a mediodía —porque para refrescarse nunca viene mal y porque todo guiso lo agradece, siempre mejor a fuego lento que en olla exprés, porque así tarda más y realza los sabores— y otro poquito de vino, pero ya de tinto, para la cena. Para rematar el día con alegría antes de caer rendida en su cama sin tener que pararse a pensar en cómo ha sido su jornada.

Tampoco es que la televisión y la radio la ayuden a olvidarse de que eso de beber no está bien porque están machacándola con sus mensajes a todas horas. La convencen de que procuran su felicidad.

Realmente está siendo todo más fácil de lo que creía, está encantada de la vida, tanto que ha vuelto a comprarse ropa nueva, tacones, faldas, vestidos, algunos modernos, y hasta se ha teñido el pelo de rubio platino como Marisol después de ver la película *Las cuatro bodas de Marisol*, y porque se acuerda también de Marilyn Monroe, pobrecita, que murió hace unos años y que se ha convertido en todo un icono. Las revistas siguen publicando artículos en los aniversarios de su muerte creando el mito. A todo el mundo le gusta leer sobre desgracias ajenas, la hacen a una sentir mejor con su propia vida.

Lo sabe porque se ha dejado seducir de nuevo por algunas de estas revistas donde vienen recetas, trucos, consejos de decoración y artículos que ilustran paso a paso cómo convertirse en la mejor ama de casa. Ella no siente las ataduras que podrían suponerse en una situación como la suya, de vuelta al hogar. Ha sido duro, nadie lo puede negar, pero el verano está ahí a la vuelta de la esquina. Volverán a Torremolinos, mirarán algún apartamento; gracias a su nuevo trabajo, el sueño de Armando se cumplirá: su paellita, su toalla en la playa, su baño en el mar. Sus refrescos en el chiringuito.

Porque ahora él sí que ha dejado de beber, concentrado en su trabajo, ni siquiera después de cenar. No, lo está haciendo muy bien. Aunque eso ella lo entendería, trabajar es agotador, todo el día sin parar, cada día con más cosas que hacer en la casa, ¿cómo no va a tomarse un sorbito que la relaje?

Sólo necesita enfocar las cosas de otra manera, como cuando las veía desde el cielo, así que coge lo que hay por casa que le haga volar un poco. Pero poco. Lo justo para olvidarse, un pelín. Que ya sabe lo que puede pasar.


—Marga, hermanita, ¿qué tal?

Qué manía tiene Marga de llamarla por las mañanas y romper sus rutinas.

—Ahí voy, ahora mismo estaba organizando ideas para tu libro, tengo algunas páginas que me gustaría enseñarte para completarlo con tu versión.

—Ay, no… ¿Pero no seguirás con la idea de escribir sobre mí? No, no, no. Por favor, sobre mí no. Pero que esto ya lo hemos hablado.

—¿Cómo que sobre ti no, Amelia? No lo hemos hablado.

—Sí, pero… Si te lo dije… ahora no lo tengo claro. A lo mejor lo pensé, pero no te lo había comunicado todavía.

—¿Qué te pasa? ¿Estás bien?

—¡Claro que estoy bien, estoy divinamente! Es que me has pillado cocinando, siempre llamas a estas horas, que estoy muy liada. ¿No estás trabajando o qué? ¿O estás con Peter por ahí disfrutando de tu vida de soltera?

—¿A qué viene esto? —Marga, al otro lado del teléfono, no entiende nada. Una cosa es que haya «aceptado» que su hermana vuelva a casa, por mucho que ella le haya dicho que es un error y que, si hace falta, ella misma la ayuda a pagar las clases, y otra que sea desagradable—. ¿Quieres que vaya para allá y hablamos?

—¡No! Que no quiero hablar del libro. Que me encanta que estés feliz, con tu máquina de escribir estupenda de papá y que hayas descubierto que era lo que siempre tuviste que hacer, pero que no quiero que vengas ahora a darme la turra con el libro y los aviones. Que ya está, Marga. Anda que no habrá cientos de mujeres ilustres sobre las que escribir. Faltan biografías de mujeres estupendas, seguro. Más importantes que yo.

Marga calla al otro lado del auricular, no quiere seguir insistiendo, por teléfono no va a conseguir nada.

—Las chicas de la librería siguen preguntando por ti.

—Uf, Marga, de verdad, más reproches no, bastante tengo.

—¿Qué les digo?

—Que sigo mala, que esto de la fama lo llevaba muy mal... Tú eres la escritora ahora, invéntate algo.

—Quieren ir a verte a casa. Hablar contigo, intentar entenderte.

—No hay nada que entender. Mi vida es mucho mejor ahora, más tranquila, ¿tú sabes por lo que ha pasado esta familia cuando yo estaba fuera ocupándome sólo de mí misma?

—Me lo imagino.

—No te lo puedes imaginar, no lo sabes, Marga, porque tú no lo puedes entender, no eres madre, tienes mucho tiempo para todo, y sobre todo para ti. Mi familia me necesita, punto.

—Como quieras, pero no me quedo tranquila. Esta no eres tú.

—Que síííííí, Marga. Que ya, por favor. Bastante tengo con lo que ya tengo. Te quiero lo que más en esta vida, sólo te pido que me excuses de todo el mundo y que escribas sobre otra persona con una vida de verdad increíble, que no sea yo. Por favor. Yo...

Amelia calla repentinamente. Marga espera inquieta, puede oír su respiración, pero no dice nada.

—Lo mío...

—¿Qué? —Marga espera atenta y preocupada—. Sigue, por favor.

—No acaba bien —contesta Amelia con honda tristeza.

Pero algo interrumpe la narración de Amelia. Es otro anuncio que la devuelve a su realidad.

—Ay, Marga, ¡justo! El anuncio de Fundador. Mira a ver si en tu tiempo libre, que lo tienes, puedes comprar alguna botella, que ahora tienen premio. Por si traen regalos para la playa, que nos vienen bien para los chicos. Venga, un beso. Adiós.

Amelia cuelga precipitadamente y termina de ver el anuncio en la tele.

El premio.

Lo emocionante está en rascar y descubrirlo, dice el anuncio.

El premio.

Amelia piensa en ello. ¿Y qué gracia tuvo descubrir el premio de *La mujer ideal*?

Han pasado muchos meses, pero aún lo recuerda: el plató, las luces, la llegada atropellada en sidecar, su discurso, los electrodomésticos, el dinero del premio... Qué bien lo hizo. Quizá podría presentarse de nuevo, ¿podría repetir? Si vuelve a ganar esta vez destinaría todo el dinero a su familia, como tendría que haber hecho.

Amelia vigila su estofado y termina la copa de vino blanco que tiene sobre la encimera.

Al final, ni apartamento en Torremolinos, ni la moto de Carmen... Ay, la moto, es verdad, Carmen quería una moto, ¿pero ya no la quiere? No le ha preguntado a Carmen por esto nunca más, qué raro, luego se lo preguntará. Menos mal que a Antonio sí que pudieron comprarle un balón como el del Real Madrid, al menos el niño había nacido con gustos más humildes. Y Armando se compró el coche, no lo olvidemos.

Pero... la moto se le había olvidado. Claro, por eso Carmen le dejó de hablar. Pero ahora Carmen y ella están bien. Llegó a tiempo de impedir que Armando le pegara. Pobre niña, presenciar aquello. No lo ha hecho nada bien con Carmen, ella tenía como un romance, ¿no? Y al no comprarle la moto, claro, se debió romper aquello. Fue culpa suya. Debería reparar su error. Debería comprarle la moto hoy mismo. Eso es, va a comprarle la moto y agradecerle lo buena hija que es, aún deben quedar algunos ahorros; se la comprará a plazos. ¿Y de qué color? Rosa, para su niña. ¿Rosa? No le suena haber visto motos rosas. Bueno, la que tengan en la tienda. La compra y la trae. Pero ¿cómo va a traer la moto si no tiene ni carnet de coche y, además, ha bebido un poco?

Amelia se empieza a reír y se pone otra copita de vino blanco, pero poco, ya está, no más, la última, mientras le sigue asombrando esta realidad: casi se ha sacado la licencia de piloto y no tiene ni el permiso de conducir. Esto también debería afrontarlo. Debería sacarse el carnet, lo primero es lo primero, para llevarlos y traerlos. Para cuando vayan a Torremolinos, para repartir el viaje con Armando y que no tenga que conducir él todo el trayecto.

Un momento, ¡orden!, se le están mezclando muchas cosas en la cabeza ahora mismo. Primero, la moto. Va a ir a la tienda y se llevará la primera que haya, sorprenderá a Carmen, ¡bien! Volverán a ser madre e hija de libro, y Carmen recuperará ese amor de colegio que tenía. Perfecto. Luego, la autoescuela, también a plazos. Y luego lo del apartamento, alguna inmobiliaria habrá por el barrio. Pero para eso tiene que ganar el concurso otra vez. Sin problema, se entrenará para la siguiente edición, debería repasar, por si vuelven a poner la prueba de hacer camas. Por cierto, ¿ha hecho ya las camas? Quizá debería hacerlas antes de salir, por si llegan a comer antes de que vuelva con la moto… Pero no quiere perder ni un minuto, después hará las camas. ¿Y el estofado? No está listo, pero…, si la comida no está, pero la moto sí, Carmen estará tan loca de contenta que se olvidará de comer.

—No pasa naaadaaaa —dice en voz alta.

Los demás también lo entenderán, les hará un huevo frito. ¿Fuego? Apagado. ¿Vino? Terminado. ¿Luces? Todas apagadas. Llaves. Puerta.

¡Sorpresa!

—Enrique, ¿qué haces aquí?

Su compañero de clase estaba justo a punto de llamar, no puede ser.

—Amelia. ¿Qué te has hecho en el pelo?

Amelia se toca el cabello, claro, no la ha visto de rubia.

—Me apetecía un cambio.

Amelia abre y cierra los ojos automáticamente por el efecto del vino.

—¿Cómo sabes dónde vivo?

—Me lo ha dicho la portera. Te traje una vez a casa, ¿no te acuerdas?

—Sí, claro.

Enrique está más guapo que antes, si cabe. Elegante, con traje, le habla muy educadamente.

—¿Puedo pasar?

—Pues me pillas saliendo, Enrique, voy a comprar una moto.

—¿Una moto? Qué graciosa. ¿Vas a cambiar los aviones por las motos? Venía a ver cómo estabas y a averiguar por qué ya no vienes a las clases.

«Las clases».

Amelia siente los efectos del alcohol y contesta mecánicamente, como desde hace semanas.

—No puedo seguir yendo, Enrique, mi familia me necesita.

—Es que no lo entiendo.

—La que no entiende qué haces aquí soy yo, pensaba que Daroca os había informado.

—Sí, claro. Pero es que te echamos de menos.

«Echamos de menos».

—Y estoy convencido de que tú también echas de menos volar.

«Volar».

—Y, además, tengo algo que decirte que te va a animar muchísimo: ha venido una nueva alumna a Cuatro Vientos. Se llama Bettina Kadner y también quiere ser aviadora, como tú.

—¿En serio? —Amelia tuerce el gesto.

Se toma un segundo y reflexiona. No va a decirle a Enrique que esa tal Bettina tampoco podrá trabajar de piloto.

—Ahora no estarás sola. —Enrique sonríe de oreja a oreja pensando que la va a convencer.

Sola.

El recuerdo instantáneo e impactante de volar sola. Aún no lo ha olvidado. Amelia mira a Enrique, que espera una confirmación por parte de su compañera y amiga. Amelia lo mira a los ojos y siente la emoción de todo lo vivido junto a él. Capta su bello rostro, su juventud. Piensa en sus posibilidades; como hombre joven que tiene todo por delante, nada podrá detenerlo, será lo que quiera ser.

Amelia, repentinamente, le agarra el rostro y lo besa con pasión. Saborea por unos instantes su ternura y juventud, y se llena de ella, bebe de su futuro. Había deseado tanto este momento. Pero Enrique la aparta educadamente y la mira, sorprendido. Amelia se hace consciente del lugar en el que están. Por suerte nadie los ha visto.

Enrique trata de explicarse.

—Discúlpame, Amelia.

Amelia no sale de su asombro, ¿por qué ha hecho esto?

—Llevo un tiempo viéndome con alguien.

Enrique no sabe muy bien qué decir, intuye que la mujer que tiene delante ahora mismo no es la de siempre. En el pasado deseó a esta mujer más que a nada en la vida, pero supo ver a tiempo que ella no era para él.

—Perdón —Amelia balbucea—. Lo siento, no sé qué me ha pasado, yo...

Pero Amelia ni siquiera termina su frase; se aleja de Enrique, vuelve a meterse en casa y cierra la puerta sin mirar atrás.

Él hace el amago de volver a llamar. En otro tiempo, quizá en otra vida y otras circunstancias. Pero no son estas, así que baja la mano y se marcha escaleras abajo, inmensamente triste. Esa no era la Amelia Torres que él conocía.

Carmen se salta la última clase para ir a ver a su madre, nunca encuentran el tiempo para estar juntas y se ha quedado pensando en ella después de hablar con Julia. Así, quizá, podrá trasmitirle su inquietud y quedarse más tranquila cuando su madre le confirme que está todo bien, que son cosas suyas.

Sin embargo, empieza a ser una virtud o un defecto que Carmen llegue a casa en momentos clave. Lo primero que le sorprende al subir las escaleras es el volumen excesivo de la música que suena por la escalera. Desconoce la procedencia y por un momento piensa que puede venir de casa de Eduardo, su vecino músico que siempre está ensayando, pero ahora recuerda que se marcharon la semana pasada porque se iban de gira con Rocío Jurado y que Carmen se despidió de Annette y su niño pequeño al marchar. No viene de casa de Eduardo y Annette, no.

Viene de su casa.

Sólo es la una y media de la tarde cuando Carmen abre la puerta y se encuentra a Amelia bailando alocada en medio del salón. Suena «Quiero una motocicleta», de Los Bravos, a todo volumen. Amelia sacude la melena y canta casi más alto que Mike Kennedy. Carmen llega en medio de la estrofa «yo no quiero bicicleta, no me gusta pedalear, ni tampoco una carreta, por lo despacio que va». Amelia no se ha dado cuenta de la llegada de Carmen, que se ha quedado mirando la mesa del salón totalmente desordenada, llena de recortes de revistas, con otras tiradas por el suelo, y una botella de vino blanco por la mitad. La copa la sostiene Amelia en la mano, que se la termina de un sorbo en cuanto ve a Carmen.

—¡Carmen, mi amor! ¡Baila conmigo! ¿Tú no querías una moto? ¡Baila conmigo! Yo quiero una gran moto que corra iguaaaaaaal... que un cohete espaciaaaaaaal.

Amelia suelta la copa, agarra a Carmen y la fuerza a bailar con ella mientras sigue cantando alocadamente.

—Lo que no tengo es tarjeta, para poder circular, pues vaya una papeletaaaaaa, me tendré que examinar.

Carmen no ha visto a su madre así en su vida, ida, borracha, con lengua torpe, riéndose a carcajadas, tambaleándose.

—Venga, hija, canta conmigo. Es que he pensado que si te compro una moto, entonces yo también la podré usar, ¿no? Que corra iguaaaaaaal, que un coheteee espaciaaaaaaal.

—Mamá, ¿qué dices?

Carmen se acerca al tocadiscos y lo apaga bruscamente.

—¿Qué te pasa? ¿Por qué estás borracha? ¿Qué son todos estos papeles en la mesa?

Amelia, divertida, no le da importancia a lo que dice su hija y se acerca a la mesa.

—Ay, cariño, perdona, que tenéis que comer, ahora te lo quito, mira, es que estaba sacando algunos recortes que tenía por aquí, que son muy graciosos, mira.

Amelia coge uno, se lo enseña a Carmen y casi se lo estampa en la cara, no controla las distancias.

—Este es de una revista que tenía yo del año 62, hace no mucho, ¿ves? Esta señora tan maja se llama Jaqueline Cochran, mira qué pelo rubio tan bonito, como el mío. Esta señora con cincuenta y cuatro años, Carmen, cincuenta y cuatro castañas ni más ni menos, fue la primera mujer que rompió la barrera del sonido con su avión, ¿sabes? Oye, no me has dicho nada de mi pelo nuevo, me queda bien, ¿no? ¿O sí me dijiste? Lo llevo así ya desde hace unas semanas.

—Carmen asiente sin decir nada—. Pues también fue la primera

452

mujer en aterrizar y despegar de un portaaviones, o que hizo un aterrizaje a ciegas entre sus doscientos mil récords mundiales, ¿sabes?

Amelia se tambalea un poco mientras enfoca el recorte de revista que sigue leyendo con atención.

—También dicen aquí que arrancó un programa para que las mujeres pudieran ser astronautas, mira, léelo aquí, esto venía en esta revista que tengo, que me trae Marga de Estados Unidos, mira qué bonita es. La revista, digo, y tu tía también es muy bonita, aunque muy pesadita con su libro, claro, como escribir no cuesta dinero… Esta revista está en inglés, tú eres buena en inglés, ¿no? Tú no das inglés, ¿das inglés? Bueno, luego te enseño inglés. El caso, que allí no podían ser aún astronautas, no, eso lo consiguieron luego los rusos, en el 63, mira, aquí tengo otro artículo, esa fue… Valentina Teles…Teres…, es que los rusos tienen nombres complicados para esta hora del día, Te-resh-ko-va, mira, esa fue la primera que llegó al espacio, porque la dejaron ir, claro, pero fueron los rusos, ¿eh? Y eso que dicen que los comunistas son muy malos, pero sí que dejan ir a una señora al espacio.

Carmen intenta seguir el hilo de su madre, totalmente incomprensible.

—¿Te has fijado, Carmencita, en que Tereshkova suena un poco como a Tele-escoba? Eh, como un servicio de escobas, una escoba que vuela, como las Brujas de la Noche, pero de esas ya te he hablado, seguro, ¿te he hablado de las Brujas de la Noche? Que eran rusas.

—No, mamá. —Carmen nunca ha estado más preocupada que ahora mismo.

—Pues esas sí que podían volar, de noche, claro, cuando no molestaban, y los alemanes, buuu, tenían mucho miedo de esas mujeres, porque los mataban de madrugada y no se enteraban. Porque eran malas. Como todas las mujeres maaalaaas, brujas y peligrosas. Muy malas —ahora susurra, como si la pudieran oír—. Perversas, que los alemanes creían que tomaban un brebaje para ver por la noche en la oscuridad, por eso las llamaban brujas. ¡Pero hay más!

Amelia pega un salto hacia la mesa y rebusca entre todos los papeles recortados, Carmen la observa sin saber qué hacer, sin saber qué decir.

—¡Aquí está! Aquí hay otra. Jerrie Mock, esta es la monda, ¿sabes que fue ella la que dio la vuelta al mundo al final? Esta señora. Señoooooooraaa. Todo el mundo conoce a Amelia Earhart porque murió, claro, pobrecita, con lo valiente y guapa que era, porque la gente se acuerda mucho más de los muertos que de los vivos, ¿sabes? Y esta señora, que era ama de casa, Carmen, ¡ama de casa como yo! Pues nadie la conoce, claro. Pero también era piloto, no te creas, porque en Estados Unidos puedes hacer de todo, ¿lo sabías tú eso? Que planchan con doscientos agujeros de vapor y las mujeres tienen licencia para volar. Igual que 007 tiene licencia para matar. —Carmen asiente a este sinsentido—. Pues le dijo a su marido que se aburría, ¡obvio! Después de diecisiete lavadoras y cuatrocientos kilos de plancha, no me extraña. Entonces su marido le dijo: ¡Pues vete a dar la vuelta al mundo! Y fue la tía y lo hizo, en veintinueve días, Carmen. ¿Te imaginas? ¿Veintinueve días sin poner lavadoras ni hacer camas? Esa mujer debería oler a puerco, claro. Y tiene casi mi edad, porque si lo hizo hace tres años, tenía treinta y nueve, y yo tengo treinta y seis, que es edad de anciana por si no lo sabías, le restamos tres, no le sumamos, ja, ja, ja, ay, necesito a tu padre para hacer los cálculos.

—Mamá, para, por favor. Para. —Carmen empieza a estar realmente superada, está a punto de llorar.

—¿Qué voy a parar? ¡Déjame! Pues ahora debería tener… —Amelia cuenta con los dedos de la mano que ni siquiera ve enfocados— treinta y nueve más uno, cuarenta, más otro, cuarenta y uno… y dos, ¿no? Y a lo mejor sigue volando y todo. Porque ella sí que tiene carnet, claro, a ella sí que la dejan volar. ¡No como a mí! Que no me dejan porque soy ¡vieja!, y porque no nos dejan, hija, ni a ti ni a mí. Porque no tenemos ¡pene! Así que te voy a comprar una moto, que las motos sí que nos dejan conducirlas y nos vamos a ir tú y yo a merendar. ¿Qué me dices? Al Rodilla, o al Viena Capellanes. ¿Dónde quieres ir? Yo te invito. Oh, calla, calla, o me compro un pene, ¡eso! Y con el pene me saco el carnet, así no me dirán que no puedo volar. ¿No dicen que las mujeres tenemos envidia del pene? Quién lo decía, venga, venga —Amelia chasquea los dedos a ver si recuerda—, dime, hija, ese, el psicoanalista ese, eso lo vi en otra revista, porque nosotras somos muy de revistas, ahí viene todo

454

lo que tenemos que saber, ¿eh? Para planchar mejor, tener la mejor cara, el mejor tipo, el mejor pelo, oler bien…

—Mamá. —Carmen ya está llorando—. Mami… Déjame que llame a la tía, que llame a un médico, a Peter, que venga Peter, mamá.

Carmen empieza a estar muy asustada, no es capaz de manejar esta situación.

—Mami, para, por favor…

Pero Amelia lo ve todo de forma divertida, dentro de su melopea.

—No llores, Carmen, esto es así. Tú elige una bonita carrera y luego pues te pones a fregar, o te compras una falda y sales a bailar el twist. Fregar, bailar, planchar, bailar. Así es la vida.

—¡Para, por favor! —Carmen pega un grito que despierta a Amelia—. ¡Deja de decir burradas!

Amelia es capaz de ser consciente de sí misma por un instante y se deja caer sobre la alfombra. Carmen, muy asustada, le coge de las manos. Le acaricia el rostro.

—¿Qué te ha pasado, mamá?

Amelia se toma unos instantes antes de responder y su barbilla empieza a temblar, el indicativo de que está a punto de llorar, pero quiere controlarlo.

—No me dejan volar, Carmen.

—¿Quién no te deja volar?

Amelia mira fijamente a su hija y rompe a llorar.

—Nadie.

# 56

# El buscavidas

Peter Lang era el menor de tres hermanos al que llamaron siempre «el adoptado» porque no había nacido con las características orejas de soplillo del padre. Si su madre, Linda, pasó a mayores con Thomas Wright —el vecino de enfrente— aquella semana que Henry se llevó a los niños a casa de sus padres a Pittsburg, sólo ella lo sabía. Si alguna vez Henry sospechó de su mujer, tampoco lo dijo nunca en voz alta. Linda siempre zanjaba el asunto diciendo que el niño se parecía a ella, y al ser una familia errante, nunca pudieron comparar sus orejas con las del vecino, porque se fueron al poco tiempo de que Peter cumpliera los dos años.

El trabajo de su padre los obligaba a cambiar de ciudad cada cierto tiempo. Henry era mecánico de coches y albergaba la idea romántica de que sus tres hijos siguieran su camino para montar su propio taller con el nombre de Henry Lang e Hijos, por eso cambiaba de una marca a otra, de una ciudad a otra, para conocerlas todas bien. Y, así, tuvieron que mudarse de Wisconsin a Connecticut, después a Atlanta, luego a Detroit hasta acabar en Milford, Delaware, donde su madre ya dijo ¡basta! y se instalaron en las afueras en una bonita casa con jardín.

Gracias a su trabajo, Henry se libró de ir a la Segunda Guerra Mundial y a Corea. Unos años antes de 1945, había perdido un par de dedos de la mano izquierda al no calzar bien uno de los coches que estaba reparando en el garaje de su casa. Henry trataba por todos los medios de inculcarles el amor por el motor a sus hijos, pero Peter siempre se diferenció de su padre y sus hermanos en algo muy característico: no le gustaba tener las manos manchadas de grasa, a él siempre le gustaba tenerlas limpias. Aquel episodio fue revelador; mientras sus hermanos fueron incapaces de reaccionar, Peter no dudó ni un segundo en coger los dedos, independizados ya de la mano de su padre, y cortar la hemorragia con una frialdad pasmosa para un niño de diez años. Si algo tuvieron claro aquel día es que Peter nunca sería mecánico de coches.

—Será médico. —Linda zanjó el asunto aquella noche por si no había quedado claro.

A Henry todavía le quedaban dos hijos que podrían seguir sus pasos, pero sólo David, el mediano y más invisible de todos, mostraba algún interés por el asunto. Por mucho que le rogó a Linda aquella noche que volvieran a intentarlo con un cuarto hijo para poner la «s» del plural a su taller, nunca consiguió volver a encerrar a esa mujer en su casa para cuidar de nuevo a un bebé. Ella tenía claro que no podía dejar de trabajar porque Peter tenía que estudiar.

—En la mejor universidad de Medicina, a ser posible. —Ella intuía ese don que a veces sólo detectan las madres.

A partir de aquel día, Peter desarrollaría un cierto imán para los heridos. Como cuando su compañero de pupitre, Jack Morris, se vio enfrascado en una pelea a la salida del colegio de la que no salió victorioso, y Peter tuvo que coserle la rodilla a su amigo con un juego de agujas que le robó a su madre. Esa tarde fue la primera vez en la que ambos probaron el whisky, porque Jack así lo había visto hacer en una película, y también sostuvo una rama de árbol entre los dientes para el dolor, porque así lo había visto en otra. Que aquel episodio marcase un antes y un después en la relación turbulenta de Jack Morris con el alcohol y las peleas nadie lo sabe, pero lo que está claro es que su madre no se llegó a enterar del incidente y apenas le quedó una pequeña cicatriz en la rodilla gracias al talento innato de su amigo.

Meses después, Peter asistió a Emily White, la vecina de enfrente, cuando se torció un tobillo y se cayó con todas las bolsas de la compra en la puerta de su casa. Emily se quedó alucinada cuando ese niño no titubeó en ponerle el pie en alto con algo frío y organizar toda la compra en sus armarios correspondientes. Desde entonces, Emily siempre le daba un chocolate cada vez que lo veía y lo invitaba a menudo a ver la televisión con sus hijas, pero Peter estaba más interesado en la ciencia y en los libros que en sus bellas gemelas.

En cierto modo, Peter asumió que debía ir atendiendo los accidentes que ocurrían a su alrededor y curando las heridas que otros iban dejando por el camino. Como cuando su hermano mayor se alistó voluntario para ir a la guerra de Corea y tuvo que consolar a su madre. A menudo llegaban noticias nefastas de la evolución de la contienda y, cada vez que aparecía un cartero militar por el barrio, todos bajaban las persianas de su casa como si eso fuera a impedir la entrada de malas noticias. Afortunadamente para los Lang, Steve sólo fue herido en una rodilla y fue devuelto a casa sano y salvo pocos meses después. Sano y salvo, pero cojo de por vida. Y en todas las ocasiones en las que Peter escuchó la historia de una herida o una cicatriz, sentía un deseo interior que no podía reprimir: le habría gustado haber sido él mismo quien les hubiera curado. Por eso, cuando Steve volvió a casa, más que preguntarle acerca de la batalla, se contentó con averiguar todos los detalles de su lesión, cómo había sido el orificio de entrada de la bala, cómo se lo habían curado, el nombre del cirujano, qué medicamentos habían usado y cómo era el hospital de campaña en el que lo habían atendido.

Sus hermanos habían crecido viendo cómo su madre administraba con mano de hierro las finanzas de la casa para poder afrontar el pago de la universidad de Peter y sus propias necesidades se veían comprometidas por esta decisión. Peter pasó de ser el adoptado al favorito, pero Linda encontró la manera de resolver el asunto en cuanto pudo. Trabajaba en la fábrica de Whirlpool y a todas sus vecinas les conseguía los últimos modelos de lavadoras a precios muy asequibles. Cómo se sacó un pequeño sobresueldo con estas ventas que les permitió cubrir las necesidades de sus otros hijos para que dejaran de culpar al pequeño de sus apuros económicos, nadie lo supo.

Steve pronto vio su oportunidad de escaparse del sueño del taller de su padre casándose con Alice White, una de las gemelas de enfrente, cuyo padre, además, le contrató en su correduría de seguros y le aseguró, valga la redundancia, un futuro prometedor sumado a su condición de veterano de guerra. Así que Emily, a pesar de haber invitado a Peter año tras año a merendar para casarlo con una de sus hijas, tuvo que conformarse con su hermano el cojo.

Henry consiguió cumplir su sueño, pero en singular, cuando abrió junto a David el taller Henry Lang e Hijo. Al menos uno de ellos había sido capaz de entender la belleza que había dentro del motor de un coche. Se enorgulleció por haberle inculcado la precisión, el amor, la concentración y el talento necesario que se necesitaba para cuidar de aquellas máquinas tan hermosas.

A pesar de que Peter no siguiera sus pasos, Henry aún quería creer que era hijo suyo. Un día con poco trabajo, dio la tarde libre a David y terminó a solas algo que tenía pendiente. Entonces se paró a pensar por primera vez: ¿qué diferencia había entre un médico y un mecánico? La pregunta le asaltó como una revelación. Y entonces Henry comprendió que no había mucha diferencia entre el motor de un coche y el interior del ser humano: válvulas, conductos, arterias, tubos, grasa, alma y corazón. Si a Henry no le importaba mancharse las manos de grasa, a Peter no le importaba manchárselas de sangre.

Por eso, cuando le entregó a Peter las llaves del Chevy del 47 —que había estado poniendo a punto a escondidas para que su hijo pequeño se fuera a Boston a estudiar medicina—, pudo mirarlo fijamente a los ojos y ver el mismo color que había en los suyos.

Y entonces supo, definitivamente, que aquel hijo era suyo.

Peter se instaló en Boston un 16 de agosto de 1953 con el firme propósito de convertirse en un gran médico.

Ese mismo año se caracterizó por una serie de hechos vitales que influirían en cierta medida en la vida de Peter para siempre.

El 17 de marzo de 1953, la nación pudo ver en riguroso directo, a través de sus televisores, cómo explotaba en el sitio de pruebas de Nevada la bomba atómica Annie, la primera de varias dentro de la Operación Doorstep, que buscaba estudiar el alcance de destrucción de dichas bombas sobre vehículos y viviendas según su distancia y construcción. Hiroshima y Nagasaki no debían haber sido estudiadas al detalle todavía —al encontrarse en territorio enemigo— y lo que buscaban los estadounidenses era saber cómo afrontar una explosión en sus propias carnes. Los ciudadanos apenas apreciaron un destello blanco en sus televisores seguido de una columna de humo impresionante que los encogió en el sofá, y en silencio agradecieron a Dios no haber nacido japoneses.

Apenas dos semanas antes, el 5 de marzo, Joseph Stalin, el dictador soviético, murió para alegría de todos los anticomunistas. Realmente había muerto el 2 de marzo, tirado sobre una alfombra tras una fuerte hemorragia cerebral, pero su muerte se anunció días después. Comenzaba así el proceso de desestalinización de la URSS, como se llamaría en el futuro y que marcaría el final de una época para el pueblo ruso.

El 17 de mayo Rocky Marciano derrotó por nocaut en el primer asalto a Joe Walcott y al día siguiente, el 18 de mayo, Jacqueline Cochran, la aviadora, logró romper la barrera del sonido en un F-86 Sabre de las Fuerzas Armadas y sumaba así un nuevo récord tras ser considerada en 1938 la mejor piloto de Estados Unidos. Pero nunca logró la fama mundial de su amiga Amelia Earhart, seguramente por no desaparecer dando la vuelta al mundo y llegar a cumplir los setenta y cuatro años de edad.

El 26 de julio Fidel Castro asaltó el cuartel Moncada para sacar a Fulgencio Batista del gobierno y reanudar el dolor de cabeza para los estadounidenses a los pocos meses de la muerte de Stalin con un nuevo régimen comunista a pocos kilómetros de sus fronteras. Y justo al día siguiente, el 27 de julio, se daba por terminada la guerra de Corea con la firma del armisticio tras la muerte de unos cinco millones de civiles y militares, pero no sellaría la paz de una Corea dividida para el resto de sus días.

Y el 9 de diciembre, la empresa General Electric anunció el despido de todos los trabajadores sospechosos de estar aliados con el partido comunista en medio del periodo de caza de brujas promovida por el senador McCarthy. Pero como ni Peter ni nadie de su familia pertenecían al partido comunista, nadie se vio afectado por esta persecución masiva que duró hasta 1956.

Pero si algo influyó definitivamente sobre la vida de Peter Lang fue la alianza que firmó Estados Unidos con Francisco Franco el 23 de septiembre de 1953 y que más tarde fue conocida como los Pactos de Madrid.

Para 1952, Franco ya era consciente de que no podía seguir cerrado al mundo, su autarquía se agotaba. Que España fuera la única nación que se quedase fuera del Plan Marshall en 1945 —para reconstruir Europa tras la Segunda Guerra Mundial— fue una buena estrategia que les sirvió después a los estadounidenses. La entrada de divisas era vital para que el pueblo español dejara de pasar hambre, sufriera inflación y falta de bienes de todo tipo. Hacia 1947, la actitud de Estados Unidos hacia España cambió radicalmente debido a su posición estratégica —geográficamente hablando— y su debilidad —económicamente hablando—, que, tras casi diez años después del fin de la Guerra Civil, seguía muy mermada. La Guerra Fría obligaba a Estados Unidos a buscar un aliado potencial para establecer bases en Europa. El odio común hacia el comunismo hizo que las negociaciones con Franco arrancasen con buen pie.

Europa se encontraba dividida entre ganadores y vencidos tras la agotadora guerra y se cernía sobre Occidente la posibilidad de un ataque comunista por parte de los rusos. Franco convenció al pueblo español de que su cruzada como nación requería de su alianza con el amigo americano, ya que apoyarían a España a defenderse en caso de una nueva guerra mundial y ayudarían a reconstruir social y económicamente el país.

Se firmaron tres convenios: uno sobre ayuda económica, otro de carácter defensivo y un tercero sobre mutua defensa.

El convenio defensivo fue el más importante, ya que permitió la construcción de cuatro bases militares en el territorio español: la base aérea de Morón, en Sevilla, la base naval de Rota, en Cádiz, la base aérea de Torrejón de Ardoz, en Madrid, y la base aérea de Zaragoza. La estrategia estadounidense durante estos años consistió en desplegar un dispositivo de bases a lo largo del planeta para mostrar su fortaleza contra el comunismo. En aquel momento su principal arma eran las bombas atómicas, y por ello necesitaban lugares donde repostar y hacer escala para poder transportarlas.

Más de siete mil militares y personal de Estados Unidos desembarcarían en España a lo largo de los años e iniciarían una nueva vida en alguna de estas bases, como Peter.

Pero en 1953 eso Peter aún no lo sabía.

Por suerte, para 1953, el tema del alojamiento en Boston casi se había resuelto después del efecto llamada que vivió la ciudad cuando Harvard abrió sus puertas a los veteranos de la Segunda Guerra Mundial a unirse a sus facultades para ofrecerles una educación y un futuro. La casualidad quiso que Andrew Reed siguiera los pasos de su padre, veterano de guerra, y ofreciese una habitación con mesa de estudio a pocas calles del campus. Apenas llevaba unas horas colgado el anuncio en el tablón de la biblioteca cuando Peter anotó el teléfono y acudió a la dirección indicada, y esa misma tarde se convirtieron en compañeros de piso. Para que se convirtieran en mejores amigos aún faltaba algo más de tiempo.

Andrew estaba en segundo, lo que le vino muy bien a Peter para integrarse mejor en la facultad. El nivel de estudios era muy exigente y el apoyo mutuo los favoreció para convertirse en grandes estudiantes de sus promociones.

Lo único que les hizo perder la cabeza fueron dos jóvenes residentes y talentosas que se cruzaron en su camino.

Era noviembre del año 1956 y Elvis acababa de lanzar su sencillo «Love Me Tender», y por mucho que Peter lo tararease en su mente para lograr un acercamiento a esa bella mujer que le había robado el corazón, tardó dos años en conseguir una cita con Laura Rogers. Tampoco a Andrew le fue mejor con Evangeline Parker. Las dos tenían muy claro que su prioridad era convertirse en doctoras y no en esposas, y tardaron en concederles una cita.

Peter decidió llevar a Laura al restaurante Prince Spaguetti House. Le pareció que eso de comer pasta frente al amor de su vida era una buena idea. Luego se arrepintió cuando, gracias a su torpeza al enrollar los espaguetis, se manchó toda la camisa de motitas de tomate frito. Laura no hacía más que reírse y desear que su destreza con el tenedor no se equiparase con la del bisturí. Y Peter tuvo que confesar que sí, que estaba muy nervioso. Que llevaba mucho tiempo pensando en ella, que había estado muy centrado en estudiar medicina y que no tenía ni idea de cómo hablar ni estar con una chica. Y aquello enterneció a Laura Rogers definitivamente.

Al preguntarle por su interés en la medicina, Laura le contó la dura experiencia de haber perdido a uno de sus hermanos debido a la polio. La terrible agonía que sufrió el pequeño llevó a su madre a dedicar su vida a luchar contra la enfermedad. Empezó a trabajar con ahínco en la asociación The March of Dimes, a colaborar en la búsqueda de financiación y recaudación de fondos para la investigación de la enfermedad. La asociación, creada en 1938 por Roosevelt —ya que él mismo había sufrido la enfermedad—, nació para lograr una vacuna, pero poco a poco se convirtió en una organización que buscaba mejorar la vida de embarazadas, madres y recién nacidos. Laura siguió los pasos de su madre y colaboró activamente durante su adolescencia en la asociación, y pronto se dio cuenta de que quería convertirse en médico. Ginecóloga, concretamente, para poder avanzar todo lo posible en la investigación de este campo y salvar todas las vidas posibles. Peter escuchó sus razones con tanta atención que los espaguetis se le quedaron fríos y la historia de los dedos amputados de su padre le pareció una nimiedad en comparación, pero aun así se lo contó en los postres sin ningún tipo de esperanza de conquistarla.

Pero lo logró. Peter era un tipo entrañable y sincero, y Laura se dejó besar después de tomar un café en la cafetería Stars frente al parque Boston Common. Casi tuvo que ser ella quien le dijera a Peter que la podía besar, porque él no terminaba de lanzarse. Quizá fueran las manchas de tomate lo que le frenaron, pero esa imperfección suya fue lo que conquistó el corazón de Laura Rogers durante tres bonitos años en los que se quisieron desde el cariño, el respeto y la admiración mutuos.

Hacia 1960, los dos ejercían en sus respectivos hospitales, Peter en el Massachusetts General como interino de cirugía cardiovascular y Laura en el Children's Hospital, cuando Peter decidió que ya era hora de dar el paso, casarse, vivir juntos, formar una familia y cerrar en un círculo perfecto sus vidas.

Lo que no se esperaba es que Laura le dijese que no.

La ruptura fue inmediata, la de la relación y la del corazón de Peter. A pesar de estar en el camino de convertirse en un gran cirujano cardiovascular, no vio la manera de recomponer su propio corazón completamente hecho añicos. Las causas Laura nunca las dejó claras y fue tiempo después que Peter ató cabos y descubrió que mantenía una aventura con otro médico de su hospital, su jefe de ginecología, para ser más concretos. Cómo Laura había sido capaz de engañarle sin que se diera cuenta fue lo que más le robó el sueño durante muchas semanas. La traición, la vergüenza.

Al poco tiempo, Peter decidió que no podía seguir viviendo en Boston por el miedo a ver a Laura algún día empujando un carrito de un bebé que no fuera suyo.

Volvió a Milford, a su casa, con su madre, a ver si ella tenía el pegamento que necesitaba para recomponer su corazón. O quizá su padre, que sabía mucho de mecánica, encontraría la válvula que lo reconectase de nuevo a la vida.

Peter pidió el traslado al Bayhealth Hospital, donde pudo seguir ejerciendo la medicina sin fijarse en sus compañeras. Trabajaba durante horas porque eso era lo único que le permitía no pensar. Arreglaba corazones tratando de cicatrizar el suyo.

Un día sonó el teléfono. Era Andrew, su mejor amigo de la facultad, con el que había perdido contacto desde que se había casado con Evangeline. Llevaba semanas tratando de localizarlo para despedirse. Fue en esa llamada cuando Andrew se enteró de lo sucedido con Laura. Evangeline tampoco sabía nada del asunto. Andrew se disculpó por haberse distanciado y no haber estado a su lado. Sintió, por el tono de su voz, que su amigo estaba destrozado. Se maldijo a sí mismo por haber permitido que la rutina los separara.

—Es normal. Boston es una ciudad muy grande —dijo Peter—. ¿Decías que llamabas para despedirte?

Se hizo un silencio al otro lado del teléfono. Parecía que la conexión se había perdido, pero no. Andrew había tenido una idea.

—Vente conmigo a España —le propuso.

Andrew se mudaba con Evangeline a Torrejón de Ardoz, una base militar que habían construido en España, le explicó. Habían destinado al padre de Andrew, teniente coronel, y necesitaban médicos. Se lo había propuesto a su hijo, y Andrew y Evangeline habían aceptado. Nunca habían cruzado el charco y tenían ganas de conocer Europa antes de empezar una familia. Sería un año, dos como mucho. Europa. España. Peter no tenía claro dónde quedaba, pero sonaba lejos. Calculó en un mapa mental la distancia que lo separaría definitivamente de Laura y aceptó.

Peter cruzó el Atlántico por primera vez el 25 de septiembre de 1963 en un Boeing 727 de American Airlines con destino Madrid, con veintinueve años, una maleta mediana, con ropa para verano e invierno, camisas y pantalones, siete pares de calzoncillos, siete pares de calcetines, un abrigo, dos bufandas, tres pares de zapatos, un sombrero, un tratado de cardiología y un diccionario inglés-español. Aunque por lo que le había dicho Andrew su vida se limitaría a trabajar en la base, convivir con compatriotas y salir lo justo por una ciudad, y un país, completamente atrasados en todos los sentidos.

Peter aterrizó en el aeropuerto de Barajas y, siguiendo instrucciones de Andrew, cogió un taxi al salir de la terminal para ir hasta la base. Y como la erre doble de Torrejón le resultaba un poco complicada de pronunciar, decidió enseñarle el papelito al conductor, que asintió con seguridad.

Peter se dejó fascinar por algunos de los servicios que ofrecía el taxi, como revistas, diccionarios, mapas, y hasta un difusor de perfume que prefirió no probar. Tampoco preguntó qué eran todas las cruces que colgaban del retrovisor ni quién era la Virgen de la estampita que tenía pegada en el salpicadero.

Lo que Peter tampoco sabía es que el aeropuerto estaba muy cerca de la base y que el conductor tenía algunas facturas impagadas, con lo cual le dio un poco de vuelta hasta el centro de Madrid para asegurarse una buena carrera. Peter, que estaba impactado por todo lo que estaba viendo, no dijo nada al respecto y se limitó a descubrir por la ventanilla aquella ciudad que parecía haberse detenido en el tiempo y que ahora trataba de ajustarse a otros más modernos a cámara rápida.

El taxista intentó chapurrear algo de inglés, aunque Peter, el pobre, no entendiese absolutamente nada, pero lo dejó desahogarse a gusto con sus penurias y asentía con la cabeza y su mejor sonrisa. El taxista debía tener también alma de guía turístico porque Peter no desvió la mirada en ningún momento ni se acordó de Laura en todo el trayecto. Se dejó encandilar por un Madrid empedrado, ecléctico, que combinaba los miles de coches a toda velocidad con tranvías, trolebuses, autobuses de dos alturas y alguna que otra carreta tirada por un burro con los edificios singulares de la calle Alcalá, como el de Telefónica, o la torre de Madrid y los cines de la avenida de José Antonio. La calle más importante y bulliciosa de Madrid se abrió para él con sus hoteles, sus salas de fiesta, cafeterías de estilo americano con nombres familiares, Nebraska, Oregón, librerías, bares, tiendas de moda, teatros, y sobre todo muchísimos cines.

Fascinado por todos los carteles de las películas pintados a mano, pudo distinguir algunas películas que ya había visto hacía un par de años en Boston, como *El buscavidas*, con Paul Newman. Peter debió intuir la fascinante afición de la traducción creativa de títulos del inglés al español de nuestra industria, y buscó en su diccionario la palabra «buscavidas» y la encontró: *lifehunter*. Aunque el título original de la película, *The Hustler*, remitía más a su sentido de granuja, tramposo o estafador, le gustó la acepción que le habían dado en este nuevo país y se sintió identificado. Él también buscaba una nueva vida y, después de mucho tiempo, sintió que su herida empezaba a cicatrizar. No volvería a permitir que nadie lo engañara, que le volviera a hacer daño como Laura. Quizá algún día podría volver a confiar.

Peter llegó a Torrejón de Ardoz casi una hora después de salir del aeropuerto y supo al pagarle al taxista que tendría que andarse con ojo, aunque en ese momento no le importó el sobrecoste porque conocer Madrid lo ayudó a pisar con más emoción la base militar. Intuyó que trasladarse a España había sido una buena decisión. Peter no traía mucha información sobre lo que allí había, venía principalmente a sanar sus heridas y lo que allí se encontró le dejó sin palabras.

La base de Torrejón de Ardoz era una ciudad en miniatura, allí había urbanizaciones de chalets, edificios con pisos, colegios, un hospital, una guardería, bancos, un picadero para rodeos, un campo de tiro deportivo, una oficina de abogados, clubes de caza y pesca, clubes de pilotos aficionados, campos de béisbol, rugby, biblioteca, iglesias y hasta una bolera.

Peter se incorporó al hospital y procuró hacer la vida de siempre con los suyos durante unos meses. Era como estar en casa sin estarlo porque había distancia de por medio, que era lo importante. Retomó su relación con Andrew, hacían barbacoas, y empezó a sonreír de nuevo y, aunque le propusieron citas con algunas de las mujeres de la base, Peter aún no estaba preparado. Otros también le insinuaron que lo que necesitaba era desahogarse con una bella española o «seniorita» en la zona de bares y barras americanas que frecuentaban los marines en la Castellana, pero eso tampoco le interesaba, bastante tenía con atender a los militares heridos después de noches de juerga y desenfreno.

Pero sucedió algo inesperado: mataron a Kennedy.

El 22 de noviembre de 1963 hacía bastante frío cuando Peter salió del hospital camino de su casa, a eso de las seis y media. Si alguien se enteró rápido al otro lado del océano del atentado contra el presidente, esos fueron los estadounidenses de las bases. Los militares empezaron a dar la noticia a voces, las mujeres salían de sus casas casi sin abrigar, un grito unánime de «han disparado al presidente» recorrió los veintiséis kilómetros cuadrados de la base hasta que todo el mundo se enteró y se juntaron a escuchar las noticias que venían de la radio española. Los españoles que vivían en la base y hablaban inglés traducían las noticias para los que aún no entendían ni una sola palabra, y el resto de los militares recibieron las noticias por teléfono y telegramas.

La noticia de la muerte definitiva llegó a las ocho y diez de la tarde. La oscuridad y la tristeza se apoderaron de todos los corazones que tenían en tanta estima al presidente, y ni siquiera Peter, con sus conocimientos cardiológicos, pudo aliviar tantos corazones rotos. Una sombra negra se adueñó de todos los ciudadanos norteamericanos y los que no lo eran, porque sacudió al mundo entero, y llenó portadas durante días y semanas catapultando al presidente al rango de mito. Lo último que Peter necesitaba era vivir en ese asfixiante ambiente en el que no se hablaba de otra cosa y decidió, a la mañana siguiente, volver al centro de Madrid a ver si respiraba otro tipo de aire, aunque sólo fuera por desconectar de las malas noticias.

Peter tomó un taxi con mayor cautela esta vez y le dio instrucciones precisas.

—Café centrou de Madrid, rectou, no vuelta.

Hasta ahí Peter había avanzado con su castellano, lo justo para hacerse entender. Y como tampoco concretó ninguna cafetería, el taxista se limitó a contestar un *yes, sir* y Peter se dejó llevar. El destino quiso que el taxista lo dejara en el café Comercial en la glorieta de Bilbao con la promesa de *good coffee*, con un pulgar hacia arriba, como le dijo el conductor. Peter no dudó en dejarle una buena propina por no haberle dado ninguna vuelta extra y entró en aquel lugar que era lo menos estadounidense que veía desde hacía semanas: columnas hasta el techo, mesas de mármol, lámparas colgantes, espejos por todas partes y un bullicio tranquilo. Peter no era consciente de que ese lugar llevaba abierto desde 1887 y que numerosos escritores lo habían frecuentado para escribir sus mejores líneas, debatir con otros escritores o quizá acabar en fuertes discusiones a tortazo limpio. Lo único que tenía claro eran tres palabras: café con leche. Eso no le suponía un gran reto y el camarero lo entendió a la primera, estaba claro que por ahí también pasaba gente internacional, y se sintió un poco más feliz en este país de tercera, como lo habían nombrado algunos militares de la base.

Peter se sentó en una de las mesas que daban a la calle con el único objetivo de olvidarse un poco de las últimas noticias y observar a la gente pasar. No llevaba ni dos minutos mirando por la ventana cuando una joven desfiló por su ventana, entró en el bar con todos esos libros y papeles, agarró como pudo un café con leche y se sentó a trabajar en una mesa bastante cercana a la suya.

Le sorprendió la familiaridad con que la trataban los camareros, seguramente no era la primera vez que paraba por ahí, y aunque Peter no entendía ni palabra de lo que decían porque todo el mundo hablaba muy rápido, le gustó su desparpajo. También le gustó verla sola; por lo poco que había visto a su alrededor, las mujeres sólo se dejaban acompañar por sus maridos, hijos o amigas. Sobre todo se la veía tranquila, cómoda en esa situación, como él. En ningún momento se distrajo de su tarea, ni miró a Peter por casualidad. Varios libros sobre la mesa ocultaban unos pliegos que leía con atención y a Peter le encantó cómo ella movía los labios mientras leía, algo inapreciable si no se aguzaba bien la vista.

Por primera vez, Peter sintió algo de paz al mirar el rostro de esa bella joven. Y aunque no pudo evitar pensar en Laura, esta vez ya no le hizo daño. La dejó marchar de su pensamiento para ver la concentración con la que trabajaba la joven, cómo fruncía el ceño y cómo con un lápiz inquisidor tachaba sin miramientos algunas palabras o frases enteras y gesticulaba con las manos.

Después le hizo gracia cómo sostenía el lápiz entre la nariz y los labios a modo de bigote y lo dejaba caer para cogerlo con la mano una y otra vez. Eso le hizo sonreír, pero en esa ocasión ella tampoco lo vio. Ella no se fijaba en nadie, estaba totalmente concentrada, como un cirujano en la mesa de operaciones, hasta que uno de los camareros, en uno de sus viajes apresurados, le dio un golpe a uno de sus libros y lo tiró al suelo. Entonces ella levantó la mirada y perdió la concentración. Se agachó a recoger el libro y allí fue cuando se dio de bruces con el rostro de Peter, que se había adelantado a ayudarla.

—Qué rápido, muchas gracias —le dijo.

—*You're welcome* —contestó Peter.

—*Oh, you English?* —Qué suerte tenía, encima la chica hablaba inglés.

—*I'm American, do you speak English?*

—*A little bit* —contestó con acento español.

—*How is it possible?*

La chica sonrió y rio para sus adentros.

—*I have a very special sister.*\*

Y así fue como Peter conoció a Marga.

---

\* —De nada. / —¿Oh, eres inglés? / —Soy americano, ¿hablas inglés? / —Un poquito. / —¿Cómo es posible? / —Tengo una hermana muy especial.

# 57

## Heridas de corazón

Peter y Marga han organizado una merienda en su piso del barrio de Corea. Una merienda como cualquier otra, aparentemente. Con sus buñuelos, pastas, café, unas *cookies* y unas magdalenas que ha cocinado Marga, milagrosamente. Todo dentro de lo normal.

Marga llamó a Amelia y le propuso el plan para cerrar amistosamente el tema del libro, que no quería hablar las cosas importantes por teléfono y que, simplemente, tenía ganas de verla, que la echaba de menos. Así que Amelia aceptó sin problema la invitación de ir todos a su casa esta tarde.

Antonio disfruta torturando a Peter con el tema del fútbol, se ha convertido en su auténtica cruzada, saber si su tío está al día del panorama futbolístico y no sólo del béisbol.

—El Real Madrid va a ganar la liga —le asegura Antonio a Peter.

—Pero el Barselouna está muy fuerte. —Peter le levanta un dedo inquisitivo—. Kubala está jugando muy bien.

—No tiene nada que hacer con Di Stefano —remata Armando, que cambia enseguida de tema para hablarle de lo bien que le va en su nuevo trabajo en Torres Blancas—. Se trata de un edificio singular que quiere parecerse a un árbol, recorrido por escaleras y ascensores, con terrazas por las que entra la luz, llenas de plantas. Y habrá un restaurante arriba del todo que atienda a todas las viviendas. Serán dos torres, revestidas de blanco, de ahí su nombre. ¿A que es fascinante? Mucho más interesante que la empresa de madera en la que estaba antes, dónde va a ir a parar.

Los demás dejan que Armando se explaye a gusto con su nuevo trabajo, se le ve mucho más relajado que en ocasiones anteriores. Que si todos lo respetan, que si tiene un nuevo despacho con vistas a la obra, que si tiene un contacto directo con el constructor y los ingenieros. Se sienten feliz por él, por esta nueva oportunidad tan interesante.

—Tú las verás todos los días, ¿no, Peter? Están justo en avenida de América, camino de la base. —Armando mira a Peter, que asiente.

Entonces Marga le planta un beso a su cuñado, lo felicita también y se sienta a su lado buscando cambiar de tema. Mira a su hermana, que se ha quedado en una esquina del sofá, con la mirada perdida mientras da vueltas con la cucharilla a su café.

Lleva unos días aturdida, desde el episodio con Carmen, del que no han vuelto a hablar. Su hija consiguió que se acostara con la promesa de que el asunto quedaría entre ellas si no volvía a beber. Carmen se deshizo de todas las pruebas y dejó a su madre descansando para que se le pasara la borrachera.

Desde aquel día Amelia no ha vuelto a probar el alcohol, la vergüenza de que su hija la viera así ha podido con ella, le cuesta hasta hablar, en general, con todo el mundo. Ya no tiene fuerzas ni herramientas para disimular. Ahora calla, no comenta, mira al infinito y ya no sabe si su situación tendrá algún tipo de remedio.

—Y tú, Amelia, ¿cómo estás?

Marga mira a su hermana con atención. Todos reparan en Amelia, que no ha dicho una palabra desde que se ha sentado.

—¿Qué tal... la vuelta a casa? —termina Marga.

Amelia, con su rubio platino, con un poco de ojeras, pero un maquillaje favorecedor, deja la cucharilla en la mesa, le da un sorbo rápido al café y disimula.

—Genial, perfectamente.

Amelia mira de forma instintiva a Carmen, que abre los ojos implorando a su madre que deje de mentir, pero Amelia esquiva su mirada y sigue tomando su café.

—¿No tienes nada que contarnos, alguna novedad... algo? —Marga insiste.

Amelia piensa un segundo.

—Ah, lo de la plancha que me trajiste... buenísima, funciona genial. Gracias, Peter, eres un sueño de cuñado, no sé qué haríamos sin ti. No hay nada como vuestros electrodomésticos americanos.

Marga se levanta y se coloca frente a su hermana, que se siente intimidada de repente. No piensa alargar el asunto.

—¿No vas a contarnos nada de eso que has descubierto?

—¿Y yo qué he descubierto?

—Eso de que... ¿no puedes volar?

Amelia siente la punzada de la traición de Carmen, pero su hija no aparta la mirada.

—¿Cómo que no puedes volar? —pregunta Armando—. No es que no pueda volar, Marga, es que ha decidido dejar el curso.

Amelia lo mira conteniendo la respiración. Carmen se arma de valentía.

—No, papá, no es sólo eso.

Amelia deja el café sobre la mesa y se toma unos segundos para hablar. Todos esperan algún tipo de explicación por su parte. Amelia se dirige a Armando con un hilo de voz; es incapaz de mirarlo.

—Tú me pediste que dejara de volar.

Los presentes miran a Armando, que se siente juzgado inmediatamente.

—Y yo lo acepté. Pero... luego pensé que... no quería dejarlo. Que es mi vida. Que me fascina volar. Que es lo que quiero hacer, pero lo que necesitaba era trabajar, ganar un dinero, así tendríamos a alguien para llevar la casa y no cargar a nadie con esto. Y me fui a Iberia... a pedir trabajo. Pero... resulta que... las mujeres no podemos volar en este país.

La noticia sólo pilla de nuevas a Antonio y Armando, que busca una explicación.

—¿Y cómo te han dejado hacer el curso entonces? —Armando suena un poco agresivo ahora.

— Puedo aprender a volar —continúa Amelia—, pero no puedo pilotar aviones comerciales. Entonces no sé muy bien qué hacer. No quiero estar en casa todo el día... Lo echo mucho de menos.

Amelia se entristece y se emociona hablando.

—Si es que lo he hecho todo mal, todo mal...

La familia entera calla mientras Amelia se desahoga delante de ellos. Marga la abraza con ternura y le acaricia con la mano su pelo rubio, dulcemente.

—¡Pues ya te lo podrían haber avisado en Cuatro Vientos, jolín! —Antonio está indignadísimo.

Armando está muy callado. En una soledad que de pronto le ha colocado en el punto de mira, como si él fuera el culpable. Pero piensa para sus adentros que igualmente eso no depende de él, sino de las autoridades.

Todos callan mientras Amelia se tranquiliza. Entonces Peter se levanta de su silla y se coloca frente a Amelia. La toma de la mano y le habla con la ternura que logran algunos doctores en los momentos más duros. Ella lo mira retirándose las lágrimas del rostro.

—Nosotros ya lo sabíamos.

Amelia mira a Marga y a Peter sin entender.

—Carmen vino a hablar con nosotros —continúa Peter.

Amelia mira a Carmen, que también está visiblemente emocionada.

—Nos lo contó. Y yo, pues…

Y es que Peter nació para curar las heridas de corazón.

—Hablé con el coronel de la base, le conté lo que te pasa. Y han accedido a terminar tu instrucción y con eso podrías trabajar en líneas aéreas americanas. Podrás acabar tu aprendizaje y volar, y trabajar.

Amelia no sabe qué decir en ese momento. Recuerda el otro requisito.

—Pero yo soy muy mayor, no puedo tampoco por eso.

—No es un problema.

Todos se quedan callados. Nadie sabe qué decir.

—¿Así, sin más? —Amelia no sabe cómo encajar este ofrecimiento—. ¿Tendré que pagar?

—No —confirma Peter—. Para nada. No entienden esto del Gobierno español que no deja a mujeres volar y quieren ayudarte. Allí hay aviadoras, también.

—¿Y si Franco se entera? —Amelia consigue arrancarle una sonrisa a Peter.

—*What happens in Torrejón stays in Torrejón.* Franco no tiene ni idea de lo que pasa ahí dentro. *Don't worry.* Obtendrás tu licencia.

En el rostro de Amelia se dibuja una sonrisa, primero pequeña, que se hace un poco más grande, que afloja el nudo, que alivia el dolor; pero con cautela. Aún tiene que procesar la propuesta. Mira a Carmen, que sonríe a la vez, feliz. Marga abraza a su hermana y Antonio sigue con los ojos como platos. Es Armando el que no sabe muy bien cómo reaccionar.

—*There's only one condition*. Una condición. Han pedido que vengáis a vivir a la base. Para entrenamiento intenso. Os dejarían una casa, los chicos podrían ir al colegio allí.

—¡Pero si los americanos no tienen campos de fútbol! —Antonio está en shock.

—Así les enseñas —remata Peter—. *You can learn baseball too.*

—A mí no me vendría mal aprender inglés… como tú. —Carmen se acerca a su madre y se sienta a su lado.

Amelia no sale de su asombro, su hija, parte de este loco plan. Su principal detractora ahora la mira con todo el amor y comprensión del mundo.

—Tienes todo el derecho a ser feliz, mamá. Y los demás… nos vamos a apañar, ya lo verás.

—¿Y tus amigas? ¿Tu grupo de teatro?

—Haré nuevas amigas. Tú no te preocupes por eso. Además, sería por un tiempo, ¡no para siempre! Hay teléfonos.

Amelia se emociona escuchando a su hija.

—Pero…

Amelia mira ahora a Armando, que se ha quedado clavado en el sillón mientras todos los demás hacen planes. Amelia guarda silencio unos instantes y lo observa, en su indefensión, en su soledad. Ahora todos han vuelto la vista hacia él. Peter ayuda una vez más.

—La obra de avenida de América está muy cerca, no tendrías problema para seguir trabajando ahí. Sería sólo un cambio de casa para ti, nada más.

—Y de entorno, Peter, de entorno. —Marga se lo recuerda—. Que aquello es como cambiar de país.

Todos ríen la gracia, menos Armando, que no se lo esperaba. Amelia se levanta y se sienta a su lado. Clava los ojos en él.

—¿Qué hacemos?

Armando observa a todos, expectantes. Pero Amelia lo detiene, le agarra del rostro.

—No los mires a ellos. Mírame a mí. Yo estoy dispuesta a hacer esto, pero sólo si estamos juntos.

Armando no sabe dónde meterse.

—¿Podemos hablar de esto en privado? —le pide Armando.

Amelia asiente y ambos se levantan para refugiarse en la cocina. El resto se quedan expectantes, entienden que no es una propuesta fácil de digerir.

Amelia interviene inmediatamente buscando evitar el conflicto.

—Te juro que yo no sabía nada.

Armando guarda silencio, por su mente pasan tantas cosas ahora mismo.

—No tenemos por qué contestar inmediatamente, supongo que tendremos un margen.

Guardan silencio, un silencio que duele. Armando la mira directamente a los ojos.

—¿Por qué no me dijiste nada? —Su tono es severo—. ¿Por qué siempre soy el último en enterarme de todo?

Amelia encaja el golpe y calla, culpable.

—¿Por qué me hiciste pensar que estabas de acuerdo?, ¿que había sido una decisión tuya dejar de volar? ¿Por qué me haces quedar ahora como un imbécil y un egoísta?

—Tú me pediste que dejara de volar.

Armando asiente con la cabeza, asumiendo el revés, porque es cierto.

—¿Tú quieres irte? ¿Quieres hacer esto? ¿Que nos mudemos ahora todos a Torrejón?

Amelia resopla.

—No lo sé, como comprenderás no me ha dado tiempo a valorarlo. Pero… —Amelia arma su discurso a medida que lo piensa—. Ya no tenemos ni dinero ni fuerzas para seguir como antes. Y… la casa está acabando conmigo.

Amelia también necesita desahogarse.

—Me han hecho sentir… —se le quiebra la voz— tan pequeña. Cuando por fin parecía que había encontrado algo que se me había negado todo este tiempo… Han sido uno tras otro, los golpes y…

siento que ahora podría terminar lo que he empezado. Abrir una puerta hacia algo... nuevo, emocionante.

Amelia se muerde el labio inferior, entre la rabia y la alegría de ese nuevo camino. Armando guarda silencio, sopesando lo que acaba de escuchar. ¿Cómo no la va a entender? A él mismo le cerraron una puerta y encontró otra abierta. Ella también se merece una segunda oportunidad.

Armando se acerca despacio a su mujer, la coge de la mano. Su tono no es agresivo, ni mucho menos.

—Cuando dije que eres lo que más quiero en esta vida lo decía de verdad. Y que me arrepiento muchísimo de cómo sucedieron las cosas. Que quiero ser feliz a tu lado, siempre. Todo iba en serio.

Armando mira ahora al suelo para tomarse un instante.

—Sé... que tu vuelta a casa ha sido de todo menos normal... Siento no haberme dado cuenta de todo lo que te pasaba. —Armando le acaricia uno de los mechones rubios que caen sobre su rostro—. Esta no eres tú —mascula.

Amelia no quiere recordar nada de los últimos días.

—Y yo no quiero hacerte más daño, ni ser un obstáculo en tu vida.

—No lo eres, Armando.

Armando guarda silencio unos instantes, cogiendo fuerzas.

—Creo que deberías irte a Torrejón. —Coge aire—. Pero yo no me voy a ir contigo. —Amelia siente una punzada en las tripas—. No es justo para ninguno que tengamos que elegir ni que sacrifiquemos nuestros caminos. Yo no puedo pasar por esto otra vez, lo siento, no quiero. Quiero hacer bien mi trabajo, soy muy bueno, de verdad, me gusta lo que hago. Me merezco poder hacerlo bien. Y tú también. Pero... no sé si juntos podemos conseguirlo.

Amelia se queda casi sin aire, no se lo esperaba. Una lágrima recorre el rostro de Amelia, de frustración, ante la imposibilidad de encajarlo todo. ¿Por qué tiene que ser todo tan complicado? ¿Este es el único camino?

—Pero yo no quiero separarme de ti —dice Amelia con un hilo de voz.

—Ni yo tampoco, te amo. Pero creo que ahora mismo es la única solución. No significa que no quiera verte o estar juntos, nos podemos ver los fines de semana. Pero yo necesito tranquilidad y estabilidad. No puedo estar ahora cambiando de casa, viviendo en Estados Unidos, de pronto, siguiéndote como si fuera una maleta, Amelia. No quiero. Lo siento.

Amelia asiente, mirando hacia el infinito, entendiendo el sacrificio que supondría para él.

—Mírame —Armando habla con serenidad—. Tampoco quiero que tú me sigas a mí, ¿vale? No es justo para ti tampoco. Llevamos juntos casi veinte años, Amelia. Y nunca hemos estado solos. Quizá es lo que tenemos que hacer —su voz también se quiebra— precisamente para saber estar juntos. Y encontrar la manera de encajar todo este nuevo planteamiento para tu vida, para nuestras vidas. Seguro que vamos a encontrar el modo.

En los ojos de Armando hay una seguridad que no duele, como quien aventura un camino difícil con recompensa final, como divisar el mundo tras alcanzar la cima.

—¿Y cómo lo vamos a hacer? ¿Cómo se lo vamos a decir a los chicos? —pregunta Amelia aún temblorosa—. No lo van a entender. ¿Van a tener que ocultarlo también? ¿Tú sabes cómo podrían mirarlos en el colegio? Lo que va a opinar todo el mundo, ¿y nuestras familias?

—Nuestras familias ya tienen sus vidas hechas y nuestros hijos tienen derecho a decidir lo que quieren hacer. Si quieren quedarse o irse contigo. Habrá que darles esa opción.

Amelia niega con la cabeza, suena desesperada.

—Pobrecitos. ¿Y que se separen ellos también? ¿Por qué todo es tan difícil, de verdad?

Armando acaricia el rostro de Amelia entre sus manos y la mira con ternura.

—Es una gran oportunidad para ti. Quizá también para ellos. Nuestras vidas no fueron nada fáciles. Sobrevivimos a una guerra, a veces se nos olvida. Ellos también van a sobrevivir. No te digo que sea fácil, pero lo entenderán, y serán más fuertes. Para ellos también es importante que nosotros estemos bien.

Amelia asiente aún llorosa, sabe que no tienen muchas más opciones. Armando sigue buscando sus ojos.

—Tenemos todo el verano por delante para pensarlo, para explicárselo y disfrutar de estar juntos.

Amelia afirma con la cabeza y, temblorosa aún, le abraza con mucha fuerza. Armando hunde el rostro entre su pelo, su cuello. Ninguno quiere que acabe este momento y alargan las caricias, los pequeños besos, inspiran olores como si los fueran a olvidar.

—Te voy a echar mucho de menos —susurra Amelia.

Armando cierra los ojos.

—Yo también.

# 58

# Eurovisión

Victorina agita su examen de Lengua con mucha vehemencia en la parte de atrás del 600 de Marga. Emilia, sentada a su lado y ya sudando, trata de explicarle sus errores porque no está nada contenta con la nota que le ha puesto.

—¿Cómo que sólo un siete? —Victorina está indignadísima—. ¿Por qué?

—Oye, que es un notable, no está mal. —Emilia trata de contener a la estudiante envalentonada.

—¿Qué le pasa a «alante»?

—Pues que no existe, Victorina, «alante» no es correcto. Tienes «delante» o «adelante», pero no «a-lan-te».

—¿Anda que no? Alante y atrás, si yo lo llevo diciendo toda mi vida.

—Mamá, que tiene razón, que está mal dicho —Marga la corrige a través del retrovisor y mira de refilón a Peter, que aguanta la risa como puede, este espectáculo no tiene precio.

—Pero si lo dice todo el mundo. —Argumentos de peso de Victorina.

—Así nos va, Vito, así nos va —sentencia Emilia—. Seguro que Franco también dice «alante», el muy cateto. Por eso no avanzamos.

Victorina abre los ojos, respira hondo y sigue repasando sus fallos.

—¿Y esto de «sólo»? ¿Qué le pasa?

—Que le falta la tilde —contesta Emilia.

—Mamá, déjalo para después, que te vas a marear. —Marga ya se lo ve venir.

—Hija, esto es un tema muy serio. Cuando yo me tomo las cosas en serio no hay quien me pare. Me merecía un diez, que para eso llevo estudiando toda la semana. ¿Qué tilde?

—A ver, Victorina —Emilia adopta su mejor tono académico posible—, te he explicado ya varias veces que «sólo» cuando sustituye a «solamente» debe ir acentuado. «Sólo quiero unas pocas lentejas» es como decir «solamente quiero unas pocas lentejas». En esos casos iría acentuado.

—Pero a ver… «solamente» no lleva tilde.

—No, no la lleva.

—¿Por qué?

—Porque el adverbio no lleva la tilde.

—Ah, muy bien, y como «solo» no la lleva, ¿por qué narices hay que ponerla cuando sustituye a «solamente»?

—Te lo explico otra vez. —Emilia tiene delante a la estudiante más difícil de toda su carrera—. Lleva tilde para diferenciarlo del adjetivo. «Estoy aquí cenando más solo que la una». En cambio, si dices «Sólo quiero estar solo», la primera llevaría tilde porque es un adverbio.

—A mí me parece que se entiende perfectamente sin tilde.

—Victorina, estas son las reglas, te gusten o no. Y hay que ajustarse a ellas para escribir bien. Lo dice la RAE.

—¿La qué?

—La Real Academia Española —ayuda Marga.

—Pues ya te digo yo que «alante» deberían aceptarlo.

—Pues no te diría yo que no, madre, cada año aceptan palabras de todo tipo, seguro que pronto le llega el turno.

—¡Pues avísame, que yo siempre acabo teniendo razón! —apunta Victorina levantando el dedo índice, y Marga le guiña un ojo por el retrovisor.


Amelia abre la puerta de su casa y su madre entra dando un nuevo espectáculo, tambaleándose y sosteniéndose la frente.

—Si es que ya te he avisado que te ibas a marear —Marga clama al cielo—, vete para el sofá, anda.

—¿Ya ha bebido? —Amelia alucina.

—Tu madre es un caso perdido. —Emilia besa a Amelia poniendo los ojos en blanco.

—Hoy nada de anís, orden del médico —comenta Peter divertido.

Amelia acompaña a su madre y a su suegra hasta el salón donde ya está todo preparado para ver el festival de Eurovisión.

Los Suárez Torres han preparado la merienda entre todos, cuidando que no falte de nada para sus invitados, y van corriendo de la cocina al salón porque, como siempre, han dejado todo para el final, y que si coge un cuenco para las patatas, que si están frías las bebidas, que si hay hielos para todos, en una divertida coreografía en la que milagrosamente ningún aperitivo sale volando.

Amelia y Armando no han comunicado su decisión a nadie, y han pedido un margen para contestar a la oferta de los americanos y encarar el verano con cierta paz, aun sabiendo que será difícil de encajar para todos cuando llegue la noticia.

—¿A qué hora llega papá? —Marga pregunta a su madre mientras Antonio la abanica una vez más.

—Hoy no estaba de viaje, así que no tiene excusa. Muy bien, Antonio, así, dale bien al abanico, ya me encuentro mejor.

—Abuela, ¿has vuelto a beber?

—Antonio, hijo, qué dices, si yo no bebo. Me he mareado en el coche; si hubiera conducido yo, esto no habría pasado.

Emilia y Marga levantan una ceja y se miran divertidas; esta mujer no cambiará nunca. Emilia recuerda preguntarle a Marga por su libro y Amelia, temiendo que su hermana haya seguido adelante con sus planes de escribir sobre su vida, aguanta la respiración.

—Pues estaba esperando a que llegase mi padre, pero viendo que este hombre siempre llega tarde... ¡os cuento! —Toda la familia se gira hacia Marga—. He cambiado la historia, para tu tranquilidad. —Señalando a Amelia, esta vuelve a respirar—. Inspirada en mi bellísima hermana piloto, he escrito una historia sobre una española que quiere hacerse astronauta.

—¿Entonces es de ciencia ficción? —pregunta irónica Emilia.

—Bueno, es una ficción contemporánea, Emilia. He cambiado unas cositas por aquí y por allá... Es un cuento, no me veo capacitada todavía para empezar una novela. Así caliento motores. —Marga saca una carpeta de su bolso—. Os he hecho una copia mecanografiada a cada uno.

Todos miran a Marga deseando leerlo, y, mientras reparte, levanta el dedo índice amenazante (y que, sospechosamente, se parece al de otro miembro de esta familia).

—Sólo críticas constructivas, por favor, no necesito que me minéis la moral.

Carmen mira con admiración a su tía al recibir su copia.

—Estoy deseando leerlo, tía Marga. Y escucha, si los americanos le han ofrecido a mamá poder pilotar, no tengas duda de que podrán ofrecer a las mujeres hacerse astronautas.

—¿Te lo estás pensando, sobrina? ¿Poder ir a la Luna y salir de este planeta asfixiante?

Carmen se ríe con una carcajada.

—No es mala idea.

—¿Tú por qué crees que escribo la historia de una astronauta? —Marga guiña un ojo a Carmen, que sonríe al entender—. ¿Hoy no te vas con los amigos?

Carmen sonríe abiertamente.

—No, hoy me quedo en casa.

Antonio se cruza por delante y Carmen lo detiene al pasar.

—Aquí el que podría ser astronauta o científico es Antonio —comenta orgullosa de su hermano.

—¡Un diez ha sacado mi niño en matemáticas! —presume Armando trayendo unos canapés—. Se nota que es hijo mío, le ha costado, pero ahí estaba, esperándole el sobresaliente a la vuelta de la esquina.

Carmen y Antonio se miran cómplices.

—Un diez en mates, dibujo, geografía universal y lengua —enumera contento Antonio.

—Qué maravilla, hijo. —Emilia le felicita—. Un alumno excelente.

—¿Acaso tendrás queja? —Victorina se siente aludida y se incorpora del sofá—. Que yo no he sacado diez porque la RAE no ha querido, ¿eh? Que todo depende del color del cristal con el que se mire.

—Será la vara con la que se mide —la corrige Emilia, y todos se echan a reír para disgusto de Victorina, que tuerce el gesto.

Antonio se acerca a Victorina.

—Lo que he sacado peor ha sido la religión, abuela, lo siento. Es que me gustan más las matemáticas.

Victorina levanta los hombros ya superada por la secularización de sus familiares y Emilia aprovecha para mirar al chico levantando un pulgar.

—Y si suspendes Formación del Espíritu Nacional, Antonio, tampoco pasa nada —asegura Emilia—. Que con esa suspensa puedes pasar de curso, seguro.

Victorina se va a santiguar, pero se queda a medias.

—Emilia, ¿puedes dejar de incitar al crimen a los miembros de esta familia?

—¿Qué crimen, Victorina? Suspender no es ningún crimen, es una debilidad, como tú con las rosquillas. Toma una, por cierto.

—Que incitas al crimen y a la gula por partes iguales. Todo el día pecando.

Victorina trinca una rosquilla y Emilia vuelve a incidir.

—A ti te gusta Raphael, ¿eh, Vito? Que ya te veo… —Emilia mira pícara a Victorina, que se pone roja al instante y hace aspavientos para que no siga por ese camino—. Y hablando de guapos… ¿Dónde está Luis?

Victorina entrecierra los ojos.

—¿Esto no lo hemos vivido antes?

El timbre de la puerta confirma sus sospechas.

—Debe ser él. Qué bien —dice Victorina aliviada—, hoy no ha hecho falta que descarrile un tren para llegar a tiempo.

Amelia abraza a su padre en el recibidor.

—Para ver a Raphael sí que te das prisa, ¿eh, papá? —le comenta irónica.

Luis baja la voz.

—Hija, esta vez pude cambiar los turnos. Además, no quiero una bronca de tu madre, que llevamos tiempo sin discutir y ya sabes cómo se pone con Eurovisión. Me ha dicho que este año no se levanta de la silla sin averiguar qué país es Guayominí, que lo quiere ubicar en el mapa por si Emilia se lo pone en el examen.

Amelia se lleva una mano a la boca para frenar la carcajada y Luis llega al salón, donde casi todos ya han tomado posiciones, menos Marga, que estaba esperándolo con impaciencia.

—¿Qué me he perdido? —pregunta Luis a la familia.

—¡Esta vez nada! —comenta Victorina—. Vente, ponte aquí a mi ladito, así me pasas los canapés.

—Abuela, que no es tu sirviente —apunta Antonio.

—Niño, mucho ojo con quién sirve a quién en esta familia.

Marga interrumpe la trayectoria de su padre con su copia del cuento en la mano. Luis coge los papeles grapados con el título y el nombre de su hija escritos a máquina en la portada. Marga está visiblemente emocionada, aunque ciertamente insegura. Luis la mira con esa tranquilidad que siempre desprende.

—No tengo duda alguna de que será maravilloso.

Marga abraza a su padre y le da las gracias al oído.

Antonio da la voz de alarma.

—¡¡QUE EMPIEZA!!

En el televisor, la cartela de Eurovisión y su característico himno de trompetas anuncia el arranque del programa. La siguiente cartela, Grand Prix de la Chanson 1967, pone a toda la familia en alerta.

Los teléfonos ya no suenan, los coches no circulan, todos los españoles cantarán hoy con Raphael y soñarán con el triunfo (un año más) para España. El evento de mayor calado en Europa se celebra este año en el Palacio Imperial de Hofburg, en Viena. Allí una orquesta toca un vals de introducción. Tras la pieza musical, la presentadora, Erica Vaal, da comienzo a la duodécima edición en varios idiomas. Federico Gallo, el famoso locutor, es la voz que acompaña a los telespectadores españoles narrando el evento con todo lujo de detalles.

España ha mandado a uno de sus cantantes más talentosos y guapos del panorama: Raphael, que interpretará el tema «Hablemos del amor» y que repite por segundo año consecutivo. Si con «Yo soy aquel» consiguió un estupendo séptimo puesto de dieciocho participantes, este año sale a ganar.

La familia Suárez Torres se ha repartido por el salón y no despega la mirada del televisor, los abuelos en el sofá, los niños por el suelo,

Marga y Peter en los sillones, sólo Amelia y Armando contemplan la estampa de pie y prometen incorporarse inmediatamente.

Arranca en primera posición la holandesa Thérèse Steinmetz cantando «Ring-dinge-ding», una canción alegre, casi navideña, que a saber de qué hablará. Cada uno da su opinión inmediatamente en una divertida algarabía pronosticando que no será la ganadora y que como mucho le darán dos puntos, como vaticina Carmen con bastante ojo. Menos mal que compartirá la penúltima plaza con los cantantes de Austria y Noruega, y así el descalabro no parecerá tan estrepitoso.

Armando y Amelia se miran y sonríen sin hablar porque no hace falta verbalizar la suerte que tienen de estar juntos en familia. Están seguros de su decisión, aunque no hayan acordado la fecha para comunicarlo, quieren saborear el placer de los días tranquilos que aún tienen por delante, sin aventurarse al futuro, sintiendo cada día como único, diferente y especial.

Armando hace una señal a Amelia para ir hacia el pasillo y ella le sigue en su juego. Vicky, representando a Luxemburgo, canta la segunda canción de la noche, «L'amour est bleu», y quedará en una magnífica cuarta posición con diecisiete puntos.

Armando se coloca los brazos de Amelia detrás del cuello y comienza a bailar, perdiéndose en sus ojos, recordando algunos momentos felices sin verbalizar, intuyendo un futuro incierto, y mientras, la voz de Vicky llena el pasillo con su letra certera.

*Bleu, bleu, l'amour est bleu*
*Bleu comme le ciel qui joue dans tes yeux*
*Gris, gris, l'amour est gris*
*Pleure mon cœur lorsque tu t'en vas*
*Gris, gris, le ciel est gris*
*Tombe la pluie quand tu n'es plus là*
*Le vent, le vent gémit*
*Pleure le vent lorsque tu t'en vas*\*

---

\* Azul, azul, el amor es azul / Azul como el cielo que juega en tus ojos / Gris, gris, el amor es gris / Llora mi corazón cuando te vas / Gris, gris, el cielo es gris / La lluvia cae cuando ya no estás / El viento, el viento gime / Llora el viento cuando te vas.

De pronto, dejan de bailar y se besan con la pasión del pasado, sosteniendo sus rostros, ocultándose en el pasillo a la vista de todos. Grabando esa emoción en algún lugar para no borrarla nunca, y rescatarla en días de lluvia.

—¡Mamá, papá! ¿Dónde estáis? —Da igual la edad de los niños, siempre tan inoportunos.

Armando y Amelia alargan un poco más el beso antes de separarse y mirarse intensamente, divertidos.

—Van a pensar que estábamos haciendo algo que no deberíamos —apunta Armando

—Quizá tienen razón.

—Me da igual.

Qué agridulce es todo.

Amelia y Armando se sientan en el sofá sin soltarse de la mano, como si alguien fuera a separarlos con antelación. Prestan poca atención a los concursantes, salvo a la francesa Noëlle Cordier y la británica Sandie Shaw; casi nadie recordará al resto de los participantes y mucho menos a la pobre Geraldine, ya que la suiza no conseguirá ni un solo punto. Un cero redondo, quizá para espabilar a la nación de su neutralidad habitual.

Peter se encarga de traducir la única canción en la que alguien entiende algo de la letra, «Puppet on a String», que traduce como marioneta en una cuerda, una canción pegadiza y animada que ha convencido a todos (y también al resto de Europa, que le dará la victoria).

—Esta es buena. Y no como los muermos que acaban de canturrear —sentencia Victorina—. Alguien debería hacer una versión en español para que yo pueda entenderla.

(Ya se encargará la propia Sandie Shaw de sacar la versión para Victorina).

*¡Ay! si me quisieras lo mismo que yo,*
*pero somos marionetas bailando sin fin,*
*en la cuerda del amor...*

Inmediatamente después de la cantante británica actúa Raphael, nuestro Raphael. Los nervios se apoderan de todos los españoles que se encuentran frente al televisor y que lanzan al cantante sus mejores deseos como si él pudiera escucharlos.

El cantante sale justo después del maestro Manuel Alejandro, el compositor y conductor de la orquesta que toca la canción. «Hablemos del amor» es justo lo último que necesitaban ahora Amelia y Armando. Raphael saluda ante un público entusiasmado, coloca las manos en los bolsillos de la chaqueta y empieza a cantar con su sensualidad habitual. Amelia mantiene el tipo durante la primera estrofa, pero aprieta la mano de Armando un poco más que hace unos instantes.

*Hablemos del amor,*
*una vez más,*
*que es toda la verdad,*
*de nuestra vida,*
*paremos un momento*
*las horas y los días y*
*hablemos del amor*
*una vez más.*

Victorina también aprovecha para deslizar una mano por la pierna de Luis, que no sale del asombro con su mujer. ¿Ahora, aquí, delante de todo el mundo? Le falta decir eso de que hay niños delante, contrólate, mujer, pero con un manotazo, una apertura rápida de ojos y los hombros levantados de la estupefacción, Victorina capta el mensaje y recula el ataque.

A Armando también se le agarra un nudo en la garganta cuando la canción de Raphael se intensifica.

*¿Qué nos importa?*
*¿Qué nos importa?*
*Aquella gente que mira la tierra*
*y no ve más que tierra*
*¿Qué nos importa?*
*¿Qué nos importa*
*toda esa gente que viene y que va*
*por el mundo sin ver la realidad?*

Amelia se emociona y empieza a llorar en silencio, intentando ocultarlo, cuando Armando la descubre y aprietan aún más sus manos entrelazadas. Toda la familia está pendiente del televisor y nadie repara en la pareja que ve posible su fin.

> *Hablemos de mi amor*
> *y de tu amor*
> *de la primera vez que nos miramos,*
> *acércame tus manos*
> *y unidos en la sombra*
> *hablemos del amor*
> *una vez más.*

Amelia deja caer una lágrima y niega con la cabeza.

—No puedo, no puedo —masculla.

Carmen oye algo y se gira para ver a su madre llorar.

—¿Qué te pasa, mamá?

Amelia disimula enseguida.

—Que es preciosa la canción, que me encanta, que me he emocionado.

Carmen sonríe por su ternura.

—Yo también estoy a punto de llorar, qué bien canta.

—Pues vaya dos blandengues. —Amelia se conmueve aún más con Carmen, que vuelve la vista al televisor.

Amelia coge aire y Armando le quita las lágrimas de la cara y vuelve a besarla con ternura.

Y justo en ese momento, no en otro, justo cuando Raphael Martos, originario de Linares, está a punto de terminar la canción, suena el timbre de la puerta.

—¡¿Pero quién demonios puede ser JUSTO AHORA?! —El grito de Victorina se ha escuchado en Paredes de Escalona.

Antonio, siempre diligente, va corriendo hacia la puerta. ¿Pero quién no está viendo Eurovisión? Se preguntan todos.

En el umbral, un señor mayor, con la piel curtida, se quita el sombrero educadamente en cuanto Antonio abre la puerta.

—Disculpe, jovencito, ¿vive aquí Armando Suárez Domínguez?

—Sí, es mi padre, un segundo, que le aviso.

Antonio asoma la cabeza al salón desde el recibidor.

—Papá, preguntan por ti.

—Qué raro. Vendrán a cobrar algo —supone Armando justo antes de levantarse—. ¡Voy! Dile que espere.

Antonio deja pasar al inofensivo señor, que se toma demasiadas confianzas y llega hasta el salón.

—Yo soy Armando Suárez —le intercepta—. ¿Qué quería?

Al hombre le cuesta hablar, parece que ha visto a un fantasma.

—Armando, ¿eres tú?

A Armando le extrañan las confianzas.

—Sí, ¿viene a cobrar alguna letra?

El hombre niega con la cabeza. Toda la familia pierde interés en la televisión y miran al señor que acaba de aparecer en el salón. Pero el señor apenas puede hablar, lo mira fascinado, y entonces, en un desvío de la mirada, repara en Emilia.

—¿Mimi? —pronuncia con un hilo de voz—. ¿Eres tú?

Emilia se fija en él, aguza la mirada; instantes después, se queda petrificada, hace tanto que nadie la llamaba así… Todo sucede despacio, como a cámara lenta. Emilia se levanta del sofá y camina unos pasos hacia él.

—Mimi, no puede ser… —insiste el hombre.

Pero sí, es ella. Emilia, de pronto, se desmaya y cae a plomo en medio del salón. Todos corren a atenderla, Peter el primero, Victorina poniendo el grito en el cielo, Marga y Amelia tratando de ayudar en lo que sea. Armando no es capaz de entender qué está pasando y se gira hacia el hombre.

—¿Pero quién es usted?

El hombre lo mira directamente a los ojos, casi llorando, no puede creerlo.

—Soy Martín. —La voz le tiembla—. Soy tu padre.

Armando recibe con impacto la noticia. No puede ser, es imposible. Mira a Amelia, que tampoco es capaz de hablar.

Emilia recobra la conciencia, aturdida, aún no sabe si está soñando o está despierta.

Si estuviéramos en 1969 y Salomé estuviera cantando eso de…

*Desde que llegaste ya no vivo llorando (¡hey!)*
*Vivo cantando (¡hey!)*
*Vivo soñando (¡hey!)*
*Sólo quiero que me digas qué está pasando*
*Que estoy temblando de estar junto a ti*

… al menos tendríamos la banda sonora perfecta para este momento, pero estamos en 1967 y aquí nadie es capaz de abrir la boca porque Martín lleva muerto treinta años para todo el mundo. Sólo Victorina es consciente de que las sospechas de su consuegra eran ciertas.

Y cuando nada más podía suceder, la voz de Marga rompe el silencio.

Porque hay alguien más que no está viendo Eurovisión.

El teléfono lleva un rato sonando, pero nadie ha sido capaz de oírlo y menos aún de cogerlo. Marga sostiene temblorosa el auricular en la mano.

—Carmen, es para ti.

Carmen, que despierta al oír su nombre, levanta los hombros, extrañada.

Marga duda, no sabe cómo decirlo en alto. Carraspea y coge fuerza tras unos instantes.

—Es Pilar Primo de Rivera. Que si te puedes poner.

# Agradecimientos

Me toca hacer un repaso exhaustivo de todas las personas que me han acompañado hasta esta página. Lo bueno es que no estoy ahora mismo en los Goya a riesgo de que me pongan música para que me calle, así que voy a aprovechar para AGRADECER de corazón y sin prisas a todos los que os merecéis un hueco en este libro.

A la SGAE, por el programa de Mentoring para Autoras (y madres) donde, gracias a Carmen Fernández, Anaïs Schaaff y mis compañeras Silvia Hidalgo y Joana M. Ortueta, el proyecto y el piloto que llevaba en la cabeza mejoraron considerablemente. Gracias, Alberto Ruiz Rojo, por corregirme y darme grandísimas ideas para el piloto.

A todos los que os leísteis el piloto o fragmentos de la novela y que me hicisteis sentir que había algo interesante entre manos: Manu Gómez, Joaquín Llamas, Pipi López, Belén Herrera de la Osa, María Rúa Figueroa, Elvira Mínguez, Elena Rivera, Catalina Aleksandruk, Maggie García.

Gracias, Álvaro Morte y Blanca Clemente, por creer en mí y apostar por el proyecto de *Aviadora*. Por luchar por levantarlo, por seguir juntos, por vuestra amistad, cariño y compromiso inquebrantable. Gracias por ilusionaros conmigo en cada paso que esta historia ha ido viviendo, por llorar conmigo de emoción por esta publicación. Por ser receptores de los hallazgos históricos que han ido acompañando la escritura de esta historia. Gracias, Blanca, por ir juntas de la mano, por recibir (y enviar) con entusiasmo cada noticia, recorte, frase, evento de investigación que enriquecía esta historia. Gracias a ti nunca me he sentido sola en este camino. Nuestro chat de WhatsApp es una aventura histórica en sí misma, siempre decimos que habría que publicarlo.

Al equipo de Buendía Estudios por subiros a bordo y luchar para que *Aviadora* se convirtiera en una serie. A Sonia Martínez, por leerme, por confiar en mí, por darme la oportunidad de escribir, me hizo creer más en mí misma.

A Federico Frías, por tantos años de fisio (y) terapia, por descubrirme a las Brujas de la Noche y a Juan Eslava Galán. A Isabel Ruiz, por orientarme sobre la documentación de mujeres presas durante el franquismo. A Juan y a su padre, por intentar conseguir la foto de la azotea de Amaniel 40 (sin éxito). A Gracia Olayo, por leerme y contarme sus aventuras en Iberia, y por su entusiasmo con este proyecto. A Mirko von Berner, por descubrirme a su bisabuela, Mercedes Pinto, y enviarme todos sus libros, y a sus nietas Ana María Palos de Foronda y Alejandra Rojo, por contarme lo que no se cuenta en los libros. A Carmen Guillén, por repasarme la parte histórica de Pilar Primo de Rivera. A todas las mujeres que me han contado anécdotas y datos de su pasado o me han dejado libros: a Mimi y Pilar Sánchez Alberti, a Ana Llorente. A mi cuñado Paco, por orientarme con la aeronáutica, por pasarme a Saint-Exupéry. A Mon, por darme herramientas para la vida, por compartirme bibliografía sobre la Guerra Civil.

A Mariana Casanovas, Alicia Rius, Oscar Merino y Lola Fernández de Sevilla del taller de escritura creativa de Las Hedonistas, por nuestro intercambio tan enriquecedor y vuestra compañía durante la escritura. Mariana, gracias por ser el nexo que ha permitido la llegada de mi texto a esta maravillosa editorial. Gracias, David Trías, por recibirlo.

A Gonzalo Albert y Ana Lozano, mis editores, por leerme, por creer y apostar por mí de esta manera. Por el cariño y respeto inmensos, por la confianza. Por hacerme volar, literal y literariamente. A mis sagaces correctoras, por encontrar todos mis fallos y elevar mi escritura: Silvia García, Pepa Cornejo y Rosa Plana, sois maravillosas.

A nuestra pandilla granaína, por leerme, por acogerme, por rezar por mí (María), por ponerme velas (Chema), por estar siempre ahí.

A José Enrique Cabrero, por leer la novela tan rápido, por analizarla y ayudarme con tanto cariño.

Al grupo musical El Recuerdo, por vuestra energía bonita, por llorar conmigo, por vuestra generosidad sin límites, por dejarme escribir el guion de nuestro musical. Gracias, Cristina (pailot) Aguirre, por ayudarme con la documentación, por ponerme en contacto con las aviadoras y participar de vuestros eventos. A Mar Alguacil, por tenerme presente y convocarme a los eventos de Aviadoras y de SEPLA. A Bettina Kadner, a quien ya admiraba antes de descubrir que éramos vecinas, gracias por resolver mis dudas y leer algunos pasajes, por compartir tus andanzas conmigo, por tu energía desbordante.

A mis pandis de amigas, siempre presentes, siempre lectoras y cómplices de mis escritos y mis avances, os quiero y no sé cómo sería la vida (y la maternidad) sin vosotras y sin nuestras quedadas: las Choris y las Misfits: Pati, Elisa, Myriam, Ana, Alejandra, Carol, Cari, Elsa, Inés, Pilar, María, Mar, Prince, os quiero. A los amigos que son familia: Kühn, Rey, Jon, Ismael, Begoña. A Cristina Pérez y Pepe Jordana, por vuestra amistad, por estar desde el principio del nacimiento de esta historia, por leeros el piloto y luego la novela en tiempo récord y tomaros el tiempo de charlar y revisarla conmigo.

A Susana Rodríguez, que, con tu valentía, tu «Baja la persiana» en Instagram y tus textos, me animaste a creer también en mí, a despojarme del traje de impostora y volver a escribir sin miedo; fuiste una clara inspiración. Gracias por nuestro intercambio de textos, de libros, de risas y de vinos. Por ser de las primeras en leer la novela entera. Ahora te toca a ti.

A mi tía Mar, por leerme desde niña e insistirme siempre en escribir. ¿Ves?, al final te he hecho caso. A mis abuelos, Victorina y Luis, que, aunque ya no están, siempre estarán. A María José Jorge, Abu Pepa, mi suegri preciosa, que es un regalo de mujer en mi vida, por las charlas sobre su época, por criar tan magníficamente a sus hijos ella sola. A Miguel, que me inculcó el amor al cine y a los libros, por convertir nuestras vidas en un Trivial constante y hacernos amar el conocimiento. Gracias por apoyarme y leerme siempre, aún albergo la esperanza de que puedas tener fuerzas para llegar hasta aquí. A mi padre, Ángel Luis, que siempre supo que tenía que escribir, pero que ha esperado pacientemente a que yo me diera cuenta. Gracias por leerme y apoyarme siempre en todas mis andanzas y aventuras, por fomentar la relación con mis abuelos que hoy inspiran estas páginas. A mi madre, Margarita, tremenda lectora también, por no dejar nunca de creer en mí, por darme un mundo tan versátil. Por criarme con tanto amor y paciencia. Gracias por hablarme de los concursos de amas de casa, por leer y corregirme la novela, por bucear constantemente en tus recuerdos e internet para aportarme datos. Te quiero.

A mis hijos, Pablo y Abril, mis mejores creaciones. A mi marido, Jesús, mi compañero, mi mejor amigo, mi copiloto, sois mi motor cada día. Os quiero infinito. Y a nuestra perra Frida, que siempre viene a echarse la siesta encima cuando estoy escribiendo y me da calorcito.